MUSIL ESSENCE

ムージル・エッセンス

魂と厳密性

ローベルト・ムージル 著
圓子修平
岡田素之
早坂七緒
北島玲子
堀田真紀子 訳

中央大学出版部

ムージル・エッセンス　魂と厳密性　目次

序——ローベルト・ムージル　圓子修平……VII

凡例……X

倫理と美学

1 芸術における猥褻なものと病的なもの　一九一一年（早坂七緒 訳）……03

2 宗教的なもの、モダニズム、形而上学　一九一二年（堀田真紀子 訳）……13

3 モラルの豊穣性　一九一三年（早坂七緒 訳）……22

4 数学的人間　一九一三年（赤司英一郎 訳）……27

5 超心理学への注釈　一九一四年（北島玲子 訳）……33

6 エッセイについて　一九一四？年（岡田素之 訳）……41

7 新しい美学への端緒　映画のドラマトゥルギーのための覚え書き　一九二五年（早坂七緒 訳）……48

目　次

文学と演劇

8　文芸時評　短篇小説考・ヴァルザー・カフカ　一九一四年（北島玲子 訳）……77
9　詩人の認識のためのスケッチ　一九一八年（赤司英一郎 訳）……85
10　フランツ・ブライ　一九一八年（北島玲子 訳）……93
11　文士と文学――そのための欄外註　一九三一年（北島玲子 訳）……99
12　モスクワ芸術座　一九二一年（岡田素之 訳）……128
13　症候群――演劇Ⅰ　一九二二年（堀田真紀子 訳）……136
14　症候群――演劇Ⅱ　一九二二～一九二三年（堀田真紀子 訳）……153
15　映画か芝居か　新しいドラマと新しい演劇　一九二八年（堀田真紀子 訳）……168
16　『熱狂家たち』スキャンダル　一九二九年（圓子修平 訳）……172

政治と文化

17　オーストリアの政治　一九一二年（早坂七緒 訳）……181

18 一青年の政治的告白 一九一三年（早坂七緒 訳）……… 187
19 ドイツへの併合 一九一九年（北島玲子 訳）……… 197
20 精神と経験 西洋の没落を免れた読者のためのコメント 一九二一年（早坂七緒 訳）……… 212
21 寄る辺なきヨーロッパ あるいはわき道に逸れ続ける旅 一九二二年（早坂七緒 訳）……… 238
22 昨日の女性、明日の女性 フランツ・ブライに捧げる 一九二九年（北島玲子 訳）……… 268
23 パパがテニスを習ったころ 一九三一年（堀田真紀子 訳）…… 277
講演
24 リルケを悼む 一九二七年（岡田素之 訳）……… 291
25 この時代の詩人 一九三四年（岡田素之 訳）……… 313
26 愚かさについて 一九三七年（岡田素之 訳）……… 337

目　次

自作自解

27　短篇《ノヴェレ》について　一九一一年（早坂七緒 訳）……371

28　あるプログラムの側面《プロフィール》　一九一二年（早坂七緒 訳）……373

29　ローベルト・ムージルの著作について　一九一三年（堀田真紀子 訳）……386

30　いま何を書いていますか？　ローベルト・ムージルとの対話　一九二六年（圓子修平 訳）……398

31　遺　言　Ⅱ　一九三二年（岡田素之 訳）……404

短　篇

32　魅せられた家　「静かなヴェローニカの誘惑」の初期稿　一九〇八年（圓子修平 訳）……415

ムージル――人と作品

序――ローベルト・ムージル

圓子修平

「今世紀前半における最も重要なドイツ語圏の作家ムージルは、現代における最も知られざる作家の一人である」。これは一九四九年のロンドン・タイムズ・リテラリ・サプルメントに掲載されたエッセイの冒頭である。この一文によって、ドイツおよび世界各国のドイツ文学界は騒然となった。やがて、原典批判上の問題を含むものではあったが、一九五三年にムージルの主著、未刊の大作『特性のない男』が刊行され、以後一九五七年にわたって三巻の全集が公にされた。研究、翻訳が行われ、ムージル・ルネサンスが始まった。とりわけ『特性のない男』は高い評価をうけ、しばしば二〇世紀前半を代表する作品として、ジョイスの『ユリシーズ』、プルーストの『失われた時を求めて』と併称されている。ジョイスにおける高次な言葉遊びによって、プルーストにおける時間の経験的探求によって、ムージルにおける観照的エッセイ的なものによって、これらの作品はもはやロマンではないのであるが、現代ではもはやロマンではないものがかろうじてロマンなのである。

ムージルはなぜ「最も知られざる作家」になったのであろうか。第二次世界大戦前の彼はけっして無名の作家ではなかった。処女作『生徒テルレスの混乱』（一九〇六年）は文壇にセンセーションを捲き起した。ドラマ『熱狂家たち』（一九二〇年）にはクライスト賞が与えられた。ホフマンスタールを会長とする「オーストリア文芸家協会」の副会長に選ばれた。ゲルハルト・ハウプトマン賞が与えられた。一度はトーマス・マンによって、一度はホフマンスタールによって、ノーベル文学賞候補者に推輓されたこともある。

なぜ彼は「最も知られざる作家」になったのであろうか。

それは彼が、その文学的精励にもかかわらず、生涯にわたって「成功の街道の外に身を持して」（書簡集）あくまで独自なものをめざしたがゆえに寡作だったためであり、その作品がもつ一種の秘教的性格によって大衆的にはなりえなかったためであり、ナチスがオーストリアを併合してのち彼の主著が禁書目録に載せられたためである。ムージルは推敲の人であって、その作品はそれぞれに数年をおいて点々と発表された。『特性のない男』第二巻発表ののちほぼ一〇年にわたって、続稿の推敲が続けられ、これは亡命の地ジュネーヴでの死の当日にまでおよんだ。したがってその遺稿部分に原典批判上の問題を残したのであるが、これは一九七八年から始まった全集版によってほぼ解決されている。

ムージルはある意味で危険な作家である。なぜなら彼はその作品の魅力に憑かれた人を、他の作家たちの因襲的な傑作に対して insensible にする、あるいは、その文学的感受性を inique にする恐れがあるからである。彼の真価はまず彼の作品について知るほかはないが、幸い彼の全小説作品（ドラマ二篇を含む）は邦訳されている（ただし『特性のない男』の精確で魅力的な翻訳はまだない。これは今後に俟たなければならない）。さらにその小説作品の背後にあるものを知ろうとすれば。『日記』はすでに翻訳された（法政大学出版局）。『書簡集』も刊行された（国書刊行会。これによってある程度ムージルの私生活を知ることができる）。さらに、ムージルの文学活動の重要な側面をなす『エッセイ集』がここに翻訳された。これらによってわれわれはムージルのほぼ全豹を知ることができるのである。

ムージルに関心をよせる人びとはぜひこの『エッセイ集』をもひもといていただきたい、と希望する。

凡例

1　本書に訳出したムージルのエッセイ・批評および講演は、**Robert Musil:** Prosa und Stücke, Kleine Prosa, Aphorismen, Autobiographisches, Essays und Reden, Kritik (Gesammelte Werke. Ed. Adolf Frisé. Bd. II). Reinbek bei Hamburg (Rowohlt) 1978 に依拠し、全集版編者によって「エッセイと講演」に分類された作品を中心に未完の断章も含めて選択したが、ムージルの多面性を紹介するために「批評」その他に分類されたものをも採用した。

2　右の全集版では、それぞれの文章は扱う対象の区別なく年代順に配列されているが、本書では読者の便宜を考えて、新たに小項目を立てて分類配列した。

3　内容の理解を容易にするために、本文の前に導入のための短文を付けた。

4　原文中、イタリック書体で表記されている個所は、訳文に傍点（、、）を付し、訳者による傍点（・・）と区別した。また、作品名や引用符には「　」を、引用符が重なる場合には《　》を、書名、雑誌・新聞名などの固有名詞には『　』を用いた。

5　固有名詞の表記はなるべく原音に近づけるように努めたが、「ウィーン」「モスクワ」

など慣例に従った場合も少なくない。

6　本文中、右側に小さく付された＊印は原注を、（1）…は訳注を示し、いずれも見開きごとに左端に記した（ただし、比較的短い訳注は〔　〕で括り、本文中に挿入した）。さらに、本文中あるいは注末尾に▼巻末注とあるものについては、「初出と関連事項」として、より詳細な注を巻末に記した。

7　訳出にあたっては差別的表現を用いないよう極力注意したが、ムージル執筆当時の原文のニュアンスを生かすために、それに類する語を若干残した場合がある。ただし、原著者および訳者には、もとよりそうした差別を助長する意図があってのことではない。

8　付録として、短篇集『合一』（一九一一年）に収載された「静かなヴェローニカの誘惑」の原型に該当する短篇「魅せられた家」（一九〇八年）を併載した。それはこの作品の翻訳がいまだないばかりか、短篇集『合一』に関連したムージルの文学論を考えるうえで重要だと思われたからである。

倫理と美学

課題となるのは、常に新しい解決策、相互の関係、情勢、変数を見つけ出すこと、出来事の経過の典型を打ち立て、いかに人間でありうるか、いかに内的人間をつくり出せるかについて魅力的な範例を示すことである。

（「詩人の認識のためのスケッチ」より）

【右】 ローベルト・ムージル。「オーストリアにおけるドイツ語作家保護協会」の会員証の写真。ムージルは1923年から29年まで、同協会の副議長および理事を務めた。議長はホフマンスタール。

【下左】 ジェルジュ・ルカーチ（左）とベーラ・バラージュ。バラージュの『視覚的人間』にムージルは「新しい美学への端緒」を捧げた。ルカーチに対してムージルは並々ならぬ関心と敬意を表したが、その言説には冷静に距離を保ったという。

【下右】 ヴァルター・ラーテナウ。巨大電気産業AEG会長、復興担当国務大臣を務め、外務大臣としてラパロ条約締結などに尽力したが、反ユダヤ主義者により暗殺された。ムージルは「超心理学への注釈」で彼の著作を批判した。『特性のない男』の登場人物、「大文士」アルンハイムのモデル。

I

芸術における猥褻なものと病的なもの

1911年
3月1日

ムージルの活字となった最初のエッセイ。一九一一年一月、A・ケルの編集する雑誌「牧神《パーン》」第六号に「若きフロベールの日記」が掲載され、若き日のフロベールがイタリアとエジプトに旅行した際のノートの、初めてのドイツ語訳が紹介された。この号は発禁となり、残部六部が警察に押収された。ムージルはこのエッセイで、フロベールの発禁から説き起こしている。初期の野心作『合一』を書き上げたばかりの三〇歳のムージルは、ここで芸術がなぜ「不道徳なもの、唾棄すべきもの、病的なもの」をも描くのか、なぜそれらを愛しさえするのかを詳述する。もはや健康とも病的とも分類されえない、さまざまな想念、思考、感情などの切片からなる、複雑で捉えがたい内面性の世界へ踏み込んで価値を熟成させる、芸術というものを、杓子定規の倫理規定から離れて価値を創造するものとして、ムージルは断固として擁護している。初期の重要なエッセイである。▼巻末注

この論文の筆者は、数年前、その処女作として発表され、最も厳格な批評によって最高度に賞賛された、あの心理学的にきわめて魅力的な本の作者である。それは『生徒テルレスの混乱』という表題で、今日までのところまだ『危険な年齢』の版にまでは達していない。〔訳注・ムージルによる前文〕

いささか賢明な人びとにはつとに周知の思想を、世俗的な用向きのために整理してみせることには、何か否定しがたく大儀なものがある。それでも場合によっては、まだ世間に充分周知されていないため、公になお繰り返し述べる必要のある事柄もないわけではない。ベルリンではフロベールが発禁になった。これは法に反して行われた。なぜなら法は、ある描写の性的魅力はそれが芸術的目的と結びついているときには許容される、と言っているからである。そのことはすでにアルフレート・ケル(1)がここで数語をもって反駁の余地なく明らかにした。しかしフランクフルト・アム・マインではカーリン・ミヒャエリス(2)の女性の危機的な年齢についての講演が禁止され、ミュンヒェンでは女性の聴衆に対してだけともかくも許可された。次のようなケースで、官庁とドイツ公衆の見解が一致することを、とくと考えていただきたい。

美術商と芸術庇護者が日本の木版師たちの作品を展示するとする。それらの木版画のなかでは大勢のカップルが葡萄の房のように途方もなくからみあっている。体のさまざまな部分が触手のように地面に触れるか、さもなければコルクの栓抜きのように遅ればせの幻滅の名状しがたい空無のうちに再び自分のなかにすいこまれていく。眼は顫動しつつ渦巻く水泡のように、呆然と凝視する乳房の上に垂れている。あるいはある芸術家が、ある――もとを質せば、ごく普通の市民的な――場面を描くとする。この過程はフランス人たちが――フェリシアン・ロップス(3)が手紙に書いているように――「聖なる丘の接吻」と熱狂的に呼んでいるもので、その名称は、さかりのついた犬のような男の背中と、はるかあらぬかたを眺めている女の無関心に由来すると考えられるのだが……。あるいはある作家が母の顫《ふる》える両手を見ながら嘘をつく男を描くとする。嘘をついて、ついて、つきまくって母の両手がますます疲れ、顫えてくるほどに。何かしらまるで真実でない、でっちあげの、ただ彼女を傷つけるだけのことを。(4)あるいは近親の女性が裸で手術台の上に横たわり体にはすでにメスが入れられているという状況を描くとする。たとえばその刹那、思わぬ事故に遭ったときに物にすがるように女を摑み、――咄嗟の決断を生み出す、偏狭となった意識の平面の指示に従い――その衣服を剝いで裸にしたところだ、と感じ取る。心のなかの未踏の領域のことなど念頭にないままに。しかし誰かが――客観的に、言葉少なに、医学的に――語っている。それは統括者、一人の男性だ。そして何かがさし出されてじっと横たわっている。ここではなかば場違いの一つの傷が、花のような、なかば血と粘液にまみれたものが、横腹の白く緊張した皮膚の真中に、口のように開かれている……無意識連想……接吻する、唇の無防備な皮膚をその上に押しつけて。なぜか？　誰が知ろう？　ある外的な類似、ある哀愁？　この想像への何分の一秒かの恐怖、それから秩序の命令、そこへ突如として、自分の生の道義的責任を精算したいという、思いもよらぬ閃光のような想念。長いあいだ漠然と潜みながら、この偶然訪れた衰弱の瞬間を狙っていたもの。内面的にも秩序の命令と操作。この「我独りとともにあること」のなかには断想の線や想念の軌道の白痴状態があり、魂は最も堅牢なもの最も信頼すべきものの周囲にざわめきつつ空虚に乱雑に丸められている。――これは抑制《ヘンムング》である（おそらく教授に対する、そして同僚の張りつめた客観性に対する反抗と感じられたかもしれないし、あるいは、深い内部の闇のなかで柔らかく自分自身に突きあたって驚いたのかもしれない）。そして飛散。もつれあい紛糾していたものがほどけて、ひらひらとひらめく。自我《イッヒ》は緩慢に揺れながらひらひらと舞う。遠くの力に色あせて随伴

（1）　ケル、アルフレート（本名ケムプナー、A。一八六七～一九四八）。ドイツの作家、著名な演劇評論家。劇評集『ドラマの世界』など。▼巻末注

（2）　ミヒャエリス、カーリン（一八七二～一九五〇）。デンマークの少女小説家、婦人小説・短篇作家。その大胆で率直な講演「女の危険な年齢」はフランクフルト・アム・マインでは許可されず、ミュンヒェンでは条件付きで許可された。代表作は『危険な年齢』（一九一〇）。▼巻末注

（3）　ロップス、フェリシアン（一八三三～九八）。ベルギーの版画家、画家。エッチング連作に、エロチシズムと神秘主義との結合が認められる。

（4）　ここからムージルは短篇集『合一』に見られるような手法で、人間の深層の断片的な想念の流れを追ってみせる。

していた想念、いつもは抑圧され時おり駆動される半端なプロセス、これら興奮の断片の数々はけっして完成されることがなく、それでもやはり性的で、それでもなおこの場では禁断のもので、それでもなおプロメテウス的なものだが、これらの興奮の諸部分が初めて感知されるものになる。そして――時たま、ほかならぬ学問的言語の鋭利で冷静な坦々とした歩調によって引きあげられて――これらの興奮の断片は、ひとしきり白昼のごとく輝き、猛々しく己の存亡をかけた戦いへと呼び出される。もともとこれらの断片は敵意に満ち、苦痛にあえいでいたのであって、苦痛はとっくに悪意のないそぶりで狭苦しく同居しながらやんわりと、これらの興奮の断片を窒息させようとしていた。そしておよそ作家ならば、次のことを強く主張するであろう。裸形の母も妹も裸であれば裸形の女性にすぎない、しかもおそらく、まさにそのことが最も忌まわしく思われる状況において初めて意識にとって裸形の女性になる。おおよそこのような内容を、もっと着想を巧みに展開させて書くだろう。

フォン・ヤーゴフ氏(1)は、それを遂行したからといって何人も深刻に非難されることのない行為をめぐる、一目瞭然の本件において、描写と結びついた芸術的目的を看過している。芸術的目的は、押しつけがましく教訓を垂れるものではなく、語りの様式の周囲に明るく顫えながら揺れている、価値を賦与する人間性に潜むものである。ところが、その作品の描写の人間的な価値がいかに高かろうとも、そして表現のあらゆる技巧、作品に認めざるをえないあらゆる賞賛にもかかわらず、作品を正当化するに足る芸術的目的が否定される場合がある。あるいは他の目的の下位に置かれる場合がある。このような例を芸術的表現の範疇から排除する、というのが今日、警視総監や検事たちばかりではなく、芸術を志向する雑誌の基本方針になっている。わたしはこのような場合を指摘した、そしてこれについて語ろうと思う。ドイツの文化共同体のなかでは語られないいくつかの事柄がある。この事実に恥辱と憤慨で満たされるのはわたし一人ではない。わたしはこれに反対し、以下の見解を支持する。芸術は不道徳的なもの、最も非難されるものを描いてよいばかりではなく、愛することとすらしてよいのである。

その際わたしは前提として——良識ある人びとはおおむね否定しないであろうが——社会の立場から見て不道徳的なもの唾棄すべきもの病的なものが存在することは、実に当然のことであると考える。そうするとわたしの提起した主張については三つの可能性しかありえない。すなわち、芸術家によって描かれた猥褻なもの病的なものはもはやまったく猥褻そのもの病的そのものではなくなる。あるいは、われわれは（告発されたいがため、ないしその種の意図の下に、対照効果を狙って猥褻なもの病的なものが描かれる場合——つまり実際にはありえない場合——を除いて）そういうものに対する芸術家の愛情は、ひとが現実界のまじめさに期待するものとは違う何ものかである、と仮定しなければならない（つまり——寸秒たりともこれを芸術家の悪ふざけや悪乗りと、軽率に混同することのないよう付言するが——芸術固有のまじめさ）。あるいは、猥褻なもの病的なものは一般に生においてもそのよい側面をもっているかである。

これら三つの主張はすべてある意味で正しい。

芸術はその起点として、猥褻なもの病的なものを選ぶことができるが、それにひき続いて描かれるもの——表現そのものではなくて、表現された猥褻なもの病的なもの——はもはや猥褻でも病的でもない。芸術家の使命をめぐるあらゆる聖具室のおしゃべりを度外視しても、これが芸術の公理である。それによって芸術作品が成立する特殊な機能を冷静に考察しさえすれば、おのずから生じる公理である。なぜなら芸術的欲望以外の欲望は、芸術によっては満たされないからだ。それら多数の欲望は、目標から逸れることのない努力によって、かつ現実のなかで、はるかに容易に満足させることができるし、ひとがそれらの欲望を充分な満足をもって満

（1） ヤーゴフ、トラウゴット・フォン（一八六五〜一九四一）。ベルリンの警視総監（一九〇六〜一六）。演劇の検閲も行う。

たすことができるのはただ現実のなかでのみなのである。芸術的な表現への欲求を感じるとは、現実生活の欲情がきっかけになっている場合ですら、その直接的な充足への切実な欲求をもたないということである。何ものかを表現するということは、百もの別な事物とそのものとの諸関係を表現することである。なぜならそれは客観的にそれ以外のものではありえないからであり、ただそのようにしてその何ものかを理解し感知できるものにしうるからであり……学問的理解もただ比較と結合によって成立するのであり、およそ人間の理解とはそのようにして成立するものだからだ。そして仮にこれら百の別な事物が猥褻であるか病的であるとしても、諸関係が猥褻で病的なのではない。ましてや諸関係を探索することが猥褻や病的であるわけがない。

事情は学問における場合と同様である。学術書を開けばそこには、ありとあらゆる害意のない解剖学的猥褻と倒錯がみられる。その内的なイメージを、健康な魂の諸要素からは、ほとんど再構成できないほどだ。ひとは同情とか社会的義務あるいは医師の（目をしばたたかせながらの）救済者面のようなみせかけの態度に惑わされてはならない。この事象への関心は直接的なものであり、知識を求めているのである。芸術もまた知識を求める。芸術は猥褻なもの病的なものを、節度あるもの健康なものとの関係において描く。すなわちこれは、芸術が節度あるもの健康なものについての芸術の知識を拡大することにほかならない。

芸術家が受ける印象――これまで回避されてきたもの、あるさだかならぬ感覚、感情、意志の動き――は芸術家のなかで解体され、習慣の硬直した関連から切り離されたその構成要素は、突如としてしばしばまったく別な対象への思いもよらぬ関係を獲得するが、その際その対象も、自動的に共鳴しつつ解体しはじめる。このようにして八方へ道が開かれ、結合は爆破されて、意識はその通路を穿孔する。その結果は。描かれるべき事象の、たいていはただの不正確な表象であるが、しかしその周囲には、類縁関係にある、魂のさまざまな切片の共鳴が暗く漂っている。つまりどこかしら繋がりのあるさまざまの感情や、意志や、思考がネット状にとり巻いてゆるやかに運動している。実際に起こるのはこういうことであり、病的な、醜い、不可解な、あるいは単に因襲的に蔑視されてきた事象《フォアガング》は芸術家の頭脳のなかではこのような様相を呈するのである。そして――諸関係の連鎖のなかに組み込まれ、引きあげられ、引き寄せられ、それ自身の重みを除去するある運動に捉えられて――この事象は、その表現を理解するものの頭脳のなかでもこのような姿を見せているに違いない。これら全体が、描かれる対象である。そしてほかならぬここにこそ――宮廷劇場専属俳優が澄ましこんで竪琴をかきならす修身講話にではなく――ここにこそ芸術の、浄化しつつ自動的に脱官能化する作用が成立するのである。現実のなかで一滴の熱い雫のように凝縮されているものが、芸術のなかでは、溶解され、分散され、別な風に組み合わされて、――聖別され、人間化される。その結果制作されたものの違いは、かつて病的な者の作品を手にとったことのあるものなら、一目瞭然でわかる。

言うまでもなく、芸術は抽象的にではなく具体的に、一般的なものではなく、特殊なケースを表現する。その特殊なケースの複雑な響のなかには漠然と一般的なものも含まれている。同じ事例に際して、医師は普遍妥当的な因果関係に関心を寄せ、芸術家は個別的な感情の関連に興味をいだく。学者は現実の総括的な図式を求め、芸術家は内面のまだ知られていない可能なものの登録簿《レギスター》の拡充を求める。したがって、芸術は法知識の次元とは別な次元に属している。芸術は、それが形成する諸人物、諸感情、さまざまな出来事を全面的にではなく、一つの面から表現する。それゆえ、芸術家が何かを愛する、とは、絶対的な価値あるいは無価値によって震撼されるのではなく、突然開かれた一側面によって震撼されるのである。芸術が価値をもつポイントにおいて、芸術はまだ少数者しか見たことのないものを提示する。芸術は征服者的であり、平和主義者的ではない。

かくして、芸術は人びとがぞっとするような出来事にも、価値をおびた諸要素、新しい関連を見出す。芸術と公共の意見とが衝突する多くの場合には、新しい価値が認識されないか、あるいは、典型的な場合には、それらの価値が獲得された環境に対する恐怖から、およそこれらの価値を認識しようとする試みすらが拒否される。ひとは芸術家に、健康な人間には芸術家が分析したような印象の構成要素が含まれていないこと、その印象は徹底的に嫌悪の的であることを教えようとする。それに対しては、「地球をめぐる太陽の運行」という観念にうんざりするほど長いあいだ付着していた明証性のことを控えめに想起することよりましなものが、一つだけある。これらの矛盾の最も基本的なレベル上で戦いを挑むこと、戦いつつ次のような理論を擁護することである。デカダンスか健康かを憂慮しすぎるこの時代に、ひとは魂の健康と病気、道徳と不道徳との境界線をあまりにもがさつに幾何学的に引こうとしている、あたかも是が非でも規定し遵守せねばならないかのように(そしてすべての行為は、その境界線の向こう側か、こちら側かに片付けられる、という寸法だ)。しかしひとはそうするかわりに以下のことを認めるべきである。魂の毒などというものは存在しない、存在するのは魂の構成要素のうちの一つの、あるいは他の要素が機能的に過剰になった際の有毒な作用だけである、ということ。――その際ひとは好感をもたれている構成要素が過剰になれば、その反対の場合に劣らず忌まわしく病気になること。すべての行為、すべての感情、すべての意志、すべての関心の方向――その他、ひとが作家とその作中人物たちが精神的に劣等だと嫌疑をかけるためにもち出してくるもの――はそれ自体としては健康でもあれば病的でもありうること、あらゆる健康な魂には病的な魂と共通する部分があること。そして決定的なのは諸要素の全体であること、つまり今日、病的あるいは健康と分類されている諸要素の、数値関係、側面――、重量――、緊張――、価値―関係などの、実に複雑な関係が問題なのであって、これらの要素はけっして一義的に病的あるいは健康なのではなくて、特定の魂の特定の場合における諸要素の積算結果いかんで、病的ないし健康の意味をもちうること、である。

実際には、いわばそれなりの健康、それなりの道徳をもたない倒錯、もしくは不道徳というものはない。このことは、共同生活を営むことが可能な健康な魂にも、倒錯ないし不道徳を構成する諸要素と類似する構成要素が見出されるということを前提としている。この前提は正しく、いかなる例を提示されようとも、およそ作家にとってこの前提を証明することは困難ではないであろう。あらゆる倒錯は表現されうる。倒錯は、正常なものの諸要素から構成されることによって表現されうる。さもなければその表現が理解されないであろうから。この表現に認められる脱官能性がこの再構成の作業に由来するとすれば、この再構成の可能性に基づいて、モデルの人間化がもたらされる。そしてもしさらに、その再構成が、決定的なパッセージに貴重な要素を含むならば、この再構成は価値の創造である。これがこの組替え結合術《コンビナトーリク》の秘密であり、これにより、不道徳やさまざまな倒錯も理解可能になり、芸術家がそれらに寄せる愛情も理解可能となる。

　この再構成による人間化、価値創造は、知性化された——化学者ならば「濃縮された」と言うかもしれない——再現像《アプビルト》に適用されている。実際の生のなかにはこの再現像に正確に対応する原像が存在しうる。したがって、いかにも病的なもの不道徳なものが存在することは否定できないとしても、思考の領域では、境界線を別な風に決定する必要がある。一例を挙げれば、快楽殺人者は病的であることもあるし、健康でかつ不道徳的であることも、あるいは健康でかつ道徳的であることもありうること、は認めなければならないであろう。実際に殺人者の場合には、こういう事例は認められている。

　こういうものを忌避しない芸術によってさまざまな価値が熟成されるや否や、それらを躍起になってののしるのは、下劣で臆病なことになる。何らかの価値に誘《いざな》われるのでなければ、誰がこの領域に踏みこむだろうか。ところが、是が非でも健康でなければならないとするドイツ芸術は幼児的で偏狭である。この領域にある危険性を否定する必要はない。たとえば実生活のなかで危険を冒してまで実現したいというほどではないが、芸術のなかでならあえてその実現を図りたいという、中途半端な欲望も存在する。また、冒険を為すために、芸術も実生活も利用する人間たちもいるかもしれない。その際そういう人間たちは、あのエネルギーを変貌させる作用をこうむるか（この場合、彼らが付随的に病的であるかどうかは、まったく問題にならない）、あるいはおよそ芸術については論外か、である。とはいえ、これらすべてをもってしても、あらゆる副作用を否定し去るに足るものではないかもしれない。大衆の一員であるひとは、いわば素材を生《なま》のまま吸収するばかりだ、という説も正しいかもしれない。また芸術が科学とくらべて、より動揺しやすく気まぐれな内面性のレベルで作用するため、芸術はいっそう危険になりうる、という指摘も正しいかもしれない。しかしそれらすべては困難性であって、芸術を否定し去る根拠とはなりえない。科学もまた魂の略奪兵士というお供を連れているが、それにもかかわらずひとは、科学が今日以上に広大に——すでに始まっているが——民衆のなかに浸透したところで、科学を禁止することはないであろう。ひとが科学のためにすることは、芸術のためにも為されなければならない。主要目標のために不快な副作用を甘受すること、さらにこの主要目標の驚異的な性格を賞揚することでこれらの副作用を無化することだ。なぜならひとは後方に向かってではなく前方に向かって改革すべきだからである。社会的なさまざまの病気、さまざまな革命は、保守的な愚鈍によって進化が阻害されたために起こるのである。

芸術を理解するためには、ひとは現実の生においても別な風に考えることを学ばねばならないであろう。ひとは道徳を、何らかの共同体の目標と定義すべきである。ただしそれにはたくさんの傍道《わきみち》が認可されていなければならない。いつでも道の上でちょっと思案した拍子に転ぶ危険を冒さないために、道徳への運動を強烈な前進意志に適合させせなければならない。

2 宗教的なもの、モダニズム、形而上学

1912年

ここでいわれるモダニズム(1)は、芸術運動としてのモダニズムではなく、カトリック教会の近代化運動をさす。カトリック神学を、方法論的にも、内容的にも、一九世紀の支配的哲学やプロテスタンティズム神学と矛盾しないように合理化して、近代社会に順応しうるものにしようというのが、その趣旨であった。ムージル自身、カトリックではない。しかしその神秘的な精髄には、惹かれるところがあったし、とりわけその保守性が、ヨーロッパにあって、近代主義の侵入をはばむほとんど唯一の保護膜としての役割を果たしてきたことについては、評価していたようだ。というのも、ムージルにとって、人間性の精髄をなすものは、個人となり、人格となり、近代人としてのアイデンティティを確立させた瞬間、忘れ去られてしまうものだったからである。したがって、この魂のこの最後の砦までをも近代化しようとするモダニズムの動向に、彼が黙っていられるはずがない。ではどのようにすれば、その宗教性をふさわしい形で蘇らせることができるか。そこで形而上学論の出番となる。

モダニズムは、宗教に中産階級の理性を浸透させようとする試みである。モダニズムはそれが個々人の提唱者によって出現したことのみならず、この点からも、一種のプロテスタンティズムだといえる。それは理性にも宗教性にも反するもので、モダニズムの殉教者の受難や恍惚には、ブルジョアの熱演アマチュア劇から立ち

上る精神的な香気の幾分かが染みついている。情熱の息吹に虫歯の口臭が混ざりあったような香気である。

しかしモダニズムは、カトリックの国家に対するとり返しのつかぬ戦いの最後の帰結として、歴史的に見ていかにも特徴的な事態だといえる。この戦いとは、教会がついうっかり、国家のやり方で国家を支配しようとしたことに始まり、教会が国家によって、教会のやり方、つまり目には見えない精神的な浸透力によって支配されることで終わった。(2)教会国家から国家教会が生じたわけだ。ようするに、モダニズムとは、教会にたまたまふりかかった災難なのではなく、系統だって生まれてきた器官性疾患なのである。実際、カトリックに今日どれほどブルジョア的理性が浸透してきているか、例を数えあげればきりがない。洗礼の儀式すら、どう変わり果ててしまったかを考えてみれば充分だろう。洗礼とはかつて教会の、国家に対する最も雄弁な敵対の表現であった。それは、国家の対抗勢力である精神の共同体への参入を、神秘的な養子縁組を象徴的に表していた。それは、内面の道を踏み出す第一歩において、名前をもつというよりも、名前によって導いてもらうことを意味していたのである。しかし今日この洗礼の儀式は、ブルジョア的な戸籍登録や、証明書発行の手続きと結びつけられてしまっている。つまり、ゆるぎない区別を執拗に求める悟性のなす、レッテル貼りの要求に従ってしまったのである。かくしてそのなすところがどんなに甚大か見極めることのできぬ、精神の宿命の虜になってしまった。すなわち個人《インディビドウム》となることで、魂から匿名性という保護膜が取り払われ、魂はそれにより、のっぺらぼうのただ防衛的にエネルギーを放出するばかりの代物になり果てた。すなわち個人になることにより、人間であることが不可能になったのだ。そしてかりに、いつも第一に「人格」の面倒を見ずにすむならば、魂におそらく可能となったはずのすべてのことが、到達不可能になってしまうのである。というのも、あらゆることがらが、この人格なるものを指しているので、掩護《えんご》なしで退却を余儀なくされる一隊のように、精神的に何か大胆な運動を行おうという気概が、ことごとく萎えてしまうからである。そのように、モダニズムがそのすべての要求の根拠としている理性とは、今日の国家を巨大化させた理性と同じものなのだ。これはモダニズムの性質をよく表す事態だといえよう。しかしこれに負けず劣らず典型的なことが他にもある。それはつまり、教会は、この手の理性に対抗するために、断固として精神性にしがみついてはいるものの、これをドグマの単なる列挙という耄碌《もうろく》したやり方で行うしかない状態にあり、自らのその巨大な、いまだ充分に汲みつくされたとはいえない非理性の価値の方には、もう長いこと何の理解ももちあわせてはいないということだ。この場合、それも当然のことである。

国家規模にまで拡大した市民階級の理性――そしてこれは遺憾ながらすでに教会の理性となりすぎてもいるのだが――は、その根本特徴からいって、単純かつ醒めた理性であり、自称している通り、経済的な理性である。この理性は経験という安全な大地からできるだけ身を離すまいとする。その仮説のなかでも最も大胆なものにおいてすら、総括的鳥瞰を得るためにどうしても必要な分だけしか、この大地から身を起こそうとしない。それは慎重な――こう非難することはできないだろうか――臆病な理性、わが身の安全をこそ第一義とする理性である。それは自分が主張するものが正しいかどうかを問うのみであり、この真理が有益かどうかを問うことはけっしてない。もっとも、こうした真理の価値の概念も、真理が画一的にばかり評価されるようになってしまったせいで、すっかり退化しており、それが何のことなのか、ほとんど理解不可能にさえなっているのであるが。完全に立証可能な認識によって、われわれは鉄を圧延し、空を飛び、食物を得ることはできる。しか

（1）一九世紀末にローマ教皇レオ一三世の指揮のもと、教会内で起こった運動。カトリック神学を方法論的にも内容的にも合理化して、哲学やプロテスタンティズム神学と矛盾をきたさないようにし、時代と歩調をあわせようというのが趣旨。一九〇七年には教会内で弾圧される。

（2）中央イタリアの教皇直轄領をさす。一八七〇年には、イタリア国家に併合された。

しこのような認識が練成されるのをあえて断念し、感情に新しい、大胆な方向性——たとえこの方向性が時にはただのもっとも至極な見解にすぎないにせよ——を与えてくれる認識を得ようと努める、別なタイプの理性がある。こうした認識をこそ見出し、体系化しようとするタイプの理性、そのような理性にとって思考とは、「人間である」という何らかの、不確かな存在様式に、知的な支柱を与えるためにのみ存在するものだ。しかしこの種の理性は、今日、その必要性すら理解できないものとなってしまっている。

その結果として到来したのは（ヨーロッパをその休日にエンターティメント・パークに作りかえた、あの大いに嘆かれている当節の感情の不能に負けず劣らず）形なき感情の過剰状態である。感情のこのゼラチン状の塊から——健康のための祈願やダンス、輪郭《コルセット》を失った人間の尊厳の称揚といった他のあらゆる形式とならんで——モダニズムもまたその養分を吸収しているのである。およそこういう理性の時代から、更なる感情を要求することほど有害なことはない。もうとっくに発展の止まった、言葉足らずの感情が出てくるのが関の山だ。そして実際、「魂の欠如」や「荒涼たる唯物論」や「単なる科学では満足できないもの」や「原子の冷たい遊戯」を嘆くあの懐疑家や改革者たち、リベラルな僧侶や精神科学を指向した学者連ほどみっともないものはないといえる。彼らは思考の厳密さを放棄するが、それはもともと彼らにとってさしたる誘惑ではなかったからだ。そして、いわゆる「感情の認識」とやらの助けをかりて、心情を満足させるため、「欠くべからざる」調和の実現のため、世界像を円熟させるために、彼らが結局やったことといえば、たかだか、全体精神や世界霊魂や神をでっちあげたにすぎない。これらは彼らの出自である教養プチブル階級の根性を上回るものではなく、せいぜいうまくいって「上等の精神」にすぎず、これは新聞を読み、社会的な問題に対しいくらかの理解を示すことができたら上出来というものだ。

聖フランチェスコ[1]の感情が、宗教的熱狂から自らを去勢し、十字架に釘づけにするそこら辺の靴屋の感情から区別されるのは、悟性がそこにどれだけ集中的に組み入れられているかというただ一点によることは確実である。しかし科学的認識に対立しながら存在できるようないかなる感情の認識も、あるいは別の第二種の認識などといったものもあり得ない。科学的な認識は、既定の枠に閉じこもり、他のすべての可能性をしめ出すことで成り立つものだ。純粋に理性的で、実用主義的な知性は、確実なもの、かつ現実のものとして認識されるものに対象を限定するが、この種の知性が要求するところに従って、問題設定のあり方も選択を受ける。これが枠をなすのである。しかしこの枠自体は、乗り越えられうるし――こちらの言葉のほうが望ましいというのであれば――潜り抜けられうる。認識はただ一つしか存在しない。しかしこの認識のなかで、悟性が達成した業績のみを評価しようとするのは、単なる歴史的慣習にすぎないのである。実際、認識のこの新しい方向性を築き上げた人びとのなかでも最初の人たち、ガリレイ、コペルニクス、ニュートン及び彼と同類の仲間たちは、きわめて信心深い人びとだった。彼らのやり方は、教会からのいかなる離反も企てるものではなく、信仰心を強化させせながら、いつか正統派の信仰へと逆に戻ってくるようにと意図されていたのである。しかし整列した兵士たちの横隊のなかで、一人の兵士の肩がゆがみ、全横隊が気づかれぬほどわずかにそれ、ついには列がどこかで急に折れ曲がってしまうように、この方法もまた、彼らのうちの誰も意図しなかったことをもたらすことになった。因果的連鎖である。一歩一歩、巻物がほどけるように問いが生まれ、次第に精神の欲求の狭隘化が生まれ、遂には進歩マニアにまで昂ずるにいたった。物質が屈服した以上、もう進歩を食い止めるには無理な話である。しかし本来の証明――科学が真理か否かの証明ではなく――、科学が重要であるか否かの証明は、

（1） アッシジの聖フランチェスコ（一一八一～一二二六）。カトリックの聖者。金持ちの放蕩息子だったが、ある日神の声に促され、ハンセン病者に接吻した瞬間、回心。清貧を説くフランチェスコ修道会の開祖となる。小鳥に説教するなど、純真素朴な信仰で知られる。

その際けっしてなされなかった。もっとも、この進歩そのもののうちに、科学の重要性の証明があるのだ、という向きもあるようだが。すなわちこの進歩による自然支配、テクノロジー、安楽さの追求や、いつまでたってもけっして完了することのない「生きるための準備」に没頭している、そのいかにも発明家風の素振りがそうだ。とはいえ、科学のなすこうしたエネルギッシュな身振りの奥には、精神と世界を綜合することに対する怖れが潜んでいるのである。

なんとも住み心地のよくないこの認識の建物の巨大な切石の堆積の手には、しかしながら、あちこちに死角が見出される。そしてそこでは痴呆化の危険をおかすことなく非科学的であることができるのだ。最初や最後の解決不能な問題《アポリア》、すなわち、因果連鎖の終端、法則の妥当性の限界、実際的要求がいまだなお理論形成に対して及ぼす影響、体系を矛盾なく完結させることの不可能性などが、こうした死角を形成している。あるいは目立たぬ日常茶飯事においても同様である。というのも、科学は変転のなかにあって回帰するものだけを捉えることができ、一回っきりの、ユニークな、一つ一つ個別化されてみられた出来事に対してはこれを捉えるための知覚器官も関心ももってはいないからである。石がなぜある特定の屋根から落ちるかといったことすら、科学にとっては、その構造をこれ以上吟味することが不可能な単なる事実、一つの偶然にすぎない。もちろんここにも法則が働いてはいる、しかしこの法則、落下法則は、石が特定の屋根から落ちたというこの出来事全体のなかで、ほんの小さな役割を果たすにすぎない。そして出来事の残りのすべて、たとえば、雨が降ったとか、その後太陽が輝いたとか、風が吹いたといったことがらはみな、事実であり、偶然なのである。それでもなお、気象学的法則に従って説明してみたいと思われるかもしれない。しかしそうする場合も、この気象学的法則を手段にしながら、再び他の事実のセット――別のところでは太陽が輝いていたとか、あるいは雨が降っていたとか、大気圧はここではこうであり、あそこではああであったといったこと――から、その説明を導き出すしかないのである。この巨大な、世界像のただなかに割り込んでくる、認識の喜びに耽る人びとにはまったく顧みられたことのない、単なる事実、単なる偶然にすぎないものの孤独、出来事以外の何ものでもないものの孤独が、科学の道からほんの数歩しか離れていないところに開けてくる。そして認識の聖者が、際限なく幻視的なこの荒野をじっと見つめているのである。

しかし、科学が自分で引いた境界線を越すやいなや、いくら違ったやり方でこの仕事に着手したところで、認識の収穫はわずかにしかあげることができないだろう。すべての形而上学は、悟性を間違った形で使用しているために、お粗末なものになってしまっている。つまり、彼岸を現実の延長として証明するという、形而上学自体の本性に反したことにその野心を傾ける反面、彼岸を（要求度の高い趣味の持ち主のために）、まずもって「可能である」ものにすることの方が先決だとは考えなくなってしまっているのである。そのようにして形而上学は橋をかける。が、しかし、橋を超えて行き着く先の国は、喜べるようなしろものではない。カント的に言えば、形而上学は超越論的[1]であり、超越者は退屈そのものにとどまっているのである。仮に形而上学に、たとえば、ものの硬さや重さや空間的延長や時間的持続や電気的、工学的、磁気的、熱力学的定数といったものを魂の特性として考えるという課題が与えられたとすればどうだろう。そうすれば、どの形而上学も、ゴマンとある一元論[2]や唯心論や観念論などに没頭して、これが可能であることを証明せんとばかり、全野心を傾けはしないだろうか。そうすれば形而上学も、科学の見せる、魂を観察しては毎回同じ身振りで自己表現する物言わぬチック症や、法則にまで圧縮された強情さや、星辰《せいしん》の落下も浮浪者の鼻血もひとしなみに面倒をみる看

（1）transzendental。物自体のようにそれ自体は認識不可能で、経験世界を越えるものの存在が、同時に経験世界の成立の可能性を条件づけている様子をさす。

（2）Monismus。世界の存続や成立を単一の素材や実体、原理から説明しようとする哲学的見解。

護婦の無関心さや、よりによって学者の前に出ると、ここぞとばかり秘密のヴェールを取り払いたがる悪趣味などをとらえて、新時代の魂は何と奇妙なものよと、追求するまでものことはなくなる。しかし、これとは逆方向の課題も考えられる。つまりこのような性格の人びとのなかで暮らしながらも、自分のことを、奇妙な衒学者たちの間にまぎれこんだ、緩やかで、いくらか不確かなところのある変わり者とみなすこともできる。そのような人になるには、魂をどのように形成する必要があるかを、追求してみてはどうかということだ。彼のような人にとっては、これらの衒学者連中のように凝り固まったり、確固不動であったり、「個人」として存在することなど、真っ平御免である。むしろ、そういう人びとの弱点を笑いものにするほうを選ぶだろう。それはちょうど、大女の子宮に住みついている小男のようなものである。彼は、これらの衒学者たちが、突如、笑止千万の狂乱めいた身振りに変じて硬直するオルガニズムの瞬間が来たら、無防備に徹し開き直った頭脳に特有の優越感から、彼はこの連中の様子をじっくり堪能することだろう。

もっとも、教会はすでに一度スコラ哲学(1)において、人間を形而上学の目標とするこの種の知的システムを――それがどのようなものであれ――樹立し得ることを証明している。このシステムがのちに崩壊したことはまったく当然であったが、それはただ、簡単に修正できる過ちが原因だった。そもそも逆説というものもまた、身を支えるための基盤として、真理を必要とする。スコラ哲学の時代、この「真理」に該当したのはアリストテレスの教義体系だったが、これはもう二、〇〇〇年も酷使されてきたせいで、ぼろぼろに朽ち果てていたのである。容易に新しい哲学で補充できたはずだ。しかし教会はそんなことは必要だとは思わなかった。教会はもうとっくにエッセイとして生きられた人生の書物を閉じてしまっており、以来、それを聖痕複製版(2)で、何度も再版を重ね続け、大衆に迎合するべく順調に舵を進めているのである。

（1）神学、哲学、法学、医学等を総合化させたキリスト教中世の学問体系。

（2）原語はanastigmatische Neudruckeで、anastatisch（再生させる）にstigma（聖痕）を絡ませた、ムージルの造語と思われる。アッシジの聖フランチェスコは、山中でケルビムより聖痕（キリスト磔刑時の、手足の釘跡）を受けたとされる。アナスタチック・リプリント版とは、転写製版法の一種で、印刷過程に、特殊処理をほどこした原版を用いることで、組み替え版なしに作業を進めることができる。

3 モラルの豊穣性

1913年
2月～3月

モラルとは、隔絶した孤独のうちにのみ生じるものだとムージルは説く。通常の意味での利己主義、利他主義、善悪を否定して、肝腎なのは「人びとに鬱屈しているパワー」であることをくりかえし強調している。杓子定規の道徳律は「感情」に還元するためのトリックである、などムージルに特徴的な道徳観が顕著に現れている、重要なエッセイである。

エゴイズムなるものは道徳理論家の捏造《ねつぞう》したフィクションだ。なぜなら、自分ひとりの幸福のみを欲するのは、感情のなせる業ではありえず、事態はもはやその人自身の問題では済まされないからだ。すなわち純然たるエゴイズムとは、感情の全面的な麻痺でしかありえない。つまり付随する意識の欠落した自動症(1)であり、周囲の世界についての感情的な介在の欠落した、感覚的刺激と意欲との短絡だ。たとえばドン・ファン主義が愛の形式の一つであると認められているように、放蕩者、重罪人、冷血漢もまた、利他主義のヴァリエーションにほかならない。

どんな利他主義的な気持ちも、利己心の作用に起因することが証明されている。ならば同じように、どんなエゴイスティックな行為にも利他的な動機が隠されており、利他的な動機なしにはエゴイスティックな行為は考えられない、と証明できてもよさそうなものだ。どちらの演繹論も、極端に突き詰めると、同じ程度に妙ちきりんなことになる。すなわちこれらの概念の威信は、ぐらついた鍋のなかにあり、演繹は機械的な思考ゲームにすぎない。それというのもその下で支える感情という地盤がゆれ動くからである。

エゴイズムの例を調べてみると、事実として浮かびあがるのは、常に周囲の人びととの感情的な関係だ。私と君との関係であって、その両端はそれぞれ重きをなしている。純然たるエゴイズムと同様に、いまだかつて純粋の利他主義というものも、ほとんどあったためしがなかった。人びとを愛しているがゆえに、その人たちに奉仕せずにはいられなかった人間がおり、人びとを愛していてほかに表現のしようがないために、傷つけるほかなかった人間がいただけの話だ。あるいは逆に両方ともに、憎しみからそうしたのである。しかし憎悪も愛も実は見かけだけの現象であって、少なからぬ人びとに鬱屈しているパワーがたまたま形をとったプラス・マイナス記号にすぎない。このパワーは道徳的な攻撃性とも呼びうるもので、何とかして同胞に激烈な形で呼応したい、同胞に流れこみたい、あるいは内面的に独創に富む位置関係を同胞とのあいだにうち立てたい、というまったく幻想的《ファンタスティッシュ》な強迫である。利他主義もエゴイズムもこの道徳的幻想の表出可能性の一つなのだが、両者を一緒にしたところで、いったいどれほどの表出形態があるのか数えられたこともない表出可能性のうちの二つでしかない。

悪もまた、善の対極でもなければ善の不在でもなく、善悪は平行した現象である。善悪は根本的な矛盾対立でもなければ、一般に思われているような究極の道徳的反対概念でもない。およそ道徳理論にとって特に重要

（1）Automatismus。本人には行動の意図もなく意識もないのに一連のまとまった行動が行われる状態。催眠、ヒステリー性の分離規制、緊張型分裂症および癲癇などに見られる。

な概念ですらなく、つまりは、さしあたりまとめただけの、不純物を含む実用的な呼称である。両極として対立させる捉え方は、何でも二分法で片づけようとする人類黎明期の思考状態のもので、およそ科学的といえたものではない。こういう道徳的な二分法が見たところ重要に思えるのは、善悪を真の対立と混同しているためである。すなわち「撲滅すべきものと、推進すべきもの」がそれである。実際あらゆる問題に混じりこんでいる、この真の対立は、モラルの重要な構成要素であり、この対立の鋭さを奪おうとする理論や、調停しようとする理論は愚劣である。「すべてを理解することはすべてを許すことだ」というのはひどい誤りで、それに比べたら「ある道徳上の現象を許すか許さないかを判断するのは無意味である」とするほうがましなくらいだ。ここで交錯しているのは、まったく遠ざけておくべき別々の二つのものである。何を撲滅し何を促進すべきかは、実際の考量と事実関係によって決まるし、歴史的な偶然性にもそれなりの影響力を認めるならば、完全に解明できるものだ。私が一人の泥棒を罰するとき、それを正当化するのに必要なのは現前している理由だけであって、究極の理由などではない。ここには道徳的な瞑想や空想のかけらも含まれない。もしその代わりに誰かが、罰しようとするときに麻痺したように立ちすくみ、誰であろうと一人の人間に手をあげる権利が突然くずれ落ちるのを感じ、贖罪をし始めたり居酒屋で死ぬほど痛飲したりしたら、彼に触れたものは善悪とはもはや関係がない。しかしその男はきわめて激しいモラルの反応の状態にある。

　モラルというものが実はどれほど冒険的な、体験的なものと感じられているかを証拠だてることがある。道徳理論家でさえ功利説[1]という堅固な大地を捨て去って、「汝為すべし！」をしばしば特異な体験へと祭りあげて[2]、——見分けのつかないほど仰々しく「義務」へと変装させた——「感情」に、われわれの心をノックさせようとしたのである。定言命令と、それ以来特殊道徳的体験と称されているものは、元をただせば、結局「感情」へ立ち帰るための、苦虫を噛み潰したような威厳をとり繕った陰謀にほかならない。だがその際前面に押し出されるものは、まるで副次的なもので、従属的なもので、それらは道徳律を創るのではなく、その存在を前提としている。それらは補助的体験であって、モラルの核心に触れる体験とははるかに隔たっている。

これまで表明されたすべての道徳的な命題のうちで、最も強く利他的な雰囲気をもつものは、「汝自身のごとく汝の隣人を愛せ」でも「善を為せ」でもなく、「徳は教えうる」である。なぜなら理性的な活動は実際のところ、すべて他人を必要とし、共通の経験を交換することによってのみ発展する。モラルはしかし、もともと孤独のうちで初めて生ずるものであり、その孤独が各人を各人から隔てる。伝えがたさ、己のうちへの密閉ゆえにこそ、人間には善や悪が必要となる。善と悪、義務と義務違反は、形式であって、その形式において個人が、自己と世界との間に感情のバランスをうち立てる。重要なことはこのような形式の類型学を確立してこと足れりとせずに、これらの形式を創りだす重圧《ドゥルック》を把握すること、ないしこれら善悪の形式が立脚している、被圧迫状態《ベドリュックトハイト》を把握することだ。そしてこれらの形式は無限に異なっている。それが英雄であろうと聖者であろうと泥棒であろうと、行為は、この被圧迫感をどもりながら語る言葉なのである。情痴殺人犯もまた、心の片隅では内面的な外傷と密かな懇願にみちており、どこかしらで彼は世界から、子供のように酷い仕打ちを受けている。そして彼にはそのことを、かつて一度やってのけたのとは違う形で表現する能力がない。犯罪者の心のなかには、傷つきやすいところと、世界に対する反抗があり、この二つの特徴は、強烈な道徳的運命をもつ人間なら誰にでもある。このような犯罪者を——たとえ最もおぞましい者でも——処刑する前に、われわれは

（1） 倫理学、社会哲学、法学および国民経済学の理論。人間の行動および倫理的な振舞を、どの程度個人と社会に有効であるかによって判断するもの。

（2） 汝為すべし（Du sollst）は「我欲す（Ich will）」と対極的な位置にあり、無私や忘我（Ekstase）に類縁性をもつ。「義務」という姿をとって、モラルを喚起する感情がわれわれの心の扉を叩く、とムージルは考えるのであろう。

彼の内部で反抗するもの、彼とは異質な世間によって貶《おとし》められたものを、取り上げて保存するべきだろう。善悪という現象形式に薄ぼんやりと腹を立てて、その核心に触れようともしない、かの善人――および悪人風情どもほどモラルを害するものはない。

4 数学的人間

1913年

しかつめらしく見える数学がいかに空想的で情熱的な思考であるかについてユーモアまじりに語られたエッセイである。数学および数学者の紹介としてどれほど秀逸であるかは、数学の専門家に是非ともお訊ねしたい。このエッセイは一九一三年という早い時期に書かれているにもかかわらず『特性のない男』の構想の一部を先取りしている。『特性のない男』の主人公は数学者であるが、その理由をこのエッセイから読み取ることができるのである。とはいえ、科学者の評価について、このエッセイと『特性のない男』とでは微妙に食い違っているようである。

すぐれた司令官を戦場の数学者と呼ぶことがある。数学の本質が知られていないために広まっているいくつものナンセンスのなかの一つである。本当は、司令官の行う論理計算は、悲劇的事態をひき起こさないためにも四則演算の単純な確かさを越えてはならない。簡単な微分方程式を解くような、いくらか厄介で見通しのきかない演算を突然やらなければならなくなったら、その間に何千人もの兵士が、援軍が来ないせいで斃《たお》れてしまうだろう。

司令官のもつ才能にけちをつけているのではない。数学に固有の性質を弁護しているのである。数学とは思考のきわめて経済的な使用といわれる。そのことに間違いはない。しかしその思考自体は、広い範囲を駆けめぐる不安定なものである。生物学的な倹約行為として始まったのかもしれないが、とっくに複雑な倹約の情熱となり、利益の拡大などどうでもよくなってしまったのである。吝嗇漢《りんしょく》が貧しい生活をだらだらと引き延ばしているうちに、裕福さを求めてそうし始めたことなどお構いなしになってしまうようなものである。

数学は、都合さえつけば、たとえば無限級数の和算のようにいつまでも終わらないプロセスをまたたく間になしとげることができる。厄介な対数計算、さらには積分にいたるまで、機械装置でやってのける。調べたい数字をセットして、レバーとかそれに類するものを回しさえすればよい。二百年前なら大学教授がその解を求めてロンドンのニュートン氏やハノーバーのライプニッツ氏のもとへ旅立たなければならなかったのに、いまでは研究室の秘書がそうやって片付けることができるのである。もちろん機械によって解決できない問題の数はその何千倍にものぼるが、それらに関しても、数学は、およそ可能なあらゆるケースを原則として前もって考量するという目的および成果をそなえた、知の理想の装置といえる。

知の組織化の勝利である。知の旧街道には、天候による危難や追いはぎに遭う不安があったが、その旧街道に寝台車の走る路線が取って代わったのだ。それが認識論的な経済性である。

ところで、その可能なケースのうちのどれほど多くのものが実際に利用されているか問うてみよう。また、この途方もない倹約システムの歴史のなかで、どれほど多くの人生、お金、創造的時間、功名心が使われてきたか、いまも注ぎ込まれているか、これまでに取得したものを忘れ去らないためだけにも必要であるかを考えてみよう。さらにこの倹約システムを、それによって形成された役に立つ習慣をもとに評価してみよう。すると、数学という難解でややこしい装置が、やはり経済的で、厳密にいって比類ないものであることが明白になる。というのも、私たちの文明はすべてこの装置の助けを借りてつくられてきたのだから。私たちは他の手段を知らない。このシステムが仕えているさまざまな要求はこのシステムによって完全に満たされているし、これほど過剰に使用されているシステムは他にないのだから、批判のしようもないのである。

しかし数学の外の世界での利用ではなく、数学自体のなかの利用されない部分に目を向けると、この学問のもう一つの、本来の姿に気づくことになる。すなわちこの学問は、目的など考えず、不経済で情熱的である。――数学といっても普通の人には、小学校の学習内容を越える事柄はそれほど必要ではないし、エンジニアにしても、ポケット版の工学公式集さえ使いこなすことができれば事足りる。それも、たいそうな分量ではない。物理学者ですら普段はそれほど多種多様の数学を用いているわけではない。そしてひとたび数学を別様に用いるとなると、大抵の場合頼りになるのは自分だけである。というのも、そのような応用研究はほとんど数学者の関心を惹かないのだから。それゆえ数学の、実用において重要ないろいろな部分のスペシャリストは、数学者ではない。その傍らに、数学者だけのための測り知れない領域が広がっている。いくつかの筋肉の根もとにとてつもない神経組織があるようなものと考えればよい。その組織の内のどこかで、数学者が一人ずつ仕事をしている。その部屋の窓は外に向かっては開いておらず、隣の仕事部屋へ向かって開いている。彼は専門家である。というのも、いかなる天才といえども、もはや全体を掌握することはできないからだ。彼は自分のやっている仕事がいつかは実益をもたらすだろうと思っているが、だからといって気持ちが鼓舞されるわけではない。彼は、真実に、すなわち自分の運命に仕えているのであり、その運命の用途に仕えているわけではない。彼の仕事が何千倍もの経済性をもたらすとしても、そこに内在しているのは、すべてを擲《なげう》つ気概と情熱《パッション》である。

数学とは、純粋な理性の勇猛さという、今日ではなかなかお目にかかれない贅沢の一つなのである。文献学者だって、どんな有用性があるのかおそらく自分でもよくわかっていない事柄に従事しているし、切手やネクタイの収集家となればなおさらである。だが、それらが私たちの生活の真剣な事柄から遠く離れたところで起こる害のない気まぐれであるのに対し、数学はまさにそのような場所でなされる、とびきり愉快で刺激的な冒険のいくつかを含んでいる。小さな例をあげてみよう。——実際私たちは、この学問の、この学問にとってはどうでもよくなった成果にすっかり依存して生活している。パンを焼くにも、家を建てるにも、車を動かすにも、数学の成果が役立っている。もちろん手作り《ハンドメイド》の、家具、衣服、靴、それに子供といった例外はあるが、私たちが入手するほとんどすべてのものに数学的計算が介入している。私たちの周囲で立ったり動いたり駆けたりしている存在のすべてが、理解されるのに数学を必要とするだけでなく、実際に数学によって生み出されているのであり、その存在の決定において数学に依存している。つまり、こういうことだ。数学のパイオニアが何らかの基礎的事柄について有益な想念をいだき、そこから推論と計算方法と解をつくり出すと、それを自家薬籠中の物にした物理学者が新しい成果をひき出し、しまいにエンジニアがやって来て、しばしばその成果だけをもらい受け、新しい計算を付け足して機械をつくり上げる。ところが、である。こうしてすべてが目を見張るすばらしい構築物へと移されたあと、——その内部でつらつら熟考していた数学者が、その全体の基礎的事柄において何かがまったく処理不能であることに突然気づく。事実、すべての根底となる部分を調べてみると、この構築物全体が宙に浮いていることがわかったのだ。ところが、機械は動いている！　というわけで、私たちの存在といえども青ざめた幽霊のようなものだと想像せざるをえなくなる。そうしたことを体験しているといっても、なんらかの錯誤にもとづいて体験しているのであり、その錯誤がなければそれはなかったことになる。今日では、数学者の抱く感情ほど空想的な感情はまたとない。

数学者はこのような知のスキャンダルに模範的に耐えている。自分の悟性に含まれるやっかいな危険性への誇りと自信をもって耐えている。もちろん他の例をあげることもできる。たとえば数学的物理学者たちが、突然やっきになって空間と時間の存在を否定しようとした。しかも、ときおり哲学者がするように遠方から夢見るようにではなく——哲学者だったら、あんな職業の人なのだからと、誰からも大目に見てもらえるのだが——一台の自動車が急に目の前に現れるように、すこぶる信じるに足る理由からであった。数学者がどんな人間であるかを知るにはこれでもう充分だろう。

啓蒙主義時代の後、数学の門外漢たちは意気阻喪してしまった。悟性がちょっとした失敗をやらかしても、それ見たことかと悟性から目をそむけ、ダランベールやディドロ(1)の意志なんて空疎な合理主義にすぎない、とくだらぬ夢想家が罵るままにさせている。大切なのは感情なのであり知性なんかじゃないとがなり立て、知性を伴わない感情が——いくつかの例外を除いて——パグ犬のようにずんぐりむっくりしていることを忘れている。そうやって私たちは、私たちの文学をすっかり駄目にしてしまい、ドイツの小説を二冊続けて読んだ後には、ダイエットのために積分の問題を解かねばならないほどである。

数学者だって自分の専門分野を離れると平凡な人間で、馬鹿げたことしか考えないし、自分の論理すら見捨ててしまう、なんて文句をいうのはよそう。専門分野を離れたところには彼らの解くべき問題はないのだし、彼らは彼らの領域において、私たちが私たちの領域において行うべきことを行っているのである。彼らの存在から学ぶべきこと、大いに範とすべきことは、彼らの領域にある。数学者は、未来の精神的人間とはどのようなものであるかを類推させる存在なのである。

これまで数学者の本質がかもし出す面白さを語ってきたが、そこにいささかなりと真剣さがのぞいているなら、つぎの結論も唐突には感じられないだろう。——私たちの時代には文化が欠けている、と泣き言をいう人がいる。それにはいろいろな意味があるが、文化とはつまるところ常に宗教か社会形態か芸術による統一であ

（1）▼巻末注

る。ところが現在では、社会形態によるには人口が多すぎるし、宗教によるにも人口が多すぎる。あらためて証拠を示すまでもないだろう。そして芸術はといえば、現代は自分たちの詩人を愛することのできない初めての時代である。それでもこの時代には、かつてなかったほどの精神的エネルギーが社会のなかに渦巻いているばかりか、気分の同質性や精神の均一性もかつてなかったほどである。それらすべてが単に知識を求めていると考えるのは愚かなことだ。目標はとうの昔から思考そのものである。思考は、深さと大胆さと新しさを求めながら、さしあたりは、まだ合理的なものや学問的なものにだけ向けられている。しかし、この悟性があたりを侵食して感情を捉えるとき、それは精神となる。その歩みをふみ出すのが、詩人のつとめである。そのために詩人は何らかの方法を学ぶ必要はない――心理学なんてとんでもない――学べるのは要求の高さだけなのである。しかし詩人たちは、自分の置かれた状況に向き合ってなすすべを知らず、神を冒瀆することで気を紛らわせている。一方、同時代人たちは、自分の思考レベルをみずから人間的なものへ移すことはできないにしても、自分の思考レベルのなかにあるものをぼんやり感じてはいるのである。

5

超心理学（1）への注釈*

1914年
4月

『特性のない男』のアルンハイムのモデルでもあるラーテナウの三冊目の著作の書評として書かれた。彼岸的なものを暗示する作品の系譜に連なるこの著作に見られる倫理的偏狭さ、公正さを欠いた視点に対する批判がなされる一方で、神秘的体験の描写の見事さ、神秘状態から哲学を叙述しようとする試みが評価されている。ムージルがみずからの文学の核心に据えた「別の状態」に、ラーテナウの著作が与えた影響をうかがうことができる。しかし、そうしたいわば魂の体験の真性さを、その内実を喪失させることなく思考の厳密さと橋渡しすることの困難さが、ラーテナウのこの著作においても露呈している点が仮借なく指摘されている。

良質の現世的作品は、何らかの形でわれわれの彼岸的存在を形成しているという観念には——個人の不死性をもはや保証する勇気のない今日の唯心論哲学お気に入りのこの理念には——、眠りの黒い穴蔵であるベッドに夜ごとおもちゃを持っていきたがる子どもの欲求に似たところがある。そうした観念が役に立たない教訓と

＊　ヴァルター・ラーテナウ『精神の力学について』（S・フィッシャー社）

（1）　Metapsychik = Parapsychologie。通常の知覚能力の埒外にある、感覚を越えた現象についての学。

結びついている場合には、オイケン(1)やときにはベルグソンにさえ見られるように、すべてをぶち壊しかねない滑稽味をおびる。ノヴァーリスの場合には――彼は、自分のなかに存在している思考はかつて恋人の脳がつっかえつっかえ作り出したものであり、小さな彼女の肉体のなかに存在していたということをけっして忘れない――超‐感覚的なところ、触発された高揚感がある。くすんだバラ色のふわふわした卵塊のような思考世界を、花の種子のように飛びすぎてゆく、そんな趣がある。あるいはまた、それが――個人の精神を包括する全体精神の永遠性という観念が――この世に対するエートスを内に含んでいることもある。たとえば腕を組んで行進する列から聞こえてくる歌、同胞愛の賛歌、不安のあまり陽気に暗がりから暗がりへと進んでゆく群衆のラ・マルセイエーズ。エマスン(2)の場合がいくぶんそうである。こんな風に例をあげるのは、これらの問題に潜んでいる感情の多様性のいくばくかを示し、この世に対して彼岸が負うている責任を少しばかり喚起するためである。ラーテナウ(3)の著作からわたしが感じ取るのは、そうした可能性のうちの、他者に心を打ち明ける可能性である。彼の著作を支配しているイメージのいくつかは、概念によって記述される以前の時間に、それらがもともと流れ出てきたところから流れ出てきたと思わせるが、人間の可能性のそれ以外のものに充分注意を払っていたとは思われない。

正しい人間は――魂あふれる人間と呼ばれている――愛、断念、理念、直観、大胆な真理を好み、その性格は誠実、寛大にして独立独歩であり、その振舞は確実で、晴れやかに落ち着き断固としている、賢明というよりは強靭で、経験豊かというよりは自己をわきまえていて、生の晴れやかな自由さ、超越的な高揚への傾向、直観的な敬虔さを身につけているとラーテナウが言う場合――、そこに人間のあるタイプの綱領を見て取ることができる。そうしたタイプの人間は――芸術作品において提示されるにせよ、同じく内側にしまいこんであったとっておきのものともどもエッセイにおいて描かれるにせよ――、そうした諸特性が特性相互の結びつき、また他の特性との結びつきによってより詳しく規定されれば、場合によっては貴重なものでありうる。しかし例挙された特性によってある個人が描き出されるのではなく、単なるパレットのため、道徳的色彩を数多くそろえるためだけに、それらの特性の権威が要求されるのであれば問題は別である。ドストエフスキーが癲癇《てんかん》患者でありフロベールもそうであったこと、存在の深遠な瞬間における彼らの振舞が「確実で、生の晴れやかな自由さ」をもつものであったはずはないということがすぐさま思い浮かぶ。ホラチウスは戦いから逃げ出した。ショーペンハウアーは悪口雑言をまき散らした。ニーチェ、ヘルダーリンは狂気に陥った。ワイルドは監獄に入れられた。ヴェルレーヌは大酒飲み。ヴァン・ゴッホは腹に弾丸を撃ちこんだ。これらが例外だと言うなら、規則を見てみたくもなるだろう。だがラーテナウが引き合いに出している古代ギリシャでは、アキレスと並んでオデュッセウスが好まれ、ニーチェはアポロ的タイプとディオニュゾス的タイプを区別することを教えた。ゲーテを最も偉大なアポロ的人間だと思いこむ伝統も――少し前に出た優れた著作のなかでバール[4]が示したように――伝説なのだ。例外がやはり、どういうわけか規則のなかに紛れこんでいるようだ。

（1）　オイケン、ルードルフ・クリストフ（一八四六〜一九二六）。ドイツの哲学者。ドイツ観念論の流れを汲む生の哲学を代表した。ゲッティンゲン、ベルリンに学ぶ。バーゼル、イェーナ大学教授。一九世紀中葉の反理想主義的傾向に反対し、一種の汎神論的理想主義を説く。一九〇八年ノーベル文学賞受賞。

（2）　▼巻末注

（3）　ラーテナウ、ヴァルター（一八六七〜一九二二）。産業界の大立者、政治家にして著述家。父の後を継いで総合電機製造（AEG、のちのテレフンケン）コンツェルンの社長となり、第一次世界大戦後はドイツの復興相・外相としてドイツ再建に努めたが、一九二二年に反対派に暗殺される。『特性のない男』の登場人物アルンハイムのモデル。一九一四年一月一一日のムージルの日記には、ラーテナウ博士との会見の印象が述べられている。

そしてまた、エジプトや東アジアの版画や石碑からわれわれに伝わってくる不思議な魂を念頭に置いていながら、エジプトや東アジアでは魂のない芸術しか生まれなかったという主張がなされるとき、魂をもつ民族については次のように言われている。彼らの精神は現象の上を漂い、「一見くったくなく無関心に、しかしこの上ない理解を示しながら被造物に関心を寄せる」[5] ユーモアという至高の直観形式へ高められるのだと。だが思い出してみれば、愛すべきサッカレーはユーモアたっぷりであったが、ダンテ、ゲーテ、ベートーベン、ドストエフスキーはほとんどユーモアをもちあわせていなかった。また芸術の問題はよく考えると――それほど簡単ではないことがわかっているのに、フランスはただ一篇の詩をも生み出さなかった、偉大な芸術は常に簡潔であり絶対的なものを反映していると述べられるとき、魂あふれる民族についてはこう言われている。彼らの心を占めているのは信仰、忠誠、戦争、積極的な理想であり、物質的なもの、平和、博識、分析は彼らとは無縁であると。だが今日では多くの点で人びとは、戦争の美徳は博識のなかにも存在しうると感じ、平和と信仰はたいてい一体をなしていることを知り、理想が分析の前に置かれるのではなく分析の後で生じるようにと格闘している――かくしてこの書物においては、その現代性にもかかわらず、世界はまたしても天国と地獄に分断されていることがわかる。実際はその両者のあいだに、両者の混ざり合いから、すなわち善と悪、病と健康、利己心と献身の混ざり合いからまさに（もちろん混ざり具合はまだ吟味されなければならないが）……この世のさまざまな問題が花開くのだが。

ラーテナウの著作には、こうした欠点を大目に見てもよい貴重なものがある。エッセイ風の書物においてなじみ深くなった表現を使えば、魂の体験とか愛の体験と呼ばれている、人間の例の一群の状態のことである。この著書におけるそうした体験の描写は、素材の点では目新しさはほとんどないが素晴らしいものである。これぞ神秘主義の根本体験である。

ラーテナウはこの点を見事に描き出しているのだが、この体験は愛の力に似た志向、名状しがたい集中力、内的集中、直観的諸力の統一によって生じる。克服されるべきは力でも怠惰でも苦痛でもなく、硬直である。こうした愛は、自然のうちに沈潜するが自己を失わない。いわば振動を拡げながら現象世界の上を漂う。意志は解体し、われわれは自分自身でなくなるが、それでいて初めて自分自身なのである。こうした瞬間に目覚める魂は何も欲さず何も約束せず、にもかかわらず活動を続けている。魂は法則を必要とせず、その倫理的《エーティッシュ》原理は覚醒と上昇である。倫理的行為が存在するのではなく、非道義的《ウンジットリヒ》行為や存在がもはや不可能であるような倫理的状態だけが存在する。われわれが評価するものと評価しないもの、愛するものと憎むもの、賞賛するものと軽蔑するものの違いはごくわずかで重要なのはただ一つ、魂の生成が阻まれるのか、促進されるのかだけである。――こうした文章においては、隅々までが体験に満たされている。この状態を知らない者に、その特徴をわからせることはできない。この状態を知っている者は、こうした瞬間にはしばしば、感情の認識、大きな内的転換、生の決断が、さながら無から浮かび上がるように体験する者の前に立ち現れるということを知っている。そんなとき、それまで純粋培養の悟性によって考えてきたことはすべて、まったく取るに足らないものだということがわかる。あらゆる神秘家が、新たな存在への参入だと称揚した覚醒の状態にいるのである。わ

（4）　バール、ヘルマン（一八六三～一九三四）。オーストリアの批評家、作家。ベルリンで評論活動を始めたが、その後ウィーンを活動の本拠地とした。自然主義から出発し、象徴主義・神秘主義に傾倒し、表現主義にいち早くとびつくといった具合に、時代の動向に鋭敏なジャーナリスト・批評家としてウィーンの文壇をリードした。「カメレオン」のようなめまぐるしい精神の変転の後、晩年にはカトリックの信仰に沈潜するようになった。

（5）　サッカレー、ウィリアム・メイクピース（一八一一～一八六三）。一九世紀のイギリスを代表する小説家。代表作に『虚栄の市』（一八四六～一八四七年）がある。

れわれが受け取る世界の知覚像には中心的な要因が常に関与しているが、変化したこの状態においては不思議な感情の色合いが世界を覆う。世界そのものが変化したように思える。そしてその素晴らしい動きは、悟性がそれを言葉で捉えようとするときにはもう硬直し始めているのがわかる。

このような気分の圏内に共感しつつ身を移すと、そこからならば悟性や分析に対する反発、錯覚された単純さ、信徒の敬虔さ、子供のまなざしめいた理想、あらゆる複雑なものの過小評価といったものを理解することができる。つまり、こういうものは必ずしも神秘的な圏内に属しているわけではないが、そうであっても理解できるのである。ギリシャ人たちがすでにそうした状態を愛情をこめた一言で、大いなる単純さと呼んだ。われわれには一連のこのような主張の正当性の範囲を、それがどこで完全にもちこたえられなくなるのかに至るまで見定めることができる。これらの主張に属するものがそのような開悟の瞬間に、ときには明確に、ときにはおぼろに煌めき、ほんの一瞬鮮烈な姿を取ったということがわかる。

ラーテナウが提出した課題は、こうした状態から哲学を記述することであった。この状態は人間にとって重要なのである。

三つの道があるだろう。第一にこの体験をともかく、めったにない脆いものとみなすことができる。その体験の条件を調べ、その内実を他の生の内実によって吟味し、その体験のためのしかるべき場所を自分のなかに探す。その際、こっそり忍び寄ることのできる魂の片隅がいくらでも存在するにもかかわらず、通常の内部領域が基準を与える中心であることに変わりはない。第二に、内的観照という状態を生の状態そのものに延長しようとして、そのために通常の規範を放棄することもある。宗教的な神秘家たちは、通常の規範にかわるものとして神という慣習をもっていた。彼らは神のなかにもぐりこみ、そこからまた投げ出されたのだが、神は恒常的な可能性、ときには到達可能な現実性であり続けた。神の存在と結びつくことで、この状態は拡がりと恒常性を獲得した。今日ではこの第二の道は不可能であるが、第三の道が残されている。つまり神秘的な絶頂点においては悟性の営みが無価値であることがわかっているので、次のような帰結を引き出し、それを目指すという道である。すなわち、かけがえのない体験からそれにふさわしい人間の精神を構成し、悟性によってではなくこの精神によって世界を考えるのである。それを試みるのがこの著書の意図である。おそらくそれは見込みのない試みであろうが、それでもその課題の大胆さは、普通の意味の功績以上のものだ。

しかし、それを実行するにあたって欠けていたのは——まさにこの体験であり、感情の神秘主義にかわって合理的神秘主義が登場した。こうしたずらしは、このような領域の体系的な試み全般にきわめて典型的である。その場合、この上なく親密な瞬間に形成されたいくつかの概念が何とか保持されていて、それが魂との触れ合いの痕跡をかろうじてとどめているが、そうした概念のあいだに他の一切のものがはめこまれて改竄《かいざん》される。しかもそれを行う精神たるや、もともと恍惚の圏外にあり、方法論と精密さという科学的悟性の美徳を放棄している点だけが科学的な悟性とは異なっているような類のものである。直観の明証性は無責任な気のきいた思いつきになってしまう。アフォリズムやエスプリに満ちた思いつきとして到来したものが、数行あとには新たなさらなる構築のための固定された素材とみなされ、ひどく奇妙な似非体系が生じる。それは、なりふりかまわぬ配列ゲームのようなもので、特定のいくつかの石から、あらかじめ決められたさまざまな形を組み立てるものである。おまけに、いくつもの着想をまとめ上げるのに再三必要だからというので、こみ入った内的状態が無理矢理固定されると、注意力の緊張の背後に一種の感情の空白状態が生じ、魂の内実が消えてしまう。しかしそんなときには、内的喪失を埋めるべく、感情を外から助けてくれるものが必ず登場する。爵位を授けてくれる形而上学と紋章を与えてくれる思弁がそれで、体験の引きはがされた皮膚を星々に結びつける。ラーテナウの著書もこうした運命の例外ではない。とはいえ、そのことは個別には証明できない。全体の宿命だからである。不運なことに、今日このような問題において無視できない人たちは、鋭敏な思考という美徳にほとんど理解がなく、そんなことではすべてがまた失われるということをほとんど感じていないだろうし、一方、鋭敏な思考の大切さを理解している人たちの大半は、深部で捉えられたものは表面へ向かう途中で再び消え去ってしまうなどとは考えもしない。(1)――われわれドイツ人は――ニーチェの偉大な試みを除いては――人間について書かれた書物をもっていない。生を体系づけ、組織化する者をもっていない。芸術的思考と学問的思考は、われわれにおいてはまだ触れ合っていない。両者の中間領域の問題は未解決なままである。

(1) ムージルは『生徒テルレスの混乱』(一九〇六年)の冒頭に、マーテルリンクの言葉をエピグラムとして掲げている。そのなかに、「われわれは深い底まで潜ったと思うが、水面に出てみると、青ざめた指先についている水滴はもはや、もともとの海の水とは同じではない」という一節がある。

6 エッセイについて

1914？年

ムージルがエッセイという言葉を使うとき、そこには一般的に解された文芸形式を越える重要な意味がこめられている。エッセイは倫理と美学、あるいは学問と芸術の両極を踏まえた中間領域に位置づけられ、さらに思考・感情・意志その他が複合的に絡み合いながら、生と表現にかかわる未聞の状態を志向する場である。以下の断章は一九一四年ごろに書かれ、表題も全集版編者フリゼーによってつけられた仮題であるが、このいまだ断片的輪郭にとどまるエッセイの発想は、のちにいっそう具体化されて、『特性のない男』第一巻（三〇年）では、主人公の生の方法でもあれば著者の叙述の方法でもあるエッセイズムという独特な概念に結実するようになる。その意味で、これは初期の断章ながら貴重な示唆を秘めている。

私見によれば、エッセイという言葉には倫理と美学が結びついている。

この言葉は秤〔エッセイの語源的意味は「量る・吟味すること」〕に由来するのだそうだが、たいていは学者たちが彼らのライフワークの周りに蔓のように絡みつかせる、かなり気軽な、完全には責任のない雑文を呼ぶためにだけ用いられ、それは試み〔試論・実験〕とも呼ばれている。この最後の意味で、わたしもまたエッセイという

作業がまるでできない領域における到達可能な、極度に厳密なものなのか。
エッセイとは、精密な作業ができる領域における何かだらしなさを伴ったものなのか……、それとも精密な作業がまるでできない領域における到達可能な、極度に厳密なものなのか。

わたしは後者の場合を証明したいのである。

この領域について述べれば、その一方には知の体系の領域がある。他方には生と芸術の領域がある。さしあたりこれ以上詳しくは述べられない。そこでわれわれは、まず学問の領域がどのように限定づけられているのかを問わねばならない。われわれの目的にとっては、この領域が主観性を完全に締め出すと言ってみても最善とは言いがたい。完全に、とは言いすぎなのである。なぜなら、そこにも、ある種の冷たい合理的な主観性が、相変わらず保たれているからである。また、恣意的で思いがけない契機もいろいろあるからである。むしろ、われわれは、それがもたらす結果が客観的なのだと言ったほうが当を得ているだろう。それは真理の判断基準に支配されている。これは対象に即した判断基準であり、この領域の本質に根ざしている。さまざまな数学的真理と論理的真理がある。さまざまな事実と、普遍的に妥当する諸事実の結びつきとがある。これらの事実は法則的であったり体系的であったりする。両方の場合とも――そして同時にこれはわれわれが行う最低の要求だが――広範囲におよぶ、一つだけの精神的秩序を許容するのである。

ところが、そのような秩序を認めない領域がある。詩人たちの書物から、そこに呪縛され閉じこめられていた者たちを解き放ち、この連中に人間社会の道徳的法則を適用してみてほしい。そうすれば、書物に描かれた人間はいずれも、複数の人間からできており、善良であると同時に非難すべき者であり、性格がなく、首尾一貫しておらず、その行動は因果関係に従うものでないことが、要するに、この者を動かしている道徳的な力は少しも秩序づけたり分類したりできないことがわかるだろう。そのような人間には、書物で展開される偶然の道以外の道を示すことができない。テルレスにとってバジーニ〔テルレスもバジーニも、ムージルの処女作『生徒テルレスの混乱』の登場人物〕を苦しめることが正しいのか、間違いなのか、さらにこの種の問いに対するテルレスの無関心が正しさのしるしなのか間違いのしるしなのか、という問いは、けっして答えられるものではない。このような問いが、なぜ投げかけられることさえないのか、という問いは、ただ真のエッセイにおいてのみ答えられるだろう。――ある道徳圏に帰属する者として、われわれはさまざまな当為・義務・意図を負っているが、これらすべては、われわれがある詩を読み、そして読むにつれて、ごくほのかな感情として捉えられたかと思うと、たちまち消えてしまうようなやり方で少しばかり変容する。――これと似たようなことは、われわれが愛とか、常軌を逸した怒りとか、人間や事物との不慣れな個々の関係などという、異常な瞬間において受ける体験についても言うことができる。

この二つの領域のあいだにエッセイはあるのだ。エッセイは学問から形式と方法を手に入れる。芸術からは素材を手に入れる（生から、という表現は正しくない。というのも、この表現には法則的なものも含まれるからである。生において芸術と類似関係にあるものは、すでに生の領域という言葉で述べておいた）。エッセイはある秩序を創り出そうと努める。エッセイが生み出すのは人物像ではなく、ある思考の結びつき、つまり論理的な結びつきであり、エッセイが関係する自然科学と同じく、さまざまな事実から出発する。ただし、これらの事実は一般には観察できず、その結びつきもたいてい特異なものにすぎない。全体的解決はなく、ただ一連の部分的な解決があるだけである。それでもエッセイは意見を述べ、探索するのである。

かつてマーテルリンクは、自分には一つの真理の代わりに三つの確かな蓋《がい》然性がある、と述べたことがある(1)。われわれはのちに、そのような蓋然性の一つが「確かな」と名づけられるとき、疑問を呈するだろう。だ

（1）▼巻末注

が、われわれはさしあたり、真理が支配するのでなく、蓋然性が真理への接近以上のものである領域がどうして存在するのか、という点をもう一度問題にしたい。

それは対象の性質に由来するに違いない。拡大された意味における論理的なものは同じままである。もっとも、これまでその違いはひたすら機能の違いにだけ求められてきた。直感的認識行為は通常の認識行為と対置され、直感的認識から神秘的認識の尊厳を導き出す努力がなされた。直感は純粋に理性的範囲にもある。さらにこの概念は……〔原文欠如〕に対して学問的にも用いられる。しかし神秘的機能になるのは、この直感ではなく、はるかに包括的で、概念的にさほど純粋ではない直感である。人間は考えるばかりか、感情を抱き、意欲し、感じ取り、行動する。思考が関係しなくても純粋に自動的な行動が生じるように、感情または意志が関係しなくても純粋に理性的な着想が生じることがある。そして、その他にもいろいろな場合がある。ある着想がわれわれを捉え、転覆させるようなことがあると、この着想は感情の領域で、革命的な認識が純粋に理性的領域で行うのと同じことをやってのける。その影響の深さは、いかに膨大な感情の素地が巻き添えをくらったかということのしるしである。「素地」と言うのは、ここで問題になっているのが専門家が使う狭義の感情ではなく、個人的特徴を創り出すような根本感情であり、感情の性向だからである。これはまだほとんど探求されていない領域である。しかしながら、この場合、個人の一般的な情動的特徴は一つの要因であり、これは反応のよさとか、神経過敏など、つまりは気質と呼ばれてきたものだが、比較的安定した素質のことだと想定できる。もう一方の要因は精神的なものも含めた個性的な体験である。これらの体験は、思考の流れと複雑に混じり合い、複合感情の総体をなして保管されている。メランコリーはいわゆる心の病ではあるが、その支配は、この病に染まった思考の流れに助けられて強固なものになる。哲学的ペシミズム、ストア主義、エピクロス的処世訓は、単に理性が創り出したものであるばかりか、体験なのでもある。ところで、理性的な思考の流れは正しいこともあれば間違っていることもあり、感情的な思考の流れもまた同様であるが、それはさらに「語りかけてくる」場合もあれば、またそうでない場合もある。そもそも、この語りかけるか否かによってのみ効力をもつ多様な思考の流れがあるのだ。それらは、これに共鳴しない人間には完全に混乱したわけのわからないものである。だがそれにもかかわらず、ここでは、たとえ拘束力を具えた一般性がないにしても、まことに正当な意思疎通の手段が明らかに問題なのだ。人びとのあいだに見られるそのような意思疎通のやり方の数は、一般に考えられているよりはるかに多い（チンパンジーの夫婦、指導者の暗示的影響力、等々）。個々人もまた、同じ着想が、ある場合には死せるものだったり、別の場合には一連の言葉が生きたものだったりすることを体験している。

ある着想がこのように突然生けるものとなり、その着想によって（サウルがパウロに変容した挿話〔キリスト教の迫害者サウルは、突然復活のキリストに接して回心し、使徒パウロとなった〕にいみじくも具現されているが）ある大きな複合感情が、このように稲妻のごとく融解するとき、人びとは不意に自分自身と世界をこれまでとは違った具合に理解するようになる。これが神秘的意味における直感的認識である。

エッセイによる思考のたえざる動きは比較的小さな規模で行われる。感情・着想・意志の複合体がこれに関与している。それは例外的機能ではなくふつうの機能である。しかしながら、ある着想の糸が他の要素をこれまでの状態から引き離し、この――たとえ仮想的ではあれ――置き換えが、その着想の理解を、ひびきを、そして第二の次元を誘発するのである。

その違いは機能にはないのだから、違いはただエッセイという領域の性質にのみ根拠づけられる。われわれは、自分たちの認識の範囲が、関心の範囲に比べてどれほど制約されているか知っている。

われわれがここで神秘的関心を切り離すのは、その対象が形而上学的であり、またそれがある認識を要請するのに対して、われわれはエッセイのためにただ人間的な改造しか要求しないからである。マーテルリンク、エマスン(1)、ニーチェ、部分的にはエピクロス派、ストア派、超越的なものという抽象概念のもとでは神秘家たち、だがまたディルタイ(2)、テーヌ(3)、そして法則性を求める歴史研究は、エッセイの範囲に含めなければならない。ここには宗教の人間的な分枝がある。

われわれは精神活動の新しい分割の前に立っている。その分割は人間の認識に向けられたものと、人間の改造に向けられたものとがある。さまざまな複合感情が支配権を求めて闘う。諸世紀あるいは諸世代の根本的な考え方。人びとをつなぐ新たな関係がいろいろ浮かびあがってくる。

当然ながら、いまや異なった成果を理性的に加工することが有益である。少なくとも体系的な秩序づけが。これは表現の曖昧さがあるので必ずしも完全には克服できない困難とひたすら闘うことになる。精神運動の歴史。

補遺――ここでは概念の上昇を表すヘーゲルの三重の図式が支配している。

ラーテナウ(4)は、エッセイストが哲学的ディレッタントに堕落した実例である。

エッセイのもう一つの境界領域は政治的雑文である。それは搾取はしても富は増やさない。

シュライアーマッハー(5)、シェリング(6)、ヘーゲル、ラサール(7)。

体系の欠如は、人びとが詩を創り、豚のように生きる結果を生み出す。それはロマン派を、表現主義を、奇矯なものを生み出す。お互いに話がかみ合わない。

（1）▼巻末注5「超心理学への注釈」参照
（2）ディルタイ、ヴィルヘルム（一八三三〜一九一一）。ドイツの哲学者。「生の哲学」の提唱者。自然科学に対して精神科学独自の方法論を展開した。▼巻末注
（3）テーヌ、イポリット（一八二八〜九三）。フランスの歴史家・哲学者・批評家。
（4）▼三五頁注（3）
（5）シュライアーマッハー、フリードリヒ・エルンスト・ダーニエル（一七六八〜一八三四）。ドイツの神学者・哲学者。▼巻末注
（6）シェリング、フリードリヒ・ヴィルヘルム・ヨーゼフ（一七七五〜一八五四）。ドイツの哲学者。
（7）ラサール、フェルディナント（一八二五〜六四）。ドイツの社会主義者・著述家。▼巻末注

7

新しい美学への端緒
――映画のドラマトゥルギーのための覚え書き

1925年
3月

友人ベーラ・バラージュ(1)の『視覚的人間』から説き起こして、ムージルは「芸術とは何か」という問題に踏みこんでゆく。人類学や心理学の「圧縮」や「転移」を補助概念として、通常の生の否定としての芸術作品が、別の連関のなかで意味をおびる様が跡づけられる。本論で初めて「別の状態」という、ムージルの作品を貫くキーワードが現れた。ムージルの認識論や美学思想を知るうえできわめて重要な論文である。▼巻末注

1

「……灰色の理論、と言うのは間違いで、どんな芸術にとっても、理論というものは自由のもたらす広大な展望を意味するものだ、ということをわたしは知っています。理論は芸術の旅人のための地図なのです。この地図はあらゆる道と可能性を示してくれ、避けて通れない必然性と見えるものも、その正体は幾百もの道

のなかの偶然の一本にすぎないのだと教えてくれます。理論こそが、コロンブスの航海への勇気を与え、創作の一歩一歩を自由な選択による行為に変えてくれるのです。

どうして理論に不信の眼を向けることがありましょう？ 偉大な作品の霊感を産み出す理論が、正しい理論である必要はまったくないのです。人類の偉大な発見のほとんどすべては、誤った仮説から生まれました。それに、もしある理論がうまく機能しなくなったら、それはごく簡単に却《しりぞ》ければいいのです。他方、偶然によって得られる実地の経験則のほうは、重くて見通しのきかない壁のように、道を塞いでしまいます。いまだかつて理論なしに偉大になった芸術はありません。だからと言って、芸術家はすべからく《学》がなければならない、などと言うつもりはありません。巷間に流布している《無意識の創造》の価値についての（あまりにも流布している！）見解も承知してはおります。ただし問題なのは、その芸術家が精神のいかなる意識水準で《無意識に》創造するかなのです……」

この卓抜な序言には何一つ付け加えることがない。ただわれわれドイツ人のあいだにはこの序言の精神があまり普及していない、とだけ付言しておこう。いかにもドイツでは芸術の徹底的調査と究明に充分すぎるほどの部隊が投入されており、他方アトリエやカフェーで仕事をしている芸術家たちの気ままでのびのびとした「小規模ながらも世論」の形成も、多彩に展開してはいる。ところが、この二つの領域にまたがって問題を提起し、整理しながら橋渡しをしてくれる思想家が、われわれにはほぼまったく欠けている。それゆえ、バラージュのこの本は、ひとり映画にとどまらず広範囲におよぶ意義をもっている。バラージュはハンガリーでは著名な詩人だが、なにしろハンガリー文学とドイツ文学とはきわめて疎遠なので、当地ではまだ未知の人である。

注

（1） バラージュ、ベーラ（本名フーベルト・バウアー。一八八四〜一九四九）。ハンガリーの映画理論家、脚本作家。▼巻末

彼の祖国でオーストリア゠ハンガリー帝国の崩壊(1)が始まったとき、ウィーンに出、ジャーナリストとして糊口の資を得なければならなかった。とりわけ映画評論家として秀で、今日に至っている。こうした経歴からバラージュのもつ豊富な経験と簡潔にして説得力のある描写も頷《うなず》けよう。この経験と描写力のお蔭で彼の本は映画のドラマトゥルギーの主要問題および副次的問題を通じて、きわめて専門的知識に満ちた案内書となっているのである。体験を鋭利に、かつ愛情こめて観察する能力、個々の印象を即座に他の多くの印象と関連づける才気に満ちた描写は、読者を導く好適な雰囲気を醸《かも》し出し、この雰囲気が塗り重ねられるほどに現前する、澄明で深く秩序立った世界、これらすべては詩人バラージュの、彼ならではの資質がもたらしたものである。彼は獲物に忍び寄る狩人のように、際限なく群をなして映画館を巡回している映画作品の生命について語る。のみならず彼は、第一級の解剖学者兼生物学者として、作品を記述してみせる。彼が体験に即しつつ、同時に省察しつつ批評するとき、その非凡な才能は、映画批評という人跡稀な荒野に、思いもよらぬことに、文学にもあてはまるパラダイムを創り出してしまう。映画の領分を文学の領分から区切る際に、至るところで彼は文学にも触れざるをえないからだ。

これからわたしが述べる覚え書きは、主にこの両者の接すると同時に区別される境界面に向けられたものである。映画は独立した芸術であるか否か、という設問が、映画を芸術にしようとしているバラージュの努力の出発点なのだが、この問いはすべての芸術に共通するさまざまな問題を提起する。映画は事実上われわれの時代の民衆芸術《フォルクスクンスト》になっている。「ただし残念ながらそれは、民衆芸術が民衆の精神から生まれるという意味でではなく、民衆の精神が民衆芸術から生まれているという意味で」とバラージュは言う。たしかに過去数千年の間にいかなる宗教の聖堂や聖廟も、映画館がこの三〇年間に達成したほどに細やかなネットワークで全世界を覆ったことはなかった。

2

映画を芸術とみなす論拠は多々あろうが、それらを逆説的に補完するような観点がある。つまり、映画とは映像という動く影にまで減殺《げんさい》された出来事であり、それでも生命のイリュージョンを産み出すものなのだが、とりわけこの「減殺された、損なわれたもの」という映画の本質が、映画芸術説を擁護するのである。なぜならおよそ芸術というものは、このような「分割《アブシュパルトゥング》」だからだ。魚のように押し黙り、冥府の影のように蒼ざめて、映画は「見えるだけ」の池を泳ぎ廻る。しかし絵画もまた、無言で凝固しているのである。さらに明瞭な例をあげれば、ホールに寄せ集められた二〇体ばかりのゴシックかバロックの彫像たちが、サーベルのように四肢を交差させている様子は、精神病院での緊張病患者(2)の集会を想わせるではないか。そして、クラシック音楽でさえ、作品の音の動きを、音楽としてではなく社会的な発話行為として見るならば、前代未聞の躁病の観を呈するだろう。その奇天烈《きてれつ》さには何ものも及ばない。いったいなぜ、十全な生命からのこのような、考えてみれば奇妙な「分割」が、芸術となるのだろうか？　その答えをわれわれは今日模索することはできるが、まだ手に入れてはいない。どうやらこれは、心理学が「圧縮」とか「転移」とか呼んでいる、互いにきわめて似かよったプロセスに関係があるらしい。つまり、それぞれ異種《ヘテロ》だが同じ情動の下にあるいくつかの心像が、丸められて集塊となり、その集塊にいわば情動の総量が付着している場合（たとえば未開文明の半獣人や、複

（1）原文はReichsverwesung。すなわち皇帝代官（Reichsverweser）のもじり。ここではフォン・ホルティ提督（一八六八～一九五七）が皇帝代官としてハンガリーの統治権を掌握したことをあてこすっている。

（2）統合失調症の一亜種。症状は多動と無動という相対立した病像からなる。すなわち一方では運動暴発と衝動行為とからなる緊張病性興奮が、他方ではあらゆる自発運動の停止や強硬症、拒絶症、衒奇症などからなる緊張病性昏迷が交互に、唐突に交代し繰り返される。

合動物、あるいは二人またはそれ以上の人間が同様に一人の人間となって現れる、夢や幻覚の像がこれである）。また逆に、たった一つの像（部分）がある複合体の代表として現れ、不可解にもその複合体全体の高い情動値をおびている場合もある（頭髪や爪、影、鏡像等の魔術的役割）。

これと結びついた発展の一ステップは——いかなる芸術もこの段階を経るのだが——少なくともその方向性において、「認識する」行為のよく知られた特徴から、よりよく理解できる。一般に、知覚に供された素材の印象が貧弱であるほど、かえってそこに含まれた諸関係がずっと明瞭に浮き出てくるものだ、ということは誰にでも分かる。朗唱された母音のほうが、言葉よりもはっきりとリズムを伝えるし、心搏は音響的には複雑なのに、いわば心理的には単純で、きわめて明瞭にリズムを感じさせる。同じように彫刻を例にとれば、線や面の連関関係は、生身の肉体よりもはるかにはっきりと強調されるのである。「抽象する」という言葉は、日常的用法では、ある物を度外視するとか、事物の一面のみを残して他は等閑視する、といった意味で使われる。そうすると、この残された一面に、われわれが特に手を加えなくとも、諸連関が現れてくるのである。それゆえ、芸術の一面性や分割性を言い表す「抽象」という消極的な名前は、また右のような積極的な事例にも適用してよいだろう。もともと抽象という語は、諸印象の低減を意味するときも、増大を意味するときもあるのだが。芸術が抽象である以上、芸術は新たな連関への統合でもあると言ってよい。もしこの新たな連関が、感覚によって捉えられる生の表層に限定されるならば、そこに発生するのは先にあげたような色彩の、諸平面の、音響の、リズム等々の諸連関である。これらの諸連関がさらに完成度を増していくことが、芸術形式の発展であると一般には見なされている。こうして生ずるフォルムをもった形象が、観賞者にどの程度固有の感情を（「気にいる」など）喚起するか、以前に獲得された原体験がどの程度この固有の感情を照らし出すか、あるいはフォルムをもつ形象と原体験はどこまで相互に、また他の作用と絡みあうのか、などについてはここでは触れない。いずれにせよフォルムの側面は、けっして自立的に存在するものではない――人びとは繰り返し、形式的側面に芸術の本質を、美学本来の対象を見てきたのだが――。一篇の詩の意味は、母音組織と律動とを日常語で置きかえてしまうと、消えてしまって瓦礫の山しか残らないが、同様に詩から論理的な意味を差し引いたあとに残るものは、周知のように瓦礫の山にすぎない。似たようなことはあらゆる芸術について言える。もしある芸術のフォルム上の諸関係が、突然他と切り離されて登場したならば、そこに生ずるのは――さきほどなかば冗談に触れたように――精神錯乱の世界を前にした驚愕《きょうがく》である。

3

ところがわれわれは、芸術作品を前にしても、このように錯綜して非実際的な、まさしくグロテスクな形象だと感じて愕然《がくぜん》としたりはしない。この点にこそ、重要な事実を暗示するものが潜んでいる。すなわち、われわれは現実意識の平衡障害を――どんな芸術作品もこれなのだが――即座にある別の方向へと補整し、寸断された諸連関を放逐しつつ、眼前の部分を新たな全体へ、異常を規範へ、変調を来《きた》した心理的平衡を、別な心理的平衡へと補完するのである。

芸術作品の効果は、何かしら高尚でかつ軽妙な生の状態とされるのが常である。この生の状態は、以前はよくファンタジーと呼ばれ、今日では幻想《イリュージョン》という呼び名が好まれている。ところが、この幻想《イリュージョン》なるものが、精神医学が幻覚《イリュージョン》という用語を充てているものの――相違点はあるにしても――類似物《アナロギー》である可能性を究めた論調には、ほとんど、というより一度もお目にかかったことはない。すなわちこれは「錯乱」であって、錯乱において現実の諸要素は、ある非現実的な全体へ、現実の価値を奪取する非現実的な全体へと、補完されるのである。

芸術というと、唐草模様のたぐいが連想され、実人生の否定だなどとは誰も思わない。「無目的の美」とか「美的仮象」とかの概念は、今日の芸術理解でも重きをなしているが、こういう概念にはどこか休憩や保養に似た感じがつきまとっている。

わたしの思い違いでなければ、この傾向はキリスト教の支配開始の時期にさかのぼる。信仰熱心な謹厳居士たちの嫉妬が芸術に向けられたため、芸術擁護者たちは芸術を、いわば二流の暮らしのなかへ亡命させたのである。そして、われらの古典主義時代は、小公国の殿様《セレニッシムス》[1]にてこずったものだが（シラーの勇敢と用心深さの奇妙な混合を見よ！）、この時代の美学が尽力したのは、例の「無目的の仮象」に再び市民権と尊厳を保証することだった。この「仮象」の、生を否定する性格を強調したりはしなかった。

それでも、一見無害そうに見えながらも、通常の世界把握と対立する芸術のこのような傾向を、衆目に曝《さら》しているものがある。芸術が使用している手段だ。「圧縮」と「転位」の二つは、人類の前文明的段階の産物であるが、ここでは触れない。リズム法と単調《モノトーン》さを例にとろう。表現手段として重きをなしているこれらの手段のねらいは、意識の狭隘《きょうあい》化にある。この狭隘化は、軽い催眠状態のそれに似ており、同じ目的をもっている。すなわち、周辺の心理的な環境を抑えこむことで、提示された暗示をより重大な価値をもつものと感じさせようとするのである。これら表現手段はすべて、その根源をたどれば、太古の文化状態に由来することがわかるだろう。総じてこれらの手段の意味するものは、人間と世界との脱概念的な一致調和《コレスポンデンツ》であり、通常とは異なる連動《ミットベヴェーグング》であって、こういう状態はけっして珍しいものではない。何かある芸術作品に没頭しているとき、突然正常な意識が介入してその状態をチェックするなら、いつでも気づくことができる。

レヴィ＝ブリュル[2]は『未開社会の思惟』＊のなかで、未開民族の思考を天才的に描写している。彼の描写、とりわけ、ブリュルが「関与《パーティツィパツィオーン》」と名付けている、未開民族にみられる事物に対する例の特殊な態度の特徴を読むならば、その態度と芸術体験とがどこかでつながっているのが感じとられるだろう。今の芸術体験が、かの先史時代の行為の発展形態であることを、まのあたりにする思いがするほどである。美学研究がこの関連の解明に力を注ぐならば、それは非常に重要な意味をもつであろう。この関連は他方、精神病理学＊＊ともつながっているのだが。前述の根源的体験はその発展の過程で、はるか昔に歪められ、変色し、他と混淆してほとんど分離不能となり、新たな社会的枠組みに納まっている。ほかならぬ「芸術である」という枠組みである。この枠組みは、その社会的諸関係からみてもその意義の点でも、実に確固とした様子をしているので、この関係について熟考する必要をほとんど感じないほどである。

芸術の核心にはしかし、世界に対するもう一つの在り方が秘められている。一篇の詩を、株主総会で口ずさんで見給え。たちどころに株主総会は無意味になるだろう。ちょうど詩が株主総会のただなかで無意味になるように。

＊　Das Denken der Naturvölker, bei Braumüller, Wien.

＊＊　エルンスト・クレッチュマー(3)『医学的心理学』。本論でしばしば言及されるこの小冊子は、感情心理学に役立つ貴重な着想に満ちている。感情心理学を扱った実験心理学はこれまでさしたる成果をあげておらず、精神分析学は感情心理学をあまりに一面的に扱いすぎている。

（1）ドイツの群小地方貴族に対する皮肉をこめた呼称。豆粒領主殿。

（2）レヴィ＝ブリュル、ルツィアーン（一八五七～一九三九）。フランスの哲学者、社会学者。▼巻末注

（3）クレッチュマー、エルンスト（一八八八～一九六四）。ドイツの精神病医。とくに類型学で有名。細長型、肥満型、闘士型、発育異常型の四つの類型には、分裂質、躁鬱質、癲癇質、ヒステリー性格が対応する。遺伝と環境により形成された構造は、ある視点から人類学的な体系に整理されうる。『性格と体形』一九二一年、『医学的心理学』一九二二年。『ムージル日記』（圓子修平訳、法政大学出版局、二〇〇一年）一〇七七頁にクレッチュマーの『医学的心理学』への言及がある。

4

その注目すべき例として、バラージュが描写している、あの映画の根本体験があげられる。事物は視覚的な孤立状態に置かれると、見慣れない生命を獲得するというのだ。

「言葉を話す人間たちの世界では、事物は人間に比べてずっと生気に欠け、とるにたりない存在です。事物には副次的な、あるいは二の次の生命しか認められないし、それも、事物を見つめる人間が特に感受性豊かで、透徹した眼をもっている稀な場合に限られます。……しかし人も物も沈黙しているときには、事物は人間とほとんど等質になり、そのために生気と意味を獲得します。これが映画という特殊な環境《アトモスフェーア》の謎であって、この環境にはいかなる文学も到達できません。」

右の文章は、ただ着眼点が強調されているだけのものと見ることもできようが、次に引用する部分にはバラージュの考えが実に明白に現れている。

「その前提を成すのは、いかなる対象の映像も、本来、ある内的状態を意味しているということです。」「映画のなかのすべての事物には、象徴的な意味がある……単に、意味とだけ言ってもよい。象徴的な、というのは意味のある、ということなのだから。それ自身の意味のみならず、さらにそれを超えたものを意味する、ということなのだから。ここで映画にとって決定的なのは、あらゆる事物は、例外なく、象徴的であらざるをえない、ということです。なぜなら、あらゆる事物はわれわれに——それが意識されようとされまいと——観相学的な印象を与えるから。時間と空間がわれわれの経験世界からけっして排除されえないように、観相学的なものはいかなる現象にも付着しているのです。それはわれわれの知覚の必然的なカテゴリーなのです。」

この「観相学的印象」とは、この事物の「象徴的相貌」とは、何だろう？

先ずこれは、通常の心理学の範囲内で確実に解明することのできるものだろう。つまり、これは抽象とか分割として先に述べたプロセスと関連をもつ、何がしかの感情の色調であろう。

しかしながら、心理学的な連関というものは、ほぼ例外なく非常に絡み合っていて、全体はいかにも個々の細部から規定されるが、細部もまた全体によって規定されるという具合になっている。諸印象が通常の枠組みから抜け出すや否や、それら諸印象の意味が過剰《ユーバーヴェルティヒ》となり異質なものになるとしたら、これには、ある別の、未公認の隠れた連関を憶測させるものがある。諸印象は、この別な連関のなかに歩み入っている。この場合、われわれの世界像には、いわば柔らかい箇所があることになろう。見たところいかにも厳然とこの世界像がわれわれを取り囲んではいても。それというのも、前記引用文を読むと、ノヴァーリスとその仲間たちの大いなる、かつ霊妙なる体験の源となった、あのわれわれの意識の変化が想起されてならない。

もしそれが活動写真という「影の帝国」で単なる端役以上の役割を果しているなら、この「事物の象徴的相貌」を、映画の神秘、といって悪ければ少なくとも、映画の浪漫主義と呼ぶことができよう。映画の現場から生まれたこのような本が、およそこの域にまで達して、完全に意識しながら二つの世界の境界に触れているのは、注目すべきことである。

5

この二つの世界の不分明な境界線がどう走っているのか、これについてはいまだかつて偏見に染まらずに——万事理性で割り切ろうとする偏見であろうと、神信心につきものの偏見であろうと——追求されたためしも、記述されたためしもない。だが、人類の全歴史にわたって、ある二分法が貫き通っているように思われる。二つの精神状態への二分法であって、この二つは相互に幾重にも影響しあい、妥協もしてきたが、けっして正しく混淆することはなかった。

そのうちの一方の精神状態は、世界や人間や自我に対する通常状態として、われわれにも知られている。われわれ人類は、精神の鋭利さによって——精神の通常状態を、もう一方の状態と対照的に説明すると——今日の地上の支配者の位置にまで成長してきた。もともとわれわれは地上では、途方もなく恐ろしいものどもの狭間《はざま》にあって、無にも等しいものだった。能動性、勇敢、狡知、陰険さ、疑い深さ、悪、狩猟本能、好戦性、等々の道徳的特性のお蔭でわれわれは今日の隆盛を見たのである。

さて今日われわれの利益協同体のなかに、こういう特性がふんだんに現れると、悪徳として貶《おとし》められるのが常なのだが、これらの特性はしかし相変らず利益団体同士の取引を支配しており（戦争、搾取などなど）、そのうえこれらの特性は、われわれ文明に生きる人間たちの精神的な姿勢の骨の髄までしみ透っている。これを変えるのはきわめて困難なことだ。測ること、算出すること、嗅ぎつけること、あるいは実証的な、因果論的な、力学的な思考——これらは現代の人間が実にしばしば咎めだてられる特性だが、とりもなおさずこれらは、われわれの内面に根深く巣食っている不信と生存競争の顕れにほかならない。それはこの世界で金銭が調整器として支配的役割を占めているのと同じなのである。そこでは人間の低劣な諸属性だけが、間違いなく計算できる、いわば唯一の堅固な社会的建築材料として活用されている。人類を「改善する」という好んで取りあげられる課題は、一般に予想されるよりもはるかに難しいものだ。悪を避けようとする善き心掛けだけでもって解決できるものではけっしてない。何しろわれわれのような人間から悪の特性を取り除いたら、あとに残るのはとりとめもない一山の堆積にすぎないのだから。道徳そのものでさえ、その本性の髄にまで、われわれの精神の鋭利で悪い基本的特性がすっかり浸透しており、かくして権威を失墜している。道徳のとる形がすでに精神の影響を示している。つまり道徳の規則や規範、命令、脅迫、掟、そして善悪を定量化して吟味する考量などの形態が、計量的で計算高く、疑い深くて破壊を好む「精神」の関与のもとに形作られているのである。

だがこの精神の状態に向き合って、もう一つの状態がある。これはわれわれの歴史に、前者ほどに強く刻印を残してはいないのだが、歴史的に跡づけることは難しくはない。この状態は多くの名前で呼ばれており、それらの名前にはおぼろげな一致が見られる。この状態は愛の状態と名付けられ、善の、遁世の、瞑想の、観照の、神への接近の、恍惚の、無我の、内省の状態などと、ある基本的体験のさまざまな側面の名前で呼ばれてきた。この基本的体験はあらゆる歴史上の諸民族の宗教や神秘説や倫理に同じように一致して繰り返し現れ、また同じく奇妙にも未発展の状態にとどまってもいるのである。このもう一つの精神状態はきまって大いに情熱的に描かれたが、同様に大いに不正確に描出されてもきた。それゆえわれわれの世界の影のような、この分身《ドッペルゲンガー》をただの白日夢だと見なしたくなるのも無理からぬことだろう――もしわれわれの通常の生活のおびただしい細部に、この状態がその痕跡を残していなかったならば。そしてもしこの状態が、われわれのモラルと理想《イデアリテート》の真髄を形作っているのでなかったならば。この真髄は、悪の堅固な繊維群の間隙に潜在している。詳細な基礎的研究を自分でしてこなかった者は、このもう一つの状態の意義や本質について今日これ以上論じるのを断念しなければなるまい。なぜならこの状態についての知識はつい最近まで、これ以外の分野についてのわれわれの知識がおよそ一〇世紀ごろにあったレベルに比肩する程度だったのだから。しかし仮に、この状態についての数千年にわたる文献の素朴で澄みきった描写の数々から、いくつかの共通する主要な特徴を取り出してみるならば、そこに何度も繰り返して認められるのは、もう一つの世界があることだ――通常の世界の波立ち騒ぐ海水の引いたあとの固い海底のように。この世界の描写によれば、そこには尺度も正確さもなく、目的も原因もなく、善悪は、人が無理にそれらを超越するまでもなく、ただ存在しないだけなのである。これらすべての関係の代りに立ち現れるのは、神秘的に膨張したり潮のように引いたりしながら、われわれの存在《ヴェーゼン》が事物の、そして他の人びとの存在《ヴェーゼン》と溶け合うことである。

一つ一つの事物の映像が実用的な対象とはならずに、ある言葉にならない体験になるのは、この状態でのことだ。そして先に引用した、事物の象徴的な容貌の描写や、映像の静寂のなかで事物が目覚めるという記述は、おそらくこの状態の周辺領域に属している。とびきり興味深いのは、映画という領域、つまり何と言ってもまだきわめて野卑な意味で投機的な領域で、これらの体験のかすかな痕跡が発見されたということである。もしたまたま映画をみて事物の観相学を認めた人が、これは関連から切り離された視覚的体験による驚愕にすぎないと考えるなら、それは間違いである。観相学は手がかりにすぎない。ここでも肝腎なのは、ノーマルな体験法の総体を爆破することなのである。これこそが、あらゆる芸術に秘められている根本的能力である。

6

このような考察は、今日広く流布している、芸術に関する謬見《びゅうけん》の、危険な領域に触れるものである――遠く離れているように見えるかもしれないが。その領域とは、同時代のさまざまな努力が行われている実験現場の領域である。そこではダンスや舞台芸術において、対象に拘束されない絵画や彫刻や抒情詩の描写において、「直観的思考」や、「諸感覚の鍛練」や、「宗教のルネッサンス」などなどを通して、人間の精神を悟性から解放し、再び天地創造と直結した関係に復帰させようと試みられている。今日ではこれらの尽力は、ある憧れを表現しているように思われる。この憧れは表現主義の似かよった努力に後押しされて初めて大きくなったものだ。しかし時代をさらに数十年さかのぼって眺めるならば、この種の「悟性」に向けられた「魂」の解放の試みは、当時もすでにあったことがわかる。これは、言語が空疎になり概念性によって格子を塡《は》められているので、言語を通すよりもずっと直截的な表出を、魂の解放によって可能にしようとする試みであり、人間の精神ものを導いてあらゆる脇道を通って、しかし断じて大道だけは通らずに、広々とした野外に連れ出そうとするものだった。このような解放運動のもともとの根は、いわゆる印象主義にあった――少なくとも文学の分野での印象主義はそうであった。そしてドイツ浪漫派とエマスンと神秘的折衷主義者マーテルリンクの影響によって植えつけられた。宗教のルネッサンスもまた、今日ではどうやら最高潮を過ぎてしまったようだが、当時は昇り調子だった。当事者の認めるところでは、それは生活の機械化の肥大に対する反抗だった。触れるものすべてが黄金ならぬ鉄筋コンクリートに変ずるミダス王のような、危機的な存在形態に対する反逆である。けれどもこれらの運動のより深い意味、担い手たち自身も認めるに至っていない本当の意味は、もう一つの状態に大幅に接近しようという、常に反復される試みの一つであったということにほかならない。この「別の状態」は、とてつもない威力をもつ模造品に、すなわち教会や芸術や倫理や性愛に姿を変えて、われわれの生活に闖入《ちんにゅう》しているのだが、まったく錯綜し腐敗しきっている。

さて当時、排除すべきものを「思考」と見なす、という決定的な誤りが犯された――そして今日もなおそうである。とりわけ芸術の領域では、これは今日に至るまで現役の先入見として生き残っている。これはしかし攻撃の方向としては見当外れで、正鵠を得たものではない。対立関係《ゲーゲンザッツ》を正確に規定できるか否かに、多くのことが懸かっている。そしてこのあたりの解きがたい諸関係の問題は、精神についての現代の議論に今なお絡みあっているので、この議論について私がここでいささか論究することもお許しいただけることと思う。

何よりもまず確認しておきたいのは、われわれの悟性のみならず、われわれの諸感覚がすでに「知的」であることだ。周知のごとくわれわれの目にとまるのは、われわれのあらかじめ知っているものだけである。われわれが見るのは、符丁であり、略号、略語、総括、概念の中心的な属性であって、その意味の成立を支えているのはひとえに、個々別々の支配的な感覚印象と、漠然として膨大な、感覚以外の諸要素なのである。聴覚の場合にも似たようなことが起こる。もしわれわれの理解力が音声に先行していないならば――プロンプターが俳優に先行するように――、われわれはその意味を理解するのに難儀するだろう。たとえばあまり得意でない外国語の場合、個々の単語を知っていてもそういうことが起こる。身体の動きについても、人が知覚するのは一般的な記号なのである。だから人は類型的でない動きを把握するのが実に苦手であって、たとえばある身振りを他の人びとがイメージを抱けるように描写することほど、厄介なことはないぐらいである。さまざまな匂いや味も、よほど強烈なものでもないかぎり、何らかの対象との関係を引き合いに出さずには、ほとんど区別することすらできない。まして本当に心的な体験については、ますます同じことがあてはまるのである。この心的な体験がさまざまな人びとの胸中でとる形姿《ゲシュタルト》は、例外なくこれらの人びとがあらかじめその心的体験について抱いた表象《イメージ》の形姿にほかならない、と主張することができる。このことを推し進めると、前もって形成された安定した諸表象――すなわち概念なのだが――がなければ、そもそもそこにはただ混沌《カオス》しか残らないことになる。ところが他方、概念は概念で経験に依存しているものなので、ここに概念と経験とが互いに形成しあうという状態が生ずる。それはちょうど液体と、伸縮性のある容器との関係に似て、確固たる支えを欠いた均衡であって、これを正しく記述する言葉をわれわれはまだ見出していない。それゆえ実のところこれには底無し沼の表層のように不気味なところがある。

したがってわれわれは矛盾を孕《はら》んだ状況にある。定式性へと駆り立てるのは、「思考」ではなくて、それ以前の「実際的な方向づけの必要」なのである。しかもそれは、概念の定式性へと駆り立てる以上に、われわれを身振りや感覚印象の定式性へと駆り立てる。これらの身振りや感覚印象は二、三度繰り返されれば、まったくその通りに記憶されてしまう。言葉に触発された一連のイメージのように。そうなるとしかし反抗する側もまた、ふつうこの種の文脈でよく見受けられるように、「思考」に矛先を向けたりしてはならないのであって、反抗する側は自らを、人間の実際的で事実べったりの通常状態から、解き放とうと努めなければならない。とはいえこれが達成されると、そこにあるのは「別の状態」の暗い領域にほかならず、そこではさしあたり一切が停止するしかない。これが真の、そしてどうやら逃れることのできない反定立《アンチテーゼ》である。

この意味で注目してほしいのは、先ほど言及したような定式性から逃れようとする試みは、すべてネガティブにしか規定されていないことである。すなわち目的をもたぬ動きは、舞踊の本質であり、対象をもたぬ視覚は、革命的絵画の本質である、というわけだ。それを裏付ける立場も、その本質は何かという積極的な規定も欠けている、ないしはあってもアトリエの戯言《たわごと》のたぐいである。このことから論究は、さらにさかのぼって、そもそも目的をもたぬ美や、目的をもたぬ芸術一般の概念こそを問題としなければならない。一見したところそれ自体で自足した世界のふりをしてはいても、実は美の世界は完結しておらず、寸断されており、暗々裏ではネガティブなのである。みかけの完結性という点でわれわれが手もなく欺かれがちなのは、音楽という精神的《ゼーリッシュ》な体系である。この体系には形式上の擬似全体性という立派な外見があるため、音楽の体系はほかの諸芸術においても、「……をもたぬ」実験的作品の模範となっていた──これは芸術家たちがいつも自認していたわけではないが、跡づけることは常に可能である。ここには見たところ一つのまったき世界が、悟性に依存しない完結した世界が、純粋な感覚と感情があるようである。そして疑うべくもなく他の諸芸術もまた、高揚した知覚と高揚した反応を提示しているのであろう。どうやら日常の空間から隔絶された魂の気密室のなかで、それらは展開されるらしい。しかし芸術はフォルムとして見れば、通常のわれわれの生活内容の、特殊な枠組みであり篩《ふる》い分けにほかならないであろう。芸術は生活内容を豊かにする。だが芸術は生活内容の圏内にとどまるのである。ニュアンス、陰翳、余韻、光のグラデーション、空間値、ベクトル、詩作品における言語の相互照射による非合理的な同時的効果。これらの作法は──古い絵画にワニスがけをすると、それまで見えなかった構図が現れるように――、日常生活の色褪せて気の抜けた映像と定式化の味気なさを吹き飛ばしてはくれる。しかし、この世界のなかでモティーフしか見ない画家の絵筆を考えてみるといい。言葉の杯を傾けるとあらゆるイメージが――とっくに「概念」がそれらを固く丸めていたのに――ばらばらと湧き出てくる詩人を思ってみるがいい。ほんの微小なパリッという音さえも形而上的震撼を意味するような、そんな音楽家を思ってみるがいい。たちどころにその行き着く先の限界に逢着することになろう。これら異常に敏感すぎる人びとが与える印象は、衰弱した阿片病者か老いぼれのアルコール中毒患者のそれであって、しらふでは何も縋《すが》るものがない手合いである。そういうわけで、芸術はいかにも感覚と概念の反復性の紋切型から解放してくれはするが、この状態が全体性へと「伸展」されることはない。神秘体験が、宗教のもつ教理神学という合理的な骨組みなしには何ほども意味しないように、音楽の大建築も理論という迫《せ》り枠なしには建てようがない。

以上で、あまりに楽観的な、悟性からの「解放の試み」の本質は裁かれた。

7

ところで、自己を表現する可能性が、表現されるべき思考や感情をあらかじめ規制する、というのはいかにも確かなことである――映画が新しい感覚的文化に貢献するだろうという若干の期待もこの点にあるのだが――。すでに普段の生活でわれわれは伝染性の実例を通して以下のことを学んでいる。すなわち――街のチンピラに一片の魂を恵んでやる、映画のヒーローのマフラーの捲き方であろうと、あるいはそれをきっかけに愛が燃え上がる口説きの科白であろうと――存在《ダーザイン》の表現が、その形態の中味となるものを、初めて創り出すのである。服装が人を作る（馬子にも衣裳）という諺は、自然の基本にまで及ぶ定理である。だからといってこの定理を額面どおりに受けとって、人は踊っているとき、映画に出ているとき、あるいは何がしかの芸術的な身振りをして「表現的」であるときに、活字の黒インクを通して表現される人間とは根底から別物の人間になる、と考えるとしたら、これは幻想的な非現実主義に通じるだろう。それはまた、われわれが自らを――言葉によろうと激情的行為によろうと――余すところなく表現し切ることはけっしてできないという経験に反するのではないだろうか。

人は別の人間にはならない。われわれをかくも豊かに楽しませてくれるこれら「各種文化」のそれぞれにおいて支配権を握っているのは、通常の体験の総体のうちの特殊な構成部分であるにすぎない。その結果さまざまな、時にはきわめて好ましい気力回復や補充がもたらされる。しかしそれ以上は何も起こらない。新しい体験はある。皆無なのは新しい「体験の仕方」なのだ。それ以上のことが求められると、そこにはエンジン付きの空論、体形の美しい無駄口とでも呼ぶべきものが発生する。

この危険はもちろん映画の危険でもある。映画のキッチュな部分の主な要因は、もってまわった身振りの定式性である。舞踊ではそれがキッチュの度合いを増大させている。映画や舞踊の堪えがたいところは（ちなみにある程度まで――必要なる変更を含めて《ムーターティス・ムタンディス》――音楽においても）、怒りが目玉をぎょろつかせる動きに、美徳が麗人に、そしてあらゆる心情がおなじみの寓意《アレゴリー》の立ちならぶ舗装道路になるところから始まる。より詳しく観察すれば気づくことだが、映画ではこの現象は直接的な体験を扱うところでは稀にしか起きないが、逆に体験を結合したり体験に手を加えようとするときに、ほぼ常に見られるのである。上映される映画は、虚心に見つめさせることを通して、いわば額縁に納めて、存在するものすべてのもつ無限性や表現しがたいものを十全に展開してみせる（その模範的な例はバラージュだ）。それに反していろいろな印象を結合したり加工したりする際には、映画は他の芸術ジャンルよりもより強く、安っぽい合理性や類型に囚われているように思われる。映画が心情を手に取るように視覚化し、思考を体験へと変えるというのは、見かけだけのものであろう。

本当は、一つ一つの身振りの解釈は、観客が胸中に持参している豊富な「解釈の手引き」に依存している。ストーリーが未分化で画一的であるほど、そのわかりやすさは増大する（芝居がとびきりドラマチックに思えるときなど、まさにそうである）。表現力はしたがって表現の貧困に比例する。そして映画の人物類型学は、実生活の類型学の典型的人物をもっと粗雑にしたものにほかならない。このことによって映画は、その効果の一部において、確固たる一定の距離を保って、同時代の文学の水準以下にとどまらざるをえないように思われる。映画の運命は、文学からの救済として成就するのではなく、文学の運命とともに歩むことになろう。

8

もっとも、ここでいう文学とは、精神の形成物の何か特殊な総括概念のことではない。批評家連の主張によれば、この「特殊な総括概念」には、音楽や絵画とは別の形式の法則があるとされ、他方で美学者たちは躍起になって、結局のところ音楽も絵画も文学も同じだと証明しようとしているのだが、要するに特殊な芸術としての詩文学を言っているのではない。われわれの時代の人間の精神的資産、魂の「水準」のことを言っているだけなのだ。つまり先ほど言及した生の内実のことであって、この内実をどう演出し、どのように創造的に限定するかが、芸術の諸形式の意味なのである。諸芸術の特殊性を探求するという、もっともな努力をするあまり、しばしば諸芸術に共通するものが見落とされたり、あるいはこの共通性が、たとえば「美的反応」のような、あまりに普遍的にすぎて実際には何も言っていないような概念に吸収されてしまったりすることがある。しかしさまざまな芸術も、違ったジャンル同士で、そして日常の実務的な会話とさえも、どこか深いところで共通する根をもっているに違いないのである。何といっても諸芸術は、同じ人間というもののさまざまな表現形態にほかならないのだから。それゆえ諸芸術は何らかの形で互いに翻訳することが可能であり、互いに代替可能なはずである。むろん、一枚の絵画が言葉で描写しつくされるはずはないし、一篇の詩でさえ散文で再現されることはない。いや実際、ある芸術ジャンルの独立性の決定的な目安となるのは、バラージュの言葉を借りれば、まさにその芸術が「かけがえのない表現の可能性」であることだ。あるいは――未公開ながらわたしが草案で論じているように――この通約不可能性を表現手段の選択の指標に使うことができるだろう。しかしある芸術が、たとえば音楽のようにそれ自身で完結し、まったく対象を欠いた形象《ゲシュタルト》や、異常に昂進した感情や、名状しがたい意味に満ちあふれるときでさえ、いつか人は、「いったいこれは何を意味していたのか」と自問し、その芸術作品を全人格と関係づけて、何らかの形で己れに組みこむのである。あれほどしばしば強調された「文学」との対立、知性により駄目にされた芸術としての文学との対立は、この組みこみの方法を分析すれば雲散霧消してしまう。なぜならこのプロセスは文学そのものの内部でそっくりそのまま演じられるのだから。ここに素晴らしい詩があって、一読して理解できるのはほんの一握りの人だけである、というのは嘘で、実際のところはじめのうちは、読む人にはおよそ何もわからないのだ――二、三のばらばらな部分以外は。それから徐々に意味が「仄《ほの》見えてくる」――これはなかなかうまい表現だ。このプロセスの絶頂では認識された意味と、知覚された感覚的な形象《ゲシュタルト》と、感情の興奮が渾然一体となる。その後の余韻のうちに体験の一部は概念によって同化され、固定される。また一部は漠然とした、普段は意識されない気質となって残り、その後の人生の何らかの情況に際して突然息を吹き返すこともあるが、また持続的にそれとは知られぬ影響を及ぼし続けることもある。一頁の散文においてさえ、それが真に散文の名に値するものなら、意味よりも先に、そこにあふれている興奮が伝わってくるのが認められるだろう。文学においては感性と意味との占めるウエートの比率が違っているだけなのである。たしかにこう言うことはできる、「文学にあっては感性による造形は単に意義《ジン》を色づけし、意義を「高める」のであって、一方意義は主として概念によるさまざまな表象を通じて伝達される、少なくともこの点で他の芸術ジャンルとは逆の関係にある」と。しかし芸術の残す効果を比較する時点があとになればなるほど、この差異はますます薄れてゆく。そして効果をはかるべき時点を、――何がしかの時点が正統であると特定することはできないのだから――よく言われる「その場での体験」という時点に特定することも、なすべきではないと私には思われる。むしろ、のちのち響く残効の時期のほうが、その時点にふさわしいのかもしれない。なぜならたとえば、訓練を積んだ音楽家と、音楽の素人との違いは、いかにも同じ音楽を聴いた瞬間には、途方もないものかもしれない（ちなみにこの違いというのは知的な相違、つまり高度な知覚のそれであって、片や感情の興奮のほうは、われわれの手持ちの尺度で測るかぎり、何らの程度差をも示すに及ばないのである）、同様に一枚の絵画は、素人にとってよりも訓練を積んだ者にとって、はるかに連関に満ちたものであろう。だが思い違いをしてはならない。多くの場合、へぼ芸術家やディレッタントやセンチメンタルな観察者のほうが、異常に感情の昂ぶった、繊細に分化した体験をするのである。こういう連中がどれほど体験するかは、まさに滑稽だ。そして見たところ、凋落の時代に芸術が――さらにその他のあらゆる機能もまた――異常に繊細に、細分化して、精通を競いながら行われ、また判断されるのは、同じ意味をもっている。このことをニーチェは端的に言い当てている、「全体を犠牲にして細部が繁茂し、全体を隠してしまう」と。これは歴史的にも、手紙の書き方から戦争遂行術まで、抒情詩から性愛術や美食学に至るまであてはまる。このために、芸術作品の価値を審美的に、それ自体で、フォルムとして、瞬時の体験に即して決めようとする試みが困難になる。よく耳にする次のような意見も信じてはならない。すなわち「概念的なもの、知的なものは、芸術の終末期の堕罪である。他方、形象そのもの、感覚に訴えるものは、芸術の楽園状態である」という説であって、本当はその反対だ。形象的なものこそ比較的あとから現れたものである。児童や未開人の芸術などナイーブな芸術には注目すべき共通の傾向があって、感知したものではなく、知っているもの、考えたものを表現するのである。それは「全体を志向する」。このことについては、さまざまな論議があることだろうが、ここでは触れない。だが芸術体験が示しているような忘我の過程に関しては、忘我から「我に還る」プロセスや、通常状態との接触面、通常状態への移行過程に、せめてアクチュアルな芸術体験そのものに向けられるのと同程度の関心が向けられて然るべきであろう。

9

当然ながらこのような見地は、美的体験のプロセスを直接体験だと見なす立場とは、きわめて鋭く対立することになるし、せいぜい異質な見地としての妥当性以上のものを要求することはできない。それなら逆にこの、芸術を直接体験と見なす立場をさらに進めて、こう言うこともできるだろう、「芸術作品は単に直接的な体験を表しているだけでなく、まさに二度と完全には反復できない、定着できない、個性的な、いやアナーキーな体験を表しているのだ」と。その一回性と刹那性こそが、それまで語られたものの総体から芸術作品を峻別するのである。芸術作品は「経験」と化す傾向を毫《ごう》ももっていない。それは、ある別の次元に拡がってゆく。音楽の刹那に没頭している踊り手や聴き手、観る者、捉われる者は、いっさいの「その前」や「その後」から解き放たれている。この者は自分の体験に対して、通常とは別の関係にある。彼は体験を取りこむのでなく、体験のなかに融け入るのであり、この別な振舞方こそが、しばしば説明不能を意味する強調とともに「体験する」と呼ばれているものなのである。

さてそれでは、試みにこの両方の方向を、それぞれ極端までたどってみることにしよう。

出発点には例の、秩序立ったと見なされている、中間的な通常状態を据えることにする。われわれがそこで経験を手に入れる、というのが、この状態の最も重要な特徴である。すでに書いたことだが、人がする「経験」

と、人が経験する際に助けとなる「概念」とのあいだには、一種独特の不安定な関係がある。つまり新しい経験が得られると、これまで得られた経験の定式が破壊される。しかし新しい経験は、同時にこれまでの定式の意味においてなされるのだ。これは物理学や心理学と同様に倫理学にもあてはまる。われわれの精神的存在と呼ばれるものは、絶えずこのような伸張と収縮のプロセスのさなかにある。このプロセスのなかで芸術のもつ任務は、芸術体験を通して経験の定式を破壊することによって、世界像と世界内でとるべき態度とを、絶えず改変し更新することである。音楽はこれを、どちらかというと素質のままになしているが、この点で最も攻撃的かつ直接的なのが文学である。なにしろ文学は定式化という素材そのものでじかに仕事をするのだから。たとえ芸術というものが一般に、そこで人が「経験《エアファールング》」よりも「体験《エアレーブニス》」を多くもつような状態をどれほど要求するものであっても、「体験」の果す役割は右の観点の下にあってはただ、エネルギー源としての役割だけである。なにしろその内実は流れ去ってしまうのだから。芸術が主知主義化しすぎるという苦情、とりわけ文学に向けられるこの種の訴えは、以下に見るかぎりでは当っている。すなわち、文学はあらゆる芸術のなかで思考に最も近い位置にあり、抽象的な思考というものはその性質上、定式的な簡略化であるからだ。概念というものはみなそうだし、概念が普遍的になればそれだけ概念は、特定の内容を失ってますます空疎になる。これがしばしば非難される、思考による人生の空疎化である。ところが今では「空疎化」は思考だけではなく、感覚にも該当することがわかってきた[1]。そう考えると同じようにキッチュや道徳上の頑迷さも、感情の定式的な簡略化であると説明することができる。こういう定式的な紋切型に真っ向から対立するのが聖者であり、芸術家、研究家ないし立法者であって、彼らは互いに貶《けな》しあうべきではなく、その精進を統合しようと努めるべきなのである。

かけがえのない「体験」と、一群の体験から抽出された「定式」との対立について論じはしたが、依然としてあの「別な次元」については、まだまったく触れられていない。別な次元は、経験へ転化したいと望むこともなく、純粋な状態性として、かけがえのない「体験」そのものに帰属している。ここではもはや概念を介した経験と、概念ぬきでなされた経験（軌道化した情動、習慣化、模倣など）との相異などは問題ではない。――両者ともに経験へと変化するものだ――さきほど述べたように、ここではむしろ、体験する者の、「体験」に対する別の態度が問題となる。体験の内容は変化する必要がなく、いわば一種のポジション記号、ベクトル、別な方向を保持している。さて、この「状態的な態度」――こう呼ぶことも可能であるから――が、いかなる点で、己れの外部に経験という継続部分をもつ態度から区別されるのかを、ことごとしく描写するには及ぶまい。この状態的な態度には、さきほど言葉を捜した挙句に「別な次元」が帰属するとされたが、より正確には、もともとこの態度には次元がないと言うべきであろう。なぜなら厳密にみれば、純粋の状態性は、他のものと一切の関連をもたないからだ。もし関連をもつならば、状態性は、意識された諸経験に組みこまれることになるか、あるいは通路を開いて、どこかに残っていた自意識と結びつくことになる。要するに状態性は、肝腎の状態性の特質を失ってしまう。以上はむろん、抽象的なフィクションにすぎない。しかし実際のところ、われわれが高尚な状態性の体験を、娯楽として、保養、休息、熱狂、要するにただ日常性の中断としてのみ使い捨てている現状は、このフィクションに対応している。このことは以下の事情を鑑《かんが》みれば、何と注目すべきことになるだろうか。つまりそれにもかかわらずわれわれには、これらの「中断」を「ある別の全体性」の諸断片、ある体験行為の構成要素と見なす傾向があるのである。その体験とは、「経験」の体験とは違った次元に延びてゆき、それら娯楽や熱狂に、己れの方向性を付与する。なぜなら、このごろ耳にする「別の内面性」や「言葉なき世界」や「非概念的な文化や魂」を、到達可能だと設定しているあらゆる試行は、上記のことを前提と

（1）▼巻末注

しているからだ。これは一つのアナロギーであって、この類推に従って思考を進めると、次のようなことになる。すなわち倫理においても、創造的な源泉と、その道徳的な標準規格化とのあいだには敵対的な乖離《かいり》がある（たとえばドストエフスキー以後の文学における、善人としての犯罪者）。これに似た相異は、宗教的体験と正統信仰とのあいだにも常に存在した。私が展望しうるかぎり、かかげられた諸要求を満足させ、諸要求から生ずる結果をも満足させられるのは、実際のところただ一つの状態しかない。それがこれまで論じてきた、かの「二つの世界の境界」の彼方にある、「別の状態」なのである。

この「別の状態」の諸現象に取り組んできた者なら、この状態に「経験」という語は異質であることを知っている。とはいえ仮に、その神秘主義的な解明には一切言及しないことにするなら――ここではそれがふさわしい――、だからといって「ここに経験はまったく存在しない。そもそもわれわれの生理学に矛盾するからである」などと主張するわけにもいくまい。その代り、こう主張することはできる、「この状態において〈経験〉は、何か本質的に異質なもの、敵対的なものと感じられる」と。諸体験を因果論的ないし合目的的に結合することから、この状態が合成されはしない。むしろ破壊される（例。ほんの微かな世俗的な思いも、たちどころに瞑想を台無しにしてしまう）。同時にこの「別の状態」を特徴づけるのは、生を貫く独特の興奮状態である。この興奮状態と比べると、普通の情動や、あるいはふつうに体験された諸状態のありきたりの現実性は、何か周辺部の、核心に触れないもののように感じられる。諸感覚は、自我の外部にある事物を指し示してはいないのであって、意味しているのは内的な状態である。世界は物的な諸関係の連繫として体験されるのではなくて、一連の、自我と融合した諸体験として体験される。さきほど言及したベクトルや方向指示器は、方向を転じて、内部に向いている。このイメージを手に入れるために、神秘主義文学の手を煩わせるには及ばない。なぜならほぼすべての人が、かつてこれを「愛の灼熱」(1)として体験しているからだ（欲情に由来する愛の「炎」とは別である）。たとえ自分では後になってそれを一過性の異常状態だったと見なすとしても。これを芸術と比較してみると、より深い芸術的感動というものは、実に似た形で特徴づけることができる。世俗的なものの見方の領域を脱した対象が、創造的な態度の領域に踏みこむたびに、対象は己れを変えることなく変容する。そしてどうやら「対象が感情を変える」と言うべきではないらしい。むしろ「感情が対象を変える」のである。この相違は、両方の態度の様式を統合している芸術ジャンルにきわめて顕著に認めることができる。その一例が長篇小説である。*

かくして芸術解釈の可能性のうちの、もう一方の極論は、「別の」状態の方向を示した。そして芸術を純粋な現前性《アクチュアリテート》と興奮状態とする芸術解釈は、単なる感覚的－感情的な即興にとどまらない成分を内に含んでいる。この成分は、どう見ても「別の状態」に属している。周知のようにこの状態は――病的なコンディションを除外すれば――けっして永続しない。これは仮説的境界事例であって、われわれはこれに接近しては、繰り返し通常状態に帰還する。だから通常の在り方との接続をすっかり断ち切ることはないという点で、芸術は神秘主義とは違っているのである。芸術はこう考えると、自立していない状態のように見える。芸術は堅い地盤からアーチを成して伸び上がる橋のようだ、あたかも想像の領域の対岸に橋台があるかのごとくに。

＊　このような理由から、ここで「別の状態」と称されているものに心理学的説明を与えることも、見込みのないことではないように思われる。そうすれば、これまで神秘主義の持ち分とされてきた体験様式も、ノーマルな、ただ通常は蔽い隠されていた体験様式であることが認められるだろう。そしてここに至れば、芸術観賞の際にかくも濫用された「直観」という概念も――本稿では意図的に言及を避けただけで、常に背後に潜んでいるのだが――その薄明から取り上げられることになるだろう。

（1）　▼巻末注

文学と演劇

詩人の才能ではなく世界の構造が、詩人に使命があることを詩人に伝える。（「詩人の認識のためのスケッチ」より）

【上】 Riesの撮影によるムージル。1928年ごろムージルは執筆障害に悩み、B・バラージュの紹介によりフーゴ・ルカーチ博士の診察を受けた。

【左上】 フランツ・ブライ。『生徒テルレスの混乱』以来ムージルの賛美者として、また雑誌編集者として30年間ムージルの創作活動を支援した。『合一』執筆も、ブライの慫慂による。

【左下】 アルフレート・ケル。1900年ごろに「批評家の法王」と称された彼は、『生徒テルレスの混乱』をムージルとともに推敲したと伝えられる。彼の好意的書評により、ムージルの評価が定まった。ムージルの死後、追悼文に「ムージルは（外見も）審美的人間だった、審美家ではない！」と記している。

8 文芸時評

短篇小説考・ヴァルザー・カフカ

1914年

ムージルは劇評をはじめとして多くの短い批評文を書いている。ここに訳出したヴァルザーおよびカフカの短篇の書評は、ごく短いながらもムージル独特の比喩を駆使した印象的な言葉で、それぞれの文学の本質を剔出《てきしゅつ》している。その前に置かれている一種の短篇小説論は、物語ることへの嫌悪を書くことの根底に据えていたムージルが、短篇小説という形式に（もちろんここでのムージルの関心は、伝統的なジャンル論に向けられているのではない）、文学の最もラディカルなあり方の可能性を見ている点で興味深い。

問題としての短篇小説。一人の人間を殺人へと駆り立てる体験がある。五年間の孤独な生活へと駆り立てる体験もある。どちらの体験がより強烈か。およそそんな風に、短篇小説《ノヴェレ》と長篇小説《ロマーン》は区別される。突然の精神的興奮が明確な輪郭を保つと短篇小説になり、あらゆるものを吸収する精神的興奮が長く続くと長篇小説になる。ご立派《ベドイテント》な作家は、自分の考え方や感じ方を刻みつけることのできる人物や着想を意のままにできれば、いつでもご立派な長篇小説を（同様に戯曲を）書くことができるだろう。そうした作家の発見する諸問題は並みの作家だけに意味を与えるのであって、強靭な作家はあらゆる問題の価値を切り下げるからだ。強靭な作家の世界は異なっていて、あらゆる問題は地球儀上の山脈のように小さくなるからだ。しかし、そうした強靭な作家が例外としてのみ、重要《ベドイテント》な短篇小説を書くのだと考えたい。というのも重要な短篇小説とは彼ではなく、彼に襲いかかる何か、一つの震撼だからだ。生得の何かではなく、運命の摂理だからだ。——このかけがえのない体験のなかで、突然世界は深まる、あるいは彼のまなざしがくるりと向きを変える。こうした例一つで彼は、真実の相においてすべてがどうであるかを見る思いがするのだ。これが短篇小説の体験である。こうした体験は稀であって、それを何度も呼び起こそうとする者は思い違いをしている。作家はいつもそんな体験をしていると言う者は、創作行為の普通の直観的諸要素とそうした体験とを混同していて、そもそもそうした体験を知らない。大きな内的転回を体験するのは一度だけ、さもなくばせいぜい二、三度だけだというのは、いちもにもなく確かなことだ。大きな内的転回を毎月体験する人がいるなら（そんな性質の人は考えられる）、そういう人の世界像は、そこからの離反に意味があるほどにはしっかり固定されていなかったのだろう。

短篇作家《ノヴェリスト》は存在するし、短篇小説は商品のようなものだから、短篇小説のこうした理想例を構想するのは滑稽に思えるかもしれない。しかし、ここで述べられているのは言うまでもなく、極端な要求でしかない。自分の行為に対して非常に厳しい要求を行う人間が前提とされているのである。書くことが自明の生表現ではなく、自分を（永遠の前に）さらけ出す情熱的な行為に対するのと同様、書くことに対して特別な自己弁明を必要とする人間。卵が一つ体内で動くだけでがあがあ鳴くのではなく、着想を自分のために取っておくことのできる人間。構想を生み出すことだけを当てにするのではなく、思索家でもあって、どの内的戦いにはこの武器を、どの戦いには別の武器を頼りにしなければならないかを心得ていて、両者を混同しない人間。そしてつまるところ、多くのことが自分には表現できないまま自分とともに失われてしまうことに、インディアンのような虚栄心をもって耐えることのできる人間が前提とされているのである。もちろんこうした人間は一篇の詩をつくることすら稀であって、彼の想像力は広場の噴水のようにあふれ出るとはいかないだろう。疎んぜられたまま、変わり者のままにとどまるであろう。一人の人間ですらなく、多くのものに紛れた何かであろう。批評に意味があるとするならそれは、このような可能性を忘却せず、ときにはすべての、誰もが感嘆する美しいものを傍らに押しやり、それが路地にすぎないことを示すことである。

しかしむろん、普通の営為は別の見方を必要とする。文学は一つの根においてのみユートピアであって、別の根においては経済および社会の産物である。文学は責務を負っているだけではなく事実でもあって、責務は事実と折り合っていかねばならない。戯曲、長篇小説、短篇小説、詩が書かれるのは、こうした芸術形式がともかくも存在していて需要があり、多くのものに適しているからだ。芸術形式は叙事詩のように現れては滅びるのであり、内的必然性の表現はある程度までしか果せない。美的な問題には、人が思う以上の実践とつまらぬ必要性が潜んでいることがあるものだ。ささやかな美しい体験、日記のメモ、手紙、思いつきを興味深く振り返ってみるように、そして人生においては極度の緊張だけが価値をもつのではないように、そんな風に短篇小説は書かれる。それは手を伸ばしてつかみ取る迅速な形式である。文学の与える強い印象の多くが、このような短篇小説に由来していることを見落としてはならず、短篇小説に感謝しなければならない。短篇小説はしばしば小さな長篇小説、断片の形でスケッチされた長篇小説、あるいは本質だけが叙述された一種の走り書きである。短篇小説の本質が一人の人間、あるいは作者の特徴的な行為のなかに、体験のなかに、それみずから叙述へと誘う、性格のシルエットや運命の経過のシルエットのなかに、そしてほとんど数え切ぬほど多くの可能性のなかに現れることがある。そうしたもののうちに驚嘆に満ちたもの、十全なと言ってよいものが存在することがある。どんなにささやかな美であっても、つまるところ全体をやはり正当なものにするのである。限られた空間に必要なものを収めるべしという強制以外には、いかなる原理もこのジャンルの統一的形式の特性を制限することはない。ここには必然的な根拠の王国ではなく、充分な根拠の王国が生きている。以上のことを述べてしまえば、次のような試みをどのように考えるべきかは言うまでもない。すなわち、体験の意味や短篇小説の美的驚嘆について語るかわりに、簡潔さ、輪郭の幸福、事実性への強制、代表的な瞬間を選択すべしという強制、および短篇小説の立場を示すはずのそれと類似の——人間的な幸福に比べると——芸術的な仲介者にして仲買人の幸福について語る試みのことである。

ローベルト・ヴァルザーの『物語集』〔クルト・ヴォルフ出版、ライプチヒ、一九一四年〕。積極的な志向の持ち主や慈悲深い女性なら、この三〇篇の小さな物語《ゲシヒテ》を遊戯的だと思うだろう。ここからは物語の性格がうかがい知れない、気まぐれだ、生と戯れている、それどころかひょっとすると心情というものがない、たとえば庭のベンチのような取るに足らないものがときに世界に場所を占める際の啞然とさせるような断固とした調子に感嘆している、と言って非難するだろう。要するに口にこそ出さないが、道義的な真面目さが感じられないということが根本的に癇《かん》にさわるらしい。しかし、これはこういうことだ。われわれは、多くの事柄のなかにわれわれの感情の非常に固定した反応様式をもっているので、反応様式を事柄そのものに根ざしているかのように取り扱う。われわれは——ヴァルザー(1)と関連する例で言えば——たとえば劇場の大火災を、恐ろしい不幸だとしか思わない。ところが誰かがそれを、壮麗な不幸、あるいは当然の不幸だと感じることがあるかもしれない。われわれは寛大だから、ある人がそう感じることを妨げようとはもちろん思わない。しかし、理由を求めてもかまわないと思っている。それなのに、その人が理由を求める気持ちもなく、われわれが恐ろしい不幸だと思うのと同様、全体をただうっとりするような不幸だと思うなら、われわれはまずは「堕落している」のではないかと考える。そして、その人が愛すべき奴でしかないことがわかると、あいつには道義的な真面目さが欠けているとか、対象の真面目さを冒瀆しているなどと言うのである。それどころかわれわれは、悲しい場合にだけ対象に対する敬意を要求するのではなく、喜ばしい場合にもある種の真面目さを要求する。たとえば野原について、それは緑だと作家が言う場合、作家の心全体が――たちまち――ともに緑に染まってしまう様《さま》がわれわれに感じられるよう感激をこめて言わなくてはならない。あるいは作家が、野原は緑だと言うことはできない、そもそも野原は緑ではない、大地主の美しい野原のために工場労働者が肉を食べられないのだから、野原は国民経済的な不幸だと言いたい場合には、そう言わせておくだろう。しかし作家が、野原はばかばかしいほど緑だ、お腹の皮がよじれるほどだと――これがおそらく、美しい草地を前に言ってみたくなる最も率直な感想だろう――感じるだけなら、われわれは何となく、野原の感情の要求があまりにもないがしろにされていると思うだろう。ヴァルザーには感情の革命家、感情の逸脱者たろうとする意図はおそらく露ほどもなく、そのたいていの反応からして彼はむしろ愛すべき、いくらか空想的な小市民なのだ。しかしヴァルザーは、世界の事物や内面の事物がもつ譲ることのできない要求、われわれに現実だと受け取ってほしいという要求に対しては、たえずそれを裏切る。野原はヴァルザーにとって、あるときは現実的な対象であるが、あるときは紙の上に書かれた何かでしかない。彼が熱中したり憤慨する場合には、自分が書きながらそうしているのだということ、自分の感情は用心深く身構えているのだということを、けっして忘れない。彼は登場人物たちを突然黙らせ、物語に、まるでそれが登場人物であるかのように語らせる。人形芝居の雰囲気、ロマン主義のイロニー。しかしこの戯れはどこか、はるかモルゲンシュテルン(2)の詩を想起させる。現実の状況の重みが突然、言葉の連想の糸に沿ってさらさらと流れ始めるのである。ただし、こうした連想はヴァルザーにおいてはけっして純粋に言葉の上のものではなく、常に意味の連想でもあるので、彼が今まさに従っている感情の線が大きくはずみ

（1）　▼巻末注

をつけるように身をもたげ、迂回し、満足げに揺れながら新たに誘われる方向に進んでゆくのである。それは戯れではないと言い張るつもりは本当はまったくないのだが、いずれにせよそれは——ほれぼれするほど並々ならぬ言葉の熟練ぶりにもかかわらず——作家としての戯れではなく、人間としての戯れであって、多くの柔和さ、夢想、自由、われわれの最も強固な信念さえもが心地よい無関心へと弛んでしまう、あの一見無意味で怠惰な日々の一日がもつ道徳的な豊かさを備えている。

フランツ・カフカ。にもかかわらずヴァルザーの特異性は一つの特異性にとどまらざるをえず、ある文学ジャンルの主流となるには適していないように思える。カフカの最初の書物『観察』〔エルンスト・ローヴォルト社、ライプチヒ、一九一三年〕を読むとき、それがヴァルザーの『物語集《ゲシヒテン》』よりも先に出版されたにもかかわらずヴァルザー型の特殊例のように思えるのが、わたしには釈然としない。ここにも一種の観想があって、五〇年前の作家ならさしずめ『シャボン玉』という書名を考え出したであろう。二人の独特の違いを次のように述べれば充分だ。同じ種類の着想がカフカにおいては悲しげに、ヴァルザーにおいては楽しげに感じられ、ヴァルザーには生き生きとしたバロック的なものがあるとすれば、カフカの意図的にページを埋めてゆく文章には、スケートをする人が長いカーブと図形を描くときの良心的なメランコリーといったものがある。カフカにも芸術の偉大な自己抑制があり、おそらくカフカだけに、小さな無限が虚空へ響きながら消えてゆく風情、謙虚に選び出された些細なもの、自殺者が決意と行為のあいだの時間に感じるようなやさしい穏やかさがある。さまざまに名づけることのできるこのような感情をどのように呼ぼうとかまわないのだが、それはこの感情が、ごくかすかな暗い中間音のように共振しているにすぎず、非常に魅力的だが、あまりに定かならず、ひそやかすぎるからだ。この感情はカフカの他の著作、短篇小説《ノヴェレ》『火夫』〔クルト・ヴォルフ出版、ライプチヒ、一九一三年〕をあれほど魅力的なものにしている、体験のあの内面性に相通ずるものがある。この物語《エアツェールング》はひらひらと飛び去るものでありながら、ごく抑制がきいている。そもそも構成を欠き、言うに足るほどの外的・内的筋立をもたないが、歩みはごく緊密で活力に満ちているので、何も起こらない一日から次の一日への道のりが、人によってはどれほど遠く波乱に富んだものであるかを感じさせる。一人の若い男がヨーロッパからアメリカへ渡る。家族から離れ、お伽話のように思いがけず現れる善良で尊敬を集めている叔父の所へ行く。途中で一人の火夫と仲良くなり、彼の運命に関わり、世間から見ればずたずたになった針金のように世間に垂れ下がっている実行不可能なことばかりを行い、自分で実行しないことばかりを考える。それがすべてだ。それは意図した素朴さでありながら、そうしたもののもつ不快さがない。というのもそれは、文学において（偽の素朴さも同様だ。そこに違いはない）間接的なもの、複雑なもの、獲得されたものとして存在する本物の素朴さであり、一つの憧れ、一つの理想だからだ。しかしそれは、熟考に耐えたもの、根拠を与えられたもの、生き生きとした基盤をもつ感情である。一方、本物として好まれている偽の簡素な素朴さは、こうした点を欠いているがゆえに価値をもたない。カフカの物語《エアツェールング》においては、善への根源的衝動が形成される。それはルサンチマンではなく、良きものに対する子供時代の、今では埋もれてしまった情熱といったものである。子供の祈りの高揚した感情であり、注意深く宿題をするときの不安な熱心さであり、道徳的《モラーリッシュ》な繊細さとしか表現できないものである。人がなすべきことを要求するのは、ここでは良心である。その良心を促しているのは倫理的《エーティッシュ》な諸原理ではなく、大きな意味をもつ小さな問いをたえず発見し、他の人にとっては滑らかな何でもない塊にすぎない問いに、奇

（2）　モルゲンシュテルン、クリスティアン（一八七一～一九一四）。ドイツの詩人。ナンセンスな言葉遊びを駆使したグロテスクでユーモラスな詩風と、憂鬱な諦念に満ちた詩風とを併せもつ。その根底にある生や現実に対する深い懐疑から、やがて現世を越えたものに関心を寄せ、神秘思想に接近する。

妙な襞を見て取る繊細で鋭い敏感さである。そして、そうしたものの只中に、愛なく年を重ねた女中が、ぎこちなく困惑しながら少年を誘惑する様を報告する箇所が存在している。その描写はごく短いが、簡潔ながら力強いので、それまでややもすると穏やかだというにすぎなかった語り手は、小さな取るに足らない感情にも身をかがめる非常に意識的な芸術家として現れてくる。

9 詩人の認識のためのスケッチ

1918年

このエッセイの表題は「詩人とはいかなる存在であるかを認識するためのスケッチ」という意味である。詩人には使命がある、というムージルの信念の内実が、ここにわかりやすく示されている。すなわち、詩人もまた厳密に思考するのであるが、科学者のそれのように固定点に支えられた反復する思考ではなく、一回的な出来事としての厳密な思考こそ詩人の領分にあることが、簡潔に述べられている。ムージルの散文の抒情性がどのような考えにもとづいて生まれているかを知るにも好適なエッセイである。

聖パウロ教会とビスマルク[1]の時代いらい損《そこ》なわれてきた大学教授の名望が社会生活のなかで再び高まるにつれて、詩人の名望はそれだけ下落した。そして大学教授の悟性が、世界存立いらいかつてない実効性を獲得した今日、ふつう詩人はもの書きと呼ばれ、何らかの欠陥のために、役に立つジャーナリストになれなかった人のことだと思われている。

このような社会的現象の意義は過小評価されるべきではなく、それについて些《いささ》か考察してみることを良し

(1) ▼巻末注

とするだろう。ここでは詩人を、ある一定の方法で一定の領域において認識する者としておく。そうすることで、これが知的な事柄の考察にとどまり、認識論的な検討の試みのように小規模のものに終わるのは、わたしの意図するところである。もちろんこの考察の成果だけが、このような限定づけを正当化する。ところで、あらかじめ言っておくが、ここで詩人について特別な種類の人として語るとき、詩や小説を書く人だけがそれに該当するのではない。その行為をさし控えるたくさんの人もそれに属する。彼らは同じタイプの能動的な人に対し、それに応える対幅をなしているのである。

このタイプは、世界のなか、人びとの間で、救いようのない自己の孤独をこのうえなく強く意識する人、法や正義によっては何一つ片づかない、神経質で敏感な人と言うことができよう。その気性は、重要な事柄よりも不確実で微妙な事柄により強く反応し、自分より半世代ほど早く死んでいく大人たちに対して子供が前もって抱く、びくびくした優越感でもって、さまざまな性格を忌み嫌う。そして、どのような友情や愛情のなかにも、一人ひとりの存在を他の存在から遠ざけて個性という痛ましいほど細やかな秘密をつくる、微かな反感がひそんでいるのを嗅ぎとる。また、自分の理想すら憎むことができる。というのも理想とは、彼にとって目標ではなく、自分の理想主義が腐敗して形成されたものと思われるからである。これらはいくつかの個別的な事例にすぎない。これらすべての事例に照応し、いや、むしろこれらの根本にあるのが、ある一定の認識態度と認識経験であり、それらに対応する対象世界なのである。

詩人が世界をどのように了解しているかを理解するには、その対極にあるものから出発するのが最も良い。それは固定点 a をもっている人、合理ノ領域[(1)]に立つ合理的な人間である。この拙劣な言葉遣いを、その根本にある歴史的な取り違えともどもお許し願いたい。つまり、自然が理性に倣ったのではなく、理性が自然に倣ってきたのだから。だが、その方法だけでなくその成果を、事実の従属だけでなく事実の遜《へりくだ》りを、すなわちある種のケースでの、自然の過分な譲歩――それをいかなる場合にも要求するのは、むろん人間のわきまえのなさであった――を、しかるべく表す言葉を見つけることができなかった。

この合理ノ領域が包含しているのは――おおまかに輪郭づけると――学問的体系化が可能なもの、法則や規則に集約できるもの、したがって、とりわけ物的自然である。心的自然がそこに包含されるのは、うまくいったわずかな例外的なケースにすぎない。この領域は、事実に含まれる一種の単調さ、反復の優位、事実どうしの相対的な独立性によって特徴づけられる。その結果、事実はふつう――どんな順序で見出されるにしても――すでに以前に形成されている法則や規則や概念のグループにあて嵌《は》まる。だが、何よりもまず、ここでは事実が一義的に記述され仲介される、とこの領域を特徴づけることができる。

数、光度、色、重さ、速度、これらは主体の関与によっても、普《あまね》く用いられる客観的な意味が影響を受けない観念である（それに対し、非合理ノ領域の事実、たとえば「彼がそれを欲した」という単純な陳述内容は、限りなく補足することなしには充分に明瞭な観念が与えられない）。合理ノ領域は、固定的なもの、わずかな偏倚しかもたないものの概念によって支配されていると言うことができる。すなわち、事物ノナカニ基礎ヲモツ擬制《フィクション》(2)としての固定的なものの概念によって。

ところが、ここでも最下層の土台は不安定であり、数学のいちばん底の基盤部分は論理的に保証されていなく、物理学の法則はただ近似値において通用するにとどまる。また、星辰は一つの座標系のなかを移動するが、その座標系はどこにも現場をもたないのである。しかし私たちは、それらすべてを秩序づけたいと願っている。それは理由のないことではない。今から二千年以上前に「わたしに一つの固定点を与えよ。さすれば世界を地

（1）▼巻末注
（2）▼巻末注

軸から外してみせよう」と語ったアルキメデスの名が、今でも私たちの希望あふれる態度にとっての指針なのである。

この行為において人類の精神的連帯が生じ、その連帯は、かつての信仰と教会の影響下におけるよりも、はるかによく成長した。それゆえ、人びとが同じやり方を——広義における——心的、モラル的連関においても守ろうとするのは、きわめて当然のことである。そうすることは日ましに困難になってきているのであるが。

心的、モラル的領域においても、今では杭打ち作業の原則にのっとり作業が進められる。漠然としたもののなかに概念という凝固する潜函《ケーソン》がいくつも沈められ、法則と規則と公式からなる思考パターンがその間に張りめぐらされる。性格、法、規範、善意、命令といった、いかなる観点からも固定的なものが杭となり、そこに日々の生活が要求する何百もの心的、モラル的な一つ一つの決定という網をしっかり固定できるように、その杭を堅牢にすることが重要視されるのである。今も支配的な倫理は、その方法に従って静的な倫理であり、根本概念として固定的なものを伴っている。

しかし私たちは、自然から精神への道のりにおいて、いわば空気の動かない鉱物陳列室から、もの言わぬ顫《せん》動《どう》にみちた促成栽培室へと足を踏み入れたので、倫理の適用に際し、制限したり撤回したりするとても滑稽なテクニックを必要とする。そのテクニックの複雑さだけを見ても、私たちのモラルが死に瀕するほど熟していることがわかるのである。

ポピュラーな例を考えていただきたい。つまり「汝、殺すなかれ」という掟が、謀殺から故殺、姦通者の殺害、決闘、処刑を経て、戦争に至るときに被る変化である。それに対する統一的な合理的公式を探せば、それが濾し器《フィルター》に似ていることに気づくであろう。それを用いるとき、小さな穴が、固定した網に劣らず重要だからである。

ここで私たちはとうに非合理ノ領域に足を踏み入れている。[1]モラルはこの領域についての——自然科学が合理ノ領域にとってそうであるように——主要な一例となっているのである。合理ノ領域が〈例外を伴う規則〉の支配する領域であるのに対し、非合理ノ領域とは、例外が規則を支配する領域である。ひょっとすると単に程度上の違いにすぎないかもしれないのだが、いずれにしてもその違いは認識者の態度の反転を要求するほどに対極的である。

この領域において、事実はいかなるものにも屈服せず、法則はフィルターであり、出来事は繰り返し起こらず、限りなく変化し、それぞれが独自である。この領域を特徴づけるのに、つぎのことを指摘するより良い方法は思いつかなかった。すなわち、これは個人が、世界や他の個人に対して反応する領域、価値と評価の領域、倫理的かつ審美的な関係の領域、理念《イデー》の領域である。概念や判断は、それを用いる人や用い方からかなりの程度独立しているが、イデーの内容は、その両者にかなり左右される。イデーはいつも、そのつどの情況に応じて決定された内容をもち、その情況から切り離されると消え失せてしまうのである。

任意の倫理的命題をとりあげてみよう。「そのために自己を犠牲にし、死の誘いに赴くことが許されるような考えはない——」。ところが倫理的体験に打ち負かされ、その息吹を感じとった人であれば、この命題の逆が同じようにたやすく主張されうることを知っているだろう。しかも、いかなる意味でそう考えられるかを示すためだけに、つまりいくつかの経験を一つの道標の方向に並べるためだけに、長い論文が必要であることも。というのも、その道標の方向は、どこかで見通しがきかないほど枝分かれし、にもかかわらずその目的を何とか果してきたからである。この領域においては、あらゆる判断の理解、あらゆる概念の意味が、エーテルよりも細やかな経験の覆い、個人の恣意、目まぐるしく変化する個人の無意識によって包まれている。この領域の

（1）▼巻末注

事実とその連関は、したがって無限であり、予測がつかない。

これが詩人のふるさとであり、詩人の理性が支配する領域である。詩人の対抗者が、固定的なものを探し求め、未知なものに出会うと、それを算定するために多くの方程式を立てることができれば満足するのに対し、ここではじめから未知なものにも、方程式にも、解決可能性にも終わりがない。課題となるのは、常に新しい解決策、相互の関係、情勢、変数を見つけ出すこと、出来事の経過の典型を打ち立て、いかに人間でありうるか、いかに内的人間をつくり出せるかについて魅力的な範例を示すことである。この説明が〈心理学的〉理解や〈心理学的〉認識にまつわるあらゆる思考を締め出すに足りるほど明晰であればと願ってやまない。心理学は合理ノ領域に属し、心理学的事実の多様さも――経験科学としての心理学の存在可能性が教えるように――けっして無限ではない。予測がつかないほど多様なのは精神的なモチーフだけであり、心理学はそれとは何ら関係がない。

およそ本質を異にする二つの領域があるのだ。この認識の欠如が、詩人を例外的人間（そこから責任能力のない人間までそう隔たりはない）とする市民的な見方を引き起こしている。実際は、詩人は、例外に目を向ける人である限りにおいて例外的人間なのである。詩人は〈狂者〉でもなければ、〈予言者〉でもなく、〈子供〉でもなければ、理性に何らかの障害をもつ者でもない。詩人は合理的人間とは異なる認識方法や認識能力をはたらかせているのではない。すぐれた人間とは、事実についての広範な知識と大いなる理性を自由に扱うことのできる人である――一方の領域におけるとともに、他方の領域においても。ただ、ある者は事実を自分の外側に見るし、ある者はそれを自分の内側に見る。また、ある者は繋がりあう一連の経験を目のあたりに見、ある者はそれを見ないのである。

もしかするとわかりきったことをこのように念入りに説明しても些事《ペダントリー》への拘泥にはならないと、自信をもっているわけではない。そこで、申し開きのために、ここでは触れずに終わったが同じくらい重要なことを引き合いに出したい。ほかでもない、いわゆる精神科学と歴史学のあいだの境界づけである。それは容易《たやす》くはないが、これまで語ってきたことの正しさを裏づけるだろう。しかし、このような研究がペダントリーと見なされるか、不可欠なことと評価されるかは、つまるところ「詩人の才能ではなく世界の構造が、詩人に使命があることを詩人に伝える」ことの証明にどれほどの重要性が与えられるかにかかっているのである。

詩人にはときおり、時代の歌い手、時代を輝かしくする人、時代のあるがままの姿を明るく照らされた言葉の圏域へと高める人、という任務が割りふられてきた。〈善き〉人びとのために凱旋門をつくり、理想を賛美することが求められた。また、〈感情〉（もちろんいくつかのお決まりの感情にすぎない）と、批判的悟性を拒否することが求められた。というのも、批判的悟性は、世界からその形式を奪い去ることによって――壊れた家の瓦礫《がれき》の山がもとの家より小さいように――世界を小さくするからである。ついには対象の無限性を、対象の関係の無限性と取り違えることが（それを以前の新理想主義と共有する表現主義の実践において）求められ、そのためまったく見当はずれの形而上的パトスが生じた。これらすべては〈静止状態〉への譲歩であり、これらの要求は心的、モラル的領域の諸力と矛盾し、対象のもとの性質に反するものである。

ここに語られたことはすべて、純粋に主知主義的な見解だけを反映している、と異議を唱える人がいるかもしれない。ここで詩人の主な課題と見なされたあらゆることとほとんど関係がなく、しかも人びとを感動させる芸術作品となった詩文学もある。それらの作品は美しい肉体をもち、ホメーロスが与えたその肉体は何千年も透って私たちの時代に至るまで光り輝いている。結局そうしたものは、ある種の常に変わらぬ、あるいは再び甦《よみがえ》ってくる精神的態度からだけ生まれる。それが甦ってくるあいだになされる人類の活動は、そのヴァリエーションのようなものである。となると、つぎの問いだけが残る。詩人は彼の時代の子供なのか、それとも時代の生みの親なのか。

10

フランツ・ブライ

1918年
6月7日

多岐にわたる仕事ぶりゆえに誤解されることの多かったブライの独自性を、正しく評価することを目したこのエッセイは、ムージル自身の文学観を自ずから披瀝するものとなっている。ここからは哲学でもなく、いわゆる文学でもなく、批判を本質とし、「エッセイ」というスタイルを取る文学のあり方が浮かび上がってくる。フランツ・ブライはムージルの作品の価値をいち早く認めた批評家の一人で、ほぼ生涯にわたってムージルの友人であった。独立したブライ論としてはこれ以外に、『フランツ・ブライ――六〇歳』（一九三一年）というこれも短いエッセイがある。

ブライ(1)の著作のなかでは『化粧パフ』が最も多くの読者を得ているが、その成功が、ブライを巧みに実物以下に見せているタイトルのおかげであることはまちがいない。同じ理由でこのタイトルは、作者ブライに対する理解を損ねている。現存の書き手のなかで、ブライほど誤った評価が流布している作家はほかにはいないからである。ときに応じて好色作家、審美主義者、合理主義者、あるいはカトリック的決疑論者(2)だと決めつけられ、精神の細部に関する逸話のために全体像が結べない。それによってブライ個人の成果がさほど損なわれていないにせよ、彼の成果が同時代の人びとに及ぼすしかるべき影響力が奪われている。

おそらくブライ自身のいくつかの特性がその原因となっているのだろう。それらの特性が彼においては、ふつう理解されているのとは反対の意味をもつからである。学者のように博識な彼は自分で創作を行うかたわら、出版や翻訳を通して、外国の文学やなじみの薄い文学の豊かな領域を開拓した。さらに彼は常に、若々しい創造センスをもつ詩人や画家や哲学者の自他ともに認める良き理解者であった。こうしたことで暗示される特性の複合体にはもっぱら、自立的な創造性や内的確信の欠如といった本質的に受動的な特性が結びついていて、それに多少の秩序感覚をもつ悟性が付け加わると、時代の末期にきまって現れる批評家にして歴史記述家というタイプ、あるいはちょっとした条件の変化によっては、過去の文化の「鋭敏な」再生者というタイプが生まれる。ブライの作品をタイトルだけで知っている人たちが、彼を注釈者と過去の文化の再生者の折衷タイプとして思い描くのは無理もない。しかし彼は、完全に根本からしてそれとは別物である。彼は通常の見方からすれば互いに折り合いがつきようもない多くのものを愛情をこめて包括するが、それは彼が曖昧だからではなく、非常に決然としているからである。言いたいことが次々湧いてくるため、さまざまな話題から自分の考えと響き合うものだけを聞き分けるからである。彼が何かに同意するとき、その動機は一致ではなくアナロジーであり、彼が見方を変えるとき、変わるのは彼の見方《アンジヒト》ではなく、事物の見え方《アンジヒト》が変わるのである。アナロジーを通して彼は、カトリシズムにも古代にもロココにも自分の愛するものを見出し、それを今日は女性に対する慇懃さにおいて、明日は禁欲において明らかにし、今日はある理論に入れこんだかと思うと、明日は別の理論に入れこむ。だがそれは、常に一つの理論なのである。倦むことなく精神を求めるがゆえに理論の入れかえを行うが、そこにはいくら評価してもし過ぎることのない客観的な理由があるのだ。

あらゆる精神の運動はそもそも、宗教と呼ばれようが表現主義と呼ばれようが、世界がいわば在庫として所有していて、歴史のそれぞれの時代においてほとんど一定に保たれている「精神」の倉庫からの移しかえにほかならない。どの世紀においても幾度か（そしてまた一千年ごとに幾度か）何かが身をもたげ、感情に根を下ろしている概念をつかみ、それを感情に即して別方向に転じさせ、人類を新たな幸福感で満たし、また沈んでゆく。悟性は進歩し、算盤から無限級数へ、ターレスからアインシュタイン教授へと上昇してゆく。精神のうちには、悟性そのものであって発展に関与する要素と、もう一つ別の要素が備わっている。その要素は計算不可能で発展を知らず、矛盾に満ち、ゆっくり入れかわる根本感情に左右されている。そうした根本感情は昨日は死んでいた思想を今日また再び蘇らせるが、その際、思想の真理そのものは変わらず、変わったのはわれわれにほかならない。カントは正しいか間違っているかであるが、エピクロスとニーチェは正しいか間違っているかではなく、生きているか死んでいるかである。というのも二人の仕事の領域においては、排中律(3)よりへ

（1）ブライ、フランツ（一八七一～一九四二）。ウィーンに生まれ、ミュンヘンとベルリンを中心に活躍した作家。評論・エッセイ・批評の分野で力を発揮する一方、雑誌の刊行、翻訳も行うなど、多様な形で文学・政治・文化の状況に敏感に対応した。翻訳家としては、このエッセイのなかで言及されているクローデルのほかに、ジッド、ボードレール、スタンダール、バレス、ワイルド、ホイットマン、ホーソンなどを手がけた。ムージルの作品にいち早く着目した彼は、自分が発行した雑誌にムージルの作品を掲載している（一九〇八年短篇「魅せられた家」が〈Hyperion〉に、一九一二年から一三年にかけて〈Der Lose Vogel〉に「数学的人間」のほかいくつかのエッセイが、一九一八年〈Summa〉に「詩人の認識のためのスケッチ」が掲載された）。また邦訳もある『同時代人の肖像』（池内紀訳　法政大学出版局　一九八一年）のなかには、ムージルの見事な肖像が収められている。ムージルはブライについて二篇のエッセイを書いているほか、「文士と文学」はブライを意識して書かれ、「昨日の女性、明日の女性」はブライに捧げられている。

（2）決疑論。宗教上・倫理上の一般原則に従った義務・行為のあいだに衝突が起こるとき、律法に照らして善悪を判定しようとする方法、またその学問。特に中世以降、カトリック教会で重視された。

（3）排中律。同一律、矛盾律と並ぶ古典論理学の三大論理法則の一つ。「どの命題も真であるか偽であるかのいずれかである」を意味する。

ーゲルの総合《ジンテーゼ》への道が妥当性をもつからだ。個人のレヴェルでは、たとえば「見解」と「知識」の違いに対応するようなこの関係は事柄に即したものであって、精神に把握可能な素材か、悟性に把握可能な素材かの違いによって条件づけられている。しかしこの関係の解明はまだほとんどなされていないので、われわれはその領域に対する名前すらもちあわせていない。ここでたまたま「精神」という言葉で呼ばれたものは、その都度の連関に応じて魂とも文化とも、感情の状態とも時代の雰囲気とも、あるいは価値評価の領域とも呼ぶことができるが、こうした言葉の一つだけでは、問題となっているものを完全にカバーすることはできない。肝要なのは、内的な生に必要なものすべてにほかならない。つまりそこには最も広い意味での宗教性、政治性、芸術性、単に民族的でもなく信仰や感情の単なる恣意とも違う人間性、それらのすべてが含まれるのである。

　ブライに話を戻すと、次のことを理解するには、ここで確認できたことで充分である。すなわちエッセイストの見解には積極的な変わりやすさとも言うべきものが存在するが、それは進歩とも、新しい見解への転向とも、内的な不確実さとも関係がないということ、またエッセイストは無関心だと思われているが、それは何を愛し何に立ち向かうのかが、なぜそうするのかに比べて実のところ気にならないという意味の無関心さだということである。さらにブライは、まずは精神的なものである営為全体の大きさに対して、悟性の営為がどの程度関与しているかを非常に意識している。彼の仕事はいつも、理論的過ぎて感情に充分根ざしていないと思われるか、理論に乏しく感情のなかをひらひら舞っていると思われるかのどちらかであるが、それはエッセイストの自律的な立場というものが知られていない、あるいは承認されていないからである。これは普遍的な問題であって、真に価値ある個人を擁護するより重要なことである。つまりエッセイストは学者からは、学者の仕事にとってはくず同然のものから自己の本質部分を調達する一種のほら吹きだとみなされ、他方で詩人たちからは概して、一種の妥協の産物、自分たちの輝かしい本質を卑俗な合理性の靄《もや》のなかで歪めたものにすぎないとみなされている。どちらの見方も同じように偏狭である。感情を悟性によって明確なものにし、悟性を些末な知識の課題から解放して感情の課題に向かわせること、これこそがエッセイストの目標であり、人間の無上の幸福という、よりはるかな目標を見すえているのである。ブライの影響力は、悟性と感情の統合を常に範となって促し、そのための働きかけを行ってきたという点にある。

これに関連づけて、彼の本質を確定する境界線をもう一本引くことができるだろう。学問は真理を求め、真理と事実を目指す。学問的な仕事の道程と統一性は、それが取り扱う素材のなかにすでに予示されている。精神の仕事の場合はそれとは異なっている。そこには完結されないものがあり、到達できるような目標はそもそも存在しない。結果を引き出す客観的な総合が欠けているので、一つの仕事を成し遂げたという、社会が要請するイメージを守るために通常すりかえが行われる。すなわち見せかけの目的、たとえば事実だけの歴史記述ではないにもかかわらずまさに事実を記述するのだという口実を装って、統一性を外から借りてくるのである——。その場合もちろん完結性、統一性は本当はさまざまな出来事のうちにあり、著作のなかにあるように思えるのは見かけ上のことにすぎず、真の意味での成果は無限の付随行為のなかに存在する。あるいは統一性が著作に——主観的で「熱意のこもった」学問的著作の場合はすべてそうであるように——いわば内側から、こっそり差しこまれることもある。すなわち、その「特徴ある顔」が眼前にちらつくような著者の個性によって。あるいはまた、こけおどしの著作がでっち上げられ、その統一性を実現しているのが（正確さを欠いた哲学的思弁がたいていそうであるように）著者の無能力にほかならないという場合もある。ときには有名なそうした著作には概して大きな価値が認められるのに、その大きな図体のなかで唯一魂に関わる部分を形成しているエッセイは——往々にしてほんのささやかなエッセイにすぎないが——それに比べて評価されないという滑稽さを、われわれは自覚しなければならない。このような同時代のまやかしの方法論に惑わされた者がブライを過小評価し、それを良心的だと思いこむことがあっても不思議ではない。そのような人は、ロココ様式をもっと客観的に叙述できる、某詩人にもっとはっきり是か非の判断を下すことができる、クローデルをもっと精密に翻訳できると考え、ブライの著作にはさしたる成果がないと思うのだろう。だがそのように考える人は精神的運動の大きさ、ブライの著作に存在している部分解決の総体がもつ価値を過小評価している。柔軟過ぎる気質ゆえにブライは、ときには自分で自分を薄めてしまうこともある。だが、そうやって彼が考え抜くかわりに使い捨てにする着想によって、すでに何人もが自分の市民的な家計を支えてきたのである。ブライが下した価値評価の大半は今でも有効であり、最も影響力の強いものの一つである。しかもそれは、信じこみやすい公衆の人気によって最初からそうだったのではなく、その後の展開において保証されたものである。批判の無秩序が支配している時代に彼は、さまざまな重要な観点を新たな秩序に発展させたのである。

一人の作家をさまざまな面から照らし出すことは、ある著作について一つのイメージを与えることに比べてますます重要視されなくなっている。しかし、次のようなコメントをどうしても付け加えておきたい。すなわちドイツ人のあいだではめったに見られない貴重な文学ジャンルの最も重要な代表者の一人を、生粋のオーストリア人の業績が好んで求められるオーストリアにおいて、些末な事柄をめぐってささやかれるスキャンダルがらみではなく、彼の本質に従って正しく評価すべきであろう。

II

文士と文学——そのための欄外註

1931年
9月

もともとフランツ・ブライの六〇歳記念論集に寄稿するべく計画されたが、最終的にはムージルの文学観を表明するエッセイとなった。蔑称として使われがちな文士という呼称を、文学のまだ細分化されていない基本的なあり方を体現する者と捉え直すことから始め、時代の潮流によって狭められ偏ったものにされてしまった文学の、他とは代替不可能な独自性をさまざまな観点から描き出している。当時の文学状況に対する批判の矢をここかしこにしのばせ、心理学や民族学などの成果を取り入れ、具体的な例を交えながらの変化に富んだ叙述になっている。独創性と伝統、内容と形式、客観性と直観といった伝統的な二項対立に依拠しつつ論を進めながらも、それを越え出ることで、文学の文学たるゆえんを厳密に確定すると同時に、それにこれまでにない拡がりを与えることが目指されていると言えよう。

前置き

このスケッチが目指しているのは理論でも新しい知見でもなく、文学と文士性という互いに関連し合っている現象のいくつかについて、大まかな見取り図を描くことにほかならない。次のような問いで始めたいと思う。

わが国で文士《リテラート》という呼び方が悪口だとみなされているのはなぜか、さらにこの呼び名が往々にして、まったく申し分のない意味で文士とは言えない人たちによって、申し分のない意味で文士たらんとしている人たちに対して使われるのはなぜかという問いである。というのも、文学を何らかの形で自分の仕事に利用して文学で生計を立てている人は、この国ではふつう文士とは呼ばれず、収入のほかに作家という立派な職業名をもっているからである。それが「添え物作家」〔Zwischentiteldichter〕という呼び方にすぎないにしても。それに対して文士と呼ばれるのはもっぱら、文学との関わり以外のことにはまったく頓着しない人のことである。つまり文士とは、ひたすら文士である〔文士にすぎない〕人のことである。そのため文士という呼び方が、カフェやボヘミアンといった概念とそう違わない蔑称になることもあったが、いずれにせよそうした事態には、文学内部の注目すべき諸事情、あるいは文学と人間全体との注目すべき諸関係が示唆されている。文士という言葉に軽蔑的な意味を結びつけることを容認している文学は、桜桃やメロンの実をつけたがるが、リンゴの実だけはごめんだと思っているリンゴの樹を想起させる。この樹に欠けているのは何か。われわれは皆まずは文士であり、とどのつまり文士である。なぜなら真の意味での文士とは、まだ分業化されずに文学にたずさわる者のことであり、分業化されたあらゆる姿を生み出す基盤となる者だからである。若い人は文士として始めるのであって、詩人として、ましてや劇作家、歴史家、批評家、エッセイストなどとして始めるのでない。そのどれかに、ある種の才能をもって「生まれついている」と認めたくなる場合にもそうであり、この連関が感じられなくなると、ある種の文学の本質が駄目になってしまう。そうだとすれば何が支障となって、細分化された文学形式を包括している基本的な意味が失われてしまうのかを問うことも許されよう。不完全な形でしかなく、特定の諸概念によって展開されるにすぎないにせよ、以下の考察のなかにこの問いが鳴り響いているのが聞き取れるだろう。

より一般的な現象としての文士

ふつう文士という呼び方には、それが非難の意味で使われる場合には、本質的でないとは言えないあるイメージが結びついている。それは、およそ次のように述べることができる。つまり文士とは、「まったき人間性」を犠牲にして、ともかくもっぱら文学だけに関わる人間のことであり、それゆえ生の事実に依拠するのではなく（詩人は生の事実に依拠するものだと思われている）、生の事実の報告に依存する二番煎じの人間だというイメージである。このイメージは、注釈者や評論家や編集者に対してわれわれが抱いているイメージと同じ特徴をもっている、と言いかえることもできる。その意味ではかの助手ヴァーグナー(1)は、ゲーテによって滑稽化され不滅のものとなった文士であった。たしかにこのタイプの人間は、古代から現代に至る精神の歴史のなかで、必ずしも好ましいとは言えない役割を果してきた。偉大な先人たちの言葉に全幅の信頼を寄せるこの種の人間の特徴は、他人の仕事については広範な知識をもっているのに、自分自身の仕事には乏しいということだ。こう言えばこれでもう、悪しき種類の文士の定義がほぼ得られたことになるはずだが、実は――こうした言い方は、平均的な教授にもぴたりと当てはまるだろう。それはまた、決定を下すことはできないが士官学校の教官としては使いものになる戦略家にも当てはまる。そのような人を戦術の文士と呼んでもよいだろう。こうした特徴は同様に、精神が規則だけで満たされている道徳的厳格主義者にも、精神にさまざまな自由のラベルを張りつけている道徳的自由主義者にも当てはまる。その両者、厳格主義と自由主義がある種の文士の本質的特徴である。自分の仕事と、他人の仕事についての知識のアンバランスは、そもそも状況に応じてさまざまな形で現れる。遂行能力が求められているのに知識が取ってかわり、決断が必要なのにためらいが生じ、理論

（1）　ゲーテの『ファウスト』の登場人物、ファウストの助手。

的な仕事が課されているのに資料集めでお茶を濁したり、けっして終わらない多忙な実験作業に逃げこむ……いずれの場合にもやはり、一種のすり替えが行われているように思える。才能や意志、あるいは状況が充分でないため、努力を向ける先が本来の仕事から、より簡単に達成できて名誉心を充分満たしてくれる二次的な仕事へとすり替えられているのである。こうした現象の本質は次の点にある。すなわち独創性を欠いた不毛なものは、功績を求めるある種の名誉心と対になるときまって伝統としっかり結びついてしまい、新たにつくり出すという要素――理念形成の場合であれ、経験形式、感情形式、実際的な決意形成の場合であれ――と関係を取り戻すことができない、もしくは少ししかできなくなってしまうということだ。悪しき意味での文士は、より大きな領域を包括するこうした現象の個別例にすぎない。

文士と文学

文士という現象をこのように類似の現象の圏内に引き入れようと試みたが、次のような問いはもちろん未解決のままである。つまりこうした圏内において文士の独自性を形成しているのは結局のところ何か、文学の文士と、いわば任意の文士とを区別する特性とは何かという問いである。遅ればせながらその問いに答えるために今度は文士を社会的に特殊な存在として考察するなら、文学の文士はどこから見るのかに応じて、あるときにはいわゆる知識人として、あるときにはいわゆる感情の人として、隣接するタイプとは区別されるのがわかる。つまり文士は本当の知識人、たとえば平均的な学者のあいだでは、知性に欠けるという印象を呼び起こすのが常である。その場合ふつうは、感情にかまけすぎているように見えるのである。ところがその一方で、本当の感情の人には――話すことが苦手で容易に決心がつかず、そのため自分の言葉や決意や感情に忠実にしがみついているような人には――「知識人」との印象を与え、感情が希薄で不安定で本物でないと思われてしまう。両者を一つにまとめ、それに経験を補えば、知性が感情を弄んでいるとも、感情が知性を弄んでいるともつかぬ人間ができあがる。そうした人間は安定した確信をもたず、その論理的推論は当てにならず、知識の範囲はとりとめがないが、そうした欠陥をゆるやかで敏捷で射程の広い、ときには鋭く肉薄する精神性によって効果的に補っている。感情移入によって他人の生の領域や思想の領域を模倣するという、俳優にも似た能力と心構えによって、そうした欠陥を効果的に埋め合わせているのである。

作家という職業に専心している者は誰一人としてこうした二面性を逸れられないことを認めるとしても、作家という職業を貶めることにはならないだろう。しかし文学の考察から始めることもできるのであり（演技と演技者は互いを特徴づけ合うのだから）、そうすれば——このほうがはるかに重要なのだが——文士の特質と意味ある照応を示す特質をもつ領域を見つけることができる。文学は全体としても、またあらゆる個別部分においても、無限なもの完結されないものを備えている。文学は、始まりも終わりもなく拡がっている。文学がつくり出すものはどれも唯一無二のものであり、互いに比較し合うことが多少は可能だとしても、他のものによって置きかえることはできない。文学は歴史的秩序以外の、また断片として散在している批判的－美学的秩序以外のいかなる秩序ももたない。文学は論理をもたず、秘密の法則の実例、カオスの実例だけからなっている。文学の精神的本質は、概念的に把握可能な連関をもたない想起から成り立っていると言えるだろう。そのような領域にとって引用は（偉大な先人の言葉から意味を引きはがしてくるのではなく、先人の言葉をそのまま呼び出すことは）その構成要素であって、修辞的な装飾欲求の表れだというにとどまらない。歴史的には典型的な人文主義者が、ギリシア・ローマの古典や聖書の引用を行ったのが始まりである。こうした引用は今では表面的にはいくらかすたれたが、内部に引っこんだだけであって、文学全体がいわば引用の池であり、そこではさまざまな流れが目に見える形で続いているだけではなく、深いところに沈みこんでは、またそこから浮かび上がってくる。

その際、まったく奇妙な事態が生じることになる。どんな作家であれ、およそ作家を「分析する」（しかも形式から、対象から、あるいは目指している意味に従って）ことはおそらく可能だが、そうしたとき作家のなかに見出されるのは、細切れにされた先人たちにほかならないであろう。それらが完全に「解体」されて「新たに同化」されないまま、不規則な断片の形で保たれているのである。こんな風に表現するのを容赦願わなければならないが、そうしなければ、文学の伝統のこうした事象を適切に説明し叙述することはできないのである。確実に言えるのは、どんなに伝統から独立している作家といえども形式や内容の伝統を取りこんでいて、取りこんだ伝統と無関係だとほぼ完全に証明できるようなものを生み出すことはできないということ、しかしその一方で、だからといって作家自身の独創性や個人としての重要性が、そのことで破壊されるわけではないように思えるということである。こうした現象が最も如実に顕わになるのは、何といっても抒情詩においてである。抒情詩はそれが美しい場合には、その一つ一つが文学の比類なき僥倖を示すことになるが、にもかかわらず、その「形式」や「内容」を伝統的な形式や内容と比較してみると、いかなる二番煎じの作品にも劣らず「独創性を欠いている」こともある。詩は、透明な母液に浸されている透明な結晶体のごとくに伝統に埋めこまれていて、一見伝統と区別がつかないようでいながら伝統からはくっきりと際だっているのである。

したがって、文学に関して次のような特異な状態が明らかとなる。つまり一般的なもの連続的なものと、個々の個人的な寄与とを分かつことはできないが、その際連続性は拡がりの増大を獲得するだけであり、個人的なものは確固とした立場を得るわけではない。全体は、目的もなく並び合っているさまざまなヴァリエーションから成り立っている。

補償への欲求――独創性、体験、ルポルタージュ、崇高性

こうして再度（文士は新たにつくり出すという要素には手を出さないという主張によって、すでに一度そうなったのだが）独創性の問題に触れることになった。独創性という呼び方は、それと同じ意味をもつ他の言葉とともども、文学において多くの誤解を生み出してきた。かつてドイツ文学について、それは独創的な天才だけで成り立っている、と主張されてきた。しかし現在の文学においても、独創性というアウラをうまく利用したり、それを容認している人びとや状況を見つけ出すのはたやすい。独創性というアウラで取り囲んでしまえば、最初は抵抗している世間の目にも結局は未曾有のものと映るのである。こうした状況に対してもち出される反論をごく簡潔に、「伝統が存在するところでしか独創性を云々できないのは明らかなのだから」と述べることができる。自然科学や数学の仕事の独創性や重要性を測定する場合には、それらが依拠している仕事との距離を判定できる客観的な尺度が存在している。別の分野においても、合理的で合理化可能であればあるほど事情は似たものになるが、そのような関係が欠けていればそれだけ、独創性という概念は恣意的になり輪郭がはっきりしなくなる。独創性という概念は比例概念である。独創的なものだけから成り立つ文学があるとすれば、それは文学ではないし、その独創性も独創性とは言えないだろう。独創的なものが寄り集まってともかく何やら文学らしきものが、しかもはっきりしない漠然とした形でき上がっているだけのことなのだから。

かくして独創性という言葉がひどく蔓延しているのは、ある種の文学の体系の脆弱さ、文学体系そのものの脆弱さの表れである。独創性という場合にはもちろん、個人を越えた集団の独創性も含まれている。集団の独創性は、結局いかなる独創性よりも頻繁に現れ、「世代」や「主義」という名のもとに独創性の概念を混乱させてきた。

このような脆弱な状態がさらには、それを利用し尽くそうとする、あるいはそれを拭い去ろうとする考えや企てを誘発し、種々の混乱を引き起こすことになるのは当然である。たとえば作品の特性としての独創性のかわりに、著者のもつ、独創性に対応する特性としての個性を問題にしてみるだけでよい。個人的なものの否定とは言わないまでも今日あらゆる政党の芸術綱領となっていて、文学を既成の「世界観」に組みこむことと結びついている、例の極度の制限のことが即座に思い浮かぶのがわかる。互いに敵対し合っている政治陣営も、文学への干渉という点では一致しているのだ。こうした介在がもともとは、自然な政治支配要求の表れにすぎないにしても、あるいはなかには自由主義の堕落した教養概念に対するもっともな反動だと理解できるものがあるにしても、こうした「政治化」がやすやすと蔓延しているということは、文学概念そのものの脆弱さ、抵抗力のなさをやはり露呈するものである。文学概念は自己のうちに客観性をもたないがゆえに、ほとんど無抵抗に政治的意志の客体になってしまうのである。

美学的にはその問題は、芸術の仕事の個人的部分と集団的部分とが、相互にどのような関係にあるのかという問いに帰着する。その問いが充分に論じられてきたと主張することは、まずできないであろう。しかし、いわゆる「文学」についてはその問いに関連する一連の立場が取られ、それらがここ二、三〇年のあいだ、正しい認識を少なからず妨げてきた。そのなかから特に取り上げなければならないのが、反知性的とまとめることのできる試みである。反知性的と言うのは、そうした試みはなべて、詩人の活動を正当化したいという要求から、超自然的としか言えない並はずれた能力を多かれ少なかれ詩人に付与する結果になるからである。悟性は今日の人間の普通の能力なので、「知識人」はせいぜい「文士」にしかなれず、詩人《ディヒター》たるもの——あるいは文士の対立像がどう呼ばれようと——知性でもなければ知性を必要ともしない何かを備えた仕事を行う人間でなければならないと判断するのである。このような場合の図式は皆、これと似たりよったりである。その際、誰もがかつての文学者アカデミーの会長のように、自己弁明のつもりで自分を一種の予言者になぞらえ、創作の際にデーモンの助けを借りている風を装うことまでするわけではない。ふつうは「直観」という人を煙にまく言葉で満足するのだが、歴史的に最も重大な影響力をもったのは、一見存在の確固とした土壌にとどまりつつ、詩人を「生の諸事実」を並々ならぬやり方で受け入れることのできる特別に豊かな種類の人間であると明言する、いくつかの無責任な主張であった。そのような存在である詩人とは、一言で言えば自然と呼ばれるもの、つまりそれ自身の力によって何らかの形で人間の偉大な本性を認識し、いわば生の乳房を飲み干す強靭な、根源的な自然だというわけである。いまだにあらゆる種類の思い違いを引き起こしているこのイメージの実際の基盤となっているのはおそらく、文学には二種類の報告、つまり直観的報告と観念的報告が存在するという事実にすぎない。この二つは常に混在していなければならないが、別々の才能に分かれて現れることも多い。世界文学のなかで、力強くはあるが比較的素朴な描写の人の具体例を見つけるのは難しいことではない。他方、禁欲的な形式芸術家もそうなのだが、描写のために個人的‐観念的なものを一見完全に拭い去ってしまう「加工者」の例も容易に見つかる。したがって、直接性も二種類存在することになる。体験との関係における直接性と、体験を精神的に加工する際の直接性である。もっともこの区別は、ここでは言及できない他の区別とも混ざり合っているのだが。こうしたイメージは、自然科学が提供するイメージとまったく類似している。自然科学には実験的才能と理論的才能があって、二つの才能は等しく必要であるが、事の性質からしても同じ一人の人間のなかに同じ割合で混ざり合っていることはほとんどない。これが実情であってほぼ一世代前、今日でも重要な時代、大いに反響を呼んだ理念芸術に対する反逆から「自然主義」や「印象主義」を自称した時代に、

（1）　かつての文学者アカデミーの会長。ここではおそらく、ヴィルヘルム・フォン・ショルツのことを指していると思われる。ムージルは一九二六年に設立されたプロイセン芸術アカデミーの会員に選ばれなかった。

「諸事実」やいわゆる「人間の記録」（ニーチェの反感を煽《あお》った些細な事実《プティ・フェ》）の価値が一面的に重要視されたのは不幸な行き過ぎであった。というのもその反動として、詩人は何よりまったき人間でなければならず、そうした人間から芸術が暖かに泡立ちながら生まれるのだという例のイメージが、われわれの時代の文学に生じたからだ。その際、神がそもそも生暖かい作品を生み出すそうした詩人を創り給うはずはない、そんなことをすれば、これまで神みずからが人間の精神と結びつけていた法則に悖《もと》ることになるということに誰も頭を悩ませなかった。この小さな誤りの結果、以来わが国においては文学という概念は完全に失われてしまったも同然である。なにしろ文学という概念は詩人という概念そのものよりはるかに、精神のもつ結び合わせようとする要素、それゆえとりわけ非常に合理的な要素を前提としているからである。

あやまって理解された独創性、文士による文学に対する異議申し立ては印象主義の本質にも含まれていたが、印象主義よりも生きながらえた。そのめざましい例を最近から取り出そうとするなら——それがエピソードにすぎないのかどうかはどうでもよい——、提唱者によってルポルタージュ芸術と命名された、あの反作用現象をあげれば充分である。ルポルタージュ芸術とは、ルポルタージュ以上のものだという見せかけをことごとく放棄することを意味する。印象主義が少なくとも影響の点では知性に敵対していたのとは違って、この客観的な存在ルポルタージュは反知性的ではまったくなく、それどころか新聞にふさわしく知性的であり、主観的でもなく個性を甘やかすのでもなく、むしろ完全に即物性の身振りを取っているが、にもかかわらず印象主義の主観的体験ルポルタージュがすでに無視したのと同じことを、つまり精神体系を前提としないような事実の報告は存在せず、精神体系を使って諸事実から報告が「汲みあげられる」のだということをやはりなおざりにしている。事実の報告が前提とする精神体系は、印象主義の場合は個性というあいまいな概念で代用されたが、ルポルタージュ芸術の場合は新聞の精神体系がその役割をつとめることができる。またそれが、政治的意図から成り立っていることもある。あるいは、かつて「自然主義者」のグループがそうであったように、いくつかの単純な倫理的原則で満足することもできる。いずれにせよ今も昔も文学の精神体系が欠けていて、それに対する不信が何年かごとにその表現を変えているにすぎない。

実のところわれわれは結束してやってくる芸術に対して、たえずある種の疑念を抱いている。そこから生を生の欲するまま、あるがままに任せようとする傾向が出てくるのだが、その傾向は報告を行うという身振りを取ることによって、原理的なものだとの外観をいとも安易に取り繕う。だが同じ状態が、文学の問題性により深く根ざした安易ではない形を取って現れることもある。論理的に完結している物語形式が、論理的にどころか、心理的にすらほとんど統語論理《シンタクス》を失うまでに解体してしまう現象がそれで、ジョイスによって、またおそらくはプルーストによっても重要なものとなった。ここで物語形式の解体という現象を論じることもできるが、他の補足のほうが必要であり包括範囲も広いであろう。というのも周知のように、ある事柄を貶《おとし》める傾向と過度に評価する傾向はどちらともつかぬ状態で並び合っているので、文学は不毛である――個人的な営みとしてではなく、おそらく全体として――という文学を苦しめている認識が常に、すでに言及した試みとは反対の結果を同時にもたらしたとしても何ら不思議ではないからである。すなわち文学的伝統や、人間が通常とは別の諸法則に従って徘徊している領域である文学を日常の現象からそらせ、いたずらに高めてしまう結果にもなったのだ。実際、厳かに世界を高め世界から背を向けることは、これまで述べてきた時代全体を通じて、純粋で断固とした精神の持ち主たちの亡命地を形成してきた。大いなる厳格さと美に結びついているそのような人物たちの名を思い浮かべるなら、これまで行ってきた手術を継続するには、この領域ではごく慎重に行わなければならないことがわかる。ここで問題になっているのは、いくぶん高慢な薄明かりのなかにあり、なかば真理になかば徒労に満たされた、人文主義特有の奥深い地平領域である。こうして、さまざまな問題のヴァリエーションがゆるやかに集まりながら行き着いた最後の問題は実は、文学は存在しないということに対する反作用としての文学という問題である。この問題も伝統への依存と独創性の絡み合いの問題の変奏であるが、この点を手がかりに考察方法を転換させるのが良策であろう。

詩の精神

文学の最も深い泉が抒情詩であることは、そこから芸術のランクづけの問題を引き出すのは誤りだとみなす場合にも、けっして忘れてはならないだろう。抒情詩人を言葉の本来の意味での詩人だと考える習慣は、いささか古風ではあっても根深いものだからだ。詩人とは、通常とは別の条件下で生を完結する存在であるということを、詩ほど明確に示すものはない。

とはいえその際、一篇の詩とはそもそも何か、われわれは知らない。韻やリズムや詩節の概念に左右される詩的効果の輪郭についてすら、われわれは知らない。それを知っていれば、詩的体験との関係が容易になるのであるが。ましてや、詩的体験の内的本質がよくわかっているとは言えない。通常のイメージ結合からはずれたある種のイメージ結合、それこそが詩であるということ。素っ気なく聞こえるが、目下のところこれを手がかりに話を進めるのが最も確実であろう。他の幾多のものより美しいとは言いがたいイメージ、「子どもたちが歌いながら橋を歩き、その下では灯りに照らされたボートと川面に映る岸辺がたゆたっている」というイメージ（なかば完成した「橋の上で子供たちが歌い、川面を灯りがたゆたう」という詩句からも、まだ途方もない距離がある）から、ゲーテは巧みな置きかえによって、「灯りが川面をたゆたい／子どもたちは橋の上で歌う〈Lichtlein schwimmen auf dem Strome / Kinder singen auf der Brücke〉」という魅力的な二行の詩句をつくり出している(1)。この詩句には指で机をたたくようなリズムがあることがわかるが、そのリズムは音響効果を与える伴奏という以上の意味はたいしてもっていない。つまり、明らかに印象の変化に与《あずか》ってもいる聴覚イメージは、にもかかわらず印象の変化から切り離すことはできず、ある形象のある一面が独立した性質をもたないのと同様、それ自身で独立した性質をもってはいないのである。したがってこの詩句を別の変化にもとづいて考察することもできるであろうが、その場合でも、それ自体では意味をもたないも同然のさまざまな細部が見つかるだけで、それ自体は意味をもたぬ細部全体から、それらの混じり合いを通して全なるものが謎めいたままに生じるのだと説明できるにすぎない。文学を一つの謎だと思いたがる人はもちろん大勢いるが、明確さが好まれることもあって、このケースではおそらく明確さからまったく絶望的に閉め出されているわけではない。というのも例として使われた二行のもともとの状態を読み、その後で完成した状態を読んでみると、次のことが何より実感されるからだ。つまり語が正しく配列される瞬間に文が収斂して把握可能な形式を備えるのだが、混乱していた前の状態にかわって、いわば一挙に橋をかけるそうした統一形式は、感覚的な体験というより論理には捉えられない意味の変容なのだ。ある意味を表現するためでなければ、言葉は実際何のために存在するのか。詩の言語といえども結局は一つの言語であって、それゆえ何より一つの伝達である。変容をとげた意味内実、詩の手段でのみ変容可能な意味内実こそがこのような変容過程の本質であると考えることができるなら、詩と関わっていることがわかっていながら結びつけることができなかった細部のすべてが一つの軸を獲得し、その軸の存在によって細部の関連が把握されるだろう。

それを証拠立ててくれるものがいくつかあるように思える。概念の内容は場合によっては定義可能であるばかりにそう思われがちだが、語はふつう思われているほどには概念を担うものではない。そうではなく語は、専門用語に定義通りに閉じこめられていない場合には、さまざまな表象をゆるやかにくるむ包みに押された印

（1）　ゲーテの詩。「聖ネポムク祭前夜」（一八二〇年）の冒頭の二行。

章にすぎない。「熱は大きかった」といった単純で何でもない語の結合においてすら、「熱」や「大きい」の表象内容、それどころか「だった」の表象内容は、この文がベッセマー高炉と関係しているのか、部屋のストーブと関係しているのかによってまったく異なる。だがその一方で、部屋のストーブの大きな熱と心の大きな熱のあいだにさえも共通なものが存在している。文がその意味を語から得るだけではなく、語もその意味を文から得るのだ。ページと文、全体とページの関係にも同じことが言える。学問的な言語にもある程度まで当てはまるが、学問的でない言語においてはとりわけ、包括するものとされるものとが相互に作用し合いながら意味をつくり出す。良質の散文の一ページの構造は、論理的に分析してみるとけっして硬直したものではなく、歩みを進めるごとに変化する橋の揺れである。周知のように学問的思考、論理的思考、論証的思考、あるいはここで文学との対置で言えば現実に忠実な思考ということになるが、そうした思考の独自性とその責務は、表象の流れをできるだけ一方向に固定し、一義的かつ逸脱不可能なものにすることである。そうした働きは、もっぱら論理的な規則に監視されていて、心理的にもかなり一義的な習慣である。しかしその習慣を放棄して、言葉に自由を取り戻すこともできる。そんなときでも言葉は、ただ気まぐれに結びついているわけではない。というのも自由になった言葉は多義的ではあるが、その多義的な意味は互いに親和性をもっていて、一つの意味を捉えたかと思うと別の意味がその下からのぞいてはいても、完全に連関を欠いたものになってしまうことはないからである。普通の用法での概念の同一性のかわりに、文学の用法においては、いわば語と語自身との類似性が現れるのである。論理的な思考の流れを規定している法則にかわって、ここでは魅力の法則が支配している。文学の言葉は、魅力の法則に引っ張られるままに進んでいく人間に似ている。そうした人間は冒険のなかで時を過ごすが、無意味にそうするわけではないだろう。大変な労苦を克服しなければならないだろう。固定しきれないものをコントロールすることは、固定したものをコントロールすることほどたやすくはないからだ。

詩の表象過程には、決定を与える上位表象である論理的思考にかかわって、情動が現れると主張されてきた。詩の生成には、統一的で情動的な根本気分が常に関わっているのは実際確かなことに思える。しかし情動的な気分が、言葉を選ぶ際に何より決定的だという主張に対しては、詩人たちの書いたものから感じられる強い悟性の働きが反証をなしている。同様に言葉の論理的使用と芸術的使用が区別され（わたしの記憶違いでなければ、エルンスト・クレッチュマーが、一九二二年出版の『医学的心理学』のなかでそれを行った）、言葉は意識のくまなく照らす光のなかに入っていくか、いわば周縁の、なかば悟性のなかば感情の領域――クレッチュマーは「辺域」と名づけた――を住処とするかのどちらかであると説明されることもあった。だがこの仮説にも――ちなみにこの仮説は、精神分析のあまりにも空間的な呼び方である「意識下」同様、比喩にすぎない。というのも意識は状態であって領域ではなく、それどころか心的なもののほとんど例外状態とも言うべきものだからである――、次のような見解を補わなければならないだろう。すなわち、われわれが抱く表象の、状態に関わる連関も対象に関わる連関も、「辺域的なもの」と一義的に概念的なものとの混合段階のどこかに存在しているのである。言葉の意味が、その言葉を知るきっかけとなる体験いかんによるという場合がある。道徳的表象、美的表象の大部分はそうしたもので、その表象内容は人ごとに、生の局面ごとに変化するので、内容を概念的に捉えればその内実の最良の部分が失われてしまう。かなり以前に発表した論文(1)のなかで、わたしはそれを非‐ラチオ的〔nicht-ratioïd〕思考と呼んだが、それは非‐ラチオ的思考を、ラチオ的思考――その中身にはラチオの能力がふさわしい思考――である科学的思考と区別しようとする意図からであり、それによってエッセイの分野、ひいては芸術の分野に思考上の自立性を与えたいと望んでのことであった。というのも科学

（1）　以前に出した論文。一九一八年に書かれた「詩人の認識のためのスケッチ」を指す。

的判断には当然のことながら、知的な関与を否定してまで芸術創作における情動的－遊戯的なものを過大評価しようとする傾向があるので、見解、信念、予感、感情の精神、すなわち文学の精神は、知の確実性の下位段階とみなされがちだからである。実際は文学と科学、この二種類の精神の根底にあるのは、体験と認識という二つの自律的な対象領域であり、その論理は同一ではない。一義的と呼ぶべき対象と一義的ではないと呼ぶべき対象を区別することは、伝達可能なものの領域および人間の伝達の領域が、数学の言語から精神病患者のほとんどまったく理解不可能な情動表現に至るまで途切れなく続いているということと矛盾するのではなく、両者はまさに補完関係にある。

病理的なものを除外して、人間のある集団にとって多少とも伝達価値があるものに限って言うと、この途切れのない段階づけの純粋に概念的なものと反対の極に、たとえばいわゆる「意味なき詩」を置くことができるだろう。意味なき詩、あるいは対象なき詩はときおり詩人たちのグループによって要請され、しかもその根拠づけには常に破綻が見られるのだが、問題となっている関連においては、そうした詩が実際に美しい場合もあるという点において特に注目に値する。かくしてホフマンスタールの詩句「世継ぎの子にはふるまわせよ／鷲に子羊と孔雀を／聖油を手から／死んだ老婆の」(1)は、多くの人にとってまぎれもなく意味なき詩の特性を有しているだろう。補助手段がなければ詩人がそもそも何を言いたかったのかを推察することはできないが、にもかかわらず精神はそれに否応なく共振してしまうからである。多くの詩は多くの人にとって、少なくとも部分的にはこれと同じ印象を与えると言ってよいだろう。この詩句はこの状態において、ホフマンスタールがそこで何かを考えていたことが確かだから美しいのではなく、この詩を読んでも何も考えることができないにもかかわらず美しいのだ。何を考えるべきかわかっていれば美しさが増すかもしれないが、逆に美しさが失われるかもしれない。何かについて考えたり何かについて知っていることは、すでに合理的思考に属していて、合理的思考から意味を得ているからだ。こう述べるともちろん、それを芸術の例ではなく、もっぱら読者の芸術感覚の欠如の例だとみなしたくなるかもしれない。しかしその場合には、たとえばゲーテのような表現豊かな抒情詩人の詩に暗号を解く鍵をあてがってみるか、別の機械的なやり方で何語かおき、何行かおきの語や行だけを取り出すという試みを補ってみるとよい。そうすれば十中八、九、なかば形をなした印象深いものが現れてくるのに驚くだろう。このことはここで述べた見解、つまり詩の中心的な出来事は意味形成という出来事であり、この意味形成は、現実の思考の諸法則と異なってはいるがそれとの接点を失うことはない諸法則に従っているという見解を保証してくれる。

このように考えれば、詩人の感情が世俗的な思考に対して行う異議申し立ての問題も説明がつくだろう。実際、世俗的思考は詩人の敵であり、詩人の精神運動とは相入れない精神運動の一形式である。身体運動の場合に、リズムが二種類あれば折り合いがつかないのと同様である。このことは、抒情詩のなかで意味なき詩の対極にある詩、詩のもつ美的な特徴をすべて備えてはいるが一滴の感情も含まず、それゆえ合理的なイメージの動きの法則に従わないようなイメージをいささかも含まない教訓詩のことを考えれば、一番はっきりわかるだろう。少なくとも今日では、そうした教訓詩など詩ではないと感じられるが、常にそう感じられてきたわけではない。極度に意味を含むものと極度に意味を欠いたものの両極のあいだに、ありとあらゆる混合の度合いをなしながら文学は広がっているのである。文学は、両極が友好的かつ敵対的に浸透し合ったものとして捉えられるのであり、そこでは「世俗的な」思考と「非合理的な」思考とが混ざり合っているので、文学の固有性をつくり上げているのはそのどちらでもなく、まさに両者の合一〔Vereinigung〕である。これまで反‐知性主義として、それがもつ崇高性および、生からのロマン主義的‐擬古典主義的離反志向も含めて言及してきたこと

（1）　ホフマンスタールの詩。「人生の歌」（一八九六年）の冒頭の四行。

すべてについて、その最も有益な説明をここに求めてもよいだろう。

擬古典主義的志向についてはもちろん、特にもう一言いっておかなければならないだろう。というのも次のような見解を、それもきまって実際にも言うべきことをもっている人から耳にするのが、ごく稀だというわけではないからだ。偉大な文学は十全たる力を発揮する場合には、教義、イデオロギーの取り決め、固定された一般社会の確信を前提としてもっているという見解（それゆえ今日偉大な文学は存在しないという含みが、往々にして込められてさえいる）であり、それ自体はよく考えてみるに値する。表現したいものに対して使うエネルギーの消費量が「他への依存」によって軽減されると、エネルギーが自由になって表現という形を取ることができるというのは容易に理解できる。感情のアンビヴァレントな関心は互いを妨げ合いがちだという心理学的法則が、おそらくそれにつけ加わるだろう。そうであれば当然のことながら、書く人間は誰しも、内容が完全に制御されてこそ形式は完全に自由な創意へ高められるということを、身をもって経験した覚えがあるだろう。このことがおおむね文学の発展にも当てはまるという主張が容認されうるとすれば、いずれにせよそれは、詩の格別に誘惑的で純粋な種類の美は、イデオロギー的に安定した高さにあると感じられる時期に成立するという意味においてである。示唆に富んだ批判的コメントをこれまでにもわれわれに多く与えてくれたフランツ・ブライは、その素晴らしい『ある人生の物語《ゲシヒテ》』(1)のなかでこうした見解を代弁して、「哲学を同時に生産することによる文学の自己損傷」とさえ言っている。それがそのまま正しければ、精神的に高揚する能力を詩の魂だとみなす見解はどれももちろん分が悪いということになるだろう。だがこうした「急進的擬古典主義」は明らかに、テーマからして不確かな議論のなかでせめて自己の立場だけでも鮮明にしたいという欲求から発したものにすぎず、ともすれば極論に陥りがちである。というのも、文学においては造形の完成が最も重要であるにしても——束縛がまったくないように見える造形においても、安定した時代においても——与えられた内容を造形すれば内容も変化せずにはいないからである。そういうわけで正真正銘のカトリックの芸術作品といえども、それをつくった人が少なくとも数百年のあいだ、異端の罪で地獄に追いやられなかったような作品は存在しない。カトリックのイデオロギー以降のイデオロギーにおいて、そこからの逸脱があまり目立たないのは、イデオロギーそれ自身があいまいになっているからにすぎない。したがって古典的な美と精神的な発酵のあいだにもある種の関係が介在していて、それは今しがた、意味なきものによる意味に満ちたものの破壊と特徴づけたものにほかならない。それゆえブライは、非常に明快に語っているので言葉通りに引用したいのだが、スウィンバーン(2)について語りながら——とはいえ『スウィンバーンについてだけ語っているのではない』——次のように述べている。「ときには不機嫌な、ときには真実味のない見解からわれわれが推察できるのは、詩人の語法が考えうる限りにおいて重要であるということ、表現のために表現されたものが忘れられてしまい、表現されたものをほとんど受け取ることができないということだ。おそらく詩人みずから、表現されたものを忘れたのだ。その際スウィンバーンの文体は、単に音楽的であるとか感覚的であるというのではない。技巧的に組み立てられた詩句を即興でつくり出すこの詩人の独自性は、非常に自然発生的であるにもかかわらず、表現がきわめて明確でイメージが安定していることである。ここはこうであってこうでしかないという印象があまりに自然なので、詩句をあれこれ練っている様を想像することはできない。いわば詩句は突然に飛び出てきた」。古典的な詩においても意味が無意味なものから生じうるという現象、したがって感覚的な体験の

（1）　ムージルは「フランツ・ブライ—六〇歳」のなかでこの作品について、「自伝であると同時に、理念の発展と結びついた生の叙述の新たな形式」と述べている。

（2）　スウィンバーン、アルジャーノン・チャールズ（一八七三～一九〇九）。イギリス世紀末文学の代表者の一人。異教的耽美主義の傾向を次第に深める。

みならず、「きわめて明確」な意味が「真実味のない見解」から生じるという現象が、こうして端的かつ十全に説明されている。思考の才能や、芸術と深く密着した感覚や観照の才能は、言語形成の才能と矛盾するという仮説の正しさを保証してくれるものは何もない。だが、おそらくそれらは由来の異なる才能であって、さまざまな人物や時代においてそれぞれ最大の力を発揮するのであり、格別の言語能力をもった詩人がよりにもよって装飾的－折衷主義的な世界観に甘んじることがよくあるのは、このように詩人の言語欲求と関係しているのかもしれない。とはいえ、このようにして生まれる詩はたいていの場合そもそも、いわば意味の乱反射を背景とする無意味な詩にほかならない。このように言っても、それを敬意に欠けると受け取らないでほしい。というのも偉大な才能の希少価値は、他のいかなる価値の区別をも実際上無効にしてしまうからである。だがそのことを、理論的－批判的に明確にしなくてはならない。個々の意志は全体との関係において形成されるからである。詩の意味がすでに述べたように、合理的な要素と非合理的な要素の相互浸透によって生じるのであれば、どちらの側にも同じく高い要請を掲げることが重要である。

形式の意味

これまで行ってきた部分的考察を完結した完全なものに見せかけようとすれば、それはまやかしにすぎないだろう。考察相互の関連はそれが存在する限りは、あるがままにゆるやかに自《おの》ずと明らかになるだろうが、そのためにも、これまで使ってきた形式〔Form〕と形成〔Gestaltung〕という概念に関していくつか言葉を補わなければならない。芸術の考察におなじみのこれらの補助概念は以前は、ことに一般的な批判に使われた場合にはたいてい、美しい形式とは美しい内容に付け加わるものである、もしくは内容は美しいのに美しい形式が欠けていることもある（逆に、形式は美しいのに美しい内容が欠けていることもある。形式、内容ともに美しくない場合は論外として）という想定で使われていた。かくして少しは知られた一八六〇年代ないしは一八八〇年代のドイツ語抒情詩のアンソロジーにおいて、序文でそうしたことが巧みに論究され、そのお見事な原理に従ってひどくお粗末な詩が選りすぐられて並べられるということもあった。時代が下るとこれに対して、形式と内容は、完全には切り離すことのできない統一体をなしているということになった。今日の見解によれば、そもそも形式化された内容のみが芸術考察の対象であるということになろう。すなわち内容から見て取れないような形式は存在しないし、形式を通して現れないような内容も存在せず、形式と内容のそうした融合物が芸術作品を構成する要素をなしているのである。

形式と内容のこうした相互浸透に学問的基盤を与えているのが、「ゲシュタルト」〔Gestalt〕という概念である。この概念が意味しているのは、感覚に与えられた要素の並列、連続から、それらの要素によっては表現できず、はかり知ることもできない何かが生じうるということだ。最も単純な例を一つあげれば、長方形は四本の辺から、メロディーはいくつかの音から成り立っているが、互いの位置関係は一回きりのものであり、それがまさにゲシュタルトを形成し、構成要素の表現可能性からは説明できないある表現を獲得するのである。さらにこの例からわかるように、ゲシュタルトはまったく非合理的なものだというわけではない。比較や分類を許容するからである。だがそれは、きわめて個別的なもの、まさにそうであって二度とはないものを含んでいる。この先も使用することになるもっと古い名称を使えば、ゲシュタルトは一つの「全体《ガンツェス》」とも言える。しかし、それは総和的な全体ではなく、それが生じる瞬間に、各要素の性質とは別の特殊な性質を生み出すものであると付け加えなければならない。さらにこのほうがこの先重要になろうが、全体は、その基盤をなしている諸要素よりも完全な精神的表現を伝えてくれると付け加えることさえできるだろう。というのも一つの図形は一本の線以上の相貌をもち、五つの音がある形で配置されると、形をなしていない五つの音の連なりよりも多くを魂に訴えかけるからである。その場合ゲシュタルトという現象が、心理学の概念のどの位相に属するのかという学問上の問いには決着がついていない。互いにひどくかけ離れた意見が対立し合っているのである。だが確かなのは、こうした現象が存在するということ、芸術表現の重要な諸特徴、たとえばリズムやイントネーションはそうした現象の特徴に類似しているということである。したがって以下においてなされるように、ここから生と芸術におけるより高度で錯綜した現象について結論を導き出す場合には、問題範囲を学問的に限定づける厳密さを、さしあたりは放棄するのだということを完全に忘れてしまってはならない。

こうした留保はあるものの、思いきって次のように主張してもよいだろう。すなわち受信されたものと発信されたものすべてを、基本的なゲシュタルト形成の場合とよく似た精神的方法で全体性へとまとめあげようとする試みは、生の課題を適切に処理する際、至るところで大きな役割を果していると。それは精神の経済的事前処置という大きな領域での問題であり、多くの手段を使って仕事を簡素化し節約することを目指すもので、そうした働きは生理学の領域ですでに作動が始まっている。何がしかの身体運動を初めて行う人がその過程の各部分を一つ一つ習得するための一、二、三というリズムは、その運動ができるようになると、分解せずに滑らかに繰り返すことのできる一種の身体定式にまとめられるが、精神的な習熟過程もこれとたいして変わらない。実際このような定式形成〔Formelbildung〕は、言語活動においてさえ非常にはっきり見られる。言語活動においては、語や語の結合を意味に即して意味にかなう形で使う人が同じ言語を使う大半の人たちに理解されないままであり、その原因たるや大半の人たちは明瞭に分節せず、包みにしっかり包んだまま話すからだという状態が恒常化している。定式形成は、知性に関わる行為においても感情に関わる行為においても、個人の身振り全体においても個々の身振りにおいても効力を発揮している。あからさまな例が嫌でなければ、たとえば歯科医が施すありふれた治療を、個々に細部にわたって思い浮かべてもらいたい。すると耐えがたいほど恐ろしい出来事に出くわすことになる。そこでは何と、骨と同成分の身体の部分がこじ開けられ、とがった鉤《かぎ》と毒性物質が差しこまれ、肉に針が突き刺さり、内部の管が開かれ、あげくには神経が、つまり、すでにして魂とも言うべきものの一部が取り除かれるのだ。このような精神的拷問から逃れるための完璧なこつは、それを分解しながら思い浮かべるのではなく、もの慣れた患者のように冷静に、「歯根治療」という滑らかな完結したなじみの統一体をかわりに置いてみることである。それならば、せいぜい少しばかり不快感が残るだけだ。壁に新しい絵をかける場合にもまったく同じことが起こる。新しい絵は二、三日は「目につく」だろう。しかしその後、壁がその絵を呑みこんでしまう。そうなれば、壁全体の印象はおそらく少しは変わったはずなのに、新しい絵に気づくことはもうない。今日文学において好まれている言葉で表現するなら、「壁は総合的に作用し、絵はしばらくは分裂的ないし分析的に作用する。事の次第は部屋の壁というより大きな全体が、より小さな全体である絵をすっかり呑みこみ、自分のなかに取りこんでしまったということだ」と言えるだろう。「慣れ」という言葉を使って満足しがちだが、こうした過程を言い表すには充分ではない。というのも「慣れ」という言葉は、この過程の活動的な意味を表してはいないからだ。すなわち人が常に「四方を壁に囲まれて暮らして」いるのは、ゆるぎない全体性に護られつつ、力を分散することなく、その時どきの課題を果たすためなのである。どうやらこの過程は、その適応範囲をもっとずっと広げて考えてもよさそうだ。なにしろ「生の感情の完結性」と呼ばれる奇妙な錯覚もまた、おそらく精神のこのように閉じられた保護平面であると思われるからだ。これらの例が示すとおり、全体性の形成は、ひとり知性のみに課せられた仕事ではなく、可能な限りあらゆる手段を駆使して行われている。それゆえ、いわゆる「まったく個性的な表現」、不愉快な状況を肩をすくめるだけで終わらせるやり方から、手紙の書き方、人を扱う流儀に至る個性的な表現の意味もここにある。人間が自分の課題を果たすためには生の素材のこうした「形式化」〔Formierung〕が、行為や思考、ふつう感情と呼ばれる、あとに残る滓と並んで独自の大きな意味をもつことは確かである。それができなければその人は、たとえば今日の呼び方でいう神経症患者であり、したがって、ためらい、疑念、強迫観念、不安、頭にこびりついて離れないといった形で現れるその人の錯誤行為はほとんど常に、形式や定式という、生きることを容易にしてくれる像を拒否することだと理解できるだろう。ここから再度文学に目を転じれば、「分析的精神」が文学のなかで感じる深刻な居心地の悪さをある程度理解することができる。人間は、そして人類もまた、変化の必要性を感じていない感情の定式、思考の定式の崩壊から身を守ることに、夜眠ることにも似た権利を与えている。しかし逆に、「全体の」事情を過剰に受け入れることは愚鈍の、ことに道徳的愚鈍の印であり、過度の分裂が軽度の精神薄弱の印であることに対応している。明らかに混合具合が重要なのだ。人生においては、そうたびたび適切な混合配分にお目にかかれることはないが、文学においてはまだしも、悟性による吟味と破綻のなさが魅力の信頼しきった語りとがうまく混じり合っているのを目にすることがあるだろう。

全体、ゲシュタルト、形式、定式化〔Formelung〕の概念をこれまでもちろん同一であるかのように使って概観してきたが、実際は同じではない。それらの概念は異なる研究分野に由来するもので、同じ現象を異なる側面に即して言い表していたり、類似の諸現象を言い表していたり、その意味では互いに異なっている。にもかかわらずこのような概念をここで使ったのは、芸術における非合理的なものの概念の基盤を吟味し、非合理的なものと合理的なものとの関係がなぜ対立関係ではないのかを示唆したいためなのだから、一つ一つが重要なのではなく対象に関する統一性が存在するだけで充分であり、しかもその統一性の記述もさらに完全なものにできるだろう。というのも、意図せぬままに論理的思考に従って形成されていた従来の非常に合理主義的な魂の図式（法学や神学の思考法において今日なお部分的に保たれているそれを、中央集権主義的心理学と呼ぶことができたであろう）にかわって、前の世代の自我の心理学において種々の影響を受けて、脱中心的なイメージが次第に台頭してきたからである。それによれば誰もがたいていの決断を、合理的に目的を意識して下すのではなく、それどころか意識的に下すことすらほとんどなく、いわば諸部分のまとまり、「機能複合体」*〔Leistungskomplex〕とも呼ばれたものの反応によって下している。人格全体が事を行い意識はその後につき従うとは言わないまでも、「機能複合体」が特定の状況に「反応する」のである。これを「頭脳を剝奪する」という意味に解してはならない。それどころか意識や理性や人格などの重要性は、そのことでかえって強められるのである。にもかかわらず人間は行為を行う場合多くは、それもごく個人的な行為を行う場合にはまさに、自我に導かれるのではなく自我を携えてゆくのである。自我とは、人生の旅において船長と乗客の中間に場所を占めるものである。そして身体性と精神のあいだに位置するこの独特の場を、ゲシュタルトや形式もまた示す。何本かの表現豊かな幾何学的な線を眺めていようと、あるいは古代エジプト人の横顔のさまざまな意味を喚起する静謐さを眺めていようと、素材として与えられたものからそのとき形式としていわば押し出てくるものは、もはや単に感覚的な印象ではないが、さりとてまだ明確な概念の内容でもない。それは、完全には精神化されていない身体的なものと言えるかもしれない。そして、まさにこうしたものこそが魂《ゼーレ》を呼び覚ますもののように思える。なぜなら感覚や知覚の根元的な体験も、純粋な思考の抽象的な体験もともに、外界と結びつくことで心的なもの《ダス・ゼーリッシェ》をほとんど排除してしまうからである。同じようにリズムやメロディーも、精神的なものとみなされる権利をたしかにもってはいるが、それと並んで直接身体に触れてくる何かがある。舞踏においては逆に直接身体に触れてくるものが支配的であるが、精神的なものが影絵のようにちらちらしている。芝居を上演す

* 精神分析の「複合体概念」（Komplexbegriff）と混同しないこと。このエッセイで精神分析の概念を使わないことにはいくつかの理由がある。一つには、精神分析の概念が文学によってあまりに無批判に受け入れられる一方で、文学は「学校心理学」に対して——たいがいはそれを応用するすべを知らないからなのだが——無視という「罰を与えて」いるからである。

ることの意味はまさに言葉に新たな身体を与えることにほかならず、結果として言葉は身体のなかで、言葉だけではもちえない意味を獲得する。しかしながら、このような経験を集約的に物語っているのは次のことであろう。つまり賢明でありながら薄弱者のように何もわからず芸術に向きあう人たちがいる一方で、論理的な言葉で自分を表現できないが、一篇の詩の美しさと欠点をきわめて的確に言い表すことができ、それにふさわしく行動する人たちが存在するということである。ここで述べたことを特別な美的能力だとみなすのは間違いである。というのも、ゲシュタルト形成能力を構成しているものがあるとすればそれは結局、思考ときわめて近い機能にすぎず、それぞれの極は反対方向を向きがちだとしても、ゲシュタルト形成は思考と緊密に絡み合っているはずだからだ。

結び

文学と形式をそのまま等置すれば、もちろんそれは考え違いというものだろう。なぜなら、学問的思考も形式をもっているからだ。しかもそれは、学問的思考を多少なりとも見事に叙述するための、たいてい不当にも賞賛を浴びてしまう装飾的な形式にすぎないのではなく、学問的思考に内在している構成形式なのである。そのような形式の本質を最も明瞭に示しているのは、学問的思考といえども、どんなに事実に即した表現においても発信者が思っているようには受け手には受け取ってもらえず、個人的な理解に思考を当てはめるという変形を常にこうむるということである。とはいえ学問的思考においては形式は、純粋に合理的な不変の内実の背後に退いている。しかしエッセイや「考察」や「省察」においてはすでに、思考はその形式に完全に依存している。そのことが、単なる普段ばきの学問ではない真のエッセイにおいて表現される内容と関係していることはすでに指摘した。詩においては完全に、表現されるべきものは、それが表現される表現形式のなかにのみ存在する。詩においては思考は身振り同様きわめて偶発的なものであり、思考がさまざまな感情を呼び覚ますというより、思考の意味はほとんど感情から成り立っている。それに対して長篇小説や戯曲においては（およびエッセイと論文の混合形式においては。混合形式と言ったのは、「純粋なエッセイ」はほとんど一つの抽象であって実例はないからだ）、思考、すなわち理念の論証的結合がむき出しの形で現れることもある。ところが物語にそうした箇所があると、その部分が形式の要素を兼ね備えていない場合には、即興のもの、逸脱行為、表現空間と著者の私的な生の空間の混同といった不快な印象が常にこびりつく。いかなる芸術形式にもまして、時代の知的内実を引き受けるべく定められている長篇小説においてはまさにそれゆえに、形成化の困難さと困難さの解決のための試みが観察されるが、そこではしばしば諸層が混じり合い錯綜し合っている。

ところで詩人の言葉が「高められた」意味をもつというのはおそらく自明のことだが、それがもはや通常の高められた意味ではなく、もともとの意味とは一致してもいなければ、それに依存してもいない新たな意味として生じるというのは自明のことではない。同じことが、文学の他の、より狭義の意味で形式的な表現手段にも当てはまる。それらの表現手段も何かを伝達するが、ただそれが用いられる場合、表現手段が先へと伝達するものと、いわば自動詞的に現象と結びついたままのものとの関係が逆転する。この過程を、精神が理性の及ばぬ領域に順応する過程とも、理性の及ばぬ領域が理性に順応する過程とも捉えることができる。このように運ばれて、あるいは高められて使われる言葉は槍のようなもので、的に到達するには手から投げ出されなければならないが、それっきり戻ってくることはない。そんな風に槍を投げる場合の的とは一体何か、あるいは比喩を使わずに言うと、文学はどのような使命をもっているのかという問いが当然生じてくる。それに対する立場を表明するのはこの論述の目的ではないが、次のことは自ずと明らかになる。つまりこれまで述べてきたことが前提としているのは、人間と事物のある種の関係領域であるが、そうした領域を告知するのがまさに文学であり、文学のやり方はその領域にふさわしいということである。その際、そうした「告知」が主観的な表明として表現されたのではなく、前提となっている対象性や客観性との関係において表現されたのは意図的であった。つまりは、体験を伝えることによって認識を伝えるのが文学であるということだ。むろんこの認識は真理という合理的な認識ではまったくないが（それと混ざり合っているにせよ）、合理的な世界があってその外部に非合理的な世界があるのではなく両者を含む世界だけが存在するのだから、合理的な世界と非合理的な世界はともに同じ方向に向けられた諸過程の結果なのである。

一般論ではなく、きわめて特徴的な実例、文学の原形式を例にあげて論を閉じたいと思う。[*] 古代の賛歌や儀式と未開文明の賛歌や儀式との比較を通して、われわれの抒情詩の根本的緒特性は太古からさほど変化していないことがわかってきた。つまり詩を詩節や行に分ける方法、シンメトリカルな構成、今日でもリフレインや韻という形で表される対置法、繰り返しの使用、さらには刺激剤としての冗語の使用、無意味な（つまりは秘密の、魔法めいた）言葉、音節、母音の羅列を混ぜこむというやり方は変わっていない。だとすれば個々のもの、文や文の一部はその意味をそれ自体としてもっているのではなく、全体における配置によって初めて獲得するという特性も結局変わっていないことになる（それどころか、文学の独創性のもつデリケートな意味もここに等価物を見出す。なにしろ、これらの歌や踊りは個人やある共同体に帰属していて、秘密として守られ、高く売られることがよくあるからだ）。ところでこうした古い踊りの歌は、自然の営みを進行させ神々に働きかけるための合図である。この目的のためになされるべきことを内容が告げ、なされるべき順序に従って厳密に形式が定められている。それゆえ古い踊りの歌の形式は、その内容をなす出来事の経過によって与えられていた。周知の通り未開の人びとは形式の欠陥を、それが招くと思われている結果ゆえに今日でもなお、細心の注意を払って避けようとする。このようにして、実例とそれを手短に再現した説明を手がかりに芸術の原状態を学問的に検証してみると、それとは無関係に芸術の現在の状態を考察して導き出した結論とまったくよく似た結論に至る。だが比較してみることはそれ以外にも、形式と内容の基本的な関係、つまり「いかに」は常に「何」を意味するのだということを、文学の分析を行うよりもはるかに明確にするという利点をもっている。文学は今日でもなお、何かを「招来すること」を目指すプロセス、「手本によって呼び出す魔術」であって、生をなぞることでもなければ、文学によらずにもっとうまく表現できるような、生に関する見解を繰り返すことでもない。しかしながら本来「何」と「いかに」が一体であった「雨乞い」から、何千年も経つうちに、「何」の側面は研究と技術へと発展し、とっくに独自の「人はいかにそれをなすべきか」を生み出したのに対して、「いかに」の側面はその意味をやはり変化させ原初の魔術からは遠ざかったが、そこから新たな明白な「何」はもはや生じなかった。文学は何をなすべきか、それは多かれ少なかれ依然として、古くからの「文学はそれをいかになすべきだったか」のままである。文学が何をなすべきかは、個々においては多様に変化する目的と結びついているのであろうが、それでもやはり文学は、オルフォイスの時代以降失われた確信、すなわち文学は不思議なやり方で世界に影響を与えるのだという確信のために、時代にかなった変容をまずは探し求めなければならない。

＊ E・V・フォン・ホルンボステル[1]教授に拠っている。

（1） ホルンボステル、エーリッヒ・マリーア・フォン（一八七七～一九三五）。オーストリアの音楽学者。ベルリン大学のシュトゥムプ教授のもとで学んだときに、ムージルと知り合う。『特性のない男』のなかで主人公ウルリヒは、「彼が個人的に知っている心理学者」の見解として、ホルンボステルの論を開陳している（第二巻第三章）。

12

モスクワ芸術座

1921年
4月24日

モスクワ芸術座は、俳優で演出家のコンスタンチン・スタニスラフスキーと、作家のウラジミール・ネミローヴィチ゠ダンチェンコが一八九八年に創設し、チェーホフ、ゴーリキー等の戯曲を上演して成功を収めた。その舞台は一般には近代リアリズム演劇の精華とみなされ、ロシア革命後も二〇年代の初頭にはヨーロッパ、アメリカに巡業を行った。ムージルは一九二一年三月から二二年八月まで『プラハ新聞』の演劇欄を担当し、ウィーンで上演された舞台を対象に批評を書いたが、次の文は、その二一年四月二四日掲載の劇評である。おおむね手厳しいムージルの劇評のなかで、モスクワ芸術座の演技は彼が手放しで賞讃したほとんど稀有な例であり、同じ年に出版された自分の戯曲『熱狂家たち』の理想的上演のあり方をここで同時に語っているのだともいえる。

1

プラハの人びとは幸運にもモスクワ芸術座をもう一度見ることができるだろう。

何年か前、わたしはベルリンで、この俳優たちが『ワーニャ伯父さん』を演じるのを見たことがあるが、当

モスクワ芸術座（1921年）

時はまだスタニスラフスキー[1]自身が指揮をとっていた。率直にいって、今度の公演に出かけようかどうか、わたしはかなり迷った。この間には戦争があったし、一般に芸術と呼ばれるものが、そのあいだに相貌を変えてしまっていたからだ。スタニスラフスキーとネミローヴィチ＝ダンチェンコ[2]、これら芸術座の精神的指導者たちを、ロシア革命[3]がモスクワに足留めし、他方、デニキン[4]の手中に陥っていた一部の俳優と演出家たちは、革命のために追放されたり、あるいは解放されて、西欧の自由を求めて移り去ってしまった――わたしはこの事態をもっと正確に述べるすべを知らないが、それはどうでもよい。要するに、たとえこの劇団の精鋭を目の前にしたとしても、その力の源泉から少なからざる劇団員がこのように離れてしまったことで、精鋭が被害をこうむらなかったなどとは、まるで考えられなかったのである。もっとも、奇蹟でも起こり、これが単なる俳優の劇団ではなく、自分たちの神と魂を見失うことなく携えて旅する人間の共同体ででもあれば話は別だが。ところが、われわれが目にするのは劇団の精鋭なのである。しかも奇蹟が起きたのだ！

（1）スタニスラフスキー、コンスタンチン（一八六三～一九三八）。ロシア・ソ連の俳優・演出家。一八九八年に作家・演出家のネミローヴィッチ＝ダンチェンコとともにモスクワ芸術座を創立。チェーホフ、ゴーリキーの戯曲をリアリスティックに上演して名声を博するとともに、他方ではアンドレーエフ、マーテルリンク等の戯曲を使って実験的演出も試みた。また、彼の心理主義的リアリズムの演技方法を体系化した「スタニフスラフスキー・システム」は、世界の演劇界に大きな影響をおよぼした。

（2）ネミローヴィチ＝ダンチェンコ、ウラジミール・イワノヴィッチ（一八五九～一九四三）。ロシア・ソ連の作家・演出家。多くの小説や戯曲を書いたが、演劇改革の必要性を痛感し、スタニフスラフスキーとともにモスクワ芸術座を創立。演劇運動の組織者として手腕を振るった。

（3）一九一七年の一一月革命（ボルシェヴィキによる権力奪取）に至る一連の革命事件。

（4）デニキン、アントン・イヴァノヴィチ（一八七二～一九四七）。ロシアの将軍。ロシアの内戦中は反革命軍の指揮をしてモスクワに進軍したが二〇年に赤軍に敗北、国外に脱出した。

わたしが見たのは『どん底』『三人姉妹』、そして『カラマーゾフの兄弟』であった。これらを見たことは、芸術が、そして人生が提供できる、最も強烈な衝撃であり、最も深い幸福な瞬間であった。しかも、言葉が一言も理解できなかったにもかかわらずである。これは完璧な演技なのである。

わたしは、自分が気づいた若干のことを書きとめ、また輪郭を描こうと試みるつもりであるが、しかし汲み尽くしがたく夥《おびただ》しい他のものに代えて、まさにわたしの述べることだけを銘記しなければならないと主張するつもりはない。本物の芸術作品は無限なのだ、とゲーテは述べている。

ここにあるのはとりわけ声による音楽である。これらの俳優はだれもが歌えるのであり、彼らはスタニスラフスキーのもとで、人物の表現に先立って歌うことを習うのだ。これはまことに簡明で素晴らしい考えである。ついでに言えば、われわれのもとでもその例がないわけではない。とはいえ、オペラ歌手でさえすべてが正しく音調をそろえられるとはかぎらず、しかも彼らが、往々にして見たところまったく異なるものについて語る意味深い魂の震えを再現しなければならないとき、どれほど敏感な声帯と耳が必要になるか、ということは明白である。そのため彼らの行為は、合流して歌になることなど少しもなく――その流行の舞台に見られる調子っぱずれな合唱、精神的なものをこのように貧しくして歌にする営みは、わたしの耳にインクのしみをはねつけるような印象があるが――、むしろ人間のあいだで交わされる発声の無数の襞と律動的な屈折の範囲にとどまっている。芸術座の俳優たちは歌がうたえるのだから、そんな真似は行わず、わたしがこれまで耳にしたことのない、夢のように極度に美しい散文を語るのである。そして詩人が歌を望む場面で彼らが本当にうたうと、一瞬の静寂が訪れる――わたしにはそれが実際に空間的に出現するのか、それともただ聴衆の魅惑された魂の内部だけの出来事なのか、よくわからないが――、その須臾《しゅゆ》の間に観客は、いま何事かが出来したことを、血行のリズムによって、あるいはそれよりずっと奥深いところではっきり感じるように思うものだが、早くも声は、もう何ものも秘めることなく、哀しみの気圏に揺曳している。

耳に劣らず眼のことも考えられている。人びとは耳をふさいで、倦むことなくひたすら眺めることができるだろう。どのようにして役の性格づけからあまたの身ぶりが生まれ、それらが奉仕する控えめな態度を失わずに固有の価値となり、具象的なものとなり、互いに絡みあい、再び分離して、翻る衣装が歩く者につき従うように事件展開に伴う多様な構成空間をいかに創り出すか——こうしたことだけでもいまだかつて存在したためしがない。しかし、これがすべてだとは断じて言えない。わたしは実例としてただ一つだけ、つまり彼らが観客の関心を惹きつける見事な手腕を指摘したいと思う。彼らは観客が何もかも見えるように仕上げる。他方、彼ら以外の場合であれば、観客は、あまりにも長く主役に関心を惹かれたあとで、きまってどこか釈然としない気持のまま背後の出来事を追わなければならず、あるいは舞台の奥で時計が鳴ると、たちまち主役を見失ってしまうのだ。モスクワ芸術座の場合には観客は何も見落とすことがない。また、その演出家たちは観客の注意の変化を信じがたいほど巧みな技術で導くので、その変化だけでもすでに悦楽になるほどである。それは時間とさまざまな集中の段階を司る、いまだかつて存在したためしのない技術である。

わたしは、彼らが余計な真似をしないことでそれに到達できるのだと思う。もっとも、観客にはこれはほとんど気づかれないのだが。人びとは彼らの演技が、あたかも自由な成長をもたらす多くの着想にみちた庭のように、ごく自然に舞台から育ってくるのだと考えている。だが実際には、これらの俳優はおそろしく控えめに慎重に演ずるのであり、彼らは、現実にあり得るだろう身ぶり、また現実に執着した俳優たちがむやみに使う夥しい身ぶりの代わりに、瞬間の意味全体をこめた一つの身ぶりだけをいつも演じる。なぜなら、この身ぶりは、あの魔術的演出のあらゆる広がりに応じて、篩《ふるい》にかけられ選ばれたものだからである。そのおかげで、彼らは個々の効果を一つにまとめてシンフォニーに仕上げるのに必要な時間を手に入れ、現実より一〇倍も濃密な何ものかに到達できるのだ。彼らはあらゆる演劇的雑音から解放された純粋なひびきを、すなわち詩のひびきを提供する。そして彼らが演じるものは、もはや芝居ではなく芸術なのである。

2

だとすれば、彼らの様式を自然主義とか印象主義とみなすことは誤解だろう、たとえゴーリキーとチェーホフの戯曲、またドストエフスキーの潤色作品に見られる下地が、そのような方向に人びとをそそのかす可能性があるとしても。さらにまた、彼らを弱体化した芸術動向の遅咲きの花と考えることも誤解だろう。彼らが演じる舞台は——印象主義がまさに今日の表現主義と同じく、寄る辺なき者たちの避難所だった事実を別にすれば——二〇年前から衰弱の過程にある芸術としてわれわれのもとを訪れたのではなく、未来の芸術として訪れたのである。もっとも、これはヨーロッパの演劇におよそ未来がまだあるとしての話だけれども。

わたしは自分の見解を確かめるために、彼らを訪問して、彼ら自身が自分たちの様式をどう思っているのか、意地悪く訊ねてみた。すると彼らは、わたしが夢想していた通り、驚いた目でわたしを見つめ、次のように答えた。わたしどもはレオニード・アンドレーエフ(1)の『人の一生』〔一九〇五年〕をオーブリー・ビアズリー(2)の舞台装置で演じているのですよ。わたしどもはマーテルリンク(3)を演じ、ゴードン・クレイグ(4)の演出で『ハムレット』を演じるかたわら、スタニスラフスキーは研究劇場《スタジオ》の様式化された舞台装置で演じています。つまり、わたしどもはどんな戯曲もその本質から演じるのです。——筆者が確信するところでは、彼らは下手に演じれば現実の断片にすぎない戯曲をそっと静かに地上から浮揚させる一方、幻想的戯曲に手を加えて困惑させる現実に作り替えてしまうのである。

というのも、彼らは精神に即して演劇の身体を創り出すのだから。もしわたしの聴き違いでなければ、彼らが一つの戯曲を研究するのに三年間もかけることがあるという（詩人であるウラジミール・ネミローヴィチ＝ダンチェンコが精神を監視し、スタニスラフスキーが身体的なものを魔法で呼び出すのである）。いずれにせよ、わたしはそれを実に自然だとみなすだろうし、それはおのれの戯曲を三カ月ででっち上げてしまうわが劇作家たちに対する教訓であるべきだろう。さまざまな着想はまことに容易に得ることができ、そして今日の混乱した潮流のなかでは、活発な魂はありとあらゆる姿をとることができる。そこで魂がこの束の間の星気体〔心霊術で想定された人間の第二の実体〕に（できるだけ新しく風変わりな）衣装を手早くピンで刺して留めると、たいがいはもうそれで芸術作品ができ上がるのだ。しかしそれは、ゲーテが無限で汲み尽くしがたいと呼んだ、あの内的全体性という意味での作品ではない。この全体性はむしろ、——一見逆説的ではあるが——詩人の魂が作品に汲み尽くされてしまったあとで初めて成立するのである。魂はあまりにも姿を変えられて作品の内部に入りこんでしまったので、魂はそこではもはやほとんど識別されず、もはやほとんど作品を包むこともかなわず、そして無慈悲な完結性を具えた作品は、自分が新しい第二の自然に直面しているのを感じるようになる。ところが実際にはこの見かけ上の逆説ほど自然なものはない。というのも、詩人であり単なる口舌の徒でない者は、自分の着想を形づくるのではなく、どんなに個別的な着想においても、依然として自分の世界像を、自

（1）アンドレーエフ、レオニード（一八七一～一九一九）。ロシアの小説家・劇作家。数多くの小説や戯曲を書いて時代に先駆けた手法でさまざまな精神的・社会的葛藤を描いた。晩年は反ボルシェヴィキ運動に転じ、亡命先のフィンランドで客死。

（2）ビアズリー、オーブリー（一八七二～一八九八）。イギリスの世紀末芸術を代表する挿画作家。

（3）▼一二三頁注（2）

（4）クレイグ、ゴードン（一八七二～一九六六）。国際的に活躍したイギリスの前衛演出家・演劇理論家・舞台装置家。一九一二年にモスクワ芸術座で演出した『ハムレット』は評判を呼んだ。

分の世界願望と世界意志を形づくるからである。そして詩人の存在全体を賭けた闘いと仕事が何らかの瞬間の内容に比べてはるかに重要であるのに応じて、この闘いと仕事はまた、個別的な瞬間が詩人の存在を捉えることができるよりもはるかに重要で豊かな関係をもつのだろう。かくして生成した作品は、その完成された瞬間に、多くの枝葉に分かれた樹冠がそれを担う幹を隠すように、創造者をその影に隠してしまう。——もっとも、こうしたことはもはや新聞に書くべき事柄ではあるまい。だがそれでも書かなくてはならないのだ。なぜなら、このような厳しさを伴う訓練がほとんど一度も行われないことは、われわれの芸術的流行が肺結核のように急速に悪化してゆき、われわれの教育ある読者が、著述業者《ブーフマッハー》の競争をまさに私設馬券業者《ブックメーカー》の観点からも追いかけることになる理由の一つだからである。

同じことが俳優にも当てはまる。模倣の才に長けた者にとって、曖昧に示された類型に漠然と感情移入し、すばやく摑んだ「個性的な」理解の観点から、ありとあらゆる身ぶりの空疎で無限な空間に自分をはめこむことほど容易なことはない。しかし、冗漫な映画以上のものである演劇術は、全体的意味の解釈に対する責任感が個人的恣意を抑制する場合に初めて成立する。モスクワ芸術座の行き方は、文学として優れた戯曲が舞台効果に乏しく、あるいはその逆に作品として無価値であっても真に舞台向きの戯曲がある、などとほざく、凡庸な批評家および俳優のお喋りに対して見出し得る最も強力な反証である。こうしたお喋りは、幕切れや劇的構造その他に関する専門家の駄弁とともに、一部は大学の国文科から、一部は軽佻浮薄な市場からもたらされるのだ。だが、芸術座の俳優たちは、詩人の精神的ヴィジョンを、つまり一挙に見られ・聴かれ・考えられ・感じられた、そして全体が一体であっても何もかもというわけでなく、まさに精神的なものにほかならないヴィジョンを取り出し、さらにこのヴィジョンを、そこに示唆されたあらゆる広がりに応じて、ぼんやりした調和の代わりに完全な身体的調和が成り立つまで練り上げるのである。もっとも、これには社会的な側面もある。

モスクワ芸術座のレパートリーには一一の戯曲しかなく、それは旅回り劇団のレパートリーに等しい。しかしわれわれの常設レパートリー劇場に最高の芸術的成果を提供する可能性がないのであれば、われわれの劇場はまさに駆逐されなければならず、そのような未来は、ヨーロッパの舞台が痴呆のために救いがたく病み衰えてゆくありさまよりも、はるかに慰めになるのである。

今日では、このロシア人たちに未知の世界が必然的に伴い、彼らの芝居のうえには、大草原と広大な奥深い故郷を覆う天空が安らっているかのように見える。だが実際には、彼らの周りにある法外な天空の雰囲気を包みこむものが、創作された詩のコスモスであり、その複雑きわまりない関係に組みこまれたものだとするならば、これはわれわれにも手に入れられるものである。彼らのなかには現存する最も偉大な演技者に数えられる俳優たちがいるが、この強烈な個性を具えた者たちも精神に屈している、というより、何か壊れやすいものを拾い上げる者が行うように精神に向かって身をかがめている。彼らのアンサンブル演技はバレエの課題演習でも専制的規律でもなく、精神的共同体の生命である。それは人間的深化がもたらす最も衝撃的な演劇の一つである。この深化には舞台以外のどこにもそのような実現の場所がない。そしておそらく他の現代生活のどこにもそのような場所はないだろう。

13

症候群——演劇Ⅰ

1922年

一九二一年に出版された戯曲『熱狂家たち』は、大変な好評を博したにもかかわらず、読むための戯曲として片付けられ、上演を引き受ける人は誰もいなかった。初演まで八年も待たねばならなかったこの間、彼が文学的真正さを保つことと、劇場で成功を収めることの両立の困難さをめぐって多くの思考を費やすことになったのも、無理はないと言えるだろう。本エッセイでは、当時劇場で成功を収めていた作家たちにメスを当てながら、その成功の秘訣をアイロニカルな筆致で暴いていく。空疎な内容も、演出や演技がダイナミックでありさえすれば、圧倒的効果をあげることができる。事象を深く、厳密に観察する努力をまったく放棄して、皆が共有するプロトタイプに追従しないと大衆の支持は得られない。社会的芸術である演劇の腐敗ぶりを暴くことは、そのまま時代診断、文化批判にもつながる。

モットー　ものごとが退潮すると、どん尻にいた奴が前へ押し出てくる。劇場都市ウィーンがドイツ精神界で有する意義はここにある。

とあるウィーンの名望ある批評家で、お年を召した方だと思われるが——というのも、わたしがものごころついたころにはすでに、今日と同じ新聞に、良い作品にも悪い作品にもひとしなみに、気のきいた所見を述べられていた人だからである――要するに愛想のいい老紳士で、常に作品の長所を見出し、短所を大目に見ようと身構えておられる。文学史上の小話をいくつかポケットに常に携えておられ、作家としての素質もないとは言えない。これらすべてから言えることは、その口ぶりがどんなに断固としたものであろうと、世間という盥《たらい》を引っかきまわす人たちのうちでも、穏やかな風采をした方だということだ。その彼が、わたしがこのコメントを紙にしたためる数日前に、次のように書いておられた。「ズーダーマン、(1)このシラーとサルドゥーのまったくもって奇しき混血児は、みずから生粋のリトアニア系の純血を独特な具合に引いた、新鮮で、いまだ使い古されることのない生まれながらの劇場人である。このようなタイプの血が、ドイツ語圏の国々に脈打つことは稀《まれ》である。彼はよき趣味人というより激情家で、対話をきわめて質の悪い偽造ダイヤのような言葉でぎらぎら飾りたてる。にもかかわらず彼は、一幕、いやたった一場であれ、劇的緊張の弓を引き絞っていくその手腕において巨匠なのだ。創作行為の瞬間に、舞台特有の激昂にとりつかれるや、趣味も教養も批評の存在も忘れてしまう、劇的なものの巨匠なのだ。効果さえ与えられればと彼は欲し、事実彼は効果を与える。というのも、彼はそのあらゆる知ったかぶりの無駄口にもかかわらず、激情表現の迫真性と劇的なものに対する感覚という習得不可能なものを備えているからである。(2)」ここで語られているのは、三幕劇『モリトゥーリ』(3)である。

ベルリンの批評家なら、あえてこういうことを書くとは思えないが、このウィーン人だったら、やむを得ぬ

(1) ズーダーマン、ヘルマン（一八五七～一九二八）。ドイツの劇作家、小説家。『結婚』（一八八九）の成功により、その一月前に『夜明け前』を初演したハウプトマンとともに、自然主義の劇作家として知られるようになる。一八九〇年の後半から、聖書に題材をかりた悲劇を書き始め、自然主義から象徴主義への脱皮を試みる。しかし根本的にはレアリズムの基調から逃れることができなかった。

と思う。彼は趣味人として、また「ご存知の通り古い文化」の一員として、一八八〇年から今日まであれだけのことが起こったにもかかわらず、万やむを得ぬほどしか見地を変えようとしなかった。気づかれぬほどわずかに姿勢を立て直した今や、自分の目はハイゼ(4)の時代から一貫して、世をあるがままに正しく見ていた、と彼は祝杯を挙げることができるわけだ。「激情表現の迫真性と劇的なものに対する感覚」は、ズーダーマンが成功を収めた時代に勝るとも劣らず、今日なおドイツ語圏の劇場を悪い方へと引きずっている。人びとがこれをズーダーマンにおいては悪しざまに受けとるのに、同じ傾向が他の作家に現れているのを見過ごしているのは、単なる歴史的偶然にすぎない。実際それは、ズーダーマンにおけるよりも、これら他の作家たちにおいて破壊的作用を及ぼしているのである。というのも、真面目な人間がときおりものの感受の仕方においてぞんざいなことをしでかすとすれば、それは老獪な手品師が、自分を実際以上によく見せるために用いる手管よりも、はるかに深刻な事態だからだ。さしあたり人びとはズーダーマンの激情表現の迫真性と劇的なものに対する感覚を悪くとっている。しかし、たとえばウンルー(5)の成功の多くもその「激情表現の迫真性」によるものであり、また「劇的なものに対する感覚」はハウプトマンの成功に大いに寄与している。演技を巧みに計算し、配分することで、劇的効果をあげようとするこれらのテクニックにひそむ問題については、しかしながらまったく解明されていないのである。

俳優たちによる舞台上の激情表現と呼ばれているものは、現実生活にはけっして存在しない空洞である。女優たちの行うこの「手綱をとられた馬の武者震い」（わたしの情熱のほどを見て！）は、情熱の情熱、いわゆる世紀の大恋愛のような、私生活でなら彼女自身とても真面目には取れぬような経緯からくる情熱を演じるはめになったとき、これに何とか迫真性を与えるために動員されるものだ。しかしこのエネルギーの出所は、スターなら舞台の前に必ず襲われる、レースを待ちきれず息まく競馬馬の神経過敏状態である。これは現実には監督や同僚たちにしか関係をもつものではない。しかしこの興奮からできるだけ多くのものを引き出して、劇作家の書いた、ダイナミックではあるものの、考慮に値する意味などまるでもたない台詞へと注ぎこむ。このとき激情表現が成立するのである（わたしはこの傾向を、ヘッダ・ガーブラー(6)の一番優れた演技者においてさえ認めた）。男優たちの怒りや哀しみや嫉妬や残虐な振舞も、多くの場合（別にズーダーマンの作品中だけでなく）、よくよく見てみるならば、そもそも笑止千万なきっかけから生まれている。その結果、彼らがこれを表現する様子ときたら、大勢の前で語り続けるうちに、おのずと激昂し始める演説者そっくり。つまり、いつ

（2）　一九二二年五月二〇日の新自由新聞に載せられた批評の引用。そこにはP・Wとサインされてあるのみだが、批評家パウル・ヴェルトハイマーを指すと思われる。ヴィクトリアン・サルドゥー（一八三一～一九〇三）はフランスの劇作家で、第二帝政時代に、構築性の高い歴史劇や風俗喜劇により成功を収めた。

（3）　「テヤ」、「奴ら」、「永遠に男性的なもの」という三つの一幕劇をセットにした、ズーダーマンの『死すべき者たち』というシリーズものの劇。一八九六年に出版されている。

（4）　ハイゼ、パウル（一八三〇～一九一四）。ベルリン生まれの小説家、劇作家。一九五四年、バイエルン国王マクシミリアン二世に招かれ、ミュンヘンに移住。年金を受け、安定した生活を送りながら、創作活動を続ける。擬古典主義とロマン主義を融合させた作風で、伝統的教養主義の枠内に納まりながら、そこに新しい道徳的テーマを盛りこんでいるところが特徴。一九一〇年、ノーベル文学賞受賞の栄誉に授かるが、しかし人物像や心情の理想化が激しいため、自然主義をはじめとする新世代の作家たちによって、真実味に乏しい過去の古き良き時代の遺物として、批判される。

（5）　ウンルー、フリッツ・フォン（一八八五～一九七〇）。ドイツの劇作家。貴族の将軍の子として生まれ、第一次大戦には槍騎兵の士官として参加したが、そのときの体験を機に熱烈な平和主義者になる。代表作『一族』（一九一八）、『広場』（一九二〇）は、人間愛への叫びに満ちたドイツ表現主義の典型的な作品とみなされる。

（6）　ヘンリク・イプセンの四幕劇『ヘッダ・ガーブラー』の主人公。ここで語られている女優は、おそらく、ドイツの女優、ティラ・デュルリイエー Tilla Durieux（一八八〇～一九七一）を指すと思われる。彼女については、ムージルが一九二二年に書いた二つの劇評「ウィーンの劇場」Wiener Theater を参照されたい。

でも「舞台化粧を落としわれに戻る」ことができるよう身構えているというより、陳腐さそのものが板についた特徴となっているのである。根本においてこれは三文作家や、激情を燃え立たせるディレッタントや、紋切り型の感傷に溺れるコーツ＝マーラー(1)の人物がなす類の人格の豹変である。あるいは、かつての牧歌文学に見られた伝染病的な感傷性や、二乗化されたあらゆる感情、つまり人工的な、感情による感情において見られるのとまったく同じ類の人格の豹変なのである。この種の感情は、体験そのものによって呼び起こされることはない。むしろ、その体験が一般に呼び起こすとされている感情に直接感染することから生じるものである。

作家や聴衆に体験を感染させる興奮の大部分が、体験そのものからではなく、その辺至るところに転がっている感情の素質――これに訴えることが観客保護のために推奨されているのだが――から押しよせてくるようにもっていくこと。このようにして体験を形成する能力こそ、われわれの劇場で大成功を収める劇作家のもつ特殊な才能なのである。一つだけ例をあげることにしよう。劇作家は、自分の書く劇の登場人物の生死を、自分の死に対してならおそらく払うであろう深い誠意をもって決めることはない。むしろ、新聞で死亡事故が書かれているのを読むときのような、かりそめの感情でこれを決めるのである。そのとき彼はいわば個的心理学的興奮状態にあることはけっしてなく、群集心理に等しい興奮状態にある。このようにして、一幕を盛り上げ、結末のどよめきを形成するものが、わら屑を燃やす火のような束の間の燃焼から鍛造されることになる。この燃焼は他方で群衆妄想の腐敗した状況をもたらし、普段ならば多少は理性的な人間たちから、どうしようもない戯言を愉快がったり、高尚なものとして受けとったりするいわゆる「観客」なるものを作り出す。こうしていったん「観客」となった彼らは、このような振舞を敢えて真面目に取らせるほどの著者の視野狭窄を見過ごすか、劇作上やむを得ぬ専門的制約なのだろうと考え、大目に見るのである。このようなものとしての演劇は、三文文学の兄弟のようなもので、建築術の高等学校を出たところだけ兄弟と異なっているにすぎない。この種の型どおりの仕事の熟練者よりも重要だと思われるのは、真正の作家が劇作に携わるケースである。彼らはこの劇作法に自分を支配させるのではなく、それを機縁にただ自分を導き出そうとする。彼は内から外へと向かって仕事を進める。しかし彼の内面が整理されるやり方がすべて、内面が事後的にそれに塡めこまれるはずのこの枠組みによって、すでに規定されているのである。ためしに、現代のわれわれの最も有名な劇作家から精神的意義のみを抽出して見られてはいかがだろうか。そうすれば、彼らがこの詩作の精髄をいかに驚くほどわずかにしか有していないかがわかるだろう。

精神という言葉を口にすると、これを腐敗させてしまった表現主義のことを考えずにはいられない。芸術について語られるときには、真理は常に狭い橋の上にある。というわけでわたしは芸術の診療室から、精神に満ちた、いや、これみよがしに精神に満ちているように見えることも稀ではないある作家の文章を取り出してみよう。彼によると、偉大な劇作家（彼は当時ゲオルク・カイザー(2)がそうだと言っていたのだが）の本質は、「精神を運動に転換させる」才能にある。この言葉が問題なのも、ここで言われる「ダイナミックさ」の度合い、精神内へ移植された運動こそが偉大なものなのだということこそ、表現主義の演劇が自分に対して抱いた決定的な思い違いだったからである。精神を運動に変換させるには、変換しつつあるものが対象として措定されていることが前提となる。つまりこのプロセスは、精神を増大させはせず、すでに存在している精神を単に運動させるだけなのだ。すでにおわかりの通り、この原理は、精神的に見れば、一部分が引っかきまわされる

（1）　コーツ゠マーラー、ヘートヴィヒ（一八六七〜一九五〇）。ドイツの女流娯楽小説作家。文学のまがい物（キッチュ）の代名詞となっていた。

（2）　カイザー、ゲオルク（一八七八〜一九四五）。ドイツ表現主義を代表する劇作家、小説家。初期はヴェーデキントの自然主義的傾向の支配下にあったが、次第にそれを脱し、代表作の一つ『カレーの市民』では、理想社会のための自己犠牲的人間像を描き、表現主義の理想「新しい人間」を提示した。

ばかりの停滞以外の何ものをも意味していないのである。表現主義一般は、これに比べると、形式においてのみであれば、実り豊かなものとなった。しかし精神的本質においては陳腐なものにとどまり、どっちみちすでによく知られている理念をあらためて喚起させる以上のところまで到達することはなかった。彼らがとりわけ好んでやるのは、一種の「理念への遠吠え」である。というのも、苦悩、愛、永遠、善、渇望、娘、血、混沌といった人類の偉大な理念に対して、疑問符一つ付ける代わりに感嘆符を二つも付けていくら呼びかけてみたところで、それは月に向かって吠え、その辺りにいる感情が次々と吠え答え、大合唱を始める犬の抒情的活動よりも価値あるものとは言えないからだ。表現主義は、作家は考えてはならない、ただ感じなければならない、解体された精神活動という迂回路を通って、直接感情のコモン・センスに訴えねばならないと要請し、これを基礎に芸術理論を構築した。これは、食餌浣腸の得体の知れぬ方法によって、常識的精神を天才に食べさせ、天才を常識的精神に食べさせるに等しいことを、見逃すべきではないだろう。(1)

理念を動かすとは、もしそれが悠長な反芻行為のようなものであってはならないのであるとすれば、実際、新たな理念をもつこと以外の何ものでもない。印象主義と表現主義のどちらを選ぶかと問われれば、わたしは今日のドイツ人のあいだで、奇妙にも死してなお影響力を保持しているディルタイに決めたいと思う。(2)彼は偉大な作家の使命を、預言者、思想家、賢者、宗教創始者や他の偉大な、人類の精神の形成者たちと同一線上にあるものと見た。現代のドイツ語圏の芸術家たちをこの精神的尺度で一度はかってみて欲しい。そうすれば、印象主義、表現主義のいずれの党派に属しているにせよ、なぜそのほとんどが、詩作は詩作、つまり自足した存在にとどまらねばならず、知性が過多では損なわれるばかりだと言い張ったかがわかるだろう。*印象主義、表現主義の両者区別は、それでよいことにしよう。しかし、これらの精神指導者のうち、誰が、あるいはどんな人物が、いつ、よりによって作家になるのか、これはそれ自体一つの問いをなす。またなぜ彼があれやこれやの内面的状況において印象主義あるいは表現主義の形式を手にするのか、またその際、どれだけ多くの社会的、あるいは形式的因習が規定要素として絡んでいるのかといったことも、この種の問いを次々と生み出していく。それでもこの基礎的見解を受け入れるとすれば——これは正しいか否かの問題というより、プライドに関わる問題である——このようなものとしての作家は、もちろん彼といえど表現手段や形式にまつわる因習なしに済ますことなどできはしないが、それらを繰り返し、柔軟さの極限へと押し戻し、わが目的のために利用

＊ ここでは、理念 Idee、精神 Geist、知性 Intellektualität について語られている。芸術に関する議論のなかで、これらの言葉はきわめて曖昧に使用されるのが常であり、そのため議論が成果を上げられなくなってしまっている。知性という語で、ここでは市民的、学問的な意味で「悟性をもつこと」と考えてほしい。精神という語では、諸体験と、諸体験の秩序付けの両方、つまり悟性と感情の両方から生ずるあの混合物のことを考えてほしい。これは、特定の比率にもとづき、両者どちらの優勢から生ずることもありうる。内面へと向かう道を示してきた人びとは、常にこの精神のせいで際立っていた。そして理念はと言えば、悟性と感情がこうして混合する際に結晶化していく諸表象のことを指す。この結晶化は、感情という母胎からだけではけっして完全に起こることはない。印象主義も表現主義も理念を与えることはなかった。印象主義は愛情深く事実的なものを嗅ぎ当てていくその限りにおいて、未加工状態の理念をときおり創造した。しかし、ただ諸事実と諸感情のみに語らせようとするそのテクニックには、理念を収斂させる力が乏しすぎる。表現主義は新たな理念を何一つ創造しなかった。したがってそれはまた、自分はそうだと言い張っていたような理念芸術だったのではなく、理念なき芸術だったのであり、悟性に関しても感情に関しても、奇妙な過多と過小の状態のあいだで前進が止まってしまったのである。理念や感情を、それにまつわる名詞を口にすることによって呼び起こそうとするのは合理主義である。他方、この雑誌〔『新メルクール誌』〕の五月号で、H・フォン・ヴェッツダーコプがその卓越した論文、『舞台表現主義』で詳説したように、「黒っぽい布の間で赤く照らされた窓」をもって共産主義者たちの集会所を暗示せんとするならば、それは普通言われる意味での知性の欠如以外の何ものでもない。しかしこうした欠陥の出所を「理念芸術」に帰すその言葉づかいには、賛同すべきではない。

（1） 肛門から栄養分を入れて人工的に栄養を補給する方法。卑しい者に高貴な物を食べさせる喩えと思われる。

（2） ディルタイ、ヴィルヘルム（一八三三〜一九一一）。ドイツの哲学者。解釈学を唱える。主著『体験と創作』。

し尽くすという課題の前に再三再四立たされるということが帰結されるだろう。

これは今日、この作家は舞台事情に通じているとの評価を受けることのほぼ正反対を意味している。もし誰かが本物の劇作家、すなわち生まれつきのすれっからしの舞台実務家でありながら、ほかならぬ彼がそのうえさらに純正の詩的才能にも恵まれていたとすれば、自分たちだってシェークスピアを生むことができたことになるではないか、人びとはわれわれに思いこませようとする。これはキリストの奇跡とほぼ同程度にあり得ないことだが、しかし有益なものの見方で、ここにだって真理の根っこがひそんでいることを、否定する必要はない。ただ、小説はここ数百年のあいだに、無形式な藪同然の状態から偉大な芸術の高みへと成長し、今日われわれが魂によって与えねばならぬほぼすべてがそのうちに含まれるまでのものへ登りつめたのに対し、演劇のほうはなぜ萎縮してしまったのかと問われることはあまりにも稀である。いったんそう問われるならば、答えはきわめて簡単なはずだ。小説というこの芸術形式は、無数の愚昧な人びととならんで、若干の重要な人びとがこれを利用するのを諸事情が許したのに対し、演劇は慣習が過大評価されたおかげで、重要な人びとが寄りつかなくなってしまったからである。そこにおいては優先順位が引っくり返ってしまい、演劇手段がまず第一、人間的意義は二次的な問題にされてしまっているのである。

これで、今年の「シーズン」のあとに残ったものは、実際全部言ってしまったことになる。というのもそれは夏の陽ざしに溶け始めているからだ。劇場仕事にすぎないおびただしい量の作品のあいまを、数においても印象においても乏しい本物の作家の作品と呼べるものが駆け抜けていった。そのうちの多くのものは刺激に富んでいて、穏当な姿を呈している。しかしあとに尾を引くものは一つもない。ゲオルグ・カイザーの『官房書記官ケラー』は例外だと言える。寸劇風のこの作品の輪郭は、鮮烈に際立っている。しかしここにおいてすら、理念は派手に喧伝されるばかりで、そのため、「運動させられ」はするものの、けたたましくも同じ場所に引っ掛けられたままだった。フランツ・ヴェルフェル[1]の二つの新作、『山羊の歌』や『鏡人間』も他と一線を画す。きわめて賞賛に値することに、文学の当世的流行に対する抵抗がそこには見られる。しかし、虎口はそれで逃れたものの、今度は竜穴に落ちてしまっているという観はぬぐいきれない。理念の枠組み自体、きわめて芸術的魅力に富んでいるにもかかわらず、失望するほどわずかなものしか、そのなかに組みこまれていないことが明らかになるのだ。そこには、フォンターナ、バイロン、イプセン、ゲーテ、マーテルリンク、それどころか——これ以上言う必要はないだろう——劇場の巨匠風のものを思わせるものがある。まさに本人がこのことに無自覚だからこそ、そうしたことも起こる。しかし、これらの先人に対して、神経過敏に由来するものとは別物の、個人的緊張関係を保とうとする姿勢は、ほんのわずかにしか見られない。こうして、作品の根本理念の美しく象徴的なほの暗さもたちまち雲散霧消することになり、説明的なばかりの出来事へと場をゆずってしまう。これは、精神による抵抗戦線を彼がほぼ全面的に放棄してしまい、「そうなるかもしれない」をすぐさま「そうなる」に変換してしまったことから、当然帰結されたことだ。その結果、すでによく知られた理念のあいだに、ただ束の間の、アレゴリーによる関係や暗示を打ち立てるのが関の山となるのである。これらについては批評家が、ここぞとばかり、共産党のブルジョア階級との闘争を意味するとか、精神分析による無意識的自我と意識的自我のあいだの闘争を意味するという風に、唖然とさせられるような解釈をしている。もっとも、それでもなお作品中に美しさがふんだんにばら撒かれているせいで、連中が拒絶反応を示さない限りの話であるが。ヴェルフェル自身が、解説を与えてくれている。それは、劇作家は効果を与えねばならず、他の

（1）　ヴェルフェル、フランツ（一八九〇～一九四〇）。オーストリアの詩人、劇作家。愛憎入り混じりながらも、ムージルがその才能を評価した数少ない同時代人の一人。『特性のない男』の詩人フォイアーマウルは、彼を戯画化したもの。

すべては「偽善」にすぎぬということに尽きる。しかしながら、作家は自分を真面目に取ろうとする限り、周知の通り――少なくとも即効性のあるかたちでは、効果を与えることなど稀である。ここから彼は、子供っぽくも、劇場をその暗がりや匂いや赤いビロードが胸の鼓動を高鳴らせる巨大な覗きからくりと見立て、そこに世の営みにつきものの甘ったるいオペラ風のものをつけ加えると言うのである。このような見方があってもいいとわたしは思う。しかしヴェルフェルは一つのことを見逃している。それは、たとえ戯れているときでさえ、感情はみずからを真剣に受け取られようとする、つまり感じられようとするということだ。感情は人びとがそれを実際に演じ、芝居を演じているわけではないことを要求する。幼年時代、芝居、遊園地、暗示、奇術のもつ不思議な牽引力は、それらが実際に信じられることにもとづくものだ。自分の行いを真面目に取るのをやめるだけでは、人は陽気になれはしない。したがって次のように言うことができよう。彼はいくつかの深い理念と戯れたと信じてはいたものの、その実、理念のほうが彼をもてあそんでいたのであると。つまり、作者がみずからに課した独自性への意志やあらゆる要求の高さにもかかわらず、この作品からも、時代の顔がのぞいているのである。

われわれが今取っている道の最もわかりやすい見本を与えてくれているのが、ヴィルトガンス(1)である。彼の作品『カイン』について、わたしは多言を弄したくない。聖書に題材を得たこの作品の空虚さときたら、まるで如雨露がベートーベンを吹き鳴らしているようだ。しかしこの作品の創作者は、ゲルハルト・ハウプトマンのオーストリアにおける後継者として賞揚されているのである。このことを考えると、彼を描写することで、時代批判のための穿頭《せんとう》手術が行えるように見える。

初期作品とはけっして言えぬ詩集『真昼』から始めよう。「精神は靴の作成にも存在する／思考の最も気高き対象によりも／そこにこそ、さらに深い満足を見出し、これをもってよしとすること」ライフワークに立ち入るまでもなく、ヴィルトガンスの本質の十分の九がこの三行から読み取れる。「大詩人並みの者から」言われたような、全体がそのなかで鳴り響く、ある種のきわめて詩的な音色を確認することができる。したがってこの裏にあるものを嗅ぎ当てるのは、たいそうな努力を要する。しかしそうすれば、ここで使われている「作成」Fertigen、「これをもってよしとする」Bewenden、「対象」Gegenstandeといった言葉が、このような文脈においては、お役所ドイツ語に由来することにもちろん気づかされることになる。しかしこれらの拾得物を見て、詩人は思わず筆をすべらせ、二、三のまずい表現をしたためたのだと確認することをもって満足を見出し、よしとするわけには、もちろんいかない。むしろ、最も感情が高揚した瞬間に（詩なのである！）、お役所用語が口をついて出てくるとは、これはいったい何という人物なのだと問わねばなるまい。こうした人間は、三行も読めば掌中にすることができる。そして、彼から期待できるほぼすべてのものが、わかってしまうものなのである。

三行読んだだけで書いた人間のことがわかってしまうこのような能力を、ドイツ人読者は耽美家気質や、文士気質と呼び、そして寛大にも、この種の作品は、形式は完全に純粋とは言えないかもしれないが、内容のほうは永遠のものではないかと強調したりする。では、内容についても、注意を払っておかねばなるまい。実際ヴィルトガンスにより口にされる栄誉に浴するのは、いわゆる永遠の真理であることが多い。この詩のケース

（1）ヴィルトガンス、アントン（一八八一～一九三七）。オーストリアの法律家、抒情詩人、劇作家。自然主義の基調の上に、シュトルム・ウント・ドランク風の感傷と、韻律に満ちたその折衷主義的作品は、自然主義から表現主義への移行期にあった二〇世紀初頭、非常な舞台的成功を収めた。また革新的な要素が皆無のその抒情詩は、当時の平均的インテリ中産階級の間でもてはやされ、学校の教科書や詩のアンソロジーを次々と飾ることになった。一九二一年からその翌年、一九三〇年からその翌年にかけて、ブルク劇場の総監督をつとめている。

で扱われているのは、今日小学校の先生にまで浸透し、あの名高い労働授業に魂を供給しているような思想である。もっとも、幾百幾千の言い回しで口にされたこの思想は実際常に正しかった。ただし、それはこの詩人が与えたこのたった一つのヴァリアントを例外にしての話である。というのも、最もへりくだったキリスト教の仕事愛でさえ、靴に仕えることは、神に仕えることよりも深い満足を与えると主張したことなど、いまだかつてけっしてなかったからだ。キリスト教にとって最も気高い思考は神である。この神への奉仕の一つのあらわれとして靴に対するような労働奉仕も行えと、キリスト教は命じているにすぎない。永遠の真理に等しいものもヴィルトガンスが与える形式を通して見ると、例外的に偽りにされてしまう。それが彼のためにとっておかれた仕事なのである。この詩人には――例ならばいくらでもあげることができようが――名づける必要もないような何かが欠如している。これに対して韻ならあふれるほど踏んであるが。

　この欠如した何かは台本のト書きにさえ認められる。たとえばある女性がもう何年結婚生活を送っているかとたずねられたところを想像してほしい。彼女には「今日で九年になります！」とでも答えさせておくことにしよう。一〇〇人の異なる人びとが、もしかすると一〇に分かれる情緒的状態でこう答えるかもしれない。しかし感情的なアクセントをこめて、今日でまさにX年になりますのと、「深く答える」あのやり方ときたらどうだろう。カレンダーをしみじみと振り返るあの感情、あの人情の機微は大晦日の物思いのようなものだ。でなければ、ブルジョアを装いながらその実、動物じみた人物が、年中たった一人の女性で満足しなければならぬ困難さを痛感しつつ、「最も深い男の苦悩」をのぞきこむ瞬間に見られる体のものだ。またしても些細なことではある。しかしこの作家が、深さという言葉によって何を考えているのか、ここから見てとれるというものだ。

　三つ目に――これは有能な男性の思考につきものの特性ではあるが――思考に独自性が欠如している。ある人物は「精神的な職業につく近代の大都市住人タイプ」と描写され、ごくごくふつうの女性はしばしば「いくぶんヒステリックに」しゃべり、ある男性は「特定の情熱をこめて」彼女の手にキスをする。人生を観察する際に、彼は確実さの外見を隠れ蓑にして、曖昧さを放任しているのである。そして、観察された事柄を、大雑把に、既成の言い回しと結合させるのだ。これは一般的に思考され、一般的に永遠の真理と取り違えられているすべてのものを生み出すかの有名な心理学である。しかしこれこそ、永遠の真理を偽りにすることができる世界唯一のものなのだ。

これらの知的欠陥と切っても切れない関係にあるのが、趣味の領域における欠陥である。感知しない人に対して、これを明らかにするのはきわめて困難ではある。だが、次のような文章からなら、難なくこれを感じとっていただけるだろう。たとえば、「おまえははいったい、どこに身をひそめているのだ、わたしを哀れんではくれぬものか!?」といった文。あるいは（再会のおりに）「おおおお、友よ、兄弟よ、一五年ぶりではないか！」と言わせるあたり。このような語り方をするのは、詩人をのぞけば、ギムナジウムの年長組の生徒か、社交界を舞台にした劇を吟ずる店番ぐらい、要するに自分の生活に根ざした表現法をまったくもたない人だけである。これに対して、ある夫が、魂の高揚した瞬間に、妻に対して「わたしだって同様、お前の役に立ちたいと思っているのだよ。少々おしゃべりすることにしようか」と語りかけるとき、このスペイン大公風の威厳に、少しばかり高校教師風のものが混じることになる（この高校教師風のものは、『娘たち』という詩のなか(1)

（1）　ここで「高校教師風」というとき、ムージルが抱いているイメージは、表向きは聖人風を装い、若者たちに厳しい道徳的訓戒をたれながら、裏では抑圧された性欲をぎらぎらさせている中年男とでもいったところだろうか。映画『嘆きの天使』（一九三〇）の主人公ラート教授にも見られるように、当時ドイツ文化圏ではこうしたプロトタイプのイメージが共有されていた。ムージル自身が書いたものとしては、『特性のない男』第二巻に登場するリンドナー教授を参照されたい。

で、大変いい味を出している。「お前たちときたら、自分の放つ魅惑の整理の仕方さえ知らないものだから／きわめて残忍な衝動だけが渇望するのだよ／お前たちの冷たく、月並みな身体を」）。しかしこれで感情の色合いをすべて論じつくしたとは言えない。「機知にあふれ、大はしゃぎで」、次のように言うシーンもある。「今しがた言ったばかりのことだが、それともまだ言ってなかったかな？　ヨーロッパの女は青々とした草原のクローバーよりも、金の額縁入りの絵に描かれた花を食べるほうが好きな牛のようにわたしには見えるのだ。比喩的に言えばだがね。しかしマドンナよ、あなたはその賞賛すべき例外となって欲しい」これに対してマドンナは、「愉快そうに」次のように答える。「どうもご親切に。もちろんわたしは牛ではありませんわよ」しかしこの深い気分を引き裂いて、怒りが燃え立つや、ざっと次のような具合になる。

アンナ　あなたを引き止める人など誰もいません。
マルチン　引き止めるとはどういう意味だ？　わたしが家を去るのをお前が身体をはって引き止めるほど、われわれはいくら何でも進歩的ではないぞ。しかし言葉や表情や口ぶりでだったらお前は何だってやって、わたしが身動きできぬようにするのだからな。

怒りや愛、力、機知にあふれた大はしゃぎとは、ざっとこんな具合というわけである。こうしたものは確かにドイツに存在した。しかし今は文学のなかにぐらいしか見当たらなくなってしまっている。T・T・ハイネ(1)のドイツ家庭生活の挿絵のようなものである。ただしカリカチュアとしてではなく、祭壇画となるよう意図されているのである。

とはいえ、ヴィルトガンスは劇作の急所を心得ている。これは差し引きなく認められねばなるまい。というのも、これまで彼が示してきたところによると、聴衆が力強い作家精神として思い描くイメージを、ものの見事に呼び起こしていく力こそ、荒削りではあるものの、彼に見られる強力な才能だからである。わたしはたとえば『愛』のなかで、結婚したある男が初めて道を踏み外したシーンや、『怒りの時』の、誘惑者があまりにゆっくりなので、純潔の乙女が苦悶するシーンのようなものを考えているのであるが。しかしこのような急所の攻略が首尾よく効果を表すとき、人の意表をつくというよりは、和やかな情景が示される。わたしは『怒りの時』と『愛』の舞台設定の一覧表を作って楽しんだことがある。月の光、夕陽、バラ色のランプの光、満月の夜、月の夜、七月の夜、星の散りばめられた夜、嵐の来そうな薄暗がり等々……この作家は何一つ見落としたくないのがわかる。至るところでランプが赤絹や紙の覆いをかけられ、緑色やエメラルド色に燃え立っている。書き物机の上にはブロンズ製の机上用具一式と、堂々としたインク壺が置かれている。このような情景の下、彼の仮借ない急所攻略も、情で和らげられるのである。この種の情の例をいくつか、作品全体で繰り返される、いっそう硬直したイメージによって示していこう。「バイオリンを手にするがいい、過去の女神よ」「本のあいだに花が咲いているのもたまにはいいかもしれん。罪のように赤い花が」「金で買える女たちの腐敗した虚飾よ」「それは赤く輝くオルギア(2)であり、祈禱である」「忘却の芥子《けし》の飲み物(3)よ、花のうちにひそむ欲望、偶像への奉仕、白痴の笑い、死したがらくたよ」以上の類のイメージは、感情をかき乱す力なら最高度に有するものの、硬直による理念の欠如状態を表すさらなる例だと言えよう。こと劇的クライマックスに至るや、次

（1）ハイネ、トーマス・テオドール（一八六七〜一九四八）はドイツの画家。ドイツの政治風刺雑誌『ジンプリチスムス』（一八九六〜一九四四、一九五四〜一九六七）の創刊者の一人。そこでは風刺画家として活躍する。
（2）ギリシアの酒神ディオニュゾスの密議を指す。乱痴気騒ぎ、狼藉沙汰が行われた。
（3）芥子は眠りと忘却、および束の間の歓楽、陶酔のシンボル。その飲み物はビーナスが婚礼の日に飲んだ媚薬とされている。

のように言われる。「バイオリン弾きがわたしをたぶらかしたのだ！」「尻軽女にわたしは口づけしたのだ！」この瞬間、深い沈黙がひらけ、世界空間のはかりがたさからさえ、突如、和音が聞こえてこなければならない。『怒りの時』で最も効果を上げているシーンの一つに登場する道化歌の美しく秘めやかなメロディーで、締めくくることにしよう。「襤褸《らんる》や屑にくるまれて、カーテンのうしろに哀れなものが転がっている。このおかげで、わたしはすんでのところで駄目になるところだった。これはわたしの愚かな魂――幽霊を踏み越えるときには注意するがいいぞ」――痛いところに届く手から、有名な外科医が生まれることがあるのはもちろんだが、腕の立つ理髪師が生まれることもあるのだ。

ヴィルトガンスの作品ではしょっちゅう結婚が、「受精がなされる」こと、娘たちは磨きたてられ、フェーンが年中吹いて膝が剥き出しになり、猥褻さえ存在する箇所まであることに、口を閉ざしているわけにはいくまい。彼がいなければ、この種の大胆さが劇場から消えうせ退屈するというものだ。ひそやかな恐怖や甚深なる胸の高まり、「精神」と「官能」との恒常的な葛藤、書棚に囲まれ棲息するファウスト的な偏愛などの魂の熾烈な営みや、台詞の言葉づかいの至るところに見られるヒューマニズム的な響きは、一度何か力強いことを敢えてしでかしてみたいという嗜好を盛り上げていく。この嗜好は、家庭用雑誌から高貴なものへと高められ、ついに文学のなかにまでのし上がったこの種の人物像に最後の仕上げをほどこすことになる。そして親愛なる国家顧問官、大学教授連に、自分こそが、男性的な詩人であることを知らしめるのである。俗物的な詩人がたえず俗物と張り合わなければならないことは、自明の理である。「時代と歩調を合わせていく」人びとも彼を拒絶しない。このことから、ここから時代が進むであろう道を早めに推し量らねばなるまい。

14

症候群——演劇Ⅱ

1922年〜23年

「症候群——演劇Ⅰ」では劇作家という病巣に向けられていたムージルのメスが、今度は俳優に向かう。しかし痘痕も笑窪に見せる俳優のもつ個人的カリスマは、病根を探るメスの矛先を鈍らせがちである。ひいきの俳優を名指された場合の読者側の情緒的反応も、問題から目をそらさせる役割を果たすだろう。こうしたハンディを乗り越えるためにここで取られた戦略は、俳優の名を頭文字で呼ぶことだった。これにより、問題の形式面だけに注意を集中することが可能になる。またこれにより、演劇鑑賞を、劇場をめぐる情報通になることと取り違えているファンや批評家の姿勢とも、一線を画すことができるようになる。この意味で本エッセイは、当時ウィーンに蔓延していた俳優批評のあり方を批評するという、メタ批評的機能も果たしているといえる。しかし何といっても一番の読みどころは、このようなフェティシズム的要素を一掃すればするほど、それでもやはり突きあたる俳優の放つ相貌的な力について語られる箇所だろう。とくに、いわゆる「別の状態」にも通ずるこの力を俳優に認めることにより、演劇における劇作家と俳優とのあいだの逆説的関係を明らかにしていくくだりは、圧巻である。

ウィーンは劇場都市呼ばわりされるのが好きだ。ウィーンの新聞の文芸欄書き《フユトニスト》は、彼らにしかできないやり方で、彼にこの言葉を繰り返す。しかし実のところ、ウィーンは俳優都市なのだ。過ぎ去りし時代の栄光が語られるのに耳を傾けるときはいつも、出てくるのは俳優の名前ばかりで、劇場監督の名や（ラウベ(1)は特別の事情から例外である）、作家の名が口にされることはけっしてない。ここにウィーンにだけに関わるとは限らないある症候がみられる。この種の俳優崇拝が最終的に帰するところは、劇場から俳優が消えてしまうことである。

しばらく時をへだててもなお、わたしの記憶に残っている俳優の演技を数え上げようとするとき、そのなかにウィーンの俳優はほぼ一人も含まれていない。ただ客演者の名があるばかりなのである。しかしこのことが本質的に示唆するのはまた、いい俳優はベルリン出身だということではない。ベルリンを本拠にしていないといい仕事ができないということなのだ。もちろんここウィーンでだって、いい俳優の名をたくさんあげることができる。しかし彼らにウィーンから脱出するための力や幸運が欠けている場合、結局、お行儀のいい、洗練された舞台公務員におさまってしまうのが落ちなのである。しかしウィーンではベルリンの優に倍は、俳優についてて書かれ、語られている。しかし間違った方向においてである。比較的若手で、あるときは素晴らしく、あるときは全然期待外れの演技をする俳優のZ氏(2)がビューヒナーの『ダントンの死』でS・ジュスト役(3)を演じたときのこと。これはモワシが演じた主役のダントンよりも、ずっと強烈な印象を与えたが、批評の大部分は――確かめたわけではないが、きっとそうだとわたしは確信している――このことをまったく、あるいは半分しか認めなかった。そしてただ、「見事なジュスト役を創造した……」と書き、Z氏が女性的で、ただ丸々肥えた女々しい根性から倒錯者となった殺人犯を創造したとは、けっして書かなかったのである。また別の折には、非常に多面的な、常に注目すべき俳優であるK氏(4)が、ヤーゴ(5)をお行儀のいい平均人として演じたことがある。そのような人物の卑俗さ加減がヤーゴ役にちょうどぴったりだったのだが、批評家の大部分は、K氏がこれで少なくともウィーンにとって何か新しいものを創造し、道徳的な問いまでをも投げかけたということを、けっして認めようとはしなかった。それどころかK氏はとがめられたのだ。その一方で、彼の前に、別の上演で、すれっからしの型通りのヤーゴの役作りをすることしかできなかったフェルディナント・ボン(6)は、当時オテロ役として彼と見事に共演したモワシに勝るほどだと同じ批評家たちから絶賛されていたのである。このような例はその気になればいくらでもあげることができよう。このような体験を重ねるうちに、ウィーンの若い俳優が、やる気を失ってしまうのも無理からぬ話ではないか？　一言でいえば、二つの原理の違いが問題になっているのである。一つ目の原理によれば、演劇はとりわけ文学の道を経由することによって、量子力学や宗教や政治に至るまで、生のあらゆる力と関連づけられる精神生活の一片として扱われるべきであるのに対し、二つ目の原理のほうは、劇場のうちに何か特定のもの、つまり劇場《テアーター》事情を見ようとする。ウィーンでとりわけ高度に発達したこの二つ目の原理によると、俳優の演技は俳優の演技とのみ関連づけられる。X氏の演技はいつもY氏の演技を思い出させるとか、Y氏と同等あるいはY氏より劣っているという具合である。洗練を極めた文士特有の言葉づかいによって婉曲されていようとも（いずれにしろそんなことは稀《まれ》にしかないのだが）、

(1) ラウベ、ハインリッヒ（一八〇六～一八八四）。ドイツの劇作家、批評家。ブルク劇場の総監督（一八四九～一八六七）。

(2) ツィーグラー、ハンス（一八七九～一九六一）を指す。ウィーンのさまざまな劇場で活躍した俳優。後の一九二四年の『フィンツェンツとお偉方の女友達』の初演にも加わり、アプレーユス＝ハルム博士役を演じている。

(3) サン＝ジュスト。ゲオルク・ビューヒナーの『ダントンの死』の登場人物。革命成功のための流血をいとわず、人びとを次々とギロチンへ送る。

(4) おそらくウィーンのフォルクス劇場の俳優であり、国立音楽・演劇アカデミーの教授でもあったヴィルヘルム・K・クリッチュ（一八八二～一九四一）を指していると思われる。

(5) シェークスピアの悲劇『オセロ』の悪役。オセロの妻デスデモーナに不貞の濡れ衣を着せ、オセロの嫉妬をかりたてる。

(6) ボン、フェルディナント（一八六一～一九三三）。ドイツの俳優。一九〇五年から二年間、ベルリン劇場の総監督だった。

いくらでも永遠に続けられるこの俳優による俳優の参照行為は、われこそは独特の文化なのだと思いこんでいる。しかしこのようにきわめて不正確な俳優評価の単位を採用した結果、新しいものや一回的なもの、あるいは生き生きとした価値ある仕事を不特定の人がせっかく行っても、小規模なものであれば気づかれもしないし、判断する側で輪郭をくっきりさせる努力が一般的になおざりにされているために、日常よくある任意の現象から、充分際立たせられることもないのである。このようにして見ていくと、俳優が最高の業績を上げる道が阻まれている都市とは、文学が俳優のいいなりにされている都市のことであったのだと、話の筋道が見えてくる。そのために適用される公式は次の通り。生粋の芝居好きの一族の三代目、四代目は、劇場事情ばかりを孤立したものとして過大評価する結果、劇場を破壊してしまうということだ。いわゆる俳優とは、彼らによる愛好の対象であるというよりも、なおそれ以上に、彼らの愛好によって生み出された症候なのである。

演劇の発展は文学の発展に左右されるとわたしがいえば、これはそれ自体、言い古された事柄にすぎない。しかしなぜ人はウィーンのみならず他の場所においてさえ、演劇と文学との関係を逆さにみたててしまうのか？　これについては神様にうかがいたいほどだ！　なぜ皆、われわれの作家は俳優に向いていない劇を書くといい、もしかするとわれわれの俳優のほうが作家にふさわしからぬかもしれないと問うことはけっしてしないのか？　なぜ人は、そこには限度の問題もあるということを見極めようとせぬまま、作家は俳優の「要望」に合わせるべきだと要求するのか？　なぜわれわれの最良の俳優たちは、新しい作品に出演するとき、結局のところハンス・ミュラー(1)や、アントン・ヴィルトガンスや、ズーダーマンや、あるいはフランスの劇作家によるそこそこの出来の作品に、一番好んで出たがるのか？　私はこの問題に触れる以上のことができるとは敢えて思わないし、問題の概略を示すことさえできないと思う。しかし劇場がかかえる問題がそもそもここでどうにか認識されるようになるとすれば、それだけでも充分成果が上がったといえるだろう。

マーテルリンクはもう何年も前に『知恵と運命』という本のなかで、われわれがわれわれの劇場で悲劇と呼んでいるものは、もはやわれわれと何のかかわりももたない、思想に乏しい一つの因習にすぎないという考えを述べている。殺人、惨殺、破壊、これらのもたらす悲劇的結末、嫉妬、怒り、絶望やその他悲壮な情動は、魂に絶えず注意をこらす人びとの高められた真の人生においては、もはや何ら重要な役割を演ずることはない。むしろそれらは平衡感覚を失った生のゆがんだ領域に属すものだ。冷水療法を行う精神診療所行きか、さらに重症の、とはいえ卑小さの度合いがそれより軽いとはけっして言えないケースならば、新聞の「裁判」欄を飾るのが落ちである。また、二人の人間のあいまでなされる重要な決断は、疑うべくもなく、沈黙のうちに、さもなくばたった一言口にすることによって下されるのであり、絶叫したり、誰の目にも明らかな身体的アクションのうちに下されることはない。また偉大な深い情熱の目印になるのは、爆発して直接ぶちまけられることではなく、それが人間を心の奥底において捉えることである。心のこの奥底において、彼の活動の源泉は世界のうちにあり、彼のイメージの源泉は世界に発している。そしてこの世界は、これらの源泉によって、染め上げられているのである。偉大な情熱はけっして単なる個人事であったことはなく、客観的な何かを常にうちに含んでいる。そしてこの客観的な何かこそ、ダンテの愛を入水自殺する女中の愛よりも高貴なものにしているものなのだ。情熱それ自体だけを切り離して見るならば、両者の価値の違いをはかることはできないと言わねばなるまい。このような考えに耳を傾けるとき、われわれの劇場で演じられている演劇はアナクロニズムに映る。このアナクロニズムをたとえ認めるにしても、劇場のように大規模な装置を用いて執拗にこれを行うのは、

（1）　ミュラー、ハンス（一八八二〜一九五〇）。オーストリアの劇作家。

はなはだ注目に値する社会病理学的事実と映る。われわれの悲劇作劇法の大部分は、死が最後に来るようものの順序を並べかえること以外の何ものでもない。もちろん、死や生存の限界といったものは、形而上学の子種を最も宿しやすい体験の一つとして、深淵へと這いより、深淵へと一瞥を投げかける体験を生み出した。このことを見落としてはならないだろう。これまで悲劇に対して、諸芸術のうちでもとりわけ高尚な、芸術全般において例外的地位が与えられてきたのはそのせいである。といってもこれは今や正当化されるものではない。さらに見落としてはならないのは、劇場における死や情熱が、今や形式的な因習へと硬直してしまったということだ。それらは幕が三幕あるいは四幕からならねばならないのと同程度に必要不可欠なものとされている。そしてかつてやはり天地と関係をもち、理由あってなされていた右側通行、左側通行の慣習がもっていた意味と同様、けっして根底から感じ尽くされることなどなくなってしまったのである。今や劇場における死や情熱は、思想を抜きにして先へ先へと糸を張りめぐらす慣習にすぎないものになってしまっている。そしてこの慣習のなかに囚われている劇文学の最も危険な同盟者こそ、俳優自身なのである。

劇場においては文学と劇場事情という二つの位相が互いに絡みあいつつ緊張関係を保っている。後者は不安と偏見の混合物に俳優側からの正当な要求がつけ加えられたものである。この種の要求について、わたしはとやかく言うつもりはない。演劇は共同作業なのだから、これも顧慮しなければならない。しかしこれが「役」に関する要望として表明されるとき、しばしば何と奇妙な事態が生じることになるだろう。この要望を掲げることで、俳優たちは、激しくはあっても、うわべだけしか存在しない生を、舞台上で繰り広げる機会をもとうとする。彼はいたく感じ入ったしぐさをし、すすり泣き、叫び、そこらじゅうを走り回り、異様な姿に身をやつす。そうすることで、彼は自分の市民的自我から抜け出ようとするのである。プライベートな生活がけっして提供してはくれないスケールで、彼は善良であろうとし、邪悪であろうとする。荒々しく、英雄的、嫉妬深く、残酷、あるいは高貴であろうとする。効果を上げよう、端的に言えば、本領を発揮したいと思っている。しかし実生活のなかでは、われわれは善良というよりはお人良しだし、邪悪というよりは抜け目がない。悲嘆にくれるというよりは、単に気分がさえないのである。俳優が発揮する本領とは、したがって現実には存在しない要素から成り立っているのである。このような荒々しい爆発は、実のところ心情そのものを捉えるのではなく、聴衆のなかにすでに存在している心情にまつわるイメージを捉えているにすぎない。そしてこうしてつかまれたイメージの助けをかりて、聴衆の心をも捉えているのである。それと勝るとも劣らず、これらのイメージは俳優の人格に直接由来するものではない。つまり俳優が演じているのは、自分自身でもなければ、巷を闊歩しているのを彼自身かつて目撃したことがある人物像なのでもない。単なる役にすぎないのである。役とはつまり、数知れぬ俳優が似たようなものを演じたという理由から、劇作家がこれを書いたもので、数知れぬこれらの俳優たちがそう演じたのは、他の作家たちがそう書いたからであり、また他の作家たちがそう書いたのは、他の俳優たちがそう演じたからである。つまり俳優たちが演じているのは、解釈の連鎖と影響関係の伝統にすぎないのである。情熱というよりは、情熱を演ずる俳優にすぎず、人間というよりは、鏡に映った人間の姿にすぎないのだ。全体として見れば、彼らがなぞっているものこそ、何らかの不精などうどうめぐりを繰り返すだけのあの伝統のあり方そのものなのである。

私は一度ヴェーゲナーがズーダーマンの『ラシュホフ家』の老ラシュホフを演じているのを見たことがある。それはざっと以下のような具合であった。彼はこの老ラシュホフ役から、とんでもないほど感じのよい、東エルベ地方の地主の姿を作り上げていた。口がうまく、自信満々、とほうもない険悪ムードにもなれれば、これっぽっちの酔いも感じずに、ワインにしろ女にしろ引っかけることができる。要するに魅力的な老輩で、その人となりの全体を見てとるには、髪の毛一本見ただけもう充分。彼のようなタイプを、すでにどこかで優に百ぺんは見たことがあるからだ。ただこれだけの理由から、見ている人もくつろいだ気分になれる。ズーダーマン作の劇であるにもかかわらず、これがささやかなりとも一つの完成された風俗画を提供しているのを認めなかったら、嘘をつくことになるだろう。劇作自体の出来がたとえいくら悪くても、俳優たちはあたかも作品そのものから独立しているかのように振舞い、最高の仕事をすることもしばしばある。このことを見逃そうとすれば、愚かなことになる。しかし彼らはこのやり方をどうやって身につけていくのだろう。

俳優のこの問題は、舞台という道具を使って何か新たな内容を実現したいと望んでいるわれわれ一部の劇作家にとって一番厄介な問題である。単にわれわれの行く手をさまたげるだけでなく、鼓舞してくれることもあるこの敵と貸し借り勘定を合わせるのは容易なことではない。舞台について真面目な話を書くとき、そこにはまた笑劇やオペレッタやヴァリエテさえ含まれていることをわれわれは見落としがちである。売春宿と精神病院の間の何というさまざまな生業が、これらのもののうちに含まれていることだろう。このような猥雑な作品において、何らかの三枚目[1]を演ずる俳優のなかに、舞台芸術と少しでも関係するようなことが何か起こっているとみなされるものだろうか。みなされるどころではない。そのようにみなしてみることこそ、重要なのである。このように考えることにより、われわれは役というものの本質を、その最低段階において捉えることができる。オペレッタの三枚目は、聴衆により見慣れたタイプとして認識されるのにちょうど必要な分だけ、任意の人間の特徴を含んでいる。そして、この上それに何がつけ加えられようと、その機会を、顔や身体や魂によって、しかめっ面を作るやり方のくめども尽きぬヴァリエーションを展開するための素材として利用するのである。平手打ちを食らわせたり、食らったりすること、机の上に上り、たんすのなかに滑りこみ、ベッドの下に這いずりこんだりするこの種の行為の型は、疑いもなく私たちの芝居の一つの起源をなすものだ。古典作品が上演されるときでさえ、それは私たちの芝居のなかにまごうことなく存在している。たとえばオセロの像を構成する嫉妬や誇りや、まっすぐな人間のひねくれた人間に対する無防備さや、怒りにより欺かれた人びとの後悔の念や、ロメオにみられる若者の血気や、ハーパーゴンの野心や、ハムレットの深い心根やオフェーリアの可憐な苦悩やデスデモーナの無邪気さやサロメの官能性などといった基本要素は、今やとっくにその担い手から独立し、荘重さの一種のレパートリー、いわばあちこちに出没する模倣欲求となって一人歩きしている。平均的な俳優が、汎ヨーロッパ的受けをくみ出すのはここからだ。これは平均的文士が本を書くのと同じやり方である。

重要な俳優であるヴェーゲナーがラシュホフ経済顧問官を演ずるとき、より高い段階においてではあれ、そこで行われているのは同様の事態、つまり作家により暗示されたこの種の型を、即興のための枠組みとして利用するという同様の事態にほかならない。年をくった伊達者の東エルベ地方のこの地主タイプは、別にズーダーマンがいなくても、ベルリンや文学史じゅうの至るところを闊歩しており、難なく見つけ出すことができる。作家は音色を暗示させるだけで充分、音はヴェーゲナー自身が奏でるのだ。ヴェーゲナーのような名優でないならば、ヴェーゲナー並の俳優のやり方を真似ればよろしい。年配の好色男は、どんな男性にとっても完全に無縁とは言えない存在なので、たとえ俳優がこれを自主性のない真似でしか演じられない場合であっても、あらゆる聴衆が、わずかなりともそこに自分の自我を感じ取ることができるだろう。だからこそこの種の役は俳

（1）原語はMucki。大衆向きの安っぽい絵のことを言う。そこから転じて、ドタバタ喜劇などに繰り返し登場する紋切り型の役の型のこと。うすのろのデブや、悪知恵に長け、デブを叱りとばしてばかりいるけれど、しまいには獲物を取り逃す痩せ男などが例としてあげられる。観客全員がそのイメージを文化的に共有しているために、舞台に登場するだけで笑いをとることもできる。

優たちに好まれているのである。これらは「三枚目」において起こることにほかならない。もっとも、ここでは俳優が自身の敏捷さを喜ぶ気持ちが、「人物像」を形成している。つまりそこで形成されるものは「三枚目」の場合より、観察されたタイプの主要理念や、俳優により空想された人物像に、より強く支配されているのである。もちろん「役」が笑止千万で、感傷的で、まったくお話にならないような言動を行う箇所——これは何もズーダーマンの専売特許ではない——においては、このやり方ではうまくいかないこともある。しかし俳優はこのような箇所を気づかれぬように演じる術を知っている。それは障害というよりは、生気のないシミや、芝居中で再び解消されていくので感知すらされない一時的停滞とみなされる。ざっとこんな具合に、重要な俳優は、日常的要素から、彼自身の流儀によれば完全無欠でさえある何か、完成されたものに備わるあらゆる特徴を備えた何かを生み出していくのである。

しかしそれは根本のところで、既成のもの、つまり型をなしているために、普通陳腐でしかないものに、わずかながらもつけ加えることはできない。俳優は神秘的で超人的な特別の能力を意のままにすることなどできはしない。彼はただ、彼に課された人物像の全体的印象や全体的意図を、彼自身の人生経験や人生考察の成果をかりて、しかるべき形へと整え上げていくのである。これは作家自身が行っていることと本質的には変わりはしない。この作業から、見たところ半分は意識的に、あるいは今日風の言い方をするなら本能的に、筋《ハンドルンク》が展開されていく。しかしあまりにも多くの繊細で深い観察や意図が作品中に入りこんでいて、既成の型の再現の域を越えており、俳優がこれまで蓄えてきたあらゆる「特徴」や「解釈」のストックを凌駕するものがそこにある場合、自分自身の台詞を生み出す作家となる以外には、俳優には道がなくなってしまう。というのも、俳優の行う身振り言語とは、本来物まね風《ミミッシュ》のもので、たとえ音声言語が使用されている場合にも、その語義のほうは除外されるのだが、この種の身振り言語で伝えることができるのは、多かれ少なかれすでに型をなしたもの、「合図に従って」理解され得るものだけだからだ。こうしたものだけが、外見だけから見てとることができるのだし、身振りという手段によって、理解可能にすることもできる。しかし、俳優はもちろん作家の書いたものを改善することはできず、できることはといえば、作品の欠けた部分を補ったり、これに生の外観を与え生気の通ったものにすることぐらいである。したがって、俳優が自分の芸術を注ぎこんでいく器、つまり作家の書いた言葉が紋切り型であればあるほど、感受性に長けた目にとってそこに現れるのは、本質的にみて、生きたものと死んだものとのぞっとするような結合以外の何ものでもなくなるのである。陽気な様式の作品は、悲劇のいかにも「様式」然とした作品よりも、この種の不気味さからずっとまぬがれてはいる。しかしいずれの様式においてであれ、劇場芸術が究極においてその場限りのはかなさしかもたない理由は、ここにあると思われるのだ。劇場芸術のこのはかなさは、舞台上での成功が、一回限りで繰り返しがきかないことに由来するのではない。というのも、人生で偉大な印象を与える事柄も、やはり一回限りのものだが、こちらのほうは、その後も心にとどめられるからである。

しかしもう一つ別の要素がなおそこに一役かっていることを、私は見落としはしない。作家により暗示された型を形成する俳優は、その型に入りこみ、それを自分に溶かしこむ。そしてついには「彼」自身が表面から顔をのぞかせるよう仕向けるのである。それはどんな風に生き、どんな状態にあるのかという、一かけらの生の成果であり、これもまた一かけらの命をふきこまれた様式といえるが、この生は、秘密に満ちた二つ目の顔、ちらちらのぞく内的な顔、俳優の顔によるものなのだ。芸術的に成功した演技の放つ魅惑には、何かベールをまとったようなところがある。この魅惑にとことん没頭するとき、わたしたちは生のパントマイム的な要素に出くわすことになる。出来事や情熱のなかには、ただ肩をすぼめたり、微笑んだり、立ち去ったり、行動したり、身体表現を行うことによってしか、表現を解き放つことができない一点が存在する。それは五千年前から、けっしてしまいまでたどり着くことのない思索の糸を張りめぐらせた繭に包まれ、われわれのうちの最も力強い、単純からほど遠い精神を動員した、どんな成果だって上げられたはずの無数の立場から、遠近さまざまの影響にさらされてきた。にもかかわらず、多くの場合、唯一の救いとなったのは、精神に沈黙を命ずること、人は漂う雲やオオタカが空に描く円のように物として責任を問われず、一回的かつ絶対的であることを沈思黙考すること以外の何ものでもなかったのである。考える代わりに肩をすぼめることにより、われわれは心の奥底にある砦のうちへと戻ってきたように感じる。惑星は円を描き、諸要素は法則に従って結合し、その法則もまた他の法則とつながっている。しかしわれわれに知られるこれらあらゆる法則のなかで、われわれの内部で起こるのと同様の何かが起こっているのである。その何かとは、まさにあるがままに存在するもの、何らかの恒数、何らかの事実、非合理的な、一回きりの、ただ無頓着に独り存在するものなのだ。演技における非合理的なものは世界のこうしたパントマイム的あり方と触れ合う。身振りが成功した瞬間、冒険と無知《イグノラビムス》が一つに結びつくのである[1]。

　俳優のこうした捉え方は、世間一般の考え方とも舞台の常識とも無縁な、少々こじつけじみたものに見えるに違いない。しかしわたしがいいたいのは、これ以上原理原則に乏しいものに自分の人生を賭けられるような偉大な人間はいないだろうということだ。そしてこのことはおそらく、偉大な俳優においても当てはまるに違いないはずなのである。最も偉大な俳優と呼ばれる人に本来備わっている実験的気質、模範を示そうという気概、人格の魅力、しばしば話題にされる俳優的自我が、今しがた話したばかりの事柄の社会的表現以外の何ものでもないことを除けばの話だ。ここにおいて俳優は事実上作家から独立しており、彼を乗り越え成長していく。作家は何かを意図する。しかしこの意図を利用して、作家からまさにかしずかれる主人よろしく、自分の感情に対してさえ、ある種の正当性を受け取るのは、俳優自身なのである。俳優が、きわめて偉大な作家をも乗り越えて、創造的な領域へと成長していける場所がある。しかしそのような場所においてすら、俳優の仕事は、それに随伴する作家の仕事と比べてみると、能動的であるのと少なくとも同程度に、受動的でもある。なぜなら、もうお前とはこれ以上一緒にやりたくはないとこぼしながら、それでも反抗的距離をおきつつ相手の後ろについていく人のように、言葉にならないものも、それに先立ちせかせか歩いていく言語化の試みについていくことで、やっとその内容を手に入れることができるからである。

先述した身振りのもつ絶対性が、繰り返し大いなる精神的連関の相対性のなかに捉えられなければならず、またそのことによって、これを再び非合理性への充満へと解き放つことが可能になるというのは、作家を俳優に結びつける逆説である。これがある意味で致命的な逆説でもあることを見逃してはならない。というのも俳優は他のあらゆる芸術家にもまして、突然のひらめきから創造せねばならず、作家の手による理念のモザイクの解釈を俳優から要求するとき、俳優は灰同然と化してしまうからだ。したがって俳優には、ただ文学的繊細さのきわみに浸された雰囲気のなか、衝動的であると同時に詩的に振舞うことができるようになることが期待されるのである。しかしわれわれの劇場にはこの雰囲気が欠けているため（これが劇場事情にも最大限に寄与することは、スタニスラフスキーが示しているのだが）、演劇と詩芸術とは、今日きわめて不幸な関係にあるのである。われわれは重要な劇作家よりはるかに多くの重要な俳優をもっている。事態がこうである以上、俳優が舞台を支配しているのも故なきことではない。しかしその反面、俳優の手によって、作家だけでなく文学までもが陽の当たらぬところに葬られ、舞台に新たな刺激を与える可能性のある作品が一掃されているのである。

（1）　ドイツの生理学者デュ・ボア゠レイモンの言葉「われわれはそれについて無知であり、これからも無知なままとどまるであろう」ignoramus et ignorabimus から取られた言葉。

る。そして、大酒飲みの酒よろしく、はじめは大がかりな身振りの陶酔を引き起こすとはいえ、時が経つにつれ精神障害を引き起こす類の作品ばかりがやみくもに消費されるに至っているのである。

このような懺悔の要求を掲げながら生きた劇場に近づくことは、少々滑稽なことであるのを、私もよくわきまえている。生きたものはすべからく複合的なものであり、複合的なままにとどまるべきものだからである。舞台に関して、厳かなお堅い文化人《クルトゥーアファディアン》として振舞うことほどぞっとさせられることはない。精神性を尊ぶ芸術家を筆頭に、われわれの劇作家の十分の九は、俳優が聴衆に大判振舞に振りまいてくれる上機嫌の横溢から貸付でもいただかない限り、生きのびることさえ不可能なのだ。したがって、お好きなところに二つ目の別の線を引いてほしい。そこでは、ものごとが、「理屈はともあれ現実にはそうである」ところ、つまり、精神と非精神が仲良く折り合っているところで、線を引いてもらいたいのである。そして、真実はどこかその両者の中間あたりにあると仮定してほしい。実際、皆、もうとっくに、「わたしにとって、それこそ正しい」というあの非合理的な身振りを習得ずみのはずだ。しかしながらニーチェは、ヴァーグナーに対する嫌悪のなかで、われわれが突き進んでいる俳優の時代についてすでに予言していた。「……没落しつつある文化において、つまり大衆がものの決定権を掌中にするいたるところで、真正のものは余計なもの、不都合なもの、冷遇されるものとなる。ただ俳優だけが大きな熱狂を呼び起こすのである。これにより俳優の黄金時代が到来する。」この予言は真実であってはならないが、危険である。彼はここで、自分固有の感情ではなく、父祖や祖先や世間全体の感情ばかりを表現したがる人間について語っているのである。世論の寵児がその愛顧を勝ち取るのも、常にこの感情によってである。この感情から道徳が作られる。そして、これについてはまた機を改めて話したいと思うのだが、これがでっち上げられ、批判されるのも、まさしく、すべてが新しいかのような外観を呈するところにおいてなのである。われわれの俳優たちがこの種の俳優となることから守られており、結局のところ、これこそ彼ら自身の本質であったということにならないことを祈るばかりである。

15

映画か芝居か

新しいドラマと新しい演劇

1928年

『マグデブルク新聞』によるアンケートの回答として書かれた文章。『熱狂家たち』でクライスト賞を受賞したムージルは戯曲家としても通っているし、自ら数多くの演劇評論も手がけている。しかし劇場と深く関わるにつれ、客集めのためには思うように書けず、演出も鋳型にはめられてしまうという舞台芸術につきものの諸制約に辟易させられたようだ。そうした制約から演劇を解放し、芸術性やアクチュアリティを高めようとする演劇改革の試みも、表現主義を筆頭に確かに現れはした。しかしそれらの共通項は、演劇を言葉や文学の支配から解放して、俳優の身振りや音響や舞台空間そのものに語らせようとする演出重視の傾向である。あくまで言語を重視しようとするムージルに、これらと歩調を合わせられるはずがない。これらに対してムージルは、知覚心理学的思考を駆使しながら、厳密な精神を抜きにして伝統の型をいくら粉砕しようとも、逆にますます低級な紋切り型にがんじがらめにされてしまうばかりだというパラドックスの存在を説く。彼の期待は演劇よりもむしろ映画の将来に向けられていたようだ。「新しい美学への端緒」にもうかがわれるように、彼は映画を芸術のジャンルとして真剣に受け取ろうとしたパイオニアの一人である。

ヨーロッパの精神および感情の発展に対して、演劇はドイツ古典主義の時代以降、もはや何ら重要な役割を演じていない。あれこれ例外をあげることはできる。しかし、ひとりニーチェの名、あるいはスタンダールとハムスンのあいだに途切れることなく、ヨーロッパじゅうにあまねく広がっている、輝かしく、錚々たる名を並べさえすれば、新しい、生成中の人間の「形成」〔Bildung〕のためには、小説やエッセイ、抒情詩さえもが、演劇よりも、ずっと力強く根源的な影響力を及ぼしていることがわかるだろう。

その理由がどこにあるかは、だいたい見当がつく。今やほとんど消滅ずみの韻律叙事詩をのぞけば、ドラマほど精神に自由な運動の余地を奪うものはない。またドラマほどわたしたちの思考やモラルの流儀にうまく適応できないものはない。これに関しては、どんな物理学の教科書も、ここ一〇年間のドラマにおける収穫よりはましなことを教えてくれるほどである。劇場とは、矛盾する利害関係をたくさん背負いこんだうえに、迫りくる経済危機に脅かされた、大仰であると負けずとも劣らず荷の重い装置である。その結果、硬直的なまでに保守的になってしまっている。演劇監督や作家や批評家や俳優たちによって舞台効果の法則と喧伝されているものの九割は、精神的素材を切り刻み、既製服にして採算を合わせるためのドラマトゥルギー以外の何ものでもないと、自信をもって主張することができる。

われわれの同時代人の多くは、舞台のこの精神性の欠如に対し反旗をひるがえしてきた。その結果はおよそ、われわれの舞台を構成するすべてのパーツが発見され、一つ一つ順ぐりに、最重要事に見立てられたことだった。俳優の演劇、監督の演劇、音響形態の演劇、光学的リズムの演劇、躍動的舞台空間の演劇、その他多くのものが、多くの場合、理論上だけしか存在しないにせよ、私たちに与えられている。新しい演劇について語れるとき、ふつう、これらの試みが念頭にある。これらは多くの価値のあることを教えてくれた。しかし、咳きこむ病人は火のなかに投げこむべきだという主張と同様、根底には正しい思考があっても、あまりに一面的すぎるものとなっている。

私たちの五感が体験することは、劇場演出家に負けずとも劣らず保守的なものである。ちょっと目を向け、耳を傾けただけで（それがひと目見ただけでない場合でさえ）理解されるものは、既知のものからそれほどかけ離れていてはならない。言葉では言えないことが、身振りや状況の配置や感情像や出来事によって、比較を絶する形で表現されることがたまにある。しかしそれが可能であればあるほど、そんなことが起こるのも、そこで伝えられている事柄がもともと言葉と直接的類縁性をもっており、固定した意味——これこそ人間性の本来の要素にほかならない——の回りを、いわば漂流中だったからなのである。あまりにラディカルな改革の試みが挫折する運命にあるのは、したがって、ただその「大胆さ」だけによるのではない。残念ながらそこにまといついている、少なからぬ陳腐さにもよるのである。

同様のことが劇場における感情や情熱や出来事による「直接的言語」についても言える。舞台上の人間の精神や思考はこれらの要素のうちに映し出されるものであり、そのまま表現されてはならないと頑固な偏見により主張されている。映画は、幸運なことに、三文芝居を模倣した時期に、決まり文句を大袈裟な身振りで表すおしゃべりを氾濫させた結果、情熱や出来事をして自ずから語らせしめ、それらを数珠つなぎにしさえすればうまくいくといった見解は、突き崩されてしまった。それらの決まり文句はなるほどおしゃべりはするが、語るところは少ない。個人的生活を見てみても、〈外的〉態度に現れた心情は、〈内的〉態度のその場しのぎで表現力にも乏しい翻訳にすぎぬものである。人間の本質とは、体験や感情のうちにあるのではなく、それらと執拗で静かな相互対決を行い、それらを内面に浸透させていくことのうちにあるのである。

精神はそもそも、演劇のためではなく、他の課題を果たすために世界にやって来たという、不愉快な特性をもっている。精神には精神本来の出来事がある。とはいえ、演劇の手段によって、それどころか、ただ演劇の手段のみによって、何かが表現され得ることがよくある。「新しいドラマ」が成立するのはこの時だ。もちろんこれは、演劇は精神のためにのみ存在することを主張するものではない。しかしだからといって、劇場経営陣が要求する事柄があまりに厳格なために、作劇法の営業権が阻害されるかもしれないことは、見逃すべきではない。そのようなことがあれば、私は次のように答えよう。教会さえただ聖なるものだけで成り立っているわけではない。しかし聖なるものがただ不愉快な驚きとしてしかみなされないほどになるとすれば、教会は何と奇妙な特性をもつことになるだろうと。

16

『熱狂家たち』スキャンダル

1929年
4月20日

ムージルの戯曲『熱狂家たち』(一九二一年)は出版後に肯定的評価を受け、一九二三年にはクライスト賞が授与されている。なかなか上演の運びに至らなかったところ、一九二九年四月三日、ベルリンのテアーター・イン・デア・シュタットで『熱狂家たち』が、演出家ヨー・レーアマンにより大幅にカットされた形で初演された。ムージルはこの上演に同意していなかった。ムージルは公式にこの上演に抗議したが、出版元から上演権を得ていた劇団は俳優の質や、稽古期間の短さなどムージルの危惧をものともせず、幕をあけた。一夜にして現代の舞台にはまったく向かないレーゼドラマ(読む戯曲)の烙印を押され、手厳しい批判が浴びせられた。ムージルはこのエッセイによって批評に対する反論、この戯曲の創造的意義、その望ましい舞台化の可能性を論じた。▼巻末注

僕は非難の口笛を吹き、シュシュと歯のあいだから音を立ててやじった諸君に、挨拶を送る! おそらくそんなことをした人びとのすべてが、なぜ自分がそうしたのか、正確には知らなかったろう。それにもかかわらず、彼らは正しかった。

僕はもう一度それまでの経緯《いきさつ》を要約しておく。ある劇場が事前に当該の作家に通知してその同意をうること

を一度もせずに、いわゆる初演を興行した。それを芸術的大胆と呼んだ人びともいた。たしかに大胆である。あつかましいまでの大胆である。しかし、芸術的には？　芸術的に、というのならば、そこに一つの貴重な芸術作品を見てとって、やじる観衆に反対した人は、すでに一個の芸術家というべきであろう。

僕に問い合わせも了解をえもしなかった演劇出版社はパートナーの役割を果たした。出版社が公民権に従えば無資格のままに行動したのかどうかは、ドイツ作家連盟が、このような事態はわれわれ物書き全体に関わるという正当な認識をもって、問題にした。したがって僕はいまのところこれについて言うつもりはない。しかし次のことは言ってよいであろう。この演劇卸売商人は、精神的権利に従い、長期間倉庫に眠っていた商品を格安で売りとばすという原則に則って、非難の余地なく商人的に行動した、ということである。純粋に商品の観点を導入した当地最初の家に名誉あれ！

僕はこの上演を聞いたとき、ただちにこれに抗議した。しかし僕は遅れてこの上演のことを知ったので、法的根拠とさまざまな関連から、もはやこれを阻止することができなかった。いまや批評が公にされ、僕は酷評を傍観するしかなかった。僕は一つの批判に即座に反駁すべきではないことを知っている。それはわれわれの職業におけるけっして悪くはない習慣、誰もが一度に入り乱れて話すことはしないという好ましい目的をもった、一種の職務規定である。したがって、少なくとも批判の的になっている人間は沈黙を守らなければならないし、事実、僕はいつでも沈黙を守ってきた。しかし、今回は僕は特別な立場にある。なぜなら、批判されているのはまったく僕の作品ではないのだから、僕も発言していいのではなかろうか？　それが許されたものと前提したうえで、僕は注目すべきこと重要なことと思われる若干のことを言おうと思う。

注目すべきことと思われるのは、たとえば、僕の前にあるすべての批評のうち半分以上は、僕がこの上演に反対し禁止を指示したことについて一言も言及していない、という事実である。（そして、それについて言及している一つの批評は、そんなことは誰でも知っている、とつけ加えている！）僕にとって不可解なのは、犯罪を立証できない人間は裁かないというのが法の原理だが、僕は犯人ではなかったのである。僕はまた、批評がその対象にして、そこから結論をひき出した材料でもなかった。人は一声も聞かなかった生きものを歌うロバと呼んではならない、というのはあらゆる研究の原則である！　なかにはあらゆる束縛を無視する人びともいたことは、事実である。彼らは書いた、僕が観衆に加えた苦痛について、僕があえて提出したまったくどうでもいいものについて、僕がベルリンに「供給した」無意味な会話について、僕を救おうとむなしい努力をした仲間について――これを集めれば一冊の詞華集になるだろう。これら、僕の文学の友人の大半は、『熱狂家たち』は言うまでもなく、かつて一度も僕の本を読んだことがないだろうから、新聞によって僕の抗議を知ったに違いない。

彼らはさらに成果をあげるにまかせよう！　僕にとってより重要なのは、レーアマン氏がまたしても僕が、ヴェーデキント、シュニツラー、ショーに依存していると公言したことである。僕は、レーアマン氏が『熱狂家たち』の解釈にあたって、これらの模範に依存したのだろう、と推測する。しかし僕は、幾人かの批評家たちもまたそう思っているらしい、とつけ加えなければならない。なぜなら僕がそう非難されるのはこれが初めてではないからである。僕は、上述の大作家たちが、数年にわたる劇場での成功にもかかわらず、僕のようにできの悪い弟子を生んだ「罪を負わされる」のをきわめて遺憾に思う。僕としては、これら三人の大作家に対する僕の関係のなかには、そこから依拠をひき出せるようなあらゆる前提条件が欠けている、としか言えない。シュニツラーの精神世界は僕の精神世界と接触するところがきわめて少ない。ヴェーデキントを僕は嫌悪している。ショーに関しては、僕はかなり遅れて彼を知った日以来、僕には彼流のウィットをただの一つもつくれない、という完全に絶望的な意識をもって、彼のウィットの性質のために、彼に感嘆している。僕には、勘違いされた類似の起源は、むしろ批評家たちの頭脳のなかにある、としか思えない。周知のように、子供はあらゆるおとなの男をパパと呼ぶものである。そして僕は、けっして少数とは言えない批評家たちの演劇理解の発展段階がほぼ同様な性状を呈している、と主張しなければならないことを恐れている。

僕に対して好意的であり、僕も評価している、しかし『熱狂家たち』上演の印象によって僕から離れていった個々の人びとを考えると、問題全体のつらい領域に触れることになる。(1) ここでは、『熱狂家たち』は演劇を意味するのか、それともそうではないのか、そもそも熱狂家たちとは何を意味するのか、という問題に一切がかかっている。僕が僕自信の事柄のようによく理解している事柄について話すという、特別な機会をよりよく利用できないのは残念だが、僕にはそうするいとまがほとんどないのである。だから僕は当てずっぽうに、創造的な演劇と図解的な演劇との区別、創造の傍らをゆく演劇から始める。なぜなら図解的な演劇においては——事柄の精神に比例して——あらかじめ世界観や生活基準が前提されていて、その個々の表現、一つの例、最も大胆な場合には一つの例外が上演されるのであって、人はそのすべてを理解できるからである。政治的な演劇（どのような政治でもかまわないが）がこの範疇に属しているのは自明なことである。それはすでに芸術の外にあるもので、これには、何ものもつけ加えることがない。普通の市民劇もまたこの範疇に属している。出来のいい芝居は、本来、つぎつぎに披露されるエピソードであって、そのなかでは人が容易に認識できる登場人物たち、同様に、人が容易に認識できるさまざまな情熱が現れる。その際、緊張、テンポ、創案、その他いくつかの構造上の特性が、そしてまた多少の抒情もなければならない。サルドゥー(2)と明日の演劇の天才と

（1）「問題全体のつらい領域」（七節）。ケルの態度を指す。ムージルに賛意も激励の言葉もかけなかったばかりか、レーアマンを擁護し賞賛した。「ムージルの作品を一五分の一にカットするという力業」「レーアマンは芸術的に仕事をしている」「この、芝居とも言えない芝居」など。

の間にはその点で何の相違もない。一方で、エピソードが陰謀であるとすれば、他方では、取るに足らない哲学からえられた思いつきであり、また、そのかわりに他の一〇〇の思いつきが利用され、図解されることもできるであろう（さらに。この種の文学が、あい変わらず図解を続ける演出家や俳優たちに好まれること）。この図解的な芸術においては、言うまでもなく、個人的な才能、美、意向、その他のために大量の余地が与えられているが、精神はいつでもそれぞれの方法で堂々めぐりをするばかりである。ここには変化ではなく、粉飾しかない。生の諸問題は触れられ、攪拌されるが、提起されることはないのである。

上演においてはそれは相対的な相違にすぎないことは自明なことである――しかし批評的な観点のこちら側とあちら側との位階の相違である、もし人がこの観点に、われわれは主として精神から成り立っているという事実を反映するような、創造的な演劇の要求を対置する場合には。こう言ったからといって、不安になるには及ばない。相違は相違として、われわれはロブスターを食べ、政治を行い、その他何でも人間的なこと（人間的でなければならない！）をしてよいのである。僕としては、人が精神を、望みとあれば、唯物論的に表象してもかまわない。しかし、最も生きる価値のある瞬間とは、何らかの秘密の、われわれを越える、普遍的なものの広大さにまで達する思考によって生命を与えられる瞬間であることは否定しないことにしよう。告白するが、僕はこれを表現するすべを知らない、なぜなら、思考、精神、イデーなど、これらすべての語は乱用によって嘖々《さくさく》と悪評を呼んでいるのだから。それにもかかわらず、われわれは生活のなかでは、自分が何ごとかを内的な感動に衝き動かされてしているのか、そうでないかの相違を正確に知っている。われわれは自分が激情的になりうること、それにもかかわらず空虚に居坐っていることを正確に知っている。われわれは自分が最も高貴な感情をもち、最大の確信を表明できることを正確に知っているが、つぎの瞬間に残っているのはその感情や確信の泥にすぎない。われわれのなかには、われわれが外で高く掲げるあらゆる威厳に満ちた区別に対して極度に反抗的な、生長と凝固の著しい相違がある。したがって、簡単に言えば、人は生長する演劇をつくらなければならない。

芸術はそのためにある。これらすべては同じようにロマンや詩にも応用できるであろう。ここでは僕の個人的な事柄を述べているので、僕は、これまでの全生涯にわたって、われわれの芸術のなかで正しい関係を求めることしかしなかった、と言っていいと思う。僕が何を物語り、誰を描くか、は、本来、僕にはどうでもいいことである。ただ、僕はそれに、僕が達成できる精神的な生の最大限を付与しようとした。僕はしばしば心理学者と呼ばれた。(3) これには驚いた。心理学は、今日では、マルコ・ポーロの時代に地理学であったものと同じで、それ以上のものではない。僕は解《ほぐ》し屋とも呼ばれたが、しかし、僕は綜合《ジュンテーゼ》のために努力したのだ。僕は、精細な、とも呼ばれたが、僕は、僕の弱視の眼で見えるかぎりで、全体を望んだのだ。そうこうするうちに同時代の精神の愛想のいいショーウィンドー飾り付け師たちが文学のなかをうろつきまわり、ボール紙でつくった岩塊に凭《もた》れかかって、高度記録を写真にとらせていたのだ。

ところで『熱狂家たち』は戯曲であろうか？　僕は今日でもなお真正な熱狂家は戯曲になるほかない、と主張する。『熱狂家たち』を短縮することは――より正確に言えば、改作することは――途方もなく困難である、しかしながら、実質を損なうことは避けられないとしても、歪みを生じることなしに、いわば比例的に縮小することは、不可能ではない。僕は、そうしたうえで『熱狂家たち』を正しく上演するならば、言葉や思考に、それらを産んだあの生が再び加わり、僕がさしあたり二、三の批評家の遺憾な印象を認めざるをえなかったほ

（2）　ヴィクトリアン、サルドゥー（一八三一～一九〇八）。フランスの戯曲、喜劇作家。スクリーブ流の「巧みに作られた芝居」にデュマ・フィス風の世相劇を加味した作風。『金釘流』、『マダム・サン・ジェーヌ』、『トスカ』など。

（3）　▼巻末注

ど、難解なものにならないであろう、と確信している。僕はこの短い文章のなかで、批評についてさまざまなことを言った。それに加えて、僕は援助に感謝することも等閑にしたくない！　他の作家が産みの苦しみに喘いでいるときには、ほんとうに支えが必要なのである。そして僕は、『熱狂家たち』はなおしばらく時宜を待たねばならないが、このジャンルが捨てられることはない、と言っても思い上がっていることにはならないと信じる。少なからぬ人びとが『熱狂家たち』は取り残されると断言したにもかかわらず、僕はこれが古くなるという不安を抱いていない。なぜなら僕は、人はいったん精神であったものを置きざりにすることはできず、ただその傍らに迷いこむことしかできない、と確信しているからである。僕は生きているうちに実験が繰り返されるのを見たいと思っている。(1) なぜなら、そのためにわざわざこの地上に戻ってくることは、僕がここで受けた印象全体から見て、僕にはいささか困難だろうからである。

（1）「実験が繰り返される……」（一〇節）。だがこの戯曲がムージルの生前に再演されることはなかった。一九五五年のダルムシュタット（G・R・ゼルナー演出）を皮切りに、『特性のない男』の著者の戯曲は各地で再演されるようになり、とりわけ八〇年にはムージル生誕一〇〇年を記念してウィーンのアカデミー・テアーターで豪華キャストにより再演されている。

政治と文化

もともと人間は単なる知性ではさらさらなく、意志でもあり、感情でもあり、無意識でもあって、しばしば天空を漂う雲のような事実性にすぎないこともある。

（「精神と経験」より）

【右】 ローベルト・ムージル大佐（1918年ごろ）。勲章は、ブロンズ軍事功労賞メダル、フランツ・ヨーゼフ騎士十字勲章、カール皇帝軍十字勲章。

【左上】オスヴァルト・シュペングラー。その『西洋の没落』を批判するエッセイ『精神と経験…』は1921年に発表された。数学、物理学などを衒学的に援用したシュペングラーの大著を学術的に厳正に批判する仕事は、ムージルにうってつけだった。

【左下】スザンヌ・ラングラン（1925年）。プラーター・カップ戦で。この卓越したフランスの女流テニス・プレーヤーを雑誌で知ったムージルは、実物をも見ようと足を運ぶ。オーストリア選手権の１週間は、観客席で「最ものめりこんだ観客として」見たと告白している。

17 オーストリアの政治

1912年
12月

当時のオーストリア＝ハンガリー帝国には一五以上の民族が暮らしており、民族問題はたしかにオーストリアの解決困難な政治課題だった。ムージルはしかし、のらりくらりと問題を先送りするオーストリアの政治の貧困の原因を「意味の欠如」と捉え、文化的な窮状に由来すると説く。他の諸国と違って階層意識があいまいで、しかも「マイナス記号のついた」理想主義が強力なために、理想の現実化に不熱心な市民階級が、この国の政治を規定している。『特性のない男』第八章の「カカーニエン」の前身としても興味深いエッセイである。

オーストリアの政治と聞くと人びとは、あまりにも一面的に民族問題の困難性のことだと考えてしまう。なにしろこの民族問題の困難性は——困難性とは言い条——とっくに気楽さになり変わっている。深刻な原因を体よく跳び越しておいて、あたらず触らずのまま考えあぐねてみせるというポーズが黙認されている。あたかも中味のない恋人たちのように。つまり二人は次から次へと別離や障害を克服するのだがそれは、二人の愛を妨げるものがなくなった暁には何を始めたらよいかさっぱりわからないに違いない、という予感からなのである。ちょうど情熱というものが、感情をもてないことの口実にすぎないのと同様に。もし最後の審判が下されるとすれば、昨今のわれわれが身につけた悪しき流儀が――たとえささいな機会を捉えてでも――かの理想主義《イデアリスムス》が放任されてグレたものだというポーズを決められたら、上出来というものだろう。とはいえその背後では、内的な生の空虚がよろめいている。アルコール中毒患者の胃のなかの荒廃のように。

かくも情熱的に政治にたずさわり、なおかつこれほどの情熱にもかかわらず政治をどうでもいいように扱っているのは、オーストリアぐらいのものである。つまり口実としての情熱である。表面的には万事がきわめて議会主義的なので、どこよりも多くの人びとが銃殺されている。政党が行きあたりばったりに連立の相手を変えるたびにいつでも全機能が麻痺する。高級官僚、将軍、侍従長らを好きなだけ罵っても構わない。議会に喚問するぞと上司を脅して不安に陥れようと、政治を使って金儲けしようと、平手打ちの応酬をしようと一向構わない。だがすべてはなかば慣例化しており、協定にのっとった茶番のようである。人びとが喚起する恐怖、行使される権力、一身にになう栄誉、こういったものは――現実の、かつおよそ重要と見なされる諸関係においてまったく本物であるにもかかわらず――魂のレベルでは嘘っぽい、幽霊じみたものにすぎず、いちおう信奉され尊重されはしても、魂に感得されたことはかつてないのである。こういうものは、軽んじると貧乏になるという場合にだけ真面目に受けとられる。とはいえ、人びとがこれほどまでに、その人生をいい加減な目安に従って整えているのは、これが究極ではないことを物語っているように思われる。ひょっとするとここに偉大なる、それゆえにますますネガティブな、理想主義を認めることができるかもしれない。オーストリア人たちを、けっしてその行動と同一視してはいけない。オーストリア人の宗教性なぞ、あると思ってはならない。オーストリア人の子供っぽい臣下根性も、オーストリア人の憂慮も、信ずるに足らない。それらの背後でオーストリア人は待機している。彼らは「満たされざる空間」という受身のファンタジー(1)をいだき、人が何を達成しようと嫉妬でジリジリしながら許容するが唯一つ、その人が自分の仕事を真剣に考えるという、魂を害《そこ》なう要求だけは、許さない。ところがドイツ人とその「理想」との関係ときたら、濡れた水着さながらべったりと夫君に貼りつく、例の見ていられないほど健気《けなげ》な奥さんたちとそっくりだ。

いずれにせよ現状では、「意味の欠如」が支配的なのは動かしがたい。オーストリア人は待ち時間を賑やかしをしながらやり過ごしている。彼らの力の身振りは弱さの徴であり、そうかと思うと無力さの見かけが、鬱積した力量を背後に秘めていることもある。こうして見るとドイツの議会政治なぞは、野良仕事ずきの駄馬のようなもので、ムチで打たれたことに異議を申し立てながら、打たれた箇所をまじめに、丁寧に尻尾で払うのである。ここオーストリアでは公的な生活に情熱が注がれる。それらの情熱の裏で、人びとの醒めた内臓はあくびをしているというわけだ。オーストリア人はそもそも自分たちが何に支配されたらよいのかを知らない。ときおりハリケーンが起こって、たちまち大臣たちは熟練した体操選手のように倒れる。――ところがハリケーンが治まってみると、大臣の後継者たちが寸分たがわぬポーズで並んでいる。些少な変更がなされたが、プロの目を満足させることはあっても門外漢には一向にわからないままだ。とはいえ門外漢たちもあっさりと、まあ了承したと認める。このリズム、メロディーも言葉もなく感情もなしに執拗に繰り返されるこのリズムには、何か不気味なところがある。このオーストリアという国のどこかに秘密が隠されているに違いない、ある理念《イデー》が。しかしこの理念を突きとめることはできない。それは国家の理念ではなく、王家の理念でもなく、異なった諸民族の文化における共生の理念でもない（オーストリアは世界実験ともなりうるのだが）。どうやらこれらすべては実のところ、駆動する理念の欠如に起因する動きにすぎないらしい。ちょうど、ペダルを踏まない自転車《サイクラー》乗りがよろめくように。

（1）『特性のない男』の「カカーニエン」の章を参照。「それゆえどの住民にも第一〇の性格があった。それは満たされざる空間という受身のファンタジーだった」（GWⅠ　三四頁）。

この種の政治的な窮状は、いつの世でも文化的な窮状に由来する。オーストリアの政治はいまだ人間的な目的をもっておらず、あるのはオーストリア的な目的だけだ。人びとは政治の助けをかりて何にでもなれるかもしれないが、ただ一つオーストリアの政治によって自分自身《イッヒ》になることだけはできない。そしていかなる自分自身もここの政治において頭角を現すことはできない。社会民主主義という器官はオーストリアではまだ充分に硬くない。そして片や重商主義国家ドイツの落とすゴミの山にみごとな害虫として棲息している、一つかみの油断のならない連中の精神が発する圧力と、片や二本の前肢が聖書に、二本の後肢が農地に根づいている荘園領主の適法主義とが形成するような、熾烈な対立関係は、オーストリアには見あたらない。社会構造は上から下まで雑《ま》じりっけなしに、市民と宮廷人の混合種である。人びとは通常の状態では気持ちが細やかで健やかだ。上流貴族の令夫人の髪にウェーブをかける際に自分の理想を告白してしまった理髪店員は、少し前ならドイツの詩人の生涯を送れたかもしれない――もし彼がある夜会で、まだ彼の身分にふさわしからぬ毛皮をうっかり着用に及ばなかったとしたら。往年のドイツの詩人は貴族の邸宅に出入りしていて、お茶の時間に自分の詩を朗読していた。軽やかな髪型のような飾り文字芸術家の魅力に、ブルジョア新聞はいささかももちこたえることはできなかったに違いない。なぜなら繊細さはブルジョア新聞の弱みでもあったからだ。

市民階級と貴族階級にこれといった理念的な対立はなかった。あったにしても思わぬところで、ほんの初歩的に、――リベラリズムの思考範囲内で――すっかり姿を変えて現れたし、たちどころに経済的な対立関係、すなわち無産者《プロレタリアート》と所有層との対立に覆われた。もっともこの対立関係もあとコーナー一つ分だけ、市民対貴族の対立関係の行進に遅れをとっていただけなのだが。ところがこの間、世界貿易と世界の諸権益をバックにもつ諸大国では、新規に何ものかが発展した。これはパラドックスだ。つまり非精神性のひび割れた土壌の亀裂に、その不毛な悪条件にもかかわらず文化が、かつて文化にだけは適していた表土によりも、ずっとよく根づいたのである。今日この文化はもはや、いにしえのアテネやローマにおけるように、その目的を国家を通して実現したりしない。全体の完全さ――これは大して進捗を期待できない――を利用するのではなく、その不完全さ、空隙、個々人を把握できない無力さを利用するのだ。これは膨大な数による分解であり、これまでのどの時代とも違う、文化の根本的相違を形づくる。たえず増大する群集のなかで個人は孤独な、匿名の存在となり、そのことが新たな精神状態をもたらす。これがどのような結果につながるのかはまだ予測不能である。今日すでにきわめて明瞭となっている例として、昨今のわずかばかりの本格的な芸術を考察してみるがよい。よい作品であってかつ多数の気に入られる、ということがありえないのは、未曾有《みぞう》の事態を意味している。これが告げているのは、美学論争などから遠く離れた、芸術の新たな機能《フンクツィオーン》の始まりであるらしい。

この諸大国の文化の実質的な前提条件を形成しているのは、しかし市民階級だ。なぜなら、たちまち崩壊して消え去らないような家族を産み出さないのが、市民階級の特性だからだ。伝統、相続される理想、堅固な道義心、つまり歩行訓練には役立つが走るには邪魔になるようなものを、市民階級は産み出さない。その使命は、ビジネスで手一杯だから文化の心配なぞしないかわりに、一括概算額をポンと支出するところにある。市民階級は魅力的な人間や典型《プロトタイプ》を産み出さない。したがってまた、そのような人間や典型に由来する誘惑、つまり一つの理念型《イデアールテュープ》(1)を、人間くさい実態という狭苦しい過ぎ去った領域から、形成したいという誘惑をも産まない――むろん、際限のない空想力《ファンタジー》によって人間の可能性の領域から、理念型を形成することだってできるはず

（1） Idealtypus。多様な現実の因果連関を統一的に理解する擬制としての類型。マクス・ヴェーバーの立てた概念。散在する現象のなかから本質的に知るに値する部分を、客観的可能性と適合的因果連関により、一つの統一的思想像、ユートピアに構成したもの。平均型（Durchschnittstypus）ではない。たとえば「家庭」、「都市経済」、「資本主義精神」などの理念型が得られる。

なのだが。市民階級は創造的人間を、その業績以外の点では、無名のままにしておく。創造的人間は——人間というより純粋の思考と感情として——理念の実験室で魂の形《フォルメン》を創造しているが、公式の製造業者のように、瞬時に一般の使用可能性を保証する必要がない。しかも市民階級が彼の創造物に向ける無理解でさえ、それらの作品に有利にはたらく。なぜなら今日、判断がつかないということは、明日には偏見がないということになるのだから。

こういう市民階級がオーストリアにはない。人びとは依然として運命により、ただ個人的な推薦に従って、オーストリア人に仕立て上げられる。そして運命の面子《メンツ》を潰すのは何といっても難しい。それゆえ人びとは大破局《カタストロフィー》を高く評価するし、不幸を必要とする。大破局はすべての責任を引きかぶってくれるし、不幸の激しい身振り手振りの背後で、各人が消去されてありきたりの者と化すことができるから。人びとは政治的生活を、セルビアの英雄叙事詩のように生きる。英雄的態度が、最も非個人的な行動形式だからである。ドムレミ村のジャンヌちゃん〔ジャンヌ・ダルク〕はズボンをはいた牛飼い女だったし、贖罪者は禁欲の結果、蚤《のみ》や虱《しらみ》をもっている。英雄は行為の最中は、おのれの英雄性を体験するために、獣のように局限されている。衣服は血と汗と埃のために板のように貼りつく。風呂には入れない。硬い衣服で皮膚が擦りむける。衣服が英雄の周りに垂れ、彼は莢《さや》のなかの狂った種のようにカタカタ鳴る。視野は覗き穴《フォヴェア・チェントラリス》のみに狭まり、視線は対象にしっかりと突き刺さる。苦難と英雄とは、病気と熱のように付きものである。それゆえいかなる暴力行使にも、どこか病的《パトローギッシュ》なところがある。意識の狭隘化が、最終的には進行性の、渦巻く上昇が。しかるにオーストリアの政治的英雄は、精神の上昇なしに意識を狭隘化するという修行を積んでいる。むかむかするような、たび重なる病気から身についた悪癖であって、人びとがまともにとりあわないのももっともだ。とはいえ、意識の全閾値《いきち》を要求するような内容が欠けている限り、この鎧が脱がれることはない。

18

一青年の政治的告白

1913年

直感的思考と厳密科学的な思考との別について論じてから、ムージルは以前の「保守的なアナーキスト」からデモクラシーを評価せざるをえない現在の自分の考え方の変化を確かめる。片や科学の進歩、片や複雑な条件下での幸福の問題の放置、というデモクラシーの功罪をあげつつも、高次のデモクラシーの実現のための経済政策、政党の革新などをムージルは模索する。現状に対する失望、「鉄格子なしに閉じこめられた」人間のイメージを噛みしめながら、ムージルは危機的状況の打開の意志を記している。▼巻末注

何年か前に妙にわたしの心に引っかかったゲーテの言葉がある。人が書くことのできるのは、あまり知りすぎていない事柄についてだけである、というのだ。(1)――この告白に隠された深い幸福と不幸とを理解する人はそう多くはないだろう。ここに表明されているのは、幻想《ファンタジー》は薄明のなかでのみ動く、という平明な心理的事実である。一方には、真理を作り出す思考がある。ミシンのように明確に一差しまた一差しと進むものである。そして他方には、人を幸福にする思考がある。こちらはせっかちに雷のように人を襲い、両脚を震えさせる。

（1）▼巻末注

あれよあれよという間に、向こう数年分の精神生活をたっぷり満たしてくれるほどのさまざまな認識を山積みにしてくれるけれども、それらが正しいのかどうかは決してわからない。正直に認めていただきたい、幸福にする思考はわれわれを突如として高い山の頂に引きさらい、そこからわれわれは胸に秘めた未来を展望する。その幸いに満ちた高遠さとゆるぎなさは、——ありていに言って——循環精神病者の、つまり躁病の前段階にある躁鬱病患者の見るものと変わりがない。泣きわめいたり馬鹿なことをしでかしたりはしないにしても、こういうときわれわれは、雲と戯れるようにしまりなく、壮大に考えるものである。さて一方健全な思考のほうは、レンガを並べるように目地をそろえて考える。まるで一工程ごとに何度も事実を確かめずにはいられないかのように。この思考はわたしを——孤独な者を——貧しくする。この思考法を続ける限り、われわれはほんの二、三の疑問に対する答に囚われたまま、先に進むことができないし、その答だけで魂が満たされることはむろんないのである。それは不毛にする。しかしわれわれはときおり、繰り返し直感的思考をこの健全な思考へとねじり戻さなければならない。もしわれわれが埒《らち》もない、すなわち無意味な次元に陥りたくなければ、われわれの思考を健全な思考に照らして検証し、これに従属させ、これからあまり遠くへ離れないようにしなければならない。ひそかな羞恥心をいだきつつ、そしてなおかつ燃える決断によって厳密科学から遠ざかった者でなければ、ゲーテの告白は理解できないだろう。以上の前置きで、ここ数週間にわたってわたしが書き記そうとしていることが御海容いただければ幸甚である。

　わたしはこれまで政治に関心をもったことは一度もなかった。国会議員や大臣といった政治家たちは、わたしにはわが家の召使いのようなものに思われた。つまり埃があまり積もらないように、食事が時間通りにでき上がるように、といったぐあいに生活の瑣事の面倒をみる人である。もちろん政治家はあらゆる召使いと同じく、その義務を果たすにあたって大いに手を抜くが、まあ間に合っている限り人は口を出さないものなのだ。

わたしはときおり政党の基本政策や議会演説を読んでは、ここは内面的に感動することなど毫《ごう》も許されない、人間の活動のなかのまことに低級な領域なのだという見解をますます強固にした。しかしこれらすべての根底には、わたしに染みついた古い先入見があった。いつそれがわたしに取りついたのか、それを何と呼ぶべきなのか、わたしにはわからない。わたしはこの世界が気に入っていた。貧しい人びとがつらい思いをしてはいる。彼らの何千という影法師は鎖となって、わたしの位置からずっと下のほうの獣の域まで延びている。いや実は獣の域をもかすめて、もっと下のほうに延びている。なぜなら人間らしからぬ暮らしをしているそれらの人びとほどに、獣らしからぬ環境に棲息している獣はいないからだ。また金持ちたちはその富を精神的に有意義に活用することにかけてはまったく無能なところが、ご愛敬だった。昆虫のなかには空中では虹色に輝くけれど、間近で見ると毛むくじゃらの詰まらない袋状の体躯をして、そのなかを貧弱な神経が一本か細く走っているだけのしろものがいるが、彼らはその昆虫に似ていた。それからおつに澄ました王侯たちも好きだった。彼らは世間の人たちが軽く眼くばせしながら付きあってやる、お人好しでちょっと突飛なところのある人びとを思わせた。また宗教も悪くなかった。なにしろわれわれはとっくに信仰心などはなくしているのに依然としてキリスト教国にまじめな顔をして暮らしているのだから。そしていくらでも、この調子で羅列することができる。これを単に、現象の多種多様さを楽しんでいるにすぎないとか、人間のもつ異常にしぶとい、どこまでも粘りづよく伸び、すり潰しても消えない本性――この本性がもともと何の品位もなかったサルを地上の支配者にまで押しあげたのだが――に対するほとんど哲学的な震撼にすぎないとして片付けてはならない。これは何よりも、われわれの内面の壮大な無秩序そのものにひそむ価値の、尊重にほかならない。その無秩序のただなかでわれわれは隣人を利用しながら、隣人に同情したりする。隣人に服従しながら、それを本気で認めようとしない。人が一人殺された話には怖気《おぞけ》をふるうのに、何千人もの殺戮となると平気で話すのである。わたしの見るところでは、生のこのような没論理的な無秩序、かつては拘束力のあった権力や理想のこのような弛緩《しかん》は、精神的《ゼーリッシュ》な諸価値をあつかう偉大な論理学者にとって、格好の土壌となるに違いない。われわれの生は、矛盾する諸要素を結合することにかけては――たとえただの支離滅裂や臆病からにすぎないとしても――とてつもなく大胆なので、あと一歩踏み出して意識的にさらに大胆になりさえすればよい。そしてここにおいて、つまりあらゆる感情が二つの方向を窺い、あらゆることをやってのけ、何ものも守られず、統合する能力を失うこの領域で、われわれは内面性にひそむ可能性のすべてをあらためて検証し、発見することに成功するに違いない。そして偏見を排した実験室の手法のもつ長所を、ついに自然科学から転じてモラルにも適用することにも成功するであろう。これによってわれわれは、穴居人から今日に至る人類の、たびたびのぶり返しのおかげで緩慢きわまる発展から一気に抜け出して、新たな時代に突入することになると、わたしは今日なお考えている。強いて名付ければ、わたしは保守的なアナーキストだった。

ある思想がそのようなわたしを変えてしまった。その思想は笑止なものと思われるかもしれないが、短く簡単なものだ。「君の望むものがすでに、君自身がデモクラシーの産物であることを証しているではないか」――とその思想は言った。「未来はただ、強化され純化されたデモクラシーを通してのみ到達される」

人はみなもともとは平等で兄弟だというのは、センチメンタルな誇張だとわたしはずっと思ってきたし今でもそうである。なぜならわたしの感情は他人の感情に惹《ひ》かれるよりも、撥《は》ねつけられるほうが常に多かったからだ。しかし科学がデモクラシーの成果であることは、明瞭に認めることができると思う。それは単に偉大な者が取るにたらぬ者と協力するからとか、最も偉大な者でも次の世代の平均的な者に勝ることはほとんどないからだけではない。むしろはるかに決定的なことは、この二〇〇年間に起こった社会のデモクラシー化によって、かつてなかったほど大量の人間が共同作業をするようになったこと、この膨大な数のなかには――貴族主義的な先入見に反して――才能ある精鋭がずっと多いという結果になったことだ。むろんわたしは、科学研究所などでアリのような勤勉さが度を超すときおり指摘される、生の平板化の危険を見落としてはいないつもりだ。それでも重要な業績の数は、平凡な業績の数に正比例していることをわたしは疑わない。つまり天才はけっして何か新しいことをするのではなく、常に何かを別な風にするだけなので、平均的な才能の持ち主たちが天才にその可能性を供給する。その可能性があってこそ天才は濃縮されて偉業となるのである。デモクラシー化の時代が始まって以来、ものすごい勢いで上昇した自然についての知識や自然支配の技術も、これ以外に説明のしようがない。――この理性の業績に対して、それらは魂《ゼーレ》には何の役にも立ちはしなかった、それどころかこの時代が始まってから、精神的《ゼーリッシュ》なものは退化の憂き目にあっている、と文句ばかりつけるのは恩知らずというものだろう。確かに理性の業績は、よい意味で単純な幸福をもふくめてあらゆる無上の幸福を叩き壊してしまったのだが、それはより複雑な幸福のための基盤を作ったからである。だがそのうえより複雑な幸福そのものまで創造するのは、理性に課せられた仕事ではなかった。それはわれわれの課題なのである。自然科学的理性は、その厳格な良心、偏見のなさ、そしてわずかでも知的な利得が見こまれる限り、どんな結果をも新たに疑問視する断固たる姿勢をそなえてはいるが、われわれが人生の諸問題に直面してなすべきことを、副次的な関心領域でしかあつかわないのだから。

とはいえ、自然科学的理性のせいでわれわれがこうむったものは、この理性がデモクラシーの産物であることに由来するというのも確かなところである。すなわち部分的能力が優先されるために内的な全体が貧困化するのである。専門家の途方もない脳髄の多くが、子供の魂にくるまれて存在している。科学に携わる男たちが科学的な問題以外の問いに意見を述べるのを聴くのはたいてい気の滅入るものだが、それだけではない。数学者も文化史家が理解できないし、国民経済学者も植物学者の人生がわからない。この趣味の離隔は、ひとり科学の見通しがたさ、つまり科学の広大さの帰結として片付けられるものではない。なぜなら、もし仮に学者たちが単一の社会の息子であり成員であるとしたなら、学問は多面的な、かたよりのない、よき趣味に制御された、精神の涵養《アウスビルドゥング》となっていただろう。学問は社会的な鍛練となり、われわれの現代科学との関係は、ちょうどルネッサンスの教養人士《ジェンティルウオモ》の剛勇と近代スポーツの記録的業績の関係にあることになる。ところが若いころの学者たちは、人間社会の千差万別の地域から千差万別の生活習慣や要求や希望を身にまとってやってきて、たまたま自分がたどりついた箇所から学問のなかへ頭をねじこんでゆく。そしてつましく、互いにばらばらなまま、異質な文化を何一つ知らぬままで、自分たちの出身地の魂の村の人生を生き続けるのである。

学問だけではない、芸術においても同様の成果と、同様の被害が見うけられる。なぜなら今日の芸術のもつ貴重な属性のなかで、――考えてみると――あの感情の融通無碍《ゆうずうむげ》に勝るものがあるだろうか？　この融通無碍は、道徳規範の弛緩や完成された趣味の多様化などに由来するもので、つきつめればやはり人間の数の厖大さのおかげなのだ。この融通無碍によって例の立脚点の異常な移動可能性がもたらされ、そこからわれわれは悪のなかに善を、美のなかに醜を認めることができるのである。かたくなな（厳然としてあった）諸評価を分解し、それらの諸要素を再結合してわれわれの道徳的な、芸術的な夢想《ファンタジー》の新しい形象を形づくることもできる。しかしまたこの仕事をわれわれが貫徹できないのも、そして芸術的な小邦分権主義が跡を絶たないのも、融通無碍のおかげなのである。つまりおびただしい数のミニ同好会の無力さや、各芸術がますます度を越して革命や新奇なものの発明にうつつをぬかすのは、芸術が観客のただの一人といえども拘束するものではないからだ。かくしてどんな新しい試みも、一片の愚かな悪戯《いたずら》としか感じられない不信の念が生ずる。そしてとりわけ、それにもかかわらず芸術的救済へのやみくもで紛らわしい、瀰漫《びまん》した飢餓感が残り続ける。てんでんばらばらなわれわれみなが、いつか一つになって沈みこんで行けるホメーロス的な素朴さへの飢餓感が。――それでもやはりわたしには、このようにして獲得された利点をわれわれはけっして放棄しないだろうし、これまでこうむった損傷を修復しもするだろうこと、そしてこれまでたどってきた発展をさらに強力に推進するなら、われわれは勝利するだろうということも、疑問の余地のないことのように思われる。

以上が——大まかだが——その思想の内容である。そしてそれ以来わたしの確信は、わたしの感情が一切かかわりたくないものへとわたしを強いるのだ。わたしは自分の意図するところを現実に組み入れることを可能にしてくれる条件の、理論的な予備研究をしている。わたしは経済政策《プログラム》を捜しているのだ。純粋で高揚したデモクラシーの実現を保証し、さらに多くの大衆を引っぱり上げるものを。いかにもわたしはそのときまで、時局の要請に応じて社会民主党か自由党に投票するだろう。だが明らかに、今日の政党の平板さからわれわれを救い出してくれるものが何か必要だ。そのためのどんな理念《イデー》にも、実施規程としての経済政策が欠かせないのである。そしてわたしはごく素朴に自問する、誰がわたしの靴を磨いてくれ、わたしの排泄物を荷車で運び去り、夜中にわたしのために炭坑に這《は》いこんでくれるのか？　わが兄弟たる人びとだろうか？　また、その完璧な操作をこなすには一生涯同じ機械に貼りついて同じ動作をしなければならないような、そういう操作を誰がやってくれるのか？　今日さげすまれてはいるが、自分でそれをしようとするや否や魔術師なみの技量が求められるこの種のものを、わたしはいくらでも思い浮かべることができる。しかしただ困窮に強いられてのみ人が携わる、そのほかたくさんの労働をいったい誰が引き受けるというのだろうか？　しかもわたしは今よりももっと快適に旅をしたいし、郵便はもっと早く着いてほしい。もっとましな裁判官、もっと良い住まいがほしい。もっと良い食事がしたい。わたしは警官に腹を立てたくはない。いやはや何ということだ、地球に住み、わが家にあって、わたしは今日のお粗末な状態よりましで快適な生活には到達できないというのか⁉

とりあえずわれわれが政治というかけひきに従事しているのは、何の方策も知らないからだ。われわれのやり方を見れば、それは如実にあらわれている。われわれの政党は理論への恐怖を存立の基盤としている。理念《イデー》に対しては――有権者は危惧する――常に別の理念が異議を唱えることができる。だから各政党は互いに、それぞれが相続してきた二、三の古くさい理念を死守せんとして防御を固めるのである。各政党はその公約したものによって生きるのではなく、他党の公約を挫折させることで生き延びる。これが政界という暗黙の利益協同体なのである。ほんの些細な実利的な目標しか達成させないこの種の相互妨害を、政治家たちは現実政策と呼ぶ。仮に大地主たちの主張に従った場合、あるいは大実業家の要求に、ないしは社会民主党の要求に従った場合、果たしてどこにわれわれが連れて行かれるのか、本当のところはどの政党も知らないのだ。各政党は政治を行う気なんかさらさらなく、自分の階層の利益を代表して政府の耳目を自分らの控えめな望みに向けさせたいだけなのである。だからもし彼らが政治を他の人びとの手に委ねることになっても、わたしに反対する理由はないだろう。しかもそのうえ彼らはキリスト教や宮廷や自由主義や社会民主主義などのものはや無効となったイデオロギーを、日常の経済的な利益と混ぜ合わせることによって保存するのである。そしてそれらのイデオロギーをけっして実行に移さないことによって、彼らはイデオロギーに見かけ上の意義深さと神聖さを賦与するのだが、これこそ他の数々の罪にさらに上乗せされた、精神に対する罪にほかならない。

わたしの求めるような経済政策を実現することのできる政党は、なみいる政党のなかにただの一党もないこと、経済政策のどれかを改善してやろうなどと夢にも考えてはならないことも確かである。彼らは無風の大地に積もった塵芥《ちりあくた》のようなもので、風が起こればたちどころに吹き飛ばされる。ある憧憬が世界を貫いて走るとき、彼らはもはや「然り」とも「否」とも答えようのない、誤って立てられた設問にすぎないことがわかるだろう。わたしはその証拠をもってはいない。だがわたしと同じように待っている人が大勢いることをわたしは知っている。

しかしまだあたりは静かだ。われわれはまるでガラスの檻《おり》のなかに坐っているように、あえて何一つしないでいる。わずかな一撃が全体を粉々にしかねないからだ。われわれの最良のものが貨幣経済にからめ取られている。芸術も、発明も……いや実際われわれは金銭を一種の神のように愛している。一種の偶然として、無責任に決定を根拠づける上級審《インスタンツ》として。何らかの社会的組織が良き芸術家を援助し悪しき芸術家を弾圧することができると、本当にわれわれは思っているのだろうか？　何年もたってからやっと明らかになるような発明の価値や、その他の理念の価値を認めることができると？　われわれの骨の髄まで染みこんでいるのは、国家は度しがたい間抜けだということである。いかにも金銭もまた公平に分配されてはいないが、少なくとも運と偶然によって分配されているわけで、これは全能の国家が体現しているような、微動だにしない救いようのなさとは違う。

かくしてここ数日間、わたしは鬱《ふさ》ぎこんでいる。ほんの一時間前にわたしはローマの精神病院を訪問し、ついで教会に行った。これが落ち・・だと思われても困るので、つけ加えておくが、わたしには何もかもがわれわれの状況そっくりに思われたのだ。医師とわたしと五人の屈強な看護人たち、合計七人は特別観察病棟の各部屋を巡回した。ある個室では裸の男が暴れていた。彼の叫び声はもうかなり遠くから聞こえていた。金髪で筋肉質の男で、髭にはべったりと唾《つば》がついていた。まったく同じ動作を繰り返していた。全筋肉を一気に動かして上体の向きを急に変え、まるで誰かに何かを説明したがっているように、片手をいつも同じように突き出す。そして誰にもわからないことを繰り返し叫ぶ。きっと彼にとっては重大なことで、叩きこむように世間に説き聞かせなければならないことだったろうが、われわれにはそれは押し潰されたぶざまな叫びでしかなかった。そしてそのあとわたしはフランス人の尼僧たちの歌を聴いていた。一本のか細い声が——老女の声なのか若い女のものか判然としないが——茫漠《ぼうばく》とした冷たい宇宙空間のなかへためらいがちに漂い去り、シスターたちの声が追いついてその一筋の声を暖めていた。そしてわたしの三歩前で誰かが一緒に声をはりあげ、合唱を台無しにしていた。彼は一日に三度祈禱台に向かわないと何も手につかぬ手合い、いわゆるカトリックの神がこよなく嘉《よみ》したもう老人たちの一人だった。田舎の老嬢じみた、風通しの悪いカトリックのむっとする空気がわたしにのしかかってきた。この聖歌を聴く瞬間にたどりつくために、こんな糞いまいましい回り道が必要なのだろうか？　回り道とは必要なものなのだろうか？　弾み、衝動、無計画、計画の変更といったものは必要なのだろうか？　しかるべき一部のみを捉えて道を切り拓くのは無意味なのだろうか？　すべてはおのずから——いつの日か——もののはずみで整うだけなのだろうか？　だんじて認識と直線的な意志によるのではなく？

教会からそう遠くない動物園《ジャルディーノ・ゾーロジコ》がわたしの念頭に浮かんだ。わたしにはすべてが動物園のように見えた。そこでは一頭の獣が行ったり来たり、行ったり来たりしている。鉄格子はなくとも、閉じこめられて。鉄格子を見たのは昨日だった。実際そうではないだろうか、人間は——一頭の獣、宇宙空間からここに絡《から》め捕られて。鉄格子なしで閉じこめられて。行ったり来たり。行ったり来たり。なぜ外へ出られないのかわからない。別にセンチメンタルになっている訳ではない、ごく冷静に言って、人間はこの獣なのだ。——とはいえわたしはこの文学的な着想に苦々しい思いをしている。一切は空しいと観じたがる自分の昔からの好みに逆らいきれなかったのだ。わたしは振り出しに戻ってしまった。だがわたしには意志がある！

19 ドイツへの併合

1919年
3月

第一次世界大戦終了直後に書かれた時局的エッセイ。近代国家という装置に対する徹底的な批判を行うと同時に、多民族国家を標榜しながら実際は、偏狭な「オーストリア文化」という幻想にしがみついているオーストリアに対する仮借ない批判を行っている。ムージルは国家という自閉したシステムは否定するが、より包括的な精神の共同体（たとえば言語共同体）の必要性を説く。オーストリアがドイツに併合されなければならないというのは、そうした意味においてである。むろんそれは、時代認識を欠いたオーストリアに対する挑発的な皮肉でもある。保守的文化エリートは別にして、ドイツへの併合を望むオーストリア人は多かった。連合国の警戒から実現されなかったその願望がのちに、最悪の形で実現してしまったことは言うまでもない。一九三八年三月、ヒトラーがオーストリアを占領。ムージルは亡命を余儀なくされる。

わたしがこれを書いている時点では、講和会議が五年間の終結を望んでいるのか、それともヨーロッパの歴史二、五〇〇年の終結を望んでいるのか、つまり単にこの戦争の時代を終わらせるのか、それともいくつもの戦争が続いた時代を終わらせるつもりなのか、まだ判断がつかない。われわれは、その結果に関与できる状態にはない。われわれは武器を投げ捨て、武器とともに自分たちの権利を投げ捨ててしまった。行使することのできない権利は権利ではないからだ。われわれはなす術もなく、われわれを「裁く者たち」の前に立っている。身を守るものといえば、一つの偉大な国家が体現している精神の尊厳、至るところで身をもたげている人類の精神、そして力を挫かれてしまった者が、正しい正しくないをめぐってかけひきを行うのではなく、来たるべき国に向かって進んでゆこうと身をもって示す力だけである。このことを深く理解し勇気をもってそれにふさわしく行動すれば、それだけわれわれは裁かれる者ではなくなり、裁く者と裁かれる者のみすぼらしいおしゃべりを越え出てそれに進路を指し示すことができるであろう。――人類が今度もまたチャンスを逸するのか否か、いずれにせよ人類にはすでに誤解の余地がないほどはっきり課題が提示されている。すなわち最終的に一つの組織形態をつくることが必要であるが、それが力の大部分を内部の抵抗のために使い果たし、残りの力だけを幸福、精神、個人、人類の仕事のために奮いたたせるといった、性能の悪い機械のようであってはならないということだ。重大な行為がなされる場合そこには、そうした反応をひきおこした否定的な決定要素、つまり行為を最終的に誘発した耐えがたい状態の刻印がほとんど常に含まれている。だからこそ戦争および社会の不正に対する反動として現在進行中の動きは、民族の連帯および階級闘争という形を取ったのである。しかしその動きの結果が、議会制民主主義、労働者による支配、軍備縮小、国家間の争いの調停をもたらすことはないだろう。結果に関してはそもそも、置かれている方向以上のものはまだうかがえない。

現在の動きを阻んでいるのは――管理機構としてのではないが、おそらく精神的 - 道徳的存在としての――国家であり、したがって国家における人為的機構にまとわりついている宿命を打破することこそが、国際連盟という思想のまわりに集結した内的衝動の使命である。こうした主張に最も耳を貸さないのがドイツ人であるということはわかっている。というのも平均的なドイツ人は夢を見ているときにさえ、模範的にかたかた音を立てながら機能している有能な国家機械にまるで運転手のように耳を傾けているというだけではなく、ドイツの思想家たちも国家のイデオロギーを信奉できるものに深め、それを偶像まがいのものにまで仕立て上げ、国家を人間を完成させる機関、個人を越えたある種の精神とみなしているからである。したがって、それがまちがいだということを強く指摘しなければならない。もちろん、団体の精神《エスプリ・ドュ・コール》あるいは統治体の精神が存在するのと同じく、プロイセン国家の精神、オーストリア国家の精神、フランス国家の精神が存在していて、それは国家の住人の精神以上のものである。オーストリアのことが話題になれば、わたしもオーストリアの重要性を弁護する言葉を何がしか口にするに違いない。しかし、だからといって忘れてならないのは、国家の精神はほとんどいつも、その最良の住人のうちに息づいている精神にはるかに及ばないということである。国家はドストエフスキーをシベリアに送り、フロベールを懲罰裁判にひきずり出し、ワイルドを牢獄に入れ、マルクスを亡命させ、[1] ローベルト・マイヤー[2]を精神病院に入れた。それどころか国家はある点においては、平均的人間にもはるかに劣っていることを忘れてはならない。他の国家に対する態度がそのことを示している。契約を破ってはならない、嘘をついてはならない、隣人のものを欲しがってはならない、殺してはならないという、まさに単純な道義的要請からして国家間の関係においてはいまだ通用せず、[3] 暴力や奸計や商人のような強圧手段によって自己の利益を実現するべしという掟が、唯一そのかわりをつとめている。その場合どの国家も当然のことながら、他の国家の住人からは犯罪者とみなされるが、実に社会学的考察の価値ありと思える意味連関を経

（1）▼巻末注

（2）マイヤー、ローベルト（一八一四～一八七八）。ドイツの物理学者、医者。ジュール、ヘルムホルツとともにエネルギー保存の法則の発見者。その着想の優先権争いに敗れ、家庭の不幸も重なって精神の均衡を崩し、五一年、精神病院に強制収容される。五三年に解放されたが、精神のバランスを取り戻すことはなかった。

（3）『特性のない男』第二巻第一〇章でも、「一方国家はその個人を越えた自己のために、奪ってもよい、殺してもよい、欺いてもよいという原則をあからさまに信奉していて、そこから権力と文明と輝きが生じる」と言われている。

て、自国の住人には、自分たちの栄誉と道義的成熟の体現者のように見えるのである。このような国家なるものが陰鬱で尊大な態度で交わり合い、その至高性と威厳を、いつであれ少なくとも道義を損なう悪趣味ものと思われたはずの頑なさで守り続けなければならないとは、何と不思議なことだろう。近代的法治国家なるものは、内部に対してだけそうであって、外部に対しては不法国家、暴力国家である。これほど自明の事実を臆面もなく繰り返すのは、次のような状態ゆえである。すなわち、戦争を扇動する恐怖の部屋行きをいまだ命じられたことのない者同士が交わす「犯罪諸国家」についてのおしゃべり、壁の内外《イントラ・エト・エクストラ・ムーロス》で個々の責任者探しをする「責任問題」の審理全体、部分的な軍事縮小と調停裁判で事足れりとする思いこみ、そうしたもの一切から、思考が歴史上の国家の本質に関する正しい観念にいかに精通していないかということ、また前進することが告げられたのに、その前進はどうやら顔をうしろに向けて出発するらしいということがわかるからである。わざわざ述べ立てた国家の非社会的性格は、もちろん住民の悪意の結果なのではなく、国家の本質、構造、機能様態に起因している。国家の機能様態とは社会のエネルギーのほぼ完全に自閉したシステムであって、そこでは生の連関の多様性は外部に向けられるのではなく内側にある。つまり国家とは、生の発展の支えとなりうるためにはまずは皮膜で覆われ、見えなくされねばならなかった形式なのである。関係の欠如からいかに敵対関係が生じるかは階級対立を見ればわかるし、隣接する村同士の教会開基祭の好戦的な紛糾の心理学をためらうことなく引き合いに出すこともできる。なぜなら二つの大きな文化国家同士の好戦的な紛糾の心理学も、それと変わらないからである。

　歴史の教えによれば持続的な協調を達成するためには、より高次の共同体を形成し、構成員の完全な独立性を放棄して、それを共通の積極的な利害関係で補うことが必要である。国家が個人や部分的連合に対して形成される場合にも、私的なものや過剰なものを阻んできただけではなく、個人や部分的連合に具体的な利益を与えてもきた。そのようにしてドイツ帝国はその諸州を、かつてのオーストリアはその諸王国を、スイスはその諸州を統治してきた。それと同様に、人類の組織は予防措置から生まれるのではなく、新たな共通の利害関係のなかで広範囲のものが融合することからのみ生まれるのであろうが、そのとき個々の国家は、一つの自己管理体の地位にますます落ちこむことになる。最後に残るのは組織化された国家、もしくは——むしろ端的にはこう言いたいのだが——言語共同体である。というのも国家とは、神秘的な統一体でも民族の統一体でもなく、精神的現実的な統一体ですらなく——天才は国家を超越したものであり、偏狭なものだけが国家的だという異論があったが、それは少なくともなかば正しい——おそらくは言語共同体としての自然な機能連合、貯水槽なのであり、その内部で精神の相互交換がまず最初に、そして最も直接的に遂行される。精神を組織するという、国家のもつこのような意義は、はるか遠くに潜んでいるヒューマニズムと共産主義のためにも存続し続ける。それに反論できるとすればせいぜいのところ言葉を誤解して、精神は組織されるべきものではなく、人間との、人間の生や歴史や制度との相互作用のなかで、一片の風景のように漫然と成長するものだと言えるくらいのものだろう。人間のあいだで、人間の生や歴史や制度のあいだで流通し、それらに栄養を運んでいる媒質がまさに言語なのだ。ある国家の精神は、討議会議場の上を漂うように国家の上を漂うのではなく自己を現実化しようとするので、そのためには統一的で実質的な装置を必要とする。一つの言語共同体の諸部分がまったく異なる条件の下で、たとえば南アメリカとスペインのように、とっくに切り離された文化のなかで生きている場合には、それを一つにするのはもちろん馬鹿げたことだが、ドイツ系オーストリアとドイツのように、連綿と続く古くからの文化的結びつきがあり直接に隣接している場合には、国家間の連合は、野獣国家と呼んでしかるべき状態から、人間的な国家への道のりのまさに決定的な一歩である。

もっとも、それを否定する人びとがいる。

その少数派をなすのは、国家の理念を「ブルジョア的」理想と呼び、ドイツ系ボヘミヤ人がドイツ帝国に属そうが、チェコ＝スロヴァキアに属そうが、どちらでも構わないと思っている性急な人びとである。彼らがそう思うのは、いずれボルシェヴィズムが到来するはずだから、世界が何らかの精神的秩序を手に入れるだろうから、要するに、国家という連結が実際のところ最も重要かつ最終的なものではないからである。彼らはいつも二、三段飛ばしで走っていて、明らかに彼らのなかでは、二つの真理や二つの計画が同時に場所を占めることはない。それは、彼らが極端なものを固定することでしか、創造者の忘我状態に身を移すことができないからである。

しかし国家理念の重要性を否定ないし否認するのはたいてい、国家理念を誇張することに嫌悪を覚えうんざりしている、そんな人びとである。ことにオーストリアにおける超国家主義はふつうは、オーストリアの国家主義がこれまでに取ってきたひどく無様な諸形態に対する反動にすぎない。しかし、まさにそうした無様な諸形態こそが、国家理念の重要性を証明している。というのもそれらは、国家理念が満たされない場合に取る典型的な形態だからである。国家というゲームを行いたいというチェコ人の満たされなかった衝動は、今や帝国主義のドール・ハウスのなかで存分に満たされていて、反動性や権勢欲や利己心をあれほどまでに含んでいなければ本来は感動的なのだが、――それは女王の宮廷の写本事件[1]のときと同じことだ。何百万人もの人びとが、古い独自の文化の記録をでっちあげる偽造者にだまされ、反駁されても思い違いを正そうとはせず、まちがった証拠書類に歴史的真実よりも、つまり燃えるような欲求の真実よりも高い価値を与えたあのときと同じことだ――その衝動は自己の片割れを、「救済されざる」イタリア人の救済理念[2]のうちに見出している。その理念たるや感傷的なロマン主義に満ち、成長した商人や弁護士にとっては当然ひどく見当はずれの、少年じみたパトスとともに生まれたものである。しかしオーストリアでドイツ国家的と呼ばれていたのも、それと同類である。それには防衛のために生まれたという口実があり、わたしの見解によれば政治的には大日に見るべき点があるが、イデオロギーとしては膨れ上がった死んだ腫瘍でしかなかった。ヴァーグナー、チェンバレン[3]、レンブラントのドイツ人[4]、フェリクス・ダーン[5]、学生詩、反ユダヤ主義、他国に対する無知な過小評価からなる混合物が、たえざる政治的闘争によって荒々しくなった自己意識の内実を形成していた。人びとはオーストリアにおけるドイツ的本質の高揚に熱を上げたが、それはたとえばリルケ――彼はドイツ人であり、オーストリア人であり、「アーリア人」であったが――のことではなく、シュタークマン[6]風の生粋‐土着のドイツ的なもののことであった。こうした志向は残念ながら、今日もなお多くの人びとの頭のなかに、とりわけ学生たちのあ

（1）一八一七年から一八年にかけてのこと、プラハのスラヴ語研究者が友人とともにグリュンベルクの写本なるものをでっちあげ、古チェコ語で書かれた英雄叙事詩と称した。

（2）『特性のない男』では「救済されざる諸民族」（第一巻第九八章、第一〇八章）とは、カカーニア（オーストリア＝ハンガリー二重帝国）の王冠のもとにある諸民族のことである。

（3）チェンバレン、ヒューストン・スチュアート（一八五五～一九二七）。イギリスで生まれ、ドイツで活動した哲学者、文化史家。ヴァーグナーの心酔者でその娘と結婚。ゲルマン民族の優越性を理論化し、ナチズムの人種理論に影響を与えた。『特性のない男』のなかで「ブレームスフーバー」という名で言及される（第二巻三七章）。

（4）ユーリウス・ラングレーベン（一八五一～一九〇七）のこと。匿名で出されたその著書『教育者レンブラント』（一八九〇年）にちなんでそう呼ばれた。この書物はある時期、ドイツ文化保守主義のバイブルとなった。

（5）ダーン、フェリクス（一八三四～一九一二）。ドイツの法学者、歴史家、作家。ギリシア・ローマの神話を堕落したものとみなし、ゲルマン神話の優越性をそれに対置させた。ヴィルヘルム皇帝時代のベストセラー作家の一人。

（6）ルートヴィヒ・シュタークマンが一八六九年につくった出版書肆（ライプチヒ）は、オーストリアの郷土作家の育成に力を入れた。

いだに生きている。そうした志向がドイツ的であることは喜んでもかまわなかったが、どんな風にドイツ的であるかについては遺憾に思うべきだった。国家理念は戦いの目的や情熱的な憧れになるときには、人間の場合にヒステリーの結び目がつくられるのと同様、心理的抑圧になり、日常の営みの自然な経過のなかでたえず消えてはまた現れることを望むかわりに、いつか完全に自分自身になることをたえず求めてしまう。

オーストリアの民族‐問題と呼ばれたもの、この——仇討ちの経過にも似て——唯一の因果の連鎖にひたすら、しかもだんだん強く巻きこまれ麻痺してゆくものは、ふつうは国家とそれほどきちんと足並みをそろえて進んでゆかないための基盤として提供される。しかし実際は、少なくともそれと同じくらい強く逆の連関が働いた。つまり国家の生には、抵抗するものを引きさらっていくものが存在しなかったので、民族問題というこの一つの紛糾が高圧的で偏狂じみたものに硬化してしまうことがあった。小ドイツ主義の理念が大ドイツ主義の理念に勝ってオーストリアがドイツから追い払われ、それが誘因となって一八六七年にハンガリーとの「講和」が成立して以来、かつての帝国オーストリアは生物学的に存在不可能なものとなった。〈ツィスライタニア〉(1)（名前からして古き国家官庁がいまだ生きていた）において、諸国家は死せる平衡のなかで互いを支え合っていた。どの国も指導的立場を引き受けることができず、他国に働きかけて経済的および文化的問題における共通の大規模な意志形成を行うことはできなかった。おまけにオーストリアとハンガリーの経済関係が憲法に従って一〇年ごとに更新されたが、その更新は紛糾の種をあちらこちらにばらまき、そのため経済の発展速度は、専門的な評価によれば少なくとも三分の一は遅れた。こうしてオーストリア帝国は一八四八年の非政治的で間接的な影響、つまり市民的冒険精神の解放を経験することができなかった。市民的冒険精神の解放はドイツにおいては、その形式と結果は批判されても仕方ないが、めざましいと認めざるをえないほどの力と激しい動きを呼び覚ました。オーストリアがそのようにテンポの早い国であったなら、諸民族の利害をダイナミックな平衡のなかで融合させることができたかもしれない。バランスをうまく取ることができずにぎこちなく、しかものろのろ進んだため、オーストリアは車輪からはずれてしまったのだ。

非ドイツ系民族は、オーストリア＝ハンガリー帝国を自分たちの牢獄と呼んでいた。とっくにみずからが帝国を支配する民族であったにもかかわらず、マジャール人[2]も最後までそう呼んでいたということを知ると非常に奇妙に思える。オーストリアにおいて南スラヴ人やチェコ人が、自分たちの反オーストリア感情をいかに自由にぶちまけることができたかを知れば、さらに奇妙に思えるだろう。他の国であれば書けなかったようなことを戦時中に発行された新聞の論説から引用することが、わたしにもできるほどだ。にもかかわらず牢獄なのか。それは二〇〇年にわたる昔の記憶から説明できるのではなく、ひとえに国家に対する根強い不信感、窒息するのではないかという不安、軽蔑の念から説明できるのである。彼らの不満が単に民族的な憧れの現れにすぎなかったのであれば、オーストリア帝国の崩壊がチェコ人のプログラムに含まれている必要はなかったし、セルビア＝クロアチア人とスロヴェニア人は、国境の向こうの小さな国々の同系民族のなかに自分たちが入っていくことを望んだりせずに、彼らを自分たちのほうへ引き入れようとしただろう。目を二つながらに閉じて自国の民族たちを見張っていた、この寝ぼけまなこの国オーストリアが、過酷さや暴力の発作を実際に起こしたこともあった。なすがままに任せ過ぎ、もはやまっとうな手段ではにっちもさっちもいかなくなったときに

（1）ライタ川以西の意。一八六七年の「講和」以降の「オーストリア＝ハンガリー二重帝国」のオーストリア部分、正式には「帝国議会に代表を送る諸王国と諸州」と呼ばれる地域の俗称。なお『特性のない男』第一巻第九八章では、二重帝国になって以来オーストリアの部分はその名称を失い（「帝国議会に代表を送る諸王国と諸州」とは誰も言わないから）、そのことゆえにまさに滅んだのだと述べられている。

（2）ハンガリーにおける多数民族。

は、きまってそうであった。そんなときには、警察措置や弁護士や専制君主的指令を引き連れて突進してゆくが、——またたくうちに激しい抵抗に逢ってあわてふためき、不安になって引き返し、みずからの組織を否定してしまう。オーストリア行政の内部の歴史は、半世紀にもわたっていつも同じ調子で連なっている、悲しくも滑稽な事例に満ちている。この国の精神を、不本意ながらの絶対主義と呼ぶことができる。この国は、できれば民主主義的にやっていきたかったのだ。もっとも、民主主義を理解していたとすればの話だが。この国は何だったのか。一つの民族だけがこの国を担っていたのでもなく、いくつかの民族の自由な連合がそこに骨組みをつくり、その骨格組織を自分たち血の力によってたえず新しいものにしながらそれを担っていたのでもなかった。私的なグループのなかで形成され、何らかの問題で一種の勢力を獲得した場合に国家に浸透してゆく精神が、この国を養っているのでもなかった。有能な官吏をもち、個々にはいくつかの素晴らしい仕事がなされていたにもかかわらず、この国にはそもそも頭脳がなかった。中心となる意志形成、理念形成が欠けていたからである。この国は匿名の行政機構であった。そもそも実体のないもの、実質なき形式であって、不当な影響が混ざりこみ、正当な影響を欠いていた。

こうした状況下にあって、ある人びとによって実に無邪気に、オーストリア文化と呼ばれるものが形成された。彼らによればオーストリア文化には、民族混合国家という土壌だけに生い茂るとされる独特の繊細さがある。最近では、ドイツ「文明」に吸収されてしまわぬようオーストリア文化を守らなくてはならないと考える人たちがいて、大産業の悪夢から生まれたドーナウ同盟のなかでオーストリア＝ハンガリーを復興させることを擁護する論拠に、オーストリア文化を持ち出してさえいる。

この問題においては、最初に三つのことを確認すれば贅言《ぜいげん》を要しない。第一に、オーストリア帝国内のスロヴァキア人もロマンス人もマジャール人も、オーストリア文化なるものを認めていなかった。彼らが知っていたのは自分たちの文化と、彼らの好まぬドイツ文化だけであった。「オーストリア」文化なるものは、同じくドイツ文化などもちたくなかったドイツ系オーストリア人の特産品であった。第二に、オーストリアのドイツ人の内部でも、生活様式、人間のタイプの点でまったく異なる三つの地域が区別された。ウィーンとアルプス地方とズデーテン地方の三つであって、そのどこに共通の文化があったというのか。オーストリアには、とはいえ共通の文化に照らされた多くの行政区域があり、そこでは地上の至るところでという風に精神世界とのつながりが求められていたが、それを可能にしたのはドイツ帝国の文化でもオーストリア帝国の文化でもなく、単にドイツ文化であった。最も黒い国土をもつチロルは、にもかかわらずやはり南方の洗礼を受けて独特の個性をもっていたが、ブコヴィナ(1)やダルマティア(2)がそれと同じ個性をもっていただろうか。同じくその逆は。オーストリア文化なるものは、ウィーンの立場から見た遠近法上の誤りであった。それは、精神にそこを旅させれば大いに得るところのある、さまざまな特性の内容豊かな集合であったが、だからといって、それが統合ではなかったという点を見誤ってはならなかった。第三に、自省という恩寵にまったく見放されたわけではない「古きオーストリア人」なら、自分がオーストリアの価値という言葉を口にするとき、それがほかならぬ一八六七年以前の古きオーストリアのことだと認めるだろう。このオーストリアには、広く美しい白い通りがめぐらされていて、北から南へ、アジアからヨーロッパへ、お伽の国を通り抜けるように旅することができる。このオーストリアには、グリルパルツァー(3)やラデツキー(4)やヘッベル(5)が生きていた。このオーストリアは、確かな知識をもつ親切なタイプの行政官を生み出し、彼らは官吏として、同時に文化使節として帝国の周辺に赴いた。

（1）ルーマニアの北部地方。
（2）ユーゴスラヴィアの西部。

このオーストリアは、好ましい点をいくつか備えた古い立派な君主国家の名残りであった。しかし、それから世界の歯車はさらに回った。そしてオーストリア文化に熱中すると、誰もが心のなかでこのオーストリアのことを考え、一八六七年以降は五、〇〇〇万人以上の住民のなかで、同じ確信をもって新しいオーストリア＝ハンガリー文化について語る者がいなかったのであれば、「オーストリア文化」という伝説全体の正体が露顕してしまう。その正体とはロマン主義である。

一、〇〇〇年以上も前にドイツ人が征服者、開拓者としてこの地にやって来た。そしてドイツとの関係が、常に彼らに新たな力を与えた。そのため当然ながらドイツ人は、行政や経済生活において最後まで優先的な立場を占めることができた。そのことで結局は満州人のような特徴を押しつけられたのも、やはり当然のことだと言わねばならない。オーストリアは「特権が幅をきかせる」事業の国であった。保証と保護状で動く事業家気質の国であり、それによって活動力を失った。それと関連して「縁故関係」とパトロンの国であったので、新聞は、「高い地位のパトロン」がつくことが確かでないような市民的な福祉事業について前面で報告する必要はなく、金のためのパトロンを公然と求める恥知らずの嘆願がうしろの広告欄に掲載されるほどであった。こうした状況のもとでは公的な要件を遂行する際、貴族や上層ブルジョアジーの不当な影響力が非常に大きかったので、オーストリアは整えられていないとはいえ議会主義であったにもかかわらず、封建統治国家と言わざるをえなかった。それがどれほどのものであったかは、些細な日常的な振舞から最もよくうかがい知ることができる。なにしろ精神的な高潔さを言い表すときにさえ「高貴な《ノーベル》」という言葉が好んで使われ、馭者が客に「閣下」と呼びかけたりしたのだが、それに対して世間は微笑むだけではあきたらず、それを特別な繊細さとみなし、自分たちが鞭打ちの刑並みの時代錯誤の目撃者であることに気づいていなかった。オーストリアの顔が微笑んだのは、もはや顔に筋肉がなかったからだ。それによって品の良さ、静かさ、節度、懐疑性などなどがウィーンの領分となったことは否定するまでもない。だがその代価はあまりに高くついた。ますますフェユトーン主義[6]に堕していった繊細な精神《エスプリ・ド・フィネス》を備えた「ウィーン文化」、力と野蛮さをもはや区別する能力を欠いた品の良さ、それ以外には何も存在しないのであれば、ドイツのシャワーの下にもぐりたいと望んで当然だろう。

しかし、そもそも文化の本質とは何か。そこでは、まったく異なる二つの概念がいつも混ざり合っている。精神的文化と個人的文化と理解されるもの、すなわち生活様式、良きスタイルである。理論的にはもちろん生活文化は精神的文化から生じ、それにもとづくものとされているが、実際には両者はふつうは別々に現れる。オーストリアは、文化の個人的形式に関しては目立って多くのものをもっていたと認めることができるが、精神的文化、本来の文化に関してはごくわずかなものしかもっていなかった。オーストリアの大学の設備とドイツの大学の設備、書物のコレクションや公共の絵画コレクションの数と大きさ、外国の芸術を知る機会、レビ

（3） グリルパルツァー、フランツ（一七九一〜一八七二）。一九世紀オーストリアの代表的な詩人、劇作家。神話や歴史上の人物を題材に取りながらも、透徹した心理描写によって矛盾をはらんだ人間像を描き出したという意味で、近代劇の地点に立っていた。『サッポー』の成功によって、若くして〈宮廷劇場作家〉の称号を与えられたが、その後は誤解や無理解にさらされ、三八年以降は劇場から身を引く。『哀れな辻音楽師』などの短篇小説も知られている。

（4） ラデツキー、ヨハン・ヨゼフ・ヴェンツェ（一七六六〜一八五八）。オーストリアの軍人。一九世紀のオーストリアにおいて最も人気の高かった軍司令官で、ヨハン・シュトラウスの『ラデツキー行進曲』は彼にちなんで命名された。

（5） ヘッベル、クリスティアン・フリードリヒ（一八一三〜六三）。ドイツ生まれの詩人、劇作家。『ユーディット』に代表される汎悲劇主義的なドラマ、市民悲劇の新局面を開いた『マリーア・マグダレーナ』などによって、ドイツ演劇史上に偉大な足跡を残した。一八四五年以降はウィーンで活躍し、ウィーンの三月革命も体験した。

（6） 新聞の学芸欄。転じて新聞・雑誌などに書かれるような気のきいた軽い読み物。世紀転換期のオーストリアで盛んに書かれた。

ユーの数と重要性、精神的問題に関する公的な論議の緊張度と規模、劇場公演の内容を比べてみてほしい。オーストリアの書物のほとんどがドイツで出版されているという事実、オーストリアの作家のほとんどがその生活をドイツの出版者に負うているという事実を考えてみてほしい。そのうえで、一国の文化の本質がこうした成果以外のどこにあるのか問うてみるがよい。民族混合国家という土壌に、どこよりもしっかり花を咲かせていると言われているオーストリア文化、幾度も主張されてきた「聖なるオーストリア《サンクタ・アウストリア》」の使命なるものは、一度も実証されたことのない空論であった。実質を欠いたそのイメージが現実とコントラストをなしながらあくまで保持されて、パン屋に支払うお金がなくてお伽話でお腹をいっぱいにする人びとに慰めを与えていたのだ。

以上のような攻撃が結局ねらいをはずしてしまうことがないよう、もう一度はっきり言っておこう。攻撃が向けられているのは国家の文化価値に対してであって、オーストリアの個々人の文化価値に対してではない。個人であれば、平均的なタイプでさえ貴重な価値を有している。そこでは生をさえぎるものはなく、空が見え、空間と時間のゆとりがある。この国では、ドイツにいるより生の深さを実感できる。そして人びとはウィーンにおいてさえ今なお、シュティフター的人間をいくらか内に宿している。ドイツ人がもっている以上にロシア的人間を内に宿している。いずれにせよ、こうした理由をあげてドイツ帝国の連合に取りこまれないよう警告しているオーストリア人は、最悪のドイツ人ではない。しかしそのようなオーストリア人は、自分たちがベルリン主義と呼んでいるものが、世界発展の部分現象にすぎなかったことを見落としている。それに結局のところオーストリアも、より高い見地に立って郵便馬車やヴァイマル古典主義の教養理念にとどまり続けたわけではなく、他の世界と同じく鉄道とジャーナリズムを導入した。この二つと、他のところほどうまく折り合えなかっただけのことだ。これは個人の有能さとは関係がない。個人のすぐれた才能はオーストリアには常に存在していたし、偉大なものである。オーストリア人がドイツ的な土壌で活動を行いつつドイツ文化に貢献したのは、その何よりの証左である。価値あるオーストリア人のためにこそ、オーストリア文化という伝説は打ち砕かれねばならない。

一国の文化は、文化と住人の文化能力の平均値として生じるのではなく、国家の社会構造および多様な状況に左右される。文化とは、国家のために精神的価値を生み出すことではなく、個々人が文化を生み出しやすくする制度、新たな精神的価値が成果をもたらす可能性をもてるような制度をつくることである。国が文化のためにできることは、ほとんどこれに尽きるだろう。つまり国家は、精神を喜んで育もうとする強靭な身体でなければならない。比喩的に言うと、ドイツに対しては台頭以来身体にかまけすぎたと非難することができ、それは考え方を変えることで改善できるが、オーストリアは身体を組成組織ごと取り替えねばならず、そのほうがはるかに難しい。こうした理由からすれば、オーストリアはドイツに吸収される必要がある。それも、東方からやってくる世界の動きによって国境を破壊するような新しい形が明日にも形成されるやもしれず、同時に西方においては、昨日の国境がもう一度勝利を収めるやもしれぬときであればなおさらである。いずれの場合にも大変な課題を負わされることになり、それを解決するには有効に力を結集することが必要となろう。

20

精神と経験

西洋の没落を免れた読者のためのコメント

1921年
3月

オスヴァルト・シュペングラー(1)の大著『西洋の没落』(一九一八年、二二年)に、ムージルは二〇年代のドイツ知識人の典型的な欠陥を見た。数学、物理の知識を用いてシュペングラーの論述の弱点を指摘しつつ、ムージルは彼の非-類理性的思考の飛翔に一定の理解を示す。シュペングラーが過大評価する「直観」を批判しながらムージルは、悟性と感情を統合する超合理主義の重要性を訴える。さらに当時論争されていた文化と文明の相違の問題にも触れ、知性と精神の組織化が焦眉の急であるとする。▼巻末注

1

シラーは美的な形式を用いる際に欠くべからざる規範について述べた論文(2)でこう言っている、「娯楽小説まがいの勝手気侭《きまま》な思考法は、言うまでもなく百害あって一利なしだ」

この種の娯楽小説作家もどきの精神の持ち主たちが学問の領域に首を突っこむと、たちどころに生じる見せかけの博学ぶりは、真正の客観性にはほど遠いものである。この判別を容易にしてくれるのが、とりわけ数学に関するいくつかの章だ。シュペングラーはこう書いている、「それぞれの文化のもつ数学のポピュラーな部分では、個々に突出するものはわずかしかないかもしれない。しかしどの数学も……、まもなく高次の秩序をもつ数体系へと発展する。たとえばインドの十進法、ギリシャ・ローマの円錐曲線や素数や正多面体などについての一群の理論、西洋においては数体、多次元空間、座標変換や集合論のようにきわめて超越的な形象、一連の非ユークリッド幾何学……」云々。このように実に数学に精通しているような印象を与える文章を読めば、素人は手もなく、このように語れるのは数学者だけだ、と即断するだろう。だが本当のところ、シュペングラーがここで高次の数体系として列挙しているものは、専門家の眼から見れば支離滅裂であって、たとえば動物学者が四本の足をもつ獣の例として犬、机、椅子、四次方程式を一緒くたにあげるようなものだ。シュペングラーはまた、こうも書いている、「この偉大な直観から……かの西洋数学の……究極の完結的な理論、すなわち関数論の拡張と精神化であるところの群論が生じるのである」。ところが実際のところ、群論は、関数論の

（1）　シュペングラー、オスヴァルト（一八八〇〜一九三六）。ドイツの文化哲学者。初めハンブルクでギムナージウムの教師をしたが、のちミュンヒェンで著作家として生活する。主著『西洋の没落』（一九一八、一九二二）により名声を得る。その要諦は、それぞれの文化を〈有機体〉と捉え、それぞれが独特の法則に従って成長〜成熟〜衰退するという、歴史的相対主義にある。当時の経験論的実証主義やニーチェの思想を援用しつつ、ギリシャ・ローマや古代ペルシャ、古代中国などに関する該博な知識を駆使して、壮大な八つの文化圏の盛衰を描写してみせた。〈文化〉の爛熟を経て〈文明〉が最後におとずれる、とシュペングラーは〈西洋の没落〉を予言し、異常な反響を呼び起こした。彼の発想、文明の相対化は、トインビーなどに影響をもたらしている。

（2）　『美的形式の使用に際しての必然的な限界について』（一七九五年）。▼巻末注

拡張ではまったくないのである！　さらに、シュペングラーは「群とは……」云々と定義しているが、彼が定義するのはおよそ「群」ではなく、せいぜい場合によっては「集合」と受け取れなくもないものであって、さもなければまるで正確さを欠くしろものなのである。そもそもシュペングラーが「集合」とはすなわち「同質の諸要素の集合の総体」であると説明するとき、すでに思い違いをしており、しかもこれが数体の定義だと思っているのである！　あるいはシュペングラーは書く、「関数理論のうちで、群の座標変換の概念は決定的な意義をもっている。音楽家は、これに準《なぞら》えられる作曲技法が近来の作曲学の本質的な部分をなすことを認めるであろう」。しかしながら関数理論のなかには群の座標変換の概念などあるわけがない。あるのは座標変換群という思弁的対象のみであって、しかもそれは関数論のなかにではなくて、群論のなかにある。以上の例はとりもなおさず、シュペングラーの「該博な知識」と論証の手続きの実体がどのようなものかを示す例でもある。

2

こういう例をあげたからといって、わたしが小うるさい杓子定規居士だとは誰も思うまい。ところが、そう思われかねないのだ。なぜなら数学や論理学や精確さに対する軽犯罪については、ある好意的な偏見が——精神的な、という言葉をわたしは使いたい——精神的な人びとのあいだに——文学に携わる人びとのことを言っているのだが——あるのだから。この種の軽犯罪は精神に反する犯罪のなかでも、あの輝かしい政治犯と同列におかれる。つまりそこではおおっぴらに告発する者が、とどのつまり被告の立場におかれてしまうのである。そういうわけで、まあ細かいことは大目に見ることにしよう。シュペングラーはおおよそのことを言っていて、類推で物を書き、何らかの意味ではいつも当たっているところがあるかもしれない。仮にある著者が概念をとんでもない名前で呼んだり、混同したりしても、読者はついにはそれに慣れることだってできる。しかしいくら何でも、暗号解読の鍵ともいうべき、思考と言語との明確な結合だけは、それなりに保持されていなければならない。これも無いのだ。先にあげた例は――いくらでもあるので苦労もなく見つけ出せるのだが――散発的な誤謬《ごびゅう》なのではない。誤謬は、彼のものの考え方なのだ！

レモンイエローの蝶がいる。[1] レモンイエローの中国人がいる。したがってある意味でこうも言えよう、蝶とは中部ヨーロッパの羽の生えた小人の中国人だと。蝶は中国人とともに肉欲の象徴として知られる。ここに初めて、鱗翅目動物相の長い歴史と中国文化とのこれまで注目されなかった一致について考量されることとなったのである。蝶には羽があり、中国人にはない、というのは単なる表面的現象にすぎない。もし動物学者が工学の究極の深遠な思想のほんの一部でも理解していたなら、何も我輩が初めて次のような事実の意味を解明するまでもなかっただろう。すなわち、蝶は火薬を発明しなかったが、それはすでに中国人が発明していたからである。ある種の蛾の燃えさかる炎に対する自殺行為的な偏愛は、中国人の気質との形態学的連関の残滓《ざんし》であって、それゆえに通常の悟性には理解しがたいのである。――こんな風にやってみせたのは、もともと同じことを証明したかったからだ。わたしは数学を例にとり、シュペングラー自身が彼の「論証の堅固さを保証する唯一の部分」と言っている数学においてすら、どれほどの信頼を寄せるにたるかを示そうとしたまでだ。

3

それでは次にシュペングラーが物理学を考察して引き出した認識論上の結論を見てみよう。

（1）ここからムージルは、シュペングラーの論の進め方をまねて、支離滅裂な文章を書いてみせる。

彼はこう主張する。「量、位置、過程、状態変化などの言葉がすでに西洋文化独特のイメージを表している。これらのイメージによって科学的事実の性格が、すなわち事実の認識のし方が規定されている。作用、張力、仕事量、熱量、確率等の複雑な概念についてはもちろんだ。これらの概念の各々に、物理学的な直観のすべてが胚芽の形で内包されている」。「実験、つまり経験の体系的処理は、きわめてドグマ的なものである。自然についての特殊な観点がすでに前提されているからだ」。「非の打ちどころのない、疑うべくもない『不易の真理』という複合体も、実に深い意味において、発展過程や、人類一般の、あるいは民族的、個人的な運命に……左右されている。大物理学者といえども、個人として自分の発見に独自の方向づけと色づけをしており、いかなる仮説にも個人的な好みというクセがあり、いかなる問題も他の研究者ではなくまさにこの研究者の手にかかる、これらすべては、学説のとる形姿の運命を物語っている。これを認めない者は、力学の絶対的な諸要素のなかに、どれほど条件つきのものが潜んでいるものか、まるで知らないのだ」

若干の怪しげな点を除けば、シュペングラーの言うところはまったく正しい。彼が誤っているのは、これが新しい見解だと思っていることだ。この内容は、最近五〇年間の認識論関係の研究をいくらか知っている者なら、誰でも知っていることだ。

ところがシュペングラーはそこからこう推論する。物理学上の決断は「様式の問題となる。……さまざまの悲劇があり、さまざまの交響曲があるように、さまざまの物理学的体系がある。ここにもまた学派があり、伝統と手法と慣習があるのは、絵画におけるのと変わりがない」。こんな風に彼はでたらめな説を作り出す。

シュペングラーは言う、「現実というものはない。自然は文化の関数であり、諸文化がわれわれの手の届く限りの究極の現実なのである。われわれのいる文明の最終段階に見られる懐疑主義は、歴史の産物にほかならない」。それならばなぜ梃子《てこ》は、アルキメデスの時代にも今日と同じように作用し、旧石器時代の楔《くさび》は今日とまったく同様に作用したのか？　なぜ猿が梃子や石を、まるで静力学や剛性論をわきまえているかのように使用し、なぜ豹が足跡から獲物を、まるで因果論を知っているかのように推論するのか？　もし、猿と石器人とアルキメデスと豹とをある共通の文化が結びつけているのだ、などと仮定するつもりがないのならば、残る道はただ一つ、主観の外にあってこれらすべてに共通する、調整機能の存在を仮定するほかはない。すなわち経験である。拡張し洗練することのできる経験であって、認識の可能性、何らかの形での真理把握、進歩の、向上の可能性、要するに主観的および客観的な認識諸要素の、かの混合体にほかならない。この混合体の成分分離こそは、認識論の手間のかかる分別作業となっているが、シュペングラーは思考の自由な飛翔がひどく妨げられるので、この作業をないがしろにしているのである。

シュペングラーは「認識は単に内容であるのみならず、生きた行為でもある」と強調したことがある。だが彼が言語道断にもなおざりにしているのは、認識は内容でもある、ということだ。われわれの精神的状況を特徴づけ、規定しているものは、もはや制御できなくなった豊富すぎる内容だ。事実についての知識（道徳的な事実も含めて）は膨張し、経験は自然の表面で八方へ飛散し、見渡しのきかない、無視するわけにもいかない雑多な知識のカオスとなっている。このためにわれわれは破滅するだろう。あるいは、より強い魂をもった人種となってこれを克服するであろう。それゆえにまやかしの懐疑論によって事実から事実性という重みを奪いとり、この深刻な危機と希望とをペテンにかけて消してみせるのは、人類にとって何の意味もない。

4

自然法則の大部分を占めているのは空間測定の成果なので、もし空間の本質について、空間がそれぞれの文化によって別な風に体験されるだけではなく、別々なものである、と証明されるならば、もちろん驚くべき発見であろう。「自然が文化の関数である」とかいう主張も、この証明とともに、いわば根底から脚光を浴びるだろう。

実際シュペングラーは、「ただ一つの空間という幻想、つねに変わらず、すべての人を囲む空間、概念を通して共通に認識できる空間という幻想は破られた」とか「認識する人特有の形態感覚に左右されない……広がりそのもの」が「幻想」であることが証明されたなどと主張している。

彼は非ユークリッド幾何学を引き合いに出す。それによると、空間概念はいくつもあることになる。それらの空間概念は、ほかならぬこれら非ユークリッド幾何学が妥当することによって定義される。これらの空間を数学的空間と呼ぼう。これらの空間は、古来のユークリッド的空間概念の何がしかの特性を変化させることによって成立した。ここで忘れてならないのは、これらの数学的空間が、物理学上の事実、つまり現実の事実の計算上の表現に適用されるということだ。普通はしかしここで区別しなければならない。つまり説明のための空間は——他の数学的シンボルと同様に——さしあたりまず、数学的空間ではないところ、つまり日常の現実という空間で起きていることへの、概念的な橋渡しにすぎない。この日常空間を経験的‐計量的空間と呼ぼう。なぜなら、これこそ「測る」という観点のもとでは目下支配的な経験空間だからだ。この経験空間のあることは次のことを想起しさえすれば容易に納得できるだろう。つまり経験的‐計量的空間と並んで、あるいはその前段階に、目で見られた空間、触れられた空間、聞きとられた空間があり、しかもそれぞれにおいて、未分化な印象から完全に意識した知覚に至るまでのさまざまな段階がある。これらの空間は、これっぽっちもユークリッド的空間ではない。たとえば視覚においては平行線は交わるし、長さの見かけは、そこまでの距離の相対的な位置に左右される。縦・横・高さは同値ではないし、錯覚も発生する。錯覚は、他の感覚領域の経験と照らし合わせて初めて錯覚とわかる。これをさらに詳述して、いかにして全経験空間が成立するか、なぜこれがユークリッド的とされ、深化した数学的－物理学的経験がいかなる資格をもってそれを再び疑問視するのか、について語るつもりはない。これらが認識論的、心理学的な無数の研究の内容を成しており、それらの成果は、まだ解決とは言えぬものの、解決を約束するものだということを確言できればわたしには充分だ。複数の数学的－物理学的空間がある、というシュペングラーはもちろん正しいし、実際彼の言うように「変動する複数の直観的イメージがある」のも確かだ。彼が誤っているのは、これが空間理論の新しい基礎だと思っている点にある。ここでも彼は、思考の出発点を到達点とみなしている。もし彼が「実験心理学のバカバカしい方法」を自分にふさわしくない「凡庸な頭脳の草刈り場」とみなさず、認識論的研究を「アカデミックな小手先仕事」とみなさないならば、こうもあっさりと過つことはなかったろう。時間についてのシュペングラーの似たり寄ったりの考察は、省略する。同じく「空間の秘密」も、本論の流れを考慮して触れないことにする。なにしろどの部分をとりあげても、変りばえのしない光景が繰り返されるばかりだから。

5

ここでちょっと注釈を挿んでおきたい。

これまでわたしは再三再四、経験を論のよりどころとしてきた。これに対して「経験論哲学か！」[1]と肩をすくめる人びとがいる。つまり経験論とて数あるなかの、一つの哲学上の方向にすぎず、何も特権的に真理を所有しているわけではない、というわけだ。シュペングラーであれば、事実性に拘泥するのは西洋文明の兆候だとして、やんわりと片づけるだろう。そのうえ精神擁護の闘士や、感受性の強い方々は——自称ゲーテから、

（1）　経験と自然科学に立脚した認識論。

モーリッツ(1)など昨今の信心深い連中に至るまで——とっくの昔から直感を働かせて異口同音に「経験主義ほど憐むべきものはない」と唱えていた。

これに答える前に一言断っておきたい。重要でもあり、ユニークな生命をもつ作品を——シュペングラーの本をわたしもそのように感じている——その欠陥ゆえにまず笑いものにし、しかるのちに自分の手鍋を竈《かまど》にかけて、手前味噌の知ったかぶりを煮込んでみせるというのは、許しがたいことである。むろんシュペングラーよりも薄っぺらな仕事にしかならない。スペースも時間も、重要性の意識も彼には及ばないのだから。それゆえはっきり言おう。わたしはシュペングラーを査読するのではなく、シュペングラーを批判する、と。わたしはシュペングラーの典型的なところを批判する。彼の浅薄なところを。シュペングラーを批判するとは、時代を批判することだ。シュペングラーは時代から産まれ、時代に嘉《よみ》せられた。彼の欠陥は時代の欠陥なのだから。時代というものはしかし、反駁しがたいものだ。不可知論(2)からこう言うのではない、時代と折り合いをつける暇《いとま》が、誰にもないからだ。せいぜい時代から目を離さぬようにして、ときどきその指先を叩くぐらいのことしかできはしない。

シュペングラーの場合に問題になる経験は、哲学史上の諸区分などとは、何の関係もない。ただ、いかなる思考体系も経験と矛盾してはならないし、経験から引き出された正しい結論と矛盾してはならないだけだ。真摯な哲学ならばどれも、この意味で経験主義的である。この場合、経験の概念を厳密にはどのように捉えるべきか、狭義的には経験の要素から先験的《アプリオリ》な要素を語義においていかに区別すべきか、そしてそもそも先験的とはいかなる意味で語られうるのか、等々はもちろん、広汎でかつ、いまだに終止符を打たれていない議論を多く含んでいる。これらの議論はしかし、根こそぎ不問に付されてもかまわない。なにしろわたしの言う、経験哲学に対する蔓延した嫌悪感は、ごく少数者の理論的研究にではなく、ある心の態度に向けられているからだ。

この態度は自然科学の成功によって育成され、一八世紀からこの方、ますます強く文明人を支配している。科学が認める経験とは――神を経験した、と主張する思想家がいたこともあり――規定できる状況のもとで、誰にでも保証されるはずのものである。それゆえわたしは――少々意地の悪い喜びを覚えつつ――その種の経験はちっぽけな経験だ、とつけ加えたい。この意味で経験主義的な思考は、当然ながら心を狭苦しくする。下から上へ構築する、というやり方に頼りきって、確実なもの、手近なもの、平板化されたものに縋《すが》るあまり――理論的な大思想はむしろ稀である――心は精確さを得るとともに、俗物性をもおびる。高次のものを差しおいてまず低次元のものに手を出す、という行き方が――その次の試みがそれほど成功しないので――定石となる。心は、一種の哲学的な鈍重さをおびることになってしまう――精神が高度に知的な徳へと飛翔しないところでは。人びとは経験の断片を糊づけして、いつの日かそこから体系が立ち現れることを夢想するが、そんなことは起きたためしがない。人びとは堂々巡りをしていて、現象を一群の他の現象のグループのなかに位置づけることができただけでもう、満足なのだ。その際、形而上学的欲求の充足に関して、絶望的というほどの状況ではないとはいえ――たいていは単なる仮象《シャイン》で我慢しなければならないと考えられているから――、それでもまだ還元のための還元が空しく行われ、またいわば仲間内の隠語に符合しているだけの説明がしばしば行われている。

かくして右のような事情が、狭隘な科学精神、主知主義、合理主義、などを目の敵にする連中にとって、敵

（1）モーリッツ、カール・フィリップ（一七五六～一七九三）。作家、俳優。神学を学び英国、次いでイタリアに渡りゲーテと親交を結ぶ。のちベルリンで古典学教授。主著は敬虔主義的・自伝的な小説『アントン・ライザー』。
（2）超感覚的なものは合理的に認識することができないとする、あらゆる哲学的・神学的教義の漠然とした総称（一八六九年のハクスリー以降）。

の典型的サンプルとなるのである。とはいえ当然ながらいかなる種類の精神にも、そのカリカチュアじみた亜流がつき従っているものであり、敵方の追従者たちのほうが遥かに大勢なのだ。仮に経験主義者を、神より奈落へ追放されたルチファー〔最高位の堕天使〕と認めるのならば、そもそもルチファーが力を得ている根拠は、哲学の天使たちの無能にほかならないことを忘れてはならない。より高きものに敬意を表して、このような力不足の天使を何とか一匹——少々尾羽打ち枯らした有様ながら——お目にかけるために、わたしはシュペングラーを例にとったのである。

6

認識論的な抗議は、当然ながら人びとが認識するという前提のもとにのみ通用する。だが、われわれはいつも認識するだろうか？　われわれがエマスン[1]やマーテルリンク[2]やノヴァーリスを読むとき——ニーチェをこれに加えてもよいし、昨今の例としてはルードルフ・カスナー[3]をあげてもよい——それらを読むとき、われわれは心が強く揺すぶられるのを覚える。だがこれを「認識する」と呼ぶわけにはいくまい。一義性へと収斂《しゅうれん》するものがない。印象を圧縮して沈殿させることができないのである。それは、あるものの知的な書換えであり、その何かを、われわれは人間として我が身に吸収するが、再び表現するときにはまた知的な書換えとして表現するしかない。

原因を探ってみよう。この関心領域で表現されているものは、まったく固定した意味をもっておらず、多かれ少なかれ個人的な体験だ。われわれはそれらを、自分の似たような体験を想起する限りでしか理解できない。それらの表象は、その都度《つど》再体験されなければならない。常にただ部分的にだけ再体験され、徹頭徹尾体験されきることはない。感覚的に知覚可能なもの、とか、純然たる合理性とかの確かな基礎をもっていない表象は、みなそうなのだ。感情と、ほとんど反復不能の諸印象とに立脚しているからだ。言うまでもなく、実生活のあらゆる表現は、この部類に属する。会談、説得、決心、二人の人間の関係、等はみな、よく言われるように量りがたいものに支えられている。われわれがこのような表象と内容を、まさにこのような連関においてまとめるならば――つまりエッセイや「見解」や「個人的な」信条のように――そこにでき上がるのは複雑微妙な形成物である。この形成物は高度に合成された原子群のように、壊れやすいものである。

この領域に足を踏み入れるや否や、論理的方法の御威光がここには及ばないことがわかる。思想というものがこの領域の位階の上位に位置するほど、ますます悟性の占める割合は後退し、体験の割合が増える。それゆえわたしはかつて非－類理性《ラツィオイート》的領域と名づけた(4)（雑誌ズンマ第四巻で、この点についてさらにいくつかのコメントを述べておいた）。とはいえ、そう呼べるのは無論、右に述べた意味でだけだ。硬直した概念に代わ

（1）エマスン、ラルフ・ウォルドー（一八〇三～一八八二）。アメリカの詩人・哲学者。アメリカ超越論の代表者。▼巻末注5「超心理学への注釈」参照。

（2）マーテルリンク、モーリス・ポリドール・マリー・ベルナルド（一八六二～一九四三）。マーテルリンクはエマスンと並んでムージルの青春期の愛読書だった。『貧者の宝』（一八九六）の一節は『生徒テルレスの混乱』のモットーに引用されている。宗教によってはもはや救われえない現代の人間が、死を前にしてどう生きてゆくべきかという問題を正面からあつかって、当時非常に多くの読者を獲得した。『青い鳥』はモスクワ芸術座初演（一九〇八年）。ほかに『ペレアスとメリザンド』など。一九一一年ノーベル文学賞受賞。▼巻末注6「エッセイについて」参照。

（3）カスナー、ルードルフ（一八七三～一九五九）。オーストリアの文化哲学者、エッセイスト、物語作者。生後九カ月で小児麻痺にかかり、終生杖と車椅子の生活を送った。ウィーンとベルリンの大学に学ぶ。八カ国語に通じ、広範囲に旅行し、ジッド、ヴァレリー、ホフマンスタール、リルケ、オスカー・ワイルド、イェイツなどと交わった。東洋、古代ギリシア、中世、キリスト教の影響を受けた唯美的幻視的な神秘主義者である。『メランコリア』『数と顔』『観相学』など。

（4）▼巻末注

って脈打つ表象が現れ、等式の代わりにアナロギーが、真理の代わりに蓋然性が登場する。構成原理が、体系的ではなくて創造的なのである。この領域は、粗密の全段階を含んでいる、つまりテーヌ[1]やマコーリィ[2]のエッセイや、ほぼすべての歴史記述に特有のほとんど学術的なレベルから、その対極にある予感や恣意に至るまでの諸段階の全スケールをカバーしている。後者には、最近ときたま作家までが書いている、刺戟に溢れた論文も属している。それに対応して内容も、あるときはほとんど一義性にまで収斂し、またあるときはまったく相容れない乖離にまで分裂する。そこに創造されるものは単なる断想であり、とりとめのない情動でしかない。

このような作品に接して自己形成を行った者ならば、これらの作品からいかほどのものが整理や分析や比較を通して、つまり思考を通して抽出されうるものかわかるだろう。しかもその際、最も精妙な要素が失われてしまうことも。また、どれほどの合理性が――無論、単なる表現にも不可欠な合理性は別として――それらの作品に内包されているかも、わかるだろう（以前はイデーのみが、いや詩文学さえもが統治していた領域で、突然悟性によって制圧されてしまったもの、たとえば心理分析のような分野をわたしは度外視して言っている）。僭越ながら、今日、科学の純粋に合理的な業績に対して非‐類理性的な領域の業績が陥っている不均衡を目のあたりにして、こう提唱したい。知性は、いわばその便利なシステムをすっかり奪われているところでは、それだけ柔軟でなければならないし、逆にすべての境界が流動的なところでは、より鋭く峻別し、把握しなければならない、と。精神に悟性を対置するのは、禍根を残す誤解である。人間の本質的な問題は、合理主義や反合理主義のなぐり書きによっては混乱するばかりだ。唯一可能な憧憬は――失うものよりも得るところが多いのは――超合理主義への憧憬である。

この根本的な問題の解決のためには、ほとんど何もなされていない。対象となる事実が「体験」のなかに成立しているような領域の方法論の探求は、哲学者たちの性に合わないらしい。またたいていの哲学者は、体験というものの多様性を充分に知ってはいない。かくしてわたしの知る限り、アナロギー的なもの、非合理的なものの論理を探究しようという試みは皆無なのである。「科学的な経験と、人生経験とがある」とシュペングラーは言う。「体験する〔Erleben〕と認識する〔Erkennen〕との違いは、稀にしか評価されていない」。「比較という方法は、歴史的思考にのみ許された幸運かもしれない。比較の技術は、壮大なイデーの影響のもと、選択の余地のない必然性へと、遂には論理的な名人芸へと完成されなければなるまい」。世界史をすべて、新しい思考形式に押しこめようというシュペングラーの情熱的な意図にわたしは感嘆する。それに成功しなかったのはシュペングラーのみの責任ではない。予備的研究の欠如がその元凶である。

7

思想の根幹が、その対象の如何《いかん》によって、概念性が強かったり、体験のもつムラの激しい性格をおびたりする、ということがいったん明らかになれば、生きた認識と死んだ認識との区別が、容易に理解できるだろう。

（1）テーヌ、イポリット（一八二八～八三）。フランスの文芸‐芸術批評家。ルナンと並ぶフランス実証主義の代表的思想家。「悪徳も美徳も、硫酸塩や砂糖と同じように生成物である」という定式は有名。テーヌは精神的実体と考えられている「自我」の実在性を否認し、その存在を一連の現象として捉え、それら現象の連関を成立させる一定の一群の性質を「力」または「機能」と名づけた。コンディヤックの感覚論を生理学に結びつけることによって実験心理学の道をひらくと同時に、「異常な状態」の心理に注目し、心理学と諸科学との関連に触れ、二〇世紀の人文諸科学の先駆となった。『イギリス文学史』、『芸術哲学』。

（2）マコーリィ、トマス・バビントン、ロトレイ卿（一八〇〇～五九）。イギリスの歴史家、政治家、エッセイスト、詩人。ヴィクトリア朝時代の代表的な歴史家。ケンブリッジ大卒。ミルトン論で名声を博した。下院議員を二期つとめた。『古代ローマ詩藻集』、『英国史』は「読める歴史書」として名高い。

神秘思想の介在など無用である。この区別を唱えたのは、ひとりシュペングラーのみではない。われわれが学校で習うようにして習得できるもの、つまり、知識、合理的秩序、概念の定義する対象や関係などは身につけることもできるし、身につかないこともある。記憶していることもあれば忘れることもある。まるで整然と面を取り、きれいに磨かれたサイコロがわれわれの内部に装着され、また撤去されるようなものだ。このような思想は、ある意味で死んでいる。このような思想がわれわれから切り離されても通用する、というところは「感情」の対極である。厳密さ、正確さは、殺すのだ。定義されうるもの、概念となるものは、死んでいる。化石、骸骨だ。合理主義一辺倒居士がその関心分野にとどまる限り、これを身をもって知る機会はけっして訪れないだろう。知性の領域ではしかし――「認識とは再想起である」という文が通用する世界では――(以前に指摘したことだが、ヘーゲルの三段論法、定立・反定立・統合は、ヘーゲルが適用したところで、つまりまさに類理性的な領域で、妥当しなかった。)ことあるごとにそのような体験をするものだ。そこでは言葉は何ら固定的なものを意味しない。言葉は生きた言葉であり、その一瞬は意味に満ち、知的なつながりをもち、意志と感情の流れに洗われている。一時間後にはしかし、同じ言葉が何も語らない。一個の概念が語れるだけのことを言葉が語っているのに。おそらくこのような思考を、活きた思考と呼ぶのだろう。

8

シュペングラーは言う、「分析し、定義し、整理し、原因と結果に峻別するのは、しようと思えば誰にでもできる。これは作業の部類に属する。もう一方は、創造である。ゲシュタルトと法則、比喩と概念、シンボルと公式、それらはきわめて異なった器官をもっている。ここにあるのは、生と死、生産と破壊の関係だ。悟性は、概念は、認識することによって殺す。概念は認識したものを硬直した対象とし、その対象は計測され、分割される。他方、観照は生気を吹き込む。観照は孤立したものを、内的に感じとられる活きた統一体のなかに吸収する。詩作と歴史記述は似通っている。逆に計算と認識もまた同類だ……。芸術家と本物の歴史家は、いかに生成するかを観る。彼は、見る対象の諸表情のなかに、あらためて生成を体験するのである」

このことから、生ける認識と死せる認識の違い、またはシュペングラーの言う観照と認識の違いと密接に関連する、あるものにゆき着く。かつてわたしはこの違いを、因果論とモティベーションの違いと呼んだ。因果論は規則性を通じて法則を探す。そして常に固定された状態にあるものを確証する。モティベーションは、似通った行為や情動への、あるいは似通った思念への衝迫を作用させることによって、動機を理解できるものにする。これは先に述べた学術的な経験と人生経験の区別を基礎づけるものだ。ついでに言えば、学問的な心理学と文芸的な心理学との、よく見うけられる混同も、この延長線上にある。一九〇〇年ごろにはどんな作家も「慧眼の心理学者」たらんとした。一九二〇年ごろには「心理学」は罵《ののし》りの言葉になっていた。これはとり違えとの戦いだった。ご存知の向きもあろうが、因果論的心理学が芸術の技法として使われることはまれにしかなかった。俗に心理学と称されているものは、ひとえに人間知と動機づけの能力にほかならない。それは人間の類型学にもとづいた、いわば博労式の人間知ではない。人間にやってのけられぬものはなく、また人間にはいかなる禍事《まがごと》も免除されることがないという、人間知である。

9

生と死、観照と認識、ゲシュタルトと法則、シンボルと公式、などの対立関係についてはすでに述べた。さらにつけ加えたいのは、生成―成ったもの、運動―静止、固有―異質、魂―世界、方向―空間、時間―計量的時間、意志―認識、運命―因果論、有機的論理―論理（時間の論理、空間の論理としても対置される）、観相学—体系学だ。これでシュペングラーの構成的な理念がほぼ勢ぞろいしたことになる。この諸理念を援用してシュペングラーは、根本事実の横断面を切りとって見せてくれる。もっともこの横断面は、どの角度から切りこもうと結局同じようなものなのだが。

この根本事実を描きたいところだが、誘惑に負けるわけにはゆかない。さもないとシュペングラーすら避けて通った面倒な事態に巻きこまれることになる。もっとも誰であれ、ひどく単純なパターンに従って、シュペングラー哲学もどきを再生産することはできる。まず「ある意味では……である」、「ある意味では……となる」、「ある意味では……をもつ」という述語を採用することだ。表現の特に重要でない差異を適当にあしらい、右にあげた概念の一つ一つを、他のすべての概念と結びつける。つまり、対概念の一番目の概念同士のコンビネーションと、同じく二番目の概念同士のコンビネーションを肯定し、一番目と二番目の概念のコンビネーションは、どんなものでも否定すればよい。以上の指示にきちんと従いさえすればシュペングラーの哲学は自ずから成るし、それ以上のものさえ生まれよう。たとえばこうだ、生は直観される、生はゲシュタルトをもつ、生は象徴だ、生は生成だ、云々。因果論的関係は—死んでいる、認識される、法則をもつ、完了したものだ、等々。生は体系学ではない、運命は認識されない、その調子。シュペングラーなら「ここに見られるのは合理性の不在である」と言うだろう。まさにそのことをわたしも言いたいのだ。

シュペングラーはベルグソンに依拠しながら自ら認めようとしない、という非難に対して、われわれは——ベルグソンを擁護しなくてはいけない。ベルグソンの場合、事情は違っているのだから。しかし根本問題そのものは、ひとりシュペングラーやベルグソンに帰するものではなく、ドイツロマン派の哲学やゲーテ（シュペングラーは彼を引き合いに出しているが）を越えてさらにさかのぼることになる。

10

それ自体で問題なのが、直観である。わたしは提案する、ドイツ語作家は今後二年間、この直観という言葉を断《た》ってはどうだろう。なにしろ昨今は、証明することもできず、考え抜いたわけでもないことを主張したい者が、直観を盾にとりすぎる。その二年間のうちに誰かが、この言葉の無数の意味を解明してくれればよい。

そうなれば、まったく合理的に見ても直観が存在する、という事実にもっと注意が払われるだろう。今のところこの事実はできるだけ無視されているが。どれほど体系的に準備されていようとも、直観の決定的なケースは、ここでもまるで飛来したかのようにいきなり意識の前に出現する。まったく合理的な思考も——見たところ感情と何の関係もないようでいて——心が高揚すれば促進される。ましてここで非‐類理性的思考と呼ばれたものは、何層倍も促進されるだろう。非‐類理性的思考の浸透力と内的な伝播速度は、言葉のヴァイタリティーに左右される、つまり概念の中核——これは重要ではない——をとり囲んでいる思考と感情の雲に、左右される。あるいは「一撃で人生を照らし出す」あの認識、直観の見本のようなケースを考えてもよい。ここで起きているのはしかし突発的な精神活動ではなくて、とうに臨界に達していた全人格の状態が遂に転化したものであることがわかるだろう。その際その場の、起爆剤的な思考と言われるものは、たいてい大規模な内部の連鎖反応に付随する、爆発の閃光にすぎない。

「認識されず、記述されず、定義されえないもの、ただ感じとり、内的に体験されるもの、わからない者には生涯わからないままの、わかる者には全的に確信できるもの」、「突然に、ある感情から生じるもの。この感情は習得できるものではなく、いかなる意図的な干渉からも影響を受けず、めったに最大限の成分をそなえて現れることがない」とシュペングラーは語る。これは長く伸びる階梯《スカラ》の一段階にすぎない。この階梯はこのレベルから篤信者の状態、熱愛者の、道徳人の状態へと高まり、聖なる痴呆《ハプローシス》へ、見神(1)へ、そしてさらに世界受胎のさまざまな大形式へと連なっている。途中で枝分かれして、精神病理学の注目すべき領域にも伸びており、一般的な躁鬱病(2)から重篤な妄想状態にまで至っている。

これが、直観という事象を前にした分析的態度である。こう批判する向きもあろう、こんなものには仲間うちで話をつけたがる学者先生方しか興味がない、と。心理学的形態の分析なんぞよりも、直観で得られた内容の総合のほうが大事ではないか、というわけだ。われわれが生き、反応し動いているこの世界、公認された悟性の状態と心理状態の世界、この世界は、われわれが本当のつながりを失ってしまったもう一つの世界の、臨時の代用品にすぎない。ときおりわれわれは、この世のすべてに本質的なところはまったくないと感じる。数時間ないし数日間にわたり一切は、世界と人間に対する別の態度の灼熱のうちに溶解する。われわれはストローであり息である。世界は顫動《せんどう》する球である。瞬間ごとにあらゆる事物が新たに生じる。事物を凝固した既成物とみなすことは、内的な死を意味する。荷車を引く馬と通行人とは意思を疎通する。あるいは少なくとも人と人は競いあわず、スパイのように互いに嗅ぎまわらずに、一つの身体の手と足のように互いを知っている。哲学的に創造的な、というのが不適切ならば哲学的に折衷主義的な状態の情感というのは、このようなものだ。この情感を、遅ればせのキリスト教徒として知的に解釈することもできるし、この情感にヘラクレイトスの万物流転の実例を見てとることも、およそあらゆることを読みとり、読みこむことも、とりわけ斬新な気風《エートス》を読みとることもできよう。われわれはそれを信ずるか？　否である。それでは戯れに文学することになってしまう。仏陀やキリストやその他の判然としないものに、金メッキを施すことになってしまう。われわれの周りの至るところで、何千馬力という理性が荒れ狂っている。その理性に抗して、人びとは秘密の小箱に別の権威をもっていると叫ぶ。それが直観という蒐集箱なのだ。そろそろいい加減にその箱を開けて、なかに何があるか見るがよい。ひょっとすると新世界かもしれない。

シュペングラーの着手した造型ほどに美しく、力強い素描片は稀である。しかし結局のところ直観の中味すべてを吟味して到達するのは、最も肝要な点は言うことも扱うこともできず、理性に対して（それが真であること以外、何もないものに対して！）人びとが極端に懐疑的になることだけである。その一方では頭に閃いたことに対して前代未聞の信じやすさを示し、数学に懐疑の目を向けるかと思えば、「文化」とか「様式」とかの美術史上の真理代替用義手義足をあっさり信じてしまう。直観を標榜しながら人びとは、事実を比較し組み合わせるときには経験論者と同じことをする。ただしもっと拙劣に、実弾でなく靄《もや》を発射する。以上が長期間、度を越して直観を満喫したためにふやけてしまった、われわれの時代の精神、審美的精神の、臨床報告である。

11

諸文化が内部の疲弊のためについには没落する、という考えはもっともで、別に形而上学の助けをかりる必要もない。それぞれの文化に対応する興隆期、凋落期が判別される、という考えも同様だ。心の緊張が直立させる。緊張がもはや不要になれば、有機体は崩壊する。似たようなことが社会という生命にも言えることは疑いを容れない。立ち上がらせる諸力がもはや社会に作用しないとき、社会は瓦礫の山となる。

（1）原文では visiobeata、正確には visiobeatifica。遠隔のもの、過去ないし未来の幻視をも意味する（しばしば忘我状態において）。

（2）循環気質とも。開放性ないし、快活と沈鬱と状態を交互に繰り返すことで特徴づけられる気質。

さておよそ文化というものは、比較的狭い空間と社会のなかで発生し、そこから拡がっていった。希薄化と疲弊の傾向はここに起因する。同じことが、幾世代かを経由する時間的影響についても言える。イデー（非－類理性的思考）は知識のように受け渡すことができない。つまりイデーは同じ心的状態を必要とするが、実際にあるのはせいぜい似たような心的素質〔Disposition〕だけなので、イデーは常に変更の危険にさらされている。イデーが新しいうちはひょっとするとこの変更によって内容が豊かになるかもしれないが、のちには腐敗する。いかにもイデーはその間に、施設や生活様式となって自己を現実化する。だがイデーを実現するとは、いくぶんかイデーを破壊することでもある。実現というものはみな歪んだ鏡像であり、時が過ぎるとそれらはいよいよ空疎に、不可解なものになる。なにしろ形式《フォルム》とイデーとはまるでテンポの違う生命をもつのだから。かくしてより古い層の形式が常に、より新しい層のイデーのなかに突出し、イデーと影響力を争うのである。

以上が、文明の晩年がなぜ統一性に欠けるのか、そしてこのような文明の時期に諸文化がなぜ山塊のように崩壊するのかの理由の一端である。

12

もともと発展というものは、一直線上に自己展開してゆくようなものではまったくない。イデーの拡散からくる自然な衰弱に加えて、新たな他のイデーの源泉からくる諸影響が交錯する。それぞれの時代の内奥の生命の核、霧のように湧きあがる塊《マッセ》は、諸形式のなかに埋めこまれている。この諸形式はずっと古い時代の沈殿物だ。それぞれの現在がここにあるとも、この現在が数千年前のものだとも言える。このイモ虫は政治的、経済的、文化的、生物的その他無数の環節を使って動く。それぞれの環節は別のテンポ、別のリズムをもっている。これを一まとまりの全体と見なして、シュペングラーがするようにいわば一点透視図法を用いて、一つの原理から展開させることもできよう。しかしまさにその正反対のほうが好みだということもできるのだ。このイモ虫には計画も理性もないという。結構だ。では、計画や理性がある場合よりも、これが本当に醜悪なのか？　不可知論は「快適」だろうか？　不可知論は真であるか、さもなければ偽でしかありえない。なぜなら不可知論は慧眼であろうと浅薄であろうと、合理的な案件なのだから。しかしそれが人間的に深いかどうか、ということになると、もはやまったく認識の属性ではなく、わたしの簡略法でいう非－類理性的思考の複合体の一つとなる。この複合体は合理的な確信を基礎としているのだが。この種のとり違えが、（哲学上の）唯物論の評価において永遠化されたのはご存知の通りだ。唯物論は今日なお浅薄で情感に乏しいということになっているが、唯物論はもちろん、天使を信ずるのに劣らず感情ゆたかなものでありうる。このような理論を（それらが真とも偽とも断じがたいときに）知的な試行錯誤の基礎としてあつかい、われわれの内面的な生活の形成に役立ててほしい、とわたしが要望するのはなぜか、わかっていただけまいか。そして理論に――今や常套手段化しているが――あまりに無造作に感情に由来する実質を誣《し》いて片づけるべきではない。悪い意味で主知主義と呼ばれるもの、今の時代に流行中の知的な慌しさ、成熟をみる前の思考の萎縮、これらの原因は、われわれが思考で深みを探り、感情で真理を求め、そのとり違えに気づかぬまま、結局うまくゆかずにいつも幻滅していることにある。――シュペングラーのそれのように根源にまでさかのぼるイデオロギー的な試論は、実に結構なものだ。だがこれらの試論は、あらかじめ内面的な可能性の準備作業があまりにわずかしかなされていないことから、読むに耐えないものとなっている。世界大戦やわれわれの破産も、あるときはこの、あるときは別の原因グループに帰せられている。だがそれはまやかしだ。ちょうど単独の物理現象を一つの原因連鎖に帰するのと同じ欺瞞である。実際には、連鎖の最初の輪のところですでに、原因は見極めもつかぬ広大な分枝に拡散する。物理現象についてはわれわれは何とか切り抜けた（関数概念）。精神現象となるとわれわれはまるで無力だ。主知主義がわれわれを見放したのだ。ただし知性が薄っぺらだからというわけではない——それではまるで知性以外のすべてがわれわれを見放していないみたいではないか！ ——われわれがなすべきことをしなかったためだ。

13

文化と文明をいかに区別するかという昔からの問題は、実に不毛な争点に思われる。どうしても区別したければ、一つのイデオロギーと単一の生活様式が支配的である場合を文化と呼び、それに対して文明は散漫になった文化状態と定義するのが最善と思われる。どの文明にも一つの文化が先行し、文明のなかで崩壊する。どの文明も、何らかの技術的な自然支配によって特徴づけられ、また非常に複雑な——膨大な知性を要求し、かつ呑みこむ——社会関係のシステムによって特徴づけられる。

ほとんど常に文化には、本質的なものへの密接な関係が認められてきた。人間の物腰の運命をわきまえた堅実さとでもいうべきもの、さらには本能的な確実さといったものであって、これに比べれば文明の根本兆候である悟性なんぞは、いささかみすぼらしい不確かさと間接性しかもたないとされる。こういう論の根拠となっている症状は誰でも知っている。神話や宗教の、特に遠くから見ると自己完結的な印象を与える大げさな身振り。また他方には、まなざしや沈黙や決断がよく表現するものを悟性が言葉にする際の回りくどさ。もともと人間は単なる知性ではさらさらなく、意志でもあり、感情でもあり、無意識でもあって、しばしば天空を漂う雲のような事実性にすぎないこともある。ただし人間に、理性がもたらさないもののみを認めようとする人びとは、遂には理想を蟻や蜂の国家に求めざるを得なくなるだろう。蟻や蜂の国家の神話や調和や儀礼の堅固さに比べれば、おそらく一切の人間性は無に等しいだろう。

すでに述べたように、文化から文明へ移行する主要原因を、わたしは関与する人間の数の増大にみる。一億人に浸透させることは、一〇万人を相手にするのとはまるで違う仕事になることは明らかだ。文明のネガティブな面は大部分、この社会的物体の質量に、影響の伝導率がもはや対応していない、という点からきている。戦前の頂点を考えてみるがいい。鉄道、電信、電話、飛行機、新聞、出版業、学制と社会教育、兵役義務、すべて不充分だ。大都市と文明の及ばぬ田舎との相違は、人種の違いより遥かに大きい。自分の属する階層の、別の思想サークルの諸前提に入りこむことすら、膨大な時間をかけなければ、まったく不可能だ。その結果は、狭い範囲で良心的であるか、途方もなく表面的であるかのどちらかとなる。数の増大に、精神的組織がついてゆけないのである。すべての文明現象の一〇〇のうち九八はこれが原因だ。いかなる主導権もこの社会という巨体により広範囲に浸透し、その総体から反応を受けとることはできない。何をやろうと問題ではない。キリストは地上に再臨するかもしれないが、彼が何らかの影響を及ぼすことだけは金輪際ない。われわれの死活問題は、知性と精神の組織化という政治課題だ。これが能動家ならびに社会主義者の第一の課題である。この課題が解決されない限り、ほかのすべての努力は水の泡となる。なぜならそれらの努力が作用するための前提が、この課題だからだ。

14

総括しよう。これまでの人生で総括する必要を覚えたのは初めてだ。

わたしは評判のいい本を批判したことになる。

わたしは内心誓ったのだが——もともとこれは書評ではない——有名な特殊ケースを取りあげて時代の欠陥の実例を見せようとした。すなわち浅薄さ。見かけの精神性を衒《てら》うマントのひらめき。その下にはマネキン人形。抒情的なあいまいさが氾濫して理性の四角形を満たすだけ。なぜなら空に漂う知的なものを次々に丸めて消化しては興奮する世界観察者と、本の虫との相違がどれほど大きかろうと——本の虫は毎日自分の精神体重の何層倍かを食い漁り、学問を消費し、もちろん崩れた形で排出する——、両者は見かけが対照的でもその中味は、自分の知性の使い方を知らない時代の、同じ現れにほかならない。よく言われるようにこの時代には悟性が多すぎるのではない、悟性があるべきポイントにないのだ。この時代は表現主義によって——別の例をあげれば——芸術の本源的な認識を上っ面だけの、浅薄なものにした。文学に知性《ガイスト》を導入しようとした連中が、およそ考えることを知らなかったからだ。彼らが内容のない、つまり経験によるコントロールに欠けた、空語で考えるからだ。自然主義は精神のない現実を描き、表現主義は現実のない精神を描く。どちらも非精神だ。そうかと思うとたちどころに干物のようなみすぼらしい合理性がのさばりだし、自然主義も表現主義も相手にとって不足がない、なかなかのものになる。

わたしはもう一度、類理性的思考と非‐類理性的思考との区別を指摘したい。この区別はわたしが考案したわけではないし、ネーミングも上手《うま》いとは思えないが、ここに問題の根源がある。直観という宿命的な問題も、感情を通した把握の問題もここから生ずる。それこそは非‐類理性的領域の独自性にほかならないのだが、誤解されたままである。ここに「教養」の鍵がある。われわれの時代の奇妙に歪んだ理想主義や、時代の神も、ここから出てきた。ここに至れば、もう理解していただけるだろう。現代文明の科学的思考と魂の要求とのあいだの、いつ果てるとも知れぬ戦いはただ、あるプラスによってのみ解決されることを。つまりプランの導入、知的な共同作業の方向によって。科学と文学を有意義に活用することによってである！

そしてオスヴァルト・シュペングラーにわたしは、敬愛のしるしとしてこう公言する。かくも膨大な内容を容れるに足る、大河の両岸に達するスパンをもたないがゆえに、シュペングラー以外の著述家はかくも多量の誤りを犯すことができないのである。

21

寄る辺なきヨーロッパ

あるいはわき道に逸れ続ける旅

1922年

第一次世界大戦という未曾有の事態を体験したヨーロッパが、何を学び、どう変わったのか。戦争に導いたものを、知識人はどのようにチェックすべきだったのか。ムージルは啓蒙主義以降のヨーロッパの歴史を再検討し、合理主義の衰退、大衆化、自然科学の一面的進歩、倫理的な面での停滞と非合理主義の蔓延の実態を分析する。シュペングラー批判（「精神と経験」参照）はここでも有効である。時代を「バビロンの癲狂院」と捉えるムージルにとって、二〇年代知識人の重要な仕事は、特定のイデオロギーを擁護することではなく、多様なイデオロギーを俯瞰する展望を得るために共同で働くことだった。体系的なスタイルを嫌ったムージルではあったが、彼の考える知性の目標と責務は、システムと秩序だった。

筆者は、表題から予想される以上に謙虚であり、また人助けが好きなわけでもない。わたしは自分の述べることが誤謬にすぎないことを確信しているのみならず、わたしへの反論もまた誤謬だということを確信してもいる。にもかかわらず、われわれは論じ始めなければならない。こういうテーマの場合、真実は中心部に求めるべきでなく、周辺部にある。ちょうど袋のように。あれこれの新説を詰めこまれるにつれて形が変わるが、いよいよ硬くなってくる。

1

ある症候から始めよう。

疑いもなく、この一〇年来われわれは実にどぎつい様式で世界史を作っているが、それに気づいていない。われわれが本質的に変えられたわけではない。事前にちょっとした思い上がりがあり、事後にちょっとした二日酔いがあった。以前のわれわれはせかせか働く市民だった。それから人殺しとなり、故殺者〔一時の激情に駆られた殺人者〕となり、火付け、強盗の類《たぐい》になったが、それでも実は何を体験したわけでもない。それとも違っているだろうか？　われわれの生が過ぎ去ること、以前と変わるところがない。いささか弱々しく、病人の用心深さをもってしのいでいるだけだ。戦争の効果はディオニュゾス的[1]というよりはカーニヴァル的だったし、革命は議会主義化した。われわれはかように多種多様なものとなりながら、本質的に変化することはなかった。われわれは多くを見たが、何一つ察知しなかった。

思うにこれに対する答えはただ一つ、体験したことを取り込むための諸概念が、われわれに欠けているのである。さもなければ、取り込みへと諸概念を励起する感情群が欠けているのだ。体験の痕跡としては、ひどい驚愕に伴う狼狽《ろうばい》状態が残っているだけだ。あたかも体験から新たな神経索が伸びかけたのに、尚早に引きちぎ

（1）　ディオニュゾス的・アポロ的。シェリングが創り、ニーチェが普及させた対立概念。アポロの形式と秩序に規定された本質に、ディオニュゾスの陶酔的な忘我状態が対置される。

られたかのように。

何とも落ち着かない状態だ。ドイツには党派がひしめいている。人びとはロシア、東アジア、インドと右顧《うこ》左眄《さべん》している。経済が槍玉にあげられるかと思えば文明や、合理主義、民族主義が非難される。種族の没落、人種の衰退が見て取れるという。戦争が、われわれの築いたアーチというアーチを根こそぎ押し潰した。表現主義さえもが死んだ。そして映画が流行している（滅亡前のローマ帝国を彷彿《ほうふつ》とさせる）。

フランス、イギリス、イタリアを見ても――わが国のお粗末きわまるニュース報道を素人判断すると――この落ち着きのなさはわが国に限らないようだ。個々の現象に若干のずれはあっても。

2

間近で見る世界史は、こんな様子だ。つまり何も見えない。

近づきすぎるからだ、と文句をつける向きもあろう。でもこれは比喩なのだ。物に近づきすぎると、見渡すことができない、という視覚の領域からとってきたものだ。だからといって認識に近づきすぎると捉えられない、ということがあるだろうか？　この比喩は当を得ていない。現在唯今の状況や、過ぎ去ったばかりのことを判断するに足るだけのことをわれわれは充分知っている。いずれにせよ後代が知ることになるより以上のことを知っている。例の比喩のもう一方の根拠は、われわれが当事者として巻きこまれすぎている、ということだ。だが過去の出来事についてもわれわれは当事者でなかったのだろうか？

よく言われる「歴史的距離」は、一〇〇の諸事実のうち九五が失われることから生じる。残ったものは好きなように配列することができる。この五つの残りを凝視して、二〇年前の流行である、と断じたり、人びとの活発な会話である――誰も聞いたことはないが――とみなすと、ここに客観性が認められるわけだ。人びとは人間の所業のグロテスクさに縮み上がるが、それはそれらがほんの少々干からびかけたころだ。そしてグロテスクな行為をあらゆる面から説明しようとするが、自分自身にそのような面があろうはずがないからして、すなわち歴史的な面から説明するのである。

歴史的なものとは、人びとが自分はしないだろうと思うことである。その反対は「生の《なま》」ものだ。われわれの時代がもし「エポック」ならば、こう問いかけてもよさそうなものだ、いったいわれわれはエポックの初期にいるのか、末期にか、それともその最盛期にか？　と。ゴシックの人間に前ゴシック、初期ゴシック、盛期ゴシック、後期ゴシック人がいたのならば、現代人はその絶頂に対していかなる位置にあるのか？

もしドイツ人種や白人種がいるなら、いかなる生物学的段階にあるのか？　仮にこのような上昇と下降の説が、ただあとから思いついた、いかにも安易な断言でないのならば、このような上昇と下降が一般にどのような外観を呈するかの、症候学的イメージがなければなるまい。そうなれば、別の客観性も生じようが、まだそこまでは遥かな道のりがある。ひょっとすると生《なま》の歴史的事実はまったく一義的ではなく、死んだ事実のみが一義的なのだろうか？　結局のところ生の歴史とは歴史ではなく、歴史と称する低俗なカテゴリーには捉えられないものなのだろうか？

なぜなら生の歴史には、「偶然」という奇妙な感じがつきまとっているからなのだ。

3

起きたことすべてには、「偶然」にすぎないという強烈な感じがある。もしわれわれがこの間の歴史的瞬間に体験した決断すべてに、ある一貫した意義の表出を見ようとするなら、歴史の必然性への信仰を、度をすごしたレベルにまで引き上げねばなるまい。あとから言うのは簡単で、たとえばドイツ外交やドイツの戦略の拙劣さのうちに必然性を認めることは簡単にできる。だがそれに劣らずもう一方の結果となることだってできたことも誰でも知っている。しかも決断は髪の毛一筋ほどの違いに左右されることがしばしばなのだ。生起するものには必然性などなくて、かろうじて後世が押しつける必然性が黙認されるにすぎないのではないだろうか。

哲学を気どるつもりはないが——くわばらくわばら、こんな謹厳な時代に——わたしはあの高名な男のことを思い出す。彼は要注意とされる屋根の下を通りかかり、そこに瓦が落ちてきた。これは必然だったのだろうか?

いかにも然り、いかにも否である。高名な瓦がぐらついたこと、要注意の男が通りかかったこと——自由意志と不自由意志の法則の弛みのもとに、と言っておこう。不自由意志の法則によれば、全歴史はまた繰り返されるわけだが(1)——のそれぞれは、法則と必然性をもって起きたことに違いあるまい。両者がしかしよりによって同じ瞬間に起きたということ、これは必然性に拠っていない。神様か、歴史を知ろしめす高次の理性を信ずるなら話は別だが。それゆえ、われわれは災難を神や秩序から演繹することはできても、しかし神や秩序を災難から演繹することはできない。

あっさり言ってしまえば、歴史的必然性と言われているものは、周知のとおり法則的な必然性、一定のPに一定のVが属するような必然性ではまったくない。歴史的必然性とは、「ある物に別な物が続く」ような事情のことを言う。いかにもそこには法則も一枚噛んでいるかもしれないが——精神的発展と経済のそれとの法則とか、造形芸術における位置の要素の法則とか——それでもそこには、ただ一度だけこの場にあるような何かが、必ずある。ついでに言えば、このその場限りの事実に、部分的にはわれわれ人間も属しているのである。

われわれの世界像はこのことにより、いわゆる崇高さを喪失する。以下の展望をすることで、慰めとしようではないか。

4

緑の狩人が緑の森で茶色の鹿を撃つ。これを逆回転させてみよう。弾丸が銃から出、閃光が伴い、轟音が遅れて来、鹿が崩折れ、よこざまに倒れ、枝角が撥ね返り、動かなくなる。逆回転。鹿は起き上がる――ただし立ち上がってはならず、宙に「落ち」ねばならないだろう。枝角はその前に鏡に映したような上下に撥ね返る動きを見せる必要がある。すなわち枝角は終端速度で撥ね上り、初速で撥ね終わらなければならない。弾丸は尻を先にして飛びながら戻り、硝煙は銃声とともに収縮して固体となる、という具合だ。わずか一段階を引き戻すためにすら、出来事を逆にするだけでは充分ではなく、全世界を作り変えるほどの途方もない全権が必要であろう。重力は上に向かって作用し、宙空に大地の垂直面がなければならず、弾道学は思いもよらない形に変化する。要するに、メロディーを終わりから逆に演奏すると、もはやメロディーではなくなる。事実を変えるには、時間と空間を激変させなければなるまい。

実際には、射殺された鹿を生き返らせるには、まったく新しい何かが起きなければならない。単なる逆転や埋め合わせではない何かが！　世界は新しいものへの抑えがたい意欲に満ち満ちている。別な風にする、という強迫観念、進歩の意欲に！

（1）　近代を特徴づける哲学的・神学的な根本問題。一六世紀に、たとえばエラスムスとルターとの論争の形で現れた。

われわれはモラルを失った、と言う人びとがいる。また別の人びとはこう言う、われわれは無垢を失った、楽園のリンゴとともに厄介な知性を身につけてしまったのだ、と。さらに別の人びとは、われわれは文明を通じて、ギリシャ人がもっていたような文化に到達しなければならない、と言う。ほかにもそんな風にさまざまな主張がある。

5

6

次のような歴史的な見方がある、生起するものを相前後するエポックに分解してから、それぞれのエポックに人間の歴史的なタイプが対応するかのように論じ――つまりギリシャ的人間、ゴシック的ないし近代的タイプの人間が――、そのうえさらに、興隆と没落があるかのように論ずるのである（たとえば初期ギリシャ的、ギリシャ的、盛期ギリシャ的、後期‐崩壊ギリシャ的、非ギリシャ的人間）。あたかも何かが花開き、枯れ萎《しぼ》んだかのように。単なる発展ではなく、自己展開する本質であり、ある人間のタイプであり、人種、社会、真に活動する精神、神秘なのだと。このような見方は今日エッセイ界で流布しているのみならず、歴史研究そのものにおいてさえ、ずっと普及しているのだが、それらはある仮説にもとづいている。

すべてのうちで、手元に確かにあるのは、現象だけだ。すなわちある様式の建築、詩作品、彫刻、行為、出来事、生活様式、それらが同時期にあったこと、互いにつながっていたことだ。こういう一定期間の――いわゆるエポックなり文化なりの――現象のベースを一瞥して、比類のない統一体とみなし、ただその時代のその場所でのみ花開いたと考えたがるのは無理からぬところだが、しかしそれが正しいわけでもないと気づくのは簡単だ。たとえばオリエントの生活要素がヘレニズムの生活要素に影響を与えているのは周知のことだ。そしてヘレニズム的なものは生活に浸透して今日に及んでいる。つまり逆なのだ。似たような生の表出が一貫して（なにしろ歴史においては、ほかならぬ相似性や類似のみが問題なのだから）あらゆる時と場所にまんべんなく行き渡り、ある連続体を形成している。その連続体が特定の位置で稠密になって目立つだけのことだ。特定の状況で沈殿する、と言ってもいいだろう。

自然界や心理の統計学的な側面をいささか齧《かじ》ったことのある者なら、このような現象形態を見て、ある持続的な――普遍的な、と言ってもよい――決定因子《デテルミナンテ》が、変転する決定因子と組み合わされているとするだろう。そして人間の資質がこの持続的因子であるとするなら――つまりただの気の抜けた総論的叙述としてではない、実際に活動している実体という意味での持続的因子としたなら――、それがそのままさまざまなエポックや社会などなどの現象の原因であろうはずがない。原因は状況のほうにある。

植物学ではニーダーエスターライヒのような小さな州においてさえざっと三、〇〇〇品種の野バラを区別している。そして、これらを三〇〇種に分類すべきか、三〇種に分類すべきかわからないでいる。「種」というものの観念はかように不確かだ。これほど明瞭なメルクマールが手元にある領域ですら、そうなのである。まして歴史は、建築やら作品やら生活様式といった複雑きわまる現象の、一義性からほど遠くておよそ「本質的」でない諸特徴を対象にするのだと、不遜にも言い張るのだろうか？　このように指摘するからといって、わたしは何もさまざまなエポックの卓越した存在までも否定するものではない。むしろある意味では、個々の卓越した存在の根底には、別の人間が潜んでいる。この意味が、問題なのである！

7

一九一四年以来、人間はふつう思われていたよりもずっと、驚くほど変形しやすい素材《マッセ》であることが証明された。

宗教的、道徳的、政治的理由から、人びとはこのような見解を認めようとしなかった。わたしは今でもドイツの代表的作家の好論文をよく覚えているのだが、彼はそこで「人間はわたしが思っていたようなものではなく、ドストエフスキーがみなしていたように悪いものだった」と嘆息している。ひょっとすると「性格」というものにわれわれの道徳体系が寄せている意味を思い出す人もいるかもしれない。つまり「人間というものは、自分を定数《コンスタンテ》として計算させるものでなくてはならない」という要求だ。ところが実際は、かなり複雑な「道徳の数学」もありうるし、それどころか必要でさえあるとも見受けられる。定数《コンスタント》的な心理的態度《ハービトゥス》というフィクションに慣れきった思考と、現象を型やエポックなどに切り分けるやり口とはほんの一歩の違いがあるばかりだ。

このような硬直した分類法はしかし、心理学の経験にも、われわれの人生経験にも反している。心理学によれば現象は、超ノーマルの人間からノーマル以下の人間まで連続的に、飛躍なしに展開している。そして戦争の途方もない集団実験を体験して万人が確信したのは、人間がその本質を変えることなしに、やすやすとスケールの極端まで移動し、また戻ることができるということだ。人間は変化する、しかしおのれ自身を変えることはない。

8

こうした経験を一口で言うなら、さしずめ「外側の大振幅、内側の小振幅」となろうか。ゴシック期の人間や古代ギリシャ人を近代の文明人に仕立て上げるのは造作もないことだ。些細な周囲の環境、非精神的なもの、偶然につけ加わったものなどの過重を、方向づけて持続的に作用させれば充分だ。この人間というものは、純粋理性批判も、人肉嗜好も楽にこなせるのだ。必ずしも、人間はその本性を為す、とばかり考えてよいとは限らない。むしろ人間は——何故かは知らぬが——その為すところが、本性となるのである。人びとは自分の衣装を作る。しかし衣装が人びとを作りもする。人相というのは、内部の圧力と外部の圧力のあいだに変化する皮膜なのである。

こう言ったからといって、原始的な諸文化と発達した社会の相違を否定するわけではない。この相違は大脳の活動の迅速さに存し、幾世代ものあいだに発達するしかない——これは顎が後退し歩行が直立するのとまったく同じで、実際に生理学的な相違、機能的に規定された相違となっているのだから——。他方、われわれが大脳をアリストテレス式に鍛えるか、カント式に鍛えるかによっては、何らの機能的な相違も生じない。仮に右記のような留保なしに、ある人種や社会の興隆、最盛期、凋落を仮定するならば、われわれは決定的要因、駆動力となる要因を中心にずらしすぎることになる。こういう要因は、ふつうなされているよりもずっと、周辺部に求めなければならない。「境遇」に。どのような人間が、どのような傾向のグループが、全体としてはかなり均等な混成集団の内部でイニシアティブをとったかに。偶然に。より正確に言えば甲が乙の原因となる「非法則的な必然性」に。それは偶然ではないが、連鎖状にうち続くのであって、およそ法則に支配されているとは言いがたい。

(一例をあげよう。ゴシックの大聖堂をわれわれが造るとなれば、現代の工学的、経済的機構を動員して二、三年でやってのけられる、いや、記録がかかっているならギルブレス式建築足場や(1)「科学的企業経営」を駆使して数週間で片づけるだろう。大聖堂は一期のプランのもとに単一体として天にそそり立つだろう。しかしたとえわれわれが独創的な設計を採用したとしても、でき上がったものは、貧相な細工物にすぎない。「時」が欠けている。世代の交代が、首尾一貫性のなさ、まさに組織的に構築されなかったもののみがもつ、有機的な生成、などが欠けている。ゴシック期の魂の表出に見られる、意志の衝動の気の遠くなるような持続力の長さは、建造のために固持せざるをえなかった効率の悪い工業技術に由来する。そしてこの一例だけでもさらに追求するならば、技術的、商業的、精神的、政治的な諸原因が幾千も絡みあい錯綜しているのがわかるだろう。)

9

「このような見方をしたがる者は、がさつで機械的で、文明に毒された野暮なひねくれ者だ」とはよく聞くところだ。だが右記の見方にはとてつもない楽観主義が潜んでいることを指摘しておきたい。なぜなら、もしわれわれの存在が、運命の操り人形よろしく糸巻きにぶら下がっているのではなくて、ただ夥《おびただ》しい数の微小な、互いに絡みあった錘《おもり》を纏《まと》っているだけであるのならば、われわれは自分で事を決定することができることになるからだ。

この感情こそ、われわれから消え失せてしまったものなのである。

10

いかなる次第で?

この感情は啓蒙主義時代までは確かにあった。一八世紀末の人びとはわれわれのなかの、あるものの存在を信じていた。それは解放してやりさえすれば飛翔するはずだった。彼らはそれを「理性」と呼び、「自然宗教」、「自然道徳」、「自然教育」それどころか「自然経済」の実現をさえ期待した。当時の人たちは伝承を軽んじて、精神をもとにして世界を新たに建設できると思った。このあまりに狭隘な思考にもとづく試みは挫折し、つまらない瓦礫の山を残した。この瓦礫の山への驚愕（より正確に言えば、一九世紀に自然科学が企て、やがて衰退した同様の試みに対する驚愕）の刻印を、現代の目はフロベール、ドストエフスキー、いやハムスン(2)の本にさえ認めることができる。すなわち「合理主義」は末期には軽蔑すべき、滑稽なものに成り下がってしまっていた。

合理的な構造を根幹とする行き方が失敗に終わったあとに、非合理への欲求、事実の集積への、現実への欲求が強まるのはもっともなことだ。それは二つのルートでやってきた。反動の波の一つは歴史だった。この突然目覚めた歴史への関心は、ある意味で退行だった。男子の不羈《ふき》から子供の謹聴へ戻ったのだ。遥けさ、静けさ、導かれて、物事から発して人間の内に理性が育つにまかせること。要するに倫理的・行動主義的峻険さに取って替わって、より包括的な、より宥和的な、だがより漠然とした考え方が登場した。かくして、噫《ああ》、豊富な事実は膨れ上がって過剰な事実となり、歴史研究は膨大な事実を前にして、いよいよプラグマティックに、より厳密にならざるを得なかった。その結果は、胸苦しい、刻一刻と増大する事実の山であり、知識を得る代わりに生命を失うという、魂の失敗であった。歴史はこういう失敗を避けることもできたはずだった。因《ちなみ》に、

（1）アメリカの建築技師フランク・ギルブレス（一八六八～一九二四）により考案された省力化をもたらす足場。
（2）ハムスン、クヌート（一八五九～一九五二）。ノルウェーの作家。製靴職人、教会の下僕などをしながら作家を志し、渡米。失意のうちに帰国。『飢え』（一八九〇）で文名を確立。『土の恵み』により一九二〇年ノーベル文学賞受賞。

ひとり歴史だけの話ではない。

なぜなら、われわれの祖父の世代以来、すなわち哲学が哲学しないように注意し、あらゆる思考がますます実用主義《プラグマティズム》化していった時代以降、歴史は、人生の解釈という哲学の任務を、兼職で引き受けざるを得なくなった。それゆえたちどころに二つの良心の呵責に苛《さいな》まれることになった。一つは実用主義的な良心の呵責で、歴史哲学という時代遅れをあざ笑った。もう一つは哲学的な良心の呵責で、魂のない実用主義をあざ笑った。大規模に秩序づける視点がなくては歴史は立ち行かないからである。

11

ここで一寸脱線するのを許していただきたい。荒涼たる実用主義に腹を立ててみせないのは、昔から作家たるものの沽券《こけん》に関わることだったのだから。

すでに「われわれの偉大な、古典主義精神の半神たち」が——こう表現するのをご容赦願えれば——、実用主義精神の傾向が声をあげたときに、耳をうしろに畳んで聞くまいとしたのはよく知られている。ゲーテはカントを賛嘆し、スピノザ[1]を愛し、自身も自然科学者だったこともあり、昨今のゲーテの魂の末裔たちよりはずっと、悟性と良好な関係にあった（ゲーテの言う「直感」は冒瀆された。彼の自然科学の草稿のどこを探しても「別な認識の仕方」という言い草は見当たらない。あんなにも頻繁に、その刎頸《ふんけい》の友としてゲーテが引き合いに出されているにもかかわらず）。とはいえ、古典主義は確かに、イギリスの職工の椅子に好意をもっていなかった。数学にも、力学にも、そしてわたしの記憶に間違いがなければ、ロック[2]にもヒューム[3]にも好感をもっていなかった。彼らの——いわゆる懐疑を、古典主義は否定していたわけだが。しかしそもそもそれは、自然科学や、数学や産業とともに登場してきた、実証的な精神の形態にすぎなかった。古典主義はこの精神を、おのれをズタズタにするものだと直感的に見抜いたのだ。（この点では、当時と今日の橋渡し的存在のヘッベル(4)でさえ、まったく古典主義的である）。偉大な人文主義者たちの姿を正確に思い浮かべてみると、彼らが考えていたのは――人の胸中に去来する、さまざまな妄想を含めて考えても――一つの世界《コスモス》、静謐な秩序、完結した法典であった。いずれにせよ彼らは、今日計算に入れなければならない、精神の無秩序や醜悪さという尺度を、人間性を耐えがたく貶《おとし》めるものと感じたに違いない。

だが、この拒絶された精神が、つまり科学にはそれで事足りる事実性の精神が、統計学の、機械工学の、数学の、プラグマティズムの、つまりは数の精神が、この事実の砂の山が、人間性の蟻塚が、今日勝利したのである。

これを遺憾とするかどうかはさておき、遅く生まれたゲーテの魂の末裔も、ただのゲーテ馬鹿どもも、この精神を折りこむ術《すべ》を覚えなければならない。

この精神は第二の水路を掘った。そして悟性の構造という窮屈きわまる川床からやっと身を振りほどいた反動の波は、この水路に流れこんだ。第二の水路は、実は啓蒙主義の時代のずっと前に始まっており、その時代の背後でいよいよ強力になり、成長し続けていたのである。

（1）スピノザ、バールフ（一六三二～七七）。オランダの哲学者。『エティカ』など。汎神論を唱え、ドイツ観念論やドイツ・ロマン派に多大な影響を与えた。▼巻末注
（2）ロック、ジョン（一六三二～一七〇四）。イギリスの哲学者。イギリス経験論の代表者、啓蒙主義の開拓者とされる。▼巻末注
（3）ヒューム、デイヴィド（一七一一～七六）。イギリスの哲学者。ロック亡きあと、イギリス経験論の指導者的存在。▼巻末注
（4）▼二〇九頁注（5）

12

ここでプラグマティズムや実証主義《ポジティヴィズム》という言葉が使われても、あまりに厳密に哲学の専門用語として受け取らないでいただきたい。理論としてではなく、生の現れとして言っているからだ。ルネッサンスのころに物理学がスコラ哲学の瞑想から離れて、事実の確立と事実の機能的連関の確立に転じてから初めて、いわゆる合理主義とやらが成立したわけではない――なにしろスコラ哲学もまた合理主義的だったのだから――。そこで行われたのは単に原状回復《レスティトゥツィオインインテグルム》にすぎなかった。すなわち瞑想に偏してゆがんでいた合理性が、再び事実というアンテウスの硬い地盤に据えられた[1]。その際合理主義はある方向性を受け取った。そこでは哲学の諸問題も数学の諸問題さえも、もっぱら数量化する自然科学によって提起されたのである。幕開けの初っ端から、数量化する観察法が――今日好まれている言い方を当てはめれば――神聖ならざる、非精神的な観察法が、火のように現れた。「量《クヴァンタ》が認識されるところにのみ、真の認識がある」とケプラーは[2]記している。ポルトガルの人サンチェス[3]――その没年にロックが生まれている――は、観察し実験する攻撃的《アグレッシブ》な精神を、哲学にも要求している。ケプラーよりも多方面にわたる理解力を有し、時代の転換期の典型でもあった大ガリレイや、ダ・ヴィンチのような芸術家でさえ、この実証性への転向の狂熱を共有している。即物性への、冷静さへの、悟性と諸感覚の証言への転向を。

これは、まもなくそれが蒙《こうむ》る極端化（デカルト）とは区別して考えなければならない。「不毛な機械工学」の桎梏《しっこく》に対して精神界が苦情を並べている今日、かつてはそれが偉大な人びとにとって、新しい救済の体験の力と火を意味していたことを、われわれは限りなく克明に想起しなければならない。

13

その潮流の決まり文句は、言ってみれば、何ものにも惑わされるな、となろうか。おのれ自身の感覚のみを信じるべし。手を突っこんで石までつかめ！　これは魂の暴力的な禁欲運動であって、そこから新しい方向における強大な魂の高揚が発生した。この高揚が内《うち》に秘めている炎と力とを見誤ってはならない。

この場合にも発展は、深化したというよりは広域化した。事実の科学は細分化してスペシャリストが現れるに至り、理論的総合は、個々の局面ではきわめて優れた業績をあげたものの、歩調を保ったわけではない。事実のデモクラシーのあらゆる欠点が地歩を固めた、とさえ言えるかもしれない。例の瓦礫の山が、つまり歴史における人間的な業績を埋め隠してしまった、あの胸ふたぐ圧力が、ここでもドッとぶちまけられた。とは言え、あたかもわれわれの時代に――端的に言って――哲学がないことが、この時代のネガティブな特徴であるかのように、そしてわれわれの時代は哲学を産み出すことができないかのように、ほぼ判で押したように叙述されるが、それは誤りだ。これはむしろポジティブに評価すべき特徴である。なぜなら事実という堅固な手懸りをたどる登攀者である実践《プラグマティッシュ》的な人間は、図書館員から哲学でございと差し出されるしろものを笑い飛ばしてしまうからだ。この時代に哲学がないのは、時代に哲学を産み出す能力がないからではなく、時代が事実に符合しない哲学を拒否するからだ（具体例をお望みの方は、ベルリンの若き哲学者ヴォルフガング・ケーラ

（1）　ギリシア神話のアンタイオス。大地に触れている限り負けることのない巨人。ヘラクレスは宙吊りにして殺した。

（2）　ケプラー、ヨハネス（一五七一～一六三〇）。重要なドイツの天文学者。引用文の字句どおりの原文はないが、確証できるケプラーの思想である。

（3）　サンチェス、フランチェスコ（一五五二～一六三二）。ポルトガルの医師、哲学者。懐疑的唯名論を代表した。

（1）ーの控え目に自然哲学的試論と銘打った書『静止および定常状態における物理学的なゲシュタルト』を一読されたい。この本を理解するほどの造詣のある方なら、事実の科学の基盤から出発して太古からの形而上学的難問の数々を解決する方向が暗示されているのを、身をもって感じとることができるだろう）。

あらゆる差異にもかかわらず、時代をリードする精神的タイプとこの点で類縁性があるのは、時代をリードする実際家つまり商人と政治家だ。そもそも資本主義がまた、事実だけを計算すること、自分自身のみに頼ること、把捉すること、不動の石材で仕事をすること、そのようにスタンスを決めた人間の自立、そして勤務時間外の荒涼を、魂の基本姿勢としている。政治に至っては、今日の見解によれば、理想主義の純然たる敵であり、ほとんど理想主義の倒錯である。弱気相場《ア・ラ・ベース》で人間に投資する者、リアルな政治家をもって自認する者は、人間の低劣な部分だけをリアルと見る。すなわち低劣な要素のみを、信頼できるとみなすわけだ。現実政治家は信念にもとづくのではなく、常に強制と策略にもとづく。第一次世界大戦中と戦後におぞましい渋面で姿を現したものは、底を洗えばこの精神にほかならなかった。一国の諸省庁は、利害を共有できない場合に、この精神でもって互いにやりあうのである。抜け目のない商社マンが同類と交渉するのも、この精神によるのだ。この地獄の最深奥部にあるのは――個々人にはまるで意識されないままだが――逆円錐の頂点のように、理想主義の無力さへの、悪魔的な軽蔑である。この軽蔑は堕落した者のみならず往々にしてわれわれの時代の最も強力な者に特有なものだ。

この軽蔑には時代の深い自信が潜んでおり、同じく絶望的状況が潜んでもいる。これは現実という海での潜水泳法だ。歯を食いしばって、あともう少しだけ息を止めるのである。泳いでいる者が二度と浮かび上がらない危険はあるが。

14

このような人間を矯正し、中庸と恒常心へと教導する任務、このようなカオスに秩序をもたらす任務、意義付与の任務、生の解釈の任務を――副次的業務として！――引き受けるのは、歴史をおいてほかにない。歴史にはしかしこれをあつかう概念がなかった。歴史哲学は拒否され、純歴史学的なカテゴリーは、まだ充分には成長していなかった。生を秩序づける概念がないからだ。それゆえ裏口から闇ルートで、歴史哲学の主観的な、当て推量の在庫品が導入された。理性、進歩、人間性や必然性などの概念が、幽霊さながらに生のイメージを支配していた。それと手を携えたのは吟味されたことのない、あるいはせいぜい支配的な論調によって支持された倫理的価値評価であった。秩序の幻想がカオスを覆ったのである。初めのうち、周知の、歴史的内実への転向は、救済と見紛う効果をもたらすことができた。「諸時代」に一定の思考法を当てはめてはならぬ、「判断と尺度とは諸時代そのものから得るように」という歴史の教えは、当初は進歩のように見えた。没入する、感情移入する、現象を現象そのものの領域から理解する、外部から総合を強制しない、などなど。われわれの時代ほど嬉々として巧妙に、これをする時代はなかった。その結果――オイケン[(2)]の言葉によれば――異質な流儀に汲々として擦り寄るうちに、自分の意欲と本質が弱体化してしまった。まさしく、われわれ自身の緊急の問題を多量に抱えこんだ、この発展段階にみあった体たらくである！

（1）　ケーラー、ヴォルフガング（一八八七～一九六七）。ドイツの心理学者。ゲシュタルト心理学のベルリン学派の創設者の一人。一九三五年アメリカへ亡命。ムージルの言及した書は一九二〇年に出版された。

（2）　▼三五頁注（1）

15

これでやっと現在の時間の流れに追いついたわけだ。われわれを包みこんでいる生には、秩序づける概念がない。過去のさまざまな事実、あれこれの学問の諸事実、生の諸事実が、乱雑にわれわれを覆っている。通俗哲学と茶飲み談義は、理性と進歩の信仰というリベラルで根拠のないボロ雑巾で満足している。さもなければ新紀元《エポック》とか、民族国家とか、人種とか、カトリック信仰とか、直感人間などの周知の呪物《フェティッシュ》を発明して悦に入っている。これらすべてに共通なのは、ネガティブには、悟性に向けられたセンチメンタルな不平不満であり、ポジティブには、支柱への欲求である。つまりわれわれがそれに感覚印象を纏《まと》わせることのできる、巨人のような骨格の怪物への欲求であって、これらの感覚印象から、われわれの自我は辛うじて成り立っている。（因に、これが文化か文明かをめぐっての文学的論争の核心である。そして表現主義が道化芝居の域を大して越えることなく終わった主要な原因がこれである。表現主義は、本質的に印象主義的なままの地盤の上で先に進むことができなかった）。こうしてわれわれは、実際に判断し形作るにあたって非常に臆病になってしまい、その結果、現在をさえ歴史的に見る習慣を身につけた。新しい主義《イズム》が登場するたびに、新しい人間が来た、とわれわれは考える。そして学年暦が終わりを告げると同時に、新紀元《エポック》が幕を開けるというわけだ！

かくしておよそ精神に属するものすべては、今日このうえない無秩序の状態にある。事実と数字の精神は――伝統に従って、理由はほとんど意識されずに――攻撃されているが、この精神に向かって単なる否定以上のものが対置されることはない。なぜならもし誰かが、われわれの時代には総合が欠けている、あるいは文化が、宗教心が、共同体が欠けていると御託宣を垂れるとき――いったい、その類《たぐい》の御託宣以外に何があろうか？――それはせいぜい「旧き佳き時代」の礼賛を越えるものではないのだから。なにしろもし仮に、実験室や飛行装置やマンモス化した社会組織を、勝手に乗越えたつもりにならずに、文化や宗教や共同体が本当に吸収統合した場合、文化や宗教や共同体が今日どのような様相を呈するべきかを明言できる人はどこにもいないのだから。こうして結局のところ人びとは、現在の世界が自己放棄することを求めているにすぎない。覚束《おぼつか》なさ、無気力、厭世的な色合いが、今日魂と結びつくすべての特徴となっている。

当然ながらこれは前代未聞の、精神をバラ売りする雑貨商店に反映されている。われわれの時代は対立概念をひとしなみに、しかも未調整のまま抱えこんでいる。個人主義と共同体感覚、貴族主義と社会主義、平和主義と軍国主義、文化礼賛と文明推進、ナショナリズムとインターナショナリズム、宗教と自然科学、直感と合理主義、さらに数えきれない対立を。ここで喩《たと》えを使わせていただければ、時代の胃袋はすっかりやられていて、同じ料理のゲップを数千種にミックスして吐き続けているのだが、消化することはない。表面的に観察しただけでもすでに、このような対立概念法から——問題を幾組かの二項対立に展開するやり方、このような多層性ないし二者択一の設問法から——割り出されることは、まだ精神的な仕事が充分になされてはいない、ということだ。あれか－これか、には何がしかの素朴さがある。このナイーヴさは価値判断する人間には似合っても、思考する人間、対立概念が一連の隣接する程度差のスケールへと解消されるような人間には、似合わない。そして実際、この問題設定に対応するのが、われわれの精神的イメージにおける、極端にまで推し進められた小グループ集権主義である。読書グループごとにお気に入りの作家がいる。農場経営者の政党、職人の政党は、さまざまの哲学をもっている。ドイツにはひょっとすると、多かれ少なかれしっかりと組織された読書グループをもつ出版社が一〇〇はあるかもしれない。聖職者にはそのネットワークがある。しかしシュタイナー主義者(1)には一〇〇万人の組織があるだろうし、大学にはそれぞれの影響力というものがある。かつてわたしは実際に、ウェイターたちの組合新聞で、接客業従業員の世界観に関する記事を読んだことがある。その世界観は「とこしえに護持されねばならない」ものだった。

これはバビロンの癲狂院だ。(2)何千という窓から、一時に何千という声、思想、音楽が歩行者に降り注ぐ。個人がさまざまのアナーキーな動機の終結地となり、モラルが精神とともに崩壊するのは自明のことだ。

この癲狂院の地下室ではしかし、ヘパイストス(3)の創造的意志がハンマーを振るっており、人類の太古からの夢、飛行や七里靴(4)、固体の透視、その他前代未聞のファンタジーが多数実現されている。数世紀前にはそれらはきわめて神聖な夢の魔術だった。われわれの時代はそれらの奇跡をなすが、もはや奇跡と感じてはいない。

われわれの時代は成就の時代だ。そして成就は常に幻滅でもある。この時代に欠けているのは憧憬だ。その心が苛《さいな》まれながらも、時代がまだできずにいる何かへの。

16

思うに、戦争は病気のようにこの社会という肉体に勃発した。魂への通路を断たれた、ある巨大なエネルギーが、このきな臭い瘻管《ろうかん》を魂に向かって穿孔《せんこう》したのだ。もっとも、戦争をヨーロッパ文化の危機と捉えるこのような解釈に対する警告を知らないわけではない。それは特にドイツ的な観点だそうだが(ローベルト・クルツィウス(5)が一読に値する書『フランスの精神労働者のサンディカリズム』のなかで、他の書籍を援用しながら述べている)、重要なのはこの観点にどのような内容を盛りこむかだろう。戦争には一、〇〇〇もの異なった原因があったに違いない。それでもそのいずれもが、つまりナショナリズムであろうと愛国主義であろうと、あるいは経済的帝国主義、将軍たちと外交官たちの気質、その他諸々であろうと、そのいずれもが、何らかの精神的諸前提に結びついており、それらの精神的諸前提が、やはり共通の状況を、したがってともに決定しうる状況を特徴づけていたことは、否定すべくもないだろう。

特筆すべきは、破局のきわめて特徴的な予兆が、とりもなおさずイデオロギー界の状況の反映にほかならなかったことである。すなわちそれは、国家機関のハンドルを握っている一群のスペシャリストたちに対する、まったくの放任に現れていたのであって、その結果があたかも寝台車で旅行していて、衝突でやっと起こされたような有様となったのだった。この「成り行きに任せる」いき方に染まっていたのは、国家の「作動中の機関」を前に畏《かしこ》まった「思慮深き市民たち」だけではなく、狎《な》れ合いながら生き永らえてきたあれこれのイデオロギーもまた染まっていた。イデオロギー同士は互いに吠え合うが、嚙みつくことはなかった。これは個々人を社会に組みこむことと表裏一体の関係にある。もしあらゆる良心に関わる問題を自分一人で解こうとするなら、過重負担のため痴呆になるだろう。他方、良心に関わる問題のなかには、人びとがなかなか「スペシャリスト」に任せようとしないものもある。たとえば結婚とか、永遠とか。これらのケースは、結婚式とか葬儀などのように明瞭に知覚できるシグナルによって特化しなければならない。だから、世界が戦争へ向かって迷走

（1）オーストリアの人智学の創立者ルードルフ・シュタイナー（一八六一～一九二五）の信奉者。シュタイナーは科学的な事実認識の姿勢を精神世界にもちこみ、その手法を「精神科学」と称した。六、〇〇〇回近い講演、三五〇巻以上の著作・講演集を残している。

（2）原語は ein babylonisches Narrenhans。現代では「知的障害者施設」等の訳語が適当であるが、ムージル執筆当時のニュアンスを考慮し、古風な表現を用いた。

（3）ギリシア神話の火と鍛冶の神。手工業の守り神。

（4）ひと足で七マイル行ける魔法の靴。シャミッソー『影をなくした男』でも重要な役割を果たしている。

（5）クルツィウス、ローベルト（一八八六～一九五六）。アルザスに生まれる。シュトラースブルク、ベルリン、ハイデルベルクに学び、ボン大学教授。はじめフランス文学を研究。やがて視野を広げ『ヨーロッパ文学とラテン中世』（一九四八）でトポスという概念を確立した。ムージルの言及した研究書は一九二二年に出版された。ほかに『ヨーロッパ文学論集』など。

していった原因は、それを特化すべき精神的な組織《オーガニゼイション》の欠如にある。危険の兆候やなだれこもうとする諸勢力の存在は、まじめに受け止められず、他方それに歯止めをかけようとする諸勢力もいい加減にあしらわれたのだが、それはイデオロギーの諸問題が無秩序のまま、吹けば飛ぶようなしろものとして「美文学的」とみなされた状況に由来する。それに対して現実政治の諸勢力は、少なくとも一定の市民的権利能力をもっていたため、遥かに有利だった。

もう一つの特徴は、破局が忽《たちま》ちとった規模の大きさだった。火の手があのように急激に、途方もない速さで広がるには、すべての準備が済んで地震や大火災や感情の嵐が今や遅しと待たれていなければなるまい。戦争の勃発のものすごさを体験した者は、戦争を平和からの遁走とみなすだろう。

17

すべてを巻きこんだこれほどの大破局を、一個人の案出した公式に還元しようとするのは、むろんナンセンスに違いない。われわれはもとより戦争の社会学について、知るところはわずかである。戦争はあらゆる文化に存在したので、それだけでも、特定の戦争を特定の文化的状況の破局とみなすのは難しい。疑うべくもなく戦争は、伝統的なもの、周期的な制度として受け入れられている。ところが、その時代の精神が——ドタバタ劇を別として——断固として平和主義的であるときになぜ戦争が勃発しうるのかという疑問については、話は別だ。さらに、戦争といってもなかには、いわば周囲が黙認しているくすぶった戦争もあり、劫火のように周囲を嘗め尽くして広がる戦争とは、社会的に見て異なっている。近ごろはコモンセンスの領域に発した、何でも調停したがる勢力が、戦争を無益で理屈に合わないものとこき下ろす作業に取り組んでいる。利益と理屈を旨としている時代に、これはいかにも端倪《たんげい》すべからざる論拠に違いない。だがこの手の平和主義者たちは、先ほどの後者のタイプの戦争につきものの、爆発性の心理的な要因を過小評価していると思われる。すなわちその時どきに現存在をズタズタにして空に放り投げ、それがどうなるのか見てみたいという、明らかに人間的な欲求のことだ。この「形而上的粉砕」――と呼んで差し支えなければ――への欲求は平時に、満たされざる残滓として蓄積される。どこを見ても抑圧もなく、経済的に絶望的な状況もなく、あたり一帯ただ繁栄だけがあるような場合、この欲求に認められるのは、秩序に反逆する、魂の革命以外の何ものでもない。それが宗教的高揚へと発展した時代も少なくなかった。そうでない時代には、戦争による高揚へと向かったのである。

　この現象をこの側面から見ると、次のように補足しなければならない。何がしかのイデオロギーや気質の崩壊が――たとえば昨今の市民精神の崩壊とか一六一八年のカトリック精神の崩壊とかが――（もちろん見かけのうえのことだが）問題なのではなく、つまりあれこれのイデオロギーの内容が問題なのではなく、あらゆるイデオロギーが周期的に崩壊することが問題なのだ、と。イデオロギーは常に生と不均衡な状態にある。そして生はくりかえし訪れる危機のたびに、イデオロギーから身を振りほどくのである。成長する軟体動物が、きつくなりすぎた甲殻から脱皮するように。

　いまだに克服しきれていない戦後の疲労にもかかわらず、今日その周期的崩壊の時期が近づいているのが看《み》てとれる。戦前の精神にも劣るほどに、権力者たちに対して、さらに悪質な「あなた任せ」を履行しているのは、ひとりフランス的精神だけではない。わが国においても、新たな体験のおかげでイデオロギーの中味は変化したけれども、社会的反応と政治的活動のやり方は相変わらずしどろもどろで危なっかしいままである。

18

価値という価値は揺らぎ、いかなるものにも責任の所在はなく、生は狂喜のうちに火中に投じられた。それでも一種の罪滅ぼしでもって、原状回復でもって、さらなる責任を要求することで、善意、キリスト教、人間性によって、要するに以前は不足だったものを増加させることによって、状況を改善できると考えるのは誤りのように思われる。理想性《イデアリテート》が不足していたのではなく、理想性のための前提条件が欠けていたからだ。わたしの信ずるところでは、これがわれわれの時代が肝に銘ずべき認識である！　問題解決は、新たなイデオロギーの待望にも、今日互いに鎬《しのぎ》を削りあっているイデオロギー同士の闘争にもない。解決策は、イデオロギーに関わる諸活動がそこでは恒常性と深みをもつような、社会的な諸条件を創ることにある。われわれに欠けているのは機能《フンクツィオーン》であって、内容ではない！

二度と再び、均一のイデオロギー、すなわち一つの「文化」がわれわれ白人の社会から自然発生的に生まれることはないだろう。初期のころにはあったかもしれないが（どうやら人びとはそれを実物以上に素晴らしいものと想像する傾向があるらしい）、水は山を流れ落ちるが、登ることはない。繁栄する社会は、精神的には進行性の自己崩壊過程のさなかにある。ますます多くの人間と見解が、全般のイデーの形成に参加してくる。そして学問が時代の黎明期に闖入し、さらに遠く隔たった発生の地同士を結びつけることから、次々と新たなイデーの源泉が開かれるだろう。通常悪い意味で文明と呼ばれているものは概《おおむ》ね、意味もわからない言葉から成る数多くの問いの荷重をかけて個人を苦しめることにほかならない（政治的デモクラシーとか新聞を想起されたい）。それゆえ、個人が完全に病理学的な流儀でそれらの荷重に反応するのは、実に自然なことなのだ。今日われわれは、市井の商社マンに精神的な問題の決断を強要しているが、その答えを良心的に選択するのはライプニッツにすら不可能に違いない！　さて、そこかしこでぶつかりあうイデーの一つ一つにも何がしかの生命価値が内在しており、抑圧は欠損であり、採用は利得である、という考え方の正しさは論を俟《ま》たないがゆえに、ここに途方もない組織体の問題が内包されていることになる。すなわちイデオロギーの諸要素の対決や結合などを偶然の手に委ねてはならぬ、組織的に推進せよ、というものだ。社会の果たすべきこの不可欠の機能があるのは、目下のところただ科学の領域、すなわち悟性の領域のみだ。精神の領域では、現に創造に携わっている人びとにすら、この機能の必要性が認められていないのである。

それどころではない、まさに精神の領域で（一義的な悟性の仕事とは対照的という意味で、便宜上そう呼ばせていただく）、最も頑固な偏見は、文明の発展の歪みや、とりわけ魂の腐敗の原因は、悟性にある、文明は悟性に淫した、というものだ。悟性について、やれ一面的だとか、ひどい副作用があるなどと悪口を言うのは勝手だが、しかしもし悟性が分解的に作用すると主張するなら、それはとりもなおさず、悟性はそれまで亀裂もなく感情になじんでいた諸価値を、徐々に解体してゆく、ということにほかならない。だが悟性にそれができるのは、それらの諸価値が感情に対してもっている前提が、どのみちすでにひび割れている場合だけだ。悟性の本性に原因があるのではない、諸価値の側にある！　悟性はその本質から言って結合的でもあり分解的でもある。実のところ悟性は、人間の諸関係においておそらく最も強力な結合力なのだが、このことが奇妙にも文学好きの告訴人たちに、見落とされがちなのである。すなわちこれは、惜しむべき不和の関係であって、悟性と魂とがすれ違ったまま存続しているということにほかならない。われわれの悟性が多すぎ、魂が少なすぎるのではない、魂の問題をあつかう悟性が少なすぎるのである。悟性が譴責《けんせき》される窮境は、実はこうなっているる。われわれの思考が習慣的にとる道筋は、自我を排除して思考から思考へ、事実から事実へと歩を進める。われわれは、われわれの自我を経由せずに、思考し、行為する。ここにわれわれの客観性の本質がある。客観性は事物同士を結びつける。それがわれわれを事物と関連づけるときでさえ、あるいは――心理学の場合のように――われわれ自身を対象にするときでさえ、客観性は人間の個性を締め出したうえでそれをするのである。客観性は事物に触れて、いわば内面的なものを放棄する。万人に妥当するものは非個人的である、換言すれば

――ヴァルター・シュトリヒ[1]がきわめて適切に、間接的に表現したのだが――個人の責任で真理を保証することはできないのである。客観性が基礎づけるのはそれゆえ、人間的な秩序ではなく、即物的《ザハリヒ》な秩序にすぎない。

事実、本論の前半で言及した、事実にもとづく思考が飛躍的に発展する、近代への幅広い移行期間においてすでに、それに対するきわめて激しい抗議が登場していた。「宗教は神学ではない。宗教はむしろ『全人格の更新』である」とシュヴェンクフェルト[2]、セバスティアン・フランク[3]とファレンティン・ヴァイゲル[4]が異口同音に、道を踏み外した神秘家ルターを批判して言っている。それは感情の側からの抗議、意志の、生けるものの、変転するものの、すべてを含めた意味で人間的なものの抗議であって、そこでは硬直し凝固した沈殿物である神学や知識とは截然《せつぜん》と一線を画している。そしてこの声が常にまた――それらから一切の神学的諸結合やそれらに付着している特殊なものを身ぐるみ剝《は》いでしまえば――すべての神秘思想の駆動発条《ゼンマイ》だった。愛とか、観照とか、覚醒とか、それに類する言葉はすべて、深く漠然とした言葉の濃《こま》やかな豊かさにおいて、思考がより深く感情の領域のなかへ、体験されているものとのより個人的な連関のなかへと、沈潜するさまを表現している。

これと類縁性のある体験内容、類似した悟性との関係を、孔子からエマスンに至る、神秘主義的でない人生知の著作にも認めることができる。そしてこの流れに沿って、道徳と倫理との境界が走っていると主張することができる。道徳は、規定というその本質からして、反復可能な体験に結びついているのだが、まさにこの反復可能性が合理性をも特徴づけている。なぜなら概念というものはただ一義性に、そして――そこから派生して――反復可能性に発するものだからだ。斯《か》くして文明を開化するものとしての道徳の性格と、悟性の性格とのあいだには深いつながりがある。ところが愛の体験や内省や恭順などの本来倫理的な体験には、社会的な場においてさえ、非常に伝達困難なところ、まったく個人的なところ、ほとんど反社会的なところがある。「キリストのなかにも外的な人間と内的な人間とがあった。そしてキリストが外的な事物に関して為したことは、外的な人間から為したのであり、そのとき内的な人間は不動の隔絶の境地にあったのである」(5)とエックハルト(6)は言っている。今日の文学で倫理と呼ばれるものは通常、倫理の狭隘な基礎と、その上に伸びる道徳の高層住宅である。

倫理の幾分かでも、今日本当に存在するのは、きわめて不充分な形で芸術のなか、エッセイ文学のなか、そして個人的な諸関係のカオスのなかである。音楽はさまざまな感情をあちらこちらへ揺り動かす（そのさまざまな感情のなかに、世界と魂についての思考が根づいている）。絵画はすでに「対象《オブジェクト》」から――合理性の保菌者から――縁を切ろうと努めている。詩文芸は、相も変わらず繰り返される助走の域を超えることのない、停滞した魂の状態を見せてくれる。すべてをひっくるめると、これは漠然とした不充足であり、度を過ごすととりとめもない現象へと極まる、発酵する集塊であって、そこでは飽きもせず同じ砕片が表面へと立ち昇って

（1）シュトリヒ、ヴァルター（一八八五～一九六三）。ドイツの心理学者、文化哲学者。『心理学的認識の諸原理』（一九一四）、『非合理的人間』（一九一八）。▼巻末注

（2）シュヴェンクフェルト、カスパール・S・フォン・オシヒ（一四八九～一五六一）。宗教改革の時代の神秘主義的教団の創設者。

（3）フランク、セバスティアン（一四九九～一五四二）。宗教的な大衆作家、歴史記述者。

（4）ヴァイゲル、ファレンティン（一五三三～八八）。新教の牧師。神秘思想から出発した哲学者。制度化された宗派教会に反対した。

（5）▼巻末注

（6）エックハルト（一二六〇ごろ～一三二七）。中世ドイツ神秘思想のきわめて重要な思想家。▼巻末注

いる。そこに化学者がきて成分を明らかにしてくれることはない。

今のわれわれの精神には、今のところまったく、この状態を変えようという姿勢がない。歴史は——すでに述べたように歴史自身、秩序づける概念の助けを必要としている——濫用された、秩序概念を創る救助手段にすぎない。そしてわれわれの人文主義は、せいぜい本業のかたわら比較し、生の要素を抽出し、倫理的である に留まり、むしろそれよりも重要人物たちや、さまざまな時代と文化をまるごと理解し、それらを模範として樹立しようと努めている。もし人びとがゲーテやレッシングを、それ自身で完結した卓越した全体性だと教え込むなら、この偉大な存在の模範的なところは、「教養値」をもつに違いない。ところがただ模範的なところだけが伝えられたのでは、たとえば物理の授業でケプラーとかニュートンの伝記が講義されるのと基本的に変わるところがない。本質的な実質価値はなおざりにされ、伝記にかまけて、言わんとする思想上の遍歴が欠如しており、内容の把握は多かれ少なかれ学校の授業と同様、個人的な恣意と好みに委ねられる。しかしゲーテが次のように詩作したとき——「愛の父よ／あなたの竪琴《たてごと》に／彼の耳にかようひと節《ふし》でもあるならば／彼の胸を爽やかによみがえらせてやってください」(1)——この詩はここにあるだけに留まらない。また単に若い、狷介《けんかい》固陋《ころう》なプレッシング氏(2)との関係、その他のゲーテの伝記との関係のみに存するのではないし、古典とか文学的伝統のなかにあるだけではない。それは一連の人間愛ないし善意のネットワークを形作る。人間愛や善意は表象の世界の劫初《ごうしょ》から今日まで絶えることなく続いており、この列のなかの位置が定まることで、詩の本質も初めて定まるのである。

芸術と倫理と神秘思想のこのような秩序、すなわち感情界と理念界の秩序もまた、比較し、分析し、総括するから、その限りでは合理的であり、われわれの時代の最強の本能と、本質的に類縁性をもっている。それでもこの秩序は魂に矛盾するものではない。つまりこの秩序には目標があるが、その目標とするところは、たとえばエートスを道徳へと濃縮し、感情を因果論的な心理学へと固めるような一義性ではない。そうではなく、人間の多様な動機と行為のさまざまな根拠の展望、人間の多様な動機と行為のさまざまな結合や、掣肘《せいちゅう》や、流動する意味などの洞察、すなわち人生の解釈なのである。

われわれの状況の考察が、以上の規律の要求に終わるのは奇妙かもしれない。しかしこのような論文も書かれず、このような規律も獲得されなかったような時代が、大いなる秩序を樹立するという課題を解決する能力をもつことはけっしてないだろう。

（1）「冬のハールツの旅」の一節。「神があらかじめ定め給うた道」によってヴァイマルに来、シュタイン夫人の知遇を得たゲーテは、この旅で会った不幸な青年プレッシングの運命と引きくらべて、自分が「愛の父」の寵児と感じられ、それゆえに第七節では彼のために、「愛の父」に祈りを捧げているのである。▼巻末注

（2）プレッシング、フリードリヒ・ヴィクトール・レーベレヒト（一七四九～一八〇六）。ドゥイスブルク、ブリュッセルの哲学科教授。

22

昨日の女性、明日の女性

フランツ・ブライに捧げる

1929年

F・M・ヒューブナー編の『われわれが望む明日の女性』に収められたもので、いわゆる「新しい女性」がどのような文化的・社会的背景の変化のもとに生まれたかを分析している。注目すべきはそれをイメージの問題として考察している点である。女性という像が文化の規範、したがって男性の規範がつくり上げたイメージであり、実質を欠いたそうしたイメージが女性を、また男性をいかに束縛してきたかをユーモラスに暴露していて、現代的なフェミニズムの論点をすでに含んでいると言える。ここでも取り上げられている「モード」という表象は、ムージルの他のテクストにもたびたび登場する。つまりこれも、人間が生を耐えうるものにするためにつくり出すさまざまな装置——たとえば見解・信念・規範——の一つであって、一般に受け入れられているときには、それ以外のものは考えられず、受け入れられなくなると滑稽なものと感じられるのである。気軽に書かれたものであるにもかかわらず、ムージル特有の認識批判に貫かれた興味深いエッセイである。

新しい女性と呼ばれているものは、一筋縄ではいかない存在である。この「新しい女性」という現象は少なくとも、新しい女性、新しい男性、新しい子供、新しい社会から成っているのだから。新しい女性について書くという仕事を引き受ける前に、そのことをよく考えるべきだったと白状しなくてはならない。新しい女性について書くといっても、新しい女性が本当に存在しているのか、あるいは一時的にみずからをそう称する女性が存在しているにすぎないのか、それすら定かではない。

それゆえわたしには、特に興味のある問題をいくつか選んでそれに触れることしかできない。以前から興味のあったものの一つに、時代遅れになった女性の問題がある。もっとはっきり限定して言うと、われわれ今日生きている大半の人間のあいだでとうとう時代遅れになってしまった女性のことである。時代遅れの女性は、ある重要な問題において新しい女性よりも首尾一貫していた。なにしろ、新しい女性が肌を出すといっても部分的にしか露出しないのに、時代遅れの女性は、首からつま先まで衣服に包まれていたのだ。六〇歳の紳士に青春時代の思い出を尋ねてみれば、今どきの女性なら着ることも脱ぐこともできやしないと話してくれるだろう。それには一理あって、古いモードの写真を見れば紛れもなくそうであることがわかる。古いモードの女性たちは不可解なほど滑稽に見えるので、現在の姿はあえて言うなら、近代のもたらした奇蹟のように思えるほどだ。古いモードの女性たちは生が脱ぎ捨てた形象であり、愛のスローモーション写真である。そこでは、かつては感覚の流れにひたされていた形《フォルム》が、それだけで現れるといつも人をぎょっとさせるのである。しかしながら現在の偏見にとらわれることなく、また過去の偏見に身を移すこともせず、たとえばバロック彫刻を見るときに学んだ見方で古いモードの衣装や帽子を眺めるならば、それが今ほど趣味が洗練されていないのに気づくと同時に、並々ならぬ力強い動きを発見するだろう。歴史のなかでひからびてしまうことで、襞やパフやレースたっぷりの、幾重にも重ねられた衣装(1)は本来の働きを顕にするのである。すなわち、官能的な表面を人工的に途方もなく拡大するという働きを。自然は一枚の皮膚を拡げたり折りたたんだりして動物や人間の形

（1）▼巻末注

をつくり、愛の誘惑を生み出すが、その自然が行う芸術が古いモードにおいてはいささか悪趣味なまでに、しかし効果的に高められていた。時代遅れの女性の衣装は（ちなみに女性の慎み深さも同じことだが）男性の有無を言わさぬ欲望を受け止め、分散させる役割を担っていた。一つの川だけで広大な土地を灌漑するように、男性の欲望の単一の光を大きな表面に（そして道徳的にはいくつもの障壁に）分散させたのである。人間の諸力のうち快楽と意志にだけ例外的に妥当する法則に従って、つまり快楽と意志はさまざまな障害によって弱まるどころか強くなるという法則に従って、そうした衣装は欲望を滑稽なまでに増幅させたので、今ではまったく何でもないことなのに、当時の人びとは衣服を脱ぐときアヴァンチュールに身を震わせた。けれどもスタンダールが、ルネッサンス小説集(1)のなかで語っている魅力的な愛の物語のことを思い出せば、そうしたことを、ほほえましく思うだけではすまないだろう。それらの愛の物語の松明《たいまつ》のような輝きはまさに、恋人同士が抱擁し合えることはめったになく、しかも夜目を忍んでの命がけのものであったという極度に困難な状況から発しているのである。今日のわれわれが決定的に失いつつあるのは、まさにこうした高揚感である。そうした高揚感は、結局ほとんどもうナンセンスな硬直した形でしか存在しなくなっているにしても。

とはいえ、ナンセンスなものになってしまった例をもう一つお話ししたい。それは神経性の不安にわけもなく悩まされた男性から聞いたものであるが、その不安は彼の青春時代の物語と結びついていた。彼は青春時代、少年から青年への移行期を、とある寄宿舎で過ごしたが、自分や仲間たちが——おそらく一八九〇年代の終わりごろだった——「女性」のイメージをどのように思い描いていたかを、いぶかしげに話してくれた。小説を集めた古い図書館、世界の小説の宝庫あるいは宝箱というべきものが水源をなしていて、その水を彼らは飲んだ。そこに現れる女性はみな美しかった。腰は細く、手足はごく華奢で、髪はとても長い。性格は誇り高かったり、穏やかだったり、ほがらかだったり、物憂げだったり、しかし皆きわめて女らしく、物語の最後では焼きリンゴのように甘く柔らかい。そうした女性たちが、まだ自分で人生を目にする機会をもたない若い男たちの期待を形成していたが、そこで奇妙なことが明らかとなった。こうした女性には、彼女たちの唇に押しつけられることになる男性側の口ひげがつきものだったのだ。こうした口ひげは自然の法則によれば、若い人たちがすぐにも期待してよいものであった。かくして若い男たちは、今風の言い方で言えば、先取りされた欲望として口ひげを望むようになった。口ひげは小説の宝庫に従って、ブロンドか黒で、柔らかく長くなければならなかったので、わたしに話してくれた男性は片方がブロンドで、念の入ったことにはもう片方が黒いひげをはやしたいと思うようになった。しかもそのひげは、そのたびごとに長くなった。最初は物語のどれかで読んだ主人公のひげと同じ長さにすぎなかったが、次に読んだ物語のライヴァルがつけ加わると、そのひげは二人のひげを合わせた長さになり、ついには物語のあらゆる場合に備えて、そもそも存在する口ひげ全部を合わせた長さになり、さらに少しずつ長くなった。そんな風に長くなったとき、かの少年はそんなひげを望むことはそもそもできないことに幸いにも気づき、あとになって、自分がそんな奇妙な退廃した幻想に思いがけず陥ってしまったことを思い出して愕然とした。こうした体験に照らされて、女性は彼に恐怖の念を呼び覚ました。手足や口の小ささ、腰の細さは、生理学が皮下脂肪と呼んでいる他の箇所の過度の強調とあいまって、限りなく小さくなろうとする、心を空疎にしてしまうような幻想的なイメージとなった。腰はいくら細くても充分ではなくなり、理想的な口は針の頭ほどの丸みと大きさであり、小さな手足は、豊満な花のうてなに止まった小さな無力な蝶といった風情であった。こうした理想像には、明らかに妄想反応の核心が潜んでいた。心理学をかじったことのある人なら、あくなき防御志向のことを思い出す気になるだろう。それはアードラー派によれば、神経症患者の特徴の一つである。しかし、この妄想反応を病気だと呼ぶことはまずできない。というのも人間

（1）『イタリア年代記』のこと。

の行為はすべて、多くの別方向の関心や、逆方向の関心のさなかから生まれたものであり、そうしたもともとの土壌を離れると、このような空疎な成長を見せ、充実なき過剰へと向かうからである。神秘主義は禁欲的な苦行に、精神の卓越した営みはチェス・ゲームに変わり、身体の喜び、競争の喜びは記録の奴隷へと歪められてしまう。こうした一面的な反応のグロテスクな影が愛の上にも射した瞬間からうかがえるのは、それまで有効であった愛の理想形式がすでに解体していたという推察にほかならない。

それ以来、新しい女性については多くのことが書かれ、言葉を費やさなくてもこの推移について語ることができるようになった。世紀をまたがって今なお生きている二つの世代の両親と祖父母の時代まで通用していた愛の概念は、騎士の愛の概念であった。騎士は自分にふさわしい貴婦人を求め、見つけ出す。ところがときが経つうちに、騎士が女性のためになし遂げなければならない厳しい試練の業は、しだいに下手な小説の領域に移っていった。おまけに、もともとキリスト教的－騎士的である理想は分割されて、男性には騎士的な仕事が、女性にはキリスト教的な仕事が割り当てられていた。生活のなかでは結局ほとんどもう存在していなかったが、とはいえ生の方向を規定していたこうした愛の概念は、今ではすたれてしまったようだ。それとともに、女性の愛の年齢を一七歳から三四歳の短い期間に限定するという、今日では理解しがたい制約も消えていく。そうした制約は、愛の概念を満たすことができるのは花の盛りだけだという暗示を発していた要求過多の、度を越した愛の概念に由来している。ある概念が空洞化したために誇張されるという同様の過程を、女性の社会的地位もまた、それに見合った形で経験した。そもそも家政の活動領域は、一人の人間全体を必要とするほど大きく多様であったのに、そのなかの些末なものだけが残ったということ、そしてその些末なものが、采配をふるう主婦という、それには大きくなりすぎた概念と相変わらず結びつけられていたということを思い出さなければならない。こうして、男性の強力なパートナーであったものは、自分のかいがいしさを愚かしくしゃべりたてるいささか滑稽な家事好きの主婦になってしまった。当然ながらこれには、子供との関係における同様のなりゆきが結びついていた。子供の問題、あるいは今日よく言われる世代間の問題は、今風の成熟の早さ、それに伴って子供が抱く両親から早く独立したいという欲求、両親と子供を反目しあう世代だと煽りたてる文化の潮流に原因があるのではなく――ふつうはそこに原因が求められているが――、おそらく端的には次のような事実に起因しているのであろう。つまり、以前はほぼライフ・スタイル全体が受け継がれていたのに、今日受け継がれるのはせいぜい金銭と財産だけだという事実である。世代間の問題はまさに、そこに住む人の地位と富を示す何世代にもわたって引き継がれる自分の家が、大都市のノマド[1]的賃貸住宅へ移行したことと密接に関係していると言えるだろう。しかしこれと同時に、女性に尊厳を与え、早々に若々しさを犠牲にすることを埋め合わせてもいた母性に対する攻撃がなされるようになった。今や女性には足場がなくなり、純粋に精神的な支配要求のみが残った。そうした支配要求はいずれきわめて知的に実現されるであろうが、いずれにせよ非精神的で物質的なもののもつ安らかさ、自明性は、この支配要求の特徴ではない。両親と子供の関係には感情が過度に関与していることからしても、両者の関係に失望が生じることは避けられない。子供の数が減ったことも同じ方向に働いて、外的な拡がりを失った夫婦の関係、両親と子供の関係に、ますます過度の道徳的要求を負わせている。他方で出生率の減少は、直接には経済状況・生活状況そのものが変化した結果なのだから、まったく起源の異なる発展要因がいかに補完し合っているかを、子供の問題の例からはっきり見て取ることができる。こうした意味で、まだ多くの例をあげることができるだろう。たとえば変更を必要とする女性の法的立場、女性の労働、以前の低い地位での欲求が慣習形成に及ぼしている影響、融通のきくモラル概念を求める一般的な努力、個人主義からの離反、そしてつまるところ、またもや何より愛そのもの。愛は、一八世紀およ

（1）「ノマド」は遊牧民、遊牧者の意で、転じて一箇所に定住せず、転々と居所を変える人。

びロマン主義における最盛期の後、非精神化した小説家・戯曲家の手に落ちてしまったのである。これほど多くの個別的なものが広汎に絡み合っているということは、その間に始まった変化が単なる振動ではなく、過去のものから離反しようとする持続的な動きであることを保証している。だが変化の行く先がどこなのかをこのような錯綜状態のもとで予測するには、予言者なみの熱意が必要であろう。われわれにおおよそわかっているのは、書物、演説、党派結成、個人の行動がどっと溢れ出てきたこと、そこから一世代のうちに新しい女性、あるいは女性の新たな地位と言われるものが登場してきたことだ。しかし最も特筆すべきはやはり、ついに別な風になったということであろう。大多数の女性は、男性の諸理想――それは同時に女性の理想でもあった――に対して気づまりを覚えていたが、それを取り除いたのは戦争であった。そして最後の決戦は、女性解放運動の闘士たちによってではなく、最終的にはお針子たちによって勝ち取られた。以前そう思われていたのとは違って、女性は男性の活動領域を奪うというやり方で自己を解放したのではなかった。決定的だったのは、男性の楽しみをわが物にしたこと、衣服を脱ぎ捨てたことであった。この段階において新しい女性はようやく、文学の例外的状況や、隔離された生活改良運動から抜け出て大衆の目の前に登場し、たちまち現実となったのだ。それは一つの革命の過程であり、少し注意を払いなさいと促しているのである。

その通りに注意を払い、小さなネズミが恐いのに世界を転覆させなければならない人間が求めている、あの持続する共感をこめてその人間の現在の状況を観察すれば、ほぼ次のように言えるだろう。つまり、女性は男性の理想であることにうんざりしてしまった、男性には女性を理想化するだけの力はもうない、かくして女性は自己の願望像を自分で考え出すことを引き受けたと。古い男たちの重苦しさは新しい女性には滑稽に思え、あたりの空気を大々的にきれいにするのはそのためだ。女性はもう理想像でありたいのではなく、理想をつくりたいのだ。当面はまだ大した成果はないにせよ、男たちと同様、自分の理想をつくることに寄与したいのだ。

新しい行動を取る際に、少女のようにまだ少し不安だ。ふつうはギムナージウムの途中まで、あるいは大学の途中まで勉強し、慣れない職につく。さしあたっては男性のもつ少年っぽさを身につけ、男の子のようにやせて、同志のように振舞い、きびきびして素っ気なく子供っぽい。きちんと服を着こんで劇場に坐りウインドーショッピングをし雑誌をながめる大勢の人の前ではすっ裸になるのに、海水浴場で会う少数の人の前ではともかく布きれを身につけ、その分量が最近ではまただんだん多くなってさえいる。こうしたことはやはり首尾一貫性を妨げているが、それは大したことではないだろう。もっと重要なのは、子供との関係がさしあたりはまだ、もっぱら子供をもつのを避けることに限定されている点である。新しい女性は、新しい母親よりも少々急いで出現したわけだ。しかし、男性の想像力に従うのではなく自然に振舞う場合に常に見られる、女性の非常に魅力的な冷静さは（弱い存在は、自己をいたわるために幾分醒めていることが多く、ドン・キホーテ的行為を自分より強い骨格をもったものに委ねるからだ）、子供を合理的に扱うことにも発揮されるように思えるし、そうすれば子供もそれを心地よく感じるであろう。女性という人間の類は、何百年にもわたって他の類の理想を演じる役を割り当てられてきたが、その女性がもつ現実感覚は、今日この問題に関して最も重要なものかもしれない。わたしは、若い女性の冷淡さを嘆く人びとの側には立たない。人間の身体は、長い間にわたって自分を知覚刺激の受信者としてのみ感じ続けることはできない。どんな状況に置かれていても、自分を表現する者、自分を演じる者へと移行するものである。そんな風に自然の衝動は、人間の身体のなかで常にイメージや感情の特定のシステムと結びついている。そして、こうしたイデオロギー化は何世紀にもわたって、昇ったり沈んだりする光源のように存在している。今はその光源は最も低い点に近づいていて、ほとんど呑みこまれてしまっている。だがその光源は、新たな結合のなかでまた立ち現れてくるはずである。そのためのさまざまに異なる無数の可能性が存在しているのだ。そして未来は、そうした可能性を実はいわばベールで覆い隠しているだけであって、先入観によって装備されたリング通り(1)の壁で覆い隠しているわけではない。

(1) 一九世紀半ば、城壁を取り去りつくられた環状通り。周囲には伝統的な様々な様式の建築物が配され、ウィーンの中心部を形成している。

23

パパがテニスを習ったころ

1931年

ムージルが生きた時代は、近代スポーツが急速に普及した時期にあたる。一九世紀末、彼すなわち「パパ」が若かりしころの牧歌的ながら創意に満ちていたスポーツの姿は、二〇世紀に入るにつれ目まぐるしい変貌をとげていく。とりわけテニスには多分につきまとう階級的なエレガンスやロマンティシズムに代表されるような〈質〉ではなく、単なる記録の更新といった〈量〉のみを問題とする時代へ、あるいは、自然や身体を解放することから、これを支配し管理することを主眼とする時代へと突入していくのである。二〇世紀前半のスポーツを待っていたのはまた、力の崇拝や機械主義などの近代精神の生きた具現になるという運命であり、その結果スポーツは、一方では精神文化の上に立つかのごとく分不相応に称揚されたかと思うと、他方ではプロパガンダや商業主義の道具として徹底的に食い物にされるという逆説的で滑稽な役割も担わされることになる。きわめつけが、ヒトラーの指揮のもと大々的に行われた一九三六年の「民族と美の祭典」、ベルリンオリンピックだろう。しかしムージルのスポーツに対するスタンスは複雑で、必ずしも批判一辺倒ではなかったことも言いそえておきたい。自身大変なスポーツ愛好家だった彼は、スポーツへの没入のうちに一種の神秘体験の残照を見た。またその際、頭では到底できないような複雑きわまりない計算を瞬時に行う身体の能力にも畏敬の念を抱いていた。しかし悲しいかな、これを正当に評価できる精神的人間は、普通スポーツをやらない。私たちが厳密な精神を向けるべき余地がここにもあるのだということを、彼は言いたげである。

パパがテニスを習ったころ、ママのドレスの長さはくるぶしに届くほどだった。それはつり鐘状のスカートとベルトとブラウスからなっていて、ブラウスは窮屈なハイカラの折り衿付きだったが、これは当時すでに始まっていた、女に課せられた桎梏からみずからを解放し、男女同権をめざそうとする志操の現れだった。というのも、男性たるパパもまた当時テニス用のシャツにそんな襟を付けていたからだが、これは、窮屈で息をすることもできなかったね。足元にはどちらも、一インチの厚さはあるゴム底の、かかとの高い茶色の革靴を引きずっているというのが定番だった。このうえさらに、ママが腋の下まで届くほどのコルセットを本当なら付けるべきではないのか、それとももっと短いのでも充分なのかといったことが、当時盛んに論じられたものである。そのころテニスはまだ、今日の甘やかされた世代の人たちにはもはや想像もつかないほどの冒険だったのだ。ああ、あの涙ぐましい草分けの時代！ 当時はヨーロッパ大陸のテニスコートには芝生が育たないことがまだ知られておらず、抜け毛に悩む顧客を前にした床屋のように、人びとは注意深く、あらゆる手段をつくして、芝生の手入れをしようと試みた。だが、それも無駄であった。しかしそんな芝生以前の野原のコートで試合をしていると、ボールが偶然モグラの穴に落ちこんだり、相手が草むらにつまずいたりするので、思わぬ成果を収めることがあった。

残念ながらこのロマンティックなテニスの草原はすぐさま放棄され、近代的で硬い地面のコートがつくられるようになった。そこから、このスポーツにまじめな表情が加わった。鋭くねらいを定めながら、体操選手風の器用さで飛んできたボールにラケットをぶつける、初期に見られたやり方は、姿を消してしまった。そして、その後になってやっと追加されたきわめて稀な例外を除き、今日なお用いられている打法の数々が、驚くべき速さで完成されていったのである。試合に勝つための駆け引きの仕方も、すぐさま集大成され、いつでも使えるよう手はずが整えられた。ただし、当時これらは戦術や戦略と呼ばれてはいなかった。おそらく、陸軍少尉連や精神的業績に対してあまりに多くの敬意が払われていたため、同じ言葉を使うのは憚《はばか》られたのだ。しかしそれではあまりに謙遜しすぎというものだ。わたしたちはしばしば、無から始めて火や車輪や楔や丸木舟を発明した原始人の天才に感嘆する。これとちょうど同じような原始人的天才性をテニスに関して発揮したのが、お前たちの両親であるほかならぬわたしたちなのだよ。もちろん、この天才性をわたしたちは自覚してはおらず、そんなものをわたしたちがもっていたことも、歴史の鏡に照らして初めて気づかれることを、わたしも認めはするが。要するに時代精神が、自らの発現の道具を、創造していったのだ。わたしたちの後に来たものは、トップクラスの業績のみならず、平均的な能力の大いなる成長であった。しかしわたしたちこそ、今世紀のこの恩寵を受け取ったのである。そこから、わたしもこのような事柄について二、三のことを語る資格があると判断したわけだ。

もう少しテニスの話を続けることにしよう。一〇年かそこら前ならば、このスポーツのうちに、これに元来備わっていたモラルの名残をなお見出すことができた。他のスポーツ競技場からテニスコートに足を踏みこむと、服装鑑識眼がある人なら、明るく開放的な場所から、高い木々がうっそうと生えた森のなかに迷いこんだかのような気がしたものだ。他の場所では、スポーツ服が、招待状の大きさまでとは言わないまでも、便箋一枚分ぐらいの大きさにとっくに縮んでしまっていたころ、ここではスカートはまだくるぶし半分ぐらいまでの長さがあって、ウエストのすぼんだ上衣は、手首の関節まですっぽり覆っていたのだから。紳士連について言うならば、周知の通り今日なお白一色のウエアに全身覆われている。ただ淑女連だけが、腕から脚から見る見るうちに衣装を失っていったのである。テニスに見られるこの保守的なムードは、もしかすると、これが長いあいだ、「上流社会」のスポーツだったことと関係するのだろう。上流社会はテニスを娯楽としてやったが、彼らは裸体を新しい精神の現れとしてではなく——いつも代わり映えがしないので、稀にしか着ることが許されなかった――衣装戸棚の秘密とみなしていたからだ。上流社会の他のスポーツも同じような事情から保守的なままにとどまった。フェンシングがそうである。この黒い絹地に身をつつんだ騎士道の術は、公式に演じられるとき、今日の作法よりも一八世紀の雰囲気を多く身にまとっていて、スポーツとしての承認もはるかな遅れをとっている。フェンシングは騎士的なスポーツであった。したがってそもそもスポーツと言えるものではなかったのである。あるいは、なまじっかただ半分だけ生きているスポーツであったために、肉体的に見れば高度な完成の域に達していたにもかかわらず、その魂の方は、ボクサーや柔術家と手を携えて自分のもとを去っていくのを、ただ手をこまねいて眺めているしかなかったのさ。

だから、パパがテニスを学んで以来、それでもスポーツ事情にいくらか変化は見られたといえる。しかしそれは、身体の訓練そのものというより、身体の訓練をどのように価値付けるかに関してである。いかにも当時は身体の運動工学と人間的冷酷さの結合は見られなかったが、それでも、元来、「肉体的スポーツ」の本質的な特徴をなすものは、すでに確立していたのである。もっとも、当時まだ知られていなかったゴルフやホッケーといった数少ないジャンルは例外だし、また技術的鍛錬もたえず行われその後徹底されたと言える。しかし「革命的」と言えるほどのスタイルの変更に関して言えば、馬術や走法や跳躍のテクニックが確立したのはパパがテニスを学んだあの時代においてだし、後になって輸入された水泳のクロール泳法さえ、腕や呼吸のテクニックにおいては、パパの時代の速泳法と大した違いはないといえる。なにしろお爺さんの時代ののんびりした水に対する暴行と比べれば、パパの時代に練習された速泳法は格段の進歩だったからだ。

スポーツをいわゆるスポーツたらしめたのは、身体というより精神だったということだ。しかしこの、かの有名なスポーツ精神について語り始める前に、出だしはずいぶんかけ離れたところから始まるが、じきにそこまで連れて行ってくれる一つの物語を語らなければならない。ウィーンはご存知の通りドイツ語圏で二番目に大きい都市である。しかしウィーンの全住民の大部分がベルリンに住み、作家やエンジニアや俳優やウェイターとして北ドイツ特有の文化成立のため大いに貢献しているせいで、本家ウィーンのほうには、いつも充分残っているとは言えない。これについては外にいる人はもちろん詳しい事情を知らない。しかしここから、文化の歴史も、スポーツの歴史をも、その特徴をうまく言い表してくれるような、ある思いつきが得られる。一年前から大きなオリンピック規格のスポーツ競技場が建てられているが、わたしたちはこの競技場のために、プラーターの最後の残りの部分をも犠牲に付しているのである。これが意味するところの甚大さについては、しかし説明が必要であろう。プラーターは、外国暮らしのウィーンっ子がホームシックにかかるたびに数え上げる世界の七不思議の一つである。この七不思議とは、ウィーン高地の泉から汲み上げられた水、お菓子、ローストチキン、かの青きドナウ川、新酒居酒屋《ホイリゲ》、ウィーンの音楽、そしてプラーターにほかならない。むろん、今や、シェーンベルク(1)を話題にしながら、このウィーン人の家は郵便局はＷ３０、バス番号は8とつぶやくくせに、音楽と言えばやっぱりヨハン・シュトラウスかレハール(2)のことを考えるというのが実情である。ドナ

（1）シェーンベルク、アルノルト（一八七四～一九五一）。作曲家。ヴェーベルン、ベルクらとともに新ウィーン学派を形成。無調音楽、一二音技法の創始者として、第二次世界大戦後の現代音楽の展開に絶大な影響を与える。若いころは、当時の楽壇で激しく対立していたヴァーグナー風標題音楽（文学的情感や、絵画的情景の描写を事とする）と、ブラームス流の絶対音楽（音楽独自の原理・法則で自己目的的な美の世界を作り上げる）を稀有な形で融合させた独自の後期ロマン派様式を築く（代表作、『きよめられた夜』一八九九年）。しかしその後急激に、調性の拡大や、不協和音の解放を推し進め、一九〇八年、『弦楽四重奏曲第二番』で無調の領域に突入。と同時に絵画も描き始め、特にその『自画像』は、表現主義的抽象絵画を推し進めつつあったカンディンスキーの注目を引く。彼に誘われて、主に画家からなる「青騎士」運動にも加わっている。晩年は表現主義的な激しさから遠ざかり、調性なしで音楽にいかに確固たる構造をもたせることができるかという難題と取り組みながら、一二音技法を編み出す。これによって、構造主義的現代音楽の基礎が築かれることになった。

ウ川も青くはなく実際には泥水色だし、ウィーンの飲料水はといえば、きわめてカルキ臭い。それでも、プラーターだけは例外で、理想と現実が一致していたのだ。というのも、プラーターはこの大都市のすぐそば、いやそのなかにありながら、回れば何時間もかかるほどの広大な敷地をもつ、古い見事な草原や茂みや木々を有する自然公園だったからだ。それは訪れた人間が、自分を闖入者として感じるような風景であり、一つの驚異だった。というのも、この自然は、私たちが普段見慣れている自然よりも、一〇〇年ばかりは優に古いものだからだ。端的に言えば、プラーターは、今日世界各地で、すでに人びとの所有となっていながら、触れてはならぬと公認されている場所の一つだった。この感が新たにされるのは、ゆっくりと、それどころか何度となく立ち止まり、腰を下ろしながら、名状しがたい思考や感情に身を任せつつ、この近郊を通り過ぎていくときである。これはやっぱり砲丸投げやドライブが意味するものとは何かしら違ったものだという感覚が、この侵しがたさの念の源泉となっている。肩まで髪を垂らす男性用かつらをかぶっていた時代から、人はこの感覚を知っていたようだ。というのも、そのころプラーターは猟犬を駆り立て狩りを行う皇室専用狩猟地だったにもかかわらず、それがけっして自然に対する感受性なしに行われていたのではないという数多くの証拠が残っているからである。わたしたちの今日のような暮らし方や身なりが形成されたのは長いフランツ・ヨーゼフ治世の時代だが、彼の所有下にあったプラーターも、これを変化させることを少なくとも恐れはばかる気持ちが人びとのあいだにあって、民間の使用に開放されたのは、隅っこの敷地だけにとどまった。貴族的な騎手クラブや繋駕《けいが》速歩レース協会さえ、これに甘んじなければならなかった。私たちが帝国を明け渡して初めて――この並行関係の意味するところは甚大であるが――プラーターも跡形もなく滅亡したのである。しかしだからといって、わたしたちがプラーターについて今後もさらに語り続け、これがもはや存在しないことに気づかないでいるのはおかしいということにはならない。かつてプラーターがあった場所には、入場券売り場や柵に囲まれたあらゆる種類のスポーツ競技場ができた。これはまさになるべくしてなったという感がある。もちろん、スポーツ競技場のためにもっと適当な地域を見つけることもできただろう。しかしこれほど高貴な場所、これほど自然に対する勝利が完璧になる場所は、ほかにはあり得ない。肉体の鍛錬こそ人間の再生につながるのだという笑止千万の主張を、プラーターにスポーツ競技場を建てる以上にナイーブに、これ見よがしに、本能的確かさをもって表現できる場所はほかにはないのである。

つまり、わたしたちが肉体「文化」を有するという事実に対抗して、何をやろうと無駄だということだ。しかしこの文化はそもそもいかなる精神の生み出した子供なのだろうか。話がここに及んだところで、わたし自身、ずいぶんスポーツに打ちこんできたことを白状しなければならない。若い時分からすでにそうで、大学から帰ってくると、しこたま練習するために、毎日テニスコートに出かけて行った。あるいは半時間フェンシングのお師匠さんに厳しくしごかれ、夕方もう一度一五分ほどこれを繰り返し、しまいにはクラブの大物連との試合を始める始末。そのなかには有名なフェンシングの達人も含まれていた。わたしはフェンシングやテニスの競技大会に参加したし、逆立ちもできたし、地上でも、水へとびこみながらでも、宙返りすることができた。オール漕ぎやヨット航海を企てては、すんでのところで溺れかけたことも何度かある。つまり、今世紀の精神が、ぴったりの時期にわたしのなかをも駆け抜けていった証拠なら、充分にあると思うのである。しかしそ

（2）　レハール、フランツ（一八七〇〜一九四八）。二〇世紀オペレッタの内容充実・活性化に大いに貢献した作曲家。父はオーストリア人、母はハンガリー人。軍楽隊長だった父の駐屯地ブダペストで育つ。プラハ音楽院でドボルジャークに学んだのち、ウィーン、ブダペストの軍楽隊で指揮者として活躍。『金と銀』の成功後は、アン・デア・ウィーン劇場で数々の自作オペレッタを上演。舞台効果を知り尽くした斬新な創意、ハンガリー民俗音楽と古典音楽との融合、ポピュラー音楽的要素の取り入れの試みなどを行うことで、娯楽音楽に新たな領域を開いた。

の際、自分に一体全体何が起こったのかを自問すると、答えはじっくり考えてみなければわからない。わたしを駆り立てていたのは、主として、実際盲目的な力だったのではあるまいか。それは、いったん知ってしまうと、もはやこれに抵抗することはできなくなるような何かであった。しかしそこには明らかにまた、青年期特有の、人生経験の欠如からくるあの自惚れも混ざりあっていた。それは、若い健康な身体によろこびだけでなく、奇跡の感情さえ抱くものだ。というのも、これまで幻滅を味わったためしがないこの魔法の袋には、まだ世界の成功のすべてが詰まっているからである。また何を習うときにもいったんそれに打ちこみ始めるや支配するようになる暗示の存在も忘れてはならない。一〇〇時間ほど犠牲にして練習に打ちこんだとしよう。すると次回は一〇一時間犠牲にし始める。そうやってどんどんエスカレートしていく。ざっとこんな具合に、トレーニングの際、人はいわば身体のほうから言い含められてしまうのである。

スポーツの練習においては、これらの幻想と並んで、ささやかなりとも本物の精神的労働もたっぷりあって、ありがたいことにそれは、この種の幻想が高じて心の病にまで至る危険からわたしたちを守ってくれている。わたしはこれを手短に要約するにとどめよう。というのも、わたしなどやらなくとも、充分喧伝されていることだからだ。スポーツ競技場では、勇気や忍耐力や平静さや信念が——人生の変転のあらゆる場合を乗り切るには充分ではないが、それでも、高さ一メートルの縄の上でバランスを保つ綱渡り師がやるような具合には——得られると言える。複数の紡機の面倒を同時に見る人のように、注意力を集中させては分配する術も学べる。自分の身体のなかで起こるプロセス、反応時間、神経支配と並んで、複数の運動を組み合わせる際に、個々の運動に起こる増加や低減を観察する手ほどきをも受けられる。またその副次的プロセスをも観察し評価したうえで、それらを瞬時に知的に結合させる術を習得することもできる。これらすべては、程度こそ異なれ、軽業師に見られるものに似ている。ミスが疲労を自覚する前に徐々に忍び寄ってくる頃合にも通暁する。熱中しすぎることと、しすぎないこと、これはどちらも害をおよぼすものだが、この両者のあいだを奇妙な具合に漂うこともできるようになる。情動は成果に対してふつうネガティブな影響をもたらすこと、また他方では、とりわけ大成功を収めたときに見られる、成果がいわば勝負の前からそこにあるような、ほとんど奇跡とも言える本性についても学ぶことになる。これらすべては、他の機会、たとえばジャガイモ掘りを通してだって学べることだ。しかしスポーツほど近づきやすく、魅惑的な形でこれを総合化している例はほかに見られない。そのうえさらに格闘技特有の精神労働もある。策略をめぐらせたり、敵のあいだで動揺を覚え、おびえたかと思うと今度は勝利を確信したりすることがこれにあたる。ほかにも、いささか誇張してスポーツの戦術や戦略と呼ばれているものが多々ある。

どちらの足でジャンプの踏み切りをするか、助走の距離から前もって定められるというが、この奇跡を説明するだけで（やろうと思えば出来ないことはないが）何とまわりくどいことになることだろう。スポーツをいろいろ体験するうちに、身体の暗闇から、自我の本質があらわれてくる。それ以外にも、スポーツをやることで、これまで闇にとどまっていたあらゆるものもあらわれてくる。しかしわたしが知りたいのは、今日どれだけのスポーツマンが、一体全体このようなことを問うたり、このような問に、こころよく耳を傾けたりしてくれるだろうかということだ。彼らにはそんなことはまったく必要ないのだ！　わたしはすでに、自然に対してスポーツが収めた勝利についてあえて語った。そして今や同じ事件から、芸術に対するスポーツの勝利をも見て取るのである。ウィーンのプラーターの樹々が一本残らずスポーツ団体の会員になるとき、そのあと何が起こるかを報告すれば、これも明らかになるだろう。というのもそこには、注目に値するある提案が芸術連盟からすでに提出されているからである。それは、緑をなし突っ立っているしか能がないこの会員たちを切り倒し、当面のところは、少なくとも競技場に「記念像の森」を造ることでこれに代えようというものだ。「芸術による徹底組織化」と名づけられたこの企ては、「芸術はこのたび、展示のための芸術であってはならず、圧倒的理念すなわち肉体の再生に奉仕しなければならない」という言葉で根拠づけられている。これについては、さまざまの意見があろう。造形芸術の危機は深刻である。この危機に対処するためなら、何をやっても正当化されるというものだ。しかしそれと並んで、これこそわたしたち自身の表現であるとみなせるような、裸体像を作る腕力さえわたしたちには深刻に欠如している。おかげでここ一世代というもの、人物像を、あるときはローラーで引いたり、あるときは蒸気ハンマーに打たせて仕立てようとした。しかしそれでも成果を上げることはできなかった。そして今や、わたしたちに肉体とは何なのかを教えてくれるはずの芸術が、身体を動かすことを専らその生業とする人の身体や、いわんや体操家の身体以上に美しく、深みのあるものを見出すことができぬという体たらくである。とすれば、これはもう疑いようもなく、スポーツが精神に対して勝利を収めたということになる。

わたしが素朴に肉体鍛錬にいそしんでいた当時、このようなことに思い至ることはもちろんさらさらなかった。私が徹頭徹尾非精神的になったのは、翌日フレッシュに精神的になるためにほかならなかった。格闘技に興じたときなど、自分には魂など一かけらもないように思われた。そのときわたしが動物のように振舞ったとすれば、それはわたしにとってまさに望むところだったのである。わたしは今日なお、精神の不在は、精神をもっている人にとってはきわめて健康的だという意見である。だが精神性に乏しい人の場合、持続的にこれをやると危険なことになる。しかし何のためにこれ以上スポーツマンの精神について語るのだろう。なにしろその全秘密は、スポーツの精神はスポーツを行うことからではなく、これを見物することからこそ生まれたということのうちに宿っているのではないか！　何年ものあいだ、イギリスではごく小数の愛好家グループの前で、男たちが素手で戦っては骨を折っていた。しかしこれは、この見世物を一五ラウンドまで引き伸ばし、そこから商業利益まで上げることを可能にしたボクシング・グローブが発明されるまで、長いあいだいかなるスポーツでもなかった。何世紀ものあいだ人びとは短距離走やマラソン走者として、幅跳び選手や騎手として、目にものを言わせていた。しかし彼らは「曲芸師」にとどまった。なぜなら彼らの観客のあり方が、スポーツとして「徹底組織化」されていなかったからである。二二人の男たちが職業人特有の落ち着きを示しながら一つのボールのために戦い、数千人の人たち――このうちのほとんどはそのようなボールに生涯一度も触れたことがないと思われる――が、スポーツする当人たちには無縁の熱狂状態へと陥っていく。このようにしてスポーツの精神が生ずる。それは包括的なスポーツジャーナリズムや、スポーツ局や、スポーツ学校や、スポーツ大学や、スポーツ学者や、スポーツ大臣が存在するという事実、またスポーツマンたちが貴族に列せられ、レジオン・ドヌール勲章を得、いつも新聞で名前をあげられ、そしてスポーツに関与するすべての人びとが、少数の例外を除いて、自分ではどんなスポーツもせず、ひょっとするとそれどころかスポーツを嫌悪さえしているという事実から成り立っている。そこから利益が得られぬ限り、負けたも同然なのだ。スポーツが吸いこまれていく真空の存在が感じられる。しかしいったい何がそこに吸いこまれているのか、そもそも人はよく知らないのである。しかし皆はこれについて語る。だからこれもきっと、何ものかなのだろう。人間の貴重な宝と呼ばれるものは常に、ざっとこんな具合にして、権力を掌中にしてきたのである。

しかしこの文化から、軽業師やヴァリエテやサーカスの芸人たちをいまだ除外しているとは、何と不当なことだろう。とりわけ、スリにおいては営利感覚と肉体の敏捷さの結合が見られるが、そこには来るべきスポーツ時代の途方もない道徳的問題が、集約されているとは言えないだろうか。

講演

一一月の晩は毛織の布地のようだ、さもなくば毛織の布地は一一月の晩のようだ、と述べる代わりに、両方を一気に表現できないものでしょうか？　わたしがいまお訊ねしていること、それこそリルケが不断に実行してきたことなのです。

（『リルケを悼む』より）

【上】 1936年、ラズモフスキーガッセの住居の仕事部屋でのムージル。1921年、陸軍省顧問の仕事と、プラハの新聞にウィーン文化のレポートを書くことで、この住居を購入することができた。もともとは食卓用だったこの机が、ムージルは気に入っていた。

【右】 ローベルトとマルタ・ムージル（1938年）。スイスに亡命した夫妻はチューリヒのパンジオーン・フォルトゥナに逗留した。すぐ近くのパンジオーン・デルフィンにはジェイムズ・ジョイスが晩年を過ごしていたが、2人が会うことはなかったという。

24

リルケを悼む

一九二七年一月一六日にベルリンで催されたリルケ追悼祭での講演

1927年
1月16日

詩人リルケが一九二六年一二月二九日に亡くなったあと、出版人ルードルフ・レーオンハルトが創設した文芸クラブ「一九二五年グループ」で、リルケの追悼祭を行うか否か、激しい議論がもちあがった。なかでもムージルが賛成したのに対して、ブレヒトは反対であった。結局、追悼祭はベルリンのルネサンス劇場で催され、ムージルの講演後、リルケの詩と散文の朗読が行われた。また、この講演は同年、「あとがき」を付し、ベルリンのローヴォルト社から小冊子として上梓された。なお、ここでリルケに即して述べられた比喩の意義は、ムージルの作品でも重要な位置を占めている。▼巻末注

偉大な詩人ライナー・マリーア・リルケの訃報がドイツに届き、これがドイツの文学史にどう受け容れられるものか知りたく思い、そのあと何日かのあいだ、新聞に注目していたときのことですが、——というのも、名声の訴訟は今日ではこの第一審で決められてしまい、文学にその他の精神的な上級審がほとんど存在しないことに、われわれはいかなる幻想も抱く者ではないからでして、——そのときわたしに確認できたのは、あっさり二流の名誉ある公的葬儀とでも呼びたいものでした。

新聞の印象から判断すれば——皆さんもご存じのように、紙面のどの位置にニュースが載るか、また活字の種類がどうか、ということで記事の重要度が表現されるので——つまり、ここではともかく話題に値する出来事が起こりはしたが、それについてこれ以上述べる事柄はさしてないという按配だったのです。これ以上の事柄は学芸欄に廻され、また学芸欄もこの一件を慇懃《いんぎん》に片づけてしまいました。しかしこれが、その他の場合だったらどういう結果になっていたか、皆さん、どうか想像してみてください！　もしかすると国葬が執り行われ、われわれが悲しむありさまを外国にも見てもらおうと要請したかもしれません。国家のお偉方たちが畏敬の念をこめて頭を垂れ、数々の論説が掲げられ、その生涯を讃える弔砲がとどろき渡り、言い換えるならば、すべての参加者には必ずしも理由が定かでなくとも、われわれははなはだ悲嘆に暮れたかもしれないのです。一言で言えば、それは何かのきっかけになったかもしれません。

リルケの訃報はいかなるきっかけにもなりませんでした。彼が亡くなったとき、その死は国家に晴れがましい満足感を与えてくれませんでした。皆さん、どうかこの事態をしばらく考えてみることにしましょう。

リルケの喪失が世間の算術問題ではいかにわずかしか評価されなかったか、ということにわたしが気づいたとき、——なにしろ彼の死は映画の封切りほどにも重要視されなかったのでして、そこで率直に申し上げて、わたしがまず最初に思いついたのは、われわれが今日集まった理由は何なのかという質問に、こう答えることでした。

すなわち、ドイツ人が中世以降に所有した最大級の抒情詩人をわれわれは讃えたいからなのだ、と。

こんな風に述べることは場合によれば許されるかもしれませんが、しかし実際には許されたものではありません。

それでも、このような識別から始めることをご容赦願いたい。これはけっしてリルケの偉大さを制限したり、保留したり、あるいは妥協にもちこもうという魂胆ではない。それは詩人の偉大さという概念一般が今日曖昧《あいまい》になってしまった以上、この概念をただ修正しようとするものであり、またわれわれが間違った畏敬の念を表したり、リルケ像をあやふやな土台の上に建てないようにするためなのです。

われわれドイツ人はいつも一人の最大級の詩人《ディヒター》をもたねばならない——いわば文学の巨人近衛兵をもたねばならない——という近代の慣習は、リルケの意義が認められなかったことに多分に責任がある悪しき無思慮というものです。どうしてそんなことになったのか、皆目見当がつかない！　それはゲーテ崇拝なり軍事教練に由来するのかもしれませんし、また某巻タバコの比類を絶した品質とか、テニス選手の順位リストに原因があるのかもしれません。芸術的・精神的偉大さの概念が、メートル尺やサイズ番号では絶対計れないことは、まことに明白であります（また作品の「規模」や扱う対象領域の「規模」——いうなれば作家の手袋のサイズで決められるようなことでもない！　だがそれにもかかわらず、われわれのところでは疑いもなく、多作のほうが寡作よりはるかに重要だとみなされています！）。芸術的偉大さの概念が絶対的でない点については、たえず自分の若い競争相手の無私無欲な擁護者だったリルケほど、高貴なやり方で表明した者は、これまで誰一人おりませんでした。

皆さんにしばしお考えいただきたいのは、ハルデンベルク(1)とヘルダーリンのささやかな作品が、ゲーテの厖大な作品の完成期と同じ時代に成立したこと、またヘッベル(2)が劇作の分野で打った派手な大博打と同じ時

（1）　ハルデンベルク。詩人ノヴァーリスの本名。

（2）　ヘッベル、クリスティアン・フリードリヒ（一八一三〜六三）。ドイツの劇作家。ヘーゲル流の弁証法にもとづいてドイツのリアリズム戯曲を完成させた。

期に、ビューヒナーの慎ましい試みが成立したということです。わたしとしては、皆さんが、これらのどちらか一方が他の代わりになるとか、他方があるからもう一方は要らないと感じるようになるとは思いません。これらの作品は、他のものより面白い、つまらない、偉大だ、深い、美しい、という比較概念から、要するにどんな種類の等級化からもほとんど完全にまぬがれています。これこそ、ある感情過多の時代がパルナソス山〔文壇〕と呼び、また品位と自由を尊ぶ時代が精神的人間の共和国と呼んだものの意味なのです。詩作の高みは、どんどん高く狭くなる先細りの状態にあるのではなく、比類なく同等なものが、一回的で取り替えのきかないものが、高貴な無政府状態にして同時に結社の友愛が、その内部に存在する円環をなしているのです。ある時代がおよそ詩作と呼ぶものに関して厳密であればあるほど、時代はそれ以上の相違をますますわずかしか認めないでしょう。われわれの時代はしかし、詩作と名づけられるものにはまことに寛容です。場合によれば、パパは詩人〔空想家〕だというだけで、もう充分に満足なのです。だが、この現実とは裏腹に、時代は他方で、スター、出版社の厩舎に繋がれた名馬、また文学チャンピオンなる概念を、極端なまでに推し進めてきました——フェザー級〔羽ペンの重さ〕でしかないこの概念が、ボクシングのヘビー級と同じ尊敬をまるまる要求できないのはむろん当然だとしてもです！

ライナー・マリーア・リルケはこのような時代に向いておりませんでした。この偉大な抒情詩人の仕事は、ドイツの詩を初めて完成したということに尽きます。彼はこの時代の絶頂などではなかった。彼はいくつもの高みの一つだったのであり、それらの高みに沿って精神の運命は時代を越えて歩み去っていくのです……。彼が帰属していたのは、ドイツ詩の幾世紀にもわたる関連であり、当今の関連などではないのです。

わたしは今、ドイツの詩を完全にしたといいましたが、ここでいう完全とはもはや最高級の意味ではなく、ある決定的なものなのです。またわたしが述べた完全さは、それ自体として見れば不完全でも、真の詩作にはどれにも具わる完全さを指しているわけでもありません。むしろ、わたしが言いたいのは、リルケの詩に見られる実に決定的な特性、つまり彼の歴史的位置を第一に特定する狭義の完全さなのです。

　ドイツの近代詩の発展は独特でありました。それは始まるとすぐに、つまりゲーテのもとで、疑いもなく絶頂に達してしまいます。だがゲーテが、機会詩、即興詩、また軽やかな社交的格言詩にことのほか寛大だったことが、一世紀にわたるドイツの詩作の運命になります。もちろん、ゲーテが自分の感動を描く表現は魅力的ですし、彼の多方面にわたる才能が生み出せた作品の豊かさは感嘆に値しますが、彼は詩の残余を、だらしなくばら蒔《ま》いてしまうか、それとも韻で綴った覚書としてあっさり発表することに、少しも頓着しませんでした。これはゲーテの本質に原因がありました。さらにそれは時代の性格にもよることでした。われわれがふだん自分たちの古典期とみなしているこの時代、それは実際ある意味で古典期に違いないのですが、しかし別の意味では、試行、動揺、希望、大袈裟な断言、活気にみちあふれた時代でもありました。今のわれわれ自身の時代とはずいぶん異なり、当時は男も女も心が豊かで敏感でした。感情に駆られて泣き、感情に身を任せました。独特な感情の震え、過剰な感情の横溢が、無邪気な社交的戯れと調和していました。広闊な心が天才的なだらしなさと手を結んでいました。この時代には、古典古代の、ペルシャの、アラビアの、プロヴァンスの、後期ラテン語の、イギリスの、イタリアの、スペインの模範的詩型を、熱心にいろいろ輸入して、それらを利用して自国民の心の昂《たかぶ》りに応じた自国民の詩型を見出そうと努めたのです。今日のわれわれには、ドイツ語で書かれた六歩格《ヘクサメーター》詩型が、あるいはマドリガル、物語詩《バラーデ》、ロマンツェが、当時の発見者ないし発明者にどのような幸福感をもたらしたか、またそれがうまくできたというだけで、詩人と読者が思いきった代償を払えた事情について想像することは、はなはだ難しいのです。抒情詩の詩型がいちじるしく制約され、だがまた固定してしまった今日では、こうした事情はすっかり過去のものとなりました。それでもこのことから、今日でも相変わらず多くの者が感じられるという完全無欠を求める信念には、些少の幻覚めいた補完の想いがこめられているのだ、と推測してもかまわないでしょう。

その影響力は古典期から現代に移行する期間に決定的になります。文学史が切手蒐集家の無邪気な公平さで、ドイツの詩としてわれわれに保存してくれるもの、たとえばリュッケルト、アナスタージウス・グリューン、レーナウ、フォイヒタースレーベン、フライリグラート、ガイベル、ギルム、リンク、ピヒラー、ツェードリッツ、シェッフェル、バウムバッハ、ヴィルブラント、ヴィルデンブルッフ(1)の作品などですが、——そして彼らのあれこれの詩を特例扱いにして、皆さんが当時の時代状況に身を移して、それらの詩をいわば無理やりねじ曲げた姿勢で味わえると仮定しても、こうしたものは全体として見れば、学校用の抒情詩という拷問道具の寄せ集めなのです。ここではガーゼルとカンツォーネの詩型、またソネットとロンドルの詩型が、嬉々としてはしゃぎ廻っています。これらの詩は形式に対して極度に知的で意図的な関係を結んでいます。だが、思想内容に至っては実にお粗末な知的関係しかない。それを散文で表現してみれば、その無意味さ加減がたちまち露見するだろう着想の数々は、リズムと韻律で温められ、周りを詩節でこんがり焼かれ、もしかすると狂気のように繰り返されるリフレインのためにすっかり干からびてしまうことにもなります。この時代は、形式が内容を気高くするとか、都雅な文体が素朴な文体より優れているとか、あるいは韻文の装飾を平板な観念に張りつければ大層なものになる、などと考えるドイツ人の信念を生み出した揺籃の地なのです。わたしは、われわれの時代に形式がないのは、そうした事態に対する自然な反発が残っているからだ、と言ってもかまわないと思います。もっとも、そのおかげで美しい形式と一緒に美しい内容も部分的に犠牲にされはしましたが。いずれにせよ、わたしはここでは細かな点に立ち入って述べる資格も能力もありません。この種の抒情詩が——若干の例外をのぞいて——それを自国民の精神史として讃美するよう強いられた若い読者に与える恐怖の感情は、皆さんのほぼ全員が当然ご存じのことと思われます。

ゲーテの法外で功績にみちた権威のために、ドイツの小説の発展は優に五〇年は外国に遅れをとってしまいました。彼に責任があるわけではありませんが、彼のあとに直接続いた者たちがその模範のうしろ姿ばかりを眺めていたからです！　それと同じく、古典期の権威を誤解したために、その後継者たちの過ちを寛大に見るという取り返しのつかない結果が生じました。われわれの高級文化の一部をなすこの寛大な態度は、抒情詩の分野で活躍する悪党の誰しもが、ご都合次第で、歴史の貫録にあふれた祖先を引き合いに出すことを許容するようになります。わたしがここで述べているのは、ドイツ文学の実に悲しむべき重荷の一つなのです！　古典期が終わったあとの時代からは、なるほど最初は対立した関係ではありますが、現代の文芸が直接生まれたことは言うまでもありません。ドイツ人は、詩が何であるかを、今度もまた外国から、ヴェルレーヌとボードレール、そしてポーとホイットマンから学んだのです。その影響は激烈でした。大いなる自己反省と自己発見が到来しました。しかし、間違った見方を守るために筋肉を鍛えた教育に対しては、どれほど強烈な自己反省といえども、長いあいだにはどうなるでしょうか？　皆さん、内部がさほど強固でない文芸にあっては、いつも次のようなことが起こります。つまり、自己反省は、怠惰と浅はかさのお気に入り連中に対して闘いを挑む。自己反省が勝利します。やつらは倒れて戦場を覆う。すると一瞬、良心の緊張がほどけてしまう。すると死者たちが復活するばかりでなく、彼らは——まさにしばらく死んでいたがために——何かよく保存のきくもの、活発で不滅なもの、また高貴で感動的なものを手に入れるのです。それどころか、さらにわれわれのもとでは、彼らは結局、何か古典的なものさえ手中にしないともかぎりません。

（1）いずれも一九世紀に活躍した群小詩人。▼巻末注わたしの見るところ、現代のいろいろな兆候は、今日がまことに時宜にかなった復活のときだということを疑いもなく指し示しています。ドイツ文学の緊張はひっきりなしに弛緩に向かっております。ここまで述べると、わたしはアクチュアルな問題がはらむ危険に直面せざるを得なくなる。だが、わたしは何を話しているのでしょう？　わたしは、ドイツの詩を革新しようとする者の前に立ちはだかる、何とも捉えがたい、心を麻痺させる困難についてお話ししているのです！

そのような困難――これこそ特別な重要性とアクチュアリティを具えているのですが――この点について、わたしはなお若干のことを述べたいと思ってきたのです。

しばらく前に、ある文芸アカデミー(1)が創設されました。何とその親玉はルートヴィヒ・フルダ(2)なのです！その構成員に関しては、アカデミーから締め出されたか、あるいは自分から飛び出した詩人たちの意義が、そこに残る詩人たちの意義に匹敵する、という以上のことは申し上げられません。わたしはアポロンに仕えるわが同業者たちの内的および外的価値を当然かなりよく承知しています。わたしはまた、現代のドイツ文学が振り分けられている、趣味の方向・範囲・潮流のことも、相当よく存じております。しかし、わたしには、この一群のアカデミー会員を束ねられるかもしれない具体的原則を見つけ出すことができなかった。現代の文学研究のありとあらゆる手段を使ってわたしが確認できた唯一のことは、どうやらまことにさまざまな影響関係がこの選択にからんでいるらしいという点だけです。

ところで、一つよく考えてみることにしましょう。おそらくこのアカデミーは高貴な意味における保守的意図にもとづいているのでしょう。アカデミーには、文芸の商業化、市場の騒々しさ、粗悪品の成功を阻止してもらいたいものです。アカデミーはあれこれの危険に際しては、国家に対してさえも文芸を保護することができるのかもしれない。こうしたことはすべて、当然のことながら、それよりずっと目立たない、簡素な、そしてはるかに強烈で時宜にかなった手段によってもできるでしょう。そこで、たとえばの話ですが、なぜ国家は国家の迫害から文芸を守るために文芸の助けを必要とするのか、という点がどうもよく呑みこめないのです。だが、われわれはこうした難問には目をつぶることにしましょう！　しかしながら、どんな状況においても目をつぶってならないのは、無批判の原理を永遠化することで文芸が助けられると思うことです！

わたしはルートヴィヒ・フルダに何ら手厳しいことを述べたいのではありません。彼はこれまでの生涯を通して、ドイツ語と、思想的自由という人間的特権を乱用してきましたが、しかし彼にはその自覚がありませんでした。彼は二五年にわたって温度計のように信頼できる才能とみなされてきたので、人びとはある文芸について多言を弄する代わりにこう言えました。これはまるでフルダのようだ、と。もしかするとこの表現は今日でもなお通用するかもしれない。だとすれば、わたしは今日でもなお多言を弄する代わりに、文芸アカデミーにこの批評の物差しを当てて、あっさりこう言えます。この伏魔殿にはあまたのフルダがいるのだ！

しかし、銘記すべきことが、いまようやくはっきりしてきました。リルケ、ホフマンスタール、ハウプトマン、ボルヒァルト[3]、ゲオルゲ、ドイブラー[4]、それにまたアカデミーに協力しない全員から、われらの文学的上流人士の一部は袂を分かって、あの魅惑的な呼びかけに従ったのでした。もちろん誘惑されたというのでは

（1）▼巻末注

（2）フルダ、ルートヴィヒ（一八六二〜一九三九）。ドイツの喜劇作者にして外国戯曲の翻訳者。プロイセン芸術アカデミーの一九二六年に創設された文芸部門の座長となる。▼巻末注

（3）ボルヒァルト、ルードルフ（一八七七〜一九四五）。ドイツの詩人・エッセイスト。ホフマンスタールに傾倒し、硬質で擬古的な形式による詩を書くとともに、優れたエッセイを残した。

（4）ドイブラー、テーオドール（一八七六〜一九三四）。ドイツの詩人。

なく、従うのが義務だと考えたのです。これはわれわれのもとではごく自然な話です。たしかに何のためらいもなかったわけではないが、ごもっともな恭しい理由を並べた揚句のことでした。これらの理由づけには、アカデミーに賛成して述べることができる一切合財が現れていました。ただ一つ、わたしがそこに見出せなかったものがあります。それは、内的な純粋さ、内的な明確さと品位、そして清廉潔白な厳しさが——天才をのぞけば——文芸の最高の財産を創り出すのだという感覚です！

アカデミーの会員のなかには、これらの特性を個人としては非常に豊かに具えている者たちがおります。だがそれにもかかわらず、彼らがその特性を、自分を取り巻く精神的雰囲気全体のために用いる痛痒は感じないという事実は、われわれの文芸の発展を、またわれわれが免れられたためしのない内的不安と構造の欠如とを、実に特徴的に表現しております！　皆さんは、この点にドイツ文学史の道徳全体の縮図をご覧になれます！わたしは皆さんに向かって、今さらあえて文学史は精神史の一部だと述べる必要などないでしょう！

そしてわたしが本題からずいぶん逸れてしまったと批判されるにしても、その逸脱は内的な関係なしに、また必ずしも何の利益もなく行われたのではありません。というのは、われわれは同時に、リルケが彼の難解な、そして誤解にさらされた作品を書くに至った環境についてもまた、ある程度は知ることができたからです。

わたしは自分に許された時間を利用して、これら誤解のなかで一番重要なものについて若干説明しておきたいと思います。

わたしはリルケがドイツの詩を高めて完全にしたと申しましたが、それはさしあたり外的な特徴を述べたにすぎません。皆さんがリルケの作品を初めて読んだときに受けるきわめて独特な印象を思い出していただければ、わたしにはこの特徴が説明できます。どんな詩も、どんな一行一句なりとも、彼のその他一連の詩句に劣るということがほとんどなく、しかも彼が著した多数の本ではいつも同じ体験ができるのです。ここに出現するものはほとんど切ないばかりの緊張であり、それはさらにいえば、オーケストラなどまったく使わずに、ごく自然なかたちで、素朴な笛のひびきに等しい詩句だけに導かれて行われる危険な要求に似ています。

リルケの前にも後にも、このように高く穏やかに緊張した印象、このようにけっして停滞せずに動きながらも宝石の透明感に浸されて輝く静けさは、これまで達成されたためしがありません。彼以前のドイツの詩も、またゲオルゲやボルヒァルトの詩にしても、揺らめきや暗さを伴わずには、このように火が自由に燃える境地には至りませんでした。ドイツの抒情的天才はまるで稲妻のように畝を掘り返しますが、その周りの土壌を、慎重にせよぞんざいにせよ多少積み上げるだけです。天才は稲妻のようにパッと燃え立ちますが、稲妻のようにただ裂け目をつけるだけです。天才は山の頂に導きますが、山の頂に導くことができるためには、人びとがいつもあらかじめ麓にいなければならないのです。こうしたものに比べると、リルケの詩には何かひろびろと開かれたものがあり、その状態はあたかも高みで停止しているかのように持続しています。

このような意味で、わたしは彼の完全さと完成について語ったのです。このことは決定的な特性を表していますが、さしあたりまだ序列や価値を特徴づけるものではありません。美においては、皆さんもご存じのように、未完成と不完全さにもそれなりに貴重な価値があります。それどころか、ずいぶん逆説的に聴こえるかもしれませんが（たとえそれが実際には正確な表現がわれわれにできないことを意味しているにしても）、リルケのように内部が滑らかで襞のないありさま、彼のように一気に鋳造された詩の性格は、一篇の詩をまるで床屋が頬を剃るようにツルツルと書いてみせる韻文のお喋り屋どもの作品にもまた、よく見受けられることです。それればかりか、いっそう逆説的なことには、人びとはリルケと彼らの違いに必ずしも気づいていないのです。

多少ましな若者ならば誰もが悩ましげな目付きでリルケ流の詩を作っていた時代がありました。それは少しも難しいことではなかった。ある決まった歩き方のようなものです。わたしにはチャールストンを踊るほうがずっと難しいと思われます。そのためにまた、その足取りに注目し、ほとんど韻文の工芸家と称してもよさそうな席をリルケに与えた明敏な批評家たちが常におりました。人びとがリルケを模範にした時代は、しかし短かった。一方、人びとがリルケを軽蔑した時代は、実に彼の生涯にわたって続いたのです！　彼が若かったころ、デーメル(1)は一角の人物として通っていましたが、リルケはといえば――一介のオーストリア人とみなされただけです！　人びとがリルケに好意を示そうとするときには、いくばくかのスラヴ風メランコリーをつけ加えたものでした。彼が円熟に達したときには、すでに世の中の趣味が変わっていました。今やリルケは、ご婦人向きの繊細で甘く発酵したリキュールとみなされ、他方、若者たちは別の悩み事があると思っていました。

たしかに若者たちもリルケにさまざまな愛情を表明したことは否定できません。けれども、その愛情には、もしかすると実際には彼らの弱さが紛れこんでいた点を見逃してはなりません。わたしの見るところ、現代ではどこでもリルケの精神は影響力をもっておりません。現代に見られる良心および感情の緊張は、リルケの緊張とは種類が違います。そこで彼がもう一度愛される可能性が出てきます。というのも、彼は現代の緊張を解きほぐしてくれるからです！　だが、それにしては彼の要求はあまりにも高すぎる！　彼は愛情に対して子供じみた要求以上のものを出すからです！　わたしは、うまく説明できないにしても、その輪郭だけでも触れておきたいと思っているのです。

このことがわたしにできるとすれば、リルケの『初期詩集』と『第一詩集』から『ドゥイノの悲歌』に至る道程を、皆さんにたどってもらう必要がありそうです。

するとわれわれは、リルケが――ちょうど初期のヴェルフェル[2]と同じく――いかに早い時期から完成されていたかを、ことのほか興味深いかたちで知ることになるでしょうが、しかしわれわれが知るのは、彼の発展がその完成期から初めて開始されたということでもあります！　内的な形式も外的な形式も、最初から（むろん途中にはいろいろな試みがなされ、また放棄もされますが）まるで精巧な骨組みのようにあらかじめ輪郭が描かれていたように思われます。つまり、いまだ淡くはありますが、青春の諸現象と感動的に結びつき、そして後年の反復期よりも最初の出発時にはるかに多く「技巧過多」が見られるという逆転現象には驚くべきものがある！　時として、若きリルケはリルケを模倣していると言えるかもしれません。しかしやがて人びとは、この見取図が実現されていく光景、この芸術家にふさわしい法外な光景を体験することになります。それは磁器が大理石になる光景であり、また最初から存在し、ほとんど変化を被らないすべてのものが、ますます深まる意味により形成されていく光景です。一言で言えば、人びとは内的完成によって形成が行われる法外な、稀有な光景を体験するのです！

この発展を一歩一歩追ってゆく――その場合には各人が詩人自身を自分の案内係にするのが一番よいでしょうが――という作業の代わりに、わたしはむしろ、これから自分が述べる意義深い関係を、リルケの完成した詩に見られる現象に即して明らかにしたい、しかもわたしがもう一度、だが今度は内部に向かって、それをリルケの詩が呼び起こす非凡な印象と関係づけることで明らかにしたいと思います。

すでにわたしはこの印象を、言葉で最初に手探りする試みとして、けっして停滞しない動きを伴う澄明な静

（1）　デーメル、リヒァルト（一八六三～一九二〇）。ドイツの抒情詩人。

（2）　ヴェルフェル、フランツ（一八九〇～一九四五）。リルケと同じくプラハ出身で、ユダヤ系のドイツ語詩人・劇作家・小説家。

けさ、危険な要求、高みで停止する持続、ひろびろと開かれたもの、ほとんど切ないばかりの緊張などと呼びました。そしてこれにさらにつけ加えるとすれば、もろもろの緊張関係は、それが必ずしも理解や解明に至らなかったり、われわれの感情の流れに通常の結合と異なる結び目をもたらすときには、実に容易に苦痛の性格をおびるということです。リルケの詩が呼び起こす情動はまことに独特です。その詩にはそもそも抒情的モティーフが皆無だということに納得がいくならば、われわれはその独自性を理解できるでしょう。さらにその詩は世界の特別な対象を少しも表現の目標にしていないのです。それは一丁のヴァイオリン、一塊の石、一人の金髪の乙女、それにフラミンゴの群れ、さまざまな泉、あまたの都市、盲人たち、狂人たち、乞食たち、天使たち、身障者たち、騎士たち、富者たち、王たちなどについて語る……。それは愛の詩、耐乏の詩、信仰の詩、戦乱の詩、単純な描写の、というより文化の記憶を刻印した描写の詩などになる……。それは歌謡、伝説、物語詩などになる……。対象それ自体が詩の内容を作り出すことはけっしてない。そうではなく、抒情的情動を生み出し、そして導くのは、いつでも、このような観念と事物の捉えがたい存在に似た何ものかであり、それらの捉えがたい並列関係とそれらの目に見えない絡みあいなのです。

このように穏やかな抒情的情動においては、一方が他方の比喩になります。リルケの場合――これまで詩が作られるときにいつでもどこでも行われてきたのと違い――石や樹が人間になるのではなく、人間もまた事物や無名の存在者になり、そのことで初めて同じく無名の息吹に動かされた究極の人間性を獲得するのです。あるいはこうも言えるかもしれない。この偉大な詩人の感情にあっては何事も比喩であるが、しかし何事ももはや単なる比喩ではないのだ、と。通常の思考から離れたさまざまな存在者の圏域が合一して、ただ一つの圏域を形づくるように思われます。二つの別々の離れたものでありながら、しかも離れたままで――一方が他方と比較されるようなことはけっしてない。なぜなら、たとえそのような比較が実際どこかで行われ、一方が他方に似ていると言われるにしても、その一方は、同じ瞬間に、もう太古の昔から、他方であったように思われるからです。固有なものが万有のものになるのです！　それはすでにさまざまな事物と状態から離脱を終えて、火のなかに、そして火の風のなかに漂っているのです。

こうした事柄は神秘主義とか、万有神論とか、汎心論などと呼ばれてきました……。しかし、これらの概念を使えば、余計な何ものか、また不正確さに導く何ものかをつけ加えることになります。皆さん、むしろわれわれは普通に親しんでいるものから離れないようにしましょう。ところで、いったいこれらの比喩は本当はどのような事情にあるのでしょうか？　きわめて冷静に観察すればどうなのでしょう？　その事情は相当注目に値します。隠喩的なものがここでは高度なかたちで真実になるのです。

皆さん、任意の実例を利用してこの点を説明させていただくことにします。ある作家が、自分の描くある一月の晩を、柔らかな毛織の布地に喩えるとします。それとは別の作家ならば、同じく、独特に柔らかな毛織の布地を一一月の晩に喩えることができるでしょう。このような実例のすべてに見られる魅惑は、すでに少々枯渇した感情なり観念の領域が、新たな領域の分け前を供給されて蘇《よみがえ》るという点にあります。毛織の布地はもちろん一一月の晩などではない。この点は安心していただいてよろしいが、だがそれは、効果において一一月の晩と似ています。そしてこの類似は、気持のよいささやかな詐術にすぎません。ところで、こうした比喩に対する人間的愛好には、ある種の悲喜劇が見られます。もし乳房の先が、鳩の嘴《くちばし》なり珊瑚に喩えられたとなると、厳密に言えば、人びとはただこう述べるほかない。それが本当だったら、まっぴら御免だよ！　と。もしそれが本当なら、とんでもない結果になるでしょう。人びとが人間に関する比喩からそもそも受けるものは、自分がたまたま置かれた比喩の場所では人間として少しもうまくやってゆけないという印象なのです。人間は絶対そんなことは許さない。彼はまじめな生を抱きしめる。しかし彼はそうしながらも、時として別の女のことを考えることもあるのです！

彼女の歯はまるで象牙のようだ、と表現すれば、それはいささか古風ではありますが、素敵な比喩です。その代わり皆さんが、具体的・実際的な、だがまったく逆の表現をすれば、たとえば――まことに具合の悪い結果になりますが――彼女は象の歯をしていた、と言えます。それより慎重に、それでも依然としてきわどい表現を用いるなら、彼女の歯は、その形は別として、目で見た質感が象の歯であった、とも言える。完全に慎重な表現では、何だかよくわからないが、共通するところがあった、と言っておけばそれでよい。比喩の一般的な機能は明らかです。すなわち、格別意識する必要もなく、われわれは願わしいものを解き放ち、願わしくないものを引っこめるのです。そしてわれわれは硬直したものを噂じみた気分に分解してしまうのです。

現実と比較した場合に非難される芸術のふまじめさ、また芸術にもやはり実在する気晴らし、浅はかさ、「最先端の新しさ」、さらには流行中のもの、卑屈なものなど……どんな学校文法ないし学校詩学にも採用価値があると認められる、これほど単純素朴な実例に即してすら、そのすべてが一般に使われる比喩にどう反映して利用されているかを説明できるのは、わたしの喜びとするところです。

事実、比喩の利用は、ある特定の世界の見方（そこには気分転換、気晴らし、自発的な高揚としての芸術も含まれますが）と関係があります。そこでわたしは皆さんにこうお訊ねしたい。一一月の晩は毛織の布地のようだ、さもなくば毛織の布地は一一月の晩のようだ、と述べる代わりに、両方を一気に表現できないものでしょうか？　わたしがいまお訊ねしていること、それこそリルケが不断に実行してきたことなのです。

彼の詩では、もろもろの事物がまるで一枚の絨毯に織りこまれているような具合です。これらの事物をよく見れば、互いに離れてはいますが、その織地に注目すると、織地によって結びつけられています。やがてこれら事物の外見が変化する。すると事物のあいだに奇妙な関係が生まれてきます。

これは哲学にも、懐疑にも関係がなく、また体験以外の何か別のものとも関係がない。

話の終わりに当たって、わたしは皆さんに、ある生の感情について触れておきたいと思います。だが、あらかじめ申し上げておきたいのは、わたしには、それをただ暗示できるだけだということです。その感情がリルケの外見からはあまりうかがわれないとしても、皆さんは、それをわたしの言葉よりも、リルケの詩にはるかに多く見出せるでしょう。そしてわたしはこれまで、彼の作品においてそれぞれ関係がある多くの美点のうち、たった一つの美点を語ってきたにすぎません。しかし、この美点だけにしても、それを大きな発展関係にどのように含めなければならないかを指し示すことができれば、わたしは満足しなければなりません。そして、これこそが、つまり最も微細なものが最も巨大なものと関連しあうこの在り方が、リルケなのです。

一個の固定した世界、そしてそのなかには活動的で変化に富む要素としてさまざまな感情がある、というのが一般の考え方です。しかし、たとえ非常に異なる境界で隔てられているにしても、もともと両者、すなわち感情と世界は固定した関係にあるわけではない。一方が他方の壁になるという考えには、それなりの理由があるとしても、そういう考え方はかなり専断的です。そして、本来われわれはこの点を非常によく承知しているはずです。個々人が明日の自分に何ができるか今日は少しもわからないということは、さほど異常な考えではありません。道徳的規則から犯罪へ、健康から病気へ、またわれわれが同じ対象でありながら讃嘆から軽蔑へと移行することは、滑るように大した抵抗もなく行われる――こうした事態は、ここ数十年の文学とその他影響のおかげで多くの者には自明になっています。わたしは大袈裟なことを言うつもりはありません。われわれが個々の人間を観察してみれば、この「何でもできる能力」はきわめて強い抑圧を受けています。しかし、人類の歴史、とりわけ正常な状態の歴史を観察してみれば、もはやいかなる疑念の余地もあり得ません！　さまざまなモード、様式、時代感情、時代区分、道徳が、あまりにも目まぐるしく交替し、あるいは同時にあまりにもいろいろ生起するので、状況次第でどんな形にもなれるゼリー状の塊として人類を思い描くという観念は、ほとんど否定しがたいばかりです。もちろんわれわれは、それを否定することに絶大な関心を抱いている。すなわち、そのときどきの状態に必要な実践的・道徳的関心を抱いている。現実を確固とした明瞭な姿に形づくることは、生の永遠の活動であると同時に自己保存の本能です。それを阻害する困難は感情が関係するところならどこでも増大するのを、無視してはなりません。したがって、われわれが真理・秩序・進歩を望む場合、われわれは感情をできるだけ排除するのです。だがときとして、われわれは感情を注意深くまたもや受け容れる、たとえば詩や愛のなかに。これはご承知のように、まことに非論理的ななりゆきですが、認識行為の明断さは、感情の状態がおおむね安定しているところでしか長続きしない、と推測してもかまわないでしょう。わたしはこの点について、ここではこれ以上詳しく述べられません。だが、皆さんは、感情に対するわれわれの関係がずいぶん怪しげになってしまった事実にお気づきのことでしょう。そして、この事態は現代の研ぎ澄まされた理解力にもう隠しておくわけにはいかないのですから、われわれが悟性の問題だけでなく魂の大きな問題提起に立ち向かうことも、すでにさまざまな兆候からして期待できるのです。

ところで、固定した状態の世界にありながら、補完・気晴らし・装飾・高揚・爆発、要するに中断と排除を意図する詩が存在します。そこでは特定の、個々の感情が問題とされているのだ、と述べることもできます。また他方には、現実の生全体に秘められた動揺・不安・断片的状態の存在が忘れられない詩も存在します。この場合には、ほんの一部にすぎないにしても、世界がそこで島のように休らう全体としての感情が問題とされているのだ、と言えるかもしれません。

これがリルケの詩なのです。彼が神と言うとき、この感情を指しています。また彼がフラミンゴについて述べるとき、やはりこの感情を指しているのです。それゆえ彼の詩においてはあらゆる事物と出来事が互いに親密な関係にあり、動いていても目に見えない星々のように、その席を交替しあうのです。彼は、ある意味でノヴァーリス以降の最も宗教的な詩人でしたが、それでもわたしには、そもそも彼に宗教があったかどうか、自信がありません。彼は別のものを見ていたのです。新しい内面的な見方でもって。そして彼は、中世の宗教的世界感情からフマニスムスの文化理想を越えて、来るべき世界像に通じる道の途上で、かつて偉大な詩人であったばかりか、また偉大な指導者であったのかもしれません。

印刷のためのあとがき

講演というものは語られた印刷物ではない。それは直接的な効果のさまざまな要素、現在この場で行われること、また聴衆という複数の人びとと、自力を尽くす一人の講演者とに関係しているのであり、しかもこれらの要素がそろわなければ、講演は音楽で言う総譜ではなく、単なる断片としてしか残らないような仕組みになっている。少なくともその種の講演はいくらもあり、わたしがここに公刊する講演もまた、同じ意図でなされたものであった。

この意図に伴う結果は、本来ならば、すでに自分の課題を果たした講演をこの世から抹殺してしまうことであるに違いない。このように求めるのは、その利益を配慮する慎重さばかりか、実に芸術感覚そのものでもある。だがそれにもかかわらず、わたしがそれに逆らう決心をしたのは、それどころか印刷に委ねる前に、生気の消えた言葉に変更を加えるどんな試みさえも断念したのは、たとえこの講演に明らかに欠けているものを補ったところで、どのみちこれは未完の断片にとどまるだろうと判断したからである。

とはいえ、一番重要で、わたしから見ても一番必要だと思われる補足は、わたしが開始した計画を続ける行為にこそあるはずである。わたしが比喩の使用を例に示唆しようと努めたものは、もしリルケの詩句一般に見られる意味の不安定さを問うのであれば、全体的な観点から、しかもそのことで前より意義深くなる方向で、繰り返す必要があるだろう。このような意味は、背後を守られて、または何らかのイデオロギー、高邁な人間観、国際世論などの壁にもたれて展開されるのでなく、いかなる方面からの拘束も支援もなく、精神の動きに自由に漂いながら委ねられたものとして成立するのである。リルケの詩の内面性は、それがはるかに高い程度になると分析と記述には捉えがたいものになってしまうにしても、それでも外的な形式と同じく、特異で風変わりな構成を示している。たとえば、その一方の端に教訓詩、寓意詩、政治詩が、つまりあらかじめでき上がった知識と意志の諸形式が並ぶような順列を想定するとすれば、リルケの詩は、その列の正反対の端にあり、彼の詩で初めて名前と声を手に入れる精神力の純粋な出来事および具体化として、そこに位置しているのだろう。だがその両端のあいだには「大いなる感情」が惹起する詩もあれば、「大いなる理念」に昂まる詩もあるだろう。両方とも、われわれの時代にはすでに精神力のお手本とみなされているものだが、それらは肩越しに背後の高みに眼差しを向けている。なぜなら、それらの詩には強化増大の力がはらまれてはいても、創造の力はないからだ。

こうした意味で、わたしはリルケのことを、未来にわれわれを導く詩人と呼んだのだった。というのも、今日多くの者には衰頽のように見える精神の発展は、それでもその均衡を自分のうちに保っているに違いなく、またこの均衡は可変的であることが証明できるように思われるからである。われわれはあれこれ決められたイデオロギー的硬直に再び向かうように定められているのでなく、創造と、精神のさまざまな可能性とを展開するように定められているのだ！　もっとも、リルケの詩から、予言のようにではないにしても、遠くから吹き寄せる香りのように立ち昇る、そのような数々の内的イメージを目の前にすると、彼が形式的関連を、さらには形式の依存関係さえも究めようとしたり、あるいは個々の要素の評価を求めて闘うことは、わたしには副次的なことのように思われる。『オルペウスに捧げるソネット』において彼の詩作が甘んじて受け容れ、そのおり詩人がときとしてオルペウスの気難しい子孫かと思われるほどに、その詩作が広範に経験する沈下と例外さえも、ほとんど重要ではない。というのも、彼が現在に近づこうとするまさにその瞬間に、その形式を脅かす不安感は、彼の存在の恍惚感を端的に特徴づけるものだからでもある。

このような解釈は――それはここで試みられた解釈全般に当てはまるのであり――、また愛読者に気に入られないように思われるにしても――単に自分一人の解釈ではない。むしろわたしは、何人かの最も高貴な模範に従って本質的なものに向かっているのである。また、リルケだけがその道の途上にいるのでもなく、それが未来に通じる唯一可能な、したがって唯一正しい道というわけでもない。さらにまた、ことのほか洞察力に恵まれた批評家たちが、個々の点でわたしとまったく異なる評価を下すだろうことは、自分も知らないわけではない。こうしたすべてに関してわたしは、講演ではどうやら聴き落とされてしまったらしい事柄、すなわち、一詩人の偉大さはあらゆる程度問題を超えており、常に絶対的なものであるが、だからといって他人の価値や意味を排除するものでは少しもないことを、ただ繰り返すことができるばかりである。真の詩作の本質はいつでも法外だと言ってよいだろう。偉大な詩は何ものかを指し示しているのであり、そして最初から他人のために使命の制限を顧慮して、あらゆる限界を乗り越える使命に自分で従わない批評があるとすれば、それは愚劣な批評だろう。今日、リルケの作品に秘められた本来の意味は、彼の友人たちにさえしばしば誤解されているが、この点はすでに指摘したことである。しかし、その作品の意味は早くも一般の人びとが抱く意識の表面近くまで迫っている。そして、個人的な所見を述べて終わりにさせてもらえるならば、まさにこれら両方の印象こそが、わたしのささやかな刺戟と不充分な示唆にも、こうした状況のもとでは多少の功績が認められて然るべきかもしれない、という期待を与えてくれたのだった。

その際わたしが、必ずしも理解されなかった偉大な詩人像に同時代の文学的背景を配したことは、理解のために必要な処置であるように思われた。たとえ他の者たちには依然として思いやりに欠けているように思われるにしても！　周知のごとく、お節介な見物人どもは、どんなゲームの賭金も高すぎないと感じ、またそのため、どんな哀悼も充分に深くないと感じるものである。甚大な喪失に接して涙を流すべきか、それとも消え去るものを理解しようと努めるべきなのか、この点は人により意見が異なるかもしれない。ちなみに、わたしの話に畏敬の念が足りないと嘆くのは、必ずしもこの偉大な死者の最も身近な精神的縁者たちではあるまい、そう自分には思われたのである。

25

この時代の詩人

オーストリアのドイツ人作家擁護連盟創立二〇周年を記念してウィーンで行われた講演

1934年
12月16日

この講演が行われた時代の政治的背景について簡単に触れておくと、イタリア、ドイツに独裁政権が成立したことを背景に、オーストリアでも左右の対立が激化するようになり、一九三二年五月に首相となったエンゲルベルト・ドルフスは、三三年三月に議会を停止し、三四年二月の社会民主党系労働者の「防衛同盟」が武装蜂起したのを鎮圧したあと、全政党を廃止して、カトリック的職能身分制度にもとづく権威《アウトリテーア》的政治体制を確立した。彼は外交的にはイタリア・ファッシズムのムッソリーニに接近することで、オーストリアのナチス化に対抗しようとしたが、三四年七月、オーストリア・ナチス党員によって暗殺された。その後、ドルフスの後継者シュシュニックはオーストリアの独立を維持しようと努めたものの、三八年にオーストリアはナチス・ドイツに併合され、その結果、ムージルはスイスに亡命することになる。また、かつてムージルも副議長を務めたことがある「オーストリアのドイツ人作家擁護連盟」は、ドイツの「連盟」と同様、三五年には活動を停止した。なお、本講演の最後におかれた「バーゼルにおける講演のための補遺」に関して言えば、この講演が実際にバーゼルで行われた形跡はない。▼巻末注

1

お話を始める前に、まるで調子の悪い歌手の弁解を行うオペラ監督さながら皆さま方の前に登場して、自分の体調の悪さを告げねばならないのは、まことに残念なことであります。なぜなら、わたしは体調が悪いためにうまく喋れないばかりか、演題の品位とご列席の皆さま方の品位にふさわしい形で、この講演の準備ができなかったからです。そこでわたしは、今日の時代に考えるに値する若干の見解について、せめて皆さま方の注意を向けることができれば、と願うばかりであります。

2

ところで、わたしは詩人と現代について話せばよいのですから、始めるのは容易になります。というのも、両方の対象について、それが何なのか、われわれにはわからないということを、自分としては平気で主張できるからです。

この点は、まず最初に詩人に即して述べたほうが、おそらくよいのではないかと思います。わたしは何年か前にごくつまらない文章を発表しましたが、そこでわたしは、どこかに詩人が存在するという仮定には、どの程度の道徳的意味が、だがまた経済的意味が似つかわしいか、という点について書きました。すなわち、出版制度と書籍販売、印刷業・製本業・製紙工場、校正係、新聞の学芸欄、演劇と映画、原稿作成のオフィス、紙型作成のオフィス、図版作成のオフィス、国家の監督官庁および管理官庁、高校教師並びに大学教師の任用、カルテル・産業組合・図書館とその職員、そしてとりわけ実入りのよい娯楽著述業の存在、――これほどたくさんの人びとに、暮らしに困らない、あるいは潤沢な生計費を提供する、この読んだり書いたりするために作られた巨大な際限もない組織は、ある偉大な事柄に役立つのだという感情の堅持に徹頭徹尾もとづいております。というのは、もしこのような感情がなければ、これほど多くの人びとが自分の好きな低俗な書物を気軽に読むこともできないし、またそれによって読書を国民生活の価値ある一部にすることもできないからです。とはいえ、詩人という概念を、本来の意味にふさわしく吊り上げた場合、詩人とは実際誰なのか、また詩人とは何なのかを知る者は、誰一人おりません。もしかすると現に生きている者たちのなかには、ある法外な経済機構をその両肩で支えている、そのような一ダースばかりの人像柱《カリアティード》〔詩人たち〕が存在するのかもしれません。その数が正確にはつかめないのは当然ですが、しかし確実なのは、そういう彼らの大部分が貧しいということです。彼らは理解者という比較的わずかな仲間にしか知られておりませんし、彼らの収入は少数の有名人でも、乞食の収入に等しい。そして一番矛盾することは、詩人たちのおかげで生活している全員が、彼らをなるべく早く抹殺してしまいたいと心がけているらしい点です。詩人なる者が存在するために著述家たちはおのれにふさわしくない賞をもらう。詩人が存在するために放送局は他の者たちの功績を称える放送を行うのです。そしてあるとき、数々の公的な催しを開いて文化の普及に余念のないご婦人が、そのあたりの事情をきわめて明瞭に述べたことがあります。それは彼女の奉仕を受けるのが当然な詩人を、どうして無視するのかと訊ねられたときでした。「わたくし、あなたに何を申し上げればよろしいのでしょう?」と、彼女は答えました。「わたくし、とても感情が繊細ですの。あの人、厄介なのよ!」

このような描写は誇張でしょうか? 彼女は真実を表現したのであり、この真実はあまりにも赤裸々なので、たとえほかの法律ではだめだとしても、少なくとも裸体禁止法で禁じられる必要がありそうです!

3

現代についても同じく知る者はおりません。このことが一面、誰の目にも明白であるのは、われわれが現在にあまりにも近いためです。だが他方で、特別な例をあげれば、われわれはもう二〇年ほども前に落ちこんだ現代に奇妙に深くはまってしまっているのだ、ということもできるでしょう。

だがそれにもかかわらず、わたしはこの状態の主要な特徴をいくつか取り上げる試みをしてみたいと思います。われわれが生きている時代が力強いかどうか——この問いに対して、わたしは解答を差し控えておきたいと思いますが、それでも暴力的な時代であることだけは確かです。この時代がかなり唐突に始まったのは、一九一四年夏のことでした。暴力が突如として出現し、その後、暴力が人類から再び去ることはありませんでしたし、またそれは、あの夏以前ならば非ヨーロッパ的とみなされたに違いないまでに人類に固有なものとなったのです。そして、その最初の出現には、すでに当時から明らかに二つの奇妙な感情が伴っていました。つまり、一つは、破局という、全身の力が抜けるような感情です。ヨーロッパ文化と呼ばれたものに突如として亀裂が入り、のどかな時代のがらくた同然になってしまいました。第二には、それと同時に国民という、より小さな枠組みのなかに、新しい強固な連帯を求めるはるかに驚くべき感情が出現して、その強烈で批判しがたい力のために、奈落の底から立ち昇ってくる、忘れられた神話的感情にも似た効果が生み出されたのです。わたしはそのことを当時はっきり申し上げましたし、帝国の崩壊のあとでも、この感情を軽視しないようにと警告しました。そして他の偏見のない観察者たちもまた、その最初の出現をわたしと同様に感じとっていたのです。

この二つの感情に、その後きわめて重要になった多くの事柄の情動的な推進力を認めるのは、難しいことではありません。

新しい連帯をはらむと同時に過去の連帯に対する疑念をもはらむ、このような戦後の発展を、わたしは集団主義的発展と名づけ、「自由精神」〔ニーチェの愛用語〕に一番関係の深いものを、それと比較して強調したいと思います。この集団主義《コレクティヴィスムス》という言葉は、ムッソリーニが最初に、しかも全体主義国家に関して使ったそうです。しかしながら、集団主義は、国家的要求であるばかりか、民族的要求、また階級的要求としても出現したのでありまして、それぞれの歴史的事情に応じて、イタリア、ロシア、ドイツでは互いに異なる形態をとりました。というより、互いにきわめて鋭く対立する形態をとるまでなりました。それでも、これらすべてに共通する点は、個人的利害に対する集団的・全体的利害の優位、さらにわれわれの時代におけるその多かれ少なかれ仮借ない自己主張であります。

この要求自体は目新しいわけではありませんが、ただし、その多様性と力強さ、またその論拠の一面的な性格は新しいのです。人間はもともと集団的生き物でもあれば個人的生き物でもあります。それどころか、学問的思考は個人的意味などに顧慮することなく、もしかするとこの世で最も集団的なものにほかならないかもしれない。したがって道徳哲学における集団性の概念は、当然、それが新しい形態をおびるよりずっと前から形づくられていました。たとえば、レッシングは『人類の教育』で、人類全体がその存在の無限性に応じて完成の最終状態へと教育されなければならないと求めました。カントは人類の無限の発展のうちにのみ、道徳律が実現する可能性を見ていました。そしてシラーによれば、偉大な人間は人類という種族の代表者でありました。

このような名文句を目の前にすると、当然ながら集団主義が、それ以来、無限の領域から着実に身近なものになったという意見が浮上してきます！　そしておそらく次のような意見も沈黙させておくわけにはまいりません。つまり、集団主義はドイツ古典主義の時代には「人間性」と「人格」に信頼をおいていたのに対して、今日では、反個人主義、反個別主義として現れ、必ずしも人間性の情熱的な崇拝者ではないのだ、と。

　われわれはいずれ、この点について改めて検討しなければならないでしょう――

4

――だが、その前に気晴らしのために、われわれに一番手近な分野、文学の分野を少々覗いておきましょう。

　われわれはこの分野でも、今述べた発展の特徴を見ることができます。それは物語においては、とりわけ長篇小説《ロマーン》では、もうずいぶん前から、個人の運命が昔ほど重要視されなくなったという事情です。たとえば比較のために、ディッケンズとかメレディス(1)の作品を考えてみてください。

　もっとも、物語作者の大らかな良心が低下したのは、あらゆる精神的発展が具体的なものから離れて、法則や統計などに向かうようになったからでもあります。だが、主要な原因は、社会的発展が、古典期に続くビーダーマイアー時代(2)と異なり、もうとっくに個別的存在を重要だと考えなくなったからでもあるようです。個人は経済的にも職業的にも全体のなかに織りこまれていることを承知しています。個人は――どうしてだかわかりませんが――もう大して重要でないという考えが、すでに個人自身に根づいていますし、さらにこのような考え方は、戦争のおかげでいっそう徹底的に教えこまれたのです。

5

　もう一つ寄り道をしておきますと、このことは人間の性格の弱さとしても現れています。わたしはそれに関して、非常にわかりやすい実例をいくつか指摘しておきたいと思います。

われわれの時代が生み出した戦争の英雄を思い浮かべることにいたしましょう。全体的にいえば、彼はきわめて猛烈な犠牲的精神と抵抗力を証明しましたが、彼の勇敢さは――当然ながら若干の例外を別にすると――個人主義的なものではなかった。戦争に見られる集団形式は大いなる勇敢さであると同時に、まことに怯懦《きょうだ》な場合もありました。今日は逃げ出し、できるだけ遠くまで逃げたかと思うと、翌日はまたもや勇気凛《りん》々と攻撃したものです。もしかすると、これをホメーロス的と名づけることができるかもしれない（というのも、ホメーロスが描く英雄は、恐怖のあまり泣き喚くこともありましたが、それでも自分の、英雄としての道徳律に従っていたからです）。だが、事情がどうであれ、またどの程度比較できるかできないかは別にして、われわれが戦争で体験したものは、集団に対するわれわれの自立困難と依存関係でした。われわれは集団によって前後に引っ張り廻され、集団とともに納得のいかない命令に従い、それでも命令の権限はおおむね承認したのであります。

今述べたことは、最近の革命がドイツで演じた茶番によっても明らかになります。あの何日間かのあいだに、偉大で勇敢な国民が、半分は嵐のような勝利者の姿を見せ、あとの半分は怯えて途方に暮れた人間の姿を見せたのです。というより、臆病者の姿さえ見せた、と言わざるを得ません。要するに、そのような臆病者が英雄だったこともあれば、さらにもう一度英雄になれるという点にこそ厄介な問題があるのです。現代人は、自分で思っているよりずっと自立的でないことが証明されており、また集団を作って初めて何か確固としたものに

（1） メレディス、ジョージ（一八二八～一九〇九）。イギリスの小説家。▼巻末注

（2） 一九世紀前半、とくに一八一五～一八四八年ごろの時代呼称。背後に秘められた種々の葛藤を別にすれば、表面的にはのどかな小市民の時代であった。

なれるのです。

結局のところ、それらの一部には精神の「変節」、つまり「市民として自分の信念を述べる勇気」〔ビスマルクの言葉〕の紛れもない欠如も含まれています。以前ならば何者にも譲れない信念と、最も深い原則であったもので、人びとがこれらの年月のあいだにみずから進んで、あるいはためらいながら断念したり犠牲に供しなかったものがあるでしょうか！

そのなかには、人間性の、徳性の、法の、真理の、国民的共同の原則、また他人とその業績に対する尊重の原則も含まれております。われわれは一八三七年の「ゲッティンゲンの七教授」(1)の出現を待っていましたが、彼らは現れませんでした。人間とか、「人格」とか、精神は、まるで砲火にさらされた肉体のように振舞ったのです。つまり身を縮めたのです。跳び上がったり、両手を天に差し伸べることなど、無意味に思われました。そして多分、そんなことは実際にも無意味だったことでしょう。しかし、精神の古典期のすぐあとでドイツで形成されたものと比べれば、そこには何たる相違があるでしょうか！

さらに特徴的なのは、唯一の重要な自己堅持もまた「自由精神」からでなく、宗教的な諸団体から生まれたことです。すなわち信仰心の篤い特別な精神をのぞけば、組織された団体から生まれたのであり、これもまた現代人の自立困難、指導されたい欲求、そして外的な従属、またそれに伴う内的な従属を指し示しております。

6

ここまで申し上げると、われわれが述べたことは寄り道の限度を越えてしまいました。そして、われわれがそこから得たのは、現代人が必然的に性格を喪失せざるを得なくなったという漠然とした認識について語る類のものです。ただし、そのことでこの認識がどの程度許容されるものか、それを語ったつもりはありません。

しかしながら、このような次元を越えて、普遍的な事柄についても何か主張できるかもしれません。わたしはかつて――市民的な政治運動が始まる前か、それともやっと始まったばかりのころですが――おおむね次のような考えを書きしるしたことがあります。すなわち、ある共通の活動範囲で心を一つにした人びとの増大と、彼らを結束させるさまざまな力や慣行の増大は、もし徐々にその崩壊が始まって困るのならば、互いに歩調を合わせなければならない。事情によれば、これを放任しておくわけにはいかない。事実、戦中戦後の困難は、この点をはっきり感じとれるようにさせてくれましたし、また、その感覚の発達をもたらしてもくれました。とはいえ、いつの日か、そんな苦労をしなくても、人間のさまざまな問題の「リベラルな」扱いに敵対する反動が必然的に訪れたことでしょう。そこで、このような意味では、集団主義は厳しい規律を試みる典型なのだと理解できるかもしれません。このことは、集団主義が暴力的に介入する傾向が、それを禁じる文化概念を揺るがすことで、逆に理解できるようになるのと事情は同じです。

これはむろん原因説明のほんのごく一部にすぎません。このような説明は、その相違点から種々さまざまな集団主義が生まれた具体的な事情をあげて、それらのイデオロギーの発展を考慮しなければならないでしょう。わたしがあえて示唆しようとしたのは、一般的な精神的発展がこれらの特別な発展と出会う、いわば交線といったものにすぎない。そしてその背後には、どのような歴史の神話学も隠されておりません。いまだ白色人種に未来が期待できるかぎり、彼らは危機の瞬間には危機に応じた手段をいつも生み出していくでしょう。これは形而上学などでなく、まだ落ち目でない、そう早く落ち目になるわけがない、という仮定から導き出されたものです。

（1）当時の国王が自由主義的な憲法を廃止したために、ゲッティンゲン大学のグリム兄弟を含む七人の教授が反対し、罷免された。

分析的結論です。それは当然、楽天主義にほかならない。そして、実に多くの楽天主義があふれている今日では、楽天主義の信仰告白を行うことは、かなりの人びとには難しく思われるかもしれません。しかし、理解したいという欲求は、精神にまだ残されている誰もが認める数少ない機能の一つであり、精神はたいていの場合、人類が何らかの目標を、何らかの課題を、さらにわれわれには見えないが全然見えなくもない目途をもっていると想定するでしょう。一言で言えば、精神の楽天主義が世界を眺めるとき、事態はおよそ次のような言葉で捉えられます。すなわち、われわれは迷いながら前進しているのだ、と。

だが、ここで忘れてならないのは、われわれが集団主義の前提とした道徳的状況からさまざまに異なる結論を引き出せるということです。もし個人の道徳的な力が周囲の世界と比べて弱すぎるのであれば、個人の外枠がただ強化されるばかりではない。むしろ個人を高めることに影響をおよぼす可能性があるかもしれない。また、その両方を行うという第三の可能性もあります。この二者択一と第三の可能性とがどういう関係にあったかということは、今や現代史の問題ですし、またこの関係は現代史のなかで詩人が見出した状況をも決定するのです。もちろん、実際に利用されたのは、そして今も利用されているのは、いつでも、内部と外部から働きかける第三の可能性です。しかしながら、昔と今の違いは次のような点にあります。古典主義の時代以来、正しい個人的行動が精神の目標であり、これには法の制定によっても広範な活動領域が任せられており、また、この正しい個人的行動は全体に向かう正しい行動の大部分を含むのが当然だったものですが、今日では事情が逆転しております。つまり、これは抜本的な方向転換でして、同じ事柄でもその反対側の端が問題にされるのです。

反個人主義、そしてこれと密接に関連する民主主義に対する嫌悪を、ただこうした原因にだけ求めるのであれば、それらの原則は互いにさほど離れているはずがない、と考えるのが順当でしょう。だがそれにもかかわらず、集団主義はその形態のどれもが完全に非民主的だとはいえないし、それはむしろ民主主義の新しい形態であり、あるいは少なくとも他のいろいろな運動と並んで民主主義への努力を自ずから行っているのであって、要するに何らかの意味で民主的であることを必要としない統治形態などそもそも存在しないのかもしれません。そして、あらゆる集団的形態が、偉大な個人、天才的な人格に対する高揚した信仰告白と結びつき、同時にこの事態を指導者《フューラー》＝原理やその一部をなすピラミッド型の国家組織において表現していることは、いかにも奇妙な矛盾ではありますが、誰もその矛盾から逃れることはできない。だとすれば、偉大な学問的個性や芸術的個性も、場合によればそれと折りあう必要があるとしても、しかし皆さんもご存じのように、そこには驚くべき障害がいろいろ生じてきたのです。

露骨な権力形態が、それだけを単独に見れば、精神や個性に対する崇拝とまことにうまくやれる実例は、天才や偉人の観念が生まれたルネサンス期の教えるところですけれど、それならばルネサンス期の開始と終焉は、もしかすると専制政治の支配期間と一致するのかもしれません。

しかしながら、どのような屁理屈を並べようとも、それらの出来事は理論通りに起こったのでなく、あらゆる現実的な事柄がそうであるように、実際的かつ多義的な姿で出現しました。そこでわれわれは、集団主義では外部から人間を形成する影響力が強いと考えるような無邪気な命題に対して、次のように補わねばなりません。それはすなわち、国民としての人間は、今日では往々にして、さまざまに異なった公的要請の無限に小さな交点のほか、ほとんど何ものも自分に残されていないまでに組織化されているということです。個人的領域からは大多数の権利が奪い取られ、公的領域に譲り渡され、こうして初めて、政治と政治以外の創造力が癒着するまことに面妖な関係が成立したのです。そして、たとえ行使された暴力が風力十〔風速二五メートル／秒前後の風〕と心地よい微風ほどの違いがある場合ばかりか、また必要不可欠な強制力をしぶしぶ容認する態度から露骨な暴力讃美までの全段階を受け容れる考え方に関連するように思われる場合にも、この癒着関係はおそらく集団主義のあらゆる形態に共通しています。

多分人間は蟻ではありませんから、集団性の担い手も、結局のところ個人でしょう。ところが、精神がそのような覚悟をしようとすると、時として何とも哀れな自信喪失に陥ってしまうのです。というのも、精神にとって自分がどこから始まり、どこで終わるのか、いまだに判然としないからです。

7

こうした事柄についてあれこれ述べてきたことにより、われわれはとっくに詩人と現代の関係に巻きこまれています。いろいろな政治的理由から、あちこちで、人間性、国際性、自由、客観性その他の概念が忌み嫌われるようになりました。これらの概念はブルジョア的で、リベラルで、時代遅れなものとみなされる。それらは抑圧され、教育から締め出され、兵糧攻めに遭っております。何もかもが一挙にではなくとも、こちらでは一方の概念が、あちらでは他方の概念が被害を被るという按配です。しかし詩人には、自分の個人的自己をどうにかそれでもって安定できる固有の伝統的な概念がさまざまあります。彼はそれらの概念すべてに同意する必要はないし、またそれらを変えようと努めることもできますが、それでも彼は、人びとがその歩き廻る大地と接するよりもずっと密接に、そうした概念すべてと相変わらず結びついています。目下の精神状態そのものが新しい時代を導き出すとしても、詩人は単にその表現ではありません。詩人の伝統は何十年どころか、何千年も古いのです。古代フェニキアの一少女の恋文は今日書かれたとしてもおかしくありません。あるエジプトの彫刻には、ドイツのあらゆる美術展に見られるよりも、はるかに深いドイツ魂がうかがわれます。そして精神の歴史は、さまざまな政治的変革を通り抜けながら自分自身の歩みを守っています。

結局のところ、こうしたことすべては、まったく解決不可能なパラドックスとしても表現されます。なぜなら、詩人がある共同体の支配的イデオロギーにできるだけ完全に順応しなければならない、という結論に導く要求をことごとく承認するとすれば、その結果は、とどのつまり、どの国も自分たちの郷土作家しかもてないばかりか、詩の名目で詩とはまったく異なる形成物が表現される羽目になるかもしれないからです。だが、現実はすでにほとんどこのような状況にまで至っているのです。つまり、一夜にして文学の天空が覆され、これまでその位置が何らかの星雲でしか知られていなかった詩人たちが突如として一等星になり、驚いた旅人がそれを見上げながら自分の進むべき道を修正しなければならなくなります。

8

それと同時に当然認めなければならないのは、芸術がその時代の政治的・経済的体制による影響をいつも受け容れてきた事実です。われわれはゲーテを手がかりにして、ゲーテ的なものとビーダーマイアー的なものを非常にはっきり区別できます。そして古代の詩とゲーテによる潤色作品とは、ジャンルとして区別されます。ゲーテの作品には、個性的なものに非個性的なもの、もしくは超個性的なものが混じっているのです。

他方でわれわれには（ただし特別なわれわれにですが）、この超個性的なものも部分的にはまだ手に入れられます。紀元前一〇〇〇年に成立した中国のある箴言詩は、われわれにとってけっして異質な時代の作品にはとどまりません。そして中世の修道僧が作ったきわめて特異な詩がいくつもあり、そこにはヨーロッパ人には今やほとんど理解できない篤い宗教感情が燃えていますが、その燃える姿は、今すぐにでも思い浮かべられそうなのです。

芸術の国際性の問題と芸術の超時代性の問題は、同一の特性の二つの表現にほかなりません。そして、おそらくホフマンスタールはその系列に組み入れられるでしょうが、しかし芸術以外の状況にその重要性を負っている詩人は絶対に組み入れられません。したがって、われわれの経験——政治的偏見がまるでない経験！——は、われわれに特別なものを、つまり「芸術」とか「天才」という芳香を信じるように教えてくれており、個人は多かれ少なかれそれを享受できますが、しかし、それは場所・時代・国民・人種などとはまったく関係がありません。われわれはそのことを直ちに感じとれると思います。そして優秀な人びと、たとえばシラーが述べた「選り抜きのサークル」とか、ゲーテの「最少の仲間」が抱く一致した鋭敏な臭覚ほどに確実なものは何もないのです。今日でもわれわれの文化の未来は、もしかするとこれらの人びとを頼りにしているのかもしれないのです。

だが当然のことながら、たとえどれほど小さなサークルでも、その意見の一致が信頼できるとはかぎりません。そしてまさにわれわれの時代は歴史的に見てはなはだ受容力があり、また、容易にそのような錯覚に陥りがちだと、文句をつけられるかもしれない。人びとは現代の受容能力は黒人芸術にまで堕落してしまったと非難し、それを何とか変えてほしいというのです。われわれの両親はグレコ(1)やヴァン・ゴッホのような画家を見てまだ元気に笑っていられました。そして彼らはイプセンさえも嘲笑したのです。その代わりにハーマーリング(2)を偉大だとみなしましたが、それでもさすがに彼のために記念碑を建てるまでには至りませんでした！だが、今では誰もが、底無しの深淵に渡された狭い板の上に立つように、時としてめまいに襲われることがあるようです。

9

それなのに、われわれが所有する概念は、まだ信頼に値する援助を少しも差し伸べてくれません。美的・批判的な概念はさまざま存在しており、それら自体がさらに厳密に仕上げられるようになれば、将来の利用のために大いに期待がもてます。だが、それにはまだいろいろな作業が必要です。それどころか、わたしは、真理の本質すらいまだ充分に述べられたためしがないと申し上げてもよいでしょう。そして美の本質は、真理の本質に恭しく距離をとりながら初めてそれにつき従うものでしょう。時として間接的な示唆が助けになることがあります。たとえば死者たちに捧げられた奇妙な恩賞制度である文学史に対する示唆などが。というのも、死者たちにおいては、ある種の偉大さの特徴が、それが彼らに存在するかぎり、実に自然に際立って見えるもので、その場合、文学史にもつきまとうあらゆる誤謬にもかかわらず、奇妙に一致した結果として、個人の善良な心情など、偉大さの特徴に少しも影響をおよぼさない事実が明らかになります。

美的価値の領域では、九人の賢者が答えられるよりもずっと多くの質問が一人の子供に容易にできます。それにもかかわらず、子供が訊ねるだけで——自分が答えを決定しないのであれば、そのほうが望ましいことかもしれません。

10

本来なら、文学はひたすら寛大さに身を任すことができるだけであり、そしてわれわれの小さくなったオーストリアは、今ではドイツ文化の一種のノアの方舟になる必要があるのですから、洗練された優しい感情を期待してもらってもかまわないのです。いろいろな損傷を減少させるとか、単に順良なものから本当に良いもの

（1）グレコ、エル（一五四一〜一六一四）。一六世紀後半に活躍したギリシア生まれのスペインの画家。その作品は縦長に様式化された人物像と強烈な色彩による神秘的特徴があり、二〇世紀初頭に再評価された。

（2）ハーマーリング、ローベルト（一八三〇〜八九）。一九世紀後半に活躍したオーストリアの作家。▼巻末注

を慎重に分けるとか、――まあ、いくつかあげられるでしょうが、それでも多くのことがやれるわけでは全然ない。もしかすると一番重要なのは、さまざまな要素が波立ちぶつかりあう現状について、多少とも曇りのない観念を手に入れることかもしれません。

われわれの文学は、今不意に尊敬されるようになったとしても、そもそも心の準備がまったくできていないでしょう。われわれの文学は過剰に恵まれた時代など経験したためしがないのです。この文学は一九〇〇年ごろには、脆弱で、貴族的で、心理的で、だがまた社会的にして分析的でした。そして一九二〇年ごろには、精神的指向が強く、カオス的、衝動的、ダイナミック等々でありました。それらの面倒をみた批評は、とびきりの讃辞を集めたものか、さもなくば若干の特別な語彙が、まるで渦巻きが舟人をおびき寄せるように、おのずから批評を引き寄せるような按配でした。もっとも、その語彙はおよそ一〇年ごとに別の語彙の装備一式と交換されたのですけれども。外面的には、この文学は、犬の品種やバーの飲み物や踊りの種類と同じく摩訶不思議な法則に従って変化したのです。精神的な生産活動ははなはだ商業化されました。古典主義の教養理想の代わりに、娯楽の理想が大いに目立つようになりましたが、それでもこの娯楽はどこか芸術的色合いのあるものでした。だが、そこから離れて「純文学」の静かな林苑に足を踏み入れてみれば、その場に本来ふさわしくない連中が数多くいるのに驚いたものです。この文学は、結局のところ、人間に与えられた最低の理解力にふさわしい法則にますますもって順応するようになったのです。

しかしながら、こうした混乱のさなかにも、多数の良いもの、真面目なもの、そして良いものと真面目なものを含む多数のものが存在しました。ただし、これとても状況全体に対して「文化抗議」を志す者たちにはさほど注目されなかったことは理解できます。

簡単に言えば、正当とみなされるだろうこの抗議にも、種々雑多な歪曲する要素が混じり合っており、抗議の正しい影響力を台なしにしてしまったのです。わたしはそのいくつかを取りあげたいと思います。

11

いつの間にか、われわれドイツ人のもとでも市民権を得てしまったのは、たとえばの話、ある詩人が警官を殺人犯として舞台に出すことを考えたりすると、たちまち警官どもが抗議の声をあげるということです。どうしてこんな事態になったのでしょう？　舞台に登場する悪役を逮捕させようとした純朴な観客のことを述べた、よく引き合いに出される逸話が思い出されます。そしてもし以前から高位の、また最高位の社会層が、自分たちの同類が舞台に登場しないように防御することがなかったとすれば、こうした出来事は不充分な理解のせいだと言えるでしょう。現実と仮象の分離、あるいはこう言えばもっと正確になるかもしれませんが、生とその生を扱う考察の分離、内的な空間活動と外的な空間活動の分離、このような創作にとって基本的に重要な分離は、われわれのもとではこれまで一度も承認されたことがありません。それは有力者たちによっても承認されなかったばかりか――それは彼らがどんな場合にも適用する慎重さでしたが、――また無名の人びとによっても承認されなかった。というのも、民衆の友と称する者たちは詩人に向かって、少数者のために体験を創るのではなく、大胆な集団的行動を輝かしく描き出せという要求を、まことに頻繁に行ったからです。王侯たちが自分たちの制服さえ忠実に再現されるのを認めようとしなかったのとは逆に、他の者たちは自分たちの思想の再現まで求めたのです！

今では後者に見られる混同がことのほか優勢になりました。その露骨な実例はちょっと探してみればすぐわかるでしょう。この混同は、政治も文学も世界観に関連しているという考え方にその根拠を置いています。ごく稀な場合には、政治自体がこの世界観を創り出しますが、一般にはどこかから借りてくるのであって、そのため、あとになると、もう精神からして、というより精神の占める特定の位置が政治的だという誤解が生まれてくるのです。一例として、たとえばリベラリズムの概念を考えてみましょう。この概念の原意は自由闊達なことであり、大いなる精神的徳であります。したがってゲーテが「彼はリベラルな男だった」と述べるとき、これはもちろん今日のリベラリストと呼ばれる者など意味しておりません。このようにして、たいがいの概念は、その自由な要素から政治の要素に移し替えられたのであり、多くの者にとっては概念の外見が実に政治的になってしまったので、これらの者たちは、非政治的な感性や思考をもうまるで信じようとしないのです。しかし政治にとって大変重要なのは、このような感性と思考を自家用の貯水池として温存しておくことです。ところで、文学と政治の二つの領域を、その対象に応じて分離することは、まだほとんど実行されておりませんし、また実効力のある形では全然存在しておりません。だからこそ、両者の機能の違いが、すべての者たちの感情にそれだけはっきり感じられる必要があるのです。

12

下劣な対象を美しく描いた絵という、おなじみの例を思い出していただきましょう。それが美しい絵である事実には文句のつけようがないと考えてかまいません。ところが、ある美しい顔が非難すべき信念を抱いていたとしたらどうでしょう？　もちろん事態は何の変わりもありません。その顔はこの信念をもはや信念として抱いているのではなく、顔の素材として、つまりまったく自立的でない、また現実的でない要素として所有しているのです。ある詩人が、個人的に嫌いなものを、突如として最大限の愛情をこめて表現することもあり得ます。詩人の精神にはすべてのことができるのだ、と端的に言えるでしょう。だが、あらゆるものを通常の意味から解き放つこともできる、とも言えるのです。他方、ディレッタントは変化のない感情の持ち主である点で優れており、そのためにも画一的精神の時代にもて囃《はや》されやすいのです。

ここで、下劣な対象を描いた美しい絵があるのと同じく、美しい対象を描いた無価値な絵もあることを思い出していただきたいと思います。このことは、アトリが囀《さえず》ったなどと書く、自然と健康にあふれた情景描写に余念のない連中の耳にささやいておきたいものです。

芸術作品は生とその多様な結びつきから抽象したものであり、その享受と理解は抽象能力と抽象意欲を前提としていますが、これは芸術好きの者たちのあいだでも必ずしも常にお目にかかれるしろものとはかぎらない。それでも、この能力は、彼らが「何か」を嗅ぎつけると、いつでもたちまち現れます。この抽象化において初めて真に表現されたものが形を結ぶのです。おそらくわれわれの高次の感情はすべて、素朴な感情と衝動的な感情がときどき対立しあい、直接的な充足が妨げられる状態から生まれてきたのでしょう。この状態は同じく芸術を継続前進させて、人間にはまだ終わっていないものを、人間が発展して燃え上がることのできる刺戟を、手に入れるのです。

わたしはこう主張したいのです。つまり、自分自身を描いた最も悪意に満ちた、だが最も才気にあふれたカリカチュアを楽しんで眺める能力もない者には、こうしたことがまだ完全には理解できていないのだ！

13

この精神――そしてこれは精神的一族の一員にすぎないのですが――は、自分を放棄することなしには、たとえある程度なりとも従属したり同化したりすることはもちろんできません。この精神が破壊される可能性については、アレクサンドリア図書館(1)の焼亡がよく知られた例を提供してくれます。また、異教徒の建造物を破壊することは、どのようにすれば精神を時代の一般的な発展と一致させられるかということを物語る完璧な表現です。その当時の高度な教育段階でも、古代の精神は、図書館や学校などの施設に依存していたのです。そしてこの精神を具現した者たちは自分の同時代人たちの忍耐と好意を頼りにしていました。こうしたすべてを一掃するためには、時代の意志の変化さえあれば、（大雑把に言って）それで充分でした。しかし、何世紀か経つと、一人の精神の子が生まれました。先祖とは似ていませんでした。その顔の表情は奇妙に情熱的で深刻なものでした。さらに何世紀か経って一人前の男に成長したあかつきには、この子は、自分の父親についてもっと多く知るためにはどんな代償でも払ったことでしょう。

14

しかし、わたしはこのような威嚇的なイメージでもって自分の話を終わらせたくありません。

かつてヴィルヘルム・フォン・フンボルト(2)は優れた個性について、それは出来事のなりゆきと関係なく不意に現れ、新しい系列を拓き始める精神の力だと呼んだことがあります。彼は創造的な者たちのなかに結節点を、つまり過去のものを自分の内部に取りこみ、これを新しい姿に変えて外に放出する水源地を見ていました。しかもその新しい精神の姿は、この源泉を無視してはもはやどこからも導き出すことはできないのです。

こうしたイメージはもともと個人主義的なものですが、しかしこの個人主義は全体のなかに完全に位置づけられているのです。このイメージにはらまれた真理が、それにふさわしい形で、また純粋に精神的なものに適用されることで、もう一度ヨーロッパの発展に効果を発揮してもらいたい、そうわたしは希望するとともに、その実現を信ずる者でもあります！

バーゼルにおける講演のための補遺

皆さまの前で、しかもこの豊かに繁栄し、そして偉大な伝統にしっかり根ざした都市で、ほぼ一年前に自分の故郷で行った講演をもう一度話してほしい、という依頼が先ごろありましたとき、わたしはこの招待を受けてよいものかどうか、はなはだ迷いました。かつて新鮮だった果実を乾燥した状態で、その味のおいしい部分を損なうことなく提供できるかどうか、わたしは懐疑的だったのです。だがそれでも、皆さまの前でお話しできる楽しみを断念することもできず、また決断すべき時間的余裕もごくかぎられておりましたので、今や何とも気まずい思いでその罪滅ぼしをすることになりました。

ところで問題の講演ですが――それが行われた場所とあまりにも関係がある本来の前置きはどのみち削除しなければなりませんので、この講演が成立した事情についてあらかじめ若干述べることをお許し願いたいと思います。というのも、講演のスケッチ風な、だが同時に制約された性格もまた同じ事情の結果なのですから。つまり、この講演はおよそ一ヵ月前にオーストリアのドイツ人作家擁護連盟の創立二〇周年記念に際して行われたものでありまして、この連盟は、かつては影響力も多分にあった、だが今では消滅したドイツ人作家擁護連盟の生き残りの支部であり、オーストリアでは最大の会員を擁する伝統ある作家協会でした。しかしその在り方からみて非政治的だったにもかかわらず、新しい政治時代が始まると活動を停止させられてしまったのです。

（1） 紀元前三世紀に建てられた大小二つの建造物からなる古代最大の図書館であり、大図書館は前四七年に火を放たれ破壊されたが、小図書館は四世紀末まで残った。

（2） フンボルト、ヴィルヘルム・フォン（一七六七〜一八三五）。ゲーテ時代のドイツの言語学者・政治家。

われわれはすべて、当時は権威的《アウトリテーア》なるものの概念がどういうものかよくわかりませんでした。本来のドイツ語の使い方では権威《アウトリテート》の概念と言うべきですが、これは精神的領域では精神的な権威でなければなりませんから、権力から生じて上位におかれた権威を表記するために、ドイツ語は無意識の細かな区別をしてきたように思われます。この区別に従えば、それは当然ながら権威的権威《アウトリテリテート》とでも呼ぶ必要があるでしょう！――そういうわけで多くの者は、権威的なものという、この国ではまだ新しい概念をどう解釈してよいものか自信がもてなかったのです。ドイツの模範は、あらゆる対立矛盾があるにしても、さほど完全に異なるようには思われませんでしたし、帝政時代の復古を恐れる人びともたくさんおりました。さらに加えて、そのような状況にあってはいつもそうですが、政治権力に直接結びついた知識人グループがいろいろ背後からしゃしゃり出て、旺盛な食欲を見せたり、部分的にはそれを満足させたりもしました。

というわけで、当時ははっきり口に出せない憂慮がいくつもあったのです。したがって、わたしのこの講演が成功した主な理由は、そもそも自分が発言したという行為にこそあったのだと思います。さらにまた理由の一半は、わたしが政治的出来事に賛成なり反対の態度表明をすることなく、政治的激動の時代が前面に据えるものとは異なる何か別の獲得可能なもの――あるいは失う可能性のあるもの、いずれにしても考慮に値する何か別のものがこの世にさらにあることを、何事にもとらわれずに指摘したからでした。講演の成功は驚くべきものがありました。それは当時の講演会場におけるばかりか、さらにその後もさまざまな反響を呼んだものです。わたしの講演を繰り返してほしい、出版したい、ほかの場所でもやってほしい、翻訳させたい、という申し出がありました。だが――本日のただ一度の例外を除いて――わたしはその申し出をすべてお断りしました。それはこのような反響が、わたしの発言内容のためよりも状況に負う部分がはるかに多いことを、はっきり感じていたからでもあります。たとえば、もしある人が結婚の申し込みをされて、イエスかノーを言うとすれば、それはその人の人生には決定的な言葉ですが、しかしこれを印刷して発表する気になれば、その言葉の重みは感じられなくなってしまうでしょう！

ちなみに、わたしが当時非常に広まっていたと述べた憂慮は実際には起きなかったと、ここで申し添えておく必要があります。オーストリアでその後行われた政治支配は寛容なものだったと申し上げるのが至当でしょう。もちろん、寛容な政治支配のやり口が多かれ少なかれいつも同じだとしてもです。つまり、あらゆる文化問題については、まず自分のために利益をかすめ取ったのちに、その残りを実に公明正大に白分を含めた全員に分配するのです。そのことでわたしが述べたいのは、自由精神――といっても今日のドイツ語圏の範囲では、かつてニーチェが人びとを魅惑したあの「われら自由なる精神」(1)はとうの昔になく、きわめて控えめで、いかなる団体にも属さない精神にすぎないのですが――要するに、この精神は実際髪の毛一本危害を加えられていないが、それでも国家の育毛剤のお世話には必ずしもなっていないということです。

わたしはまた、超人的な自由精神が今日さほど尊敬されないのは、それ自身にも原因があるのだという点を認めます。なぜなら自由精神は自分がひいきにされた時代にその声望を大部分みずから浪費してしまったからです。ここまで述べれば、わたしは「精神と時代」、いくらか狭くしぼれば「詩人とこの時代」と呼ばれるわれわれの問題にたどり着いたことになりますが、この狭いほうの論題でも、わたしの短い講演にはあまりにも大袈裟になりました。われわれは今日、精神が多くの場所で政治によって禁治産宣言を受けている、あるいは少なくとも政治の指導に委ねられているのを知っていますし、これはまた明日になればほとんどの場所で現実になっていないかどうか、何ともわかりかねます。それが現実になる仕方、また精神にとっての未来の見通しは、それぞれまことに異なっています。たとえわたしが精神的発展は政治的発展から独立していることが不可

（1）▼巻末注

欠だと強調しても、当然ながら、この両者が互いに無関係だと述べるつもりは些少もありません。わたし自身にとっても、ヨーロッパの政治制度がすべてどうでもよいわけではありませんし、それぞれの制度における文化の未来が同じだと判断しているのでもありません。それでも、わたしはおそらくこう申し上げてもよいでしょう。つまり、政治の優位は、たとえその傾向が善良なものであれ野蛮なものであれ、非政治的精神を、あるいは精神のさまざまな非政治的領分——少なくともこういう領分もあるのです！——を、自己信念と独自の自己主張に課せられた困難と同じ困難に移すことになります。美しい決まり文句ではもはや先に進めないでしょう。真実を全面的に思い出す、それどころか真実を新たに発見することがどうしても必要になるでしょう。直線が二点間を最短で結べる——これはけっして疑ってならないように思われてきましたが——と実際に言えるかどうか、それが疑われ始めた瞬間が、数学にとって新しい発見の出発点になりました。そしてわれわれ、つまり詩人も画家も哲学者も、自分たちが立つ基盤をみずからに問わざるを得ない同様の必要性にさらされており、それは国家自身が芸術家や哲学者のあいだに侵入してきたところではどこでもそうなのです！

この必要性は法外な領域にわたっております。この点をわたしはあらかじめ述べておいてもよいでしょう。そして、ある記念日の特殊事情と、また当時迫っていた状況から生まれたわたしの講演は、そうした領域のごく一部しか捉えておりません。この講演はさまざまな関連からなる一本の鎖を述べただけですが、わたしが信じるただ一つのことは、この鎖がこれから作られるべき他の何本もの鎖と結び合わされて役に立つはずだということです。

さて、わたしは当時、前置きの言葉を述べたあとで、次のように始めたものでした——。

26

愚かさについて

オーストリア美術工芸家協会の招きに応じてウィーンで一九三七年三月一一日に行われ、また同月一七日に繰り返し行われた講演

1937年

この講演が行われた一九三七年は、ナチス・ドイツによるオーストリア併合を約一年後に控えて国内のナチス勢力が活発に活動していた時期であるが、ムージルはそうした政治的愚挙を横目で見据えながらも、むしろ現代人に普遍的に見出される種々さまざまな愚かさを多面的に取りあげてゆく。その語り口は悠然たる独特なイロニーをはらみ、小利口で危険な愚かさから善良で誠実な愚かさに至るまで扱う対象は幅広く、最後に、そのような人間的愚かさの領域にあくまでも踏みとどまりながら、現代の分裂した精神的状況を乗り越えるために必要な、一見古風な心性《ゲミュート》（心的・精神的感受力）の重要性を指摘する。なお、この講演は同年、ウィーンのベルマン・フィッシャー社から小冊子として上梓され、これが生前独立して刊行されたムージル最後の著作となった。▼巻末注

愚かさについてあえて語ろうとする者は、今日ではさまざまな不利益を被るおそれがあります。それは自惚れとみなされる場合もあるし、それどころか同時代の発展を阻害するものだと解釈されるかもしれません。わ

たし自身、何年か前にこう書いたことがあります。「もし愚かさが、進歩、才能、希望または改良と混同されるほど似ていなければ、誰ひとり愚かでありたいなどと思う者はいないだろう」。それは一九三一年のことでした。そして世の人びとがその後もいろいろな進歩と改良を目にしてきたことは、誰もあえて疑ったりはしないでしょう！　そこで、ある種の先に引き伸ばせない問いが、つまり愚かさとはそもそも何かという問いが、おもむろに浮上してくるのです。

わたしはまた、文学者として愚かさと相当長いあいだ顔なじみであることを無視したいと思っているわけではありません。なにしろ、何度となく愚かさと仲間づきあいをしてきた、とさえ言えそうだからです！　そればかりか、ある男が文学の世界に開眼すると、ほとんど名状しがたい抵抗にすぐさま直面することになり、しかも、この抵抗はどんな姿でも取ることができそうなのです。たとえば文学史の教授という威厳にみちた個性的な姿で出現したりしますが、この者には手に負えない遠方を狙う性癖があり、現代に関しては撃ち損なって災いの種ばかりまいている始末です。あるいは空気のように茫漠たる一般的な姿で現れ、神がわれわれには理解しがたい善意でもって人間の言葉をトーキー映画の製作者に委ねて以来、批評的判断を商業的判断にすり替えてしまったりするのです。わたしは以前、すでに一度か二度、このような現象をさらにいくつもあげたことがあります。しかし、それをここで繰り返したり、実例の数を完全にしたりする必要はありません（そんなことは、当今どこにでも見られる偉大さを求める趨勢に照らせば不可能にさえ思われます）。確かな結論としては次のような点を強調しておけば充分でしょう。つまり、ある民族の非芸術的な体質は、悪しき時代に、しかも粗野なかたちで初めて出現するのではなく、よい時代にも、ありとあらゆる仕方で表現されるものであり、したがって弾圧や禁止といえども、名誉博士の学位や、アカデミー会員の任命や、賞の授与などと比べて、ただ程度の差しか違いがないということです。

わたしがいつも思ってきたのは、芸術を愛することに誇りを抱く民族が、芸術と、ふつうより繊細な精神と に対して行う、このような多種多様な姿による抵抗は、愚かさにほかならず、もしかすると特別な種類の愚かさ、芸術ばかりか、ひょっとして感情にもかかわる特別な愚かさであって、だがいずれにしても、われわれが美的精神と呼ぶものは同時に美的愚かさとしても現れるということです。そして、今日でもわたしには、この見解を改めるさほど多くの理由が見当たりません。もちろん、芸術に見られるような全人的関心事を奇形にするあらゆる原因が、愚かさに転嫁されるわけではない。特に近年の経験が教えてくれるように、さまざまな種類の無節操にも一半の責任があるはずです。とはいえ、愚かさの概念は感情ではなく悟性と関係があり、それに反して芸術は感情に依拠するのだから、この概念はここでは必要ない、と異議を唱えるわけにもいかないでしょう。そのような異議申し立ては誤解です。美的享受さえも判断と感情なのです。そしてわたしは、今カントから借用したこの重要な定式に加えて、カントが美的判断力と趣味的判断について述べたことを皆さまに思い出していただきたいばかりか、同時にそれに伴う二律背反を繰り返し述べることもお許し願いたいと思います。

テーゼ——趣味的判断は概念にもとづかない。もし概念にもとづくなら、趣味的判断について論争（証拠による決定）ができるだろうからである。

アンチテーゼ——趣味的判断は概念にもとづく。もし概念にもとづかないなら、趣味的判断について争う（意見の一致を得ようと努める）ことすらできないだろうからである。〔カント『判断力批判』第二篇五六による〕

ところで、わたしはこれと同様の二律背反を伴う同様の判断が、政治の根底にも、また生そのものの混乱の根底にもあるのではないか、と問いたいのです。それに判断と理性が住むところでは、彼らの姉妹たち、すなわち愚かさの種々さまざまなあり方もまた期待してよいのではないでしょうか？ 愚かさの重要性を述べるのは、今のところ、この程度にしておきます。ロッテルダムのエラスムスは、その魅力的で、今日なお新鮮な『愚神礼讃』において、ある種の愚行がなければ人間はこの世に生まれることさえないと書いておりました！

愚かさがわれわれの羞恥心を傷つけ威圧的に支配する感情を、実際に多くの人びとが明るみに出すことがあります。それは自分が信頼を寄せている者から、この怪物の名が露骨に呼び出されそうになるのを聴くと、すぐに彼らが好意的とはいえ陰謀に荷担したかのような驚きの態度を見せる場合です。わたしは最初に自分自身で、そういう経験をすることができたばかりでなく、愚かさを扱った先駆者たちを探す途中で——もっともわたしが知った先駆者の数が驚くほど少ないのに反して、あまたの賢者は英智について書くのがお好きなようですが！——ある学識ある友人のもとから、ヘーゲル派のハレ大学教授J・E・エールトマン(1)が一八六六年に行った講演を印刷に付したものが送られてきましたとき、ただちにまた、この経験の歴史的評価もわかりました。『愚かさについて』と題したその講演は、彼が自分の演題を予告しただけで大いに笑われたという話で始められているほどだからです。ヘーゲル学者でさえそのような憂き目にあうのを知って以来、愚かさについて語ろうとする者に対して人びとが取るそのような態度には、ある特別な事情があることを納得するとともに、今やわたし自身、猛烈な、そして深く分裂した心理的な力を呼び起こしてしまったような思いに駆られて、ことのほか不安な気持ちになっております。

そこでわたしもまた、できればすぐに愚かさに直面したときの自分の弱点を告白してしまいたいのです。つまり、わたしには愚かさの何たるかがわからないのです。わたしは、それでもって世界の救済が企てられるような愚かさの原理など発見しておりません。それどころか学問的抑制が行き届いた範囲ですら愚かさを対象にした研究に出会えませんでしたし、また、愚かさの概念に照らして類似の事柄を扱っていれば、良かれ悪しかれ明らかになっただろう意見の一致さえも見出せませんでした。それは自分が無知だからかもしれませんが、愚かさとは何かという問いが、善意とは、美とは、あるいは電気とは何かという問いと同じく、今日の思考習慣にふさわしくないというのが本当の原因のように思われます。それにもかかわらず、この概念を明確にして、あらゆる生の先決問題にできるだけ冷静に答えたいという願望には、少なからず心惹かれる面がございます。そこでわたしは、実際ある日、愚かさとは「本当は」何なのかという問いに捉えられてしまい、しかも愚かさが分列行進するありさまを描くことが、むしろわたしの職業的義務であり才能であったにしても、そうはいたしませんでした。さらにわたしは、文学的方法で切り抜けるつもりも、また学問的方法でそれを行うこともできなかったので、こうした場合にいつも容易に思いつくことですが、きわめて素朴な手段で試みることにしました。つまり、「愚か」という単語の用法とその関連語族をすみやかに調査して、最も一般的な実例をいくつか捜し出し、自分が今書き留めたばかりのものを互いに比べてみようとしたのです。だが残念ながら、そのようなやり方にはいつもモンシロチョウの採集と似たような結果がつきまといます。つまり、自分が捕まえたいと思う蝶をしばらくは見失わずに追ってゆくのですが、別の方角から、別のまったく同じような蝶が、まったく同じように右に左に舞いながら飛んでくると、自分が同じ蝶を追っているのかどうか、たちまちわからなくなってしまいます。そういうわけで、愚かさの関連語族から収集した実例といえども、それらに本当に根源的な関連が残っているのか、それとも観察が単に外面的かつ偶然に一方の実例から他方の実例に導かれたのか、必ずしも区別がつかないのです。それらを十把ひとからげにして、これこそ本当に阿呆の見本を集めたものだと称することは、さほど簡単ではないでしょう。

（1）　エールトマン、ヨハン・エドゥアルト（一八〇五～一八九二）。ドイツの哲学者。ハレ大学教授。ヘーゲル学派中央派に属した。『哲学史要綱』など。

どのように始めるかということは、しかし、こうした事情のもとではほとんどどうでもよいことです。ですから、とにかく始めさせていただきましょう。おそらく一番良いのは、最初に出会う困難からとりかかることです。つまり、愚かさについて語ったり、あるいはその種の会話に居合わせて利益を得ようとする者は、いずれも自分は愚かでないと思いこんでいるに相違ないこと、したがって賢いと思っている自分をひけらかすことであります。もっとも、そんな真似をするのは一般には愚かさのしるしとみなされるものですが！　ところで、賢い真似をすることが、なぜ愚かとみなされるかという問いに立ち入れば、遠い祖先から伝わる家具のほこりにまみれたような答えが、さし当たり思い当たります。というのも、賢いと思わせないほうが用心深い態度だと、その答えは語っているからです。このずいぶん疑り深い、今日すぐには理解できなくなってしまった用心深い態度は、弱い者には賢く思われないほうが実際に賢かった事情に由来する場合が多分にありそうです。弱者が賢いと、強者の生命にかかわる可能性もあったからです！　それとは逆に、愚かさは猜疑心をまるめこんで安堵させます。愚かさは、今日でもそういわれているように「武装を解除する」のです。こうした古い抜け目なさと愚者を装う狡猾さが残した痕跡は、双方の力関係が等しくなく、弱いほうが実際より愚かなふりをして安全を求めるという、さまざまな従属関係にいまだに見受けられる現実です。それらの痕跡は、たとえば農民の狡猾さとして、さらには博識ぶった主人に対する使用人の関係、また上官に対する兵士、教師に対する生徒、両親に対する子供の関係に見られます。弱者にやる気がない場合よりも能なしのほうが、権力の所有者を刺戟するところが少ない。それどころか愚かさは権力者を「絶望的な気分」に、つまり紛れもなく腑抜けの状態に至らしめるのです！

このことは賢さが権力者を容易に「激怒」させる事情と、見事に照応しております！　たしかに追従者の賢さは大いに評価されますが、ただしそれは無条件な従順さと結びつくかぎりでの話です。賢さにこの素行証明が欠けていたり、賢さが支配者の利益に役立つかどうか怪しくなると、たちまち賢いと呼ばれるよりも、厚かましい、生意気、あるいは陰険と呼ばれるようになります。そして賢さが支配者の安全を実際に脅かさないまでも、少なくとも彼の名誉と権威に楯突くような関係がしばしば起こるのです。教育面では、それは生意気で才気ある生徒が、愚鈍なために手に負えない生徒より厳しく扱われる点に表現されています。道徳面では、間違いがわかっているくせに、あえて行う意志はそれだけいっそう悪質に違いないというイメージを生みます。司法さえもが、この個人的偏見から必ずしも自由だったわけでなく、巧妙な犯行はたいがい特別厳しい調子で「狡猾」にして「冷酷」などと判決がくだされるのです。そして政治では、どんな者でも、至るところにその実例が見つけられるでしょう。

だが、愚かさもまた——この点は異論があるに違いないでしょうが——怒らせることができ、どんな場合でも安堵させるというわけにはいきません。簡単に言えば、愚かさは一般に人の気持ちを苛立たせますし、異常な場合には残忍な仕打ちさえ招きます。この病的な残酷さが生み出すいやらしい残虐行為は、ふつうサディズムと呼ばれていますが、それはまことにしばしば愚か者たちに犠牲者の役を振り当てます。これはどうやら、彼らがほかの者たちよりも、残酷な連中の餌食になりやすいためらしいのです。しかしこれはまた、どこからでも感じられる彼らの脆弱さが、ちょうど血のにおいが狩猟の気分を駆り立てるように、想像力を放埒にして、荒野へとおびき出し、そこでは残酷さの限界がもはやどこにも見出せないという、ほぼそれだけの理由で「極端に」走る事態と、どうやら関係があるらしい。それは他人を苦しめる者自身に見られる苦しみの特徴であり、彼の粗暴さに秘められた弱さなのです。そして、侮辱された同情心の特権的憤激はそれをめったに気づかせないにしても、残酷さにも、愛情関係と同じく、やはり互いに気の合う二人の者が必要なのです！　ところで、この点を論究することは、現在のように「自分より弱い者に対する臆病な残酷さ」（サディズムの最も一般的な概念の書き換えはこうも言えるはずです）によって苦しめられている人類にあっては、たしかにかなり重要でしょう。しかし、その基本線に沿って追ってきた関係を考慮し、手近にある実例をざっと集めてみれば、それらについて述べられたこともまたすでに逸脱とみなされるに違いありません。そして全体的には、自分を賢いと自惚れるのは愚かかもしれないが、とはいえ馬鹿の評判をとるのも必ずしも賢くないという以上のことは、そこからは判断できないのです。ここでは何事も一般化できない。あるいはもうここまで述べれば許されるかもしれない一般化があるとすれば、この世界においてはそもそもできるだけ人目につかないことが最も賢いという一般化であるに違いない！　そして事実、あらゆる英智からの決定的な決別もまた少なからず行われています。だが、人間嫌いの結果は、単に中途半端な、もしくはただ象徴的・代理的な利用のほうがはるかに頻繁に行われております。そして、このことが考察を謙譲の要請の領域へ、またそれよりさらに広範なもろもろの要請の領域へと導いてゆきますが、ただしわれわれの考察が愚かさと賢さの領域から完全に離れることはないでしょう。

愚かだと思われそうな不安から、また礼儀を失する不安から、多くの者たちは自分を利口だと思うものですが、しかしそれを口に出しては言わない。それでも彼らが無理にでもそれを言わなければならないと感じるときには、たとえば「わたしはほかの者ほど愚かではない」などと述べて、言い換えます。それよりもっと好んで行われるのは、できるだけ無関心で客観的な口調で、「自分に関して言えば、普通の知性に恵まれた者だと申し上げてもよろしいでしょう」と発言することです。また、ときには自分が利口だという確信が、たとえば「馬鹿にされてたまるか！」という決まり文句で、ついうっかり表面に現れてしまうこともあります。それだけにいっそう注目に値するのは、ひっそりと生きている個人が心のうちで、自分をまことに利口で立派だと考えるばかりか、歴史的影響力をもつ者が、それにふさわしい権力を握ると、たちまち自分が法外に利口で、明敏で、上品で、高潔で、慈悲深く、神に選ばれ、そして歴史へと召命されたのだと自分で述べたり、あるいは他人に言わせたりすることです。そればかりか、自分が恩恵を被っている他人についても、同じことを言うのが好きなのです。この事実は、陛下、猊下《げいか》、閣下、総長、殿下などという肩書や呼びかけのうちに化石化して保存されており、もはや自覚的な生きた使われ方はしていない。しかし今日、人間が大衆の姿で語るとき、それはたちまち完全に生き生きと蘇った姿を再び現します。とりわけある種の中流の下に属する精神と魂は、党や国家や宗派や芸術動向に庇護されて登場し、「わたし」の代わりに「われわれ」と言うことが許されると、たちどころに不遜な要求に対してまるで恥知らずになるものです。

たとえ中流の下が自明であり、でしゃばらないというような保留をつけても、この不遜な態度は虚栄心とも呼ばれますし、それに実際のところ、今日では多くの民族や国家の魂は、とりわけ虚栄心が否定しがたく先頭の位置を占めるさまざまな感情に支配されています。愚かさと虚栄心のあいだにはしかし、むかしから親密な関係がございます。そしてもしかすると、この関係があるヒントを与えてくれるかもしれません。ふつう愚か者は、これを隠す賢さが欠けているというだけの理由で、虚栄心が強い印象を与えます。しかしながら本来は、必ずしも隠す必要などありません。というのは、愚かさと虚栄心の類縁関係は直接的なものだからです。つまり、虚栄心の強い人間は、その能力よりもわずかな成果しかあげていないという印象を他人に呼び起こします。彼は蒸気を隙間のある個所から漏らしてしまう機械に似ています。「馬鹿は自惚れる」という古い箴言は、虚栄心は「外面を飾る」という表現と同じく、まさにその機微を突いております。われわれが虚栄心の概念に結びつけるものは、実際、劣った成果の期待なのです。なぜなら、「虚栄心が強い」という言葉は、その中心的な意味においてはほとんど「役に立たない」という言葉に等しいからです。そしてこの劣った成果は本当は成果があるところでも期待されるのです。つまり、虚栄心と才能とは往々にして互いに結びついていることがあるからです。しかし、われわれはその場合、もし虚栄心の強い者が自分でそれを妨げなければ、もっと多くのことが成し遂げられるかもしれない、という印象を抱くのです。劣った成果という、このしつこくつきまとう観念は、あとになればわれわれが愚かさに対して抱くきわめて一般的な観念であることが明らかになります。

だが周知のごとく、虚栄心の強い態度は、それが愚かかもしれないという理由で避けられるのではなく、とりわけ礼儀をわきまえないものとしても避けられます。「手前味噌は鼻持ちならぬ」という格言もございます。そしてこの言葉は、自分自身のことを多く語り、自慢してはばからない大言壮語が賢明でないばかりか、また礼儀にかなわないとみなされることを意味しています。もしわたしが間違っていなければ、そのために傷つけられた礼儀の要請は、遠慮と敬遠が定める多種多様な掟の一部であって、そこでは自惚れも寛大に扱われるよう定められていますが、その場合の自惚れは、一方だけでなく他の者にもあるのだという点が前提とされています。そのような距離を置く要請は、露骨すぎる言葉の使用にも反対し、挨拶と呼びかけの表現を規定し、人びとが弁解もなく矛盾したことを言いあうのを許さず、あるいは手紙の冒頭から「わたし」で始めるのも許すことなく、要するに人びとが互いに「近づきすぎる」ことがないように、ある種の規則の遵守を要求するのです。その要請の課題は、交際を調整して円滑にし、隣人愛と自己愛を容易なものにし、そしていわば人間関係のほどよい体温を維持することです。また、そのような規則はどんな社会にも見出せるのであって、それは高度に文明化された社会よりも原始的な社会にこそはるかに多く見出せます。それどころか、言葉を欠いた動物の社会にもそのような規則はあるので、この点はその儀礼的行動の多くから容易に見てとれます。このような距離の要請の意味では、自分自身だけでなく、他人をもあからさまに褒め称えることは禁じられています。誰かに面と向かって、あなたは天才だとか聖者だと述べたりすれば、それは自分自身に関してそう主張するのとほぼ同じく、言語道断なことでしょう。また、自分自身の顔をべたべた塗りたくったり、髪の毛を絶望的にかきむしったりすることは、今日の感性からすれば、他人を罵倒するより増しだということにはならないでしょう。すでに先ほど触れましたように、人びとは自分が必ずしも他人より愚かだったり劣っているのではないという観察で満足しているのです！

秩序ある状態において禁止されるのは、どうやら無節操で無作法な言動であるようです。そして先ほど、今日ではいろいろな民族や党派が自分たちの啓示に照らして不遜な振舞におよぶ虚栄心に触れたのであれば、今度はそれをさらに補って、享楽的に生きる大多数の者が――白昼夢を見る個々の誇大妄想患者とまったく同様に――英智ばかりか、徳をも独り占めにして、自分が勇敢で、高貴で、無敵で、敬虔で、美しいと思いこんでいることや、また、この世界で人間が多数をなして現れるときには、彼ら個々人には禁じられたことすべてをずうずうしく行う傾向がある点に言及する必要があります。この肥大化した「われわれ」の特権は、今日では増大する個人の文明化と馴致《じゅんち》が、それと正確に比例して増大する国民・国家・同志の非文明化によって帳消しにされるべきだという印象をまさに生み出すのです。そして、どうやらそこに情動の障害が、つまり根本において「わたし」と「われわれ」の対立に先立つ、またあらゆる道徳的評価にも先立つ情動バランスの障害が出現するようです。だが――おそらく問う必要があるでしょうが――それは依然として愚かさなのでしょうか？　それどころか、ただ何らかのかたちではあれ、依然として愚かさに関係があるのでしょうか？

聴衆の皆さん！　誰もそれを疑う者などおりません！　しかしながら、解答を出す前に、多少愉快な実例を手がかりにして、できれば一息つかせていただきたいものです！　われわれは皆、たとえこのわれわれが主として男性だとしても、そして特に世に知られた著述家ならば誰でも、自分の人生の小説をぜひ打ち明けたいと願う女性を知っております。というのも、彼女の魂はいつも興味深い事情にあったようなのですが、これまで何の成果も見たことがなかったからです。そして彼女はその成果を今ではむしろわれわれに期待しているのです。この女性は愚かなのでしょうか？　おびただしい印象から生まれる漠然たる結論は、われわれに「彼女は愚かだ！」と耳打ちするのがふつうです。しかし、礼儀と同時に正義感が、彼女は必ずしも愚かではないという譲歩を要求します。彼女は自分を大いに吹聴しますし、またそもそもがおしゃべりなのです。彼女は断固として判断しますし、何事につけても意見を述べます。彼女は虚栄心が強く、ずうずうしい。彼女はたびたびわれわれにお説教をたれる。ふつう彼女の性生活はうまくいっておりません。そもそも彼女には人生があまりうまくいっていない。しかし、それらすべてが、あるいはその大部分が当てはまらない別の種類の人間がいるとでもいうのでしょうか？　自分を大いに吹聴することは、たとえばエゴイスト、落ち着きのない者、さらには一種ふさぎの虫に取り憑かれた者の悪癖でもあります。そしてこれらは何もかも、とりわけ若者たちに当てはまります。彼らは大いに自分を吹聴し、虚栄心が強く、説教じみたことをほざき、人生とあまり上手に折り合えない。一言で言えば、賢さからも礼節からも等しく逸脱している状態がまさに成長期の特徴です。だが、そのために彼らが愚かだというわけではありませんし、あるいは彼らがまだ賢くなっていないので、当然のことながら、そのために制約されている以上に愚かだというわけではないのです！

ご来席の皆さま！　日常生活とその人間知がもたらす判断はたいてい当たっていますが、当たり損なう場合もよくあります。それらの判断は正しい教えのために生まれたのではなく、もともと、単に精神的な同調ないし拒絶の反応を表しているにすぎません。したがって、今あげた実例が教えているのもまた、ある種のものは愚かかもしれないが必ずしも愚かである必要はないということ、またそれが何と結びつくかによって意味が変化するということにすぎません。さらにまた愚かさは他のものと緊密に織り合わされているので、その織物を一挙にほどいてみせる糸がどこかに飛び出て見えるわけではないのです。天才と愚鈍さえも互いに分かちがたく結びついております。また、多弁を弄したり、自分を大いに吹聴する行為が、他人から馬鹿にされるという懲罰の脅しで禁じられる事態は、人類によって独特なやり方で回避されます。つまり詩人を介して回避されるのです。詩人は人類の名のもとに、食い物がうまかったとか、太陽が空に輝いていると物語ることが許される。彼には、おのれの気持ちをぶちまけたり、秘密をしゃべり散らしたり、告白したり、見境もなく個人的弁明を行うことが許されている（少なくとも多くの詩人はそうしたがっています！）。そこでこうしたすべては、まるで人類がふだん自分に禁じていることをあえて例外として行うかのような印象を、そっくり与えるのです。人類はこのようにして絶えず自分自身のことを語り、詩人の助けを借りて同じ物語と体験をもう何百万回も物語ってきました。それも物語の状況をただあれこれ変えるばかりで、結果として、人類はいかなる進歩も意味の獲得もできなかったのです。だとすれば、人類は自分たちの文学を利用したり、またその利用に文学を適合させたりすることで、結局のところ、愚かさの疑惑を招いてしまうのではないでしょうか？　わたし個人としては、それがあり得ないとは少しも思いません！

いずれにしても、愚かさの適用範囲と不道徳の適用範囲――この不道徳なる言葉は今日では通常用いられない広い意味で理解されるもので、無分別の意味ではなく精神の欠如とほぼ同じ意味なのですが――この両者のあいだには、同一性と差異がもつれあったかたちで存在しています。そしてこのような関連は、J・E・エールトマンが先ほど触れた講演の重要な箇所で、粗野な言動は「愚かさの実践」であると表現したことと、疑いもなく似ています。彼はさらにこう述べています。「言葉は……ある精神状態を表す唯一のものではない。同じ精神状態は行動においても明らかになる。愚かさに関しても同じことが言える。愚かであるばかりでなく愚かな行動をする、いろいろ馬鹿をやらかす」――すなわち愚かさの実践――「あるいは行動する愚かさ、それをわれわれは粗野と呼ぶのだ」と。ところで、この魅力的な主張は、愚かさが感性の欠陥であることを少なからず教えてくれます。なぜなら、粗野とはその一例だからです！　そしてこのことは前に述べた「情動障害」

と「情動バランスの障害」の方向にわれわれをただちに連れ戻しますが、ただしそれらについては暗示的に触れただけで、説明はいまだ済ませておりませんでした。そしてエールトマンの言葉でなされた説明もまた、真実と必ずしも一致し得るものではありません。というのは、この説明は「教養」と対立する粗野で洗練されていない個人しか対象にしておらず、さらに愚かさの適用形式すべてを包括していないという点は度外視するにしても、粗野といえども単なる愚かさではなく、愚かさも単なる粗野というわけにはいかないからです。したがって情動と知性が結合して「愚かさの応用例」が出現する場合には、その両者の関係に即して引き続き説明をしなければならない事柄がまだいくらもあります。この点を最初に強調しておく必要があるとともに、その説明にはまたもやいくつかの実例を用いるのが一番よいでしょう。

その場合、愚かさの概念が描く輪郭を正確に述べようとするのであれば、愚かさがただ単に、もしくはとりわけ悟性の欠如であるという判断を緩めることが、他の何にも増して必要です。というのも、すでに触れてきましたように、われわれが愚かさに対して抱く最も一般的な観念は、きわめて多種多様な活動に見られる無能の観念であり、身体的・精神的欠陥の観念そのものであるように思われるからです。そのための説明には、われわれのお国言葉にまことに表現豊かな実例がありまして、それは耳が遠いこと、つまり一種の身体的欠陥を表すのに〈derisch〉とか〈terisch〉と言うのですが、この言葉はおそらく〈törisch〉〔低能〕の意味ですから、愚かさと近い関係にあります。すなわち、それとまったく同じように、愚かさを表す非難の言葉が、民衆のあいだでは、そのほかにもよく使われているからです。もしある競技の参加者が決定的な瞬間に気力が萎えたり、間違いを犯すと、彼はあとになって「僕は釘づけになったみたいだった！」と言う。あるいは水泳やボクシングでは頭脳の関与はさほど範囲が限定づけられないと考えられて当然ですが、選手は「自分の頭がどこにあったかわからない！」などと述べるのです。同じく少年やスポーツ仲間のあいだでは、ぶざまなことをしでかした者は、たとえ彼がヘルダーリンのような者であるとしても間抜けと言われるでしょう。また、狡猾でなく非情でない人間が愚かとみなされる商売上の状況もございます。要するに、これらは今日公然と栄誉を受ける賢さよりも、古い賢さに対応している愚かさであります。わたしの聴き違いでなければ、古代ゲルマンの時代には道徳的な観念ばかりでなく、知識や経験があり聡明であるという概念、すなわち知力の概念もまた、戦争と闘いに関係しておりました。ですから、どんな賢さにも独自の愚かさがつきもので、動物心理学までもが、その知能検査の結果、どの「成績優秀なタイプ」にもその「愚かなタイプ」が関連していることを発見しました。

したがって賢さの最も一般的な概念を求めようとするのであれば、このような比較検討から、たとえば有能という概念が生まれてくるでしょう。その場合、有能でないものが、ときにはことごとく愚かと呼ばれるのかもしれません。ある種の愚かさに必要な有能さが文字通りの賢さとみなされないとしても、その実情には変わりありません。そのような場合にどの有能さが前面に現れ、ある時点で賢さと愚かさの概念をその内容で満たすかということは、どのような生き方をしているかによって左右されます。個人が不安にさらされている時代には、策略、暴力、感覚の鋭さ、身体的器用さが、賢さの概念として明瞭な姿を現すでしょうし、精神化された——とはいえ残念ながら必要な制約をつけてそう言えるだけの——市民的生活志向の時代には、頭脳労働がそれらの代わりを果たします。もっと正確に言えば、高次の精神的労働がそれを果たすべきだったのでしょうが、事態のなりゆきにつれて、それは理知的成果の偏重に変わってしまい、そのありさまは、冷酷な額を戴き、忙しく働く人類の、虚ろな顔に如実に描かれています。そういうわけで今日、賢さと愚かさは、まるで別の在り方があり得ないかのように、ひたすら理知とその有能さの度合に関係づけられてしまう結果になりましたが、しかしそれは多かれ少なかれ一面的なことでしかありません。

「愚か」という単語と根源的に結びついている無能——あらゆることに対する無能の意味でも個別的な無能の意味でも——その一般的な観念は、実際まことに印象深い結果をもたらします。つまりそれは、形容詞の「愚か《ドゥム》」と名詞の「愚かさ《ドゥムハイト》」が万事に妥当する無能力を意味しているので、ときには特別な無能力を表す言葉の代わりにもなれるという結果です。これは互いに愚か者呼ばわりする非難の言葉が今日とてつもなく広まってしまった理由の一つです。（別の関連から見れば、これまでに触れた実例からわかるように、この概念が非常に限定しがたいからでもあります）。かなり野心的な小説で、ほとんど匿名の読者のあいだをしばらく貸本として回覧された本の欄外に見出される書き込みを、どうかご覧になっていただきたいものです。読者が作者と二人だけになれるここでは、読者の判断が好んで「馬鹿！」という言葉で表現されたり、「低能！」「ナンセンス！」「度しがたい阿呆！」などという、愚かと同等の言葉で表されたりします。そしてこれは同じく、人びとが芝居の上演や絵画展で芸術家に向かって大衆にまぎれて立ち、腹を立てたときに最初に発する憤りの言葉でもあります。また「キッチュ」という単語もここで思い出す必要があるでしょうが、これは芸術家同士のあいだで何よりも好まれる最初の判断表明でもあります。しかし、少なくともわたしが知るかぎりでは、その概念が規定されているわけでも、それがどんな具合に使用できるか説明されているわけでもありません。もっとも、〈verkitschen〉という動詞を使う場合は別で、これは俗語的用法では「安売りする」とか「投げ売りする」といった意味です。したがって「キッチュ」には格安品とか見切品の意味があり、この言葉を本能的に正しく使用するときにはいつも、むろん精神的なものに転用された場合にも、この意味がその下地にあるのだ、とわたしは睨んでおります。

見切品とかガラクタは、おもにそれらと結びついた無益で役立たない商品の意味でキッチュという言葉の一部になるのであり、他方で無益や役立たずは「愚か」という単語が使われる基盤でもあるわけですから、われわれは自分に具合の悪いものを——とりわけそれをごまかして精神的に高いとか芸術的だなどと尊重するふりをするときには！——すべて「何となく愚かしい」とみなす傾向がある、と主張しても過言ではないでしょう。そしてこの「何となく」という表現を規定するのに重要なのは、愚かさのさまざまな表現の使用が、卑俗で道徳的に不快なものを表す、やはり不完全な表現を含む別の言葉によって、完全に浸透されていることでありまして、このことはかつて一度はわれわれの目にとまったものへと、つまり「愚か」と「下品」の概念が結びついた運命共同体へとわれわれを連れ戻してくれます。なぜなら、知的な出自をもつ美的表現の「キッチュ」ばかりでなく、「くそ！」「へどが出そうだ！」「おぞましい！」「病的だ！」「ずうずうしい！」などという道徳的言辞もまた、生に対する実直にして未熟な芸術批評であり判断なのですから。だが、これらの表現には、たとえ無差別に利用されるにしても、もしかすると依然としてある精神的緊張が、ある意味の相違が、含まれているのかもしれません。そのあとではこれらの表現の代わりに、最後に本当にもう半ば言葉にもならない「何たる下劣さ！」という叫びが取って替わり、これはそれに似た他のあらゆるものの代わりになるので、「何たる愚かさ！」という叫びとともに、世界の支配を二分しあっているのです。というのも、この二つの言葉が時として他のすべての言葉に取って替われるのは、どうやら「愚か」が普遍的な無能の意味を、「下劣」が普遍的な風俗紊乱《ぶんらん》の意味を引き受けてきたからです。そして今日の人びとがお互いに関して述べていることに耳を傾けてみれば、相互に撮り合ったグループ写真から何の監督も受けずに出来上がった人類の自画像なるものは、この二つの不快な色合いの言葉を語形変化させて混ぜ合わせたしろものに思われてくるのです！

この点はじっくり考えてみる価値があるかもしれません。疑いもなく、この二つの言葉は完成に到達していないある判断の最低の段階、すなわち何かが間違っていると感じてはいるが、何が間違いなのか指摘できないという、まだ完全にはかたちをなしていない批判を表しています。これらの言葉の使用は、見出し得るかぎりの、最も素朴で最も稚拙な拒絶の表現であって、それは応答の発端にして、早くもその終わりでもあります。そこには「短絡」めいた印象がありますが、「愚か」と「下劣」が、たとえ何を意味しようとも、相手を罵るためにも利用される点を考慮すれば、事情はいっそうわかりやすくなります。というのは、罵り言葉の意味は、ご承知のように、その内容よりもその使い方に関係しているからです。そしてわれわれのなかにはロバを愛している者が多くいるかもしれませんが、もし自分がロバ〔愚か者〕呼ばわりされれば、感情を害することになるでしょう。罵り言葉はその表層的イメージを代理するのではありません。それは、表現が少しもかなわず、ただ指し示すことしかできない観念と感情と意図との混合物なのです。ちなみに、この点は流行語や外来語に関しても共通でして、そのため、これらの言葉は、他の言葉で完全に置き換えができるにしても、なくてはならないものに感じられるのです。こうした理由からして、罵り言葉には何か考えられないほど興奮させるところもあるのですが、それはおそらくその意図と一致するだけで、内容とは一致しないでしょう。それが最も明らかなのは少年たちがふざけて相手を嘲笑するときの言葉かもしれません。つまり、ある子供が「ブッシュ!」とか「モーリッツ!」(1)と言う、するとそれは秘密の関連にもとづいて他の子供を激怒させることがよくあるのです。

罵りや嘲りの言葉、また流行語や外来語について言えることは、しかし洒落や標語、愛の言葉についても言えます。他には似たところがないこれらの言葉すべてに共通するのは、それらがある情動に仕えている点であり、また、まさにそれらの言葉が不正確であって具体的でないからこそ、それを使えば、それより適切な具体的で正確な言葉の全領域を排除できるという点です。どうやら人生にはそのようなものを求める欲求がときにはあるようですから、その価値を認めるのに吝《やぶさ》かではありません。しかしそのような場合に起こるのは疑いもなく愚かなことでして、いわば愚かな行為と同じ道をさまよっているのです。この両者の関係は周章狼狽の典型的な実例、すなわちパニックを手がかりに、きわめて的確な研究ができます。もしある人間に対して、それが不意の恐怖であれ持続的な精神的圧迫であれ、強烈すぎる何かが作用をおよぼしますと、この人間は突然「何か無分別な真似」をやらかすことになります。彼は泣きわめくかもしれない。それは根本において、子供がそうするのと何ら変わりありません。彼は「やみくもに」危険から逃れるかもしれませんし、あるいは同じくやみくもに危険に向かって突進するかもしれません。破壊や罵倒や悲嘆の発作が彼を襲うかもしれません。要するに、彼は自分が置かれた状態が要求する目的にかなった行動をする代わりに、見たところ常に無目的な、だが実際にも実にしばしば無目的な、それどころか目的に逆らった他のさまざまな行動をやり始めることでしょう。この種の逆作用は「パニックに襲われた恐怖」の状態としてきわめてよく知られています。だが、このパニックという言葉をそう狭く理解するのでなければ、激怒のパニックや渇望のパニック、それどころか愛情のパニックについても語ることができるのでして、実際、ある興奮状態が、活発なやり方でも、盲目で無意味なやり方でも満足させられないところでは、どこでも同じことが言えます。ただ作用が逆だというだけで、不安のパニックと区別される勇気のパニックが存在することは、才知も勇気も具えたある者によって、とうのむかしに述べられています。

心理学的に言えば、パニックが生じるときに起こるのは、知性の中断、要するに高級な精神的特性の中断だとみなされており、代わりにそれより古い心的装置が前面に現れてくるのです。しかし、この点にさらにつけ

(1)　ブッシュは一九世紀後半に活躍した風刺漫画家ヴィルヘルム・ブッシュ（一八三二〜一九〇八）を指すのだろう。モーリッツは彼が描いた主人公の一人でもあるが、また風刺画家アドルフ・オーバーレンダー（一八四五〜一九二三）が描いた有名なわんぱく少年の名前でもある。

加えてよさそうなのは、そのような場合に見られる悟性の麻痺と遮断のために本能的行動に向かう沈下が起こるというより、むしろこの領域を突き抜けて究極的な苦悩の本能に、行動の究極的な苦悩形式にまで至る何事かが出来するという点です。このような行動のあり方は完全な混乱の形式をおびます。それは無計画で、見たところどのような理性からも、またどのような救済本能からも見捨てられているように思われます。しかしながら、その無意識の計画はさまざまな行動の質をその数によって埋め合わせようという計画であり、そのしたたかな狡智は、下手な鉄砲も数打ちゃ当たるという確率にもとづいております。頭の空っぽな人間も、さらには半分閉じた窓ガラスに散ざんぶつかったあげく、開いている半分の窓から偶然外に「転げ落ちる」昆虫も、その両者が混乱のなかでやっているのは、戦争の技術が、ある目標めがけてめったやたらに射撃を「浴びせかける」とき、それどころか一発の榴散弾とか手榴弾を使うときさえも、それが計算づくの熟慮にもとづいて行われている場合と何ら異なるところはありません。

換言すれば、これは目的を定めた行動を量的な行動で代理しようとすることなのです。そして、さまざまな言葉や行動の質をその数の多さで埋め合わせることほど人間的な営みはありません。そこで曖昧な言葉を使うことは、多くの言葉を使うのと非常によく似たところがございます。というのも、ある言葉が曖昧であればあるほど、その言葉に結びつく事柄の範囲は広くなるからです。また、事実関係が曖昧な場合にも同じことが当てはまります。多くの言葉を使うことが愚かであれば、それによる愚かな行為はパニックの状態と似ております。そしてこの種の非難やそれに類した言葉の過剰な使用は、太古の原始的な——病的な、と当然言い換えられるような——方法による魂の救済の試みとさほど違いはないでしょう。実際のところ、何かが真に愚かだ、あるいは卑劣だという、非難の言葉が正しく使われるときには、知性の中断ばかりでなく、無意味な破壊や逃走にむやみに向かう傾向が認められます。これらの言葉は罵倒の言葉であるばかりか、罵倒という発作をまるごと代理しているのです。何かがそのような言葉でどうにか表現できる場合には、暴力沙汰も間近に迫っております。前に触れた実例に戻って言えば、そのような場合に絵画は雨傘で（さらに言えばそれを描いた者の代わりに）攻撃を受け、また、本はまるで消毒効果を狙うかのように地面にたたきつけられます。だが、そうした行為に先立ち、またそこからの解放が求められている、人間を無力にする抑圧もまた存在するのです。つまり、怒りのために「窒息しそう」だったりする。「言葉が充分でない」ので、まさに例のきわめて一般的で意味の乏しい言葉を使うしか手のない状態があります。驚いて「言葉が出ない」のです。「気分をすっきり」させなければならない。これが爆発して木端みじんになる手前にある言語喪失の段階、それどころか思考喪失の段階です！　この段階は重苦しい不充足状態を意味しており、最後には通常、「とうとう何かがあまりにも愚かしくなった」〔堪忍袋の緒が切れた〕という、深い洞察をおびた言葉に導かれて爆発が起こります。この「何か」はしかし自分自身なのです。偉大で積極的な行動力が大いに評価される時代には、ときには、その行動力と見間違えるほどよく似たものを思い出すことも、ことのほか必要です。

ご列席の皆さま！　今日では高貴な人間性《フマニテート》に対する信頼の危機が、つまりこれまで人間らしさに寄せられてきた信頼の危機が、しばしば話題にされます。この危機は一種のパニックと呼んでよいかもしれませんが、それが今では、われわれの問題を自由と理性によって処理できるという確信の代わりになろうとしております。そしてわれわれが誤解してならないのは、この二つの倫理的な、そればかりか倫理的＝芸術的な概念である自由と理性は、人間の尊厳を表すシンボルとして、ドイツ人が世界市民であった時代の古典期からわれわれのもとにもたらされましたが、それらがすでに一九世紀なかば、あるいはその少しあとからは、もはや完全に健康な状態にはないという状況です。自由と理性は徐々に「通用しなく」なりました。人びとはそれらを「どう扱うべきか」もはやわからなくなりました。そしてそれらが萎びてしまったことは、その敵の成果であるよりも、むしろ味方の成果だと言ってもよいのです。したがって誤解してならないのは、われわれが、あるいはわれわれに続く者たちが、この自由と理性の不変の観念にはもはや戻れないだろうということでもあります。むしろわれわれの課題、そして精神に課せられた試練の意味は——それはどの時代の世代にも与えられた、そしてめったに理解されたためしのない苦悩と希望にみちた課題ですが——新たなものに向かう、たえず必要な移行、それどころか非常に望ましい移行を、できるかぎり損失の少ない形で実行することにあるでしょう！　本来は適切な時期に行わねばならない、この伝統に根ざしながらも変化した理念に向かう移行を、これまで人びとが怠ってきただけに、今やますますこの行動の助けになる観念、つまり何が真実で、何が理性的で、何が重要で、何が聡明なのかという観念が必要であり、したがってそれらと対蹠的な像を結ぶ、何が愚かなのかという観念もまた必要なのです。だがしかし、悟性と英智の概念がぐらついているとすれば、愚かさのどのような概念が、あるいはその概念の一部が作れるのでしょうか？　ものの見方が時代とともにどれほど著しく変わるものか、それを示すために、ささやかな一例をあげておきましょう。つまり、かつて非常によく知られた精神医学の教科書に「正義とは何か？」という問いと、それに対する「もう一方の者が罰せられること」という答えが、痴愚の症例としてあげられておりましたが、しかしこの問答は、今日さかんに議論されている法解釈の基盤になりました。ですからわたしは、このきわめて慎ましい講演といえども、時代の変転に流されない核心をせめて暗示することなしには、終わりにできないのではないかと憂慮するのです。そこでなおいくつかの問題提起と発言をしなければならないでしょう。

　わたしは心理学者の真似をする権利もなければ、またそうするつもりもありませんが、しかしこの学問に一瞥を投げておくことは、おそらくわれわれが扱う事例のために援用が期待できそうな第一のものでしょう。むかしの心理学は、感覚、意志、感情、想像力、あるいは知性をそれぞれ区別してきました。この心理学によれば、愚かさは程度の劣った知性であることが明白でした。しかし今日の心理学は、さまざまな心的能力の基本的区別に重点を置くことをやめて、心のさまざまな働きの相互依存と相互浸透を認めるようになっており、そのため愚かさが心理学的に見て何を意味するか、という問いに対する答えはずいぶん複雑になりました。もちろん今日の考え方からしても、悟性の営みには限定された独自性が残されております。しかしそれでも、きわめて穏やかな関係においてすら、注意力、理解力、記憶力など、そればかりか悟性に属するほとんどすべてのものは、おそらく心性《ゲミュート》〔心的・精神的感受力〕の特性にも依拠しているのです。そのため感動的な体験においても、また理知的な体験においても、知性と情動がほとんど分かちがたく浸透した第二の現象がさらに現れるのです。そして知性の概念のもとで悟性と感情とを区別することの、このような難しさは、もちろん愚かさの概念の場合にもその直接的反映が見られます。そしてたとえば医学的心理学が、知的障害者の思考を、貧しい、不正確、抽象能力の欠如、不明瞭、のろい、気が散りやすい、浅はか、一面的、硬直、回りくどい、過敏、注意散漫など、そうした数々の言葉で表現するとすれば、これらの特性は一部は悟性に、また一部は感情に関連していることがただちに認められます。ですから、愚かさと賢さは悟性にも感情にも依拠しているのだ、と申してかまわないでしょう。そして一方が多いか他方が多いかの判断、またたとえば「中心を占める」のが、愚鈍の場合には知性の弱さなのか、また少なからぬ著名な道徳的厳格主義者の場合には感情の麻痺なのか、という判断は、専門家に勝手にやらせておくことにして、われわれ素人はそれより多少自由なやり方で何とか処理しなければならないのです。

実際の人生では、愚か者はふつう「少しばかり頭が弱い」と思われています。だが、人生の途上にはさらにきわめて多種多様な精神的・心的な逸脱も存在するので、それらのために無傷に生まれついた知性さえ邪魔され、妨害され、惑わされたりすることがあり、全体として見れば、やがて言語がまたしても「愚かさ」という言葉しか使えない何かが結果として招来されるのです。すなわち、この言葉には、根本的に非常に異なった二種類のものしか含まれておりません。つまり、それらは正真正銘の愚かさと、もう一方の、いささか逆説的な、それどころか知性の兆候すら秘めた愚かさです。前者はどちらかといえば弱い悟性にもとづき、後者はどちらかといえば、ただ何かあるものとの関係においてだけ弱すぎる悟性にもとづいており、この後者のほうがはるかに危険な愚かさなのです。

誠実な愚かさには、いささか理解が鈍く、「のみこみが悪い」と呼ばれるところがございます。その愚かさには観念や言葉が貧しく、またこれらを使うのに器用でない。この愚かさが平凡なものを好むのは、それを何度も繰り返すことで自分の頭にしっかり刻みこめるからです。そしてこの愚かさがひとたび何かを把握したとなると、それをあっさり再び手放したり、分析させたり、あるいは自分からそれについてあれこれ理屈を述べたりする気にはなりません。およそ誠実な愚かさには生という血の通った赤い頬が少なからず見られるのです！　たしかに愚かさはその思考力の点では終始曖昧で、その思考は新しい経験を前にすると、得てして完全に鳴りをひそめがちですが、その代わり愚かさは、いわば指で数えることができる感覚的に経験可能なものを好んで頼りにします。一言で言えば、それは愛すべき「晴れやかな愚かさ」でして、また、もし愚かさが、時として人びとを絶望的な気分にしかねないほど騙されやすく、ぼんやりしており、そのうえ頑迷固陋《ころう》でないとすれば、それはことのほか優雅な現象でありましょう。

わたしはこの現象を、さらにいくつか実例をあげて飾り立てずにはおられません。その実例はブロイラー(1)が著した精神医学の教科書から採ってきたもので、この現象を別の側面からも教えてくれます。たとえば、われわれが「病床に向かう医師」という決まり文句で片づけてしまうようなことを、ある知的障害者は次のような言葉で表現します。「一人の男がいて、もう一人の男の手を握っており、手を握られた男はベッドに寝ている。それからそこには一人の修道女が立っている」。これは原始人が絵を描くときに行う表現の仕方です！あまり頭のよくないお手伝いの女性は、誰かが彼女に向かって、貯めたお金を利子のつく預金口座に預けるように勧めると、それを悪い冗談だとみなして、「わたしのお金を保管してくれたうえ、さらにお金を払うほどの馬鹿はいないわ！」と答えます。そしてこの答えには騎士的な心根が表現されており、ここには、わたしの若い時分にまだ優雅な年寄りたちにごく稀に見受けられた金銭に対する関係がうかがわれます！　そして最後に三番目の知的障害者に見られた症候として、「二マルク硬貨は一マルク硬貨一個と五〇ペニヒ硬貨二個より価値が低い」と言い張った者のことが記録されています。というのも、彼がそう述べる根拠は、「両替しなければならないし、そのあと戻ってくるのはうんと少ない！」からです。両替に注意散漫な者たちに役立つこの価値論に心から賛同する知的障害者が、この会場でただわたし一人だけでなければよいのですが！

しかしながら、もう一度芸術との関係に戻ってみますと、本物の愚かさは、実にしばしば芸術家なのであります。むかしは多くの心理テストにおいて、ある刺激語に対して別の単語で答えるのが当たり前だったのですが、今日ではその代わりに愚かさが直ちに申し分のない文で答えます。何と言われてもかまいませんが、これらの文には、どこか詩のような趣があります！　わたしはまず最初に刺激語を掲げ、次いでその種の答えをいくつか再現してみましょう。

「火をつける――パン屋が薪に火をつける。

冬――雪でできている。

父――おやじはあるとき僕を階段から突き落とした。

（1）ブロイラー、オイゲン（一八五七～一九三九）。スイスの精神医学者。▼巻末注

結婚式――おしゃべりの種になる。
庭――庭ではいつも上天気。
宗教――教会にゆくときには。
ヴィルヘルム・テルは誰だったか――テルの役は森で演じられた。そこには扮装した女たちや子供たちがいた。
ペテロは誰だったか――彼は三度鶏のように鳴いた」

このような答えに具わる純真さと豊かな身体性、高級な観念を単純な物語で言い換えること、また余計なもの、そして細目や副次的なものを意味深長に物語ること、さらにはペテロの実例に見られるように短縮して濃密にすること、これらはすべて文学が太古のむかしから使ってきた手法であります。わたしは目下ずいぶん流行っているこうした手法〔ダダ的手法〕の過剰が詩人を白痴に近づけると思う者ですが、それでも、ここに含まれる詩的な要素はやはり見誤りようがありません。そして文学に登場する白痴は、その精神の独特な喜びとともに描かれることに、当今では光が当てられております。

ところで、この誠実な愚かさと、実にしばしば露骨に対立するのが、あの気難しい高級な愚かさです。この愚かさは、知性の欠如というよりも、むしろ自分にふさわしくない成果を不遜にも手に入れようとするために知性が働かないのです。そしてこれは脆弱な悟性のあらゆる悪しき特性をおびることがありますが、そのうえさらに、均衡の取れない、奇形化した、ひどく変化しやすい、要するに健全な状態から逸脱した心性のいずれもが招く特性をすべておびるのです。「規格化した」心性の持ち主は存在しませんから、もう少し正確に述べますと、このような逸脱には、感情のさまざまな一面性と、それをうまく制御できない悟性との不充分な相互作用が表現されております。この高級な愚かさは本来の意味における教育の病でして（しかし誤解を避けるために言えば、それが意味しているのは、無教育、教育の失敗、誤って行われた教育、教育における教材と能力の不均衡です）、そしてこれらを説明するとなれば、ほとんど果てしない課題になります。この愚かさは最高の精神性にまでおよんでいるのです。というのは、真の愚かさが静かな芸術家であるとすれば、こちらの知的な愚かさは、精神生活の活発さに、とりわけその気まぐれと成果のなさに力を貸しているからです。もう何年も前にわたしはこの愚かさについて次のように書いたことがございます。「重要な思想であって、愚かさを利用できないような思想はおよそ存在しない。愚かさはありとあらゆる面において活動的であり、真理のあらゆる衣装をまとうことができる。それに反して真理には、そのつど一着の衣装と一本の道しかなく、そして真理はいつも不利な立場に置かれている」。ここで述べられた愚かさは精神病のことではありませんが、しかしきわめて致命的な、生そのものにとって危険な精神の病であります。

たしかにわれわれの誰もが、この愚かさを最初からその大規模な歴史的出現に認めるのでなく、それより前に自分たちの内部で追求するべきだったのでしょう。だが、何を手がかりにそれを見分ければよいのでしょう？　しかもどのような誤解の余地なき焼印をそれに押せばよいのか⁉　今日の精神医学はこれに関係する症例の主要な目印として、人生をどうやってよいかわからない無能、人生が与えるすべての課題に対する無能、あるいは人生が期待できないような課題に突然直面したときに陥る無能をあげています。おもに健常者にかかわる実験心理学においても、愚かさは同じように定義されます。この学問の最も新しい学派の一つを代表する、ある高名な学者は、「われわれが愚かと呼んでいるのは、個人的条件を除けば、その他の条件がすべて与えられている仕事を遂行できない振舞のことである」と書いています。適切に振舞う能力、つまり有能さを示すこのしるしは、病院だとか、猿を使った実験室で得られた明白な「症例」に関しては申し分ありませんが、自由気ままに歩き廻っている「症例」にはいくらか補足が必要になります。というのは、それらの症例では「成果のあげ方」が正しいか間違っているのか、必ずしも判然としないからです。第一に、世故にたけた人間が現状を処理するようにいつでも振舞える能力には、すでに賢さと愚かさが高度に結びついた曖昧さがまるごと含まれているからです。なぜなら「実際的で」「事情に通じた」振舞は、事柄を個人的利益のために利用したり、あるいは自分をその事柄のために役立てることができるからです。そこでふつうは一方しかできない者が他方しかできない者を愚かだと考えるのです（だが医学的に愚かなのは、本来は両方ともできない者だけです）。そして第二には、実際的でない振舞、それどころか目的に合わない振舞すらもまた、しばしば必要不可欠であることは否定できません。というのも、客観性と非個人性、または主観性と非実際性とは、それぞれが互いに類縁関係にありまして、悩みのない主観性が滑稽なのと同じく、完全に客観的に振舞うことも、むろん生には不可能であり、考えることさえできないからです。両者を調整することは、われわれの文化に課せられた主要な難題の一つでさえあります。そして最後に、時として誰ひとり適度に利口な振舞ができない現実、すなわちわれわれの誰もが、いつもではないにしても往々にして愚かだという現実も、さらに問題になるでしょう。したがって無力と無能、一時的ないし機能的な愚かさと恒常的ないし体質的な愚かさ、そして誤謬と無分別を、それぞれ区別する必要も出てきます。このことがきわめて重要なのは、生の諸条件が今日ではまことに見通し悪くなってしまい、実に重苦しく混乱しているので、個々人の一時的な愚かさが全体の体質的な愚かさに容易になりやすいからです。そこでわれわれの考察は、ついには個人的特性の領域を脱して、精神的欠陥を抱えた社会の観念に導かれます。個人の内部で心理的現実として起こることを、つまり精神病とか痴愚などを、さまざまな団体に転用することはたしかにできないにしても、今日では「精神的欠陥の社会的模倣」についてならば大いに語ることができるでしょう。そのための実例なら、実にうんざりするほどあるのです。

このような補説を述べることで、心理学的説明の領域は当然またもや乗り越えられたことになります。その説明自体からわれわれが学ぶのは、聡明な思考なるものが、明晰さや厳密さ、豊かさ、そして頑固なくせに柔軟、またその他にもあげられる多くのはっきりした特性を具えていること、さらにこれらの特性が一部は生まれつきであり、一部は習得する知識とともに一種思考の器用さとして獲得されるものだということです。なにしろ優れた悟性と器用な頭脳とはほぼ同じことを意味するのですから。その際克服しなければならない対象は怠惰と体質にほかならず、それはまた訓練して鍛えることができます。そして「思考のスポーツ」という滑稽な言葉は、ここで扱った問題を少しも悪く表現しているのではありません。

それとは逆に「知的な」愚かさは、悟性というより、むしろ精神を敵にしています。また、もし心性《ゲミュート》という言葉で一群の感情をただ思い浮かべようとするばかりでないならば、心性が敵だとも言えます。思考と感情は一緒に働いており、だがまた両者によって同じ人間が表現されるのですから、狭さ、広さ、敏活、率直、忠実という概念は、思考活動にも感情活動にも適用できます。そしてそこから生じる関連そのものがたとえまだ完全に明瞭でないにしても、心性には悟性も含まれているので、われわれの感情が賢さと愚かさの結びつきにほかならないことを述べるためには、それでもう充分なのです。このような愚かさに反対するためには、そのための範例と批評が必要になります。

今わたしが述べた見解は、世間一般の、間違いとはけっして言えないにしても、極端に一面的な考え方とは異なっております。こうした考え方によるならば、深い真の心性は悟性を必要とせず、それどころか悟性のためにひたすら汚染されているというのです。本当のところは、忠実、持続、感覚の純粋さなど、ある種の重要な特性が素朴な人びとには混じりけのないかたちで出現するものですが、ただし、そうなるのは、そもそも他の特性の競争力が弱いからにすぎません。その極端な例はもう先ほど、われわれに快く応じてくれた知的障害者のイメージを介して拝見いたしました。善良で誠実な心性をこのような説明で貶めようなどという魂胆はわたしにはいささかもありません――心性の欠如こそが例の高級な愚かさとしかるべき関係を結んでいるのです！――しかし今日いっそう重要なのは、心性にあらかじめ卓越したものの概念を与えることですが、ただしわたしは、むろんそれについてはまだまったくユートピア的な言及しかできません。

この卓越したものは、われわれがそこに認める真理と、われわれが信頼する感情の諸特性とを結びつけて、ある新しいものを、ある洞察を、だがまたある決意を、ある更新された堅持を創り出す、要するに精神的にして心的な内容を擁し、同時にわれわれや他の者たちに向かってある振舞い方を「要求する」何ものかを創り出すのです。そして愚かさとの関連で最も重要なのは、この卓越したものが悟性の面でも感情の面でも批評を受け容れるということです。この卓越したものはまた愚かさと粗野の双方に対抗する反対物でもあります。そして今日では情動が理性に翼を与える代わりに押し潰しているという一般的な誤解は、卓越性の概念においては溶解してしまいます。この卓越したものについては、もう充分なほど、というより責任がもてる以上に述べたかもしれません！　というのも、これにさらに何かつけ加えなければならないとしても、それはただ一つしかあり得ないでしょうから。つまり、これまで縷々述べたことによっても、この卓越したものの識別と区別に役立つ確実なしるしはまだ少しも与えられておらず、完全に満足のいくそのしるしは簡単には与えられないかもしれないということです。だが、まさにこのことが愚かさに対抗できる究極にして最も重要な手段へとわれわれを導いてくれる、すなわち慎ましい満足へ導いてくれるのです。

時としてわれわれは誰も彼も愚かです。われわれは時として盲目に、あるいはなかば盲目に行動せざるを得ない。さもなければ世界の動きは停止してしまいます。そして誰もが愚かさの危険から、「何事につけても、お前は自分に充分納得がいかない判断と決意を控えるのだ！」という規則を引き出そうとすれば、われわれは硬直してしまうことでしょう！　しかしながら、今日まことに騒々しいこの状況は、われわれには悟性の領域でとっくにおなじみの状況と似ております。というのは、われわれの知識と能力は未完成なので、われわれはあらゆる学問において根本的に早まった判断をくださざるを得ないからです。だが、われわれは努力しており、この欠点を既知の限界内にとどめ、機会に応じて改善することを学び取ったのでありまして、そのおかげでわれわれの行為に正しさが戻ってきたのです。この正確で、誇り高いと同時に謙虚な判断と行為を、他のいろいろな領域にも転用することに反対する理由は少しもありません。そしてわたしが思うには、お前はできるだけよく行動し、やむを得なければ下手くそに行動せよ、そしてお前の行動の許容範囲をしっかり覚えておくのだ！　という覚悟があれば、有望な人生形成の道程をもうなかば進んだことになるでしょう。

ところで、これらの示唆を行うことで、わたしは早くもこの講演の終わりにたどり着きました。わたしの話は最初に予防線を張っておきましたように、本来はただ予備的考察を意味するにすぎません。そして、わたしはその限界にまで置いた足をさらに先に進めることはできない、とはっきり申し上げたい。なぜなら、われわれが今立ち止まっている地点を一歩でも越えてしまえば、理論的にもまだいろいろ変化に富んだ愚かさの領域から、英智の王国に入りこむ、とはすなわち荒涼とした、一般には誰もが避ける領域に入りこんでしまうおそれがあるからです。

自作自解

普段のわれわれは肉の平原をさまよい、意味は遠く地平線に隠れている。この芸術においては、われわれは意味の平原にあり、その地平線には遙かに、見知らぬ肉のかすかな靄がたなびいている。

（「あるプログラムの側面」より）

【左】 マルタの未完の自画像（1900年ごろ）。ベルリンの銀行家の娘として生まれ、幼くして父が自殺。21歳で結婚した従兄のフリッツ・アレクサンダーは新婚旅行中にチフスで死亡。再婚したエンリコ・マルコヴァルディとも不和となり、ローベルトと知り合った。マルタはアガーテ、レギーネ、クラウディーネなどの作中人物と強い共通点をもつ。

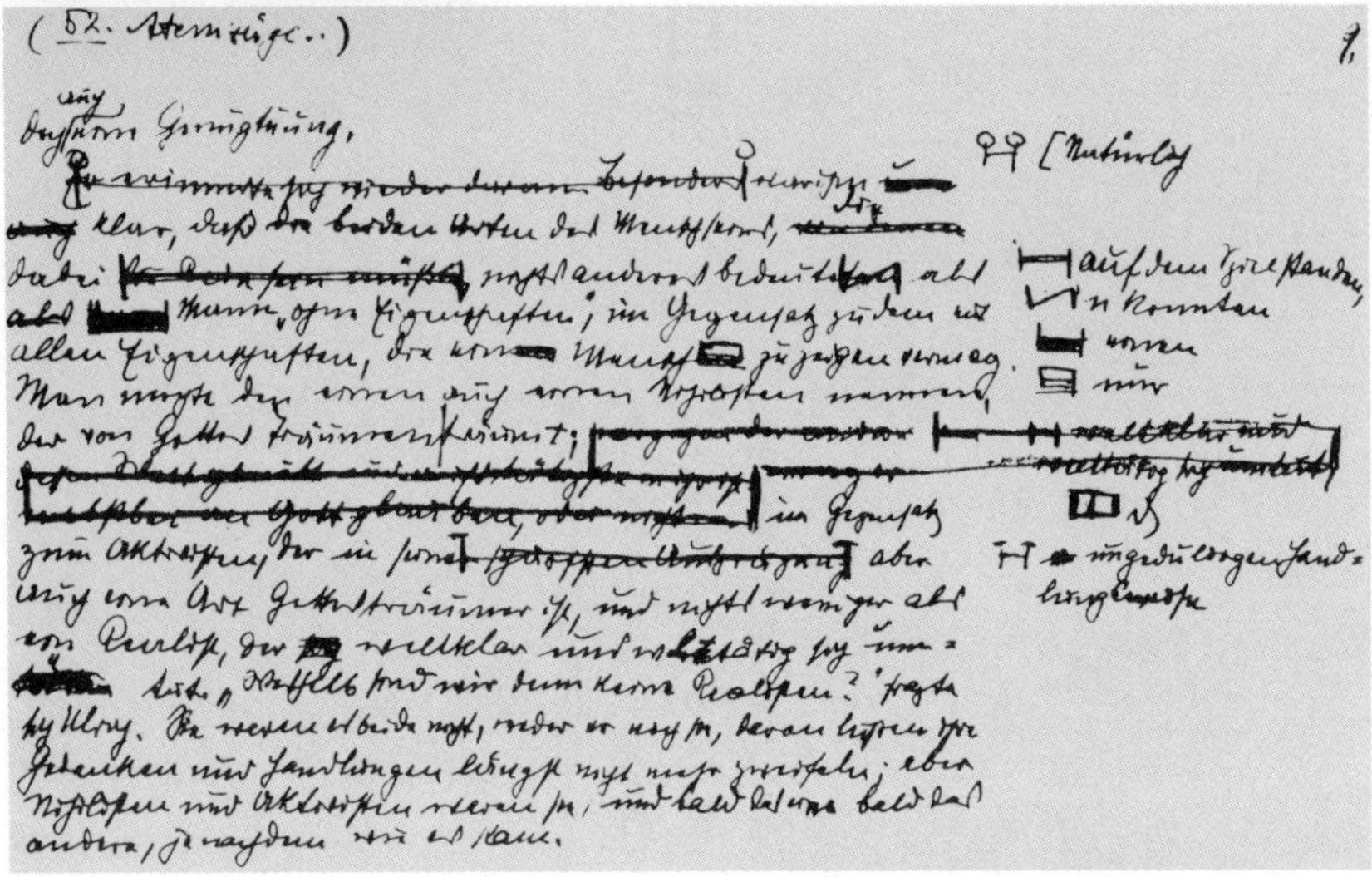

【上】 ムージルの絶筆。「夏の日の息吹」の4つ目の草稿をここまで書き、シャワーを浴びようとして卒中に倒れた。1942年4月15日は奇しくもマルタとの結婚記念日だった。草稿が繰り返し推敲されているのがわかる。

【右】 ヘルマ・ディーツ（？）。ムージルの草稿中のスケッチから。ヘルマは1901年ごろから06年まで、ムージルとともにブリュン、シュトゥットガルト、ベルリンと移動した愛人だった。「トンカ」のモデル。生没年など一切は不詳。

27 短篇《ノヴェレ》について

短篇集『合一』(「愛の完成」と「静かなヴェローニカの誘惑」)の解説のための無数のスケッチの一つ。この短篇集で、人間の内面において生起する感覚と意識の変化する様を、ドイツ語の表現力をぎりぎりまで駆使して描出するという極端な実験を行ったムージルは、この困難な技法を「最も重荷を課せられた道、最も小刻みな足取りの道」と呼んでいる。次の「あるプログラムの側面」とあわせて、見知らぬ男との姦通を愛の完成とする難解な作品の鍵をここに見て取ることもできるだろう。

1911年

いちばん上の表層には気性《テンペラメンテ》や性格がある。少し下の層には正直者であれば卑劣さの斑点が、卑劣漢であれば正直さの斑点があり、偉大な人物なら愚劣さの瞬間があるだろう、などなど。この、少し下の領域に偉大なる叙事詩が息づき、ドラマにおける壮大な人間描写がある。ここに住まうのがトルス(トイ)、ドストイ(エーフスキ)、ハウプトマ(ン)、サッカレーらの巨匠である。さらにもっと深い層では、人間は分解して取るに足りないもの《ニヒティヒカイト》になってしまう。ひとが情熱の爆発のただなかで「途切れてしまう《アブブレッヒエン》」のはこの領域である。ここにはもはや自分自身のものは何もなく、あるのはさまざまな考えや一般的な関連だけで、それらには一個人を形作る意図も能力もないことが、われわれに感じられる。この領域で短篇《ノヴェレン》は展開する。この領域から、この領域の存在から短篇はその葛藤を手に入れる。真摯に受けとめられたこの領域から。取るに足りないもの《ニヒティヒカイト》からではなく、取るに足りないものへの熱狂という愛の悲劇から。

あらゆる「愛の悲劇」には同じ薄っぺらさがある——偶然に第三者が登場すること。それを言ったのはリルケだった。彼は二人の人物のあいだだけで演じられる姦通を要請した。二人の人物のあいだの姦通（先述の第一の領域を代表する任意の第三者において遂行される）は——それは例の内奥の領域の存在をめぐる意識のために起こり、そこでは愛する二人が分解して、他の者たちと同じに、取るに足りないものになる。そこでは個人は、誰にでも妥当するさまざまな省察《レフレクツィオーン》の通過点に過ぎない——、愛する人にもっと近づこうと苦闘する女によって、愛の完成へと転換される。

あるいは作者の次の言葉によって。「どの脳髄も……白昼の明澄さの独在ではないか」。「この孤独の萼《うてな》に載って……ともに為すことができた」。これは短篇の冒頭の状態だ。それから不意の出来事、強いられた旅、取るに足りない人となりが明瞭に出ている未知の男。手法は。作家の内部においては、小説と短篇を隔てるものは、きわめて重要なものだけだ。ふだんドラマと小説と短篇を区別しているものは、大して重要でない特徴だ。小説か短篇かを特に選ぶのは、ただ関与の度合いである。作者が自身をどれだけ投入するかの度合いである（ドラマでは最小となる）。次のように規定することもできるだろう、これらの物語は、語ることへの嘔吐感によって形作られたと。

28

あるプログラムの側面《プロフィール》

1912年

野心作『合一』（一九一一年）で好評を得られなかったムージルは、批評家の理解を得るために、また自分の疑念を払うためにも、『合一』を解明してみせる詩学に取り組んだ。遺稿中に見出された、幾重にも書き込まれた二つの草稿には、旧来の手法に対する嘔吐感から発して、因果論的な語りも心理学的な説明をも排して、感情移入による同行をうながす「価値」をおびたセンテンスこそが重要だとするムージルの考えが書きとめられている。ムージルの作品を理解しようとする者は避けて通れない、重要な草稿である。

魂《ゼーレ》は感情と悟性との複合状態《コンプリカツィオーン》である。どのような複合かは、心理学の扱う問題だ。しかしこの組み合わせのうちで発展の要素があるのは悟性のほうだという点では、思い違いをしてはならない。豊かさ、寛大さ、深さ、偉大さ、愛らしさなど、感情を人間性で表したものは、人を誤らせる。これらの暗喩《メタファー》が、いかに未分化の状態から採られたものかご一考願いたい。四分音の微妙な色調を取りあげて感情にもたらすのは、悟性である。

強烈な感情的体験は、たいてい非個人的なものだ。かつて相手を心底憎んだあまり、相手を殺さなかったのがただの偶然に思われた者、不安から破局状況に陥ったことのある者、一人の女をその灰汁《あく》まで愛した者、他人を血まみれになるまで殴ったことのある者、これまでに筋肉の震えを感じながら誰かのあとをつけたことのある者なら、知っている。われわれの言語は「頭を失う《コプフ・フェアリーレン》」と呼んでいる。

感情の体験それ自体は、内容に乏しいものだ。感情を体験する者が初めて、内容を持ちこむのである。他方ニュアンスというのは、いわゆる単純な――実は複雑な――体験を、二つないしいくつかの体験の媒介物としたものにほかならない。ニュアンスは感情であり、感情のあらゆる知的‐情動的な類縁関係とさまざまな連絡路を意味する。

死に瀕した人の感情と、どこにでもいるような自殺者の感情とを区別するものは、自殺の決意を包みこんでいる憂愁をおいてほかにない。二つの愛の大きさを互いに比べて測ることはできない。感情の備蓄《ストック》は古今を通じて、際限のないものではなかった。常に繰り返されるのは同じ感情であり、若干の倒錯行為が欠けていたり、付け加わったりする。それらがいったん加わったら、たちまち同化される。以上がすべてである。

われわれの時代は神経質にイライラし、成果を収めている。これまでにないほど好戦的で残忍で、創意工夫に富む点では未曾有であり、犇《ひしめ》きあいつついやがうえにも生気にあふれている。われわれの時代は、一個人を急襲して圧倒し、その血を吸い尽くす。再洗礼派、感情の新教徒、ロマン派の詩人たちは、リベラル左派の牧師や女流ベートーベン舞踏家や健康崇拝者どもと一緒くたに、癒しにみちた滑稽なミニ共同体《ゲマインシャフト》に幽閉される。――この時代という途方もない巨体のわずかな変化も、そのまま叙事詩であることを否定できる者は誰もいないだろう。――だからといって、この素材に手をつけようとしない者を非難するのは、ひどく一面的な見方である。

この一面性が蔓延している。相も変わらずわれわれの時代の詩人が待たれている次第。

その辺に出没しているのは相変わらず保養美学者《エアホールングス・エステート》ばかりだ。

「われわれが論じている芸術が大衆を主題とする芸術か、大衆のための芸術なのかということを、ここではっきりさせなければならない」。いつもながらこれは一群の結構な非難であるが、ただの一群にすぎないし、「健康な」、「力強い」、「益荒男《ますらお》ぶりの」芸術にかかわる談義は、結局どこに行き着くのか？　芸術は大衆としての個々人のためか、それとも芸術は個々人としての一つの大衆のためか？

その答えはこうだ。世界史を通じて芸術の効果としてはただ二つのタイプしか知られていない。一つは感じやすく思慮深くする効果により、劇場のなかの一〇〇人が同じ事柄に捉えられ、お互いに対して孤独になること。読書好きになるわけではないにしろ、折に触れて数ページを読もうとするようになること。もう一つは華々しく飾りたて、たっぷりと強調し、大げさにする効果で、これにより音楽ホール中のもともと無縁の、時として不愉快な人間たちを賞賛のダーウィッシュ〔イスラムの托鉢僧〕ダンスに引き攫《さら》い、一冊の本により熱病のような感激を産み出し、その後数年間、気のぬけたムードが残るのである。

この第二のタイプの効果は、暗示的である。作品の価値が、然るべく平均的なものであることが前提だ。人生においても人間的影響力の大きな人物があまりに知的であってはならないように（精神的と芸術的、内容と媒体、精神と魔術）。

（そして高尚な向きにも低俗な層にも好評な本は？　高尚なほうの評価が贋物だったのか、それともこの種の本には副次的な属性があって、「低俗層」たちを熱狂させるのだろうか。）

言い忘れてならないことは、強い生命力をもつ本、本による偉業というものは代用品である、あるいは——それらは秘匿された思慮深さであること。神であることと弁神論〔悪の存在が神の全能と善とに矛盾するものでないことを弁証するもの」を書くことは、互いに比べようもない別々のことだ。われわれは後者のほうを好むかもしれない（しかし弁神論を書ける者は、神であることを断念するだろう）。

それにしても、なぜわれわれは芸術を書くのだろうか？　ものごとをもう一度言うために？　かつては正当なものだったが、われわれは吟遊詩人ではない。なぜわれわれは物理学の相対性原理に取り組まないのか、クーテュラー(1)の論理学的－数学的パラドックスと取り組まないのか、または……？

つまり科学的に片づけられないもの、エッセイという半陰陽の魅力によっても捉えられないものがあるからだ。こういうものを愛する、という運命があるからだ。詩人の運命が。さまざまの感情とさまざまの思考は、非個人的な、非芸術的なものだ。それらの絡み合い具合が人格である。そして芸術である。

もし「目標」を、「真理であると自負する判断」という意味に解するならば、芸術家の思考は、目標に向かうものではない。なぜなら芸術家の領域に真理はないからだ。心理学的真実については、語られすぎるほど語られている。それなのに倫理的真実については、さまざまな魂の可能性を穿孔によって探ろうとさえ試みられていない！

これは芸術一般のプログラムではない。しかしこれは、一芸術のプログラムだ。そしてわれわれはどこに地歩を固めるつもりなのかを知らねばならない。

この芸術はいかなる対象をも取り上げることができる。叙事詩、悪癖、美徳――この芸術の特徴は、その手法にある――冷静さを保ち、疑問を投げかけ、思案しつつ、これまで異質だった要素から組み立てながら。

これは唯一の芸術ではない。「古典主義芸術」の概念といえどもゲーテによって片づけられたわけではない。ゲーテとは、その概念へ二、三の試行を付け加えたものだ。自然主義芸術の概念は、犬のように穴埋めされたわけではない。それは移動する定点という、いまだ為されざる試み、散乱したものの非均一性を認めようとする試みだ。激情《パテーティッシュ》的な芸術の概念は、読者に及ぼす効果についての病理学的な研究を必要とするだろう——ここに広大な研究領域がある。この研究領域はただ一つのことを要求する。一切を新規に始めること、一切の伝統的な要求から手を切ること、対象というあくまでも未知の物体を検査し、認識力に応じて対象の一片を剝ぎ落とす《ロースシラーゲン》こと。

今日魂の大胆さはすべて、厳密科学の分野にある。われわれが学ぶべきはゲーテ、ヘッベル、ヘルダーリンにではなく、マッハ(2)、ローレンツ(3)、アインシュタイン、ミンコーフスキー(4)、フォン・クーテュラー、ラッセル(5)、ペアノ(6)……からだ。

（1）クーテュラー、ルイ・フォン（一八六三～一九一四）。フランスの論理学者、哲学者。ラッセルの論理主義の先駆者。直観主義的な立場のポワンカレと論争した。論理学者としてのライブニッツを再発見した功績は大きい。

（2）マッハ、エルンスト（一八三八～一九一六）。オーストリアの物理学者、哲学者。プラハ大学、ウィーン大学教授。経験批判論の代表者。感覚＝要素の一元論を唱え、物質や精神も感覚要素の複合であって、自我、世界、意志、感情なども実体ではなく、感覚要素の複合方式の諸側面である、物理学の目的は事物と事物の連関ではなく、感覚と感覚の連関の法則を立てることだとした。概念や法則もまた、思惟の経済のための方便にすぎない、とする彼の教えは、マッハ主義と称され、一九一〇年代にはウィーンを中心に一世を風靡した。『感覚の分析』『力学』など。なおムージルは二八歳のとき、ベルリン大学に『マッハ学説判定への寄与』を提出し博士号を取得している。

（3）ローレンツ、ヘンドリック（一八五三～一九二八）。オランダの理論物理学者。ローレンツ力を導入し、物質原子内の電子の存在を確証した。また電磁場が通常の物質から独立した物理的実在であることを明らかにした。一九〇四年にはほぼ相対性理論と同等の理論を完成した。量子理論により一九〇二年ピーター・ツェーマンとともにノーベル賞を受賞。

（4）ミンコーフスキー、ヘルマン（一八六四～一九〇九）。ドイツの数学者。リトアニア生まれ。一九〇七年に相対性理論を表現する四次元の時空幾何学を提出し、電気力学および力学の四次元定式化を与えて相対論における時空概念変革の意味を明らかにした。

そしてこの芸術のプログラムにおいて、一つの独特な芸術作品のプログラムは次のようになるだろう。

数学的大胆さ。いくつかの魂を要素《エレメンテ》に分解する。これらの要素の際限ない置換《パーミュテーション》。そこですべてはすべてと関連し、すべてから構成される。しかし構成は、これこれのものから成り立つと証明するものではなくて、これこれのものと関連する、と証明する。表現においても肝要なのは、要素の並列《アンアインアンダーライエン》であって、いわゆる心理学にあたる部分は、より解放された倫理的な思考である。——これを不道徳な芸術だと言う人がいるだろうが、これだけが道徳的な芸術だ。しばらくのあいだそれに耐えよう。至高存在《エートル・シュプレム》への欲求とマゾヒズムとは、内実の連関がないわけではない。冷感症《フリジディテート》と絶対的な、非人格的な官能性とは——あるいは絶対的な官能性と、威嚇するもの、唸るもの、強調《ポテンツィールト》された男っぽさ、だが何よりもまず、非人間的なもの——結局、冷感症と非人間性とは、連関がないわけではない。

意味の連関とはこのことであって、心理学的な連関だけではない。三つの方式がある。まず原因結果《カウザール》の科学的方式、次に個人的‐心理学的方式、この場合、個別のケースをとらえて出来させるのだが、そのケースの特異性に掩護《えんご》された、拘束力をもたなくてもよいものだ。そして第三の方式は、出来を示すのではなく、意味そのものを示す。その際、意味は——簡潔のため——個別のケースではなくて、抽象・普遍において示される。

第二と第三の方式が、短篇《ノヴェレ》と長篇《ロマン》を分けることになる。競合することなく、技法により分かたれる。第二の方式は短篇の方法論だ。確かなことは、短篇がカットされた長篇であってはならないことだ。普段のわれわれは肉の平原をさまよい、意味は遠く地平線に隠れている。この芸術においては、われわれは意味の平原にあり、その地平線には遥かに、見知らぬ肉のかすかな靄《もや》がたなびいている。仮に個々のパラグラフから芝居の一場を作るならば、すべてはわかりやすいものになるだろう。だがいったい、常に説明しなければならないものだろうか？　ひょっとするとそうかもしれない。しかし、時にそうしないからといって、その作者を恨みに思ってはならない。そんな作品は非－神聖な芸術となるだろう。

これはI次元の芸術だ。立体派の芸術にはならない。

前者のやり方は後者のやり方より堅持しにくい。わたしは前者における靄と霧を選ぶのである。「己れ自身を徴候として現した人びと」。それを証明することはできない。示唆することしかできない。——

換言すれば、「拘束的な動機づけ《モティヴィールング》」が問題なのである。

千年一日の手法への嘔吐の念に発する芸術。批評家がこういう芸術の価値を認めず、個々の場合にも容赦しないのは、何という審美的道学者ぶりであることか！

ちょっとテストしてみてもよい。どれか一つ、パラグラフやセンテンスを俎上にのせ、それを場面《シーン》に翻案してみるなら、いくつかの素晴らしい場面となるだろう。また思想の内容を吟味するなら、それは思想内容が越えまいとしている境界の内部に留まっているだろう。この思想内容は抽象的に表現されえないのである。それとも本当に人びとはこれがわからないのだろうか？　顕微鏡検査法《ミクロスコピー》がわからず茫漠たる霧しか見えないのだろうか？　大胆な冒険を曖昧模糊と取り違えるのだろうか？　このぐらいの期待をもっても構わないだろう。そしてドイツにおけるこのような本の運命を、わたしは楽観的に想像している。

（5）ラッセル、バートランド（一八七二～一九七〇）。イギリスの論理学者、哲学者、社会評論家。ケンブリッジに学ぶ。フレーゲとペアノの影響を受けた。ホワイトヘッドと共著の『プリンキピア・マテマティカ』（一九一〇～一三）は記号論理学の金字塔とされる。数学の論理学からの導出を発展させ実数論に至る。初期の認識論にはマイノングの影響が認められる。ウィーン学団に接近しつつ刺戟を与えた。一九五〇年ノーベル文学賞を受賞。

（6）ペアノ、ジュゼッペ（一八五八～一九三二）。イタリアの数学者、論理学者。自然数論の公理（ペアノの公理）を確立し、新しい記号論理学の普及に努めた。微分方程式、幾何学基礎論に貢献。また人工国際言語を創造した。『Formulare de mathématique』（一八九五年）。

限界を踏み越えようとする愛と、自己滅却《ゼルプストフェアニヒトゥング》。

これは危険な芸術だ。しごく当然のものを見過ごさせることになる。また部分にとらわれて全体を見過ごすことになる。

書き出し？　次のような気分になってみることだ、〔中断〕

あるプログラムの側面《プロフィール》

ある人が妻とともにくつろいでいる。妻を彼は愛している。そして電光石火の速さで彼は、妻が裏切る幻影《ヴィジョン》を見る。因果論的な想像力によっては、このわずかな時間の断片しか集められない——たちどころに案出できる一連の可能性の、断片のコンビネーション——この体験はそんな軽々しいものではない。それは名づけがたいものだ。わたしはあえて言ってみよう、その男は自分の愛する女が不実をはたらくかもしれないことで驚愕するのではない、彼が震えあがるのは、不実をはたらいているときにも彼女が、自分の愛する女であったことになる、という点だ。それは彼の内部の奇妙な感情のつながりの想像《イマジネーション》である。理解するとか赦すとかではなく、ありうるとかありそうだとか思うのでもない。これは内的に理解すること、わが身に降りかかること、ともに感じ、その人の身になって感じることだ。より精確には、「内的に理解する」行為ではなくて、想像から跳び出したものなのだ（それが彼を狼狽させる）。以上をあらかじめ述べておく。それがわかる人は、わたしがこれから語るのがどのようなタイプかわかるだろう。

　わたしがこの形象《ゲビルデ》を詳しく概念によって分析するまでもなく、この形象が、魂のなかの出来事《フォーアガング》の芸術的な描写にとっていかに決定的であるかが（これまで以上に）見てとれるだろう。なぜならここでも――少なくとも作家の心理学が活動している曖昧さの範囲内では――どんな終局もそれぞれの冒頭から、かなり割り出すことができる。だが人のなかで膨張するもの、人にとり憑いて躍起にさせるものは、このような見せかけの必然性の連鎖では掬《すく》いきれない。つまり、人間のなかでたとえば愛から不実へと通じる道筋は、審美的にも興味を引かない（芸術的関心を十全に呼ぶものではない）だろう、もしその不実への道筋をたどる一歩一歩が、その心理学的な蓋然性に加えて、共感できるという価値、同道への誘《いざな》いという価値――まさに価値をもっているのでなければ。因果論的《カウザール》な連関は芸術においても、このように同行者を運んでゆくさまざまな価値の連関を一歩一歩展開するための、口実にすぎないことがわかる（ここでも本質的なのは道連れを動かしてゆく諸価値の連関だけであり、原因結果の連関はそれを繰り広げるための口実であることがわかる）。

　したがって仮にわたしが、例の稀有な感情の連関の一つを保存するためには物語を書かねばならない、と考えるならば、その物語も（その最深部の本質からして）因果論的《カウザール》なものであってはならない。すなわち――因果論の二つの下位部局に分解すれば――物語は外的な事件に依拠してはならないし、心理学的であってもならないだろう。なぜなら外的な事件も心理学的な過程も、もともと運命の非人称的な部分にすぎないからだ（心理学は人格のなかの非個人的なものだ）。さらに考量をすすめると、物語としてはこの二つ、つまり外的事件と心理学的過程とを欠くわけにもいかないから、物語は何らかの手段によってこれら二つに価値を置くものではないことを表現しなければならないだろう。

芸術作品の理論は、どの芸術作品もそれ独自の様式をもつ以上、自家撞着《パラドックス》に陥ることは避けがたい。つまりその作品以外のどんな作品にもぴったりあてはまることはない。概して因果論は——重要な点を単に伝達するだけの副次的な役割を担っているにしろ——なおざりにしてはならないし、本質的なものそのものの成分を含んでいることさえある。

わたしが平素の理性的な熟考の地盤に立脚して、二つの対極を——すなわち片や揺るぎない至福の時の幸福、片やその対極にある不実という不幸を——結びつけようとするなら、わたしには即座に、そのような結びつきは無数にあることが見てとれる。たとえばどんな愛にも複婚《ポリガミー》の残滓を温存しておくエゴイズム。人びとが女性心理学として理解しているすべて（お互いに懐《いだ》く甘美な感情は——脂っぽい湯気にみちたディナー・タイムに靄を通して体験される——むしろ体験であり内容である）。良き作家にとっても悪しき作家にとっても、素材となるたっぷり一摑みの可能性。——そしてわたしも因果論風に始めて、たとえばこんな風に書いてもよい、「感情の出現は、今日の心理学の理解するところでは、偶然ではない。それはすでに現存する諸状況の変装した表出である」などと。ほかのやり方でも次々と結びつきを展開することができるだろう。

またこの種の叙述法にも、それ以外の方法では得られない長所があることを否定するものではない。しかしこれらすべての連結架橋《ツヴィッシエンブリュッケ》には何かが欠けている（つまり一歩ごとに連結架橋を反らせて、わたしの愛へとさし戻す何か。換言すれば、連結架橋にその何ものかがあれば、すべての架橋はもはや単なる因果論的なものではなくなる）。このさらなる決定因子《デテルミナンテ》こそが問題であり、それは大深度の「感情移入《アインフュールング》」にほかならない。この感情移入が、愛のうちにすでに不実が共存していると感じさせるのである。

因果論の反対物として「動機づけ《モティヴェーション》」が語られてもよいだろう（わたしが追体験可能性の価値を強調したところで）。そして「共感《ミットフューレン》」という美学的現象を——この際理論的な完璧さを自負するわけではないが——三つの成分に分離することができるだろう。それらが互いに嚙みあってこの現象が産まれてくるのだが。まず最初に暗示的効果がある。この曖昧なまま頻繁に使われている概念をもち出すことをお許しいただきたい。ここではしかしこの概念がふさわしいように思われる。なぜならまさに「ストーリー」の効果が、暗示的効果に立脚しているからだ。ある出来事が本当に起こったように語られること、ないしは、事実が物語られることによって、ストーリーがより強く働きかけるだけでなく、その出来事から実に特殊な効果が発散するのである――。

共感の第二の成分は、理解にある。朗読につれて聴衆の胸中に生ずる感情の連鎖は、しばしばまったく別な、聴衆自身の経験から構成されることになる。これらの助けを借りて人びとは理解するが、それは異質なものを理解するのとちょうど同じである。以上はさておき感情移入の第三の成分は――より高度の理解にすぎないと思えるだろうが、それは見かけの錯覚である――共鳴《ビリグング》であり、震撼を覚えること、等々だ。これは物語られたことを、何か新しい自分自身のもののように感じるところに成立する。

さきほど言及した決定因子とは、このことにほかならない。動機づけのためには、わたしが到達できる限りのぎりぎりの価値と連関まで掘り下げなければならない。

ほんの一瞬――以上を理解するために――考えてみてほしい。いったいドイツでどれほどの良書が書かれており、そのうちいかにわずかの本しか、魂を深く耕していないかを。たいてい二、三日たてばまたすっかり平らに戻ってしまう。動機づけが不充分だからだ。

さてわれわれはもちろん、形而上学や世界史を演じようというわけではない（ヘッベルが考えたように）。分割の第三項(1)が裏付けているのは、われわれが言うべきことを概念によって純粋に表現することがかなわない、という制約だ。さもなければ概念による規定のないものはみな、質が劣ることになってしまう。問題となっているのは別の方法ではなく、別の領域《ゲビート》だ。このような領域とは、悟性と感情とのあいだのあの区域であって、そこで本来の魂の拡張が起こる。知性的なものと情動的なものとの絡み合いである。これで、わたしの言うやり方が芸術的なものであることが立証されたことになる。

以上が核心であり、核心からいくつかの技法上の制限が引き出される。因果論の抑制についてはすでに述べた。それと連動して、比喩的《ビルトリッヒエス》なものが前面に出てくる。必ずしもそうでなければならないわけではない。すでに述べたように、全体を展開して長篇にし、たっぷり肉付けしても大いに結構だろう。ただ、わたしが詳述した構想は……〔中断〕

換言すれば、ある人間を理解するとは、自分の経験の諸要素でもってその人を組み立てることだ。

作品の佳し悪しよりも、作家の志向の跡をたどる術《すべ》を身につけるほうが遥かに重要だ。

貴重な体験や貴重な人間を、いかにもそれらしい諸要素から組み立てるかわりに、その逆の設定をすることもできる。つまり月並な、それなりの体験を貴重な諸要素から組み立てるのだ。最大限に貴重な諸要素から。

因果論の何とか間に合う程度の根拠などからではなく、動機から発しなければならない。

何ごとも偶然から起こりはしない。どんな考えも——それは心理学的な出来事でもあるのだが——まず第一に、ある即物的《ザッハリッヒ》な必然性である。

まさにこのことが、因果論的な叙述の核心部を貫く鋼索でもある。なぜならここで人は……を演繹することができるが、獲得されるもの、つまり結合的なものは、作品……拡張する……。いったんそれを知ったならば、一つそれらすべてをさっぱりと思い切って、この繫《つな》がりだけを描くほうが、より直截で、即物的で、「ずっと男らしく」真率ではないだろうか？　そうすると抵抗にぶつかるだろう。そうすると本来の補助手段を断念することになる、つまり暗示を！

（1）　原語は tertium separationis で、tertium comparationis（比較の第三項＝類似点）を踏まえたムージルの造語。アリストテレスは『修辞学』において比喩を「転用」であるとし、「すぐれた転用をなしうるのは、諸事物のあいだに類似を洞察すること」と、「類似」の重要性を述べている。しかし甲と乙の tertium comparationis（類似点）を差し引くと、甲も乙も、その残余においては比較を絶する孤立したものとなる。その意味で比較の第三項は、分割の第三項でもあるとムージルは考えるのであろう。

29

ローベルト・ムージルの著作について

1913年

大成功を収めた処女作『生徒テルレスの混乱』から五年後の一九一一年、ムージル三〇歳のころ、彼の二作目の本が刊行される。「愛の完成」と「静かなヴェローニカの誘惑」の二作からなる作品集『合一』である。安定した生活が約束されている学者の道を進む誘惑を振り切って、作家プロパーで生きる決心をしてから書いた初めての本で、前作とは当然、気合の入れ方も違っていた。二年半、昼夜分かたずこの作品のみに専念したというし、確固たる理念にもとづく方法論的実験もふんだんに行われている。にもかかわらず（だからこそ？）これを理解してくれた人はごくわずか。ピントのずれた批判ばかりをほうぼうから浴びせられることになった。それに対して自己弁護するために書かれたのが、このエッセイである。自分を心底さらけ出した作品が他者に読まれ、批評されるときの、身体のなかに異物が侵入してくるような感覚は、物書きなら誰でも身に覚えがあるだろう。しかしこれを文字通り設定に生かし、自分の脳髄のなかで人びとに作品批判をさせるとは、何とも大胆な舞台立てである。こうしたユーモアと、明晰な思考の展開に身を任せるときにつきもののよろこびによって、ムージルがこれを書きながら不評のショックから徐々に癒され、立ち直っていく様子が目に浮かぶようである。二人の批判者は、いずれも当時の文壇を牛耳っていた非合理主義的潮流を代表する者で、かたや感覚（描写）を、かたや感情（行為）を過大評価する傾向を指していると思われる。初期のムージルの方法論を知るのに必読のエッセイである。

この作家の脳髄。わたしは三つ目の丘のあたりにある、三つ目の脳回を、ぐるりと滑り降りた。時間がさしせまっていた。大脳の塊は、夕暮れとき、見慣れぬ姿をさらす山なみのように、灰色にせりあがっていた。延髄のあたりにはすでに夜の帳がさし、宝石の色、蜂鳥の色、輝く花々、ふりまかれた芳香、とりとめのない物音がたちのぼってきた。無遠慮の罪を免れたかったら、即座にこの頭を立ち去らねばならないことを、わたしは認めた。

というわけで、自分の印象をまとめようと、わたしはこれを最後にもう一度だけ腰を下ろした。わたしの右側には『生徒テルレスの混乱』の箇所があったが、これはすでに陥没しており、灰色の皮質が一面にはびこっていた。反対側には『合一』の小さな、奇妙な象牙細工をほどこされた二重のピラミッドがあった。かたくなに簡素な輪郭をしており、ぎっしりと象形文字に覆われたそれは、不可解な民族が、不可解な感情にまつわる記念の徴をかき集め、積み上げて作った、知られざる神性の記念碑に似ていた。これはヨーロッパの芸術ではない、とわたしは認めた。しかしだからといって何のさしさわりがあろうか。

遅れてやってきた文学地質学者が、このときわたしの仲間に加わった。新しい学派の、感じの悪いとはいえない若い男だ。彼は失望した旅行者につきものの倦怠感に襲われて、タオルで顔を冷まし、会話を始めた。「不愉快なところですな」と彼は言った。わたしは返事をためらった。しかし彼が再び話し始めるやいなや、われわれのホストの文筆仲間の一人が割りこんできて、話を中断してしまった。ワイシャツに身を包み、われわれの隣にどしんと腰を下ろしたその人の風采は、書きたての文字のインクの跡の健やかさと力強さの化身といったところである。この文筆仲間は、自分がわれわれの話を中断したちょうどその地点から会話の続きを再開したが、その間、わたしにはただ、彼の肘ついた顔に、うれしそうな微笑が輝くのが目に入るばかりであった。ときおり彼は、ムージルの大脳皮質の小さくしなやかな襞のなかに唾を吐きかけては、足でそれをすりこんでいた。

「幻滅したですって?」と彼はわれわれに向かって叫んだ。この言葉は丘を跳び下りていった。「じゃああなたは、いったい何を期待していたのですか⁉ わたしは期待など初めからしていませんでしたから、幻滅させられることなどありませんでしたね。あれに関しては……」と彼は親指で『混乱』を指さした。「もちろん多くが、豊かな才能を示しています。しかしここにおいてすら、ムージルがやったことといえば、結局、一六歳の少年並の、一般的基準をとても満たすとはいえぬ問いへ、話のレベルを引きずり下ろすこと以外の何ものでもありませんでした。大人にはほとんど何のかかわりもないエピソードに対して、理解しがたいほど多くの敬意がはらわれています。しかし『合一』のなかには心理学的なものへの固執のよろこびが見られ……」

わたしには、この非難を自分がすでに知っていたかのように思われた。もしかすると、どこかで読んだことがあるのかもしれない。というのも、すでに用意してあったかのように、返答が押し寄せてきて、彼の話を中断してしまうことになったからである。「一六歳の少年とは……」とわたしは言った。「一つの策略なのです。比較的単純なために、魂の諸関連を造形するにはもってこいの柔軟な素材となってくれるからです。大人になってしまうと、あまりにも多くの他の要素がそこに介入してしまうため、複雑になってしまいますが、一六歳の少年であれば、そうした要素もしめ出すことができるのです。つまり、抑制がきかない、反応しやすい状態がそこにあるのです。しかし未完の者、魅惑する者、魅惑された者の描写は、もちろん、それ自体が問題なのではありません。この未完の者のなかで、何が未完にとどまっているのかを造形し、暗示するための手段にすぎないのです。芸術においては、これらの要素も、すべての心理学も、乗っている車にすぎません。もしあなたがこの作家の数ある意図のうち、ただ心理学のみを見るとき、あなたは風景を車のなかに探したということになってしまいます」

「おやおや」と文学地質学者がつぶやいた。彼はハンマーで脳の一片を割り取って、手のひらですり潰していた。いたく真面目な顔つきで、じっとそれを見つめてから、息で吹きとばし、彼は次のように言った。「この作家は、しばしば描写能力が不足していますね」。「いいえ」とわたしはむっとして答えた。「描写の意図がないのです」。「しかし、いかがなもんでしょう」と地質学者は言った。「わたしはたくさんの作家を知っているのですよ」

わたしは口をつぐむつもりであった。時代が文学に対して抱いている頑固な偏見を、いちいち訂正などしていられない。もしムージルが、いまだ呼び起こされてさえいない要求を、一人厳密に満たしているのだとすれば、こういうことは彼自身がなすべき仕事であって、わたしの知ったことではない。しかしこのときわたしは奇妙な体験をした。われわれがその上に座っている脳髄は、われわれの会話に興味を抱いたようである。わたしはいきなり、自分の仙骨のなかへと、かすかにささやきかける母音を耳にした。ぎざぎざ脈打つように聞こえたのは、多分、わたしの背骨を伝ってこなければならなかったせいだろう。それがしきりにわたしの背中を上昇しようとしたので、語り出さないわけにはいかなくなった。「描写される現実とは……」。責めたてられて、わたしはこんな具合に繰り返した。「常に一つの口実にすぎません。ものを概念化する能力が著しく欠如した人たちは、自分の体験につきまとう思い出の数々に、いつまでも記憶が圧迫されているものです。物語とはかつて、彼らにつきまとうこの種の良悪こもごもの幽霊に、今ひとたび接触しようとする、反作用的になされた彼らの営み、つまり、語り出し、繰り返すことのもつ魔術を通じて、この幽霊たちの力を殺ぎ落とそうとする営みだったのかもしれません。しかし小説というものが始まって以来、われわれはすでに、小説に由来する物語の概念を遵守するようになってきています。これはさらに発展を続け、今やとうとう、現実の描写などといったものは、強靭な概念化の能力をもつ人びとが、その助けを借りて、感情の認識、思考の震撼へとしのび寄るための単なる従属的手段にすぎないとすら、主張されるに至っています。この感情の認識、思考の震撼は、一般的な形や概念のなかでは捉えられず、個々の出来事が放つ微光のなかでのみ捉えられるものです。あるいはおそらく、完全に合理主義的だったり、市民として有能な人格によってではなく、まだそのように固まりきってはいない、そうしたものを凌駕する部類の人びとによってのみ捉えられるものです。わたしはムージルがこれらを単に暗示したり予感したのではなく、把握したと主張します。しかし、作品の出来不出来を争う以前に、その作家にとって、文学とは何だったのかを知らねばなりません」。「よく言われた」と脳髄はささやいた。「よく言われた」

しかし文学地質学者は返答を身構えていた。「作家の決定的な特性をなすものは、思弁ではなく、生命感です。われわれの本当に偉大な作家たちについて、まあ考えてもみてください。彼らは描写します。芸術的に綿密に定められた視点こそが、あくまで答えを与えてくれるものであって、芸術家の意見や思考は、出来事自体のあいだのどこにも顔を出すことはありません。それらはいわば像のレベルには見当たらないのであり、像を描く際の遠近法の消失点としてのみ、感受できるものとなるのです」。わたしの下の脳髄は、生命感とは、大目に見積もったところで、結局のところ手段にすぎないもので、芸術の目的そのものにはなり得ないとぼやいた。わたしはこの言葉にはけ口を与えていった。「こうした手段によって可能になるよりも、より多く、より厳密なことを言いたいという欲求を抱くことができます。新しい手段が生み出されるのはそのときです。芸術とは、概念性と具体性の中間にあるものです。ふつう作家は、行為において語り、行為の意味は霧につつまれ地平線に横たわっています。あるいは、行為の意味が一目瞭然なこともありますが、そういう場合、それは半分以上既知のものだったのです。この辺でそろそろ業を煮やして、感情にどんどん率直に思考を関わらせていき——というのも、とどのつまりは、それが問題になっているのですから——いくらがんばっても言葉で捉えることが不可能なものだけを、行為の上方に漂う、見知らぬ肉という震える塵を通して暗示させるよう試みることはできないものでしょうか。つまり、わたしが言いたいのは、これによって、技術上の混合物を作るにあたっての、配合の割合が単に逆にされたにすぎないこと、また人はこの変化を、エンジニアのような目で見なければならないということです。これを思弁とみなすあなたはしかし、人物描写の困難さを過大評価していらっしゃる。二、三箇所、刷毛で一描きする程度で充分なのです。この箇所は既知のものであればあるほどいいでしょう。自分が描く人物たちが完全な生命感をもつことに、そんなに大きな価値を置く作家は、神学者たちが思い描く、少々まわりくどい神様みたいなものです。人間たちに神の意志が行えるように、人間たちに自由意志を与えたあの神様です。というのも、本の登場人物たちは、感情、思考、および他の人間的な価値をそこに組みこむために創造されたものですが、この種の作家たちは、これを再び人物たちから回収するために、ひとまずは人物たちに行動させようとするからです」

しかしここで言葉はわたしのもとを滑り落ちて、あの健やかな文筆家仲間の手に移ってしまった。「たとえその通りであるにしても」と彼は判決を下した。「それは理論というものだ。このような理論的で小賢しい技術は、いかにもあの作家の本性にぴったりだといえよう。それはさておき、これだけははっきり言えることがある。すでに言ったことだけれど、これらの本が、僕たちの時代において真の力になってくれるものとは、これっぽちも関わってはいないということだ。これらの本は、いかなる現実感覚も、それどころか倒錯的感覚すらもっていない人たち、つまり現実感覚や倒錯的感覚に関する文学的イメージだけをもっている一握りの過敏症の人たちに向けて書かれている。いわば人工栄養で育てられた芸術なのだ。虚弱さから干からびて薄暗いものになっているけれど、そのことを、逆に自惚れを正当化するためにかつぎ出しているんだよ。まったく……」と彼は、ある考えに特別の敬意を払わねばならないかのように、突然大声で熱弁をふるい始めた。われわれ二人といえば、彼が話し終わるのを、実はじっと待っていたのだが。「この二〇世紀は事件でまさにどよめいているのに、この人間ときたら、生の現象についても、現象の生についても、決定的なことは何一つ報告する術を知らないのだ。単なる傲慢さが、彼の文学の魂なのだ」。そう言い終わると、彼は二頭筋を伸ばした。

このちょっとしたついでの所作の瞬間を利用して、地質学者は言葉をさしはさむのに成功した。「いったい彼の最新作の内容は何なのですか？」と彼は反論できない口調で尋ねた。「内容なんてものはありませんよ」と文筆家は満足しながら、うれしそうに答えた。「いったい何が起こるのですか？」「何も起こりません！」。文筆家は、そんなに多くの言葉を費やすような問題かね、といった面持ちで微笑んだ。「一方の作品の女性は、彼女の夫に対して不義を犯すのですが、これは、それこそ夫に対する彼女の愛の完成を意味するに違いないという作為的な思いつきによるものです。もう一方の作品の女性は、ある男とある坊さんとある犬の思い出のあいだで神経症的によろめくのですが、この犬は彼女にとってあるときはこの男のように、あるときはこの坊さんのように見えるのです。起こることは、ここに初めから含まれています。それは不快かつ重要性に乏しく、知性と感情の錯綜した藪ともいうべきもので、そのなかにあっては、主人公さえ前進することができないのです」「生そのものに対して、彼はまさに何の考えももっていないのです」と、善意を思わせるほど穏やかに、彼は話をしめくくってくれた。

わたしは今は口をつぐむしかないと思った。ローベルト・マイヤー[1]のエネルギー論文でさえ、専門家仲間には、小賢しく、内容のないものに見えたのだ。このときしかし、先ほどの体験が、新たに強化されてわたしのほうへと迫ってきた。一語きりの言葉や、短い文章は、ずいぶんあわただしく上ってきたが、ただそれより長いささやきは、柔らかい粘着性の塊が被せられたかのように、しばしば塞《せ》き止められつつ上昇し、あとになってからやっと、いきなり貫通して浮上するのだった。「彼らを放っておいてはいけません」とそれはぎざぎざとした声で頼んだ。「ここで問題になっているのは、かりそめの命をもつにすぎぬであろうわたしの本なのではありません。人間的な要件における欲求不満状態にはけ口を開いてやり、物語を子守り女の専門稼業から解放することなのです！」。わたしは従った。まるで脳髄が二重になったかのような気がした。そのうち一方はゆっくりと最長筋の背後を上下に漂い、もう一方は月のように弱々しく朧気にわたしの頭蓋骨のなかを泳いでいた。ときおり、両者は互いに近づいて、溶けあうように思われた。するとわたしは自我と他者性の奇妙な中間感情のうちに自分の身体を見失ってしまった。わたしがしゃべると、言葉は未熟な果実のように干からびてわたしのなかから出てゆき、その最後の綴りがわたしを通過して初めて、よそよそしい空気のなかで、それらの言葉が言おうとしているものになるかのように思われた。

「ある芸術作品が、作者の弱さのせいでぱっとしないのか、それとも読者の弱さのせいで、読者にとってぱっとしないように見えるのか、検討の余地があります。芸術作品が自分を組み立てている精神的な要素を一つ一つ分解して取り出してみなければなりません。これらの要素のうちでも、最も決定的なものは――作家連中が抱いている、不精するには都合のいい偏見とは裏腹に――思考なのです」。例の仕事仲間はとびあがった。「確かに、思考はけっして純粋に思考そのものとしては表現され得ません」と切り出すことで、わたしは何とか彼の言葉を封じることができた。「わたしは合理主義《ラツィオナリスムス》を擁護するものではありません。芸術作品は言明可能な意味のうちに、けっしてあますことなく解消され得ないこと、むしろ芸術作品の内容の描写は、この合理的なものを、語りの方法や、状況のイメージや、他の非合理的な諸要素と再び新たに結びつけることによってのみ、やっと可能になることを私もわきまえております。しかし文学を創作するとは、やはり結局のところ、ま

（1）マイヤー、ローベルト（一八一四～七八）。ドイツ人医師。ここで言及されている論文のなかで、彼はエネルギー保存の法則を初めて打ち立てた。

ずは生について熟考することであり、そのあと、これを表現することです。芸術作品の人間的内容を理解するとは、その一目瞭然な思想内容のうちのみならず、絶対的で、円熟を極めているため定義不可能となっているその文体に現れた趣向のうちに、あるいは登場人物が放つ微光のうちに、また沈黙や、あらゆる再現不可能なもののうちに、感情と思考の連鎖の、無限に多くの辺を切り出す多角形を描きこんでいくことなのです。このような漸近的な解析過程こそが――これによってのみ、わたしたちは魂という燃料をたえずわれわれの精神に同化吸収させていくことができるのですが――芸術作品の人間的目標なのであり、それがどれだけ可能かが、芸術作品の試金石となるのです。この漸近的解析過程がこれらの作品においてもうまくいったとき、あなたが先取りして言われたような成果が得られるかもしれません。つまり、思考と感情を溶けあわせ、運命へと造形するために、ここでは魂の燃料が贅沢につぎこんであるということです。ただ、それらの感情と思考の一つ一つがあなたには理解できていらっしゃらない。あなたはこの作家に総合力が欠けていると攻撃しておられますが、そう判定される以前に、これらのものを理解していらっしゃらないのです」

文筆家は嘲笑的に沈黙していた。わたしは語り続けた。「強いばかりの感情体験は、知覚されただけの事柄と同じくらい、非個性的なものです。感情それ自体は、質に乏しいもので、それを体験している人物によって初めて、そこに特異性がもたらされるのです。感情の性質やその進展に見られるわずかな差異そのものには重要性はありません。作家が偉大な感情をきっかけに創造するものは、感情と悟性が相互的に貫入しあう状態なのです。それは内面において他のさまざまなものの仲介者とされている根源的体験であり、感情および感情に近接する知的、情動的要素、およびこれらのものをつなぐ道からなっています。他のいかなる方法によっても、アッシジの聖フランチェスコの感情を――あのポリープ状に入り乱れる一、〇〇〇もの吸盤で世界像を吸い寄せては、とんでもない形で転覆させてしまう『わが兄弟、小鳥たちよ!』という感情を――その辺のとるにたらない牧師が抱く恍惚とした感情から区別することはできないし、またハインリヒ・フォン・クライスト(1)の最後の決断に漂う悲哀も、それだけを切り離して見る場合、名もない自殺者をおそう最後の悲哀と何ら異なるところはないのです。

このことをはっきりと念頭におきますならば、自称生の偉大なる感情の伝説の類に陥ることもなくなるでしょう。これらの伝説ときたら、この偉大な感情の源泉を探り当てたら、あとは下に器を置いて汲み上げさえすればいいというのですからね。しかしこの伝説はわれわれの芸術を支配しております。つまり決断が模索されるべきところで、われわれの文学においては、いつもただ仮説だけが見受けられるのです。ある人物がわれわれを震撼させ、われわれに影響を与えるとき、そうしたことが起こるのは、何を通してでしょう？　その人のさまざまな体験がその下に関連づけられるような、一連の思考のグループがわれわれに見えるようになり、そして諸々の感情が、これらの思考とあの複雑な交互作用的綜合を行いながら、驚くべき意味を獲得していくからです。ある人物を、たとえその人が善良な人物であれ、忌まわしい人物であれ、とにかくわれわれの利益となるよう造形しなければならないときには、この驚くべき意味をこそ、描写していくことが肝要なのです。しかし、このような綜合の代わりにいつも見受けられるのは、こうした意味などすでに存在しているではないかと、ただ素朴な前提を立ててしまうことだけです。この仮定は、彫刻を制作する際中にはめこまれる仮の骨格よろしく、作家が人物を造形する際にはめこまれるもので、この仮定を立てることで初めて、人物像に仕上げがほどこされていくのです。つまり、このような人物であれば、このような筋の進行のなかで内面的、外面的

(1)　クライスト、ハインリヒ・フォン（一七七七〜一八一一）。ドイツの劇作家、小説家。「もの自体」は認識できないとするカント哲学を読んで精神的危機に陥る。この実存的震撼が、彼の全作品を貫いている。人妻ヘンリエッテ・フォーゲルと恋に落ち、心中。ムージルは彼の名を冠するクライスト賞を『熱狂家たち』で受賞した。

にどう振舞うか、自分が信じるところに従って、描写が進められてしまっているのです。しかしその際取りざたされるものは、あくまで〈心理学的に見て内面的なもの〉であり、それはあの中心的な、人格そのものを生み出していく作業——こちらの作業のほうは、痛みや錯乱や弱さや情熱といったあらゆる表面の背後においてやっと、あとになって始められることがしばしばなのですが——と比べれば、外から二番目の層にあるものにすぎません。この種の〈心理学的に見て内面的なもの〉が与えてくれるのは——これは魂の描写においても、行為の描写においても言えることですが——人間にとって本質的なものから帰結された結論ばかりであって、この本質的なものそのものではないのです。したがって、結果から原因を推し量るしかない場合のあらゆる例にもれず、その際この本質的なものは、いまだ確定されぬ段階にとどまっています。この種の芸術は人格の核心に至ることもありませんし、作中人物の運命が正確に測定されているという印象を与えるに至ることもありません。〈心理学的に見て内面的なもの〉にそれほど多くの価値を見出そうとする芸術は、厳密にいえば、行為も魂に訴える力ももっていません。波乱万丈の物語でも、全体として見るならば、果てしなく静止したままにとどまっています」

わたしは目をさました。道連れたちは眠っていた。わたしの足元の脳髄はあくびをした。「どうぞ悪くとらないでください」と、脳髄は下のほうでささやいた。「でも、わたしはこれ以上目を開けていることはできないのです」。この言葉を聞いたわたしは二人を揺り起こそうと叫んだ。「『合一』において運命はこの中心的なものから造形されています。自分の目標をしっかりと意識した文学がアクチュアルな素材を選ばないのは——あなたはそれを見抜くべきです——こういった芸術が気難しいせいではありません。逆にアクチュアルなもののほうが気難しいからです。というのも、アクチュアルなものとは、すでに芸術以前の手段によって捉えられるものでなければならないし、また芸術以前の段階にあるものを捉えることができないと、アクチュアルなものとは言えなくなってしまうからです。アクチュアルなものではなく、推測されるものを扱うことが、作家の勇気を測る尺度となるのです」。しかし道連れたちはもはや見当たらず、わたしはただ不気味に空に向かって語っていただけだった。語り始めた文章は冷たく滑り落ち、暗闇におののいてわたしの喉へと戻ってきた。あわてて必要な支度をととのえ、静寂にせきたてられて、次の脳溝へと急降下した。視神経を引っ捕まえてわたしは再びコントロールを取り戻し、それを伝って滑走し、手放し、滑っていった。そして望み通りに頭蓋骨の下をくぐりぬけた。この瞬間たっぷり外気を吸いこんで、自分が示した人情に吸湿的に膨張し、少々ぼおっとしたとはいえ、満足しながら、思いに耽りつつ家路についた。

30

いま何を書いていますか？

ローベルト・ムージルとの対話

――インタビュアー／オスカル・マウルス・フォンターナ

1926年

インタビュアーのフォンターナはのちに回想して以下のように記している。「……このインタビューはすんなり読めるかもしれませんが、実際は精神的な取っ組み合いの決闘でした。というのは、ムージルは言葉に出そうという意志はあっても、どうしても自分から外に歩み出まいとするのです。そうすべき場にありながら。非常な努力を払って、ムージルは作品の的確な定式を産み出し、それに有効な言葉を与えました。私は一瞬たりとも気をゆるめることはできなかったし、また、してはなりませんでした。……私は何度もムージルと同席しましたが、この書かれつつある小説『特性のない男』についての対話だけはけっして忘れることはないでしょう。まるで自分がムージルのずっと底深くの、謎めいた薄明の、原石が微光を発している王国まで付き従って行ったかのような気がします」▼巻末注

――あなたの新しいロマンは？　その表題は？

ムージル　「双子の妹」（のち、『特性のない男』）です。

――時代は？

ムージル　一九一三年から一九一四年まで。世界と思考を引き裂き、今日に至るまで繕われていない総動員がロマンの終わりになります。

――それはたしかに徴候として評価できるでしょう！

ムージル　たしかに。ただし、わたしが歴史ロマンを書いたのではないという留保をつけてよいとすれば、です。わたしは現実の出来事の現実的な解明には興味をもちません。わたしの記憶力は悪いのです。そのうえ、事実は常に交換可能です。わたしが興味をもつのは精神的に典型的なもの、こう言いたいと思いますが、出来事の妖怪じみたものです。

――その出発点はどこにあるでしょう？

ムージル　わたしが前提するのはこうです。一九一八年はフランツ・ヨーゼフ一世の治世七〇年祭、ヴィルヘルム二世の三五年祭にあたるでしょう。この来るべき符号から、互いに相手を打倒しようとする両国の愛国者たちの競争と世界が展開し、一九一四年の大騒ぎのなかで終わるのです。「わたしはそれを望まなかった！」要するに、わたしが「平行運動」と呼ぶものが展開するのです。黒と黄は、あなたが戦争中の記憶からご存知のように、「オーストリアの理念」をもちます、プロイセンからのオーストリアの救済です――君主国における諸民族の共同生活を範として、世界としてのオーストリアが成立しなければなりません――その先頭に立つのは「平和皇帝」です。全体のクライマックスは、まさに、一九一八年の感銘深い記念祝典の年ということになります。プロイセンも技術的完成を基盤とする権力の理念をもちます――平行運動における彼らのスローガンもまた一九一八年を目標として立てられます。

——それではそれはきわめてイローニッシュに構成された素材ですね。しかしさしあたりそのことは伺わないとして、あなたはこの世界、あるいは二つの世界をどのように作動させるおつもりですか？

ムージル　最初に、彼の時代の最良の知識、数学、物理学、工学の教育を受けた一人の若い男を導入します。この男が現代生活のなかに歩みいります——念をおして言いますが、わたしの「歴史」ロマンは今日でも通用しないようなものは何一つ含みません。つまりこの男は現実が考量されたものから少なくとも一〇〇年遅れていることに驚くのです。この落差、必然的であり、わたしもまた理解しようとつとめているこの落差から「精神的人間は現実に対してどのような態度をとるべきか」という一つの主題が生じます。彼にわたしは一人の反対人物、最高階級の最大規模の男というタイプを対置します。この男は経済的才能と審美的精妙をきわめて注目に値する独特な統一に結びつけています。彼はベルリンからオーストリアに休息するために——しかし実は、極秘裏に彼のコンツェルンのためにボスニアの鉱層と木材を確保するために来るのです。古いオーストリア外交の代表者、外務省局長の妻である「第二のディオティーマ」のサロンで、彼はこの女性に出会います。両者のあいだに、結局は空無と化すほかはない「魂のロマン」が展開します。同時にあの若い男は彼の亡くなった両親の家で喪をきっかけに、それまで彼が知らなかった双子の妹に出会います。双子の妹は生物学的にはきわめて稀なものですが、しかし彼女は、われわれすべてのなかに精神的ユートピア、われわれ自身の具象化されたイデーとして生きています。たいていの人には憧憬にとどまるものが、わたしの女性の場合には実在するものになります。そしてまもなく二人は古い結婚のよい家族体に照応する生活を始めます。わたしは二人を「現代の苦痛」の複合体のさなかに置きます。天才ではなく、宗教でもなく、「何かのなかに生きること」の代わりに——「何かのために生きること」——わたしがそのなかでわれわれの理想性を永遠化する状態です。しかし兄と双子の妹、自我と非＝自我は彼らの共同生活の内的分裂を感じます。彼らは世界とともに崩壊し、逃れます。体験を維持し、定着させるこの試みは失敗に終わります。絶対は保持できないのです。そのことからわたしは、世界は悪なしには存立できない、悪は世界を作動させると結論します。善だけでは凝固をもたらすのです。加えて、わたしは兄妹との平行、すなわちディオティーマと経済領域を示します。彼が仕事をしないときには、彼は魂をもつことができないでしょう。何事かをなすために必要な金のためではなく、聖なるものは災いなしには動きのない粥だからです。この二元性も制限され、かつ、必然的なのです。それから物語は、中核的な複合体、愛とエクスターゼ、を一人の救済の観念に憑かれた女性により、狂気の側から展開することによって、進行します。出来事は新しい精神の学寮生徒と経済審美家との戦いに先鋭化します。わたしはそこで一つの大会議を描写しますが、約束された金をうるのは両者のどちらでもなく、招待されてもいないのに派遣された陸軍省の将官なのです。金は軍備のために費やされます。これはけっしてふつう人が考えるほど愚かではありません。なぜなら、あらゆる利口なものは互いに止揚し合うからです。最も非精神的な人間が最大のチャンスをうるような秩序への反撥から、わたしの若い「ヒーロー」はスパイになります。彼の気紛れな関心がそれにかかわっていきます。また、彼の生の内容も。なぜなら彼のスパイ活動の手段は双子の妹だからです。彼らはガリシアへ旅行します。彼は彼女の生が、そして彼の生も雲散霧消するのを見ます。この若い男は、自分が偶然的存在であること、自分の本質的なものを認識はするがそれを実現できないことを知るに至ります。人間は完全ではなく、また、完全ではありえないのです。彼は、自分の存在の偶然性の感情を失うことなく、ゼリー状にあらゆる形態をとります。総動員が、わたしのロマンのあらゆる人物からと同様に、彼から決定を剝奪《はくだつ》します。戦争になった、ならざるをえなかったということが、わたしが示すあらゆる背反する流れ、勢力、運動の総計なのです。

——このような構想を立てるからには、非常に大勢の主要人物を登場させねばならないでしょう？

ムージル　わたしはおよそ二〇人と考えています。

——あなたは、あなたのロマンの構造において、エッセイ的なものを恐れないのですか？

ムージル　いや、もう恐れています。まさにそのためにわたしはそれを二つの手段で克服しようとつとめています。第一にイローニッシュな基本態度によってですが、この場合、イロニーはわたしにとって優越のポーズではなくて、闘争の形式なのです。第二に、これはわたしの考えですが、わたしはあらゆるエッセイ的なものに対して、生き生きとした情景、ファンタスティックな情熱を創出することによって平衡を保たせるつもりです。

——それにもかかわらずあなたのロマンはその作中人物たちに打開策として総動員への突入だけを考えておられるようですが、これはペシミスティックな印象を与えるのではないでしょうか？

ムージル　おっしゃるとおりです。しかし、わたしはその点であらゆる西洋の没落とその予言者たちを揶揄《やゆ》しているのです。原初の夢が今日では実現しています。原初の夢が実現された今、それはもはや原初の夢の顔をしていないということ——それは災難でしょうか？　われわれはこれに対して新しいモラルを必要としています。われわれの古いモラルで済ますことはできないのです。わたしのロマンはこのような新しいモラルへの素材を提供しようとするものです。それは一つのジュンテーゼの解体と示唆の試みです。

——あなたはあなたのロマンを現代の叙事詩のどこに位置づけるのですか？

ムージル　お答えするのは止めておきましょう。

（しばしの間のあとで）

わたしがわたしのロマンをどこに位置づけるか、ですって？わたしは世界の精神的克服のために寄与したいと思っているのです。ロマンによって、でもです。読者がわたしの審美的資質にあまり顧慮せずに、むしろわたしの意志に顧慮してくれるとすれば、わたしは読者に大いに感謝します。文体はわたしにとって一つの思考の精確な彫琢《ちょうたく》なのです。わたしは思想を言っているのです。わたしが達成できる最も美しい形式においても。

31

遺言 II

1932年

ムージルは一九三二年に『特性のない男』第二巻を出版した直後、「遺言」と称する断章を三種類書いており、これはその二番目に当たるものである。『特性のない男』が未完に終わった理由はいくつか考えられるが、ムージル自身ここで、続巻の執筆中にもかかわらず、その原因が「物語」や「統合」の能力を超えたものを文学において目指す自分の宿命的な資質にあると述べるかたわら、この作品の着想が成立した時期の早さを明かしている。

この巻の上梓で完成したわけでもない仕事の最中にあとがきを書き、それを遺言と名づけるのは、偶然ではなく、わたしが本書に与えなければならない見込みの名称を意味している。というのも、何か思いがけないことでも起こらなければ、わたしはこの作品を完成させることができないだろうからだ。多くの人びとは、わたしが専門家に気に入られたり怒りを買いはしても、だが広く行き渡り、読者や国民に知られ、そこで影響をおよぼす必要の少しもない本を時たま書くことで、むかしから満足している自活力ある男ではないか、と想像しているように思われる。それは誤解というものだ。実際には、『特性のない男』を書き始めてからというもの、わたしはまことに貧しく、自分の資質からしても金儲けのあらゆる可能性がないので、ただ自分の本の売り上げで、もっと正確に言えば、わたしの出版者が、この売り上げが増えるかもしれないという期待のもとに提供してくれる前金で、生計を営んでいるのである。わたしが第一巻を書いていたあいだも、こんな按配で、不意にまったくお金がなくなってしまい、その後の一四日間〔二週間の意〕さえ生き延びることができなくなり、ようやく第三者の介入のおかげで、たいてい一三日目に救われるということも何度かあった。つまり、わたしの著作が、取っ付きにくく、人気がないのだとしても、これは、その必要がないと思っている男の高慢のせいなどではない。むしろ、わたしに定められているように思われる何かが、つまり宿命がそこにはあるのであり、わたしが今日語らねばならない人生の不公平は、それゆえ、自分が引き受けた仕事ともきわめて密接に関係している。

自分自身についての顚末を報告するなら、三〇年も一年に等しい。構想のさまざまな関連、また数々の計画と、量・長さ・巻を伴う実行との関連は、忘却によって隙間があいた時間に垣間見られる濃密な核心である……。わたしが今書いている本に関していえば、その発端は、完全にとは言えないにしても、ほぼ、わたしが自分の処女作を書いた時期にまでさかのぼれる。これは本来ならばわたしの二番目の本になるはずだった。だが、わたしは当時、自分にはまだ完成できないという確実な感情を抱いていた。三人の登場人物のなかにヴァルター、クラリッセ、ウルリヒ〔『特性のない男』の中心的人物群〕が早くもはっきり前形象化されている話を書こうとして二度行った試みは、二、三〇〇ページを書いて失敗に終わった。わたしは書くことの刺激は受けても、何のためにそうしなければならないのかがわからなかったのだ。こうしたことがわたしに起きたのは、すでに『生徒テルレスの混乱』を出版したあとのことであった。ちなみに『テルレス』は、ほんの二年ほど前に新版の校正刷りを校正しなければならなかったとき〔三一年に『テルレス』の第三版が出版された〕、多くの未熟な箇所を直せないことに何とも歯痒い思いがしたものの、それが物語られる手堅く生き生きした書き方にわれながら満更でもない気持を覚えたものである。当時は——またもや自分が幻の二番目の本を書こうと思った、というより思い始めた当時のことであるが、のちに短篇集『三人の女』でいくらか短く扱った「トンカ」の話もそこに含まれるはずであった。わたしが二冊目の本〔後述の二篇の短篇を収めた『合一』〕を書く前に、早くも三冊目に当たる戯曲『熱狂家たち』に手をつけていた。さらにこれを出版する前に、『三人の女』は題材として見ればほとんど完成していた。わたしは、そのような拡がりが、素材のそのように早い選択が、常軌を逸しているとは思わない。それどころか、そうした選択は標準的でさえあるだろう。だが、わたし個人に関していえば、それは素材の選択では全然なかった、あるいは標準とは異なる意味での素材の選択であったと言わねばならない。

これに関しては二つの実例を物語ることができる。わたしが『生徒テルレスの混乱』を書き始める少し前、およそ一年ほど前のことであったが、この「素材を人に提供してしまった」、すなわち、この物語に現れる「環境」「実情」「リアリズム」のすべてをである。わたしは当時、二人の才能ある「自然主義的傾向の」詩人と知り合いだったが、彼らは二人とも非常に若くして亡くなったので今日では忘れられてしまった（フランツ・シャマン[1]とオイゲン・シック[2]）。わたしは彼らに自分が目撃した全部を話してやり（それは決定的な点でわたしがあとで描いたものとは違っていたが）、そしてこれを使って自分たちの好きなように書いたらいいと言ってやった。わたし自身の気持は、当時はまだまったく漠然としていた。自分がしたいことがわからなかったし、わかることは自分が何をしたくないかということだけだった。そしてそれが、あの時期に著述家としてなすべき事柄について言えるおよそすべてであった。わたしが一年後に自分でその素材に手を伸ばしたとき、それは文字通り退屈のあまりに起きたことだった。わたしは二二歳であり、若いくせにもう技師であったが、自分の職業に不満を感じていた。毎晩八時半になると、一人の女友だちが訪ねてきたが、わたしはもう六時には事務所から帰宅していた。こうした出来事が起きたシュトゥットガルトは、わたしにはよそよそしく、居心地のよい都市ではなかった。わたしは自分の仕事をやめて大学で哲学の勉強をしたかったので（まもなく実際にもそうしたが）、仕事をサボり、仕事時間の合間に、また午後遅くに、哲学の勉強を行い、もうこれ以上理解できないと感じると、退屈してしまうのだった。そういうわけでわたしが何かを書き始めるというなりゆきになり、いわばもう完成した状態にあったその素材が、まさに『生徒テルレスの混乱』の素材であった。テルレスと、彼の、俗にいう反道徳的な行動とのために、この本は注目を惹き、そしてわたしは「物語作家」の評判をとった。ところで、物語りたくないという許可を求める場合には、もちろん物語ることができなければならない。わたしもまた、それはどうにかこうにかできるのだが、今日に至るまで、自分が物語るものはせいぜい二次的なものにすぎない。当時でも、わたしの主要な問題はすでに別の方面にあった。この点がまさに逸話風に表現されている第二の実例は、不運に見舞われたわたしの主要作品『熱狂家たち』の例であり、この作品をわたしは今日でもまだ慎重に演劇作品と呼んでいる。この作品についてはもう少し言葉を尽くしたいが、わたしが早速強調しなければならない独自性は、これがあまり劇場向きでなく、またもしそれが同時に、演劇の問題でも既成の見解に少しも一致しないと言われるほど文学的にすぎると思われるのならば、わたしはむしろ黙っていたほうがいいかもしれない。つまり、この戯曲では、ほとんどどの言葉も、今日そこに書かれている通りに確定したものであったが、しかし三つの稿、三つの異なる事件展開、三つの台本、三種類の人物関連、要するにわたしがそのうちの一つを決める以前には演劇的にまったく異なる三種類の戯曲が存在したのであり、しかもそれらは本質的に同じものなのであった。さらに第三の実例をあげるとすれば、それは「愛の完成」

（1）▼巻末注
（2）▼巻末注

であるだろう。

ここでわれわれは中間決算をまとめておこう。これまでに何が明らかになったのか？　現在まるで自分自身の話ではないかのように語っているこのローベルト・ムージルは――そうしようと決めざるを得なかったにしても、自分について語ることにわたしは強い抵抗感があったが、こんなことは自分でも初めてなので、今面白くなってきたが――、この著述家は自分の素材にはまるで無関心なのだ。ある素材にとりつかれる著述家は少なくない。彼らはこれを使うか使わないか、直感的に感じとるのである。それは一目惚れのようなものだ。ローベルト・ムージルとその素材との関係は優柔不断である。彼はいくつもの素材を同時に取りあげ、初恋のときが過ぎ去っても、あるいはそんなときがなかったとしても、素材を手放さない。彼は素材の一部を勝手に交換する。いろいろな部分的テーマが移り歩き、どの本でも表現されない。どうやら外的なものは多かれ少なかれどうでもよいと思っているらしい。そして、このことは何を意味するのか？　ここで人びとは、文学の内部と外部が互いにどのような関係にあるのかという問題にぶつかる。両方が分かちがたい統一を形づくるのは当然なことだが、どのようにしてそうなるのかという点はあまり知られていないし、それどころか部分的にはまったく知られていない。そこでわれわれはこの点に関してきわめて慎重になり、とりわけこの統合の、いくつもあるらしい異なった種類を区別しなければならないだろう。すでに述べたところに従えば、一見して、この統合がわたしの場合特に弱いように思われる。だが、真実は、わたしが判断するかぎり、それとは反対である。この果てしない問いに手がかりを提供するために伝記的な事柄を援用すれば、最初、つまり『テルレス』を書いた当時は、統合の問題など自分にはまったく存在しなかったのだが、しかしそのあと突如として、また実に強烈に、この問題の虜になってしまったのだと言わなければならない。わたしが『テルレス』の執筆当時に従った原理はまだ憶えている。すなわち、すべてをできるだけ簡潔に述べ、概念に多少なりとも寄与しないイメージは使用せず、思想は――自分に非常に重要であったとしても――それが無理なく筋の流れに適応しなければ省くというものであった。これは二点間を最短距離で結ぶ直線の原理である。したがって事件展開に価値を置かなかったにもかかわらず、それに本能的に大きな権利を与えてしまったのである。わたしは物語るとは何かという、即席に作った――そして成功が裏づけるところでは正しい――観念に従い、ある種の理念を、気がすむまで「吐露」することで満足した。わたしはいまだほとんど他人の作品を読んでいなかったし、お手本がわからなかった。すでに非常に有名だったハウプトマンは、わたしの嗜好からすれば、あまりにも僅かな精神的許容量しかなかったし、イプセンの重要な点も、当時のわたしは、今日一般に理解されている程度にしか理解していなかったし、また、彼が賛美された点、すなわちその精神的深さはばかげた誤解であった。ハムスン(1)――彼はその初期作品で精神的議論を大いに提供したものだが、その議論のはめ込み方は、むかしのオペラでアリアを筋の流れにはめ込むようなものであり、ダヌンチオ(2)のやり方だって、それと大差なかった。スタンダールはわたしには理解できなかったし、フロベールは知らなかった。それでもドストエフスキーは知っており、彼を熱愛していたので（とはいえ、完全に知ろうという欲求はなかった、つまり若者たちは、というか人間というものは一般に何とも奇妙なものだ！）、今日では彼に対する自分の関係を手がかりにわたしの当時の立場ないし状態をきわめて明確に測ることができる。要するにドストエフスキーは自分には精神的にあまりにも不正確に思われたのだ！　彼の問題の扱い方が充分明確でない、という印象を抱いたのだ！　あまりにも不充分だと思われた！　というわけで、自分の貧弱な能力を適当に評価することで、わたし自身の目標をひどく狭く

（1）　ハムスン、クヌート（一八五九～一九五二）。ノルウェーの二〇世紀最大の作家。
（2）　ダヌンチオ、ガブリエーレ（一八六四～一九三八）。イタリアの唯美主義的な詩人・小説家・劇作家。政治および軍事の方面でも活躍した。

定めてしまった一方、どういうわけかわたしの意図のほうはそれをはるかに越えてさまよい出してしまった。そしてわたし自身、今これを書いている瞬間に初めて、自分が次に行った奇妙な一歩がわかったのである。

この種の考察を誤解しないでいただきたいと思う。野心的な若者は、いつも多かれ少なかれ、実に無邪気に「先輩」と決着をつけたがるものだ（以来わたしも、当方に対して決着をつけた若者たちにうんざりするほど出会っている）、そして彼の素朴さがその際どのような方向に導くかが、一つの識標である。そこで、わたしが取った方向を、すでに触れた次の一歩に照らしてさらに述べたいと思う。つまりわたしは、早くも『熱狂家たち』と『特性のない男』の周辺に属する着想にかかわっていたとき、ある文芸誌に短篇を書かないかという依頼を受けた。わたしはそいつをかなり急いで片づけた。そこででき上がったのが、『ヒュペーリオン』（フランツ・ブライ主宰の文芸誌）に載った「魅せられた家」という物語である（なぜ、またどのようにして、特にこの物語になったかという点には特別な事情が考えられるが、それについてはいずれ述べるかもしれない）。それからまた依頼を受けたのだろうが、わたしは何らかの理由で、今や同じ嫉妬の素材圏から（とはいえ性的嫉妬は発端をなしただけで、わたしを夢中にさせたのはむしろ、自分自身と自分に最も身近な者の価値に対して、あるいは両者の本当の姿に対して人間が覚える不安感だったかもしれないが）、急いで物語を一つ書こうとした。それればかりか、わたしはこの物語を文学的練習問題として扱い、さらには自分自身の気晴らしと精神的柔軟体操として扱う意図さえあり、およそモーパッサンの流儀で処理したいと思ったのだが、実際にはモーパッサンを知らず、彼については漠然と「軽快」で「冷笑的」という観念しか抱いていなかった。ところで、「愛の完成」の読者にとっては、この意図とその実行とのあいだに見られる矛盾以上に不可解な矛盾はほとんど考えられないだろう。その矛盾のはなはだしさは、ちょっとした物語を素早く書くという決意と、わたしが二つの短篇（「愛の完成」と「静かなヴェローニカの誘惑」）を二年半にわたり、しかもほとんど昼夜を分かたずといったありさまで書いた事実とに見られる矛盾におよそ等しい。そのおかげでわたしは精神的に危うく自滅するところであった。なぜなら、そのようなエネルギーを結局ほとんど生産的でない課題に使うのは偏執狂に類しているからで（というのは、短篇というものは集中を要するものだが、その利益は量的に乏しいのだ）、しかもわたしはそれを承知していたけれども、やめたいとは思わなかった。つまり、ここに見られるのは、個人的愚行か、それとも個人を越えた重要性をもつエピソードなのである。

短篇

【右】『合一』執筆に集中していた1910年ごろのムージル。『マッハ学説判定への寄与』によりベルリン大学で哲学博士号を取得した（08年）ムージルは、グラーツ大学哲学科助手職の申し出を断り、作家として生きる決断をした。

【左上】 1897年、陸軍上級実科学校卒業時のムージル（16歳）。二重襟線は10番以内の徴。

【左下】 夏の休暇を過ごしたゼンメリングにて、56歳のムージル。

32

魅せられた家

――「静かなヴェローニカの誘惑」の初期稿

1908年

『生徒テルレスの混乱』を書き終えたあと、ムージルはさまざまな散文の試案を書き記していた。一九〇八年の春にフランツ・ブライにあてて、ムージルは「あるものを書き始めました。ものになるとよいのですが」と書いている。このメモの登場人物やモティーフが「静かなヴェローニカの誘惑」に吸収されている。その前段階がここに訳出した『魅せられた家』である。ここでムージルは「灰色の眼（グラウアウゲ）断片」（一九〇五～六年の草案。ムージルの眼は灰色とされる。）のテーマをひきついだ。つまり一人の女性の体験のパースペクティブからのみ、しかも体験の消失点を中心に据えて書くというものである。「……今日なお無意識の識閾の上にある、ある種のパースペクティブが明瞭になり、理解できるようになるような表現法を学ぶことは可能であろう」と『テルレス』以前に日記に記したムージルは、作家としてこの対象に取り組んだ。▼巻末注

「おれはあのときあやうく女に一服盛られるところだった」陸軍中尉デメーター・ノヂは、のちにあの魅せられた家でのアヴァンチュールを物語るたびに、そう断言した。それは彼がある年の冬、部隊集合のあいだに

古い伯爵家所有の邸に宿営したときのことで、短期派遣を命じられて出発する前日、——何のことなのかわからなくて、頭をふりながら——隣の部屋でふたりの人間が明らかに激した鋭い声でかわしている会話の終わりのほうをつい立ち聞きしたことから始まった。はじめに「いや《ナイン》」という一語が、低い声で、しかしその前の会話から奇妙に遊離して、家の造りのせいで高く響いて聞こえた、それから男が何かを言ったが彼には聞きとれなかった、そしてそのときからあとは一語一語がはっきりと聞こえてきた。

ある深い声、激情のあまり甲走り、その頂点で崩れる女の声が叫んだ、「放して、いやなの！　いやなの!!」その言葉は朽ちた塀のようにぎざぎざに彼女の口からこぼれ落ちた。それからデメーターは再び男が言うのを聞いた、「それでもあなたは僕を愛しているんだ！　あなたという人のすべてが僕という人間に冒されているのだから、その奥に僕が潜んでいないようなあなたの考えはないのだから、あなたの生は僕の生といっしょになるとき初めて、また始まるのだから。自分のことを錯覚してはいけない……これが愛なんだ、言ってください……あなたは僕を愛している、と……？」女の声が前よりもおだやかに答えた、が、その声はまたしても途中で激し、そしてちぎれた。「わたしが？　おお……もしかすると、というのはつまりいいえということですわ……だってわたしにはわからないもの。」そしてデメーターはまた男が言うのを聞いた、「ねえヴィクトーリア、どうしてもいやだというのなら、僕はきょう行ってしまうよ、そして、あしたは僕の命を棄ててしまう、もしどうしてもいやだというのなら、だよ。知ってるじゃないか、僕はこの一年間、あなた次第だったろう、あなたが僕を愛してることはこの僕が知っている、あしたになればきっとあなたにもわかるんだ、もう一度訊くけれど、いいね？」——それからしばし静寂が続いて、やがてデメーターは「いや！」と言うのを聞いた、そしてまた「いや!!」——二度鞭で打つかのように、あるいは無我夢中でしがみつくかのように——そしてもう一度、いや、——かすかに頽《くずお》れつつ、傷つけることへの痛みのように。

何も聞こえなくなったとき、デメーター・ノヂは嚙《か》み合せた歯の隙間で低く口笛を吹いた。これは彼が困った立場に置かれたときの子供のころからの癖で、アメリカ先住民と西部開拓者の物語のなかでこの不敵な冷静さの徴を読んだとき、彼は生涯で初めて、努力して身につけるに価するものに出会ったと思ったのだった。それから彼は靴の踵を打ち合わせて直立不動の姿勢をとると、口髭をひねりあげてもう一度頭をふり、それからにやりと薄笑いを浮かべた。不意に血塗れの内臓をもつ二つの魂が絡み合っているところにでくわしたとき、ほかの人びとに起こるのと同じことが、彼の身にも起こった。なぜなら対象が最終的な訣別であるにせよ、最初に相手のなかにおどりこむことであるにせよ、立ち聞きされた恋人同士であるにせよ、瀕死の人間の破廉恥にわれを忘れた狂態であるにせよ、人はおのれの本性の細心の昂奮と予感している苦痛と快楽の極秘の現象が、自他の区別なく、誰彼なしに襲うという事実を思い起こさせられるのは、なぜかは知らないが、好まないものだからである。人はそれをいわば権利の侵害、いわば過度の狎れ狎れしさと感じて、身を躱《かわ》し、無意識のうちに乱された平衡を回復しようとして、同情を感じるかわりに、いま見たものを厭わしい、もしくは滑稽とみなすという、邪悪な自己防衛本能に駆られるのである。デメーターも最初の衝撃が過ぎると、立ち聞きしたこの一場を愉快の一語でかたづけるつもりになっていた。平静に彼は小さな旅行鞄に荷物を詰め続けた、が、一方で彼は次第にある疑念に捕われていった、やがて彼は愕然として、かつ獲物の匂いを嗅ぎつけた獣のように緊張して、しばらくのあいだ、身じろぎもせずに立っていた。「ヴィクトーリアが？　あの娘がどうしてこんなことに？」そしてデメーターは考えこんだ。

しかし結局彼がつきあたるのはいつでも、このような人間がどうして情熱的な出来事の中心になりうるのか、彼にはどうしても理解できない、この没個性的なものであった。彼の周囲には消えた蠟燭の匂いのように、とうにゆらめきながら消えてしまった何か、粗布のカヴァーに覆われ、閉ざしたカーテンの奥で身じろぎもせずに眠っているサロンのように、迂回される何かがあった。情熱的に昂奮しているこのような女を彼は想像できなかった、あるいはそれには風に吹かれて散っていった何か、不安定な情愛、慎ましくつきまとう影のように恋人の足を追う、亡霊のように蘇った何かなのかもしれなかった。デメーターは恋愛における爛熟の、そしてすでに発端とともに始まる消滅のこの味わいをそれなりに評価してはいたけれども、しかし彼はそれを、何らかの悪しき発作と同様に、ひそかに鎮めてしまうべきものとみなしていて、それを自殺するほど深刻に受けとることがありうるとはどうしても想像できなかった。

それにもかかわらず——邸全体の印象によって強められたのでもあったのだろうが——彼すらもヴィクトーリアの独特な美しさ、彼に自制を強いる何かを莫然と感じていた。この邸に来たとき彼はあやうく宿営を断られるところだった。老婦人、ヴィクトーリアの伯母、が断乎として拒否したのだった、あるいは彼女は少なくとも将官を望んだのかもしれない、そして市長が自分で彼女のところに懇請に来て、やむをえない理由を列挙したときにやっと、彼女が折れて、デメーターはやはりいささか不承不承にではあったが、邸に迎え入れられることになった。彼の従卒は老執事から必需品を手渡され、ほかには誰にも会わなかった、デメーター自身には数室の応接間に隣接した、小さな、一度も使われたことのない図書室が割当てられた、古い、光沢のあるその寄木張の上、アンピール様式の小テーブルの優雅な脚のあいだに彼の騎兵長靴が立ち、この長靴の騎士的な重厚さの真上で、金色の置時計の振子がかすかな音をたてて絶え間なく左右に揺れていた。そしてこの邸に宿営するようになってから、この振子のチクタクという音の、ある感覚の何かが、手荒に打ちこまれた楔のように、デメーターをも捕えて離さなくなっていた。彼がどれほど慎重に歩いても、沈黙に閉ざされたこの建物のなかでは床板や階段が響《とよ》動み、ドアは彼の手のなかで喚声をあげた。彼はしばしば自分に啞然となり、ときにはほとんど自信を失った。老婦人はむこうの庭園に面した翼屋に住んでいたので、彼女の邪魔をするおそれはなかったし、事実、彼は一度も彼女に出会わなかった、が、ヴィクトーリアとはしばしば擦れ違った。すると彼はいつでも彼女が闇のなかから音もなく現れたような、そして闇は彼女のうしろで実に奇妙に、不動のまま閉ざされるような印象を受けた。するとデメーターはときには立ちどまり、何か気後れのようなものを感じながら、要するに老嬢がもの静かに萎え凋《しぼ》んでいくだけなのだという自分の判断がはたして正しいのかどうか、確信がもてなくなった。そう、彼はある未知の病気に似た強烈で異常な官能性ともいうべき何かが自分の傍らを掠《かす》めていくのを感じることがあった。ヴィクトーリアは背が高く、肩巾がひろくて、胸はいささか膨らみが乏しく、狭い平らな額の上の髪は濃密だった、口は大きく肉感的で、かるい綿毛のような黒い毛が両腕を覆っていた。歩くときには、華奢な頭が重みに耐えきれないかのように、背筋はのばしたまま項垂《うなだ》れて、下腹部を少し突き出すようにした。彼女の歩き方には、独特な、ほとんど破廉恥なまでに無関心な優しさがあった、そして彼女は同じように優しくそっと士官に視線を向け、士官が挨拶すると、まるでそれがはるかかなたにある何かでもあるかのように、その挨拶に応えた。

「……あの女はつまり秘密屋なんだ」とデメーターは腹立たしげに、そして少しぞっとしながら、考えるのを打ち切って、不機嫌にばたんと旅行鞄を閉めた。――

この間にヴィクトーリアは道の途中まで別れていく男を見送っていった。これまで濃い霧のように彼女の生に重くのしかかっていたある不透明なものが動き始め、見知らぬ手足をもった形象がいわば頭からヴェールを被って身体を圧しつけてきて、それからまた消えていった。彼女がかつて見たことのない多くのことが起こった。これまでは狭隘で陰鬱な道にすぎなかった彼女の生が、突然、広闊として絢爛たる庭園に変容したのだった。彼女がするすべては重い金襴の衣装が身体からすべり落ちるかのように起こり、彼女が身体を動かすと貴重な金の鎖が躍った――あるいは彼女がするすべては広大な眺望のなかで起こるかのようであった、そこには舞台の上に筋を寄せ集めて、平らな砂礫の地面のふだんは眼に見えない道の跡のように隆起させる、あのかすかに共振する理解があった。しかしすべてはまだ予感にすぎなかった。指で摑むこともできるほどに貌をあげるものはまだ何もなく、すべてはそっと手探りする両手の指のあいだを擦り抜けていった。それはもはやあらゆる形象をぼんやりと醜くにじませてしまったあの黒く粘つく塊ではなかったが、今はまだ極度に薄い絹の仮面のように世界を煌《きら》らかに覆って、張り裂ける寸前のように顫動《せんどう》しているにすぎなかった。そして彼女が眼を凝らすと、眼に見えない衝撃に揺さぶられるかのように、眼先《めさき》がちらちらするのだった。

この感動はもうしばらく前から近づいて来たものだった、ヴィクトーリアはこれが愛なのかしら、と考えた。緩慢にそれは来た。それでも彼女の生の時間尺度にとっては速すぎた。彼女の生の時間尺度はもっと緩慢だった、極度に緩慢だった。それは眼を緩慢に見開きそしてまた閉じること、そしてそのあいだの、行手のさまざまなものにとどまることができずに、すべり落ち、緩慢に、無傷に掠め去っていく視線に似ていた。この視線で彼女はそれが来るのを見た。彼女はそれが愛なのだとは信じられなかった。なぜなら彼女は自分以外のすべてと同じように漠然と彼を嫌悪していたのだから、憎悪なく、激しくというのではなく、ただ、自分の土地と空とが、暈《ぼか》されたように、慰めなく融合する視界のかなたの遠い土地を嫌悪するように。彼女は自分以外のすべてを嫌悪して、それらすべてからそっと身をひいて以来、彼女の生からは歓びが消えた。彼女はしばしば自分の生の感覚を知らないような気がした、しかし彼女の生のなかにこの男が現れて以来、彼女はその感覚を単に忘れてしまっただけなのだと思った。そのことがある重要な忘れてしまった事柄の、意識の下を流れる記憶のように、ときおり彼女を悩ませた。

いつのことであったろう、彼女は生に近づき、両手で摑むかのように、あるいは肌で感じるかのように、もっとはっきりと生を感じたことがあった、しかし彼女はそれがいつどんなふうにしてだったのか、もう覚えていなかった。なぜなら、それ以来、あじけない日常生活がこれらの印象の上につみかさなり、単調に続く風が砂の上の足跡を吹き消すように、これらの印象を吹き消してしまったのだから、今はただ日常生活の単調さだけが、かすかに高くなったり低くなったりする虫の羽音のように、彼女の魂のなかに響いていた。彼女はもはや強烈な歓びも強烈な苦痛も、ほかのものから鮮明にもしくは持続的に際立つような何ものも知らなかった。そして次第に彼女の生は彼女にとっていっそう曖昧になっていった。日々は一日が他の一日と同じように過ぎていき、一年は他の一年と同じようにして年々《としどし》がきた、彼女は一年が僅かな何かを奪い何かをつけくわえるのを、そして自分がその歳月のなかで緩慢に変化していくのを感じていた、しかし一年が他の一年とはっきりとした対照をなしたことはなかった、彼女は自分自身に関して不明確な流動する感情を抱いた、そして彼女が内側から自分に触ってみると、意味は推測できないが毛布の下で何かが動いているのを感じるように、理解はできなかったが、さまざまの覆い隠されてさだかでない形象が交替することだけがわかった。それは彼女が柔らかな布の下で、あるいは、次第に不透明になっていく薄く磨かれた角《つの》の鐘の下で暮らしているかのようであった。事物は頻《しき》りに遠く後退してもはや貌《かお》が見えなかった、そして自分自身に関する彼女の感情も次第に深く遠く沈んでいった。それらと彼女とのあいだには空虚な巨大な空間が拡がり、この空間のなかに彼女の肉体が生きていた。彼女の肉体は周囲の事物を見回し、微笑《ほほえ》み、生き続けた、しかしそのすべては完全に関連を欠いて行われるのだった。そしてしばしば執拗な吐き気が音もなく這ってきて、いわばタールを塗った仮面であらゆる感情を汚しながらこの世界を横切っていった。

それからあの、すべてを所有する彼が、彼女の生の黄昏《たそがれ》ていく荒地に現れた。彼が歩いていくと、事物は彼の眼の下で整列した。それはまるで彼が世界を吸い込み、胸のなかにとどめて、内側から感知することができ、それからまた、空中にいくつもの輪を投げて芸をする芸人のように、世界をゆっくりと慎重に吐き出すかのようだった、彼は美しかったが、それは彼女を傷つけた。彼女は彼を嫉妬した、なぜなら彼女の眼の下では何も整列しなかったから、そして彼女は事物に対して、子供を導くには弱すぎる母親がその子に対して抱く愛情を抱いた。彼女は立ち去ろうとした、しかしそれは彼女の肉体が病んでいて、彼女を支えることができないかのように、苦痛だった。そして彼女は再び緩慢に自分のなかに沈んでいき、彼女の暗闇のなかに蹲《うずくま》って、彼を見つめながら、この自己閉鎖をほとんど一つの官能的な接触と感じ、この自己閉鎖を彼のすぐ眼の前にさし出して、しかも彼の手のとどかないものにすることを意識しつつ、淫らにこの接触に身を委ねたのだった。何かがさやぐ柔らかな猫の毛のように彼女のなかで逆立った、そして彼女は隠れ場から小さなきらきらと光る弾丸のように彼女の「いや《ナイン》」を放って彼の足元に転がした。

そして今は、何かがかすかな音響とともに炸裂したかのようであった、そして破れて地面に横たわる被いからのように、そこから彼女自身に関する一つの感情が立ちのぼってきた、その感情が俄に揺るぎないものになって、彼女は自分をこの別な人間に突き刺さったナイフのように感じた。すべてが明確に整理された、彼は去っていき、自殺するだろう、それは鈍重な肉体が大地に横たわるように、重々しい何かだった、流れ行くものすべてを凝結させる時間の切断のように、撤回不可能な何かだった、この瞬間が突如ぎらっと光ってほかのあらゆる瞬間のなかからとびだした、そして彼女はありありと、ふつうはけっして見ることのできないあるもの、現在の状態のなかでの彼女の魂のこのもう一つの魂に対する関係、一つの通過現象、むこうをめざして身構え移行する運動が、不意に、木の枝のように永遠のなかに屹立する、ある窮極的なもの、動かせないもの、変更不可能なものになるのを見た。夢の明晰が彼女のなかに浮かんできて、そのなかでは繊《ほそ》い脈管のようにかすかな出来事も眼に見えるものになった、ある神秘な新しい光が事物の上に拡がり、彼女はその光がわが身の上にも射してくるのを感じた、その光のなかで彼女そのものが変容した、今や彼女は眠る人の形象のあいだを縫っていく一つの像にすぎなかった……おそらく彼女はこれが愛だと信じただろう、彼女はすでに、これらすべてのために感謝しなければならない彼への情愛でいっぱいになっていた……しかし彼女は別な世界を歩いていたのだ、彼を傷つける歓びが微風《そよかぜ》のようにヴィクトーリアをその世界に運んでいった、彼女は鼻翼を顫わせてその微風を吸い込み、微風は彼女を満たしてそっと抱き上げた、そしてその微風のなかでつぎつぎに彼女の身振りが湧き起こって遠くを摑み、彼女の足取りはかるく大地を蹴って舞い上り、連なる森を越えていった。――そしてヴィクトーリアは物思いに沈みながら、ひとりで帰路を辿った。家で彼女は静かに日々の用をかたづけた、そして一日は毎日と同じように静かに過ぎていった。ときおりさっきの出来事が彼女の意識に浮かんできた。彼女は時計を見た、今彼は駅へ運ばせるために、ホテルのボーイに鞄をわたしているに違いなかった、今彼はもうこの最後の旅行のための切符を買ってしまったに違いなかった、――彼女は淡い山黄《やまき》蝶色の小さな切符が眼の前に浮かぶのを見た――、しばらく彼のことを考えないことにした、つぎにもう一度そう決心したとき、汽車はすでに山峡の夜を劈《つんざ》いて南へと疾駆しているに違いなかった。彼女はいつもの時刻にベッドに入って、すぐに眠りこんだ。しかし異例な何ごとかを明日に控えた人のように、彼女の眠りは浅く落ち着かなかった。瞼の裏に絶えず明るさがあった、夜明けが近づくにつれてそれはいっそう明るくなり、拡がっていくように思われた、それは無限の拡がりになった、目覚めたとき、ヴィクトーリアはそれが海なのを知った。今彼はもう目の当たりに海を見ているに違いなく、もはや彼の決意を実行するほかにこの世でなすべきことは何もなかった。彼は沖に漕ぎ出て撃つだろう。しかしヴィクトーリアはそれがいつなのかを知らなかった。彼女は推測しながら対立するさまざまな根拠をつきあわせてみた。汽車からただちにボートに乗り移るのだろうか……？　夕暮まで待つのだろうか？　海が静まり返って横たわり、見ひらいた大きな眼のように自分を見つめているとすれば……？　彼女は絶えず微細な針に肌を刺されるように、一日中、落ち着きなく歩きまわった。

ときおりどこかから――壁に光っている金の額縁から、階段の暗闇から、彼女が刺繍している白い布から――彼の顔が浮かび上った。蒼い顔に深紅の唇……引き攣《つ》れ、水脹《みずぶく》れにふくれて……あるいは、単に穴のあいた額に垂れる黒い前髪となって。彼女はまだ自分から遠かった、しかし彼女は緩慢に自分へ帰っていった。夜になったとき、彼女はすでに起こってしまったに違いないことを知った。

平安と神秘の感情が彼女の上におりてきた。彼女は部屋中の明りを点して、その明るさのあいだ、部屋の真中にみじろぎもせずに坐った、抽斗《ひきだし》から彼の写真を取り出して目の前に置いた。部屋全体が一つの感覚、クリスマスの邸のなかを通っていく一つのかすかな響になったように思われた、家具は動かしがたくそれぞれの場所にいすわり、テーブルと戸棚と壁の時計は、それぞれの自我に満たされて、握りしめた拳のように、固く完結していた、しかも彼らは眼をそなえているかのように、そして、数知れぬ年月のあいだここに立っていたのは、ただ、この夜を待ち、この夜に立ち会うためにであったかのように、見上げたり見おろしたりしていた。何かが完結して穹窿《アーチ》をなしてもりあがった、それは四方八方から流れ込んで吹き上げた……ヴィクトーリアは彼女の生が、突然、点々と物言わずゆらめく蠟燭を点した巨大な部屋のように、自分を取り囲んでいるような気がした。やがてそれは童話のなかにあるかのようであった、照明された窓の外の吹雪のように、穏やかにヴェールが舞い降りてきて、彼女の生のさまざまな形象がそのヴェールに織り込まれながら彼女の傍らを通り過ぎてゆくかのようであった、子供のころの匂いが長櫃《ながびつ》や抽斗から立ちのぼってきた、蠟燭がかすかに爆ぜた――。

子供たちはまだ魂をもたない。死者もまた魂をもたない。彼らはまだ何ものでもないかあるいはもはや何ものでもない、彼らはすべてになりうるし、また、すべてであったということにもなりうる、彼らは夢に形を与える容器に似ている、彼らは孤独な人びとの願望が貌になまなましく化粧する血なのだ。彼が死んだときから彼女は彼をすぐ傍らに感じた、彼を自分自身と同じぐらい身近に感じた。彼の魂が死んだときから、彼は彼女の夢の一つになった、海に漂うあの軟らかな真紅の水母《くらげ》を彼が通り抜けていくように、彼女の愛情は何の抵抗にも遭わずに彼を通り抜けていった。彼女はもはや憎悪を感じなかった。彼が生きているあいだは、彼女はこの憎悪を感じていた。彼が生きているあいだは、彼女にとって彼はほんとうは死んでいたのだった。彼女のなかには彼が死んでしまえばいいという、仄かな蒼ざめた願望があった。もはや果実をむすぶこともなく、もはや自分のために期待する何ものもない秋の日のように静かな願望が。彼女が視線をそっと針のように彼のなかに深くすべらせていき、彼の微笑の顫え、唇の歪み、苦痛の何らかの徴候のなかに、このような秋に贈られる何かが、求めている彼女の愛情に応えて立ち上がりはしないかと探り続ける、狂気をおびて静かな恋の戯れがあった。そのとき彼の髪は森になり、爪は大きな煌《きらめ》く円盤になった、彼の白眼のなかに彼女は濡れて流れる雲、小さな光る池を見た、彼はすべての境界を開いて、完全に無防備に醜く横たわっていた、しかし彼の魂はそれでもまだ最後の塔に閉じこもっているのだった。そしてヴィクトーリアはその塔の上に深く身を屈めた。塔の上に触れ合うばかりに近く身を屈めた、塔のなかの、他人には越えることができないあの最も内奥にあって抵抗するものにまで身を屈めた、それればかりかこの限界のむこうにまで身を屈めようとした。そして、高い塔へ駆け上ってちらとなかを覗くことができた人のように、彼の眼を通して見た、彼女はこの眺めが二度と自分のなかに蘇ることはないだろうと知っていた。その眺めは外から彼女を打った、それは未知の何かのように彼女を打ち、彼女は鏡のように金色《こんじき》にかがやいた、金色ではあったがやはり鏡にすぎず、その鏡のなかでは彼の魂が塔の上からじっとわが身を見おろしているのだった。それというのも生きている人間たちがもつ魂とは、彼らをけっして愛することができなくさせるもの、あらゆる愛においてかならず一片の残余を留保するもの、あらゆる愛においてただ自分だけを見つめているものだからである、彼らはけっして自分を他人に贈ることができない、彼らは常に彼ら自身にとどまり、両手を拘束され眼を閉ざして身を委ねるのである、それにもかかわらず彼らが他人を愛するのは、ただ、彼らの孤独がひそかにその他人の背後で血を流しているからである。

しかし今や、千の優しく慎重な襞をなし、このようにある名状しがたい幸福が保護しつつヴィクトーリアをつつんだ、「あなたは亡《ド》くなったのね」と彼女の愛が夢想した、彼女は初めて彼をあなた《ドゥ》と呼び、部屋中の明りはあたたかく彼女の夢想に反映した。彼女は蠟燭の炎のあいだに、青い水晶の家のなかにいるかのように坐り、その家のなかで彼女の生の時々刻々を喚び戻し喚び寄せる小さなガラスの時計のような、自分の心臓の鼓動に耳をすました。彼女は紡錘竿《つむざお》を手にして坐り、糸を紡いで思いのままに変幻する形象をかたちづくったが、それというのも今や彼は魂をもたないからだった。彼女の愛は、優しい微睡《まどろみ》のなかで喉を鳴らす猫のように、大きく柔らかに彼を覆っていた。潺湲《せんかん》と流れる水のように刻《とき》が過ぎ……彼女は時間の感覚を失った。

やがてわれに還ったとき、初めて彼女は悲しみを感じた。周囲は冷たかった、蠟燭は燃えつきて、最後の一本だけがまだ光を放っていた、これまではいつでも彼が坐った場所が、今は部屋に穿《うが》たれた穴になり、彼女のあらゆる思考もその穴を埋めることはできなかった。不意に、最後に立ち去っていく人がそっとドアを閉めるように、音もなくこの最後の明りも消えた、ヴィクトーリアは暗闇のなかにじっと坐っていた。

恭しく動きまわる物音が家のなかを通っていった、階段がおずおずと撓《たわ》んで歩いていく人の圧力をふりはらった。どこかで鼠が齧《かじ》り、時計が鳴った。こんなふうにして彼らはわたしに、いわば万人を取り出す大きな袋から掬《すく》って、わたしの生の刻々を割り当てるのだ、とヴィクトーリアは感じた、そして彼女は周囲に張りめぐらされた未知の現在のなかでまたしても不安になった。しかし針のようにほそい支柱に似た何かが彼女をささえ、彼女をこの現在のなかに差し入れて動かさなかった。夜のなかで聞こえるほどに、物の解きがたく織り合わされた声が話していた、彼女のなかで、捉えがたく消えていく遠くかすかな旋律をもってそれに応えているのは、何であったろう？　悲しみにもかかわらず、彼女の肉体を穿って薄いカプセルさながらに優しく儚《はかな》げにしてしまう、このえもいわれぬ腐蝕性の至福は、何であったろう？　彼女は服を脱いでしまいたい誘惑に駆られた。ただ自分自身のために、ただ、自分の近くにいる、暗い部屋のなかで自分自身だけといっしょにいる、という感情のために。衣装がかすかな衣擦れの音とともに床にすべり落ちていくのが、彼女を昂奮させた、それは、誰かを探すように闇のなかへ数歩歩み出て、逡巡し、それから駆け戻って自分の肉体にしがみつく愛情だった、そしてヴィクトーリアがためらいがちに快楽を感じながら、緩慢に、再び衣装をつけ始めたとき、暗い洞窟の水溜りのようにまだなまあたたかく彼女の体温が澱んでいる襞とふくらみをもって、暗闇のなかで、彼女の身体のまわりを這いのぼってくるこれらの下着類は、そのなかに彼女が蹲《うずくま》る隠れ場のようだった、そして彼女の肉体がそこかしこでそっとその被服に触れると、人目をしのぶ灯が鎧戸を閉ざした家のなかを落ち着きなく動いていくように、ある官能が彼女の肉体をつらぬいて顫動した。

あれはこの部屋でのことだった、ヴィクトーリアは、出来事というものがしばしば奇妙に互いに似ているのを感じた。彼女の眼は壁に鏡のかかっている場所を探したが、彼女の像は見えなかった、彼女には何も見えなかった……あるいは闇のなかで不明瞭に動くある白いものを見たかもしれない、あるいはそれもまた錯覚だったかもしれない。暗闇がどろっとした液体のように家を満たしていた、彼女はそのなかのどこにもいないかのようだった、彼女は歩き始めた、あるのはただ闇ばかりで、どこにも彼女はいなかった、それでも彼女は自分以外のものを感じなかった、そして彼女が行くところには、しばしば沈黙のなかで言われずに終わった言葉のように、何かがあり、かつ、なかった。彼女はいつか病気で寝ていたときに、この部屋で天使たちを見たことがあった、天使たちは彼女のベッドのまわりに立ち、その不動の翼からは鋭く高い響が起こって事物を切断した。事物は廃石のように砕け落ち、全世界が鋭い貝殻状の砕片とともに横たわって、ただ彼女だけが凝集した、熱に蝕まれ、枯れた薔薇の葉のように薄く削られた彼女は、自分が透明になったような気がした、自分の肉体が、まるで片手につつんで握っているかのようにすっかり小さくなって、同時にあらゆる部位に触れられるような気がした。この肉体はもはや他人のためにあるとは思えなかった、ただ内から外を覗くことができる燃える格子戸のように、天使たちの翼の響がこの肉体の前にたちこめていた。

彼女が自分自身に感じた官能のなかにはこのときの病気のいくぶんかがあった、彼女はそっと身体を縮めながら事物を避け、遠くにあってもう事物を感知した、彼女のなかにはあのかすかな消散と崩壊があって、その消散と崩壊の前ではすべては固く遠く、そのうしろでは、静かに垂れる朽ちた絹の緞帳の奥のように、すべては柔らかだった。雪明りで家のなかは次第にほのかな明るさをおびてきた。彼女は上の階の窓際に立っていた、朝になり人びとは市場へでかけていった。ときおり言葉が彼女のところへのぼってくると、彼女は、その言葉を避けようとするかのように、部屋の薄暗がりのほうへ身体を反らせた。彼女はこの動作が、何年も前に長持ちに入れたものをまた両手の指のあいだから滑らせるのに似ていると思った。彼女はまだ小娘のころにもここにこうして立っていたことがあった、そして、下の街路を見おろしているあいだ、彼女のまわりには防壁がめぐらされて、ほかの人間の視線が近づき過ぎると、ほそいガラスの針が折れるかのような、小さな鋭い音を立てた。その後も、いつか夜に髪を幻想的な形に結い上げて、十本の指に――彼女はこの指が他人の手に触れると香水入りの水で洗ったかのように思われた――メールヒェンふうの恋人たち、実はみな彼女自身にほかならない恋人たちの名をつけたとき、ここに立ったことがあった。自分以外の誰も愛せないとき、そして彼女の愛情が、黒い傷ついた蝸牛《かたつむり》のように、そっと身体を蠢《うごめ》かしながら第二の蝸牛を探し求め、その軟体に粘りついて体液を流しながら死んでいこうとする蝸牛のように、無防備に柔らかいためにほかの人びとが恐くなるとき、彼女はいつでもここに立った。

何かがそっとヴィクトーリアを取り囲んだ、それは回帰する日々に対する漠然とした子宮の疼きのように、彼女に潜む、目標なく静かな一つの憧憬だった、これほど自分を愛するということは、他人の前であらゆることができるということではないだろうか、という奇妙な考えが浮かんだ……そして緩慢に、醜く厳しい顔のように、わたしが彼を殺したのだという記憶が現れてきた。しかし彼女はその考えに驚かなかった、彼女はただ悲しんだだけだった、そして彼女はそういう自分を見ていた、それはあたかも巨大な虫のように絡み合った内臓がいっぱいに詰まっている内側から自分を見ているかのようだった。しかも同時に彼女はその内側から見ている自分をも見ているのだった、彼女は自分に嫌悪を感じた、しかし物体が落下しながら地上の最後の層でまた憂わしげに漂うように、この嫌悪にはなお愛と切り離すことのできない何かが含まれていた。救いをもたらす疲労が彼女をつつみ、彼女は頽《くずお》れて、ひんやりとした毛皮にくるまれるように、彼女がしたことのなかへ、悲哀と愛情を抱きつつ、静かにおのれとともにあること、穏やかに光を放つことへ沈んでいった……ちょうど人が苦痛においてすらそのいくぶんかを愛し、悲しみのなかで微笑《ほほえ》むように。

そしてそれから、二人のあいだのこの最後の限界も解放されたかのようであった。ある淫らな柔らかさ、ある法外な接近が感じられた。肉体の、というより魂の接近、あたかも彼女が彼の眼のなかから自分自身を見おろしていて、二人が触れ合うごとに、彼が感じられるばかりではなく、ある名状しがたい方法で彼女についての彼の感情もまた感じられるかのようだった、神秘な精神的合一、と彼女は思った。あの人はわたしの守護天使なのだ、と彼女は考えた、あの人はやってきてわたしがあの人に気づくと立ち去った、でもこれからはいつでもわたしといっしょにいるのだ、わたしが服を脱ぐときには、あの人は傍らからそれを眺めているだろう、わたしが歩くときには、あの人を下着の下に入れていこう、あの人の視線は絶え間ないかすかな疲労のように優しいだろう。彼女はそう考えたのではなかった、そう感じたのだった、彼女のなかには淡い灰色に張り拡げられた何かがあって、思考が動くと、冬空を背景にした黒い形象のように、思考は明るく縁どられた。彼女のなかで起こったのは、単にそのような縁どりだった。名状しがたい愛情の縁どり。それはかすかな強調であり……より強烈になりながら、しかもそこにいないこと……無でありしかもすべてだった。

彼女はひっそりと坐って想いに耽った。一つの世界、道から離れたもの、ある別の世界、あるいは単に一つの悲哀があるのだ……健康な人間たちの言葉が響なく無意味に床に落ちてしまう、熱にうかされた幻覚の壁のように、健康な人間たちは身振りが重すぎて踏むことができない絨毯のように、極度に薄い、響を発する、一つの世界があるのだ、その世界を通って彼女は彼に近づいていった、そして、そのなかで、彼女がするすべてには静寂が付き従い、彼女が考えるすべては入り組んだ廊下の囁き声のように果てしなく反響していった。

――

やがて冷たく明け渡って明るくなりきったとき、手紙が来た。玄関を叩く音がして、岩塊が薄氷を砕くように静けさを引き裂き、開けた扉から風と明るさが吹き込んだ。手紙にはこう書いてあった、「あなたはいったい何ものなのです、僕は自殺などしませんでした、あなたは眠っている病人のように美しいのかもしれません。ところが僕はといえば、いわばやっと路上に出られた人間なのです。僕はこうして外へ出て、もう二度と戻ることはできません。今食べているパンとバター、浜にひきあげられた、僕を沖へ運んでいくはずだった焦茶色のボート、まわりの騒々しく生き生きとしたすべてが、僕を捉えて放さないのです。僕は杭のように摑まれ、行手を遮《さえぎ》られ、またしても根を張ってしまいましたから、別なふうにはできないのです……」

手紙にはまだほかのことも書いてあったが、彼女の眼に映っているのは、あなたはいったい何ものなのです、僕はやっと路上に出ました！　という字句だけだった。それは何か嘲笑的なものを、ほとんど仄めかしてはいなかったが、しかしこのひたすらにわが身大事な、自分自身に向かっての跳躍を含んでいた。それは何でもなかった、完全に何でもなかった、ただ、明け方に温度が下がり、夜が明けたので、人びとが声高に話し出すのに似ているにすぎなかった。すべては、今熱狂から醒めてしらじらと傍観しているこんな男のためだったのだ。——この瞬間から、ながいあいだ、ヴィクトーリアは何も考えなかったし、何も感じなかった、ただ、巨大な、どのような波によっても破られない静寂が、黙然と夜明けの光を映している池のように、蒼ざめて生気なく、彼女のまわりにかがやいているばかりだった。

それから彼女が目覚めて再び考え始めたとき、それは彼女が動くのを妨げる重いマントの下で行われるかのようだった、そしてどうしても振り払えない毛布の下で無意味になった両手のように、彼女の思考は混乱した。彼女にはもう現実に通じる道が見つからなかった。彼が自殺しなかったということは、彼が生きているという事実を意味するのではなく、今ここにある彼女の生のなかで起こりつつある何か、ある緘黙《かんもく》、再び沈んでいくことを意味した。彼女のなかで何かが口を閉じて、再びあのざわめく多声のなかへ、実はほとんどそこから、抜け出たのではなかったあの多声のなかへ沈んでいった。彼女は不意にまたこの多声をあらゆる方向から聞いた。それはいつか彼女が歩いて、それから這っていった廊下のようで、やがてあの拡がりが現れ、そのときと同じように身体を起こし、立ち上がった、そして今それはまた閉ざされた。静寂にもかかわらず彼女は人びとが自分を取り囲んで絶えず低い声で話し合っているような気がした。彼らが言っていることは理解できなかった。彼女の五官は極度に薄い膜状に張り拡げられ、それをこれらの声が縺《もつ》れた藪《やぶ》の枝のようにかさかさと打った。見知らぬ顔がつぎつぎに浮かび上がった。見知らぬ顔ばかりだった、伯母、女友達たち、知り合いたち、彼女はそれをよく知っていたが、しかしやはり見知らぬ顔なのだった。彼女は厳しく取り扱われるのを恐れる人のように、急にこれらの顔が恐くなった。彼を思い出そうとつとめたが、もう彼の顔を思い浮かべることができなかった、彼の顔はほかのいくつもの顔と混ざり合ってしまったのだった、彼女はふとあの人はわたしを捨てて遠くへ、ひどく遠くへ、群集に紛れ込んで行ってしまったのだと思った、するとどこかから彼の眼が策略ありげにこっそりと彼女を窺っているに違いないという気がした。彼女はすっかり縮んでその眼に身構えながら、自分を閉ざしたいと願った、前に自分を感じたときのあの仄かな明瞭さがもう一度ほしかった。しかし彼女はもう自分すらわからなかった、そして次第に自分が現実的な何かであるという感情を失っていった、もはや自分とほかの人びととが識別できなかった、これらの顔がほとんど区別できなかった、顔がつぎつぎに浮んできて混ざり合った、これらの顔は梳かない髪のように厭わしかった、それにもかかわらず彼女はそのなかに巻き込まれて、自分にはわからないそれらの顔に応えていた、彼女はただ何かをしなければならないという欲求だけを感じていた、彼女のなかには幾千の小動物が皮膚の下から這い出そうとしているかのような不安があった、絶えず新しい顔が浮かび、古い顔が浮かんだ、家中がこの不安に満ちていた。彼女は跳び上がって数歩進んだ。そして突然すべてが沈黙した。彼女は叫んだが答えるものはなかった、もう一度叫んだが、ほとんど声にならない声だった、彼女はもとめるようにあたりを見回した、すべてがそれぞれの場所に静止していた。すべてはある大きな秩序のなかにあるかのようにきわめて単純に従順に立っていた、しかし個別に見るとそれは恐ろしくがっしりと組み立てられていた。すべては歯のない老人の口のように閉ざされ年老いていたが、ひそかに生き生きとしていた。それはあたかも、この部屋に出入りするのは、戸棚や羽目板に隠れているいつでも同じ人間たちであるかのようだった、彼らは出てきては引っ込んで行く……幾度となく繰り返して……この家の人を眠らせる息吹に乗って、巨大な緩慢な凝固した法則性に従うかのように、現れては隠れて。

彼女はデメーターの部屋の前に立っていた、階段の上の窓から家のなかに太い光の梁《はり》が射し込み、そのなかに塵や小さな生きものたちが舞っていた、それらは彼女の上に積もり、彼女を覆って、呼吸とともに彼女のなかに吸い込まれていった。この空気がけだるげに家中を流れていた、ヴィクトーリアはこの空気が人から人へと流れていき、一人が別の一人を満たすことを考えた。吐き気が襲ってきた、自分を閉ざしてしまいたかった、呼吸したくなかった、二度と再び呼吸したくなかった、いっそ死にたい思いがした。しかし、緩慢にではあったが、彼女の胸は再び大きく波打ち始めた、彼女の生は、彼女にかかわりなく、この未知の圧倒的な法則性に捉えられたかのように、その営みを維持していたのだった。すると不意に彼女は壁に隠れているすべての人が恐くなった。彼らは臆病な小鳥たちが巨大な動物の毛のなかに潜むように、この家に潜んで、闇のなかに揺れながら、彼女を見つめていた、そして彼らの思考は、ひそかに、このような小鳥に寄生する虱のように、家中に這っていき、おのれと愛と友情とで、ある柔らかな粘着する生によってのように、この家を満たした、この生は音もなく、抗いがたい環をなして、次第にきつくヴィクトーリアに巻きつき、沈黙のうちに増大して、無音のまま彼女を包み込み、緩慢に彼女の上に動いていって……熱い恐ろしい肉体のように……静止したまま彼女を圧し潰した。

そのとき、この生がついに悲鳴をあげて四散し、その充実を注ぎ、欲情に滾《たぎ》って襲いかかってくるようにと、歯でこの生に嚙みつきたい欲望が彼女をつらぬいた。それは、彼女が忌まわしく絡み合ってけだるげに犇《ひしめ》いている人体の渦のなかに肉体を呑み込まれ、気味悪く彼女の肉体の上を這っていくのが他人の肉体なのか、それとも彼女の肉体が情欲に混乱して痙攣しながらわれとわが身を挑発しているのかもはやわからないような、眩暈《めまい》の感覚、最終的な自己放棄であり、彼女のなかの腐食的に劇《はげ》しい淫らさだった、それは彼女を捉え、髪を摑んでぐいと引き上げた、彼女は水を飲む獣のように深く息を吸った、この空気のなかに潜り込み、口を大きく開けたままこの空気のなかを駆け抜けたかった、汚れた下着を唇におしあて指を汚物で濡らしたかった。道では木々がざわめき、それに合わせて山々が遠くで鈍く大地を踏むのが聞こえるかのようだった、小さな体毛がひらひらと風に翻り、皮膚に害虫が発生して蟻走感が渦巻いた、そして至福に酔った鈍い声が、彼女を人と動物の群に包んでわがものにした荒い大きな息とともに、内面に向かって叫んだ。

部屋のドアを開けたデメーターの眼に、彼の襯衣《シャツ》を歯に銜《くわ》えてベッドに横たわっているヴィクトーリアが映った。デメーターが近づいて来るのを見ると、彼女はとびおきて、彼を横に突きとばした、彼は階段の上でヴィクトーリアをつかまえた。二人は向かい合って立っていた。ヴィクトーリアはほそい乗馬ズボンをはいたデメーターの短い不恰好な太腿を見た、口髭の下の唇が小さな血塗れの傷口のように見えた、彼の顔は闇のなかで何か猛り立つもののように眼の前にあった、ヴィクトーリアは、自分が動物になったかのように、その顔に奇妙な恐れを抱いた。またしても彼女のなかの何かが混乱した。彼女は吐き気を感じると思ったが、しかしそれは暴力でもあるのに違いなかった、彼は埃と汗と、そしてとりわけ男の匂いがした。彼はヴィクトーリアの手をとったが、ヴィクトーリアはその手が引かれるのを拒んだ、両腕が再びだらりと下がったが、彼女は逃げ出さなかった。彼女のなかの何かが彼に屈服した、あたかもついに、今……、茨の生垣で鳥が鳴き、翼が搏《う》ち合い、やがて静まり、物音が重なり合う翼のように和やかになり……二人はいますぐそばに並んで立っていた、彼女の胸が激しく大きく波打った、彼が足で彼女の足を探り、二人の腕が触れ合った、彼は接吻しようとして彼女の顔を下にひきよせた、すると彼女のなかの何かがすすんでこの動きを続けるかのように、彼女は緩慢に床へ頽れていった。彼女は階段の上に坐り、彼はその横に蹲っていた、そしてそれからあのことが起こった。服を着たまま、微笑を浮かべ、その微笑を顔につけられた切傷のように感じながら、彼女はデメーターに身を任せた、褪せた光を映している窓を背景にして彼の口髭の尖った両端が何か巨大なもののように見えた。彼女は何も考えなかった。ただ、不意にどこかでドアが開く音がしたとき、彼女は思わず両足を押し合わせ、突っ張って彼を突き離そうとした、しかしこの瞬間、彼の眼の何かに気づいた、かすかな呻きが彼の口から洩れた、そして彼が次第に重く優しくのしかかってきた。自分の部屋に戻ると、彼女は虚脱して晩まで眠った。眼が覚めたとき、この体験はまだドアの前に蹲っていた。夜もそのまま眠って過ごした、が、その翌日は、彼女には、耐えがたい一様な明るさを湛えた、真白に張り拡げられた布の下の何かのように思われた。デメーターのことを思い出すたびに、彼女は何か厭わしいものが自分の上を這って行ったような気がした、そしてそれにもかかわらず彼女は絶えず自分を昂奮させる彼の眼を見ていた。どうすればいいのか、彼女にはわからなかった、彼女はただ、何も考えなくてもすむように、部屋に閉じ籠っていることだけを願った。そのとき、ハートの刺繍を飾りにつけた小さなスリッパを履いて、足音を忍ばせてドアの前に来たデメーターがノックした……彼はヴィクトーリアのベッドの縁に腰をおろした、そしてちょうど彼女が彼から顔をそむけて壁のほうに向きを変えたとき、下の通りから明るいテノールの声が家のなかに響いた……「デメーター、デメーター、オッチャン《バクシ》よう、どこにいるんだよう?」するとデメーターが腹立たしげに言った、「ばっかやろう、すぐいくどう。玄関を閉めておこうぜ、ねえちゃん、さもねえとあの野郎、礼儀知らずだから、おれを探しに入って来かねえからな。」

ムージル——人と作品

【上】 ウィーンのカーニヴァルの仮装舞踏会で。左からローベルト・ムージル、エア・フォン・アレシュ、マルタ、フランツ・ブライ（ひざまずいている）。エアの多彩な男性遍歴には、アルテンベルクやH・J・スキーネ（ピアニスト）らが顔を揃える。ムージルの親友ヨハネス・フォン・アレシュと1916年に結婚したが、19年にヘルマン・ブロッホと同棲し、この関係は27年まで続いた。悲喜劇『フィンツェンツとお偉方の女友達』のアルファのモデルの１人。

エッセイストとしてのムージル

岡田素之

エッセイとは何か、という問いに答えることはなかなか厄介である。手もとの小さな字引に当たってみると、「自由な形式で、気楽に自分の意見などを述べた散文」のことだと記されている。たしかに今日の日本語では、エッセイはそんな風に使われているらしく、そうした気楽な散文の書き手がエッセイストと呼ばれているらしい。自由で気楽、しかも自分の意見を述べる、そういう軽やかで巧みな文章の書き手が今や巷にあふれている。

むろん、そのようなエッセイの定義が間違っていると言い張るつもりはない。たとえば、エッセイという文学形式の元祖に当たる一六世紀フランスの文人、ミシェル・ド・モンテーニュの『エセー』をひも解くと、いかにも自由で物に囚われない偉大な教養人の息吹が、その文章の随所から感じとれる。ただし、モンテーニュは「気楽に自分の意見など」を述べて済ましているわけではないだろう。彼が生きた時代は、新旧のキリスト教両派が熾烈な闘争を繰り返し、またスコラ的な哲学伝統もすでに失われた近世初頭の大いなる転換期に当たっている。この混沌とした現実に対して誠実であろうとすれば、憂愁の想いに屈した懐疑家が生まれるのは不思議でない。浮遊する胡乱《うろん》な価値観に疑いの目を向け、進んで自邸の塔に隠棲したモンテーニュは、博大な古典的教養を背景に嘱目の事柄に触れながら自己省察の書を綴り、それにささやかな「試み」（Essais）という表題を冠せたのであった（第一版、一五八〇年）。したがって、モンテーニュに始まるエッセイという文学形式の原型は、もともと切実な危機感に支えられていたのであり、その身を屈した一見のどかな挙措は、一面的な気楽さからはほど遠い。

　このようにして生まれたエッセイなる名称は、ただちにイギリスのフランシス・ベーコン（『エッセイ集』第一版、一五九七年）に受け継がれ、その後のフランス語圏や英語圏ですぐれたエッセイストが輩出する基盤になるが、ドイツ語圏では事情がやや違っていた。たしかにドイツ語圏においてもモンテーニュの『エセー』は、一八世紀半ばに最初の翻訳が上梓されている。しかしエッセイなる名称とその文学ジャンルが市民権を得るまでにはその後一世紀以上の歳月を要した。もっとも、このことはエッセイに該当する文学形式がなかったというのではないけれど、少なくとも一九世紀の後半に至るまで、醇《じゅん》乎《こ》たる「学者と詩人」が尊重されたドイツ語圏では、若干の例外を除き、エッセイは自立した名称として使用されることがなかったのである。この名称がふつうに用いられるようになるのは、グリム兄弟の一人ヴィルヘルムの息子で、評伝作者として知られたヘルマン・グリムが、それまで一般に試論《フェアズーフ》、論説《アウフザッツ》、考察《ベトラハトゥング》、断章《フラグメント》などと呼ばれていた名称に代えて、当時ドイツ語圏でも読者を得始めていたアメリカの著述家ラルフ・ウォルドー・エマスンの著作にならって、一八五九年に出版した自分の論集に「エッセイ集」という表題を与えたのが最初だとされる。

　それでも、エッセイとは何か、ということを形式面から定義しようとすると、誰もが曖昧な答えに終始せざるを得なくなる。再び手近な例として、現代ドイツの代表的な百科事典でエッセイの項目を引いてみると、おおむね以下のような説明が見られる。すなわち、エッセイはある対象を特別なやり方で扱う論文なのだが、それは一方で文体意識と主観的表現のために客観的・学問的論文から区別され、他方では幅広い構成と思考力を要求するためにジャーナリズムの文芸記事からも区別される。また、「試　み《フェアズーフ》」（これは「試論」とも「実験」とも訳せる）という訳語に照らせば、エッセイには断片的、流動的、瞬間的、対話的、あるいは遊戯的な要素がつきものである。それはたいてい対象を客観化する距離を伴わずに、自由で直接的かつ直感的なやり方で、横断的な結びつきを作り出し、また固定した体系の枠組みに囚われた思考を意識的に断念する。このような開かれた思考過程がエッセイを、書簡、日記、対話、論駁文、雑録、アフォリズムその他の文学形式に接近させる……。要するに、エッセイを形式的に定義しようとすると、ああでもあればこうでもある、あるいはその逆という類の、玉虫色の答えが返ってくるのがふつうである。たしかに今日のエッセイは論文に似たものが一般的だが、あらかじめ指摘しておけば、エッセイには、元来、特定の形式はないと考えたほうがよさそうである。

　翻ってエッセイの核心にあるものを問えば、それは広義の批評精神だと言えよう。批評はむろん古代から存在するが、今日通用している芸術批評はきわめて近代的な産物である。たとえば古典美学のような外的規範に依拠した趣味の判定者とか芸術の判定者と異なり、近代の、とりわけ社会的・精神的構造の全体的解体現象と平行して生まれたロマン派以降は、そのような規範の喪失ないし変質のために、ギリシア語起源の批評家《クリーティカー》は、まさに危機《クリーティシュ》的な岐路に立ってみずから判断決定（krínein）せざるを得ない。批評とは正邪の判定にとどまらず、それ自体、近代的自我のわれとわが身を賭した精神的行為である。しかしながら、批評が精神的活動であるかぎり、それにはあらかじめ決められた外的形態が欠如している。ここでムージルの主著『特性のない男』を援用すれば、「精神は混乱させ、解きほぐし、そして新たに関係づける」ものではあるが、「それでも精神が剝き出しの名辞のまま、シーツでも貸してやりたくなる幽霊のように裸で独り立ちすくんでいる場合には——

どうなのだろう？」もちろん、剝き出しの純粋精神がそのままで現前化することは、まず覚束ないだろう。そこで「精神は、何らかのものと結びついて、この世で最も普及するものになる」のであり、「この精神はそれが登場するときの偶然の姿と実にしっかり結びついている！」それならば批評精神もまた、何らかの姿を借り、何らかの衣裳をまとってこの世に現れざるを得ない。ドイツ文学の範囲で言えば、一八世紀のリヒテンベルク、初期ロマン派のF・シュレーゲルやノヴァーリス、さらに降ってニーチェあたりに顕著なアフォリズム形式はおそらく最も規模の小さな散文による衣裳だと言えようが、書簡、日記、対話、論駁文、雑録その他の形式も批評によって愛好されてきた形式であり、今日ではその一般的な衣裳が論文形式だと言えよう。

要するに、エッセイとは批評精神が自分に見合った具体的姿を借りて現前した種々さまざまな形式である。批評とエッセイは根を同じくしており、それは両者が、いずれも近代の歴史過程に伴う、全体観の喪失という危機意識のもとに誕生した事情に裏づけられている。ドイツ語圏では、レッシング以降の、いわゆるゲーテ時代はまさにそのような批評＝エッセイが盛んに花開いた近代への転換期であったし、またニーチェから二〇世紀の後半に至る時期もまた文字通り激動の時代であった。とりわけ二〇世紀の前半は質量ともにすぐれたエッセイストの百花繚乱期に当たる。なかでも傑出したエッセイストをあえて二人だけ名指すとすれば、たとえば書簡、対話、あるいは紀行文の形式を借り、温柔都雅な表現に蒼古な生の奥義を秘めたホフマンスタール、そして論文や断章形式で、喚起的な思考像に横溢した文章を残したW・ベンヤミンの名があげられよう、――たとえ前者が自分のエッセイを素気なく「散文《プローザ》」と呼び、後者が「批評」と呼んでいたにしても。そして、ムージルもまた、小説や戯曲という形式に拘泥した作家であったばかりか、一九一〇年代から三〇年代にかけてジャーナリズムに関与することで、通常の創作家としては比較的多産な、実際のエッセイないし批評の書き手であった。

ちなみに二〇世紀に入ると、それまで学問と創作の両方の立場から爪弾きにされてきたドイツ語圏のエッセイにも文学上の市民権が与えられるとともに、いくつかのすぐれたエッセイ論が書かれ、さらにはアカデミックな学問の対象として扱われるようにまでなる。エッセイストのエッセイ論としては、エッセイを自立文学に高めようとしたルカーチや、エッセイを自分の非同一性の哲学形式とみなしたアドルノの例がよく知られているが、ムージルと比較的近い立場では、科学論的美学者マックス・ベンゼが『エッセイとその散文について』(一九四七年)という文章を書いている。ベンゼにとってエッセイは、何よりも「明るい理性《ラツィオ》」に導かれた批評精神がもたらす実験の場である。

> エッセイはわれわれの精神の批評的本質に根ざしており、実験に対するエッセイの欲求は、その存在のあり方、またその方法に特有の必然性にほかならない。われわれはさらに拡大して、エッセイはわれわれの精神の批評的カテゴリーがおびる形式なのだ、と述べたい。なぜなら、批評する者は必然的に実験しなければならず、彼はある対象が作者の意図とは異なる新たな姿で見えてくるような諸条件をつくらなければならないからだ。そして何よりも今や対象の脆さが確かめられ、吟味されなければならない。まさにこれこそ、ある対象がその批評家によって被るわずかな変容の意味なのである。

しかもこの批評家が定住するのは創造的・美的段階と倫理的段階とのあいだに位置する「境界領域」だという。ベンゼの場合は、既成の芸術作品が批評的実験の対象であるのに対して、エッセイの技法を多用した『特性のない男』の主人公および話者にとっては目下の現実が実験の対象になるという違いはあるが、いずれにせよ、エッセイストが住む場所は、相互に対立し合うものの境界領域、ムージルの用語では、悟性と感情、倫理と美学、学者と作家、知性的愛と詩などがつくり出す中間領域であり、そこで精神が独自の姿を結んだものがエッセイなのである。

ただし、ベンゼと異なり、ムージルは「精神」という言葉は頻用しても、「批評精神」という言葉はごく稀にしか使わない。つまり、批評精神が基本的には近代人の個性的な価値判断の機能に重点を置くのに対して、ムージルのエッセイは、近代批評の個性的な表現とは位相を違えて、対立し合う諸要素が、非個性的なものに重点を置く領域において独特に結びついた精神の二重像を示しているからである。

*

今ムージルのいう精神の領域は「非個性的」なものを重視すると述べたが、これは彼の基本語の一つであり、いわゆる近代的自我とそれを支える世界が早くも曖昧になってしまった境位が、ムージルの出発点であった事情と密接に関係している。仮面を意味するペルソナに由来する「個性的」(persönlich)という近代の識標に代わって、今や仮面を脱いだ非個性的なるもの、言い換えれば、非人格的な、特性のない精神が前景に現れてくる。その場合の精神は、さしあたり感情を排除することのない悟性の働きであるという程度に捉えておけばよいだろう。その働きは、当然、考えるという行為である。思考は、さまざまな外的個性を身にまとうことがあっても、たとえば数学的思考に見られるように、それが活動する主要な舞台は非個性的なるものの領域である。彼の初期のエッセイ「数学的人間」(一九一三年)には、次のような言葉がある。

深さ、大胆さ、そして新しさを要求しながら、思考は今のところ依然として合理的なものや学問的なものだけに向けられている。だが、この悟性があたりを侵食し、そして感情を捉えると、それはたちまち精神になる。この一歩を踏み出すのが詩人の課題である。

この短い引用だけでも、すでにムージルが考える精神の構造とエッセイの概念が、おおよその輪郭を見せている。まず最初にあるのが、悟性としての思考の働きであり、それは目下のところ数学に最も純粋な場を見出しているのだが、それが合理的・学問的領域に援用されることを超えて、感情の領域を捉えることによって精神なるものが生まれる。逆に言えば、ムージルの「精神」（これは「魂」その他の言葉でも言い換えられるが）は悟性と感情が合一したものであり、その精神に姿を与える役割はどうやら詩人の使命であるらしい。この詩人は一般的な意味での詩の創作者であるというより、むしろ裸形の精神に姿を与えるエッセイストに似ている。

ただし、このような機微をもう少し明瞭にするためには、現在の全集版編纂者フリゼーが、一九一四年に書かれたと推定し、また『エッセイについて』と仮題をつけた遺稿断片に当たる必要があるだろう。ここではまず、エッセイという言葉には倫理と美学が結びつくと述べられ、次いでその原義から「試み」（あるいは「実験」）という意味が引き出されたあと、エッセイは「精密な作業がまるでできない領域における到達可能な、極度に厳密なもの」だと規定される。そしてこの領域は二つに分けられ、片方には真理を求める学問があり、他方には既成の道徳観から解放された芸術がある。

この二つの領域のあいだにエッセイはあるのだ。エッセイは学問から形式と方法を手に入れる。芸術からは素材を手に入れる。（中略）エッセイはある秩序を創り出そうと努める。エッセイが生み出すのは人物像ではなく、ある思考の結びつき、つまり論理的な結びつきであり、エッセイが関係する自然科学と同じく、さまざまな事実から出発する。ただし、これらの事実は一般には観察できず、その結びつきもたいがい特異なものにすぎない。全体的解決はなく、ただ一連の部分的な解決があるだけである。それでもエッセイは意見を述べ、探索するのである。

ここでは学問と芸術が対置された領域が問題とされているが、これはすでに触れた悟性と感情が対置される精神の領域と言ってもよく、さらに言えば倫理と美学が対置される領域と呼んでもかまわない。この対立は単に結びつくだけでなく、エッセイにおいては「概念の上昇を表すヘーゲルの三重の図式が支配している」とも別途指摘されているように、両者を超えたものへと止揚される必要があるだろう。しかし、このムージル流の弁証法はヘーゲルと異なり、全体的なダイナミズムをはらむ総合へと展開されるものではなく、せいぜい束の間の「部分的な解決」があるだけである。この遺稿断片ではさまざまな概念が無前提に用いられ、全体として錯雑とした草稿の印象が否めないが、さらにその要点を引いておけば、「ある道徳圏に帰属する者として、われわれはさまざまな当為・義務・意図を負っているが、これらすべては、われわれがある詩を読み、そして読むにつれて、ごくほのかな感情として捉えられたかと思うと、たちまち消えてしまうようなやり方で少しばかり変容する」、あるいは「ある着想がこのように突然生けるものとなり、その着想によって（サウルがパウロに変容した挿話にいみじくも具現されているが）ある大きな複合感情が、このように稲妻のごとく融解するとき、人びとは不意に自分自身と世界をこれまでとは違った具合に理解するようになる。これが神秘的意味における直感的認識である」と述べられる。要するに、ムージルのエッセイにおいては、ある着想なり思考が感情を捉えるときに不意に訪れ、また須臾《しゅゆ》にして消え去る自己と世界の名状しがたい「変容」が、その課題とされるのである。

このような課題を引き受けるのがエッセイストであるが、それならば、ムージルのいうエッセイストは必ずしも一般に考えられるエッセイの書き手である必要もないだろう。事実、『特性のない男』の主人公ウルリヒは数学的思考の持ち主であり、形骸化した目下の現実を巨大な実験の対象とみなし、その変容を目指して仮説的に生きようと試み、そのような生き方をエッセイに喩えてエッセイズムという言葉を提起する。彼が求めるのは厳密な思考の侵食によって既成の現実が変容した、「二つの世界の境界」の彼方にある「別の状態」であり、それは一面的な文学概念としてのエッセイに必ずしも重なり合うとはかぎらない。ここでは『特性のない男』に深入りするつもりはないが、同書の次の部分は、ムージルのエッセイ観を最も端的に語っていると思われるので、あえてあげておく。

> これまで行われてきたように、エッセイという言葉を試論《フェアズーフ》と訳すことは、この文学的な模範に対するきわめて本質的な示唆を、ごく不正確にしか表していない。なぜならエッセイとは、上手くゆけば高められて真理になることもあるが、同じく誤謬ともみなされかねない信念がおびる暫定的あるいは付随的表現ではないからだ（そのようなものは、学者たちが《彼らの仕事場の屑》として振舞ってくれる論文の類にすぎない）。そうではなくエッセイは、ある人間の内的な生が、ある決定的な思考を介して取る一回的で変更のきかない形姿である。主観と呼ばれるさまざまな着想に見られる無責任さや生半可さほどエッセイと無縁なものはないが、とはいえ、正しいとか間違っている、賢いとか賢くないという言葉も、そのような思考に当てはめられる概念ではない。だがそれでもやはり、これらの思考は、微妙で言い表しがたく思われるのと同じくらい厳格でもある法則に従っているのである。そのようなエッセイストにして内的に浮遊する生の達人たちは、これまで少なからずいたのだが、彼らの名をあげても無意味だろう。彼らの王国は、宗教と知識、実例と学

説、知性的愛《アモル・インテレクトゥアリス》と詩とのあいだにあり、彼らは宗教をもつと同時にもたざる聖者であり、時として彼らは冒険の途上で道に迷った男たちにすぎないこともある。

ポール・ヴァレリーが描いた悟性神話上の怪物テスト氏にも似て、厳密な思考人間であるウルリヒは、ここでは感情ならぬ内的な生が、思考を介して決定的に変容した姿を追い求めて彷徨する。だが、翻って作者ないし話者の側に立てば、このエッセイズムは、表現行為を仲立ちにいかにその変容した姿を捉えるかということでもある。しかし、それは対立し合う諸要素の一回かぎりの合一として捉えられたかと思うと、もう次の瞬間には消え去ってしまう。彼はその幻視の形象を求めてたえず試みと実験を続けなければならなくなり、その冒険の途上に不意に結ばれる、だがけっして完結されることのない生成と消滅を繰り返す表現で満足しなければならない。なぜなら一個の現実として完結してしまったものには、水中から引きあげられた水母《くらげ》も同然、もうあの変容の瞬間に秘められた魅惑はとどめられていないからである。『特性のない男』という作品が夥しい遺稿を遺しながら未完に終わった理由はいくつかあげられようが、その一つの理由は、表現の網の目をたえず擦り抜け、名状しがたく浮遊して逃れ去るものを、いかに表現するかという至難な課題を正面から引き受けてしまったからだとも考えられる。他方、ムージルが書き遺したエッセイや批評と称される散文群もまた、多かれ少なかれ同じ課題を抱えている。

＊

ムージルがエッセイの模範を誰から学んだかということは、ある程度推測することができよう。いわゆる精神を形づくる悟性と感情という点では、彼が学位論文の対象としたエルンスト・マッハを含む当時の科学的哲学者・心理学者たちの影響が考えられ、またエッセイストの具体像としては、マーテルリンク、ノヴァーリス、エレン・ケイ、また当然ニーチェなどが想定できるが、なかでも最も典型的なエッセイスト像としては、エッセイという名称をドイツ語に定着させたグリムと同じく、エマスンの存在が大きな意味をもっていたはずである。その第一の理由は、自然を経験科学の側から捉えると同時に、その法則性に関連させたところでの、エマスンの強靭な超越的・宗教的資質の展開にあったように思われる。彼の最も著名なエッセイ『自然論』に記された、「物理学の公理は倫理学の翻訳である」とか、「本当の哲学者と本当の詩人は同じもので、真理にほかならぬ美と、美にほかならぬ真理とが、両者共通の目標である」という言葉など、ムージルのエッセイ観に直接かかわるものであったと言える。

ただし、ムージルは必ずしも自分のことを世間で称されるようなエッセイストとみなしていたわけではなかった。一九二一年の日記に、「わたしは哲学者ではないし、エッセイストですらない。わたしは詩人なのだ」と記しているように、一〇年代の初頭から種々の雑誌・新聞に発表され始めるムージルのエッセイないし批評は、外的要請に多くを負うとともに、彼の作家生活を維持するための糊《こ》口の足しに書かれた側面が多分にある。彼は同時代の政治と文化、哲学と美学、文学・演劇・映画・スポーツ、また親しい作家や自作注解その他、さまざまな方面にわたって書くが、にもかかわらず、彼のエッセイの多くは、たとえ辛辣な、もしくは悠揚迫らぬイロニーに彩られてはいても、読者と戯れながら現実の広闊な関心領域に向かう遊びごころがどこか欠落している。ムージルはどんな対象を扱っても、結局のところ、たった一つの主題しか問題にしていないように見える。すなわち、それはとりもなおさず、彼のエッセイ自体の中心にある、対立し合う諸要素をはらむ精神的なものという主題にほかならない。

先に触れた「数学的人間」、また、通常の学問的領域に適用される理性中心的《ラーツィオイート》な思考と、それとは異なり明敏な理性と豊かな感情とが拮抗しあう理性中心的ではない《ニヒト・ラーツィオイート》思考という、ムージル独自の対立概念が展開される「詩人の認識のためのスケッチ」（一八年）などは、まさにこうした主題を前面に据えたものだが、二〇年代以降の時代批判的色彩の強いエッセイ、たとえばシュペングラーの西欧没落説を批判した「精神と経験」（二一年）、第一次世界大戦後の精神的境位を扱った「寄る辺なきヨーロッパ、あるいはわき道に逸れ続ける旅」（二二年）、同時代の演劇批判である「症候群――演劇Ⅰ・Ⅱ」（二二／二三年）、映画論をだしにしておのれの美学を語った「新しい美学への端緒」（二五年）、そしてのちに多少詳しく触れるつもりである「文士と文学」（三一年）、さらには独立した小冊子として生前最後に出版された講演『愚かさについて』（三七年）など、これらかなり規模の大きなエッセイだけにかぎっても、対象はさまざま変わるが、そこで述べられているのは、要するに、彼の考える精神なり魂がどのような具体像を結び得るかという課題におおむねかかわっている。ただし、ムージルがそのような課題をエッセイで果たそうという潜在的欲求があったにしても、実際に理想的実現がかなった例はさほど多いとは言えず、その方法論的な志は高くとも、一般的な規範に照らせば、しばしば構成が気随にすぎるという研究者の意見もある（D・バッハマン）。

だが、すでに触れたようにエッセイストとしてのムージルは同時代の創作家としては比較的多産な部類に属し、彼自身もまた、これらのエッセイをまとめて出版する計画を幾度か抱いたことがあった。そうした計画は、ときおり彼の日記に表題案とともに記されている。たとえば一九一八年ごろには、父方の祖父の出身地にちなんで、「エッセイ集を『リフタジョフ論文集』と名づける」という記述が現れる。また、二〇年代の前半には、「わたしのエッセイ集の出版」、「表題は『回り道』」、それに加えて出版そのものにはあまり乗り気でない旨が記されている。二九年の日記には、「デュンケルスハウゼン・エッセイ集」あるいは「読むことと書くことを学べ」という表題が書かれるが、前者の「デュンケルスハウゼン」なる名称は、当時のプロイセン・アカデミー文芸部を皮肉った「自惚れ屋の巣窟」というほどの意味である。三〇年から三一年にかけては、「エッセイ集——二つの主要グループ」として、第一に「『特性のない男』の補遺」を、第二に「文芸の基礎のために」をあげ、「これに従って素材を分け、仕事を分類整理すること！」と書き加える。三三年ごろにも、「わたしのエッセイ集出版のために考えられる表題『現代から遠く離れて』」という言葉が、依然として散見される。

これらの記述から推測できることは、ムージルが何度か自分のエッセイ集を出版する可能性を考え、これにかなりこだわり続けている点である。そして二〇年代の初めには実際に出版を求める要請があったようで、そのために当てられたものと思われる二種類の日記ノートが遺されている。そこには序文とおぼしき草稿とその他の断片的記載が見られるが、一方の日記（ノート25）には「別の人間を見出す試み」、他方の日記（ノート26）には「エッセイ集」という表題が付けられ、どちらの場合にも、自分のエッセイをまとめて上梓する理由がいささか弁解がましい口調で述べられている。「別の人間を見出す試み」が、エッセイ集自体の表題として考えられたものか、それとも『特性のない男』の初期草稿に何らかのかたちで関係するものか、という点は判然としない。ただ、後者のノートでは、「表題——別の人間を見出す試み、もしくは徴候としてのドイツ人」とあり、ここに記された「徴候としてのドイツ人」は、一九二三年に独立したエッセイとして草稿が書かれており、断片ながら、かなりまとまったかたちで今日読むことができる。しかしいずれにせよ、ここで注目に値するのは、エッセイ集の編纂に当たって、その序文で語るムージルの、実に歯切れの悪い口調である。二、三ある異稿のうち、その一例を次に掲げる。

この著書に見られる「わたし」は、著者でも、著者によって虚構された人物でもなく、両者が入り混じったものを意味するだろう（わたしはこれまで何度も自分のエッセイをまとめて一冊の本にするように勧められたが、しかし一度もそうはしなかった。というのは、それらは何らかの機会と状況に刺戟されてやった仕事だからだ。だから、それらの少なくとも半分は外的な要因によって決定されていて、わたしが決定したのはせいぜい半分だけである)。／言い換えれば、わたしには、もしかすると単に才能がないだけかもしれないが、真実を語る超個性的な、もしくは没個性的な意図はないし、といって自分の個性的信念を申し上げるつもりもない。というのも、わたしには自分が一個の性格でなければならないような小説の作中人物に自分を仕立て上げる意図などないからだ。なぜなら、わたしは何者でもありたくないからだ。そうではなく、悪党が自分の金でよりも他人の金を使ってはるかに大胆に相場をはるのと同じく、わたしもまた、どんな場合にも自分に責任が取れるような限界を超えて、自分の思考に没頭したいのである。これをわたしはエッセイと呼び、試論と呼ぶのである。

この文章が多分に屈折した印象を与えるのは、これが二つの異なった観点から書かれているからで、それはまたエッセイストとしてのムージルの分裂した姿勢にもとづいている。まず第一に、カッコ内で述べられている弁解めいた内容であるが、これはすでに触れたように、ムージルのエッセイと批評が、自発的であるよりも、むしろその都度ごとの要請に従って書かれた場合が多かった事実を語っており、つまり、完成したエッセイとみなすにはいまだ充分に推敲され、仕上げられていない、端的に言えば、生活の方便として書かれた未熟な産物だということになる。

第二に「わたし」という主語の性格をめぐる見解は、ムージルのエッセイの多くで、もっぱら「わたし」という一人称が使用されている点と関係している。ただ、この「わたし」は、筆者自身でも筆者によって虚構された人物でもなく、また一面的な意味での真理にかかわる超個性的・没個性的な主語でもなければ、自分の信念を語るに足る個性的な主語でもない。言い換えれば、客観性を保証する「わたし」でもなければ主観性を保証する「わたし」でもなくて、主体と客体の区別という通常の限界を超えて投機する思考に導かれ、いわば両者を超えた未聞の統合を目指す反省媒体《メーディウム》としてとどまる「わたし」である。この「わたし」は、思考が危険をかえりみず挑戦する、あの理性中心的ではない《ニヒト・ラーツィオイート》領域である精神の場にほかならない。そしてそこに結ばれる形姿がエッセイなのだと、ムージルは述べる。

いずれにしても、自分のエッセイをめぐる否定と肯定、この二つの綯《な》い交ぜになった評価が出版を躊躇させており、結局のところ、彼の編纂になるエッセイ集は日の目を見ることがなかった。

*

ムージルはしかし、エッセイの独特な概念を求めるために、同時代の文芸界から隔絶して、ひたすら孤独な夢を紡いでいたわけでもなかった。彼はごく手近なところに、フランツ・ブライという、いわば自分の鏡像ともいうべき具体的なエッセイスト像を眺めていた。ブライは一八七一年にウィーンに生まれ、ムージルよりほぼ一〇歳年長であるが、彼を形容するのにどう呼べばよいのかさしあたり当惑を禁じ得ない。ブライは多くの個人文芸誌を発行し、小説も、戯曲も、エッセイも、批評も、ポルノグラフィーの類も書き、ルキアノスからジッドに至る数々の翻訳を行い、その変幻自在な活躍ぶりがたえず毀誉褒貶にさらされた、要するに文芸界の珍獣であった。この珍獣を最も有名にしたのが、一九二四年に出版された、彼の『現代文学動物大百科』なる風刺書であり、その自己風刺に従えば、ブライは文芸界を巧みに泳ぎまわり、どんな獲物も貪り食ってはその色に染まっている淡水魚なのだが、この文芸界の「特性のない男」を、ムージルはかなり長期間にわたり、エッセイストの典型とみなしていた。

ムージルが彼と直接交渉をもつようになったのは、処女作『生徒テルレスの混乱』（一九〇六年）が出版され、ブライがこれを逸早く評価して以来のことだろう。ブライは、批評家アルフレート・ケルと並んで、作家ムージルを発見し、世に送り出して擁護した、いわば守護天使に等しい存在であり、ムージルもまた短篇「魅せられた家」（〇八年）をはじめ、何篇かのエッセイを彼の雑誌に寄稿して協力を惜しんでいない。それと同時にムージルのブライに関する言及は後年まで続き、これは単にブライの情誼《ぎ》に報いるというより、むしろブライの独特な在り方に対して彼が抱いていた親近感を語るものがある。ムージルが直接ブライを対象に発表したものとしては、書評「エッセイ集若干」（一三年）、そして二篇のオマージュ「フランツ・ブライ」（一八年）と「フランツ・ブライ——六〇歳」（三一年）があげられるが、そのいずれにおいても、ムージルはまず、ブライを世の誤解から解き放ち、その特異な姿を明らかにしようと努める。「彼はときに応じて、好色文士と言われ、審美家と言われ、合理主義者と言われ、屁理屈好みのカトリック教徒と言われており、彼の精神的細目について語られるいくつもの挿話が、その全体像を見えなくしている」。そしてムージルにとって、この全体像の意味するものこそが重要であった。

それにしてもムージルが独自のエッセイ概念を形成していく過程が、ある程度まで彼のブライ論の展開と平行している点は、注目に値するだろう。一九一三年の「エッセイ集若干」、これはヘルマン・バール、フェリクス・ポッペンベルク、そしてブライの各エッセイ集を扱った書評であるが、そこでは、ムージルの「頭脳と感情を混合する者」であるエッセイストに関する持論が大まかに展開され、その枠組みのなかで、これらの著述家の特質が吟味される。一九一八年の「フランツ・ブライ」では、この多種多様な特性の持ち主で、結果として少しも明確な焦点が定まらない著述家を、ムージルははっきりエッセイストと定義して、こう述べる。

人びとがエッセイストの自立した立場を知らず、もしくは認めようとしない場合、彼の作品はきまって、あまりにも理論的で、あまりにも感情に根ざすところが少ないと思われるか、あるいは逆にあまりにも理論が乏しく、あまりにも感情に纏綿《てんめん》としているとみなされるか、そのいずれかである。(中略)エッセイストの存在は、学者からみれば、学問の産物に比べて屑に等しいもので自分の生活を賄っている、一種のほら吹きであるが、他方、詩人たちからみれば、おおむね、彼らのはるかに輝かしい本質を凡庸な合理性の靄《もや》のなかで屈折させてしまう妥協の輩としか思われない。そのいずれの見方も偏狭であることには変わらない。悟性によって感情を明確に捉え、また悟性を無意味な知の課題から感情の課題に転換すること、これこそがエッセイストの目標であり、人間的な至福というはるかに遠い目標を目指している。そしてブライの活動は、この悟性と感情の統合をたえず実践的に促し、そのために力を尽くしたという点にある。

このように捉えられたエッセイスト像がどれほど実際のブライに当てはまるものか、いささか疑問が残らないでもない。むしろムージルはここで、ブライに託してほとんど自分自身の主題を語っていると言ったほうがふさわしいだろう。ムージルにとって、既成の学者や詩人といった概念が不明確になってしまったのと同様、文学の諸ジャンルそのものがすでにいかがわしい。彼は現代の著述家がそうした従来のジャンル区分を超えて、現前の混乱状態をわが身に引き受けるとともに、そこから新たな秩序を創り出すことが肝要だと考える。そこで、この混沌を意識するとしないにかかわらず引き受けた格好の、まさに混沌そのものにほかならないブライこそが、いわば新しい著述家の典型だと仮想されたのかもしれない。ムージルに言わせれば、「危機的無秩序の時代のなかで、彼は新しい秩序を目指す最も貴重な見解を展開した」者であった。そしてムージルがブライに積極的な意味でのエッセイスト像を見てとったのはこのころが頂点であったように推測される。その後、ムージルは『特性のない男』第一巻の主人公に集約されるエッセイ観を紡ぎ出していく一方で、ブライには尊敬の念を払いながらも、だが直接的なかたちで彼とエッセイストとを同一視することは漸次なくなっていった。一九三一年の「フランツ・ブライ――六〇歳」は、依然としてブライがさらされている誤解を解き、彼の問題提起的な全体像に眼を向けさせようと努める擁護論が基調になってはいるが、ここではかつてのようにエッセイストの理念型を声高に語る類の調子は影をひそめている。

だがそれにもかかわらず、ムージルのブライに対する関心、もしくはブライが具現している文学者像との対決は、これで片がついたというのではない。「フランツ・ブライ――六〇歳」は、その誕生月に合わせて一九三一年一月に出たが、同じ年の九月に、ムージルは「文士と文学――そのための欄外註」と題して、講演を除けば生前最後のエッセイを発表し、ブライ問題についての、いわばムージルなりの決着をつけようと試みたふしがある。ブライの名前は、ここではごく軽く、ほんのついでのように二度ほど触れられているにすぎない。しかし遺された草稿断片から、表題に掲げられた「文士」の直接的なモデルとしてブライが念頭に置かれていることは明らかであり、このエッセイでムージルは、ブライの存在によって提起された独特な文学者像を、現実のモデルを捨象して救い出す、とはすなわち、彼自身の作家像をここで鮮明にしようとするのである。このエッセイを吟味することで、ムージルの詩人としてのエッセイスト像が、また、なぜ彼が自分を「エッセイストですらない」と日記に記したかが、ある程度明らかになるだろう。

*

「文士と文学」はそれぞれ見出しを立てた七章から成り立っているが、最初にムージルは、創作ならびに文芸界に見られる若干の現象について展望を行いたいとさりげなく述べたのち、なぜ昨今使われている「文士」

(Literat) という呼称が芳しいものでないのか、という疑問を提出する。Literatという言葉は、もともとは文学に通じた学識ある者の謂《いい》であったが、一九世紀以降は、筆達者ではあっても創造性のない職業的著述家の意味で使われる場合がほとんどで、カフェにたむろするボヘミアンあたりとほぼ同列に扱われていた事情が、ここにはある。そしてムージルによれば、文士は今日もっぱら、「自分の《人間性全体》を犠牲にして、ただもう文学だけにかかずらわっている男、つまり（詩人がそうだとされるのと違い）生の事実に依拠するのでなく、その報告に依存する二番煎じの人間」の意味で使われているという。さらに文士は、自分が両隣で接する著述家の典型によって、一方からは知的にすぎるとして、他方からは感情的にすぎるとして排斥される運命にある。だとすれば、この文士は、ムージルが考えるエッセイストにほぼ重なり合うことになる。文士は「その知性が自分の感情と戯れるのか、それとも感情が自分の知性と戯れるのか、どちらとも区別しがたいが、その信念はあやふやで、その理論的推論はほとんど信頼できず、その知識は範囲が不明確であり、だがしかし、気楽で、素早い、広範な、時には鋭く切りこむこともある才知と、自分と異なる生と思想の領域に模倣によって同化するのに巧みな、俳優に似た能力と心構えとでもって、そうした数々の欠陥を見事に補ってみせる者」なのである。そこで当然、文士には他人の創造物を食い物にする寄生虫めいた亜流の汚名が着せられることになる。

かくして文士は、自分の存在に対する疚《やま》しさの埋め合わせとして、独創性や体験を過大視したり、事実偏重のルポルタージュ文学に色目を使ったり、あるいは荘重な形式美を渇仰したり、という挙措が時として見受けられるが、ムージルによれば、文士はまずこう了解されるべきだという。「われわれは最初は、そして結局のところ、すべて文士なのである。というのは、本当の意味での文士は、いまだ分業化されずに文学に携わる者のことで、そこから他のすべての姿が後年現れることになる根源の姿なのだから」。人びとは初めから、詩人、劇作家、小説家、批評家といった専門化したかたちで文学にかかわるのではない。彼らはまず広い、根源的な意味での、文学の当事者なのであり、硬直した文学のジャンル区分に囚われない無垢な創造者である。したがって文士を軽蔑するのではなく、とりわけ既成の文学概念が曖昧になり混乱している時代にあっては、文士という存在を、知性と感情の両極を踏まえて、文学のあり得べき姿を探索する者として、むしろ積極的に捉えなおす必要があるだろう。彼は通常の創作家たちよりはるかに醒めた、知的な、文学に対して自覚的な、場合によれば戦略的な存在なのだから……。

「文士と文学」の前半部は、およそこのような論旨で、文士が擁護され、また同時代の文学概念の混乱状態が考察される。この一般に評判の悪い文士像にフランツ・ブライを重ね合わせ、そこにムージルのブライ弁護を読み取ることは容易である。ただ、ここで語られる文士は、何よりもその知的側面が強調されるという点で、はるかにムージル自身にふさわしい。ムージルはここで、同時代の胡乱な特徴が刻印された文士という現象を、その名称のもとの姿にさかのぼって、学者詩人《ポエタ・ドクトゥス》として捉えなおすことにより、彼なりの文学の基礎理論を構築しようと試みる。この場合の詩人はしかし、古いと同時に新しい。「詩人の言葉が《高尚な》意味をもつのは自明の理であろうが、この意味が、通常の昂揚した気分を伴うものではなくて、今や従来の意味と合致するものでもなければ、さりとてそれと無縁なものでもない、独特な新しい意味のもとに甦《よみがえ》るのだということは、少しも自明ではない」。言うまでもなく、こうした新しい言葉とかかわる詩人は、同時に文士でもあれば、またエッセイストでもある。その具体的な理論展開は、後半部の「詩の精神」と「形式の意味」で行われるが、ムージルの考える詩の定義は、当然ながら、悟性と感情を同時にはらむ思考の働きと密接に結びついている。次にあげる箇所は、いくらか引用が長くなるけれども、ムージルのいっそう深められた文学観にかかわる示唆を含んでいる。

詩が表象される経過においては、論理的思考によって決定される上位表象の代わりに情動が現れるとは以前から主張されてきたことであり、統一ある情動的な根本気分が詩の成立にはいつも与ってきたこともまた、確かだと思われる。だが、この気分が言葉の選択に際して何よりも決定的だという意見には、悟性の強い働きが異議を唱えており、この悟性の働きは詩人たちの証言からはっきり感じとれる。それと同様に、論理的に使われる言葉と芸術的に使われる言葉の識別（わたしの記憶違いでなければ、エルンスト・クレッチュマーの一九二二年に出版された『医学的心理学』が行っていたが）は、言葉が意識の十全な明るさのもとに現れるか、それとも、いわば周縁の、クレッチュマーが《辺域》と名づけた、なかば悟性的なかば感情的な領域に定住しているか、そのどちらかによると説明されてきた。だが、このような想定といえども――ちなみにこれは、精神分析の、あまりにも空間的に命名された《下意識》と同じく、単なる比喩にすぎず、というのも意識は状態であり、領域などではなく、それどころか心的なものがおびるほとんど例外的な状態なのだから――、われわれが抱くさまざまな表象の、状態ばかりか対象にもかかわる関連は、《辺域的なもの》と明確に概念的なものとのあいだの全段階に介在するのだ、という洞察によって補完される必要があるだろう。言葉には、その意味が完全に体験に依拠するものがあり、体験することで、われわれはこれらの言葉を知るのであるが、大部分の倫理的・美的な表象もこれらの言葉に数え入れられるのであって、それらの表象内容は、人から人へ、また人生の節目から節目へと変化していくため、その中身の最良の部分を損なわずに概念的に捉えることはまず難しい。わたしはかなり以前に発表したある論文で、この種の思考を理性中心的ではない思考と呼んだことがあるが、それは一方で、この思考を、理性の能力がその内容にふさわしい、理性中心的なものである学問的思考から区別する意図があったためと、他方、それによってエッセイの領域に、ひいては芸術の領域に、思考としての自立性を与えたいと希《ねが》ったためであった。

いくらか注釈めいた贅言を加えておくと、まず、詩人の言語表現は一般に情動的な気分にささえられて生み出されるように思われるにしても、実はそこには独特な悟性の力が働いていて、これは一義的な論理性の領域と異なる、もう一つの「辺域的」とでも呼べる領域と関係し合っているのだと言われる。「辺域」とは精神病理学者クレッチュマーが意識野の周辺領域を表す意味で使った用語であり、精神分析の「無意識」や「下意識」とはやや異なるものの、ムージルは若干の条件をつけたうえで、これを芸術言語が形づくられる領域だと考える。しかも、これは分節化を拒む感情が支配するばかりか、悟性もまた応分の、というより主導的な権限をもち、両者が相互に作用しあう領域である。そこに現れる独自な思考を、ムージルは通常の、理性に偏した学問的思考から区別して、「理性中心的ではない思考」と名づけ、ここに生きた倫理と生きた美学が結びついて新しい秩序を創出する可能性の場、つまりエッセイの、さらには芸術一般が成立可能な精神の場があるのだと主張する。その意味で、ムージルの文学観は、一九一〇年代の「数学的人間」や「詩人の認識のためのスケッチ」から、二〇年代の、悟性＝感情の二項対立を止揚する「超理性主義」が示唆される「精神と経験」、また、病理学・民族学の成果を援用しつつ「別の状態」が論じられる「新しい美学への端緒」などの重要なエッセイを経て、この「文士と文学」に至るまで、その主張は位相を変えて深まりながらも一貫して揺らぐことがない。

このあとの「形式の意味」の章に移ると、この意識の周辺領域で形成される形式の特質に触れられるが、ムージルはそこで、「形式《フォルム》」という一般的な単語の代わりに「形姿《ゲシュタルト》」という単語を使用する。この言葉が、ベルリンでの学生時代から彼が影響を受けてきたゲシュタルト説を背景に用いられていることは明白である。詩、もしくはエッセイは、ゲシュタルト心理学で、周囲の「地」から固有の形姿が、独自のまとまりをもつ「図」として騙し絵のように突然浮き出て見えたり消えたりするのと同様、悟性と感情が結びつく精神の場である地から「一回的で変更のきかない形姿」として、しかも一種の「身体性」を具えたものとして現れる。身体性とは、この場合、理性中心的ではない思考を介して形づくられたゲシュタルトの同義語に等しい。「これは完全には精神化されていない身体的なものであり、そしてまさにそれが人びとの心を揺り動かすものであるように思われる。というのは、感覚と知覚の素朴な体験も、純粋思考の抽象的な体験も、それらはいずれも外部世界と結びつくことで、心的な要素をほとんど排除してしまうからである」。創造行為が、頭脳だけでなく、人間の全身的な関与によって初めて成就されるのだとすれば、それは必然的に精神の現実態である「身体的なもの」として、言い換えれば、裸形の精神が束の間の姿をまとったゲシュタルトとして出現する。ただし、それが外的現実に絡みとられた固定化を厭い、人びとの心を魅惑する「状態」にとどまろうとすれば、一般的な意味での持続は保証しがたい。たとえば、ムージルが一例としてあげる舞踏や演劇の場合にも、その身体的表現は、どれほど決定的であっても一回的であることを生命としている。エッセイにもまた固定した形式があるのではない。エッセイがもたらす独自の秩序は、精神の領域で行われる厳密な思考による生成と消滅、あるいは消滅しつつ生成を繰り返すゲシュタルトであり、それは同時にムージルが考える詩の、ひいては創造行為一般の核心をなすゲシュタルトにほかならないだろう。

*

ところで、この「文士と文学」でムージルは、一般にさげすまれている文士に既成の文学概念から自由になった著述家を垣間見て、そこから一気に自分の文学理論を開陳したことになるが、文士の具体像を提供してくれたブライについては、一見さりげなく触れながらも、しかしある屈折した姿勢を隠していない。彼は詩は霊感によって生まれると主張する古風な文学観に反撥して、不意にブライを引き合いに出す。

フランツ・ブライに、われわれはすでに多くの啓発的かつ批判的意見を負ってきたのだが、彼はその素晴らしい『ある人生の物語』ではこうした文学観に与《くみ》しており、《哲学を同時に生み出すことによって創作をみずから駄目にしてしまう》とまで語っている。もしこの見解が文句なしに正しいと認められるのであれば、精神的に強化可能なものを詩の魂と考えるどのような見方にとっても、たしかに具合が悪いだろう。だが、明らかにそのような《急進的な擬古主義》は、主題からしてかなりあやふやな論争において、人の心をそそる極端な態度をとって少なくとも自分の立場だけははっきり述べておきたい、という欲求から出たものにすぎなかった。

だが、果たして実際にそうなのか。この唐突な言及が含む釈明じみた措辞を取り去ってみれば、かつてムージルがエッセイストの典型にほかならないと称揚したブライは、今では創作に理性をもちこむことに正面切って反対する急進的擬古主義に左袒《たん》する者とみなされている。こうしたムージルの微妙な評価転換の背景として、一九二六年に亡くなった詩人リルケを擁護したムージルと、リルケにご婦人向きの擬古詩人しか認めようとしなかったブライとのあいだに顕在化した意見の食い違いが作用していたのではないか、と指摘する研究者もいる（D・バーノウ）。もっとも、このような推測にどれほど意味があるのか疑わしいが、それでも「文士と文学」は、結果的にみれば、典型的な文士であり同時代の著名なエッセイストであったブライに対するムージルの、情誼を尽くした、だがブライという具体例を念頭に置くことで自分の文学理論を鮮明に表明することをはばからない、一種の別れの歌になったと言えよう。その後のムージルは、講演をのぞけば、エッセイの名に値する文章はもう発表することがなくなり、『特性のない男』第二巻以降の執筆にひたすら没頭していった。

ここで再び前にあげた問題に戻ると、ムージルがかなりの数のエッセイを書き、みずから独自のエッセイ論を展開し、さらに何度かエッセイ集の出版計画を立てながらも、それでも自分がエッセイストの仲間に入れられるのに違和感を覚えたという、あの彼の矛盾した態度は、ブライという対抗例を立てることで、ある程度得心がいくように思われる。自分が通常のエッセイストでなく詩人であるとは、すなわち、ブライのように同時代の文芸界を小器用に泳ぎまわる何でも屋ではないと述べたのに等しい。だが、そのことはムージルが詩人としてのエッセイストであったことと矛盾するわけではあるまい。彼はむしろ、エッセイに対してきわめて過大な詩的要求を抱いていたのであり、ブライの変幻自在な多面性を超える、はるかに求心的な魂の持ち主だったのである。

最初に技術者になり、そして厳密な学問を武器にした哲学者であることの限界を自覚して、そこから創作の世界を訪れることになったムージルにとって、現前の状況を踏まえながら、しかも新しい倫理と美学に支えられた「別の状態」を創り出す可能性、——この可能性を夢見ることのできる創造の場が、一方では明るい理性が支配し、他方では暗い感情が支配する意識の辺域であったのであれば、この薄明の領域に生まれる詩が基本的にエッセイの性格をおびていたとしても何ら不思議はない。その巨大な、そして最も徹底した成果が『特性のない男』であった。ただ、彼が自分の書いた実際のエッセイに忸怩《じくじ》たる想いを禁じ得なかったのは、それが外的な理由によるばかりか、根本において、あの精神的領域を故郷とする身体的な形姿として、それらが充分に結実しなかった、というより束の間に結実しながらも固定化を拒み、ややもすれば部分が全体に優先する独特な運命のもとに書かれたという事情によるだろう。

だがそれにもかかわらず、彼の少なからざるエッセイが、たとえ未聞の可能性を求めて同時代の現実と対決して試みた果敢な知的冒険の途上に遺された、いわば未完の相をおびた散文群であったとしても、読者がそれらに触れることで一瞬閃くものがあり、「自分自身と世界をこれまでとは違った具合に理解する」経験があるならば、そのとき、彼のエッセイの課題はすでに達成されているのである。

付記――引用したムージルの文章は、拙稿全体の表現を統一するため、本書に収載されたものをも含めて筆者が別途訳出した。むろん諸氏の訳文は多分に参考にさせていただいた。記して謝意を表する。

ローベルト・ムージルの生涯と作品

——ひとはみな一生副次的な成功の囚人にとどまるのかもしれない。
ぼくはそれに慣れねばならないのだろう——
（『熱狂家たち』[(1)]より）

早坂七緒

「生涯」を書かれる、ということにムージルは抵抗を感じなかっただろうか？　むしろ物語のように筋の通った「生涯」に対して、ムージルは不信の念を禁じえなかっただろうと思われる。たとえば『特性のない男』の一節に次のような件《くだり》がある。「たいていの人は生涯のなかばに達すると、どのようにして自分が現在の自分になったのかわからなくなっている。（人生の）正午になるともう、私がおまえの人生だと主張する権利をもってなにかがひょっこりあらわれる。……ふしぎなのは、たいていの人間がそれにまったく気づかないことだ。かれらは……その生活がかれらのなかにくいいってしまったその男を養子にする。その男の運命がかれらの功績とも悲運ともなる。蝿取紙が蝿を吸いつけるように、なにかがかれらを吸いつけたのだ[(2)]」。そんな風にムー

（1）　圓子修平訳『ムージル著作集』第八巻（松籟社、一九九六年）二三六頁。
（2）　圓子修平訳『特性のない男』1（新潮社、一九六四年）一三九頁。

ジルは、人の感情と「人生」との乖離を語っている。「ときどきぼくは全生涯を後悔する」と、この小説の主人公は語る。たしかにムージルは、現実の世界にとりこまれて凝固し、本来の自分とは似ても似つかないものになり果てる、人生というふしぎな仕掛けを見すえようとした。言葉を換えて言えば、現実という「超個人的なシステム連関」に翻弄されながら、最後までその「原初の火」とも言うべき核心を譲渡することのできない、われわれの精神のあるもの――それを「魂」と呼ぼう――その正体を見つめようとした。今や巨大化し複雑化した「現実」というシステム連関と、魂という「感情と悟性の複合状態」(1)との関係を、最新の学識に支えられた「厳密性」をもって究明しようとしたムージルにとって、自分の生涯の一次元的な記録などは、何とも扱いかねる粗略なものと感じられたに違いない。

それはけっして、ムージルが優柔不断な、作家になりきれない男だったという意味ではない。ドイツ語の全集で四、〇〇〇頁、CD―ROMで三〇、〇〇〇頁の作品および何度も書き直されて異文《ヴァリアント》化した遺稿は、単なる「プロ作家」のものではない。それではムージルとは、どのような作家なのだろうか？　ムージルの少年時代からの歩みを見れば、それなりの職業を得てまずまずの暮らしを営もうとするような、「現実感覚」に則った行き方とは正反対の、大胆な挑戦の連続である。家庭の事情で一一歳から全寮制の陸軍実科学校に五年在籍し、順調に行けば将校になるはずだったものを、一七歳でエンジニアへと転進し、技師の国家試験にも合格しながら、二二歳で哲学を志し、高校卒業資格《アビトゥーア》を取り直し、ベルリン大学で哲学博士号を取得したにもかかわらず、二八歳で学究の道をも捨てて作家となったムージルには、究極的なものを征服せずにはいられない、挑戦的で逞しい知性がある。「筋金入りの、きわめて厳格な作家である」と自認しているムージルの、斬新でしばしば難解な作品は、ときおり賞賛され（クライスト賞やハウプトマン賞も授与された）、代表作『特性のない男』が絶賛されたこともあったが、そのほとんどの時期は忘れられた不遇の作家だった。工科大学長だった父の資産や、ユダヤ系の銀行家の出だった妻マルタの財産も第一次世界大戦後のインフレで灰燼に帰し、ナチスに追われて亡命した先のジュネーブで篤志家の送金のみに頼って細々と暮らすうちに、ムージルは客死したのである。

そのムージルは晩年の日記に一連の自伝のための考察を残している。直線的な「生涯」の記述には懐疑的だったはずなのに、なぜムージルはそのように自己の生涯を見つめる必要があったのだろうか？　援助金申請に添付する履歴書のため、など諸説あるが筆者は、ムージル自身がどうにも完結しがたくなった長篇『特性のない男』を書き終えるために、「自分は何を書こうとしているのか」、「自分は何を欲していたのか」、「自分は何なのか」を知る必要があって書いたのではないかと考える。人生のそれぞれの転機に際してとった行動に、自分が何者なのかの一端を、あるいは見ることができるかもしれない。ムージルがそう考えたとすれば、その意を踏襲してここにムージルの生涯と作品を紹介するのも無意味ではないだろう。ただしあらかじめ断っておくが、不明瞭な箇所は少なからず残るだろう。未完の「世紀のロマン」（ミラン・クンデラ）の著者が簡単に解明されるはずもない。ここは自伝のムージルの言葉を想起しておこう。「ぼくを曖昧な頭脳と呼ぶことはできない。しかし明快な頭脳でもない。……解明能力は強力であるが、個々の不解明なものには逆らわない」（一二五三）(2)。それに準ずれば、ムージル本人にとっての不解明なものを共有することが、この小論の――到達しがたい――目標である。

「真正ということの悲劇」(3)、この言葉がムージルの生涯を言い当てている。そして、たとえムージルがまった

（1）「あるプログラムの側面」（一九一二年）参照。ただしムージルは「魂」をさまざまに定義しており、この表現のみを固定的に捉えるべきではない。

（2）以下、説明なしの数字は、圓子修平訳『ムージル日記』（法政大学出版局、二〇〇一年）の頁数である。

く違った生涯を送ったとしても、おそらくこの言葉があてはまる生涯となっていたことだろう。

幼少年期　ローベルト・マティーアス・アルフレート・ムージルは一八八〇年一一月六日、オーストリア南部の州都クラーゲンフルトで生まれた。父アルフレートはグラーツ工科大学を出て同大助手などを勤め、当時はクラーゲンフルト機械製造会社社員だった。こののち父はコモタウの工場長、シュタイアの専門学校長、ブリュン工科大学教授、同大の学長を二度務め、一九一七年に貴族の称号を授与されている。母ヘルミーネは、鉄道技師でのち帝王室勅許鉄道馬車協会の監督官（帝室顧問官）となったフランツ・X・ベルガウアーの七人の子供の末っ子だった。当時の令嬢のたしなみとして家事とピアノを習い、ピアノはまずまずの腕だったという。「父は非常に明快だった。母は独特に混乱していた。美しい顔の上の寝乱れた髪のように」（一二五三）とムージルは記している。

父方のムシル家はチェコのモラヴィアで代々農業に従事しており、一六七〇年までさかのぼることのできるムシルの家は、今も小村リフタジョフの中心部に存在している。したがってチェコ語では「ムシル」と発音する。ローベルトの祖父マティーアスは村を出てウィーンのヨゼフィーヌムに学び軍医となった。医学博士論文『人間の顔について』（ラテン語）が残っている。だが四四歳のとき農場を買い、使用人一〇人をかかえる農場経営を行った。「きみはお祖父さん（父方の）のようだ、とよく言われたものだ！　つまり、我儘で、エネルギッシュで、それからまた、成功する能力があり、ひどく気難しい。そしてそれは尊敬のニュアンスをこめて言われたのだった」（一二八二）とみずから記しているように、ムージルもこの祖父とのつながりを強く意識していた。エッセイを書き始めたころの筆名を「マティーアス・リフタジョフ」としていたことでもわかる。

母方の曽祖父はボヘミアのホロヴィッツ地方裁判所の長官で、もともと法律家の家系だったものが、エンジニアにとって替わられた、とムージルは見ている。二番目の伯父も化学者だった。ザルツブルク駅長になった三番目の伯父をのぞいて、母親の兄弟には少々奇矯なところがあったらしい。母ヘルミーネも、ムージルの記述によれば「非常に神経質な敏感さ。刺激の爆発にまで至る、激しさとひそかな持続」を秘めていた。ムージル自身、血統や遺伝的素質にさほど重きをおいていなかったと言われるが、『日記』のあちこちに親族に関する一連のメモが記されているところをみると、彼らへの関心は強かったと思われる。小説を出版するような親族はいなかった。ムージルの作家としての資質は、多く父に負っているとされているが、残された両親の手紙(4)を見ると、複雑な構文をつかって独自の内容を表現しようとするムージルの文体は、母ヘルミーネ譲りであるように思われる。また、両親に共通する特徴として非カトリック的な態度があげられる。死後の復活を信じなかったため、両親とも遺体は火葬され、遺骨は撒かれた。のちにジュネーブで死んだムージルの遺灰も同じく森に撒かれたので、この三人の墓はない。なお、ローベルトには生後一一カ月で早世した四歳上の姉エルザがいた。「姉が生きていたらどうだったろう」とときおり考えるローベルトの「双子の妹」(『特性のない男』の前身のタイトルでもある)へのあこがれの一つの契機と見られている。

子供のころローベルトはよく熱を出し、八歳から九歳にかけて脳膜炎と神経疾患のため三週間から六週間、学校を休み個人教授を受けたという記録がある。小学校の一年から四年まで全科目の成績が1(六段階の最優秀)であった。ムージル自身の記述によれば、たえず喧嘩をし、自分より大きい上級生を倒したこともあるという。九歳で父の転勤の地シュタイアの実科ギムナージウムに入学。一〇歳で一家の転居に従ってブリュン(モラヴィアの州都)の上級実科学校に転校した。

(3) 生野幸吉「解説」、『ホーフマンスタール/ムージル』世界文学全集―三八(講談社、一九七〇年)。
(4) Breife Alfred Musils an Alois Musil. Museum von Vyskov.

ローベルト一一歳の夏、両親との三者会談によりアイゼンシュタットの陸軍初等実科学校へ進学することになる。母ヘルミーネとの衝突が直接の原因らしい。「多分、ママはなんども厳格になったり激情にかられたりして、それが子供としてのぼくの威厳を傷つけ、荒れ狂う反応を惹き起こしたことがあったのだろう。ぼくは教育されなかった」（一三一七）とムージルは記している。父の長兄ルードルフが同じ学歴を経て陸軍中尉（のち中将）になっていることも影響したと見られるが、何よりも母ヘルミーネの「友人」ハインリヒ・ライターの存在を抜きにするわけにはいくまい。ローベルトが一歳のときにヘルミーネは、夫の部下であった、当時代用教員のハインリヒ・ライターと知り合い、以後その死まで、夫アルフレートのふしぎな容認のもと交際を続けた。一家とハインリヒは四人で休暇を過ごし、のちにヘルミーネが死の床についてからはハインリヒが献身的に看病した。ムージル自身、二人の関係がどのようなものか最後までわからなかったという。ローベルトの愛情が父のほうに傾き、また父の権威が薄れていたことは確かだろう。「銘々が銘々の人生を歩むべし」という家庭内の空気がローベルトにも適用されたと推測されている。

アイゼンシュタットで寮生活に入ったローベルトは、猛烈なホームシックに襲われる。処女作『生徒テルレスの混乱』で言及されているように、このとき初めて、いわば魂の原基がつくられたようだ。ムージル自身、四つの強い愛情体験の一つに、この「アイゼンシュタットでのノスタルジア」をあげている（一一五〇）。成績は約四〇人中二～三番だった。一八九四年九月、ローベルトはメーリッシュ・ヴァイスキルヒェン（現フラニーチェ）にある陸軍上級実科学校に進級する。士官をめざす貴族や富裕な市民の子弟のための施設だったが、内容はさまざまの点で不充分なものだったらしい。全員軍人でかためた教員のレベルも低く、人文主義的ギムナージウムのカリキュラムとは違って、ギリシャ語やラテン語の授業がなかったため、のちにムージルは独学で習得しなければならなかった。この全寮制の実科学校での体験を素材に、のちに『生徒テルレスの混乱』が書かれることになる。三校ある初等実科学校から、たった一校の上級実科学校へと進学してきた生徒たちのなかで、ムージルは二重衿線（一〇番以内）を二年、一重衿線（二〇番以内）を一年つけていたという。

一八九七年同校を卒業すると、ローベルトはウィーンにある陸軍工科アカデミーに進学する。砲兵科の弾道学に関心をもったローベルトは、やがて「馬と女の話ばかりの」陸軍に見切りをつけ、自分のこれまでの実科教育を土台とすることができ、父が教授してもいるエンジニアの道をとろうと決心する。父が申請書を書き、一八九八年一月にブリュンのドイツ工科大学の機械工学科に転学した。勉学の成果はあがり、翌九九年の最初の国家試験で「有能」、一九〇一年七月の国家試験で「最優秀」を得ている。休暇のあと、ローベルトは一年間兵役義務を果たさなければならなかったが、むろん、陸軍実科学校出身者にとって不得手なことではなかったと推測される。一九〇三年には予備役少尉となった。

青年期と初期の創作　ムージルは一七歳で創作を始めた。『日記』の「ムッシュー生体解剖学者」は一八九八年に書き始められている。「生体解剖」はニーチェの『善悪の彼岸』や『道徳の系譜』に何度も現れる言葉であり、「一八歳でニーチェを読み始めた」というムージルの記述とも符合する。そしてニーチェの教え、たとえば「〈定言命令〉などは、哲学者が既成の道徳に対して信仰を表明しているにすぎない、その信仰を〈生体解剖〉せよ、〈善良な人間〉を自認するきみたち自身を生体解剖せよ」という件などがムージルに強い印象を与えたことは想像にかたくない（「モラルの豊穣性」参照）。『日記』には「ムッシュー生体解剖学者」のほかに、「ヴァリエテ」や「パラフラーゼン」（三五〇～四〇〇頁、現在は残っていない）を九八年に書き始め、一九〇二年に出版しようとして断念したと伝えられる。

ムージルが文学青年に変身したのは友人の影響のためだと思われる。友人グスタフ・ドーナトは、父親が大学教員同士ということもあり一〇歳ごろから親しく付きあっていたブリュンの同期生だった（のちウィーン音楽・演劇学校図書館員、作曲家、画家）。ムージルが陸軍実科学校に在籍しているあいだに、人文主義的ギムナージウムに学んだドーナトらブリュンの青年たちとは、文化・芸術の方面でいつの間にか大きな開きができていた。自分が「半野蛮人」に思えたムージルは挽回の必要性を痛感し、ブリュン工科大学時代に大いに文学や芸術に親しんだ。読書クラブに属し、図書館や輪読サークルを通じて最新の雑誌を読み、ドーナトとともにドストエフスキー、ノヴァーリス、エマスン、マーテルリンクのほか「モデルネ」の作家たちを濫読した。一九〇〇年三月には「ブリュンの作家たちの夕べ」に出演し、自作「ヴァリエテ」を朗読した。この作品は翌月のブリュンの新聞に掲載されている。

ここで言及しなければならないのが「ヴァレリー体験」である。さきにあげた「四つの強い愛情体験」の一つ。ヴァレリー・ヒルペルト（一八七二～一九四九年）はミュンヒェンに住む美貌のピアニストで、一九〇〇年の夏、シュタイアマルクの保養地シュラートミングで知り合った「ブリュンの作家」ローベルト・ムージルから、記念帖にニーチェの一節を書きこんでもらい、保管していたことが最近明らかになった。リストとショパンを得意とした彼女の演奏の思い出が、翌一九〇一年、パデレフスキーがブリュンで演奏会を開いた折によみがえったと推測される。「パデレフスキーが演奏したとき、それはある女性のイメージと結びついていた。そのひとはぼくより年上だったらしい。面影が髣髴《ほうふつ》としていたわけではない、その人への慕情だけがあった」(1)。ヴァレリーはムージルの「魂の力を転化させる触媒の役割を果たした」とみられている。彼女はやがて『特性のない男』の「少佐夫人」として「忘れられはしたが重要な」存在となる。

一九〇二年の前半、一年志願兵として兵役につきながらもムージルはニーチェ、マッハ、ダヌンチオ、シラーなどを読む。九月に父アルフレートの紹介でシュトゥットガルト工科大学の、できたばかりの技術実験室と材質検査施設の無給助手として赴任し、翌年の秋まで在職するが、「おもに手仕事」の業務に野心家のムージルは満足できなかった。ムージルは大学で哲学を学びたいと考えるようになり、勤務時間中にも哲学の勉強をし始めた。そして午後遅くに勉強にも疲れると「退屈しのぎに」小説を書き始めた。それが『生徒テルレスの混乱』である。やがてムージルはエンジニアの職業に見切りをつけた。

ベルリン大学時代　この時期がムージルにとって最も充実した多忙な青春時代であり、さまざまな重大事が重複して起こっている。一九〇三年一一月、ムージルはベルリンのフリードリヒ・ヴィルヘルム大学に学籍登録し、それから八カ月間、知的三圃式農法を営んだ。大学の勉強と『テルレス』の執筆と、高校卒業資格《アビトゥーア》のための試験勉強だった。これは大学教員資格取得のために必要で、当時ムージルが学究への道を考えていたことがわかる。当時のベルリン大学ではディルタイ、ジンメル、E・カッシーラーが講義していた。ムージルはカール・シュトゥムプ教授のもと、フッサールの『論理学研究』などの哲学、シュトゥムプの「ゲシュタルト」に関する実験心理学の講義、ホルンボステルの知覚理論、エスターライヒの精神病理学的な理論など、当時の最新の研究を吸収したとみられる（成績表などは残っていない）。博士論文は『マッハ学説判定への寄与』で、一九〇七年にいったん提出したものの書き直しを命じられ、翌八年初めに受理された。評価は「良」だった。マッハの諸説の矛盾を導き出す、という方法でマッハの学説を批判した論文ではあったが、当時の学界への目配りも不足しており、概してマッハの説を鵜呑《うの》みにしている感があり、論文としては必ずしも上出来ではなかった。しかしマッハに代表される経験批判論によるものの見方は、ムージルの作品に「水に溶けた塩のように」

（1） Robert Musil : Tagebücher. Anmerkungen Anhang Register. Hrsg. von A. Frisé. Rowohlt 1976. S. 827.

感得されることになる。

二人の女性との重要な出会いと別れがあった。ヘルマ・ディーツとマルタである。ヘルマは一九〇一年から七年までローベルトの愛人だった。ブリュンの織物店に勤めていたこと以外、生没年など一切は不明である。一九〇一年から二年にかけてムージルはブリュン市内でヘルマと会っていたし、その後シュトゥットガルトで毎晩ムージルを訪《おとな》ってきたのも彼女だったと推測されている。一九〇三年にはベルリンに従って来た。このころの『日記』にはひんぱんに「ヘルマ」ないし「トンカ」が登場し、のちに『三人の女』のなかの「トンカ」に結晶することになる。一九〇五年から六年にかけてヘルマの妊娠と性病（ローベルトに由来したのかは不明）、ローベルトの両親からの清算の要求がかさなり危機を迎えた。一九〇七年一一月、ローベルトが三カ月間の旅行からベルリンに帰ってみると、ヘルマは梅毒性流産のため死亡していた。ムージルの生涯のなかの暗鬱な一面である。

マルタ・マルコヴァルディ、旧姓ハイマン（一八七四～一九四九年）とムージルは一九〇六年の夏、バルト海のリゾートホテルで知りあったと推測される。六歳年上で二人の子持ちのマルタは、すでに二度目の結婚でもうまくいっていなかった。ベルリンのユダヤ系銀行家の娘として生まれ、早く両親を失ったマルタは、二一歳で従兄と結婚したが一一カ月後に夫がチフスで急死し、九八年にイタリア人の商人と再婚していた。幼少時からドイツ文学を濫読し、ミュンヒェンで絵画を習っていた彼女は、美人とは言えなくとも、聡明で人間に対する共感に満ち、短髪でモダンな服装の女流画家としてムージルの関心をひきつけたという。マルコヴァルディとの離婚、カトリックからプロテスタントへの改宗などさまざまな困難を乗りこえて二人が結婚できたのは、一九一一年のことだった。

そして一九〇六年、処女作『生徒テルレスの混乱』が出版された。原稿は初め三つの出版社から断られ、ムージルはアルフレート・ケルに――作家としての才能をも含めて――審判を仰いだ。ケルは推敲に全面的に協力した（巻末注「アルフレート・ケル」参照）。発刊の翌月ケルは長文の好意的書評を新聞に載せ、そのおかげもあってか有力な批評家も『テルレス』を読み、肯定的な批評が多数寄せられた。ムージルは不本意ながら「物語作家」となったのである。また、ムージル自身のちに認めているように、クラスのボスであるバイネベルク、ライティングの集団操作、暴力支配はのちのファシズムの先駆けでもあった。六〇年代に映画化された『テルレスの青春』（シュレーンドルフ監督）は、原作のストーリーのみの映画化である。とはいえ、現在でもドイツではロングセラーの中篇であり、日本でも最も出版社に感想の寄せられることの多い作品である。

「**生徒テルレスの混乱**」　メーリッシュ・ヴァイスキルヒェンの寮生活で実際に体験した事件を素材にしている。感受性の強い少年テルレスは、ホームシックにかかったり、深夜に怪しげな店の女ボジェナに会って母親との二重性に当惑したりしている。同級生の粗暴なライティング、陰謀家のバイネベルクの仲間となって付き合ううち、やはり同級生のバジーニが窃盗犯であることを知り、めまいに似た反応を覚える。普通の寮生バジーニと窃盗犯バジーニとの落差、あるいは母親と同じような女性と売笑婦との落差ないし、その間の移行に不可解なものを覚えたのだ。折しも数学で虚数を習うと、悟性に反する虚数によって実数から実数へと移行できることの不思議と、現実から悪夢のような別の現実へと移行することに符合を感じる。ものごとが悟性の眼によるのとは別な風に見えることがあること、そこに日常的な現実と異なりつつ連続している「自然なもの」を感じ、それを捉えようとしてテルレスは混乱する。事件は、バジーニに加えられた虐待を契機に学校当局の知るところとなり、テルレスは転校することになる。

卒業から第一次世界大戦従軍まで　ムージルはベルリンとウィーンを往復し、落ち着かない日々を過ごす。三〇歳までムージルは両親の援助を受けて生活していた。すでに親交のあったフランツ・ブライの要請にこたえて一九〇八年四月に短篇『魅せられた家』を Hyperion 誌に発表する。再び作品を要請されてムージルは気軽に掌篇を書き始めるが、二年半を要する難行苦行となる（『合一』）。八年一二月にミュンヒェン工科大学で教授資格を取得する可能性が生じるが不調に終わる。同じころグラーツ大学哲学科教授のアレクシウス・マイノングから助手職の申し出を受けるが、約一カ月熟考したのち九年一月に「文学に対する情熱が学問への情熱に劣らないため、容易であるはずの決断が一生の問題となりました」と述べつつ文学を選ぶことをマイノングに告げた。これによりムージルは不安のうちに自立した作家として生きることを決意したことになる。そして先述の短篇二本を、二年半かけて「ほとんど昼夜をおかず」執筆し、マルタとともに何度も推敲を重ね、一九一一年六月に、ムージルは生涯の前半の頂点をなす短篇集『合一』を発表する。だが評判はさっぱりで、『テルレス』のときには大いに力になってくれたアルフレート・ケルも沈黙し、ほぼすべての書評は文学界からムージルを叩き出せ、という論調だった。ムージルはなかば意気消沈しながらも自分の意図するところを説明しようとして、「短篇について」や「あるプログラムの側面」などを書くが、発表に至らなかった。そしてこの短篇で研ぎ澄まされた凝縮した文体は、以後の作品には見られなくなる。さてムージルの両親は作家をめざす脛《すね》かじりの息子に満足しなかった。両親からウィーン工科大学の図書館員試補の職を勧められたムージルは「受けたら身の破滅、受けなくても身の破滅」と逡巡するが、一縷《る》の望みを託したベルリン新聞の批評家のポストもやんわり断られて、一九一一年一二月にマルタとともにウィーンに引っ越す。二級図書館司書に任命されて翌一二年は仕事をこなしたが、一三年から一四年二月までのあいだに何度も「兵器訓練」のためブリュンに帰省し、また「心臓神経症」療養のため六週間、六カ月などの休暇をとっている。こうして「耐えがたい、殺人的な」図書館業務を時には罷業しながら、第一次世界大戦で従軍するまでの約三年半、ムージルはアルフレート・ケルの主宰するPanやフランツ・ブライの編集するDer lose Vogelほか Die Aktion, Die weißen Blätter, Die neue Rundschauなどの雑誌に多数のエッセイを活発に寄稿する。本書に収録されたものだけでも「芸術における猥褻なものと病的なもの」、「宗教的なもの、モダニズム、形而上学」、「オーストリアの政治」、「ローベルト・ムージルの著作について」、「モラルの豊穣性」、「数学的人間」、「一青年の政治的告白」、「超心理学への注釈」、「文芸時評　短篇小説考・ヴァルザー・カフカ」と健筆を揮っている。そうこうするうちにザームエル・フィッシャーがムージルの才能に着目し、ベルリンにあるDie neue Rundschauの編集員に採用した。一九一四年二月に図書館司書を辞したムージルは、存分に批評活動と創作に打ち込むことができた。なにしろノルマは、火曜日と金曜日の三時から四時まで出社して面会時間をもつこと、三カ月に一度書評を数点提出することだけだったのだから。この理想的な境遇はしかし、第一次世界大戦のために七カ月で終わりを告げる。

［合一］「愛の完成」と「静かなヴェロー二カの誘惑」の二篇からなる。「愛の完成」は、女主人公クラウディーネが娘の寄宿学校を単身訪ねて行きずりの男に身を任せるまでの物語で、夫婦の住まいにおける親密さを描いた冒頭の場面から、対極的な不実に至るまでを、ムージルはあたかもスペクトルの一方の端から反対の端まで移行するように、「最も小刻みな、最も困難な負荷をおびて」「動機づけられた歩み」のみをたどって、さまざまな心象風景や追憶や認識などの内面描写を重ねて追求してゆく。ドイツ語の表現力を極限まで発揮させた、きわめて難解ながら凝縮度の高い作品で、ムージル文学の真骨頂とみなすことができる。「静かなヴェローニカの誘惑」は「魅せられた家」を前身とする作品で、主人公ヴェローニカは、恋人らしいヨハネスに自殺を約束させて旅立たせる。ヨハネスが自殺をしているはずの夜にヴェローニカが独りで陥る、事物と融合する

ような浮遊した感覚の言語化が作品の主要な部分を占めている。ヨハネスはしかし自殺をせずに戻ってくるらしく、ヴェローニカは自己に対する疑念にとらわれる。ヨハネスとは対照的な、獣を思わせる男デメーターに身を任せるかどうかは不明なままである。ストーリーは相前後して捕えにくい。二つの作品は、姦通の瞬間にクラウディーネが自分の愛の大きさを漠然と予感する、そして、ヨハネスの自殺が遂行されたと確信したヴェローニカがヨハネスを最も身近に感じた、というパラドックス的な限界体験を描出して、神秘的な別な枠組みを予感させる、という結構において共通している。解釈の一助となるかもしれないものとして、マーテルリンクの一節を紹介しておく。「しかし真実で不変の生は、恋から千里も、傲《おご》りから十万里も隔たったところで営まれているのである。情念的な《自己》や純粋に理性的な《自己》よりも深く豊かな《自己》があるのだ。……今日恋人が去ってゆく。わたしたちは悲しむだろう。だが、魂は悲しみはしない。このような出来事を魂は知り、それを光に変えるだろう。すべてのものは魂にまで達すると光として拡散するからだ」(1)。ただしムージルは、現実から遠くはなれた「離在」(エックハルトの用語)や「別の生」をそのまま肯定し踏襲するわけではない。そのような仮設が真実を衝いていると感じる自己を裏切ることなく、日常的現実の理性的な面と、神秘的な由来を保持している生とを、どのように連繫《けい》させて全体性に至ることができるのかを模索しているように思われる。

第一次世界大戦　一九一四年八月、ムージル博士はリンツの国民軍少尉に任命され、第二四歩兵連隊の第一中隊の指揮をとる。中隊は南チロル(現在の北部イタリア)に移動し、ムージルは中尉として一五年五月から八月末まで、トリエント近郊のパライ地区の副官となる。この時期に、ドイツ語を話す孤立言語圏パライでの軍用道路建設と、村人との交流に関わる奇妙な体験から「グリージャ」の素材を得る。一五年九月二二日(あるいはそれ以前〕レヴィコ近郊のテンナにおいてムージルの至近距離に飛箭《ひせん》（航空機が投下する一群のメス様の刃物）が落下、直前に死を確信したムージルは独特の恍惚感を覚える。「共同体に取り上げられたという感覚。洗礼」（四三五）と日記に記す。のちにこの体験は「黒つぐみ」に収められる。同年後半から翌一六年前半にかけて、ムージル中尉は第五次イソンソ戦闘に際して一六九国民軍歩兵連隊の指揮をとるなど、南チロルやドロミテ山塊の各地の戦闘に参加する。しかし栄養不良が原因で一六年三月、胃潰瘍および歯肉炎、潰瘍性咽頭カタルと診断され野戦病院からインスブルックを経てプラハの予備役病院に移送される。この機会を捉えてムージルは四月一四日にカフカと会っている。五月に数々の戦功によりブロンズ軍事功労メダルを授与される。

前線勤務に耐えぬと診断され、ムージル自身の請願もあって、一九一六年四月にムージルはボーツェン（ボルツァーノ）にある軍集団司令部の顕彰部に転属した。これは妻マルタがボーツェン北部の借家に住んでいたためでもあった。間もなくムージル博士にうってつけのポストが準備された。司令官の意向で「チロル兵隊新聞」の編集部をボーツェンに移転し、その責任編集長をムージルが務めることになったのである。もともとは当地のイレデンタ（イタリアの愛国的統一運動家）の鎮圧が目的だったが、さらに「帝国と陸軍の死活問題の理解普及」も任務に加えられた。かくして帝国を優先させるために「チロル」の名を抜いた「兵隊新聞」は、それまでに欄すらなかった「社説」を載せ、内容も一新した。八月一六日の特別号にフランツ・ヨーゼフ皇帝生誕八六周年を祝う一文を寄せた、帝王室枢密顧問官フランツ・フォン・ハルラッハ伯爵は、のち『特性のない男』のラインスドルフ伯爵のモデルとなる。やがて翌一七年三月、司令官の配置転換があったため「兵隊新聞」の編集部を維持できなくなり、「兵隊新聞」は終刊となった。その功績によりムージルにフランツ・ヨーゼフ騎士十字勲章が授与された。ムージルは再び顕彰部に転属となり、その後ウィーンの戦時報道局で週刊宣

（1）　マーテルリンク「ノヴァーリス」、山崎剛訳『貧者の宝』（平河出版社、一九九五年）九二～三頁。

伝誌 Heimat の編集に携わるうちに、第一次世界大戦は終戦となった。戦時報道局が忽然と消え去っても軍服を着ていたムージルは、なぜ軍服を脱がないのかと問われると、「脱ぐとぼくまで解体してしまいそうでね」と答えたという。

両大戦間のムージル　一九一九年一月から二〇年四月まで、ムージルはオーストリア外務省の広報部で「切り抜きの索引づくり」を担当した。実はムージルに「オーストリア文化センター」を運営させ、大使館付き文化担当官を教育させようという計画があったのだが、発案者のポール博士がモスクワ大使館に赴任したため実現しなかったという。このころムージルは精神的に危機的な状態にあった。一九年にムージルはこう書いている、「そうこうするうちに、戦争の五年に及ぶ奴隷状態がぼくの生からその最良の部分をもぎとってしまった。助走があまりに長くなり、すべての力を張りつめる機会はあまりに短くなった。断念するなり跳躍するなり、そのどちらであろうと、それが残された唯一の選択である」（七二八）。『熱狂家たち』はまだ骨格のない霧のような状態で、『特性のない男』の構想もさまざまな断片にすぎなかった。『合一』の失敗の記憶はまだ手足の痺れのように残っており、熱病のような戦争の記憶も消え残り、このころの自分のエッセイが本質的なものに触れるものではないという印象をぬぐえなかった。とはいえ「兵隊新聞」に載せた論文を発展させた「ドイツへの併合」ほか一篇を発表し、またフランツ・ブライの慫慂《しょうよう》による重要なエッセイ「詩人の認識のためのスケッチ」も一八年末に発表している。一九二〇年四月にベルリンに旅したムージルは、ザームエル・フィッシャーにかつてのような条件で雇用できないか打診したが、状況が変わったため諦めざるを得なかった。ウィーン南方のメートリングに慈善家シュヴァルツヴァルト夫人の営む保養所に滞在したムージルは四月から六月にかけて『熱狂家たち』の二幕以降に取り組み、完成させる。戯曲は翌二一年に発行されるが、今日の評価の高さからみるとごく控えめな反響しか得られなかった。「近年まれに見る、きわめて強力な、希望に満ちた芸術作品」、「未来の知的な若者たちの必読書となることはまちがいない。ロシア人たちなら最善の上演を果たすだろう」、「われわれの運命が語られている」など、肯定的批評が多く寄せられ、二三年にはクライスト賞が授与されている。ただし二九年にムージルの許可なしに大幅にカットした台本で『熱狂家たち』の初演が行われ、ムージルは公に抗議し、きわめて不愉快な思いをすることになる（「『熱狂家たち』スキャンダル」参照）。

［**熱狂家たち**］　三幕のドラマ。大都市郊外の別荘に住むトーマス（高名な学者、大学教授）とマリーアの夫婦のもとに、マリーアの妹レギーネが愛人のアンゼルムと逃げこんでくる。アンゼルムは青年期にトーマスと同じように「世界を作り直す計画」をたて、「ぼくたちのなかにある、いまだ汲み尽くされざる創造の可能性、そこにこそ人間の証がある」と考えた同胞だったが、学者としては落伍し、今は女たらしの悪評を引きずっている。レギーネは二度目の結婚で堅物の法学教授ヨーゼフの夫人となっているが、アンゼルムに誘惑されて出奔してきた。レギーネの最初の夫ヨハネスは、やはりトーマスの友人だったが、数年前にこの別荘で自殺し、その心的外傷《トラウマ》がまだレギーネに残っている。私立探偵シュタータダーと、レギーネの夫ヨーゼフが乗りこんできて事態を解決しようとするが、ヨーゼフは「これは姦通ではない」と当惑しつつ、アンゼルムやレギーネの不行跡を知って憮然として館を去る。マリーアも、頭脳人間の夫トーマスにはできない、「予測できないもので人を幸せにすることのできる」アンゼルムのあとを追って家を出てゆく。最後にはトーマスとレギーネのみが残されるが、荒涼たる孤独と、出口のなさのみが感じられる。レギーネの自殺をほのめかしつつ幕が下りる。針金細工のような家具や、天井がなく青空へ吹き抜けの舞台装置が、夢幻的な雰囲気を醸し出している。

「熱狂家たち」とは、「《創造の溶岩》がまだ固まっていない《活火山的な人びと》」〔メルテンス嬢〕とさしあたり考えてよいだろう。のちの『特性のない男』と、テーマにおいても台詞の内容の高さの点でも同等の実質をもつ、独特に聳《そび》えたつドラマである。トーマスは小説『特性のない男』のウルリヒに、レギーネはアガーテに相当する。主な魅力は「エッセイのように」ないしアフォリズムのように考え抜かれた台詞と、ヨーゼフのような俗物の度肝を抜く、気宇壮大な精神の充溢《いつ》（ないしその残響）であろう。ムージルは執筆中は意図的に劇場に足を運ばず、「受け」を狙うことをまったく考えずに、自分の演劇観に従った。「心理は考えなくてよい。……脇目もふらずに思考を追うこと……」。かくして凝縮度の高い、再読した作者でさえ疲れるほどの作品ができあがった。二九年の不幸な上演以来、難解かつ上演には向かない「読む戯曲《レーゼドラマ》」という評価が大方の見方だったが、一九八〇年代に「おそらく現代の劇場作品のなかで最も才気に富んだ対話劇」と再評価された。

一九二〇年九月、ムージルは陸軍省から顧問を委嘱された。軍事外教育の各部門の長と局長に、教育学的にかつ学識経験者として助言するのが仕事である。有力な三大政党、キリスト教社会党、社会民主党、大ドイツ党がそれぞれの顧問（博士）を送りこんでおり、ムージルは中立的な立場で三人の顧問たちの意見の調整を図った。さらにムージルは幾度か幹部たちに講義している。「教育学原論」、「職業選択と精神工学」、「精神工学と、連合部隊におけるその適用範囲」など。ムージルにとっては時間的、経済的にゆとりのできた職務だったが、経費節減のため二二年末に委嘱の打ち切りを通告され、給料は二三年六月まで支払われた。この時以降、ムージルが固定給をもらうことはなかった。他方、戦時報道局の同僚だったPrager Presseの編集長オプラトカは一九二一年春、ムージルにウィーンの芸術と舞台のレポートを依頼し、以後「モスクワ芸術座」を含む約二六〇篇の劇評や書評が書かれた。別のプラハの新聞にもムージルの仕事は引き継がれ、そのおかげもあって二一年一一月、ムージルはウィーン三区のラズモフスキー街二〇番地にあるマリーア・テレージア時代の建物の四階八号室の住居を購入した。以後一六年間、ここがムージルの住まいとなった。

一九二〇年代前半の豊穣さと多面性には驚くべきものがあった。二一年三月、シュペングラーの『西洋の没落』を批判した「精神と経験」が der neue Merkur に、大戦中南チロルで腹案を得た『グリージャ』が同誌二一年一二月号と翌年一月号に発表された。「寄る辺なきヨーロッパ……」が二二年に Ganymed に、「症候群─演劇」が同年二度にわたって der neue Merkur に、そして年末にヘルマ・ディーツとの交情を素材にした「トンカ」が der neue Roman に発表された。陸軍省を罷免されるとムージルはすぐさま、それまで蓄積された構想や腹案を作品に結実させ、公表する仕事に取りかかった。それらの仕事には共感と賛同が寄せられ、ムージルは作家としてますます好調に仕事を進めることができた。ローヴォルト社は『ポルトガルの女』を手刷りの愛蔵版で出版し、「グリージャ」はエッチング入りで Müller & Co. 社から再版された。この二作品に「トンカ」を加えた『三人の女』は二四年にローヴォルト社から出版され、好意的な書評が寄せられた。ローヴォルト社は同書を二七年に再版したのをはじめ、『生徒テルレスの混乱』、『合一』、『熱狂家たち』も再版した。

一九二三年一〇月、『熱狂家たち』に対してクライスト賞が授与される（デーブリーンの推薦による）と、同年一二月にムージルの二番目の戯曲『フィンツェンツとお偉方の女友達』がベルリンで初演され、翌二四年八月にはウィーンのドイツ・フォルクステアーターで再々演が行われた。五月にウィーン市芸術賞が授与されたこともあってか、作者ムージルは喝采のもと何度も舞台に呼び出されたという。『熱狂家たち』の難解さと固さを反省したためであろう、この戯曲は「悲喜劇」と呼ばれるように遊びと息抜きが大いに盛りこんであり、比較的親しみやすいドラマとなった。この「軽み」の姿勢が、のちの『特性のない男』の絶妙な距離をもった文体に活かされることになる。アルフレート・ケルも「稀有な作家ムージルのこの作品は、ヴェーデキント以降の表現主義の戯曲の軽妙なパロディーである」と評した。一九二三年一一月、ムージルは「オーストリアにおけるドイツ語作家保護協会」の副議長および理事に選出された。議長はホフマンスタールだった。ムージルは二九年に多忙のため辞退するまでこの任を果たした。

[三人の女]「グリージャ」、『ポルトガルの女』、「トンカ」から成る短篇集。「グリージャ」は北イタリアの金鉱発掘へと手紙一本で誘われて出てゆくホモが主人公である。山中のメールヒェンのような風景のなかでホモは残してきた妻との神秘的な融合を体験する。しかし――むしろ、それゆえに――ホモはこの不思議な山村で知りあった農婦との情事にのめりこみ、先に秘蹟として体験した愛との矛盾を覚えない。やがて行商から戻ったらしい農婦の夫が、廃坑に誘いこまれたホモを大石で閉じこめるところで話は終わっている。海抜一、〇〇〇メートルの陸の孤島の奇妙な生活が、昔の大判の写真のように鮮明に描写されるうちに、ホモを襲う神秘の干渉とそれによる変調が書きこまれており、ムージルには珍しく田舎を舞台にしていながら、彼の遠いチェコの農村の出自を想起させる、きわめて生気溢れる魅力的な一篇である。『ポルトガルの女』は一転して中世後期のトリエント近郊の盗賊騎士の城を舞台とする（モデルはボーツェン郊外のロンコロ城である）。ケッテン公はポルトガルからこの山城に妻を迎える。求婚のときこそ慇懃《いんぎん》な騎士を演じたが、今や盗賊騎士の本性を現し、ほぼ常に馬上にあって年に一昼夜しか戻らない。「孔雀色の青い海」から来た妻はケッテン公にとって「異質な、見知らぬもの」であり続ける。ついに宿敵トリエントの司教が死んだため、ケッテン公は帰路につくが、ハエに刺されたのがもとで高熱を発し、妻の許に戻る。夫を一一年待った妻の前に、惨めな病人の夫が戻るが、城には客人として妻の幼友達が来ている。ケッテン公は奇跡を待望する。それは病んだ、疥癬《かいせん》もちの猫の姿で現れ、苦痛を見かねた徒僕が猫を殺すと、各人がおのれの贖罪の死を見てとる。ケッテン公はある日城の岸壁を谷底から登り、おのれの力と野生が再び戻ったことを確信しながら遂に無事城にたどり着き、妻の寝室に至

る。そのとき徒僕が客人が朝早く馬で城を出て行ったことを告げる。全体はルネサンス時代風の骨太の物語で、フレスコ画のように華麗でぎごちない、独特の魅力に溢れている。「トンカ」は三つの物語のうち最も胸底に残る、ある意味で恐ろしい作品であろう。若い自然科学者である主人公が織物店の店員トンカに好意を寄せ、寝たきりの祖母の世話をさせる。トンカは普通の言葉を話さず「全体の言葉」を話し、主人公を当惑させる。祖母が死んでトンカが用済みになると、主人公は彼女をつれて別の町に行く。なかば義務のように主人公はトンカと肉体関係をもつ。やがてトンカは妊娠するが、主人公の不在の期間に受胎したことがわかり、そのうえトンカは、主人公は罹患していないのに性病に罹患してもいる。主人公が問い詰めてもトンカは自分は潔白であるとしか言わない。事態はトンカの不貞と断じるか、処女懐胎を信じるかの問題となるが、主人公は決断できず、「ひょっとすると真実の糸にすがるのとは別な風に世界を歩くことができるのではないだろうか？」と考える。自然科学者だからこそ、主人公は世界の確実性の根拠のいかに脆弱なものかを精緻に検証することができ、作者ムージルの筆は世界を解消させるようなヴィジョンを独特の抒情性をこめて次々と描き出す。やがてトンカは亡くなり、主人公の生涯に「小さなあたたかい影」となって残る。ムージルの自伝的要素の濃い作品であるが、そのスケールの大きさ、語り口の斬新さにおいて、他の中、長篇にも劣らない比類のない短篇である。

『特性のない男』の時代　今やムージルは真価を認められ、有名になりつつあった。フォンターナ、デーブリーン、ベーラ・バラージュ、O・E・ヘッセらが各誌にムージル文学の理解を促す批評を載せた。生活のために劇評を書く必要もなくなり、エッセイの数も大分少なくなってくる。ただインフレのなかで住居費と生活費のためにときおり批評を書く程度だった。ムージルはライフワークの小説に集中した。ローヴォルト社も、小説の構想の説明を受けて、一九二五年からムージルに定期的に前払い金を払うようになった。四月に「双子の妹」が秋には出版されると広告が出るが、完成は次々に先延ばしにされる。一〇月に最初の五〇枚をローヴォルト社に送ったところで送金がストップし、ムージルは不安に襲われる（これは友人アレシュの働きにより一二月に無事解決した）。このとき以降、再びムージルは小品を発表し、それらはのちに『生前の遺稿』にまとめられる。しかしその分だけ『特性のない男』の仕事は滞る。翌二六年四月にはフォンターナのインタビュー「いま何を書いていますか？　ローベルト・ムージルとの対話」を受ける。二七年初め、『リルケを悼む』の講演のためベルリンに滞在した際にローヴォルト社から期限を言い渡されたらしく、同年の暮れから翌年初めには第一巻を完成させられる、とアレシュに書いているが、二九年になっても書き上げられない。「ローベルトはひどい状態です。仕事をしすぎ、心配しすぎ、ニコチン中毒で、神経性の虚脱状態」とマルタは書き送っている。このころベルリンのベーラ・バラージュの紹介で精神科医フーゴ・ルカーチの診察を受け、その助言に従って構想を整理し、「主導的観念」を明瞭化するように努める。夏に保養地に行く余裕もなく、ウィーンの自宅で全力を尽くすが、「すっかり衰弱して、まるで捗《はかど》らない」とアレシュに書いている。原稿ができないのでローヴォルト社ともうまく行かなくなった。

二九年の晩秋、ムージルはハウプトマン賞を授与されることになるが、事務局に資金がなく、賞金が出ない。一九三〇年一月、日記にムージルが「あと数週間しか生きて行けない」と書いた二日後、S・フィッシャー社から「ハウプトマン賞の立替金として二五〇マルク送金する」との知らせを受けとり、安堵したマルタは崩折れる。同年三月、『特性のない男』の最初の六〇〇頁をローヴォルト社に送る。四月にはベルリンに赴き第二部の構想を説明するが、ローヴォルト社の呈示した条件が「実現不可能」だったらしく、不調に終わる。八月に『特性のない男』第一巻の原稿完成。一〇月に発行される。

ムージル五〇歳の一九三〇年一一月六日、die Prager Presse は「ローベルト・ムージルの作品は多産な同時代人の氾濫する小説からひとり擢《ぬき》んでて聳え、ただひとり生きながらえるであろう」と賞賛した。O・E・ヘッセはこの小説が「〈行動せよ〉なる永遠の叫びに妥協する何十という小説よりも、数千倍も価値があることを、明瞭に示す必要がある」と die vossische Zeitung に記した。エフライム・フリッシュは次のように評した。「高く清潔な精神性の、新鮮で明晰でクールな風が、全篇に流れている。……芸術家ムージルの特異性は、明瞭さと深遠さの稀有な結合、水準《ニヴォー》と密度の結合、髪の毛一筋も逸らさぬ分析と胸を打つ直接性の結合にある。……厳格な思考が現実と渡り合い、むしろ作品は大風俗小説の観を呈する。……しかしときおり建造物は突然、雲居の高さに引き上げられ、その数々の尖塔は、この世ならぬ光に由来する透明性をおびて輝き始める。このようなときわれわれが感じるのは、この訓練された精神力と、ここに働いている卓越した悟性は、いったいいかなる神秘の火によって鍛錬されたのか、そして失墜した人間性をして、再び業《わざ》をなさしめるには、いったいどれほどの深みから引き上げねばならないのか、ということである」。またルートヴィヒ・マルクーゼは「ムージルの本はこれまで書かれたうちで、最も男らしく、最も知的で、最も暴力的で、最も革命的な本の一つである」と書いた。そのほか枚挙に暇のないほどの賛辞が『特性のない男』に寄せられた。第一巻の大成功の評判は、作者がひっそりと住んでいるウィーンにまで及び、ここにF・ザルテンの提唱のもとP・E・Nクラブは遅まきながら一九三一年三月にムージルの生誕五〇年祭を挙行した。席上ムージルは他の二名（俳優と思われる）とともに『特性のない男』から数章を朗読した。とはいえ同年一月までに売れたのは、わずかに二、七八三冊だった。

作家としてムージルの名前が知られると同時に、皮肉にもムージルは再び新聞や雑誌に小品を書かなければならなかった。ローヴォルト社は経営困難なため三一年に和解を行って、他の出資者と株式会社を設立し、ムージルには同年夏までしか前払い金が払えない状態だった。九月の話し合いの結果、とりあえずさらに六カ月の援助が得られた。一一月にムージルはフランクフルトでの朗読会を契機にベルリンに赴き、ローヴォルト社の近くのパンジオーン・シュテルンに落ち着いた。ウィーンよりも仕事に便利だったからだ。三二年、ベルリンの国立芸術図書館長のクルト・グラーザー博士は、ムージルのライフワーク続行のために資金援助をするのに吝《やぶさ》かでない人びとを組織して「ムージル協会」を設立した。数学者R・ミーゼスなどウィーン文化を愛好する教養あるユダヤ人が中心で、一説には八、〇〇〇マルクが集まったとされる。この人びとはナチスの政権獲得後、亡命などのためムージルを援助できなくなる。三三年一月にローヴォルトからの援助が打ち切られたが、皮肉なことにヒトラーが首相になった一月三〇日付けで、ベルリンのドイツ詩人アカデミーから一、〇〇〇マルクの援助金がムージルに贈られた（トーマス・マン、オスカー・レールケの提唱による）。同年三月に『特性のない男』第二巻が刊行される。新聞等に好意的な書評が載った。政権をとったナチスが行った五月一〇日の焚書ではアルフレート・ケルの著書も火中に投じられた。その一一日後、ムージルはベルリンを去り、ウィーンに戻る。しかしウィーンでも生活苦にあえぐムージルは「小説を書き終える見通しは立たないし、ほかに食べてゆく可能性もない。絶え間ない興奮からくる高血圧に苦しんでいる。タバコもほとんど止めたと言えば、どれだけ深刻な事態かわかってもらえるでしょう」とアレシュに書いている。一一月のマルタの葉書には「ローベルトは万策尽きて、塞ぎこんでいます。オーストリア国からは何も期待できません」とあった。一九三四年五月、ウィーンのブルーノ・フュルスト博士は「ローベルト・ムージル基金」の趣意書を発送した。すでにトーマス・マンは「この作家の偉業を、枯れ萎むまま見殺しにしないように、と広く訴えなければならない。その作品は疑う余地なく、ドイツの小説の発展と高揚と精神化のために決定的な意義をもつのだから」とアピールしていた。ウィーン・ローベルト・ムージル協会は定期的にムージルの生計を援助した。同年一二月、

「オーストリアにおけるドイツ語作家保護協会」設立二〇周年記念祭でムージルは「この時代の詩人」を講演する。

ムージルは一〇年前の構想と草案をすべてご破算にして、三五年の春には『特性のない男』第二巻を書き終えられる、と手紙に書いているが、各章を満足のいくまで五回以上書き直していながら、そのスケジュールで書き上げられるはずもなかった。三五年六月、パリで開催された「第一回文化擁護のための国際作家会議」に出席。明らかに対ヒトラーの国民戦線結成に向けて召集され、左翼知識人が大勢を占めていた会議の初日で、ムージルは「文化は政治に対して自衛しなければならない」と、政治と文化の無関係を訴える講演を行い、物議をかもした。しかしこの会議への参加をナチスが見逃すはずもなく、ＳＳの機関誌「黒軍団」八月号にムージルと批評家フリゼーを批判する記事が載る。他方、左翼系の Arbeiterzeitung はムージルを「裏切り者」と批判した。とはいえ、同じころウィーン市長とウィーン市文化顧問委員会は、ムージルに二〇〇〇シリングを寄贈した。同年一一月、チューリヒとバーゼルで行われた朗読会に出かけ、トーマス・マンに会う。オト・ペヒトがそれまでの新聞・雑誌に掲載された小品を一冊として『生前の遺稿』（一九三五年一二月）を出版してムージルを励ました。もちろんこのタイトルは作家が、死者と変わらないほど生から遠ざかっている現状を自虐的に仄めかしている。

一九三六年四月、ムージルは再び神経性の執筆障害に悩むが、三〇年のときと同じくフーゴ・ルカーチ博士が乗り越えさせてくれる（なお、ルカーチ博士自身は、三九年にメキシコに亡命する途次、パリで短銃自殺をしている）。しかし五月二〇日屋内プール「ディアナ・バート」で水泳中に卒中の発作に襲われる。数週間の軽い言語障害と口角のゆがみが残った。オト・ローゼンタール博士（医師、マルタの連れ子アンニーナの夫。三五年フィラデルフィアに亡命）は「動脈硬化による貧血で後遺症なし」と診断したが、ムージル夫妻を安心させるために卒中を隠したとみられている。死、あるいは半身不随などをかろうじて逃れたムージルは、一八センチメートル未満の短銃所持の許可を申請し、三六年一〇月に取得した。最終的に無一文になった場合に自殺するためである。いつまでも篤志家や友人に依存してはいられないと考えたムージルはオーストリア政府に年金の申請をしたが、調査の結果却下された。ムージルはシュシュニック首相にも手紙を書いたが無駄だった。

一九三七年三月オーストリア美術工芸家協会で『愚かさについて』を講演。パルコ・ルカーチ（神経科医フーゴ・ルカーチの息子。雑誌『新青年に』の編集者）の記録によると「……会場はウィーン中の各界名士でいっぱいだった。ナチはいなかった。かなりの数の若者もいた。ムージルは小机の後ろに独り坐り、かすかに微笑をうかべて、ナチズムとその手先どもへの仮借ない弾劾を、殲滅《せんめつ》的なイロニーをこめて朗読した。私は深く感動し、彼の勇気に感嘆した」。講演は六日後に繰り返され、ウィーンのベルマン・フィッシャー社から刊行された。ウィーン・ムージル協会はローヴォルト社からムージルの作品の版権を五、〇〇〇マルクで買い取り、『特性のない男』第一巻を新たにベルマン・フィッシャー社から出し、未刊行の第二巻の二〇章も組版に回した。しかしムージルが校正刷りの段間や余白に、たくさんの新たな見解やヴァリアントを書きこんだので、第二巻の刊行は不可能になった。ヒトラーがオーストリアを併合すると、ベルマン・フィッシャーの家族と会社の一部はただちに国外へ移動した。そのころハンブルクの出版者オイゲン・クラーセンがウィーンを訪れて出版契約を試み、『特性のない男』の完成時期を明確にすれば、二年間にわたり毎月六〇〇シリング払うという好条件を提示した。ムージルは「拘束されるわけにいかないので」断った。いつまでウィーンに留まれるかわからなかったからだ。

亡命時代　一九三八年七月、トーマス・マンはムージルがルクセンブルクを経由して亡命する手筈《はず》を調《ととの》えた。

ただし逗留地点のマイリッシュ夫人の館が満員のためマルタを同伴することはできないという条件だった。ムージルはこれを断り、マルタとともに原稿と四〇〇マルクを持ってイタリア経由で九月二日チューリヒに亡命した。九月四日、キュスナハト（スイス）に滞在していたトーマス・マン夫妻はムージル夫妻をお茶に招待する。翌一〇月末にムージルは「緊急の今回限りの援助」をトーマス・マンに求め、マンはすぐさま応じた。ムージルの懇願の手紙の草案が残っている。(1) 一〇月には『特性のない男』がドイツとオーストリアにおいて禁書に指定される。パンジオーン・フォルトゥナでムージルは死の日まで支えてくれる友人、牧師であるローベール・ルジェヌと知り合う。三九年三月にはフランス共産党がリヴィエラの別荘を提供すると申し出たが、ムージルは断った。左右を問わず政治的な繫《つな》がりから自由でいることが原則だった。チューリヒに一〇カ月滞在したのち、ムージル夫妻は一九三九年七月にジュネーヴに移った。より西側に近いことと「亡命知識人斡旋国際委員会」があるからだった。同年一〇月、三つ目の住居としてシェヌ・ブジュリ区の「幼児ノ友乳児養護園《プポニエール》」の離れの一階に引き移る。大きな仕事部屋とそこから地続きの庭はムージルの気に入り、一年半をこの離れで過ごしている。この間、チューリヒ以来の友人、彫刻家のフリッツ・ヴォトルバ夫妻がムージルたちと交際し、励まし続けた。だがすぐ上の二階に越してきた家族の子供たちが騒ぐために、仕事を妨げられたムージルは一九四一年四月、高級住宅街シャンペル地区の一戸建てに引き移る。その死までの一年間は、確固とした経済基盤がなかったムージルにとって試練のときだった。ウィーン・ムージル協会のフランツ・ツァイス夫妻は、ラズモフスキー街二〇番地のムージルの住居の賃料を四二年三月二〇日まで入金してくれていた。そのあと住居はウィーン市の法的要求に基づいて、手放された。かくしてムージルの家具や書籍、持ち出されなかった書類や作品は運送会社の倉庫に格納された。一九四五年三月と四月の空襲により倉庫が破壊され略奪されたため、

（1）　圓子修平訳『ムージル書簡集』（国書刊行会、二〇〇二年）三五〇頁。

のちにツァイス夫人が見つけたわずかな銀の食器だけが、ウィーンにおけるムージルの遺品となった。

ホール‐チャーチ夫妻が月々五〇ドル、ジュネーヴの斡旋委員会が一〇〇フラン、そしてルジェヌ牧師と周辺の篤志家がほぼ同額の援助金をムージルに渡した。ルジェヌ牧師は滞在許可の延長に尽力したほか、四〇年一月にはヴィンタートゥーアで朗読会を催したが、出席者はわずか一五名だったという。おそらくこのころ、ムージルは日記にこう書いている、「もし神が精神的なものを人間によって創造し育成しようとしているならば、もしなんらかの個人的な精神の貢献が問題になっているのならば、自殺は大罪であり、創造する神への奉仕の拒否である」(一一一二)。また同じ頁にこう書いてもいる、「もし神にとって『特性のない男』あるいはその類いがいくらかでも重要であるとすれば、もしひとがこの仕事を過大評価しているとすれば、この仕事が捗《はかど》らないとすれば、ひとは自殺するほかはない。……」。それほど『特性のない男』の仕事は難渋していた。ベルマン・フィッシャーの校正刷り二〇章分に、その後ムージルはさらに五章を続きとして加えたが、一九三九年終わりごろから四〇年初めにかけて、校正刷りの第一〇章目から別の流れを書き始め、五章のグループが新たに派生した。しかしその後、校正刷りの第九章目からまたしても別な展開を書き始め、六章から成るグループが別に派生した。小説は糸のように一方向に進むのではなく、織物のように横方向にも交錯しつつ展開してゆき、ムージル自身どのような形で完結するのか展望しきれない様相を呈していた。絶筆「夏の日の息吹」を執筆していた一九四二年四月一五日の午後一時、マルタは浴室への階段を登って行った夫を呼ぶため数分後にドアを開け、床に倒れているムージルを発見した。脳卒中だった。マルタは初め信じられなかったという。「驚いたような、そして、微笑を浮べた表情だったので、私は最初の瞬間、夫は私を驚かそうとしてるんだわ、と思いましたが、つぎの瞬間、……すべてが終わったことを知りました」[(1)]と手紙に書いている。遺体が荼毘《だび》に付されたとき、会葬者はたった八人だったという。

第二次世界大戦後、アードルフ・フリゼーが一九四八年に、そしてカイザー・ウィルキンス夫妻が四九年に新聞に「忘れられた作家」を寄稿し、ムージル再発見が始まった。五八年にフィリップ・ジャコテの仏訳『特性のない男』がフランスでブック・オブ・ザ・イヤーに選ばれると、小説は一〇日間で売り切れたという。

［**特性のない男**］　この巨大な作品をここで充分に紹介することはできない。基本的な点のみを記すので、詳しくは当該書を見ていただきたい。小説は大きく第一巻と第二巻に分かれ、第一巻は第一部（二種の序文＝第一章～第一九章）と第二部（似たようなことが起こる＝第二〇章～第一二三章）から成り、第二巻は生前に刊行された第三部の前半（千年王国へ〈犯罪者たち〉＝第一章～第三八章）だけが決定稿である。そのあとに、その続きとして書かれた二〇章分の校正刷りが、第三部の第三九章～五八章として全集に収められている。さらに全集では絶筆を含む六章の派生部分を収め、次に途中から派生した五章、そして校正刷りの五八章に続く五章が収められている。以上は亡命後に書かれた遺稿だが、全集では一九三六年の遺稿、三二年の遺稿、そして二〇年代後半の草稿、それ以前のSテキスト、それ以前の一九一九年ごろにまでさかのぼるテキストほかを収録している。もちろんこれがすべてではない。ムージルの命がけのライフワークである。

第一巻は端的に言って現実批判の書であり、第二巻は可能性の実験の書である。第一巻においては主人公ウルリヒ（三二歳の数学者）の特異な経歴や考え方が紹介され、それとともに国家としての旧オーストリア帝国をはじめとする現実社会の仕組みが嘲笑と愛惜を込めた文体で分析される。そして現代の高度なシステムと現代人の精神がどれほど食い違っているか、またそれに人びとがいかに無自覚であるかが考察される。ムージル独特の術語が多数登場するが、ここでは触れない。ウルリヒは愛国的運動「平行運動」（一九一八年のドイツ

（1）　圓子修平訳『ムージル書簡集』（国書刊行会、二〇〇二年）五一八頁。

皇帝の統治三〇周年に対してオーストリア皇帝の戴冠七〇周年を祝賀するもの）を推進するラインスドルフ伯爵の秘書となる。この運動の指導理念を模索する、サロンの女王、ディオティーマはウルリヒの従姉であり、その夫トゥッツィは外務官僚である。ディオティーマに接近する大作家兼大商人のアルンハイム、陸軍から入り込んだフォン・ボルトヴェール将軍などが、さまざまな議論を展開する。ウルリヒはラインスドルフ伯爵に「厳密性と魂の事務総局」の設立を提言する（本書のサブタイトルの由来である）。ウルリヒの幼友達ヴァルター（音楽家、画家、詩人ほか）とその妻クラリッセ（ニーチェ狂）は芸術と天才の問題を体現している。そして監獄のなかで鎖を鳴らす情痴殺人犯モースブルッガーが通奏低音を奏でている。ムージルによれば第二巻において初めて、物語の時間が流れ出す。ここで「忘れられていた妹」アガーテが登場し、父の葬儀のために郷里の実家に帰ったウルリヒと、奇妙な共同生活を始める。亡き父の遺言書を偽造して、現在の夫の権利を侵害するアガーテとウルリヒは〈犯罪者たち〉となる。第三部の主成分は、ウルリヒとアガーテのあいだで交わされる「愛をめぐる会話」である。各章は、第一巻の章に比べてはるかに長くなり、しばしば神秘思想家の引用の織りこまれるこれらの会話が、ときおり外部の事件で中断される。ウルリヒとアガーテが「花びらの葬列」の漂う庭で会話を続ける「夏の日の息吹」の四つ目のヴァリアントを執筆中に、卒中がムージルの命を奪い、第二巻の全貌がどのようになるはずだったのかは、さまざまな研究家の推測に委ねられることになった。

本稿は以下の三冊の研究書にほぼ従っている。
Corino, Karl: Robert Musil Leben und Werk in Bildern und Texten. Rowohlt 1992.
Dinklage, Karl: Musils Herkunft und Lebensgeschichte. In: Robert Musil Leben, Werk, Wirkung. Rowohlt 1960.
Berghahn, Wilfried: Robert Musil. Rowohlt 1963. 田島範男、伊藤寛訳『ムジール』（理想社、一九七四年）。
また作品論は圓子修平「ムージル」の項（『世界文学大事典』、集英社、一九九七年）を参照した。

あとがき

「私はムージルの本を手にとると、いつも当てずっぽうにページを開く。その前後に何が書いてあるかを、まるで気にせずに。どんな一節にもそれ自身の価値が――はっとする叡智がある」とミラン・クンデラ*は書いている。オーストリアに生まれたローベルト・ムージル（一八八〇～一九四二年）は何よりも『特性のない男』の作者として知られるが、ほかに多数の中・短篇と二本の戯曲も書いており、それらは「作品」となって読者の鑑賞の対象となっている。ほかに『日記』と『書簡集』も残されており、日記は生活の記録というより創作のための工房に近く、さまざまな断想やメモや草稿の集積であり、書簡集は文字通り手紙をまとめたものである。ここに訳出したエッセイは、右のどれとも違っている。まず小説や短篇と違って、書かれた時点の具体的なテーマについて、ムージルが肉声で語っている。雑誌あるいは新聞の限られた紙数で、コンパクトに、いわば本音で語っている。対象は多岐にわたり、倫理、美学、文学、演劇、政治、スポーツ、時流などを「二〇世紀初頭の最高の学問を身につけた」男が論じるのだから、緊密な内容となるのは無理もない。昨今めずらしくもない「ミルク浸しのパン」のようなしろものとは正反対の、充分な咀嚼を要する文章だ。だがムージルの作品に親しんだ者なら、ここに作家の思想が、あるいは信条が、あるいは思考のスタイルが――一度限りの形象としてでも――生々しく現前しているのがわかるだろう。「ムージル・エッセンス」として訳出した由縁である。

本書にはムージルの生前に発表された重要なエッセイ二三作品と、講演三題、インタビュー一本、遺作から未発表のエッセイ三本と、遺言を訳出した。ほかに短篇「魅せられた家」があり、全体のほぼ三分の二が本邦初訳である。読者の便宜を考えて各作品には導入文（リード）を置き、注で説明しきれない場合に備えて「初出と関連事項」を巻末に配した。初めてムージルを読む人にも、専門分野の人にも親しみやすく、得るところがあるように工夫したつもりである。「解説」は設けなかったが、序言と巻末の「エッセイストとしてのムージル」、「ローベルト・ムージルの生涯と作品」をお読みいただけば、本書の著者ムージルの全体像はほぼ捉えられるだろうと思われる。すでに松籟社版「ムージル選集・九」にいくつかのエッセイの既訳があり、訳出にあたって参照させていただいた。ほかにも先輩諸兄の既訳があり、参照させていただいた。これまでムージル研究を築いてこられた諸先輩に感謝申し上げる。

翻訳の分担は、目次にあるとおりである。そのなかで赤司英一郎訳は四、九の二本のみだが、これは訳業の途中でウィーン大学客員教授として赴任したため、既訳の二本のみ収録したものである。思えば長い道のりだった……。

一六年前に畏友赤司英一郎君と早坂が「エッセイ集を出そう」と翻訳を始めたが遅々として進まず、五年前に恩師圓子修平先生からエッセイ集のお話があり、今度はだいぶ具体的な目標を立てて、仕事を分担してとりかかった。しかし肝腎の出版社がなかなか見つからず、そうこうするうちに留学やら客員教授やら、例によってメンバーに異動があり、一旦はほぼ空中分解の状態となった。そこに現れたのが、財団法人国際言語文化振興財団の翻訳出版促進助成募集の知らせで、応募したところ思いがけず採用され、出版計画を立ててくれた中央大学出版部から発行されることになった。共訳者五名は、出版の当てがない時期からコツコツと一本ずつ訳業を続けてきた仲間であり、またムージル研究の先輩、後輩にあたる。訳文には複数の者が目を通し、助言しあったが、訳文の責任は最終的に分担した各人に帰するものである。ムージルの文章の含意や仄めかしをどれだけ日本語に移しえたか心もとないが、お気づきの点はご指摘、ご教示いただければ幸いである。慎重を期したつもりであっても、誤訳その他遺漏は免れがたいので、あらかじめ大方のご海容をお願い申し上げる。

いくつかのエッセイに現れる ratioïd、nicht-ratioïd の訳語は統一することができなかったため、訳者によってまちまちの訳語が充てられている。ことほどさように、ムージル研究はまだ生きており、さめない溶岩のように熱をおびている。本書によって今後のムージル研究、ひいては二〇世紀の思想、文学の研究に資することができれば幸甚である。

本書の発行を可能にしてくれた財団法人国際言語文化振興財団に御礼申し上げる。快く企画に応じてくれた中央大学出版部各位、とりわけ理想の本造りを目指して献身的に本書にとり組んでくれた柴﨑郁子編集員に感謝申し上げる。ゲーテ、シラーに関しては、学兄浅井英樹氏のご教示を仰いだ。折にふれて助言を賜ったJ. Strutz 博士、写真の転載に快く同意してくれたK. Corino氏およびこの企画に協力してくれたRowohlt社に感謝申し上げる。

Während der Arbeit an der Endkorrektur dieses Buches erfuhren wir, dass Herr Prof. Dr. Dr. h.c.mult. Adolf Frisé, der Herausgeber der Gesammelten Werke Musils, am 2. Mai 2003 verschieden ist.
Die Übersetzer beten, dass seine Seele Ruhe findet, und wir danken ihm, denn ohne ihn wäre Robert Musil uns Japanern nicht zugänglich geworden.

二〇〇三年五月　　早坂　七緒

＊Kundera, Milan : Mein Jahrhundert-Buch. In : Homme de lettres et Angelus tutelaris : Festgabe für Adolf Frisé. Geest Vlg. 2000)

1942年　4月15日，ムージル永眠.

1943年　夫人のマルタ・ムージルが，未完に終わった『特性のない男』の遺稿からの抜粋本を自費出版する.

1952〜1957年　生前の友人，アードルフ・フリゼーの編集により，3巻からなる全集版がローヴォルト社から刊行される.

った部分のみ「カカーニエン，断章」というタイトルでDer Tagに発表．

1929年　仕事が進まないので，アードラーの弟子の精神分析家フーゴ・ルカーチの診察を受ける．4月，ベルリンで『熱狂家たち』の初演．出版8年後の悲願の上演．しかし，台本が大幅にカットされており，理解不可能な形に改竄されていることが判明したため，公演に先んじてベルリン，ウィーンの新聞に公開抗議文を載せる（**「『熱狂家たち』スキャンダル」**）．ゲルハルト・ハウプトマン賞受賞．『われわれが望む明日の女性』という本に**「昨日の女性，明日の女性」**を発表．

1930年　『特性のない男』第1巻を刊行し，大成功を収める．ベルリンでこの後半を書き上げるために，再び前払い金をローヴォルト社に要請するが，断られる．経済状況窮迫．

1931年　ウィーンのペンクラブが，ムージルの50歳の誕生日を祝う．Der Querschnittに，**「パパがテニスを習ったころ」**，Die Neue Rundschauに，**「文士と文学—そのための欄外註」**を発表．7月，ローヴォルト社から，6カ月間の生活費の支払い約束を取り付ける．

1932年　ムージルの生活を助け，長篇小説完結に専念してもらうため，「ムージル協会」がベルリンに設立される．提唱者はベルリンのクルト・グラーザー教授．断片**「遺言Ⅱ」**を書く．

1933年　1月，ヒトラーが政権を取る．ローヴォルト社からの生活費支払いが打ち切られたので，トーマス・マン，オスカー・レルケの提案により，ベルリンのドイツ詩人アカデミーが援助金を提供することになる．3月，『特性のない男』第2巻（第3部1章から38章まで）出版．ムージル，ベルリンからウィーンへ戻る．

1934〜38年　ベルリンの「ムージル協会」が解体後，今度はウィーンに「ムージル協会」発足．「ムージル基金」が募られ，彼の生活を援助する．「オーストリアにおけるドイツ語作家保護協会」存続20周年記念の催しで**「この時代の詩人」**を講演する．

1935年　パリの「文化擁護のための国際作家会議」で講演．『生前の遺稿』出版．

1936年　「オーストリア映画愛好会」の設立メンバーとなる．水泳中に卒中の発作．

1937年　オーストリア美術工芸家協会で，講演**『愚かさについて』**．同年ウィーンのベルマン・フィッシャー社から出版．以後彼の著作の出版社はベルリンのローヴォルト社からここに移る．『特性のない男』第2巻の未完の部分の版が組み始められるが，さかんに加筆訂正を続けたため，校正のままにとどまる．校正刷りのなかの第2巻26章「白昼の月光」のみ，Maß und Wertに掲載される．これが彼の生前に行われた最後の発表となる．オーストリア，ナチス・ドイツに併合される．ムージルは『特性のない男』の続きの原稿をもって，イタリア経由でチューリヒに亡命．ドイツ，オーストリアでムージルの著作は禁書となる．

1939年　ジュネーブに移る．亡命知識人の処遇のための国際委員会や数人の友人に経済的に助けられながら，『特性のない男』の執筆に取り組む．

となるがこの名を使うことはほとんどない．

1918年　Der Friede に「**フランツ・ブライ**」，ブライの雑誌 Summa に「**詩人の認識のためのスケッチ**」を発表．11月，オーストリア降伏．戦争終結．

1919～20年　ウィーンのオーストリア外務省広報部に勤務．

1919年　後に『特性のない男』となる長篇小説の構想が目鼻立ちを整えてくる．Die neue Rundschau に「**ドイツへの併合**」を寄稿する．トーマス・マンの『非政治的人間の考察』を読む．

1920年　4月から7月にかけてベルリンに滞在．文学界の人々と接触を試みる．のちに彼の著作の出版社となるローヴォルト社のエルンスト・ローヴォルトと知り合う．

1920～22年　ウィーンの陸軍省顧問．

1921～22年　Prager Presse の芸術，演劇批評家となる．

1921年　同誌に「**モスクワ芸術座**」，Neue Merkur にシュペングラー批判のエッセイ「**精神と経験**」を発表．『熱狂家たち』を出版．役人勤めや批評家稼業が忙しくて，長篇小説執筆のための時間がないと手紙で歎く．

1922～1928年　ウィーン，ベルリン，プラハの各新聞で批評活動．

1922年　Ganymed に「**寄る辺なきヨーロッパ，あるいはわき道に逸れ続ける旅**」，Neue Merkur に「**症候群――演劇Ⅰ**」を発表．「トンカ」を Die Neue Roman に発表．

1923年　ルートヴィヒ・クラーゲスの『宇宙生成的エロス』を読む．ローヴォルトが彼の著作の出版社となる．早速同社から『ポルトガルの女』を出す．「**症候群――演劇Ⅱ**」を Neue Merkur に発表．アルフレート・デーブリーンの推薦により『熱狂家たち』でクライスト賞を受賞．12月，戯曲『フィンツェンツとお偉方の女友達』，ベルリンで初演．

1923～28年　「オーストリアにおけるドイツ語作家保護協会」の副議長．議長はホフマンスタール．

1924年　「グリージャ」，『ポルトガルの女』，「トンカ」をまとめた短篇集『三人の女』をローヴォルト社から出版．1月に母，10月に父逝去．ウィーン市芸術賞受賞．『フィンツェンツとお偉方の女友達』出版．

1925年　のちに『特性のない男』となる長篇小説執筆のため，ローヴォルト社から定期的に前払い金を受け取る．この段階では「双子の妹」という題名で，4月，ベルリン，ウィーン，プラハの新聞，雑誌に，秋には出版されると予告が出される．しかし最初の50ページのみが出版社に送られる．Neue Merkur に「**新しい美学への端緒**」．

1926年　時おり，週刊誌 Die Literalische Welt の編集を手伝う．同誌上で，執筆中の長篇小説について「**いま何を書いていますか？　ローベルト・ムージルとの対話**」というタイトルで，フォンターナからインタビューを受ける．リルケ逝去．

1927年　ムージルの追悼講演『**リルケを悼む**』をローヴォルト社から出版．

1928年　「黒つぐみ」Die neue Rundschau に発表．のちに『特性のない男』1巻8章にな

1905年 『生徒テルレスの混乱』完成．いくつかの出版社に原稿を送るが，すべて拒否される．ケルに原稿を送り，判定を求める．彼の助言にもとづき，書き直す．

1906年 エルンスト・マッハについての博士論文執筆開始．ムージル式色彩回転機の発明．後に夫人になる女流画家マルタ・マルコヴァルディと出会う．『生徒テルレスの混乱』出版．大成功を収める．出版社から2作目を書くよう求められるが，博士論文に集中するために断る．

1908年 『マッハ学説判定への寄与』により哲学博士号取得．「**魅せられた家**」をブライやカール・シュテルンハイムが発行していた雑誌Hyperionに発表．ミュンヘン工科大学で大学教授資格をとる可能性を吟味．

1909年 ルートヴィヒ・クラーゲスと会う．グラーツ大学助手のポストを提供されるが断る．学者キャリアを捨て，作家として生きる決意固める．ベルリンにとどまり，「愛の完成」「静かなヴェローニカの誘惑」を執筆．

1910年 『熱狂家たち』執筆．「愛の完成」脱稿．

1910～14年 ウィーン工科大学の図書館司書になる．

1911年 マルタ（旧姓ハイマン）と結婚．ケルの雑誌Panに，「**芸術における猥褻なものと病的なもの**」を発表．「愛の完成」「静かなヴェローニカの誘惑」の2作をまとめて短篇集『合一』として出版する．不評をこうむる．

1912年 ブライ主宰の雑誌Der lose Vogelに，匿名で「**宗教的なもの，モダニズム，形而上学**」,「**オーストリアの政治**」を発表．「**短篇について**」,「**あるプログラムの側面**」といった自作自解のエッセイ断片を執筆．

1913年 引き続き，Der lose Vogelに，やはり匿名で，「**ローベルト・ムージルの著作について**」,「**モラルの豊穣性**」,「**数学的人間**」を発表．3月，心臓神経症になる．そのためウィーン工科大学図書館司書の仕事から，6カ月間の休暇をとる．その間ベルリン，ローマに滞在．Die weißen Blätterに「**一青年の政治的告白**」を発表．

1914年 ヴァルター・ラーテナウに会う．図書館の仕事を辞め，ベルリンのDie neue Rundschauの編集員となる．同誌に「**超心理学への注釈**」,「**文芸時評 短篇小説考・ヴァルザー・カフカ**」を寄稿．第1次世界大戦勃発．

1914～18年 陸軍将校(中尉)として軍務につく．南チロル，ボーツェン，スロヴェニアの部隊に配属．

1915年 トリエント付近のイタリア国境の戦線に赴く．短篇「グリージャ」や「黒つぐみ」の素材になるさまざまな体験．9月22日（あるいはそれ以前），榴散弾の破片か飛《ひ》箭《せん》が，彼の身体すれすれの地面に落下．一種の神秘体験をする．

1916年 病気のため，インスブルックやプラハの病院で手当てを受ける．プラハでカフカを訪問．

1916～1917年 「兵隊新聞」の編集者．

1917年 父，貴族に列せられる．この位は世襲され，彼もエードラー・フォン・ムージル

ローベルト・ムージル 略年譜 (太字は本書収録作品)

1880年　11月6日，ローベルト・ムージル，オーストリアのクラーゲンフルトで生まれる．当時，工場勤務のエンジニアだった父，アルフレートは無神論者だったが，ローベルトは一応カトリックの洗礼を受けている．その名が示すとおり，父方先祖に当たるムージル家はチェコ系で，1600年代までさかのぼれる古い農家の出．似ていると言われて育ったせいで，ローベルトが特別親しみを覚えることになった父方祖父マティーアスは，一代で出世し軍医になり，グラーツ近郊の地所を手に入れた．母ヘルミーネはドイツ系ボヘミア人．母方祖父も有名なエンジニアで，ボヘミアの初期の鉄道敷設に貢献した人だった．

1891～92年　ブリュンで実科ギムナジウムに通学．

1892～94年　アイゼンシュタットの陸軍初等実科学校生．親元を離れての寄宿生活始まる．

1894～97年　メーリッシュ・ヴァイスキルヒェン陸軍上級実科学校に進学．士官候補生として教育を受ける．卒業後ウィーンの陸軍工科アカデミーに進学．弾道学と関わるうちに自分の工学的才能と興味を発見．父のすすめにより将校コースを捨てエンジニアコースに転向．

1898～1901年　父が1890年以降教授を務めていたブリュン工科大学で機械工学を専攻．初めての文学的創作の試み．

1898年　ニーチェを読む．

1899年　ドストエフスキーを読む．断章「ムッシュー生体解剖学者」を書く．文壇人と初めて接触をもつ（ハンス・シュトローブル，フランツ・シャマンなど）

1900年　3月ごろ，ブリュンでの「作家の夕べ」で自作を朗読．9月，南チロルで休暇滞在中のミュンヘンのピアニスト，ヴァレリー・ヒルペルトと交流をもつ．彼女の来客者のための詩の寄せ書き帳にムージルの書き込みが見られる．

1901年　4月，ブリュンの慈善祭に，フェンシング選手として参加．7月，技師国家試験合格，最終評価は「非常に有能」．

1901～02年　ブリュンで1年間志願兵役につく．

1902年　エルンスト・マッハを読む．シュトゥットガルト工科大学の無給助手．退屈さのあまり，『生徒テルレスの混乱』の執筆開始．

1903年　ドイツ古典主義の作品を読む．

1903～08年　ベルリン大学のカール・シュトゥムプ教授のもとで，哲学，実験心理学を学ぶ．学者コースへ転向．

1904年　ブリュンのドイツ国立ギムナジウムで，遅ればせに高校卒業資格《アビトゥーア》を獲得．アルフレート・ケル，フランツ・ブライといった文壇人と親交を結ぶ．

Jahrhundertwende. Akademischer Vlg. Hans-Dieter Heinz, Stuttgart 1977.

10. Bertelsmann electronic publishing: Das große Bertelsmann Lexikon 2001. Gütersloh, München. 2000.

11. 伊藤 整 ほか『新潮世界文学小辞典』新潮社　1985年.

12. 林 達夫 ほか『哲学事典　平凡社』1978年.

13. 加藤正明 ほか『増補版　精神医学事典』弘文堂　1991年.

14.『世界文学大事典』編集委員会編『世界文学大事典』集英社　1997年.

15. 久保亮五 ほか『岩波理化学辞典』第 4 版　岩波書店　1994年.

16. 山崎正一，市川 浩 編『現代哲学事典』講談社　1969年.

17. 岡田素之「『夢想家たち』騒動とムージルの演劇観」『文学研究科紀要 第33輯』文学・芸術学編 早稲田大学大学院文学研究科　1987年.

18. 長谷川淳基「ローベルト・ムージルとアルフレート・ケル—『テルレスの惑乱』の頃—」『ドイツ文学研究』第31号　日本独文学会東海支部　1999年.

分は，恋人の旅立ちから彼の手紙が彼女の手に届くまでの期間のヴィクトーリアの「内面世界」の描写にある．この部分が物語の3分の2を占めており，また「静かなヴェローニカの誘惑」へと書き改めた際に，そのほとんどを――変更を加えつつも――ひきついでいることからも，ムージルの主眼がここにあったことがわかる．ユングが内向的性質の概念を定義する2年前，フロイトの『ナルシシズム入門』の6年前に，ムージルは現象学的精密さで女性のきわめて複雑なケースのナルシスト像を描いたのである．

巻末注―参考文献

略号：アルンツェン→1，Arntzen. TBI.→2．TBII.→3．GWI.→4．GWII.→4．『日記』→5．『ムージル著作集』→6．LWW.→7．コーリノー→Karl Corino 著名なムージル研究家．

1. Helmut Arntzen : Musil Kommentar sämtlicher zu Lebzeiten erschienener Schriften außer dem Roman »Der Mann ohne Eigenschaften« Winkler Vlg. München 1980.
2. Robert Musil : Tagebücher. Hrsg. von Adolf Frisé. Rowohlt Vlg. Reinbek bei Hamburg. 1976.
3. Robert Musil : Tagebücher. Anmerkungen Anhang Register. Hrsg. von Adolf Frisé. Rowohlt Vlg. Reinbek bei Hamburg. 1976.
4. Robert Musil : Gesammelte Werke in neun Bänden. Hrsg. von Adolf Frisé. Rowohlt Vlg. Reinbek bei Hamburg. 1978.
5. 『ムージル　日記』圓子修平 訳　法政大学出版局　2001年（2の邦訳）．
6. 『ムージル著作集』全9巻，松籟社 1992～97年．第1～6巻「特性のない男 I～VI」加藤二郎 訳．第7巻「小説」（「テルレスの惑乱」鎌田道生，久山秀貞 訳．「静かなヴェロニカの誘惑」古井由吉 訳．「愛の完成」古井由吉 訳．「三人の女」川村二郎 訳）．第8巻「熱狂者たち／生前の遺稿」（「生前の遺稿」斎藤松三郎 訳．「メロドラマ〈黄道12宮〉の序幕」斎藤松三郎 訳．「熱狂者たち」圓子修平 訳．「フィンツェンツとお偉方の女友達」圓子修平 訳）．第9巻「日記／エッセイ／書簡」（「初期の日記（抄）」水藤龍彦 訳．「エッセイ」水藤龍彦，長谷川淳基 訳．「講演」水藤龍彦 訳．「書簡」長谷川淳基 訳）．
7. Karl Dinklage : Robert Musil Leben, Werk, Wirkung. Amalthea-Verlag, Wien 1960.
8. Joseph Zsuffa : Béla Balázs, The Man and the Artist. University of California Press. Berkeley/Los Angeles/London. 1987.（邦訳）ジョゼフ・ジュッファ『ベーラ・バラージュ』高村 宏，竹中昌宏，小林清衛，渡辺福實 訳　創樹社　2000年．
9. Sibylle Mulot : Der junge Musil. Seine Beziehung zu Literatur und Kunst der

し合わせをしました．すなわちインタビューは，訪問の際の余計な粉飾は排除し，個人的な印象なども不問に付し，徹頭徹尾，質問と答えだけにしぼる，というきびしい条件に従うこと．そして実際，インタビューはムージルが注文したとおりに発表されました．……（LWW. 337 f.）

31　遺言Ⅱ ―― **Vermächtnis II 1908**

初出：**MoE. 1952**年版（部分．付録として）．全文 **GW. II**（旧版）**1955**年

◆シャマン，フランツ（**1876〜1909**）：ブルノ生まれ．独学で戯曲や小説を書いた．作品は告発と抗議であり，血なまぐさいサディズム，暴行，近親相姦などを扱い，自殺や処刑で終わるものが多い．1900年３月の「ブリュンの作家の夕べ」でムージルとともに作品を朗読した．のち『ビスマルクアイヒェ』（1907）によりウィーンにスキャンダルを引き起こした．『モラヴィア物語集』など．

◆シック，オイゲン（**1877〜1909**）：ブルノ生まれ．ジャーナリスト，文芸批評家．戯曲『文学ジプシー』は酷評された．散文は印象主義の色合いをおびたリアリズムで，本人は「社会政策的な詰め物入りのチョコレートボンボン」と自作を呼ぶ．「ブリュンの作家の夕べ」に出演している．『静かな横丁のつましい人々より』など．

短　　篇

魅せられた家 ―― **Das verzauberte Haus 1908**

初出：**Hyperion** 第３巻第６号，**1908**年

1908年の春にフランツ・ブライより彼の雑誌に短篇を書くよう依頼があり，ムージルは「あるものを書き始めました．ものになるとよいのですが」（４月12日）と返事している．コーリノーによれば「守護天使」と「デーモン」のメモのことで，それらの登場人物やモティーフが「静かなヴェローニカの誘惑」に吸収されている．ヴィクトーリアはグラウアウゲ（灰色の眼）と同じく生から閉め出された女，自己を生から閉め出している女で，心理学的には病的な症例であり，社会学的に見れば分離・崩壊の例である．なにしろ彼女は婚期を逸した，「ノーマルな」関係を築くことのできない，内向的な娘なのだ．だがムージルの関心は心理学や社会学的な基盤からくるのではない．「……今日なお無意識の識閾《しきいき》の上にある，ある種のパースペクティヴが明瞭になり，理解できるようになるような表現法を学ぶことは可能であろう」と『生徒テルレスの混乱』以前に日記に記したムージルは，作家としてこの対象に取り組んだ．（あらすじ）ヴィクトーリアは恋人を拒絶する．彼は自殺することをほのめかして旅に出る．だが旅先からの彼の手紙には「生きることを決心した」とある．ヴィクトーリアは兵士のデメーターに身をまかせる．以上の構造はヴィクトーリアの内部で起こることを描写するための仕掛けとして機能している．物語の主要部

幅に取り入れ，1916年に刊行した精神医学教科書は今日にも広く用いられている．アルンツェンは1913年刊としているが，ムージルが言及したのは上記の教科書と思われる．

自作自解

27　短篇について ―― Novellen 1911

初出：**Karl Corino；Vereinigungen. 1974**年

ムージルは『合一』出版後にこの文章を書いた．本文中の「愛の完成」からの引用文のパラグラフが，1911年版の Georg Müller 社発行の同書から取られているからである．

28　あるプログラムの側面 ―― Profil eines Programms 1912

初出：**Karl Corino：Vereinigungen 1974**年

表題の前の R. という書き込みから，Die neue Rundschau に寄稿する予定だったと推測される．

29　ローベルト・ムージルの著作について ―― Über Robert Musils Bücher 1913

初出：**Der lose Vogel** 第 7 号，1913年 5 月以前，匿名

最初の草稿は1911年 1 月「静かなヴェローニカの誘惑」を書き終え，『生徒テルレスの混乱』を再読したのちに書かれたと推測される．

30　いま何を書いていますか？ ―― Was arbeiten Sie? Gespräch mit Robert Musil 1926

初出：**Die Literarische Welt** 第 2 巻第18号．1926年 4 月30日

参照，フォンターナ「ローベルト・ムージルの思い出」．「この対話で初めてムージルのとり組んでいる小説――当時は「双子の妹」という題でした――が文学界に知らされたのです．しかもムージルみずからが作品の本質と手法について語る，という形をとって．……このインタビューに漕ぎつけるまでが，実にムージルらしかった．つまりムージルは世間というものに不信の念をもちながらも，その世間と対話したい，コミュニケーションをもちたいという憧れもあったのです．私は『リテラーリッシェ・ヴェルト（文学界）』にトーマス・マンとの対話「いま，何を書いていますか？」を掲載しました．……ムージルはしかし（ヴィリ・ハースの）提案を断っていました．そんなものはくだらないと思っていたし，宣伝は大嫌いだったからです．さて，私とトーマス・マンの対話の記事を読んでから，ムージルは世間との接触の可能性と有効性を認め，私に「このようなインタビューをやってくれないだろうか」と聞いてきたのです．もちろん私は同意し，次のような申

(生の，世界の)．(現象の海に溺れながら，現象に腹を立てて何になろう．そして同時にその多数派の表現としての政治に，精神とは何かを示すこと．)(私の嫌いな〈作家〉や文化的現象をすべて，実生活の領分に整理すること)」．ムージルがホフマンスタールとともに指導的な役割を果たした，オーストリアのドイツ人作家擁護連盟での記念講演は，「時代の危険なイデオロギーに対する，きわめて精妙な形をとった激烈な弾劾．オーストリア国民の最も偉大な作家の1人の講演」(Wiener Tag) として，大喝采をもって熱狂的に受け入れられた．

◆メレディス，ジョージ (1828〜1909)：イギリスの小説家．ドイツに学びロンドンで弁護士事務所に勤めたが，雑誌類に寄稿．晩年文壇の大御所と仰がれた．警句にみちた難解な文体は漱石に影響を与えたとされる．詩『近代の恋』小説『ヴィットーリア』，『驚くべき結婚』など．

◆ハーマーリング，ローベルト (1830〜1889)：オーストリアの作家．擬古典的な形式で，後期ロマン派の感覚をおびた韻文叙事詩を書いた．『ローマのアハスヴェルス』，『ダントンとロベスピエール』など．

◆「われら自由なる精神」：ニーチェが繰り返し用いた表現．たとえば「――われわれはまた想定する――苛酷，暴行，隷属，……人間におけるすべての邪悪なもの，恐ろしいもの，暴虐なもの，猛獣や蛇のような性質は，その反対物と同じくらい，「人間」という種族の向上に役立っているのだ，と．……われわれはいずれにしろ近代のイデオロギーや畜群的願望の別の……端に……いるのである．われわれ〈自由な精神〉がまさに最も話好きな精神でないからといって，何の不思議があろう？」(『善悪の彼岸』44章．吉村博次 訳，白水社)

26　愚かさについて ―――――――――― Über die Dummheit 1937

初出：叢書「眺望」，ベルマン・フィッシャー社，1937年

すでに1935年に愚かさについてのアフォリズムを活字にする計画があったが難航し，ムージルはエッセイの形をも検討していた．「アフォリ　愚かさ」と題された草稿には，『特性のない男』からの抜書きがあった．15章「精神の革命」，16章「ある神秘な時代の病」，89章「時代とともに進まなければならない」，90章「理念支配の退位」，99章「半分の怜悧さと，豊穣な残り半分について……」などである．次の文は16章からモットーとして書き出されていた，「愚かさが応用するすべを知らないような重要な思想は，絶対に一つもない．愚かさはあらゆる方面にわたって柔軟であり，真理のあらゆる衣装をまとうことができる．それに反して，真理はつねに一枚の衣装，一つの道しかもたず，いつでも損をする」．(圓子訳)

◆ブロイラー，オイゲン (1857〜1939)：スイスの精神医学者．初期には犯罪生物学的な研究がある．主著『早発性痴呆または精神分裂病』でブロイラーは精神分裂症という呼称を提案し，またクレペリンよりも分裂病の範囲を拡大した．当時学会で唯一フロイトを大

「新ライン新聞」編集員でもあった.
◆ガイベル，エマニュエル（1815〜84）：エピゴーネン風の折衷主義的な後期ロマン派の詩人．美学教授としてミュンヘンの詩人サークルの中心となった．パウル・ハイゼとの共訳『スペイン詩集』はフーゴ・ヴォルフの作曲により有名.
◆ギルム，ヘルマン・フォン・G・ツー・ローゼネク（1812〜64）：オーストリアの庶民的な抒情詩人．法学を学び公務員となり，リンツの総督府長．『万霊節』など.
◆リンク，ヘルマン・フォン（1820〜1905）：ドイツの作家．ミュンヘン作家集団に属する．自然に親しんだ抒情詩や，叙事詩を書いた．『諸民族移動』『ビザンチン風短篇集』など.
◆ピヒラー，アードルフ（1819〜1900）：ティロルの郷土に結びついた政治的な抒情詩人．郷土詩，物語詩など.
◆ツェードリッツ，ヨーゼフ・クリスティアーン・フライヘル・フォン（1790〜1862）：オーストリアの庶民的・愛国的な詩人．抒情詩『森の娘』，ラデツキーを描いた『兵隊冊子』.
◆シェッフェル，ヴィクトール・フォン（1826〜86）：法学を学び，27歳まで国家公務員．船乗り兼画家として旅をし，57年より図書館司書．『ゼッキンゲンの喇叭手』，『エッケハルト』など.
◆バウムバッハ，ルードルフ（1840〜1905）：擬古的感傷詩の詩人．ハイキング用唱歌，学生歌は愛唱された．『Lindenwirtin』など.
◆ヴィルブラント，アードルフ・フォン（1837〜1911）：シラー，フライターク，ハイゼらの亜流．1881〜87年，ブルク劇場の支配人を務めた．『護民官グラックス』，『ネロ』など当時は人気があったが今は顧られない.
◆ヴィルデンブルッフ，エルンスト・フォン（1845〜1909）：外務省参事官の職のかたわら『カロリング王家の人々』などを発表．ヴィルヘルム２世時代のドイツを代表する荘重華麗な劇作家となったが，やがてフォンターネに「生命なき形骸」と評され，徐々に姿を消した．古典主義から自然主義への移行期のシラー・エピゴーネンとみなされている.
◆文芸アカデミー：「プロイセン芸術アカデミー」のなかに1926年３月，「文芸部門」として設立された，プロイセンの文学アカデミー．ムージルは会員に選ばれなかった.
◆フルダ，ルートヴィヒ（1862〜1939）：ドイツの喜劇作者，翻訳者．ベルリンの『自由舞台』創立者の１人，1926〜33年プロイセン文芸アカデミーの会員．幾度かその第２議長となる．ヴィルヘルム２世期，ワイマル時代に人気があったが，今日まったく忘却されている．ナチスの迫害を受けて自殺．代表作『ロバの影』.

25　この時代の詩人 ―――――――― Der Dichter in dieser Zeit 1934

初出：講演の草稿とタイプ原稿が残っている

草稿の表紙のモットーにふさわしい場所に書きこみ．「……芸術の永遠と，政治の無常の手段」だと述べられている.

23　パパがテニスを習ったころ ―――――― Als Papa Tennis lernte　1931

初出：Der Querschnitt　11巻4号，1931年4月

1930年4月6日の日記（ノート31）に,「今日の生活のさまざまな現象，たとえばスポーツについての，記念碑風のスケッチ」（『日記』1121頁）とある．この関心から書かれたエッセイと思われる.

講　演

24　リルケを悼む ―――――――――― Rede zur Rilke-Feier　1927

初出：Berlin Rowohlt 1927年

講演は同年1月16日ベルリンのルネッサンス劇場で行われた．ケルは翌日の新聞に「一人の人間への追悼文にとどまらない，卓越した講演」と書いた．前年の12月29日のリルケの死以来，文学クラブには「当時の最良の反ファシズム作家たち」（デーブリーンの書簡）が集まり，リルケ追悼祭礼を行うべきか討論が続いた．ホテル・カイザーホーフで裁判形式で決定が下された．この講演の後，リルケの詩と散文を朗読したのはローマ・バーン（ラインハルト劇場の女優）である.

◆リュッケルト，フリードリヒ（1788〜1866）：ドイツの抒情詩人．数多くの詩を書き，愛の詩，家庭詩，死せる子のための詩，などのなかには非凡なものもある．東洋学の教授でもあり，抒情詩の模作，翻訳なども試みた.

◆グリューン，アナスタージウス（1806〜1876）：オーストリアの詩人．本名アントン・アレクサンダー・フォン・アウアースペルク伯．ウィーンや各地の詩人たち（ティーク，ウーラントなど）と交遊し，レーナウの全集を編む．『ウィーンの一詩人の散歩』など.

◆レーナウ，ニコラウス（1802〜1850）：オーストリアの詩人．本名ニコラウス・F・N・フォン・シュトレーレーナウ．今のルーマニア領に生まれ，ウィーンで法学と医学を学び，グリルパルツァーらと交遊．シュトゥットガルトに移る．32年，アメリカに渡り牧場経営を試みるが失敗し，オーストリアに戻る．しかし失恋などが重なり44年精神錯乱におちいり，ウィーン近郊の精神病院で死ぬ．ロマン派と世紀末の中間点に位置する「世界苦の詩人」といわれる．代表作『詩集』．ほかに詩劇『ファウスト』『ドン・ジュアン』など.

◆フォイヒタースレーベン，エルンスト・フライヘル・フォン（1806〜49）：オーストリアのビーダーマイアー期の詩人．ウィーンに生まれ医学を学ぶ．『心の療法』は精神科医としての著作．フォーアメルツ（三月革命前）の知識人．代表作『詩集』.

◆フライリグラート，フェルディナント（1810〜1876）：ドイツの詩人．38年の『詩集』で有名になったが，次の『信念の告白』のために亡命生活．48年前後の革命詩で知られる.

愛の父よ
あなたの竪琴《たてごと》に
彼の耳にかようひと節《ふし》でもあるならば
彼の胸を爽やかによみがえらせてやってください
そうして曇った彼の眼の蒙《もう》を啓《ひら》き
砂漠に渇《かわ》いて佇《たたず》む者の傍らにも
数知れぬ泉のあることを
教えてやってください

（「冬のハールツの旅（Harzreise im Winter）」山口四郎 訳，潮出版社「ゲーテ全集」第１巻）

ゲーテは1777年11月29日から翌月19日にわたってハールツ地方を旅した．同行した青年貴族たちから途中で離れて，単騎でブロッケン山に登頂し，その幸運に感謝しつつ，旅行中１日ほどで書かれた作品である．旅行の目的は２つあり,１つはこの地方の鉱山の現地視察，もう１つは彼の『ヴェルター』に毒された，いわゆる「ヴェルター病患者」だったヒポコンデリーの青年プレッシングを訪ねて力づけてやることだった．76年の半ばごろ，ゲーテは郵便でプレッシングからの書簡（ノート）を受け取った．それは「例の自虐（ヴェルター病）のうち私の目に触れたもののなかでは最も驚くべきものであった．……すべては新鮮でけなげに心底を打明けていたので，彼に対する関心を抱かざるを得なかった．……」ゲーテは今回の旅でヴェルニゲローデの旅館に泊まり，ゴータから来た絵描きであると身分を偽って，プレッシングに面会した．さまざまな観察を経て，ゲーテは次のように青年に言う．「暗くつらい自虐的精神状態から救われ解放される道は自然観察と外の世界に心から参入する以外に方法はなく，どの方面からでもよいけれどごく一般的に自然と親しむこと，……実際に自然と関係をもつことによってわれわれは自分自身から抜け出ることができるというわけです．現実の真の現象へと向かう精神力の方向性は人びとにきわめて大きな愉悦と明断さと教化を少しずつ与えてくれます」．しかも，この直前にゲーテはバウマン洞を訪れ，「洞の中をゆっくり這いながら，絶えず活動しつづける自然現象を詳しく観察した」ので，青年に対する言葉にも強い裏づけがあったと思われる．しかしプレッシングはゲーテの言葉を理解せず，「この世の何物も彼を満足させることはできないし，また満足させられたくもないときっぱり撥ねつけてきた」ので，ゲーテはこのあと，この青年とは慇懃に距離を置くことになる．

（潮出版社「ゲーテ全集」第１巻解説，山口四郎氏，同第12巻「滞仏陣中記」解説，永井博氏，味村登氏による）

22　昨日の女性，明日の女性 ——— **Die Frau gestern und morgen 1929**

初出：Die Frau von Morgen wie wir sie wünschen. (1929年)

◆官能的な表面を人工的に途方もなく拡大する：『特性のない男』第１巻第67章でも，女性の裸体にたどりつくことを阻んでいる幾重にも重なった女性の衣装は，「洗練された愛

の覚書」を日記に書き留めている（『日記』175頁〜）．また「偶然」に関するノートに「ヒューム（人間ノ理解ニ関スル哲学的エセー集）偶然は存在しない．そこには真の原因の無知がある」と記している（『日記』645頁）．

◆**シュトリヒ，ヴァルター（1885〜1963）**：『日記』には「客観的精神の呪い（ヴァルター・シュトリヒ，der neue Merkur．第3年鑑，第7号）」からの抜書きがある．「われわれがなにをしようと，未来の歴史家は容易に必然性を読みとるであろう．／……キリストもまた人間の合理主義に絶望的な譲歩をした，〈あなたがたは，わたしを信じないとしても，わたしがしたことは信じてほしい．〉／なにかがあらゆる客観的科学的命題のかなたにある，という事実が信仰への道を拓く．／これが，価値，使命，魂の救済に関わる内的確信である．真理は何人をも説得できない．個人だけが自分について確信できる．／……カントの普遍妥当性の理念は万人への有効性とは，まったく関係がない．しかしシラーは，ルターがモラルを批判したのと同様に，些細な合理的ニュアンスをすら批判した．ルターは信仰深い魂を，シラーは美しき魂をモラルの領域における客観的な正しさの上位に置く．」など（502頁〜）．W. シュトリヒの上記論文と『特性のない男』との関係については TBII, S. 226参照のこと．

◆**キリストのなかにも外的な人間と内的な人間とがあった．……**：同じ表現が『特性のない男』第1巻32章にも現れる．エックハルトの原文は以下のとおり．「キリストの中にも我らの婦の中にも，外面的人間と内面的人間があったのであって，キリストや我らの婦が外的事物について語りたもうたことは，すべて彼らはそれを外的人間よりしてなし給うたのであり，その際，内的人間は不動の離在《りざい》においてあったのである．」（「離在について」）相原信作 訳『神の慰めの書』講談社学術文庫690．1989年．198頁．

◆**エックハルト（1260ごろ〜1327）**：中世ドイツ神秘思想のきわめて重要な思想家．騎士の家柄の出身．ドミニコ会からシュトラースブルク，ケルンに学び，教授としてパリに派遣される．のちシュトラースブルク神学校長，ケルン大学教義学教授．大衆にわかりやすいようにドイツ語で著作もした．その教義は，われわれの心には神の業，神そのものなる力がはたらいている．それは「心の火花 Funken der Seele」と呼ばれる．人間の内面の美しい自由精神を強調したこの態度は，死後に異端と認められた（フランチェスコ会など，ドイツの反エックハルト勢力の圧力により1329年法王が教書を発布した――陳情書にはオッカムの名もあったという）．教会を通さずして救済される，というエックハルトの説を危険視した教会当局は執拗な弾圧と陰謀により，エックハルトを追い詰めた．彼はみずからアヴィニョンの法王のもとに赴き，全教会の前で自説を立証しようと決心し，1327年2月13日，ドイツ語で自らの立場を闡明《せんめい》する文書を発表する．しかし異端審問官はこれを一笑に付し，アヴィニョンへの出発以前に彼は「世を去って」いる．その後エックハルトに関するもの，信奉者，ことごとく殲滅《せんめつ》され，これほどの人物でありながら生没の日付さえ今もわからない状態である．

◆**愛の父よ……**：

われわれの知識の拡大を妨げるのと，美への執着が性根を腐らせ，われわれの義務に違反させるのとでは，弊害の次元が違うのだ．いかにも，思考における大衆小説的な放恣はきわめて有害であり，悟性を昧《くら》くせずには措かない．だが意志の格率《マクシーメン》に，ほかならぬこの放恣が適用されるならば，悪しきものとなり，必ずや心魂を腐敗させずには措かない.」Schiller : Sämtl. Werke. Ed. G. Fricke u. H. G. Göpfert. Bd. 5 : Erzählungen, Theoretische Schriften. 3. aufl. München 1962. S. 687f.

◆類理性的（**ratioïd**）：ムージルの造語．ラテン語の ratio< rērī（計算する）と，ïd（Aussehen）＝…に似た（＜ギリシア語 *ειδος*）を踏まえている．参考：Mongoloide 類蒙古族.

◆非－類理性的（**nicht-ratioïd**）：前項の「類理性的」と対象をなす．「詩人の認識のためのスケッチ」（89頁）にあるように，ratioïd な領域とは法則が支配的な領域であり，そこでは事実とは「明確に描写し，伝達することができるもの」である。一方 nicht-ratioïd な領域では，むしろ例外が支配的で，法則を圧倒している．また芸術から受ける印象のように，一義的に伝達したり体系づけたりしにくいものもこれに属している（ムージル自身，程度差にすぎないのかもしれない，と記しているが）．ムージルは，この豊穣な nicht-ratioïd な領域をより尊重すべきこと，もっと知性をこの領域に振り向け，整理と管理を怠るべきではないと唱えている．なお本書では「非合理ノ」（89頁），「理性中心的ではない」（450頁）など各訳者の考える訳語を充てることとし，無理に統一しなかった.

21　寄る辺なきヨーロッパ

Das hilflose Europa oder Reise vom Hundertsten ins Tausendste 1922

初出：**Ganymed** 第 4 巻，1922年

◆スピノザ，バールフ（**1632〜77**）：亡命ユダヤ人の家庭に生まれ，コレヒアントと呼ばれる自由思想家たちと交遊．危険な思想家とみなされていたため，生前に『エチカ』を出版することを断念，死後友人たちの手により『知性改善論』『国家論』などとともに出版された．デカルトにおいて独立している精神と物質は，あらゆる属性を包含する唯一の実体（神）の，無限に多様な発現である（汎神論）．思惟と延長は神の 2 つの属性すなわち同一実体の本質の 2 つの実体とみる（心身平行論）.

◆ロック，ジョン（**1632〜1704**）：オックスフォード卒．ヨーロッパ大陸遊学．『人間知性論』（1690）では，従来の生得観念の説を否定し，知識は感覚的経験に由来すると主張，画期的認識論として広く知られる．「プラトンののちロックあるのみ」（ヴォルテール）．ほかに『市民政府論』『キリスト教の合理性』など.

◆ヒューム，デイヴィド（**1711〜1776**）：エディンバラ大学に学び，フランスに 3 年間滞在．『人性論』（1739〜40）では理性の役割を限定し，因果律にまで疑問を投げかける懐疑論を展開し，「思想史上の分岐点をなす」と称される．ほかに『英国史』『自然宗教に関する対話』など．ムージルは「フッサールに関する覚書」のなかで「ヒュームへの論争から

把握することができなくなるのです」(アルンツェンによる). ——ムージルの引用文はかなり違っているが，これはムージルの記憶の不正確さによると思われる.

19　ドイツへの併合 ———— **Der Anschluß an Deutschland** 1919

初出：**Die neue Rundschau** 第30巻（自由劇場）第３号，1919年３月

◆ドストエフスキーをシベリア……：1849年，急進的なサークルの一員として逮捕され，当局のしくんだ死刑執行の芝居（銃殺寸前に皇帝の恩赦で助けられる）の後，シベリアに送られる.

◆フロベールを懲罰裁判に……：1857年『ボヴァリー夫人』が出版されると，フロベールは風俗紊乱《びんらん》の廉で起訴されるが，告発は却下された.

◆ワイルドを牢獄に……：同性愛関係にあったダグラス卿の父に告訴され，1895年重労働を伴う２年間の禁固刑を宣告され，監獄に収監される.

◆マルクスを亡命……：1848年の革命直前にエンゲルスとともに『共産党宣言』を起草したマルクスは，２月にパリ，３月にケルンに赴き，革命の新しい条件下で文筆活動を行うが，革命の挫折のために49年ロンドンに亡命し，終生をそこで過ごす.

20　精神と経験 ———— **Geist und Erfahrung. Anmerkungen für Leser, welche dem Untergang des Abendlandes entronnen sind** 1921

初出：**Der neue Merkur** 第４巻12号，1921年３月

ムージルは1919年秋にシュペングラーの『西洋の没落』を読んだ. 彼はエフライム・フリッシュ（Der neue Merkur の編集者）に宛てて「この書を《時代の症候として》論じたい」と書き送った. ルードルフ・カスナーはヴィルヘルム・ハウゼンシュタイン（もう１人の Der Neue Merkur の編集者）に次のように語っている,「これは徹底的に議論されなければならない. 新聞の書評家は，このような問題を扱える水準にはないし，いわゆる文芸雑誌に載っている反応は，おっかなびっくりか，上っ面をなでる程度のものだからだ」. だが，すぐに２つの論考が雑誌に掲載された. ムージルは自分の書評が載るまで，今後他の人の論評を掲載しないよう頼む，と書き送った. フリッシュはのちに原稿の削減をムージルに依頼し，ムージルは全体の約４分の１をカットした. フリッシュの書簡によればこれは「超合理主義的な」論文であり,「スペースの関係で，数学と認識論について詳細にわたり資料に裏付けられた箇所，シュペングラー批判の実質的《ザハリッヒ》に重要な部分を削除しなければならなかった」. タイプ原稿が残っていないため，原形は推測するしかないが，このエッセイにかけるムージルの並々ならぬ熱意が感じられる.

◆論文：シラー『美的形式の使用に際しての必然的な限界について』(1795年).「……これまでは形式の美に対する度を越した敏感さから生じる弊害と，思考と洞察に対する際限のない審美的な要求から生じる弊害について述べた. しかしこの趣味《ゲシュマック》の思い上がりが，意志をその餌食とするとき，そこにはずっと深刻な事態が生じる. なぜなら美への執着が

ているはずのない」上演，「作者の背後で初演契約を結んだ」出版社 Bühnenverlag に対するムージルの抗議が掲載された．危惧したとおり上演は失敗した．ムージルは 3 月30日にフランツ・ブライに観劇と短い報告を依頼する手紙を書いている．後日の書簡でムージルはブライの「上演は作品を損なうものだった」という評に対して感謝している．

かつて劇評のなかで「われわれの現代演劇は耐えられたものではない．私は個々の戯曲や，俳優たちの演技様式や，観客のことをいっているのではない．これら 3 つをすべてまとめていっているのだ」（06年）と記したムージルは『熱狂家たち』以後も精力的に新聞の演劇批評に従事し，いくつかの重要なエッセイも書いている．舞台に「精神」が欠けている，と訴えるムージルは，それら「図解的演劇」を批判する．それは「世界観と生活規範がしっかり絡みあって結びついていることを前提とするすべてのもの」である．ムージルがそれに対置するのは「創造的演劇」であって，それは「われわれが主として精神によってつくられているという事実が現れる演劇」なのである．

◆「ぼくはしばしば心理学者と呼ばれた」→参照，日記の書きこみ「魂とは，そこにあって心理学の対象となっているようなものではない（ひところ私は心理学者とみなされていた），魂とは，心理（Seele）を形作るさまざまな力だ」（TBII. 838頁．1923～24年と推測される）．さらに1907年ごろのアンナへの手紙の草案「ぼくは心理学者と呼ばれた．でもぼくはそうではない．」（TBII. 914以下．）

政治と文化

17　オーストリアの政治 —— **Politik in Österreich 1912**

初出：**Der lose Vogel** 第 6 号

再録：**Die Aktion** 第 3 巻30号，1912年12月（匿名）

18　一青年の政治的告白 — **Politisches Bekenntnis eines jungen Mannes 1913**

初出：**Die weißen Blätter** 第 1 巻 3 号，1913年11月

ローマの精神病院の描写の一部は，1913年10月の日記の記述をそのまま再録している（『日記』387頁～）．これは1920年代に書かれた「アンデルス」の S5 + b + 1（『ムージル選集』第 6 巻169頁～）に活用され，『特性のない男』第 2 巻「狂人がクラリッセに挨拶すること」（『ムージル選集』第 4 巻271頁～）に利用されている．

◆人が書くことのできるのは，あまり知りすぎていない事柄についてだけだ：ゲーテ『エッカーマンとの対話』1824年 5 月18日に次のような一節がある．——「あなたが暗示されているのは」と私は口をはさんだ．「人は知れば知るほど観察力が落ちるということでしょうか？」「伝承された知識が誤謬と結びついている場合は論を俟ちません！」とゲーテは答えた．「学問でも何らかの偏狭な学派に属してしまうと，たちまち捕われずに正確に

される．ファイヒンガーとマイノングに関して論議されたフィクションの概念，およびスコラ哲学用語の対立概念「事物に根拠を有する／有さぬ（cum/sine fundamento in re）」にもとづくと思われる．

10　フランツ・ブライ ―― **Franz Blei 1918**

初出：**Der Friede** 第１巻20号，1918年６月７日

11　文士と文学 ―― **Literat und Literatur 1931**

初出：**Die neue Rundschau** 第42巻（自由劇場）９号，1931年９月

12　モスクワ芸術座 ―― **Moskauer Künstlertheater 1921**

初出：**Prager Presse** 1921年４月24日朝刊

13　症候群――演劇Ⅰ ―― **Symptomen-Theater I 1922**

初出：**Der Neue Merkur** 第６巻３号，1922年６月

14　症候群――演劇Ⅱ ―― **Symptomen-Theater II 1923**

初出：**Der Neue Merkur** 第６巻10号，1923年１月

15　映画か芝居か ――

Kino oder Theater — Das neue Drama und das neue Theater 1926

初出：**Magdeburgische Zeitung** 第654号，1926年12月25日

マグデブルク新聞のアンケートに対する答えとして書かれた．

16　『熱狂家たち』スキャンダル ―― **Der Schwärmerskandal 1929**

初出：**Das Tagebuch** 第10巻第16号，1929年４月20日

ムージルの戯曲『熱狂家たち』（21年）に対して，1923年にはデーブリーンの提案にもとづいてクライスト賞が授与されている．29年３月27日，Berliner Börsen-Courier はムージルの抗議文全文を掲載した．「ローベルト・ムージルが抗議．ローベルト・ムージルから以下の文書を受け取った／ベルリーナー・ブレッターは，コマンダンテン劇場が30日(火)に私の『熱狂家たち』を上演すると報じた．私は貴社に，それに対する抗議を公表するよう要請する．ヨー・レーアマン氏は，ほぼ２週間前に初めてこの件で私に連絡し，しかもあたかも上演が既定の事実であるかのように扱った．だが私は最初の返事で，けっして前向きの態度は示さなかったし，２度目の返事でははっきりと拒否した．上演契約書の類が呈示されたことすらない．したがってこの件は法律違反でなければ，世間を愚弄するものである」．３月31日の Wiener Allgemeine Zeitung には「作品にふさわしい配役が整っ

◆『空疎化』は思考だけではなく……：参照『生前の遺稿』の「黒魔術」の一節，「……つまり心は一定の状況にたいしていつも一定の同じ感情で反応する，と．高貴な心はよく知られたやり方で気高く，見すてられた子供はいたましく，夏の風景は健康を促進するもの，というわけだ．……感情のことを大いに吹聴するまがいもの（キッチュ）は，それゆえ感情から概念をつくりだす」(『ムージル選集』第8巻45頁)

◆愛の灼熱：参照『特性のない男』第2巻49章「だがほかのあらゆる感情と同様に，行為から遠く離れていればいるほど，愛の場合でもその炎は言葉のなかで大きく広がるものである」(『ムージル選集』第6巻114頁)

文学と演劇

8　文芸時評 ―― **Literarische Chronik 1914**

初出：**Die neue Rundschau** 第25巻（自由劇場）第8号，1914年8月

◆ヴァルザー，ローベルト（1878～1956）：スイスの20世紀前半を代表する作家．10年間スイス・ドイツの各地を転々とした後，1905年から13年までベルリンで本格的な作家活動を行うが，1929年精神の病に陥り，1933年には執筆をやめ，死ぬまで療養生活を送る．『ヤーコプ・フォン・グンテン』などの長篇小説以外に，ムージルの注意を引いた独特の味わいをもつ短い散文作品を多数残した．カフカやベンヤミンなどの賞賛を得たにもかかわらず，生前はその真価が認められなかった．

9　詩人の認識のためのスケッチ ― **Skizze der Erkenntnis des Dichters 1918**

初出：**Summa** 季刊第4号，1918年

ムージルは2度，このエッセイを参照するように指示している（『精神と経験』，『文士と文学』において）．

◆聖パウロ教会：フランクフルトにある新教の教会．リープハルトにより18世紀末に擬古典主義様式で建造される．1848～49年のフランクフルト国民議会の会場となった．フランス2月革命に呼応してドイツ諸邦に拡がった革命運動に対し，国王が勅令を発して食い止め，約束によりドイツ統一，憲法制定を審議させた．だが強大な封建勢力は各地で革命運動や民族独立運動を鎮圧，ドイツ統一もプロシャ国王が王冠を拒絶したため成らず，国民議会は解散した．

◆合理ノ（**ratioïd**）：ムージルの造語．ラテン語のratioと，ïd（……に似た）を踏まえたもの．

◆非合理ノ（**nicht-ratioïd**）：ムージルの造語．参照→非合理ノの領域では「悟性の占める割合は後退し，体験の割合が増える。」（「精神と経験」223頁，巻末注513頁参照）

◆事物ノナカニ基礎ヲモツ擬制（**fictio cum fundamento in re**）：ムージルの造語と推測

ッシュの要請にしたがって草稿を縮減し，また題名も現在のものに変更した．タイプ原稿が残っているため削除部分はTBII. S. 1818f. で読むことができる．はじめ『視覚的人間』の書評として書きだしたが，内容が膨らんでエッセイとなった（E・フリッシュへの書簡24年12月10日）．E・フリッシュが即答しない場合はDie Neue Rundschauに寄稿するつもりだった．ムージルの作品にとって重要な「別な状態」についての最も力のこもった解説がある．参照，『日記』908頁〜．「根本態度に寄せて．別な状態を社会生活の担い手にすることが問題なのではない．別な状態はあまりに儚《はかな》い．しかしそれはすべてのイデオロギー，芸術への愛，エトセトラのなかに痕跡をとどめている．そして，この摸造のなかに別な状態の意識を目覚めさせること，それが問題である．なぜなら，それらの摸造のなかに，凝固において理解されているこの現象の生が潜んでいるからである．」（「徴候としてのドイツ人」断片7，8も参照のこと）

◆バラージュ，ベーラ（本名フーベルト・バウアー．**1884〜1949**）：セゲド（現ハンガリー）の教員の家に生まれる．ルカーチ，コダーイ，バルトーク等と交友．1919年マルクス主義の立場に移行する．ウィーン，ベルリン，モスクワに亡命．第2次世界大戦後はハンガリーに帰国．映画美学の古典『視覚的人間』は映画という芸術の本質をモンタージュとクローズアップを中心に考察し，エイゼンシュテインなどに影響を与えた．ほかに『映画の精神』，バルトークの音楽によるオペラ『青ひげ公の城』，映画『ヨーロッパのどこかで』など．ムージルとはオーストリアへ亡命してまもなく友人となった．バラージュが書いた『境界Határok』（Bécsi Magyar Újság1922年8月）は，ムージルに関する最も早い時期の深い分析の1つとされる．ムージルは，バラージュの『夢の外套』についてのエッセイをPrager Presseに送った際，編集長に「彼は評価されるべき作家です」と書いている（1922年）．この手紙にはマルタの描いたバラージュの肖像スケッチが同封された．『特性のない男』執筆中に難渋するとムージルは頻繁にベルリンのバラージュを訪ねた．バラージュはムージルを著名な精神科医フーゴ・ルカーチ博士のもとへ連れて行った．博士はムージルの信頼を得，治療者と患者の理想的関係によりムージルの精神的問題の克服を可能にし，1930年，長篇第1巻が発行された．その後もムージルはルカーチ博士に治療を求め，1932年に第2巻前半部を刊行することができた．「かくしてバラージュは20世紀ヨーロッパ文学の大作の1つの誕生に関与することとなった」（ジョゼフ・ジュッファ『ベーラ・バラージュ』212頁以下）

◆レヴィ＝ブリュル，ルツィアーン（**1857〜1939**）：言及された本は1910年発行．独訳は1921年．日記にレヴィ＝ブリュルからの抜書きがある，「文章の類型化過程．レヴィ・ブリュール，149頁は言う．《抽象的概念的思考の進歩は，かつてそれが具体的なものである場合，思考の表現として使われた記述的な言語＝描写素材の減少を伴った……概念の増大する普遍性は，しだいに記述的な言語＝描写素材の特徴であった正確さを失わせた……多数の形態，多数の言語は遂には消滅するまでに使用されることがなくなった．……」『日記』865頁（TBI. 627）

6　エッセイについて ――――――――― Über Essay — ohne Titel 1914 (?)

初出：（無題の草案）GW8. 1978年

◆自分には一つの真理の代わりに……：マーテルリンク『知恵と運命』（1898年，独訳 99年）．なお1920～26年のムージルの日記には次のような書きこみと『貧者の宝』からの抜書きがある.「思考は内面の不可視の運動に恣意的な形式を与える．われわれが何ごとかを言うや否や，われわれはそれを奇妙に無価値にしてしまう．ひとはそのなかでより真実の自分を見出すために苦悩を求めることができる（エマスン）」（『日記』813頁）．なおフランス語からの邦訳でこの箇所は「それゆえにエマスンが言うように，時に〈われわれはあえて苦しみを受け入れてまで実在を見出し，真理の高みを実感したいと強く願うのである〉」となっている（山崎剛 訳『貧者の宝』38頁）．

◆エマスン：1905～08年のムージルの日記の記述参照.「哲学者は思想の深遠な芸術家を認めない，とあなたはおっしゃいました．／そうです．思想の深遠さなどは充分に深遠ではありません．それは充分に正確ではないのです．それはしかし差し当たりマーテルリンクやハルデンベルクやエマスンなどについてだけ言えることでしょう．これらの人びとは自分の着想を正しく評価せずに，その着想に夢中になってしまうのです.」（『日記』210頁～）（エマスンについては520頁の注参照のこと）

◆ディルタイ，ヴィルヘルム（1833～1911）：ドイツの哲学者．ハイデルベルク，ベルリンに学ぶ．シュライアーマッハーを研究，バーゼル，ベルリンなどの各大学教授.「精神的諸現象の経験科学を基礎づけること」を課題とし，自然科学に対して精神科学を方法論的に確立しようとした．生の内面的な直接的体験に基礎を置く生の哲学を主張．解釈学を基礎づけ，文芸学を確立した．『体験と創作』（1905，柴田・小牧 訳，岩波文庫 1961）『哲学の本質』（1907，戸田 訳 岩波文庫 1935など）．

◆シュライアーマッハー，フリードリヒ・E・D（1768～1834）：ドイツの神学者にして哲学者．ベルリン大学創設に尽力し，同大神学教授．近代神学の父と称され，神学的業績は哲学におけるカントに比される．当時の啓蒙主義の影響による宗教蔑視を攻撃し，形而上学，道徳と区別される宗教独自の立場を明確化した．彼によれば，宗教の本質は自己自身の体験のうちに，思惟も行為もなく，直観と感情のうちに存する．スピノザの影響が強く，主観主義的体験主義と評される．『キリスト教信仰』など．

◆ラサール，フェルディナント（1825～64）：ドイツの社会主義思想家．ドイツ社会民主党の創設者．ベルリン大学に学びヘーゲル左派に属する．マルクスと交遊．いわゆる「賃金の鉄則」を廃して普通選挙による国家社会主義の実現を主張した．『労働者綱領』など．

7　新しい美学への端緒 ―――Ansätze zu neuer Ästhetik. Bemerkungen über eine Dramaturgie des Films 1925

初出：Der neue Merkur 第8巻第6号，1925年3月

原題は「芸術としての映画」ないし「映画と芸術」だったが，編集者エフライム・フリ

2　宗教的なもの，モダニズム，形而上学 ――――――――

Das Geistliche, der Modernismus und die Metaphysik　1912

初出：**Der lose Vogel** 第2号，匿名（1912年2月）

3　モラルの豊穣性 ―――――― **Moralische Fruchtbarkeit　1913**

初出：**Der lose Vogel**　1913年5月以前，第8/9号，匿名

4　数学的人間 ―――――― **Der mathematische Mensch　1913**

初出：**Der lose Vogel** 第10巻12号，1913年5月以降，匿名

再録：**Prager Presse** 1923年6月23日朝刊，筆名マティーアス・リフタジョフ

◆ダランベール，ジャン・ル・ロンド（1717〜83）：フランスの数学者，哲学者，文士．ディドロと並ぶ百科全書の指導的発行者．『百科全書』巻頭の序論に〈人間知識の系統図〉を発表．コンディヤックの感覚論哲学にもとづき，学問，芸術，技術をふくめあらゆる知の領域を，科学的精神による知の進歩の理念のもとに系統化して示した．

◆ディドロ，ドニ（1713〜1784）：フランスの作家，啓蒙主義の重要な思想家．神学生として出発したがパリ大学卒業後10年間気ままな生活を送る．『哲学断想』で理神論を説き，焚書にされる．その他の著作のため城砦監獄に3カ月投獄される．その後『ソクラテスの弁明』のフランス語訳などが評価されてダランベールとともに『百科全書』編集を委任される．やがて反百科全書派の圧力により，ダランベールは『百科全書』の編集を放棄するが，ディドロは発禁処分にも拘らず6年間にわたり地下で編集・執筆作業を続けた．『ラモーの甥』，『ダランベールの夢』など．

5　超心理学への注釈 ―――――― **Anmerkung zu einer Metapsychik　1914**

初出：**Die neue Rundschau** 第25巻（自由劇場）第4号，1914年4月

◆エマスン，ラルフ・ウォルドー（1803〜1882）：とくにエッセイにより影響力をもち，ムージルにも多大の影響を与えた．ハーヴァード大学神学部大学院に学ぶ．副牧師となるが聖餐式に関する葛藤から職を辞し，ヨーロッパを旅行．帰国後講演活動に入る．『自然論』の一節，「林のなかでは，われわれは理性と信仰へ立ちかえる．……荒涼とした地面に立って，……すべての卑小な自己執着が忽然と消える．私は1個の眼球となる，私は無であり，すべてが見える．〈普遍的存在者〉の潮流が私の全体をめぐる，私は神の完全に一部である．そうなると，最も近しい友の名ですら，遠くのもの，偶然のものに響く…….」第2期の著作には「円環」，「知性」などがあり，晩年の著作には「強人」「運命」「力」などの章がある．のちにニーチェにも評価された．

〔 巻 末 注 〕初出と関連事項

＊出典については505-506頁の「参考文献」参照のこと

倫理と美学

1　芸術における猥褻なものと病的なもの

Das Unanständige und Kranke in der Kunst 1911

初出：**Pan 第1巻9号（1911年3月1日）**

A.ケル編集の雑誌「牧神（パーン）」第6号（1月16日）に掲載された「若きフロベールの日記」は1845～51年のもの．この号は発禁となり，残部6部が警察に押収された．ベルリンの警視総監ヤーゴフ氏に対するA.ケルの論争文「ヤーゴフ，フロベール，パーン」は「牧神」第7号（1911年2月1日）に発表され，同誌に禁を冒して「若きフロベールの日記」が連載され，発禁となった．

◆**アルフレート・ケル（本名A・ケムプナー，1867～1948）**：シレジアのブレスラウに生まれ，ベルリン大学で学位をとる．ベルリンの新聞Der TagおよびBerliner Tagblattに寄稿．「創造的な批評は，批評のなかで芸術作品を創り上げるものだ」とするケルの批評は，控えめな作品にも「永遠の相」を見，受けを狙った通俗ドラマを痛罵した．四半世紀の活動期間は自然主義の盛衰の時期と重なるが，ケルは自然主義を採らず，ハウプトマンをその克服者として称揚した．イプセン，シュニツラー，ホフマンスタールを評価し，ズーダーマンを批判した．最新の演劇はもちろん，エウリピデスのような古典劇をも自在に論評するケルの批評は，執筆中に作動する分析的な知性によってコントロールされた瞬間的な直観によるものだった．かくしてサラ・ベルナールよりも女優ドゥーゼが，マックス・ラインハルトよりもオト・ブラームの演出が評価された．ムージルは『生徒テルレスの混乱』が3つの出版社から断られたあと，ケルに自作と，自分の才能についての鑑定を依頼した．ケルは13歳年下の，地方都市出身の文学青年に共感を覚えたと推測される．ケルによれば「2人はこの本を1行1行，目を通したなどというより，細部まで練り上げたのだった」．『生徒テルレスの混乱』出版から2カ月後にDer Tagに発表した書評，「ローベルト・ムージル」（全5章）でケルは，作品をきわめて肯定的に評価している．今日も再読に耐えるすぐれた書評である（コーリノー）．ムージルにとってきわめて重要な先輩だったが，『合一』では沈黙し，『熱狂家たち』ではムージルに距離をおいた態度をとった．

◆**カーリン・ミヒャエリス（1872～1950）**：代表作『危険な年齢』（1910）．42歳の更年期の女性の深刻な生の不安と寄る辺なさをエレガントな文体で日記，書簡に託した小説はベストセラーになった．オト・ヴァイニンガーの理論に依拠しており，のちボーヴォワールの『第二の性』の契機の1つとなった．1920年ごろムージルの友人ベーラ・バラージュと親密な関係となり，共著の小説なども書いた．

【 キーワード 】

[あ〜お]

[か〜こ]

【　ムージル作品中の人物名　】

[ま〜も]

[や〜よ]

[ら〜ろ]

[わ]

【 ムージル以外の人々の作品等 】

[あ～お]

[か～こ]

[さ～そ]

[た～と]

[な～の]

[は～ほ]

【　ムージルの作品　】

[　あ〜お　]

[　か〜こ　]

[　さ〜そ　]

[　た〜と　]

[　な〜の　]

［ ヤ〜ヨ ］

［ ラ〜ロ ］

［ ワ ］

［　マ〜モ　］

[ナ〜ノ]

[ハ〜ホ]

［　タ～ト　］

［ カ〜コ ］

［ サ〜ソ ］

索　引

凡　例

1．項目は【人名】,【ムージル作品名】（単行本を『　』, それ以外を「　」で括った）,【他者作品名】（本文で言及されている作家，研究者の作品．ただし注記のみのものは除く）,【ムージル作品中の登場人物】,【キーワード】の５つに大別したうえで，50音順に配列した．
2．原地読みを原則としたが，日本での慣用に従った場合がある．

【人　名】

［ア〜オ］

Die Musil-Essenz : Seele und Genauigkeit —Ausgewählte Essays—

	Vorwort	Maruko, Shuhei
1	Das Unanständige und Kranke in der Kunst 1911	Hayasaka, Nanao
2	Das Geistliche, der Modernismus und die Metaphysik 1912	Horita, Makiko
3	Moralische Fruchtbarkeit 1913	Hayasaka, Nanao
4	Der mathematische Mensch 1913	Akashi, Eiichiro
5	Anmerkung zu einer Metapsychik 1914	Kitajima, Reiko
6	Über Essay - ohne Titel 1914 (?)	Okada, Motoyuki
7	Ansätze zu neuer Ästhetik. Bemerkungen über eine Dramaturgie des Films 1925	Hayasaka, Nanao
8	Literarische Chronik 1914	Kitajima, Reiko
9	Skizze der Erkenntnis des Dichters 1918	Akashi, Eiichiro
10	Franz Blei 1918	Horita, Makiko
11	Literat und Literatur. 1931	Kitajima, Reiko
12	Moskauer Künstlertheater 1921	Okada, Motoyuki
13	Symptomen-Theater I 1922	Horita, Makiko
14	Symptomen-Theater II 1923	Horita, Makiko
15	Kino oder Theater - Das neue Drama und das neue Theater 1926	Horita, Makiko
16	Der Schwärmerskandal 1929	Maruko, Shuhei
17	Politik in Österreich 1912	Hayasaka, Nanao
18	Politisches Bekenntnis eines jungen Mannes 1913	Hayasaka, Nanao
19	Der Anschluß an Deutschland 1919	Kitajima, Reiko
20	Geist und Erfahrung. Anmerkungen für Leser, welche dem Untergang des Abendlandes entronnen sind 1921	Hayasaka, Nanao
21	Das hilflose Europa oder Reise vom Hundertsten ins Tausendste 1922	Hayasaka, Nanao
22	Die Frau gestern und morgen 1929	Kitajima, Reiko
23	Als Papa Tennis lernte 1931	Horita, Makiko
24	Rede zur Rilke-Feier 1927	Okada, Motoyuki
25	Der Dichter in dieser Zeit 1934	Okada, Motoyuki
26	Über die Dummheit 1937	Okada, Motoyuki
27	Novellen 1911	Hayasaka, Nanao
28	Profil eines Programms 1912	Hayasaka, Nanao
29	Über Robert Musils Bücher 1913	Horita, Makiko
30	Was arbeiten Sie? Gespräch mit Robert Musil 1926	Maruko, Shuhei
31	Vermächtnis II. 1908	Okada, Motoyuki
32	Das verzauberte Haus 1908	Maruko, Shuhei
	Musil als Essayist	Okada, Motoyuki
	Robert Musils Leben und Werk	Hayasaka, Nanao
	Drucke und zusammenhängende Daten	Hayasaka, Kitajima, Horita
	Zeittafel	Horita, Makiko
	Nachwort	Hayasaka, Nanao
	Register	

Die Übersetzer danken *The International Foundation for the promotion of the Languages and Culture* für die Unterstützung, die diese Publikation ermöglichte. Wir danken auch Herrn Dr. Karl Corino, der uns freundlicherweise erlaubt hat, die Photos aus „Robert Musil, Leben und Werk in Bildern und Texten" in diesem Buch abzudrucken. Außerdem sei den Musilforschern in Europa und in den USA gedankt, die uns bei der Interpretation mancher Textstellen beraten haben und von denen wir viele wertvolle Informationen erhielten.

著者・訳者略歴

著　者

ローベルト・ムージル (Robert Musil)
オーストリアの作家。1880年クラーゲンフルト生まれ。陸軍実科学校に学ぶが工学へ針路変更し、ブリュン工科大学に転学して技師の国家資格を取得。しかし哲学に志しベルリン大学で哲学博士号を取得。この間中篇『生徒テルレスの混乱』が好評を博し、作家を志す。第一次世界大戦に従軍し、戦後の混乱のなか生活のために劇評、書評などを書いて活躍するかたわら、珠玉の短篇や戯曲を発表する。クライスト賞、ハウプトマン賞受賞。主著『特性のない男』(1930年、33年)は1938年ナチスにより禁書に指定される。同年スイスへ亡命。1942年ジュネーヴにて急逝。詳しくは本書「ローベルト・ムージルの生涯と作品」を参照されたい。

訳　者

圓子修平（まるこしゅうへい）　1931年岩手県生まれ。1956年東京大学大学院修士課程修了。東京大学教養学部助手、東京学芸大学講師、東京都立大学助教授・教授を経て、現在同大学名誉教授。主要訳書にトーマス・マン『ファウストゥス博士』、『魔の山』、ムージル『特性のない男』(共訳)、『熱狂家たち』、『フィンツェンツとお偉方の女友達』ほか多数。

岡田素之（おかだもとゆき）　1942年東京都生まれ。早稲田大学大学院文学研究科博士課程修了。ドイツ文学・文化史専攻。早稲田大学教授。主要訳書　K・ケレーニイ『ディオニューソス』、『アスクレピオス』(白水社)。ほか論文多数。国際ローベルト・ムージル学会会員。

早坂七緒（はやさかななお）　1947年宮城県生まれ。1974年東京大学大学院独語独文学科修士課程修了。1976年同博士課程中退。岡山大学講師、山形大学助教授を経て、現在中央大学教授。主要訳書　A.フリゼー編『ムージル読本』(共訳、法政大学出版局)。『ローベルト・ムージルの世界』(中央評論)ほか論文多数。国際ローベルト・ムージル学会会員。

北島玲子（きたじまれいこ）　1953年兵庫県生まれ。1983年大阪大学大学院独文学科博士課程修了。大阪大学文学部助手、東京農工大学助教授を経て、現在上智大学文学部教授。『幻想のディスクール』(共著、鳥影社)、『思惟する感覚』(共著、鳥影社)ほか論文多数。

堀田真紀子（ほりたまきこ）　1965年福岡県生まれ。1992年東京大学大学院独語独文学科博士課程修了。北海道大学言語文化部助教授。学会誌を中心に論文多数を発表している。

赤司英一郎（あかしえいいちろう）　1953年福岡県生まれ。1984年東京大学大学院独語独文学科博士課程修了。現在東京学芸大学教授。共訳『ムージル読本』共著『思惟する感覚』ほか論文多数。

ムージル・エッセンス ―― 魂と厳密性

◆本書の出版は、財団法人国際言語文化振興財団の「翻訳出版促進助成」を受けています。

2003年5月20日　初版第1刷印刷
2003年5月30日　初版第1刷発行

著　者　ローベルト・ムージル
訳　者　圓子修平・岡田素之・早坂七緒・北島玲子・堀田真紀子

発行者　辰川弘敬
発行所　中央大学出版部
東京都八王子市東中野742-1　〒192-0393
電話 0426(74)2351　FAX 0426(74)2354
装　幀　松田行正
印　刷　株式会社大森印刷
製　本　大日本法令印刷製本株式会社

ISBN4-8057-5150-9
＊定価はカバーに表示してあります。